Paul Ingendaay
Warum du mich verlassen hast

Paul Ingendaay

Warum du mich verlassen hast

Roman

Leseexemplar
Bitte nicht vor dem
24. 2. 2006 besprechen

SchirmerGraf Verlag
München

Für Sue, Greta und Julián

ISBN 3-86555-025-8

Gesamtgestaltung: Paul Barnes, London
Umschlaggestaltung unter Verwendung der Photographie
»Freunde in Porto Ercole III« (1950, Ausschnitt) von Herbert List

Gesetzt aus der Berthold Caslon
Satz: Uwe Steffen, München
Druck und Bindung: Ebner & Spiegel, Ulm
Printed in Germany

www.schirmer-graf.de

I *Ich träume von einem Drachen mit Kaninchenlippen. Der katholische Suppenwürfel. Ich zeige euch die Schädelstätte. Die Tantenführung. Ich drehe mich wie ein Rad.*

Daß etwas mit mir nicht stimmte, merkte ich daran, daß ich wieder diese Träume hatte. Ich werde sie euch nicht erzählen. Nur soviel, damit ihr ein Bild habt. Schwester Gemeinnutz kam darin vor, meine frühere Erzieherin, die mich zwei Jahre lang gequält hat, die ersten zwei Jahre auf dem Collegium Aureum. Schwester Gemeinnutz war ein grauer Drache mit Kaninchenlippen. In meinen Träumen trug sie ihr Nonnenhabit, aber es war länger und flatterte viel stärker, als ich es in Wirklichkeit je gesehen hatte. Ungefähr so wie ein Drache mit Kaninchenlippen, der Nonnensachen anhat und damit hoch in die Lüfte steigt und bei starkem Gegenwind seine Runden dreht.

Bitte! rief ich in meinen Träumen, und meine Stimme war wie das Piepsen einer Maus. Bitte! Flieg davon! Verpiß dich! Laß mich in Ruhe!

Aber der graue Drache drehte nur seine Runden, und dann legte er sich in die Kurve, ließ die Flügel lässig ausschwingen und kehrte zurück. Seine Augen glühten, und ich konnte seine Kiefernknochen arbeiten sehen. Er schoß so dicht über meinen Kopf hinweg, daß ich mich ducken mußte. Ich glaube, er stank auch ein bißchen.

Jetzt kommt das Komische. Je stärker der Wind blies, desto böser guckte der Drache. Als gäbe der Wind ihm Nahrung. Ich wußte ja, wie Schwester Gemeinnutz gucken konnte, ich kannte diesen Blick, kalt und glühend zugleich. So guckte sie immer, wenn sie uns im Gruppenraum beim Abendgebet musterte und nachzählte, ob alle da waren. Oder wenn sie überlegte, wer bei der Gewissenserforschung vorsprechen durfte. Oder wenn sie sich fragte, wer bei der Wahrheitserforschung in die Mitte des Stuhlkreises treten mußte, damit die anderen über ihn die Wahrheit sagten, auch gemeine und häßliche Wahrheiten, die niemand über sich selber hören will. Auch *die Schande.* Es muß im Gruppenraum alles heraus, sagte Schwester Gemeinnutz. Alles muß ans Licht des Herrn.

Aber ich dachte in den ersten zwei Jahren auf der Insel der Verzweiflung nur daran, wie ich alles, was mich betraf, einsperren und verbergen konnte. Ich wollte nicht, daß der Herr es sieht. Weil ich nicht wollte, daß Schwester Gemeinnutz es sieht. Ich dachte, wenn ich es dem Herrn zeige, zeige ich es auch Schwester Gemeinnutz, und das wollte ich nicht. Es gab einfach keinen Weg zum Herrn, ohne daß Schwester Gemeinnutz davon erfahren hätte. Schwester Gemeinnutz war immer schon da. Ich war zehn, als ich das dachte. Und ich dachte es mindestens zwei Jahre lang.

Marko! rief die Stimme von Schwester Gemeinnutz aus den Höhen herunter, in denen sie mümmelnd herumsegelte. Denkst du an die Gruppe? Oder denkst du nur an dich? Gemeinnutz geht vor Eigennutz!

Das war auf der Insel der Verzweiflung immer die Frage. Dachte ich an die Gruppe? Oder dachte ich nur an mich? Wir waren vierundvierzig zehnjährige Jungen, als wir auf dem Collegium Aureum anfingen. Auch später fragte ich mich oft, wieviel ich an die anderen dreiundvierzig Jungen gedacht hatte. Ob es genug gewesen war oder ob ich an ihnen nicht etwas Wichtiges versäumt hatte.

Natürlich hätte ich Tilo und Motte fragen können, ob sie fanden, daß ich an ihnen etwas versäumt hatte. Aber ich fragte sie nicht. Wahrscheinlich hätte Tilo gesagt: Mann, bist du bescheuert? Und Motte hätte gesagt: Hast du sie noch alle? Brauchst du Hilfe?

Mann, damals hätte ich Hilfe gebrauchen können. Damals hatten wir gegen alle Zweifel das Abendgebet, aber es war zu wenig, fand ich.

Jeden Abend mußten wir in den Gruppenraum kommen, und wenn alles besprochen und geregelt, wenn das bißchen Lob und die große Menge Tadel ausgeteilt waren, die unser Tag so mit sich brachte, dann beteten wir alle zusammen immer dieselben Zeilen, ein verdammter kleiner Kinderchor mit fiepsigen Stimmen und weit aufgerissenen Augen: Hab ich Unrecht heut getan, sieh es, lieber Gott, nicht an. Und am Ende: Deine Gnad und Jesu Blut macht ja allen Schaden gut.

Später lernte ich, daß es *machen* heißen müßte. *Machen* allen Schaden gut. Plural. Da seht ihr, was für einer ich war. Ich kümmerte mich um so einen blöden Grammatikfehler, während mein Leben in den Abgrund rauschte und das Leben meiner Eltern gleich dazu. So ein Idiot war ich. Ein Arsch, der sich immer um die falschen Sachen kümmerte.

Plötzlich hatte der Drache sein Aussehen verändert. Schwester Gemeinnutz trug jetzt eine Brille mit blaugetönten Gläsern, ein scheußliches Ding. Sie drehte in der Luft immer noch ihre Runden, als müßte sie nie landen oder sich ausruhen oder ins Bett gehen, und ihre Kaninchenlippen hörten gar nicht mehr auf zu mümmeln.

* * *

Bevor ich von der Schädelstätte rede, muß ich noch von einer alten Erinnerung erzählen, die in letzter Zeit öfter wieder hochkam. Ich weiß nicht, ob man Erinnerungen wiedersieht. Vielleicht sind es ja die *Erinnerungen*, die einen wiedersehen. Oder sie kommen an die Oberfläche wie eine Boje, die jemand mit einem Strick unter Wasser gezogen hat, bis der Strick reißt und die Boje wieder nach oben drängt, solche Sachen. Ich weiß nur, daß diese Erinnerung plötzlich wieder auftauchte und mir einen schweren Nihilismus-Anfall einbrachte. Eine dunkelgraue Wolke nahm mich der Welt weg, die Geräusche verstummten, und ich stand allein da wie auf dem Mond. Das ist das Nichts, dachte ich.

Ich war neun Jahre alt, und wir machten Ferien auf Mallorca. Sonja war zwölf, Robert war vier. Das Hotel hieß Playa Dorada und lag direkt am Strand. Vorne sah man den blauen Swimmingpool, dahinter das blaue Meer. Der Oberkellner war ein blonder Deutscher, der auf seinen spitzen Schuhen einen Plastikball hüpfen lassen konnte. Jeden Donnerstagabend gab es Tanz am Swimmingpool. Eine Musikband kam, Los Llamados, das heißt: *Die Sogenannten.* Sie bauten ihren Verstärker auf, stöpselten die elektrischen Gitarren ein und spielten Beatles-Lieder. Beim Singen rollten sie das *r*, obwohl man bei Beatles-Liedern das *r* gar nicht rollen darf. Am ersten Donnerstag mußte ich vor einer kleinen Rothaarigen in Deckung gehen, die mit mir tanzen wollte.

Alle fanden, wir waren eine nette Familie. Na ja, mein Vater war nicht da. Wahrscheinlich war er wegen irgendwelcher Kanzleisachen in Köln geblieben. Ich glaube, er war in diesem Sommer, als jeden Donnerstag die Sogenannten spielten, nur drei Tage bei uns. Von meiner Mutter sagten die Leute immer: *eure hübsche Mutter*. Meine Mutter tanzte ja auch zur Musik, sie lachte, warf das Haar zurück und ließ ihre Armreifen klingeln. Manche Männer dort am Swimmingpool nannten sie Irene und wollten von ihr Jürgen, Siegfried oder Detlef genannt werden. Detlef kam aus Oberhausen.

An dem Nachmittag, den ich meine, war meine Mutter plötzlich verschwunden. Wir durften nachmittags immer durchs Hotel fegen, wie wir wollten, wenn wir dabei gut auf Robert aufpaßten, wir sollten nur nicht zuviel Sonne abbekommen. Aber als wir meine Mutter wegen irgendeiner Kleinigkeit suchten, war sie nicht da. Sie war nicht am Swimmingpool, nicht im Restaurant, nicht in der Bar, nicht im Zimmer, und wir fanden sie nirgendwo, solange wir auch suchten. Da fragten wir den blonden Deutschen, den Kellner, der draußen am Swimmingpool bediente, und wir hatten das Gefühl, er wollte uns etwas Wichtiges sagen. Aber dann guckte er aufs Meer hinaus und sagte, wir sollten uns keine Sorgen machen, es käme alles wieder ins Lot.

Irgendwann am späten Nachmittag war meine Mutter wieder da. Ihr Haar war feucht und zu einem Pferdeschwanz gebunden. Sie wäre drüben im Hotel Playa Blanca gewesen, sagte sie, an der Bar, um etwas zu trinken. Das Hotel Playa Blanca lag am Ende unserer kleinen Bucht, wo Leute mit schlabberigen Hosen ihre Angelruten auswarfen und magere Katzen nach Fischresten suchten. Meine Mutter sagte, wir hätten uns keine Sorgen zu machen brauchen.

Und ich dachte: Komisch, daß alle denken, wir könnten uns Sorgen machen. Sehen wir so besorgt aus? Und ich fragte Sonja danach.

Aber Sonja guckte mich böse an und sagte: Halt die Klappe.

Wir vergaßen den Nachmittag, an dem meine Mutter nicht zu finden gewesen war und plötzlich wieder auftauchte. Beim nächstenmal, als meine Mutter mit Detlef in der Bar des Hotels Playa Blanca etwas trinken wollte, sagte sie uns vorher Bescheid. Damit wir uns keine Sorgen zu machen brauchten. Am Donnerstag spielten dann die Sogenannten. So kam alles wieder ins Lot.

* * *

»Theunissen.«

Münzen rutschten durch den Schacht des alten Telefonapparats.

»Papa?«

»Marko! Da bist du ja. Ich hatte schon früher mit deinem Anruf gerechnet. Hast du Nachrichten von Robert?«

»Papa, es ist der zweite Tag. Ich meine, die haben im Juvenat ein bestimmtes Programm, da kommen hundert neue Kinder. Große Brüder sind da nicht vorgesehen ...«

»Ich dachte, du hättest die Gelegenheit wahrgenommen, ihn zu besuchen.« Er klang, als läse er Notizen ab.

»Was heißt *wahrgenommen*? Da war nichts wahrzun–«

»Es heißt, sich kümmern, dachte ich. Sich die Mühe machen, einmal ins Juvenat hinüberzugehen, das Gespräch mit der Schwester zu suchen, wie war ihr Name noch, Sieglinde?«

»Das Gespräch mit der Schw–«

»... Schwester Sieglinde, ja, und sich bei ihr zu erkundigen, wie er die ersten Tage überstanden hat. Um dieser Schwester Sieglinde zu zeigen, daß wir da sind. Sicherlich wird Robert das hervorragend machen, niemand zweifelt daran. Aber es hätte ihn gestärkt, meinst du nicht? Wir hatten doch darüber geredet, Marko. Du sagtest, an dir sei damals etwas versäumt worden. Ich weiß zwar nicht, was das gewesen sein könnte. Aber ich bin bereit, daraus zu lernen.«

»Papa, bitte! *Das Gespräch mit der Schwester zu suchen!* Ich sage dir doch, das ist nicht vorgesehen. Die sind auf der anderen Seite des Grabens, da geht man nicht einfach rüber und sagt hallo! *Ihr zu zeigen, daß wir da sind?* Papa, bitte! *Ich* bin da. *Robert* ist da. Aber du bist in *Köln*. Es war nicht meine Idee, Robert aufs Collegium zu schicken.«

»Was soll das heißen? Daß du ihn reinen Gewissens im Stich läßt?« Er blieb ruhig, mein Vater. Mein Vater war Notar. Er probierte nur andere Argumente aus. »Ich würde gern wissen, was du für ihn zu tun gedenkst.«

Ich warf fünfzig Pfennig nach, legte die Stirn gegen den verdammten Münzautomaten und schloß die Augen. Dann guckte ich nach draußen. Das alte Telefonhäuschen mit der verrottenden Holztür stand schräg gegenüber vom Waschhaus. Vormittags quollen die Dämpfe der Heißmangel aus den halbgeöffneten blinden Scheiben. Aber abends quoll da gar nichts.

»Marko? Bist du noch da?«

»Kann ich mit Mama sprechen?«

»Mama ist nicht da. Sie ist eingeladen. Es könnte spät werden.«

»Warum gehst du nicht mal mit? Dauernd ist sie eingeladen, und du hockst zu Hause.«

»Ich hocke nicht zu Hause«, sagte er.

Ich guckte zum Waschhaus hinüber und hatte Lust, mich in irgendeine leere Wanne zu legen. »Ich habe aber stark den Eindruck, daß du zu Hause hockst.«

»Dein starker Eindruck ist falsch. Ich weiß mich sinnvoll zu beschäftigen.«

»Du hast dir bestimmt Akten mit nach Hause gebracht. Du solltest auch mal zu diesen Einladungen gehen.«

»Marko. Bitte.«

»Was *sind* das überhaupt für Einladungen?«

»Zum Thema. Was gedenkst du für Robert zu tun?«

»Mensch, Papa, was ich zu tun *gedenke*? Du müßtest dich … Mist, mein Geld ist gleich zu Ende.«

»Warte, Marko. Ruf morgen an, mit Nachrichten von Robert.«

»Mal sehen.«

»Morgen, hörst du? Er zählt auf dich.«

»Wenigstens einer, der auf mich zählt. Tschau.«

»Was soll das heißen?«

»Tschau. Die Münzen sind gleich … hallo? Papa? Scheißding.« Ich gab dem Apparat eins aufs Haupt. Er steckte es ein, ohne zu zucken.

Ich marschierte zurück. Draußen guckten mich die blinden Scheiben des Waschhauses an. Am Abendhimmel war kaum etwas zu sehen, aber ich war mir sicher, irgendwo hinter den Bäumen am See lauerte eine große graue Wolke, bereit, näher zu kommen und mich in den schwärzesten Nihilismus zu hüllen.

* * *

»Okay, Lucien, das ist Haus Athen«, sagte ich. »Hier wohnen wir.«

Lucien schleifte seine schwere Reisetasche über den dunklen Flur und lugte in die Zimmer. Er war ein kleiner, schwarzhaariger Bursche, Lucien Gonzalez. Der Vater war Zukkerfabrikant bei Versailles und hatte es irgendwie geschafft, daß unser Schüleraustauschprogramm wieder ausgegraben wurde, damit Lucien ein Jahr auf das Collegium gehen konnte. Vielleicht war auch eine Spende geflossen. Die Franzosen schickten einen Schüler, einen einzigen, und wir schickten niemanden. Der Junge sprach ziemlich gut deutsch, mit diesem Akzent, den Mädchen süß finden. Aber Lucien war in Ordnung, ein hübscher Gauner, der uns alle in die Tasche steckte. Das merkte ich, als er seine Gitanes aus der Jacke zog.

»He, bist du bescheuert? Hier doch nicht! Steck das weg.« Ich schob ihn in sein Zimmer. »Okay, du schläfst oben, da hast du Ruhe. Über die Hühnerleiter, siehst du?«

»Hühnerleiter?« Er lächelte sein überlegenes, wohlerzogenes Lächeln.

»So heißen die, Lucien. Schaff dir ein Vokabelheft an.«

»Ich habe ein Vokabelheft.«

»Okay, leb dich erst mal ein. Ganz wichtig, steck dir da oben keine Gitane an. Du machst dich unglücklich. Unser Erzieher ist Bruder Hermann, der Dicke. Du hast ihn ja gesehen. Vorsicht, er schläft schlecht. Eigentlich schläft er überhaupt nicht. Achte auch auf Bruder Albertus, den mit dem roten

Kopf. Und dann Bruder Gregor. Bei Bruder Gregor nur die Klappe halten und ernst gucken. So.« Ich machte mein frommes Studiergesicht. »Um vier Uhr ist Silentium, das heißt, nicht quatschen, Lucien. Nicht das Zimmer verlassen. Auf deinem Hintern hocken und arbeiten, okay? Bis zwanzig vor sieben, dann gibt's Abendessen. Warte ab, bis du die Schädelstätte gesehen hast, die ist für einen kulinarisch orientierten Franzosen eine besondere Freude. Ach ja, abends um Punkt neun wird der Bau abgeschlossen, Haus Athen, Haus Sparta, alles. Bis zur Obersekunda rauf müssen dann alle drinnen sein und sofort auf die Zimmer gehen. Ab neun herrscht im Haus wieder Silentium. Laß dich nach neun nicht draußen packen, Lucien, das kommt schlecht an. Du hörst doch die Glocken, oder? Schlagen jede Viertelstunde. Du hörst sie auf dem ganzen Collegiumsgelände, auch am See. Uhr vergessen, das ist keine Entschuldigung.« Ich sah mich in der alten Bude um. »Okay, Lucien. Wir sind in der Bude nebenan. Tilo auch, der Große. Und Motte. Wenn du was brauchst. Aber leb dich erst mal ein.«

Womit ich meinte: Rück mir nicht auf die Pelle, alter Frenchman.

* * *

Das Collegium Aureum, Schule und Internat, war nicht nur humanistisch, es war auch musisch und altsprachlich und bischöflich. Besonders das letzte. Wir gingen viermal die Woche in die Kirche, das war das Minimum, und manche beteten zwischendurch noch mit Kerzen und Orgelmusik zur Gottesmutter. Mann, im Mai nannten sie die Gottesmutter auch noch Maienkönigin, solche Sachen. Wir hatten ja Kevelaer in der Nähe, den berühmtesten Wallfahrtsort Deutschlands. Nach oben waren der Frömmigkeit keine Grenzen gesetzt. Das Collegium war wie ein katholischer Suppenwürfel, wenn man ihn ins Wasser wirft, damit er sich auflöst, merkt man erst, was da alles drin ist. Ich wußte wirklich nicht, wie ich das Lucien erklären sollte.

Und dann war auch klar, warum es auf der Insel der Verzweiflung keine Mädchen gab, wegen der Sünde und allem. Wenn wir gefragt wurden, warum wir auf dem Collegium waren, sagten wir: wegen der guten bischöflich-musisch-altsprachlichen Schule.

Dann wurde man manchmal gefragt: Aber das ist doch sicher sehr streng?

Und wir sagten: Geht so. Also, das war eigentlich eine Lüge, und wir hätten sie beichten müssen, wenn wir dann nicht noch mehr Ärger bekommen hätten.

Motte sah das anders. »Früher wurden die Kinder täglich geprügelt, schon mal darüber nachgedacht? Ich kann doch nicht wegen jeder Backpfeife Trauer tragen.«

»Du bist ein echter Künstler, Motte. Schiebst einfach weg, was dich beunruhigen könnte. Schon mal *darüber* nachgedacht?«

»Ehrlich gesagt, nein.«

»Dann tu's mal, wie wär's damit?«

»Keine Lust. Das bringt doch nichts.«

Und für Motte brachte es wirklich nichts. Er sagte, *geht so* und machte weiter. Aber immer wenn wir sagten, *geht so,* waren wir eigentlich zu faul, uns gegen die Erzieher zu wehren.

Das war unser Problem, wir bildeten keine gemeinsame Front. Die Erzieher hatten ihre Collegiumsordnung und ihre Collegiumsregeln und ihren Collegiumsverstand, und alles, was da nicht hineinpaßte, wurde verfolgt. Uns fielen ja jede Menge Sachen ein, die man an der Collegiumsordnung verändern konnte. Aber immer, wenn jemand etwas vorschlug, kamen die Erzieher mit ihrem Collegiumsverstand und sagten: Wenn das jeder täte. Und wenn man etwas tun wollte, was nicht in den Collegiumsregeln stand, was aber auch niemandem schadete, irgend etwas Originelles, auf das noch nie jemand gekommen war, sagten sie: Das haben wir noch nie so gemacht.

Das waren so die beiden Sprüche: *Wenn das jeder täte.* Und: *Das haben wir noch nie so gemacht.*

Wir sagten dann: Es *tut* aber nicht jeder. Dann überlegten die Erzieher hin und her, strengten ihren Collegiumsverstand an, wackelten mit den Köpfen und sagten am Ende: Nein, es geht nicht. Das haben wir noch nie so gemacht.

Mann, wie ich den haßte, diesen Spruch. Und ich hatte keine Lust, ihn Lucien zu erklären. Daß man in Versailles oder sonstwo in der christianisierten Welt mit solchen Sprüchen durchkam, konnte ich mir einfach nicht vorstellen.

Einmal sagte ich zu Motte: »Glaubst du nicht, daß es wichtig wäre, irgend etwas zum *ersten Mal* zu machen? Auch wenn man noch nicht weiß, ob es gut ist oder funktioniert oder ob man es nachher nicht bereut? Hätte Lindbergh den Atlantik überflogen, wenn er sich gesagt hätte: Das haben wir noch nie so gemacht? Ich würde lieber mal etwas Neues probieren und es dann bereuen, als ständig dasselbe zu tun und nie etwas zu bereuen. Ich glaube, das bin ich meiner unsterblichen Seele schuldig.«

Motte war sich aber nicht so sicher. Er fand, die Erzieher hätten doch Erfahrung, und meistens wüßten sie sehr genau, was gut für uns ist. Deswegen waren sie doch Erzieher. Es ginge doch auch darum, Fehler zu vermeiden, die nicht wiedergutzumachen waren, sagte Motte. Wir müßten ja nicht alles toll finden. Aber das meiste wäre ziemlich durchdacht.

Das sagte er wirklich, *durchdacht.* Ich fragte Motte, warum er dann allen Blödsinn mitmachte, der uns einfiel, gerade die Sachen, die den Erziehern so gewaltig auf die Nerven gingen wie Rauchen oder Apfelkorn trinken oder heimlich durchs Fenster steigen, solche Sachen. Ich erwähnte noch nicht einmal die sündhaften Phantasien, die ich dauernd hatte, besonders von einem dunkelblonden Mädchen, dem ich an einem Sommertag im Weizenfeld oder im hohen Gras die Bluse aufknöpfen wollte, um ihre Brüste zu streicheln und mich an sie zu drücken, solche Sachen. Oder der ich im Winter den sandfarbenen Wollpullover hochschieben würde. Es gab ja tausend Arten, gegen die Collegiumsordnung zu verstoßen und seine unsterbliche Seele zu gefährden, in Gedanken, Worten und Werken.

Motte sagte: »Es geht eben hin und her. Man steckt ja nicht drin. Mal gewinnen die Schwatten, mal gewinnen wir.« Das wäre völlig normal, sagte Motte. Niemand gewinnt immer.

»Und wer gewinnt ganz am Ende?« fragte ich.

»Die Schwatten. Sie währen ewig.«

»Ich will aber, daß *wir* gewinnen. Für wen ist das Collegium denn da, für die Schwatten oder für uns?«

»Gute Frage.« Er guckte schräg über meinen Kopf hinweg ins Leere, wie er das immer machte, wenn er nachdachte. »Genaugenommen für die Schwatten.«

Hier sind ein paar Dinge, die mir auf die Nerven gingen, ich habe sie euch aufgeschrieben, damit ich mich darauf beziehen kann. Also:

Blutwurst und Fettläppchen.
Abgeschlossene Türen.
Daß es keine Mädchen gab.
Der Marienmonat Mai.
Das Schweigegebot bei der Suppe.
Meßdiener sein, das Weihrauchfaß schwenken.
Die Kontrollgänge der Erzieher.
Daß Sonja nicht bei mir war.
Der lange Herbst.
Der lange Winter.
Die Erinnerungen an Schwester Gemeinnutz.
Die Schläge der Turmuhr zum Silentium.

Versteinerte Nußecken.
Kirchenmusik auf der Gitarre.
Die miefigen Umkleideräume in der Schwimmhalle.
Graue Sonntagshosen.
Sonntagvormittage.
Sonntagnachmittage.
Das müde Graubrot am Sonntagabend.

* * *

Ich sage euch lieber gleich, daß die Schädelstätte einer der verrufensten Orte des ganzen Collegiums war. Genau wie der Speisesaal von Haus Sparta oder dem Juvenat. Wenn ihr Gefängnisfilme kennt, so ungefähr ging es bei uns zu. Mittendrin saßen Bruder Hermann und Bruder Gregor und versuchten, Ordnung zu halten. Aber wenn Onni den langen Sven mit Brotkügelchen beschoß, kriegte keiner von den Schwatten etwas mit. Das war das Gute an dem riesigen Speisesaal. Wir waren vielleicht zweihundert Leute, und man fiel in der Masse nicht auf. Jede Woche gab es einen neuen Tischplan. Das Schlechte war, man konnte in der Masse auch untergehen. Einer wie Sven zum Beispiel hatte von Anfang an keine Chance. Svens Eltern waren sündhaft geschieden, und man merkte es ihm auf Schritt und Tritt an.

Einmal flog Onnis Brotkügelchen in hohem Bogen über Sven hinweg, landete bei Leo Siebenwirth auf der Brille und klebte dort fest. Siebenwirth war unser Erdkundelehrer. Onni hatte das Brotkügelchen ordentlich mit Spucke eingerieben. Als er sah, daß es bei Siebenwirth auf dem linken Brillenglas pappte, dachte er, jetzt ist er geliefert. Aber Siebenwirth schnippte das klebrige Ding einfach runter und aß weiter. Da wußten wir, daß Leo Siebenwirth nicht mehr zu helfen war. Er wußte nicht, was er in sich hineinschaufelte, und er sah nicht mehr, was ihm an der Brille klebte. Vor vielen Jahren war ihm seine Frau weggelaufen, und seitdem wohnte er bei uns im Collegium, auf einem schiefgetretenen Holzflur in der Nähe des Nonnentrakts. Manchmal sahen wir ihn in der Frühmesse. Abends hörten wir das Klingeln seines Schlüsselbunds auf der anderen Seite von Türen, die zum Nonnentrakt gehörten und von uns nicht geöffnet werden konnten. Er schlurfte umher wie ein Pensionär, obwohl er dafür viel zu jung war. Er gehörte zu uns und doch nicht zu uns. Ich glaube, Siebenwirth wollte nur noch seine Ruhe haben, vor allem vor den Frauen.

Jetzt zur Ernährung, dem eigentlichen Schrecken der Schädelstätte. Nach einem einzigen Blick auf den Speiseplan der Woche wüßtet ihr Bescheid. Dienstags zum Beispiel gab es Himmel und Erde, eine niederrheinische Spezialität, Blutwurst mit Kartoffeln und Apfelmus. Ihr findet sie auf meiner Liste. Die Blutwurst war eine kleine schwarze Platte. Sie war so schwarz und hart, daß kein Apfelmus der Welt ihr Herz erweicht hätte. Wenn ich sah, wie sich andere die schwarzen Stücke in den Mund schoben und kräftig zu kauen begannen, damit die Blutwurst schön zerkleinert und als schwarzer Matsch in ihrem verdammten Magen landete, wäre ich am liebsten schreiend aus dem Speisesaal gerannt. Wißt ihr noch, was Freitag ruft, als er dem alten Robinson sagen will, daß drei Kanus mit Kannibalen an der Küste ihrer einsamen Insel gelandet sind? O Herr! O Herr! O Jammer! O schlimm! Das ruft Freitag. Und dann sagt er noch: Ich sterben, wenn Ihr befehlen zu sterben, Herr.

Genauso fühlte ich mich, wenn die schwarzen Blutwurstplatten an der Küste der Schädelstätte landeten. Wie Kannibalen sprangen die Blutwurstplatten von den Tellern und bemächtigten sich unserer Tische. Sofort schwärmten sie aus, bereit, unser Leben, unsere Gesundheit, alles, was uns heilig war, mit ihrem grausamen Angriff zu bedrohen. Niemand erwartete von der Blutwurst Schonung. In höchster Not rief ich aus: O Herr! O Herr! O Jammer! O schlimm! Aber niemand erhörte mein Rufen.

Ich habe euch die übelsten Gerichte mal aufgeschrieben, ungefähr so, wie wir sie essen mußten. Damit ihr von der Schädelstätte ein Bild bekommt. Also. Montags gab es Fettläppchen mit Mischgemüse. Ein mittelschlechter Tag, weil die Woche begann und manche Sachen noch frisch waren, theoretisch jedenfalls. Das heißt, sie waren frisch, als sie in der Großküche des Collegiums angeliefert wurden. Aber schon ein paar Stunden später hatten sie sich in den alten Collegiumsfraß verwandelt, den wir kannten, als hätten sie neun Tage lang herumgelegen und wären am zehnten ohne Gegenwehr vergammelt.

Die Fettläppchen hießen eigentlich Bonanza-Steaks und waren so groß wie, na ja, ein Päckchen Kaugummi. Ein bißchen breiter vielleicht, aber genauso elastisch. Oh, Boy. Die Hälfte davon war Schweinefleisch, das von den Collegiumsschweinen kam. Das Collegium Aureum hatte nämlich seinen eigenen Schweinestall, neben der Werkstatt von Jan Spans. Die andere Hälfte der Fettläppchen war reines Schweinefett. Stellt euch das Ganze paniert vor und schön braun gebraten. Das war die Tarnkappe, damit man nicht sah, wo das Fett begann. Man schnitt in das Fettläppchen und dachte, oh, das muß der Fettstreifen sein, und setzte das Messer woanders an. Aber auch da schnitt man ins Fett. Oh, so viel Fett! dachten die, die das Fettläppchen noch nicht kannten. Und dann schnitten sie links hinein und rechts hinein, dann vorne und schließlich hinten. Und überall schnitten sie in reines Fett, das sich so lang ziehen ließ wie ein großes Zeichenlineal.

Den Rest mache ich kurz. Dienstags kam die Blutwurst. Mittwochs gab's Frikadellen. Manche sagten, sie bekamen ihre Würze durch die Küchenmädchen. Vor dem Braten nahmen die Küchenmädchen die geformte Frikadelle, legten sie sich in die Achselhöhle und drückten den Arm kurz und kräftig nach unten. Wie die Henne ihre Flügel. Das waren die würzigen Frikadellen, wie sie aus der speziellen Frikadellenpresse der Schädelstätte kamen.

Donnerstags gab's wieder Fleisch, Rind, glaube ich, jedenfalls dunkler. Es war nicht so elend wie die Fettläppchen, aber trocken, traurig und zäh, als hätten die Rinder große Langeweile gehabt und wären ohne Hoffnung auf ein Jenseits gestorben. Freitags kamen meistens Fischstäbchen, zu denen hört ihr von mir kein Wort. Manchmal gab es auch Spiegeleier mit Spinat. Ihr werdet sagen, Spiegelei mit Spinat ist nichts Aufregendes, und ich sehe das genauso wie ihr. Spiegelei mit Spinat ist *überhaupt* nichts Aufregendes. Aber unter widrigen Bedingungen lernt man, die einfachen Dinge zu schätzen.

Robinson Crusoe, auf der Insel der Verzweiflung, mußte ja auch nehmen, was die Natur ihm gab. Seine sonstigen Aussichten waren, entweder vor Mangel zu sterben oder von wilden Tieren zerrissen zu werden. Das sagte er am Anfang immer wieder. Ständig hatte er Angst, wilde Tiere möchten kommen und ihn fressen. Solche Betrachtungen trieben ihm dann Tränen in die Augen, sagte er. Die Lappen, welche er Kleider nannte, konnte man vergessen, sie waren für ihn eine höchst unwichtige Sache. Es war ja auch keiner da, um ihn in seinen alten Lappen zu sehen. Aber in den ersten Jahren auf seiner Insel war er ein ganz einsamer Arsch, und ich vermochte sein Schicksal mit jeder Faser aufzunehmen. Die Unmöglichkeit seiner Rettung schien ihm so augenfällig, daß kein Funke von Hoffnung in seinem Innern zurückblieb.

Ich durfte nur nicht daran denken, daß Robinson Crusoe ganz am Anfang seiner Zeit ein ganzes Schiff ausgeräumt hatte. Das heißt, er war im Vorteil. Erinnert ihr euch daran? Also. *Vor* der Plünderung des Schiffes hatte Robinson Crusoe nur sein Messer, den Tabak und die Tabakspfeife. *Nach* der Plünderung zog er mit Brot, Zwieback, Reis, Schnaps, Gouda und getrocknetem Ziegenfleisch ab. Ungefähr so betrachtete ich Spiegelei und Spinat, als Überlebender.

Und ich sprach: Du freundliches Spiegelei! Du gütiger Spinat! Zwar erfüllt mich euer Anblick nicht mit Verlangen, aber ihr kommt annähernd aus der Natur. Ihr werdet mir helfen, meine körperlichen Kräfte auf der Insel der Verzweiflung zu bewahren und meinen Verstand mit Nahrung zu versorgen, damit mich die grauen Wolken des Nihilismus nicht umhüllen. Robinson Crusoe, der euch nicht verschmäht hätte, soll mein Zeuge sein: Auch ich werde euch nicht verschmähen!

So sprach ich.

Aber eigentlich war ich auf den alten Robinson neidisch, wenn ihr's genau wissen wollt. Nicht nur deswegen, weil er sich das Vergnügen des Rauchens gewährte, wann immer er wollte. Nein, wegen seines Speiseplans. Zum Frühstück aß er eine Weintraube, zu Mittag ein Stück geröstetes Ziegen- oder Schildkrötenfleisch, und zum Abendbrot begnügte er sich mit zwei oder drei Schildkröteneiern. Am liebsten hätte ich gerufen: Einverstanden, das Menü nehme ich auch! Und dann wäre ich nach draußen gelaufen, um eine Ziege zu schießen oder eine Schildkröte zu fangen.

Vom Wochenendfraß auf dem Collegium Aureum will ich fast schweigen, besonders vom wortkargen Nudelsalat, der in einer absolut ungesetzlichen Schmiere ruhte. Nur das müde Graubrot muß ich noch erwähnen, dazu seinen zuverlässigen Partner, die kranke Fleischwurst. Die beiden traten immer als Paar auf. Am müdesten waren die beiden am Sonntag abend, der auch auf meiner Liste der nervtötenden Dinge auftaucht. Blaß und abgespannt und unterernährt lagen sie auf ihren Tellern, das Graubrot auf dem einen Teller, die Fleischwurst auf dem anderen Teller. Wir wußten, daß sie nicht mehr auf die Beine kommen würden, beide nicht. Sie funkten sich nur noch schwächer werdende Botschaften zu. Manchmal schlug Motte über der Fleischwurst ein Kreuzzeichen, aber nur, wenn Bruder Hermann nicht guckte.

Jetzt habt ihr von der Schädelstätte ein ungefähres Bild.

* * *

Wir wohnten in einem Dreierzimmer mit Hühnerleiter, Motte, Tilo und ich. Onni wohnte nebenan bei Ralle und Ernie. Auf der anderen Seite war jetzt Lucien.

Wenn wir aus dem Fenster guckten, sahen wir die beiden Tennisplätze. Das Collegium war sehr stolz darauf, daß es diese Tennisplätze hatte. Wißt ihr eigentlich, was die kosten, sagte der Präses. Wir wußten es nicht. Aber es machte Spaß, sich bei trockenem Wetter aus dem Fenster unserer alten Bude zu lehnen und den Spielen zuzugucken. Und auch wenn wir nachmittags etwas anderes taten, hörten wir das Tschacktschack der Schläge, das Rutschen der Schuhe auf der krümeligen Asche, das Geräusch, wenn der Ball gegen die Netzkante klatschte, und die *Scheiße*-Rufe.

In unserem Zimmer standen zwei Betten, zwei unten und eins oben, das hatte Motte, weil er seine Privatsphäre braucht. Insgesamt war unser Leben ziemlich langweilig, auch wenn unsere alte Bude in Ordnung war. Draußen war nicht viel zu machen. Drinnen erst recht nicht. Das Collegium Aureum lag in der Mitte eines großen Nichts, und drumherum lagen Felder. Kühe mampften ihr Gras. Alle Mädchen, die im Umkreis von zwanzig Kilometern wohnten, hatten sich versteckt, oder die Eltern holten sie von der Straße, wenn wir in die Nähe kamen. Die Eltern waren meistens Bauern. Also, sie fuhren Kartoffeln und Rüben durch die Gegend und wollten nicht, daß ihre Töchter einen Freund haben.

Lucien erzählte mir, daß es in der Gegend von Versailles auch Bauern gab. Aber ich konnte mir nicht vorstellen, daß sich die Versailler Bauern so aufführten wie die Collegiumsbauern oder die Bauern in der Gegend von Gleuyn und Hommersum. Einer stellte sich mal mit der Mistgabel an die Hofeinfahrt, damit wir sofort wußten, mit wem wir es zu tun hatten. Ein anderer saß oben auf seinem Traktor und ließ kurz den Motor aufdröhnen. Sie sprachen nicht viel, die niederrheinischen Bauern. Sonntags saßen sie beim Frühschoppen in der Dorfkneipe, hauten mit der flachen Hand auf den Tisch oder klopften sich gegenseitig auf die Schultern. So ungefähr. Manche hatten noch ein Plumpsklo im Freien, eine Bude aus Holz, in der ihnen im Winter der Hintern abfror. Arme Bauern.

Das Collegiumsgelände war insgesamt gar nicht so klein, aber wenn man daran dachte, daß man nicht wegkam, schrumpfte es plötzlich zu einer Insel zusammen, einer winzigen Insel der Verzweiflung im niederrheinischen Nichts direkt an der holländischen Grenze, ohne Autos, ohne Mädchen, ohne irgend etwas Neues. Auch der graue Himmel darüber war ein großes Nichts. Man konnte um den See latschen, der zum Collegium gehörte, unser altes Baggerloch, und wenn kein Fußball war, taten wir das auch. Aber der See war nur ein bißchen Wasser, das Ufer jede Menge Lehm und Gras, das war's schon. Im Zimmer spielten wir manchmal den Magic Blues, der ging so: Wir taten so, als hörten wir gerade eine irre Musik, aber jeder eine andere, und dann summte und brummte jeder vor sich hin, als würde er seine eigene Musik machen, aber jeder eine andere. Dann wurden wir lauter. Ein starkes Gitarrensolo gab Extrapunkte. Und wer lauter war als die anderen und auch noch Drums und Piano reinbrachte, hatte gewonnen. Ein blödes Spiel. Die Unmöglichkeit meiner Rettung schien mir so augenfällig, daß kein Funke von Hoffnung in meinem Innern zurückblieb.

* * *

Das Collegium Aureum war das bedeutendste katholische Internat im Umkreis von zweihundertfünfzig Meilen. Nicht das teuerste. Auch nicht das feinste. Sondern einfach das beste. *Der beschauliche Ort, wo das Bistum Münster seinen hoffnungsvollen theologischen Nachwuchs gewinnt. Wo sich Weltabgeschiedenheit, humanistische Bildung und tiefreligiöse Erziehung zu einer harmonischen Einheit verbinden.* So ungefähr stand es im Prospekt, den interessierte Eltern in die Hand gedrückt bekamen, und so ungefähr mußten wir es den alten Tanten erzählen, die alle paar Wochen in großen Reisebussen angekarrt wurden und unser schönes Collegium besichtigten.

Aureum heißt golden, wißt ihr das, sagten die Tanten. Aus Gold, wie etwas Kostbares. Wie die menschliche Seele, die darauf wartet, von Gott veredelt zu werden. Ich dachte: So goldfarben wie die panierten Fettläppchen, die ihr nie essen werdet. Nach einer Stunde war es vorbei. Der Reisebus mit den selig lächelnden Tanten fuhr langsam am wilden Heiligen vorbei und bog dann links ab, Richtung Gleuyn.

Krampfader-Geschwader, sagte Motte, wenn er bei ihnen diskret abkassiert hatte und dem Bus hinterherwinkte.

Die Tantenführungen veredelten nicht unsere unsterblichen Seelen, aber sie brachten uns ein ordentliches Taschengeld ein. Wir trabten mit den Ladys eine Stunde übers Gelände, zeigten ihnen Haus Sparta und Haus Athen, die Sportplätze und die Turnhalle. Der Spruch, der immer kam, war: So wohnt ihr also! Die meisten Tanten wollten vor allem die Kirche mit der niederrheinischen Beweinung sehen. Also zeigten wir ihnen auch die alte Kirche mit der Beweinung, und wir sorgten dafür, daß irgend jemand Orgel übte, damit die Tanten heilige Gefühle kriegten und uns noch mehr Geld gaben.

Da sagte uns der alte Jan Spans, daß er Orgel spielt. Wir konnten es kaum fassen.

Wir sagten: »Herr Spans? Sie? Wir dachten, sie reparieren nur Eisensachen und so.«

Da sagte Jan Spans: »Habe erst Maurer gelernt, dann Kesselwart umgelernt. Seit damals ist mein Gebiet Metall. Auch Orgelpfeifen sind Metall. Wenn ihr mich laßt, Jungs, dann spiele ich. Aber kein Wort! Zu niemandem!«

Und wir ließen ihn spielen, auch die langsamen Sachen. Jan Spans war ja unser Collegiums-Handwerker, der schon seit Ewigkeiten da war und alles machte. Er kümmerte sich um die Gartengeräte, die Laubharken und so. Wenn sie kaputt waren, brachte Jan Spans sie wieder in Ordnung. Sie waren ja auch aus Metall. Und er kümmerte sich um tropfende Wasserhähne oder kaputte Fensterrahmen, solche Sachen.

Auf die Orgelempore hätte er aber eigentlich nicht gedurft, auch nicht zum Üben. Wo gab es denn so was, einen Handwerker, der auf der Orgel übte? Also trippelte er von seiner Werkstatt über die große Collegiumsbrücke, dann über den Schulhof und zur Kirche hinüber. Im Kreuzgang guckte er sich unauffällig um, als müßte er was reparieren, und ging die Treppe zur Empore hinauf. Manchmal spielte er auch heimlich auf dem Harmonium in der Krypta. Er sagte, er hat einen Schlüssel. Schlüssel sind ja auch aus Metall.

Wie lange er das schon tat, wußten wir nicht. Vielleicht schon sehr lange. Er mußte einen riesigen Vorrat alter Schlüssel haben. Der alte Jan Spans war einer, der ein Geheimnis hüten konnte, ein ganz gerissener Bursche. Und er sagte einem nie, was man tun oder lassen sollte. Er fand, die Ordnung kümmert sich um sich selbst. Geld wollte Jan Spans nie haben, nicht mal fünfzig Pfennig. Es blieb sowieso immer genug Geld übrig. Eine einzige Tantenführung brachte manchmal fünfundzwanzig Mark ein. Es war ja eine ganze Busladung voller Tanten.

Irgendwie war mir aber nicht mehr wohl dabei, wenn ich den Tanten mit ihren schwitzigen Händen und den großen braunen Handtaschen von meinem konfessionellen Internat erzählte. Ich fühlte mich ganz schön verlogen. Ich wußte nämlich selber nicht mehr, warum ich da war, und ich glaubte auch nicht an Gott. Ich war Nihilist, könnte man sagen. Die traurige Folge eines ersten Fehltritts, jenes beweinenswürdigen Irrtums, der mich aus dem väterlichen Hause getrieben hatte.

Das wollte ich gerade erzählen. Wir waren alle aus verschiedenen Gründen auf dem Collegium Aureum, aber manche von uns wußten nicht, aus welchen. Ich zum Beispiel wußte es nicht mehr. Das war aber bestimmt nicht der Grund für meine fiesen Träume von Schwester Gemeinnutz, die aussah wie ein Drache mit Kaninchenlippen. Schwester Gemeinnutz war ja schon seit drei Jahren weg. Der Grund für die fiesen Träume und das andere war, daß mein kleiner Bruder jetzt auch auf das Collegium Aureum gekommen war. Ihr hättet das genausowenig verstanden wie ich, wenn Robert euer Bruder wäre.

Ich weiß noch, wie ich zu meinem Vater sagte: Warum soll Robert nicht in Köln auf eine normale Schule gehen? Er ist nicht nervös, oder? Er ist auch nicht lerngestört oder verhaltensgestört, er weint nicht, wenn er seine Hausaufgaben macht. Er ist ein ganz normaler, feiner Junge. Er will Fußball spielen, zum 1. FC Köln gehen und ein normaler Junge sein. Warum muß er auf das Collegium Aureum?

Mein Vater sah mich an und sagte: Eins nach dem anderen. Das sagte er oft. *Eins nach dem anderen.* Als ob die Dinge besser würden, wenn man sie sich einzeln anguckt. Meine Mutter saß dabei und hielt den Mund. In letzter Zeit hielt sie oft den Mund. Das gefiel mir gar nicht.

»Also«, sagte mein Vater. »Es gibt weit und breit keine bessere Schule als das Collegium Aureum. Das ist erwiesen, Marko. Was wäre aus dir geworden, wenn du in Köln geblieben wärst? Ich sehe dich noch in Tränen über deinen Lateinvokabeln. Deine Bleistifte, völlig zerkaut. Ein Trauerspiel. Soviel dazu.«

Auch einer von seinen Kanzleisprüchen. *Soviel dazu.* Aber an die zerkauten Bleistifte erinnerte ich mich. Oh, Boy, und wie ich mich erinnerte. Ich war zehn Jahre alt und kapierte gar nichts. Mein Gastspiel auf dem Kölner Gymnasium war ein Alptraum. Ich zerkaute jeden Nachmittag zwei Stifte. Erst die Bleistifte, dann die Buntstifte. Einmal machte ich mich sogar über meinen grünen Filzstift her. Meine Zunge hättet ihr sehen sollen. Nach einem halben Jahr und sieben Großhandelspakkungen Bleistifte meldete mich mein Vater auf dem Collegium Aureum an. Die fünfte Klasse mußte ich wiederholen. Es fiel aber kaum auf, weil ich vorher der Jüngste gewesen war. Jetzt war ich eben der Älteste.

Auf dem Collegium nannten sie die fünfte Klasse Sexta, die sechste Klasse Quinta und die siebte Klasse Quarta. Wenn man Latein konnte, hatte das einen Sinn. Mein Vater hatte mir erklärt, wie wichtig es ist für später, Latein zu lernen und daß fast alle Schulen heute mit Englisch anfangen, weil das Lateinische, das hatte es schwer, weil es eine tote Sprache war. Er sagte: Du solltest mit Latein anfangen und dann Englisch dazunehmen und dann Griechisch und dann weitere lebende Sprachen, unbedingt auch Französisch, eine wunderbare Sprache. Da ich dazu geboren war, das Werkzeug meines eigenen Unglücks zu sein, setzte ich allen diesen Anerbietungen keinen größeren Widerstand entgegen.

Als ich dann Latein lernte, kapierte ich, was er mit der toten Sprache gemeint hatte. Mann, war die tot. Sie klang wie die öden Küsten Afrikas. Später merkte ich, daß die ganze Erklärung mit den lebenden und toten Sprachen nicht stimmte, oder nicht ganz. Es war nicht der wirkliche Grund, warum ich von zu Hause weg sollte.

»Es hat bei dir doch gut funktioniert, Marko«, sagte meine Mutter. *Funktioniert.* Sie sah mich an wie einen Rührmixer. »Ihr könntet zusammensein«, sagte meine Mutter, »der Große und der Kleine. Du könntest Robert helfen, sich auf dem Collegium einzuleben. Er schaut zu dir auf.«

»Was sagt Sonja dazu?«

»Sonja wird gewiß unterstützen, was das beste für euch ist«, sagte mein Vater. »Das hat sie immer getan.« Mein Vater hatte seinen Versöhnlichkeitston eingeschaltet. Meine große Schwester hätte ihm was gehustet, wenn sie dabeigewesen wäre. Aber sie war nicht dabei, sondern bei einem ihrer dreihundert Freunde.

»Ich hätte das gern mit Sonja besprochen«, sagte ich wie ein Idiot. »Ich kann mir nicht denken, daß sie damit einverstanden ist.«

»Es ist beschlossen, Marko«, sagte meine Mutter. »Robert geht auf das Collegium. Es ist beschlossen, und Sonja weiß Bescheid. Glaub mir.«

Also glaubte ich ihr. Aber die ganzen Sommerferien dachte ich daran, daß Robert aufs Collegium mußte. Wer würde da sein, um ihn gegen Menschenfresser und reißende Tiere zu schützen? Manchmal machte ich die Augen zu und sah uns beide, meinen kleinen Bruder und mich, aber in einer einzigen Figur und mit einem einzigen Kopf, der mal nach Robert aussah, dann wieder nach mir, aber so, wie ich vor fünf Jahren war. Wir waren derselbe, mein Bruder und ich. Wir trugen beide kurze Hosen.

Das war der Sommer vor dem Schuljahr, von dem ich euch erzählen will. Bevor ich nach Hassum fuhr, Margret kennenlernte und alles. Und bevor Bruder Gregor uns verließ. Das Jahr meine ich. Mein letztes Jahr auf dem Collegium Aureum.

Ihr wißt ja nicht, was so ein Jahr bedeutet. Keiner weiß das, der nicht bei uns auf dem Collegium Aureum war, morgens in der Frühmesse gestanden und die Kirchenlieder aus dem *Gotteslob* gehört hat. Wenn ich um halb acht in der Kirchenbank saß, umrauschten mich graue Engel mit grünen Gesichtern, vielleicht sechs oder sieben, und schnatterten alle gleichzeitig auf mich ein. Ich dachte, gleich fegen die mit ihrem Gerausche und Flügelschlagen die Gebetbücher von der Bank. Bis dahin war kein religiöser Gedanke in meinem Gemüte aufgestiegen, und ich hatte sehr wenige Begriffe in dieser Beziehung. Ich sprach zu den grauen Engeln: He! Einer nach dem anderen! Ich komme gerade erst aus dem *Bett*! Wißt ihr nicht, wie das ist?!

So sprach ich.

Aber sie flatterten und schnatterten einfach weiter, und wenn ich mich nach vorn beugte, um einem von ihnen in sein verdammtes grünes Gesicht zu gucken und herauszufinden, ob ich seinen grünen Lippen nicht etwas ablesen könnte, irgendwas, eine Botschaft, etwas Handfestes, die kleinste Nachricht, die mit meinem zerfransten Leben etwas zu tun hätte, da spitzten sie das Mündchen und taten so, als wäre ich gar nicht da. Wirklich, ich wußte nicht, was sie von mir wollten, und ich habe es nie erfahren. Mein Leben war doch so zerfranst, daß ich jeden Ratschlag gebrauchen konnte. Ich war bereit, jedem zuzuhören, der etwas Gehaltvolles zu sagen hatte.

Und dazu das *Gotteslob*. Oh, Boy. Wir hatten das *Gotteslob* mit Plastikumschlag, was sonst, den gab es in Grün und Braun und vielleicht auch in Rot, was eher etwas für Mädchen war, aber wir hatten auf dem Collegium ja keine Mädchen, nur Nonnen und ein paar alte Frauen und drei oder vier Lehrerinnen, die auch nicht gerade jung waren, und natürlich brachten sie zur Messe ihr eigenes *Gotteslob* mit, vielleicht sogar das mit Goldschnitt und Lederumschlag, das feine. Ich glaube, wir hatten das *Gotteslob* nur in Grün oder Braun.

Alle, die etwas für Bücher übrighaben, wollen bestimmt wissen, wie das *Gotteslob* aufgebaut war. Also. Das *Gotteslob* bestand aus verschiedenen Teilen, zuerst den Gebeten, dann den Liedern oder Songs. Auf die Gebete werde ich gleich noch zurückkommen. Die Songs waren eingeteilt in den »Stammteil« und den »Eigenteil Münster«. Der Eigenteil Münster enthielt die Songs, die im Münsterland besonders gern gesungen wurden und die zum Beispiel im Bistum Würzburg oder im Bistum Speyer nicht so gesungen wurden. Ich kannte den Eigenteil des Bistums Speyer nicht, aber ich vermutete, er war auf seine Weise genauso wichtig für Speyer, wie der Eigenteil Münster wichtig für Münster war. Ich wußte nur nicht, wie die Songs so klangen, die die Leute in Speyer so sangen. Es gab Momente, da hätte ich das gern gewußt.

Der Eigenteil Münster enthielt beliebte Weisen wie Lied 952, »Was Gott tut, das ist wohlgetan«, oder Lied 959, »Maria, wir dich grüßen«. Dieser Song war gefürchtet, weil er achtzehn Strophen hat, und wenn der Organist sich an jemandem rächen wollte, konnte er alle achtzehn Strophen erbarmungslos durchspielen. Der Nachteil war, daß Organisten, die sich an *einem* rächen wollten, sich immer an *allen* rächten. Eine meiner Lieblingsstrophen von »Maria, wir dich grüßen« war die zehnte, wo es heißt: »Gewähre Schutz den Greisen (o Maria hilf!), den Witwen und den Waisen (o Maria hilf!).« Ein besonderes Prickeln löste bei mir die zwölfte Strophe aus, die lautet: »Vor Teurung, Pest und Brande (o Maria hilf!) gib Schutz dem Vaterlande (o Maria hilf!).«

Zur Einteilung der Songs im Stammteil will ich hier nur sagen, daß sie dem Verlauf des Kirchenjahrs folgte, was sonst. Mit Advent fing es an, mit Pfingsten hörte es auf, das waren so die großen Abteilungen. Dann kamen Sachen wie Lob und Dank oder Vertrauen und Bitte. Mottes Lieblingssong kam aus dieser Abteilung. Es war Lied 295, »Wer nur den lieben Gott läßt walten«. Das schmetterte Motte immer mit, daß der Putz von der Kapellenwand bröckelte und die Banknachbarn sich in Sicherheit bringen mußten. Gern gesungen wurden auch Lied 257, »Großer Gott, wir loben dich«, Lied 258, »Lobe den Herren«, und Lied 265, »Nun lobet Gott im hohen Thron«.

Und was soll ich euch sagen, Leute? Diese Songs waren meine Musik, da konnte ich gar nichts machen. Als ich elf, zwölf und dreizehn war. Als ich vierzehn war. Als ich fünfzehn wurde. Robert mußte sich auf etwas gefaßt machen.

Mann, war ich müde in diesen Frühmessen. Vielleicht hatten mich die grauen Engel mit den grünen Gesichtern kurz aufgescheucht und wachgerüttelt, aber wenn sie wieder abgezogen waren, fühlte ich mich noch müder als vorher. Und die Hostie schmeckte so trocken wie Mehl, sie klebte am Gaumen wie nasse Pappe. Niemand macht sich darüber Gedanken, wie der alte Chip am Gaumen klebt.

Aber ich versuchte es, ich versuchte es wirklich. Ich suchte Gott. Es war nur so verdammt früh am Morgen.

Ich blinzelte mit den Augen, blätterte im *Gotteslob* und fand ein paar gute Sprüche.

Wir können laufen und springen. Wir danken dir. Wir können sehen und hören. Wir danken dir. Wir können spielen und lustig sein. Wir danken dir.

Das fand ich nicht schlecht. Das mit dem Laufen und Springen gab mir morgens einen richtigen Schub, und beim Spielen und Lustigsein wäre der Tag fast gerettet gewesen, wenn dieser Tag zu retten gewesen wäre.

Ich blätterte weiter.

Herr, du kennst mich, stand da. *Ich bin weder ganz gut noch ganz schlecht.*

Damit konnte ich etwas anfangen.

An einem einzigen Tag ändere ich mich tausendmal, wie ein Rad drehe ich mich unzählige Male.

Ja, das gefiel mir. Das mit dem Rad hätte von mir sein können. Ich hatte mal einen Hamster gehabt, auf den konnte ich den Spruch beziehen.

Meistens ging es im *Gotteslob* aber nicht so gut weiter, sondern mündete wieder in dieselbe alte Frömmigkeitsspur, und die war nichts für mich. Ich hielt es lieber mit dem Hamsterrad, das tausend Umdrehungen macht und selber nicht immer weiß, wo gerade oben und unten ist. Oder mit dem Kutschrad, das sich immer im Kreis dreht und keine Fragen stellen kann, weil ihm sonst schwindlig wird. Und ich dachte: Wahrscheinlich bin ich das Rad, nicht der Wagen. Es muß auch Räder geben.

Hier, Lied 567, das paßt in allen Lebenslagen: »Der Herr bricht ein um Mitternacht; jetzt ist noch alles still. Wohl dem, der nun bereit sich macht und ihm begegnen will.«

Von dem Jahr rede ich. Meinem letzten Jahr auf dem Collegium.

2 *Das alte Kronenbourg. Sonja läßt mich im Stich. Gespräch über Benamukee und Tilos Kusine aus Duisburg. Bruder Gregor verhört uns. Ich lerne etwas über Vergeblichkeit.*

Im Sommer vor diesem Schuljahr machten wir wieder unseren südfranzösischen Urlaub. Mein Vater hatte dieselbe Villa in der Provence gemietet wie im Vorsommer. Damit man gleich anfangen kann, sich zu erholen, sagte er. Von der Terrasse aus, über grüne Hügel hinweg, guckten wir auf das Haus des früheren Redenschreibers von Willy Brandt. Jetzt könnt ihr euch ein ungefähres Bild machen.

Frankreich, *dieses schönste aller Länder*, sagte mein Vater immer. Wochenlang bekam er sich nicht mehr ein vor Lob auf die Pfirsiche, den Rotwein und die Croissants. Diese Croissants! sagte er. Die macht den Franzosen keiner nach. Eigentlich nur ein bißchen Butter und Blätterteig. Aber keiner kennt das Croissant-Geheimnis außer den Franzosen. Seht ihr die Weinberge! rief er am Abend. Dort reift, was wir gerade trinken.

Aber ich trank nicht, was da gerade reifte. Ich trank überhaupt noch keinen Alkohol. Das war auch eine von diesen Sachen, die jetzt an der Reihe waren, fand ich. Es wurde allmählich Zeit, die Welt und den Reichtum ihrer Getränke kennenzulernen.

Also sagte ich zu meinem Vater: »He, ich würde abends gern mal ein Bier trinken.«

»Oho!« sagte mein Vater. »Nicht lieber einen Wein? Sieh mal die herrlichen Reben da draußen.«

»Lieber ein Bier«, sagte ich.

»Gut«, sagte mein Vater, »da haben die Franzosen ihr Kronenbourg, das besorgen wir. Ein leichtes, bekömmliches Bier, das du nicht bereuen mußt. Der Ehrgeiz der Franzosen gilt ja eher dem Wein als dem Bier. Aber auch für Leute mit Bierdurst ist in Frankreich immer gesorgt. Ein kühles *bière blonde* ist genau das Richtige. Wir besorgen dir das alte Kronenbourg. *D'accord?*«

»Claro«, sagte ich.

Und wirklich besorgte mir mein Vater das alte Kronenbourg. Er trank sogar selber eins mit. Am dritten Kronenbourg-Tag standen wir auf der Terrasse und guckten jeder auf das Kronenbourg in der Hand des anderen. Wir tranken das alte Kronenbourg immer aus der Flasche. Die Abendsonne brachte das Flaschenglas zum Leuchten, als wäre eine Glühbirne darin. Und ich dachte, wahrscheinlich gefällt ihm das jetzt. Mir gefiel es ja auch. Ich war fünfzehn, fast sechzehn und trank mit meinem Vater, der eigentlich ein Weintrinker war, ein kühles Bier aus der Flasche. Ich begann mich daran zu gewöhnen.

Ich wollte mir nur nicht vorstellen, wie er sich später an unser erstes gemeinsames Bier erinnern würde. Mein Vater erinnerte sich an alles. Sein Kopf war eine Maschine für Zahlen, Daten und die winzigsten Einzelheiten. Weißt du noch, würde er sagen, im Sommer 1976 in Südfrankreich auf der Terrasse? Das alte Kronenbourg? Und weißt du noch, wann die Kronenbourg-Brauerei gegründet wurde? Lange, lange vor der Französischen Revolution! Eine uralte französische Traditionsbrauerei.

Und ich würde sagen: Papa, bitte.

Wir kamen aber nicht dazu, jeden Abend mit unserem *bière blonde* auf der Terrasse zu stehen und auf die grünen Weinberge und das Haus des Redenschreibers von Willy Brandt zu schauen. Mein Vater mußte seinen Urlaub für eine Woche unterbrechen und nach Köln fliegen, um in der Kanzlei *nach dem Rechten zu sehen.* Als er wiederkam, fuhr meine Mutter sofort zu einer Freundin nach Nizza, die Delphine hieß. Wir kannten die Freundin nicht. Ich glaube, mein Vater beklagte sich, weil er sie nicht kannte und den Namen Delphine noch nie gehört hatte. Aber meine Mutter ließ sich nicht abhalten, sie wollte unbedingt zu ihrer Freundin Delphine nach Nizza.

Die Stimmung war mäßig, wenn ich ehrlich sein soll. Alle merkten, daß wir nur mit halber Kraft Familie spielten. Das große Haus half meinen Eltern, sich aus dem Weg zu gehen. Und Sonja, der die Sachen meiner Eltern gewaltig auf die Nerven fielen, kam nur für ein paar Tage vorbei. Sie wollte noch einen wichtigen Freund in Genua besuchen, sagte sie, und dann weiter zu einer wichtigen Freundin nach Sardinien. Sie hatte ihre Gitarre mit dem Rolling-Stones-Aufkleber dabei und trug einen braunen Lederriemen um den rechten Oberarm. Ihre Blusen knöpfte sie nur halb zu. Wenn man ihr vorn hineinguckte, sah man die Brüste, richtig braungebrannt und so. Sonja hielt nichts von BHs. Sie sagte, BHs machen unfrei.

Einmal wollte meine Mutter sie richtig anmeckern, aber Sonja sagte: »Von dir lasse ich mir *gar* nichts sagen. Sonst reden wir mal über dich. Okay?«

Und meine Mutter sagte nichts mehr.

Ich hätte Sonja gern länger gesehen. Ich sagte ihr: »Wie kannst du mich so im Stich lassen, Alte? Gerade jetzt?«

Und ich meinte es ernst. Irgendwie brauchte ich sie jetzt mehr als sonst. Aber Sonja gab mir nur ein paar schmatzende Küsse.

»Ich verlasse mich auf dich«, sagte sie. »Kümmere dich um Papa und den Kleinen.«

»Was ist mit Mama?«

»Die kümmert sich um sich selbst«, sagte Sonja und machte ihr böses Gesicht. Dann packte sie ihre Gitarre ein und war weg. Sie war achtzehn. Warum sollten wir ihr wichtig sein?

Aber das war noch nicht alles. Das Schlimmste war dieses kleine Nagen, egal was ich tat. Das Nagen kam von meinen Gedanken an das Collegium. Die ganze Zeit guckte ich mir Robert an und fand, daß er noch viel zu klein war, um auf das Collegium Aureum zu gehen. Er war doch gerade erst zehn geworden. Ich fand seine Arme zu dünn, seine Beine zu dünn und seine Schultern zu schmal. Wenn ich nicht gewußt hätte, wie gut er spielt, hätte ich ihn nie allein auf den Fußballplatz gelassen.

Das Komische war nur, daß ich nicht begriff, was meine Angst um Robert mit mir zu tun hatte. Und hätte ich es gewußt, wäre ich auch nicht viel schlauer gewesen. Ich sage ja, ich war so eine Art Skeptiker oder Nihilist. Ich glaubte an ganz wenig, jedenfalls an viel weniger als Motte zum Beispiel.

Motte glaubte jeden Käse, ehrlich. Tilo glaubte an wenig, aber er brauchte das auch nicht, er war mit der Welt instinktiv zufrieden. So wie der Koalabär seine Eukalyptusblätter braucht und sonst nur in Ruhe gelassen werden will. Und Onni, na ja, der war manchmal ein Rätsel für mich. Er war kein Nihilist, jedenfalls kein echter. Auch kein Skeptiker. Aber man konnte ihm nichts vormachen, so daß er am Ende fast ein bißchen nihilistisch wirkte, auch traurig. Wir ähnelten uns darin, würde ich sagen. Onni und ich, wir waren wohl beide ziemlich oft traurig. Aber weil wir Nihilisten waren, jeder auf seine Weise, fragten wir uns nicht ständig, warum. Das ist der Unterschied.

* * *

Allerdings fragte ich mich, was das Leben für einen Sinn hat. Sehr oft. Vielleicht hatte ich unter dem leeren grauen Himmel einfach Zeit dafür. Ich stand in unserer Collegiumskirche vor der niederrheinischen Beweinung und fragte mich: Um wen weint sie? Und dann fragte ich mich: Wieviel weiß sie von unserer unsterblichen Seele? Die alten Tanten mit ihren fetten

Brillengläsern schienen das genau zu wissen, wenn wir sie auf dem Collegium Aureum herumführten. Aber ich fand, sie hatten leicht reden. Sie hatten ihr Leben hinter sich und konnten nicht mehr viel daran kaputtmachen.

Also. Was hat das Leben für einen Sinn? Ihr kennt die Frage ja. Vielleicht quält sie euch genauso wie mich. Jeder gibt auf diese Frage eine andere Antwort. Das heißt aber nicht, daß jede Antwort gleich gut ist. Selbst wenn sie es wäre, und das ist jetzt der neue Gedanke, selbst wenn sie es wäre, müßte man immer den Ort bedenken, an dem die Antwort gegeben wurde. Das hat mit dem relativen Universum zu tun.

Ich gebe euch mal ein Beispiel. In Köln, auf meiner alten Schule, hätte ich die Leute vom Collegium Aureum niemals kennengelernt. Nicht Bruder Hermann mit seinem Stiernacken und den kleinen Augen. Nicht Bruder Gregor mit den dünnen Lippen. Auch nicht die Lehrer. Oder später Margret und Jutta, zum Beispiel. Und natürlich hätte ich niemals Schwester Gemeinnutz mit den Kaninchenlippen kennengelernt, den Schrecken meiner ersten beiden Jahre.

Wir Nihilisten sagen nun, wir leben unser Leben *unabhängig* von den Menschen in unserer Umgebung. Wir sagen das einfach und meinen damit, wir sind glücklich oder traurig – meistens natürlich traurig –, egal, was die anderen tun. Wir erkennen auch kein Denk- oder Glaubenssystem an. Generell sind wir nicht so leicht zu beeindrucken. Und die Sache mit der unsterblichen Seele, also, damit sind wir vorsichtig.

Aber auf dem Collegium sah ich, daß der Gedanke nicht stimmte, oder nicht ganz. Ich *war* nicht unabhängig davon, was die anderen taten. Ich *dachte* es nur. Ich glaube, diese Erkenntnis hatte ich in dem Jahr, von dem ich euch erzählen will. Und darum war es auch so ein besonderes Jahr.

Die schwierigste Frage, die ich mir auf dem Collegium stellte, war: Gibt es Gott? Und ihr hättet sagen können: Schau dich doch um, Dummkopf! Du bist von Menschen umgeben, die an Gott glauben! Hörst du nicht von der Kanzel das Bibelwort?

Aber sosehr ich mich auch nach den Menschen umschaute, die an Gott glaubten, und sooft ich auch von der Kanzel das Bibelwort hörte oder bei Bildmeditationen Abendsonnen mit roten Wolken sah, die das Wirken Gottes veranschaulichen sollten, ich war mir der Sache einfach nicht sicher. Ich wußte natürlich, daß mein Nihilismus daran schuld war, zum Teil jedenfalls. Aber manchmal kriegte ich einen Schrecken, wenn ich den ganzen gläubigen Leuten in meiner Umgebung beim Gläubigsein zuguckte. Ich kapierte sie nicht, und ich konnte gar nichts dagegen tun. Wie auf einer großen Eisscholle trieben sie immer weiter von mir weg, während sie fromme Lieder sangen, und ich blieb auf meiner Eisscholle allein zurück. Am Ende hörte ich nur noch ganz schwach ihr frommes Singen, aber ich konnte sie nicht mehr sehen, weder sie noch ihre Eisscholle.

So war das. Und es machte mir zu schaffen. Ich war doch auf dem Collegium Aureum. Und Aureum bedeutet golden, das, womit Gott die unsterbliche Seele veredelt. Ich konnte doch nicht so tun, als wüßte ich nicht, was Aureum heißt.

Motte konnte ich danach nicht mehr fragen. Motte sagte immer, daß er glaubt. Er machte seine Witze über die Kirche, aber er glaubte an Gott. Er glaubte, daß wir auferstehen und ein ewiges Leben haben. Er hatte sogar schon mal mit dem Präses über den DKP geredet, eine neue Jugendbewegung, die der Präses ins Leben gerufen hatte, damit sie den Weltkommunismus bekämpft und das Banner des Christentums hochhält, solche Sachen. DKP bedeutete *Der Katholische Pfad*. Der Präses sagte, man muß den Kommunisten ihre Namen und Symbole wegnehmen, dann trifft man sie an einer empfindlichen Stelle. Und dafür wollte er Motte gewinnen. Motte sollte das Banner des wahren DKP hochhalten und gegen die Kommunisten und Bolschewisten ins Feld ziehen.

Seine Witze machte Motte trotzdem. Zum Beispiel sagte er beim Messedienen, wenn die Wandlung kam: Ich hole jetzt die Chips. Das waren die Hostien. Oder er sagte, er mixt dem Herrn Präses oder Bruder Gregor einen Drink. Das war der Kelch mit dem Meßwein. Er mixt ihnen einen Drink! Wir haben ziemlich gelacht, als er das zum erstenmal sagte. Aber das war eben nur ein Witz. Den Glauben hatte er trotzdem. Also saß Motte nicht auf meiner Eisscholle. Er saß auf der anderen, die von mir wegtrieb.

Motte fühlte sich im Meßdienergewand wohl wie ein Pudel. Er guckte ganz ernst, wenn er hinter dem Ambo stand, und las mit öliger Stimme die Worte der Lesung. Am liebsten las er die Abschiedsformel, wenn die Geschichte, die er gelesen hatte, über den Köpfen der Gemeinde hing wie der Morgendunst über der Pferdewiese. Das, sagte Motte, gefiel ihm am allerbesten. Wenn er von der Bibel aufschaute und so lange in die Gemeinde sah, als wäre er selber der Priester, und dann langsam sagte: Dies sind die Worte der Lesung.

Tilo und Onni konnte ich bei Glaubenssachen auch nicht gut fragen. Die glaubten gar nicht an Gott, und irgendwie war es ihnen auch egal. Tilo war sowieso alles egal, was mit Nachdenken oder Philosophie zu tun hatte, das Wort Nihilismus konnte er nicht einmal schreiben. Und Onni, na ja, mit dem war es wie immer, er knabberte und zweifelte so lange an allem herum, bis er nicht mehr wußte, ob er seinen Zweifel weggeknabbert hatte oder sich selbst.

* * *

»Hör zu«, sagte ich, »könnte es nicht sein, daß der Zweifel zu der ganzen Gottesfrage *dazugehört*? Ich frage mich das.«

»Möglich«, sagte Onni. »Aber nicht wahrscheinlich. Was würde es dem Glauben helfen? Und was würde es *Gott* helfen?«

»Man müßte darüber nachdenken«, sagte ich.

»Man steckt ja nicht drin«, sagte Motte.

Wir saßen draußen am Kiesberg auf der anderen Seite des Collegiumswegs, so daß wir den Streifen Wald im Rücken hatten. Onni hatte schon seine zweite Zigarette des Nachmittags gedreht. Motte und Tilo guckten in die Luft. Nur von rechts konnte uns jemand entdecken, aber wir paßten auf. Weiter hinten grasten die Pferde. Es gab ein paar Schüler, die nahmen Reitstunden. Das war die neueste Collegiumsmode, Reiten. Vorher war es Tennis. Aber Motte, Tilo, Onni und ich, wir spielten nur Fußball. Motte war für Schalke, Tilo für Mönchengladbach. Onni, der Sack, war für Bayern München. Und ich war natürlich für den 1. FC Köln.

»Glaubst du überhaupt«, sagte ich, »daß der Nihilismus neben dem Glauben noch Platz hat? Oder der Glauben neben dem Nihilismus? Du bist doch auch eine Art Nihilist, dachte ich.«

»Möglich, sogar wahrscheinlich«, sagte Onni. »Die Frage ist doch, was du für dein Leben *brauchst.* Brauche ich zum Beispiel meine Zigaretten hier?« Er guckte auf seine selbstgedrehte Onni-Spezial, die dünnste Zigarette der Welt. Ich hätte gesagt, wenn Onni irgend etwas brauchte, dann seine Onni-Spezial.

»Und?« sagte ich.

»Und was?«

»*Brauchst* du deine Zigaretten? Oder etwas Spirituelles? Oder sonst etwas im Leben?«

»Du sollst keine anderen Götter haben als mich«, sagte Motte.

»Tja«, sagte Onni und steckte sich die Zigarette an. »Das ist die Frage.« Er spuckte einen Tabakskrümel aus. »Manchmal glaube ich, irgendwie schwanke ich zwischen Skeptizismus und Agnostizismus.«

Tilo zuckte zusammen, als hätten die Wörter etwas mit Krankenhaus zu tun.

Ich sagte: »Kannst du dich nicht für eines der beiden entscheiden? Das ist doch nicht dasselbe.«

»Eben«, sagte Onni. »Aber es gibt noch einen dritten Zustand.«

»Und der wäre?«

Er zog an der Zigarette und kniff die Augen zusammen. »Ich habe noch kein Wort dafür. Es ist der Zustand, wenn ich gar nichts mehr glaube, auch an mich selbst nicht mehr.« Er guckte in die Runde, um zu sehen, ob er uns beeindruckte. »Es ist nicht einfach, von sich selbst abzusehen, versteht ihr. Aber manchmal erreiche ich den dritten Zustand. Dann lasse ich die Welt laufen, wie sie ist. Ich schaue einfach zu, wie sie läuft. Ich kann sie sowieso nicht verändern. Das ist der dritte Zustand.«

»Aber wer sich mit ihr abfindet«, sagte ich, »ist ein Idiot.« Es gab Tage, da dachte ich das mit solcher Schärfe, daß es mir weh tat. Ich dachte: *Alles* ist besser, als sich mit der Welt abzufinden.

»Dann bist du auch ein Idiot«, sagte Onni, »denn du findest dich mit der Welt ab. Guck dich mal um. Wir alle finden uns ab.«

»Ich möchte auch ein Idiot sein«, sagte Motte. »Ich finde mich nämlich auch ab! Jeden Tag. Mit allem, wenn ihr's genau wissen wollt. Und du, Marko, worüber beklagst du dich eigentlich? Du sitzt hier draußen, die Sonne scheint dir ins Gesicht, und du kannst ganz lässig eine dampfen. Nimm einfach an, Gott hat das alles gemacht, auch die Zigarette, die du gerade dampfst. Dann ist Ruhe. Nimm einfach an, Gott meint es gut mit dir.«

»Du kapierst das nicht«, sagte ich. »Du redest vom Glauben, als ob es Wissen wäre. Es ist aber Glauben, Mann! Sonst hieße es doch Wissen.«

»Springen mußt du selber«, sagte Motte. »Gott kann den Berg machen und dich da oben hinstellen. Aber er kann nicht für dich springen.«

»Springen? Vom Berg? Warum sollte ich *springen*? Was ist das denn wieder für ein Quatsch, Motte? Hast du den vom Präses?«

»Das ist ein Bild, du Pfeife. Das sagt man so. Noch nie von einem Bild gehört? Das ist bildliches Sprechen.«

»Bildliches Sprechen! Hör zu«, sagte ich. »In *Robinson Crusoe* fragt Robinson den Freitag nach seinen Göttern. Ihr wißt schon. Er hat Freitag vor den Kannibalen gerettet, also ist Freitag jetzt sein Diener. Er fragt ihn, wer das Meer, die Erde, auf der wir wandeln, die Hügel und Wälder gemacht hat, okay? Und wißt ihr, was Freitag sagt? Er sagt, das sei ein alter Mann namens Benamukee, welcher vor allen Dingen da war. Er sei sehr alt, viel älter als das Meer, der Mond und die Sterne. Dann fragt Robinson, ob nicht, weil dieser alte Mann alle Dinge gemacht habe, alle Dinge ihn anbeten müßten? Da wird Freitag ganz ernst und sagt mit unschuldigem Gesicht: Alle Dinge sagen zu ihm O!«

»Und was hat das mit Gott zu tun?«

»Mensch, Motte! Das *ist* Gott! Alle Dinge sagen zu ihm O! Das bist du, wie du in der Kirche hockst! Du hockst in der Kirche und sagst zu Benamukee O! Genau wie alle anderen.«

»Was soll der Mist? Kennst du nicht das zweite Gebot?«

»Warte«, sagte ich, »es geht noch weiter. Robinson fragt jetzt nämlich: Und wohin gehen diejenigen, welche sterben? Und Freitag sagt: Sie gehen zu Benamukee. Da fragt Robinson: Und diejenigen, welche man ißt? Er meint, wer von anderen aufgegessen wurde, es waren ja Kannibalen, okay? Und wißt ihr, was Freitag sagt? Ein einziges Wort: Auch! *Alle* gehen zu Benamukee, auch die, die aufgegessen werden. Benamukee ist für alle zuständig, für die Fresser und die Gefressenen. Mann, das ist deren ewiges Leben. Erst hocken alle da und sagen zu Benamukee O!, und dann gehen sie zu ihm.«

Motte sagte: »Du bist nicht ganz dicht, Marko. Du liest zuviel. Irgendeiner deiner komischen Schriftsteller hat dir ins Gehirn geschissen.«

»Du meinst Defoe.«

Onni drückte die Onni-Spezial aus. »Interessant, dieser Benamukee. Vielleicht eine Naturgottheit. Das waren ja primitive Burschen, diese Menschenfresser.«

»Um mit ihm zu sprechen«, sagte ich, »gehen sie auf den großen Berg, wo Benamukee seine Wohnung hat. Das ist Sache der Greise, die Freitag Oowokakee nennt. Die Oowokakee sind Priester und Mönche. Kommt dir das bekannt vor, Motte? Die Oowokakee gehen zu Benamukee und sagen O!, und wenn sie zu den anderen zurückkommen, bringen sie die Antworten Benamukees mit. Und wißt ihr, was Robinson dazu sagt?«

Ich sah Motte an. Aber Motte guckte nur stumpf zur Pferdewiese rüber.

»Robinson schließt aus dem, was Freitag ihm erzählt hat, daß frommer Betrug auch bei den blindesten und unwissendsten Heiden stattfindet. Frommer Betrug! So sagt er es. Tolle Schlußfolgerung, stimmt's? Dein Gott, Motte, der dich bildlich gesprochen vom Berg springen läßt, ist ungefähr so wie Benamukee.«

Motte setzte sich auf. »Du bist ein armer Spinner, Marko. Glauben, Wissen. Schon mal was von Glaubensgewißheit gehört? Oder vom *mysterium tremendum*? Du steckst da nicht drin! Was ist denn Dein Defoe für einer?«

»Robinson Crusoe«, sagte ich. »Nicht Defoe. Das ist nicht derselbe Standpunkt.«

»Okay, okay! Mein Standpunkt ist, daß ich dir diesen ganzen weichgekochten Mist nicht übelnehme. Ich vergesse ihn einfach. Der christliche Gott ist ein verzeihender Gott, okay? Du hast kein leichtes Leben, Marko. Wie sollte ich dir was übelnehmen?« Er lachte und klopfte sich mit der Faust vor die Stirn. »Alles vergessen. Schon weg! Kommt, wir spielen unser Spiel. Was wäre der Vorteil, woanders zu sein? Marko, du fängst an.«

»Nein«, sagte ich. »Laß Tilo anfangen.«

»Okay«, sagte Motte. »Tilo, was wäre der Vorteil, woanders zu sein?«

»Meine Kusine aus Duisburg.«

»Was ist mit der?«

»Ich habe sie letztes Wochenende gesehen«, sagte Tilo. »Mann, hat die sich verändert.«

»Wie verändert?« fragte Motte.

Onni streckte beide Arme aus, als müßte er ein mittelgroßes Paket die Treppe hinauftragen.

»Ich kann euch was erzählen«, sagte Tilo. »Also erst mal ist sie groß geworden, ungefähr … so. Und dann … kräftiger. Obenrum. Fast wie eine Frau. Sie hat blonde Haare, die hören gar nicht mehr auf. Wir waren sogar eine Weile allein. Meine Tante wurde schon kribbelig. Wir waren fast eine Stunde zusammen im Garten, während die anderen drinnen beim Kaffee saßen. Meine Kusine hat mir von ihren Freundinnen erzählt. Irre Geschichten. Es war warm, ein richtig toller Samstagnachmittag.«

»Hast du sie geküßt?« fragte Motte.

»Das wüßtest du gern. Meine Kusine hat schon jede Menge Erfahrung. Das merkt man sofort.«

»So als Mann«, sagte Motte.

Da kam Zecke Schmielen den Weg hoch. Zecke hieß eigentlich Rainer. Er war drei Klassen über uns. Zecke sagte, wenn er den Führerschein hat, versteckt er bei einem Bauern ein Auto. Er wußte, wie er an ein Auto kommt und alles, sein Schwager würde ihm eins gebraucht besorgen. Seine Schwester war schon verheiratet.

»He«, sagte Zecke. »Wenn ihr zurückgeht, paßt auf. Bruder Gregor streicht da vorne rum.«

»Danke«, sagte Motte.

»He, Zecke«, sagte Onni. »Wie ist denn der Tanzkurs? Schöne Frauen?«

»Warte ab, bis du dran bist, Winzling. Die werden dich gar nicht tanzen lassen, weil dein Maul genau auf Tittenhöhe ist.«

»Und was ist, wenn ich dabei eine Onni-Spezial rauche?«

»Dann brennst du den Mädchen ein Loch ins Kleid. Und weißt du, wo? Genau auf Tittenhöhe!«

Wir lachten.

Jeden Donnerstagnachmittag kam ein Bus, um die Primaner zum Tanzkurs nach Xanten zu fahren. Ins Schützenhaus. Das Schützenhaus war dreißig Kilometer entfernt, damit die Primaner nicht auf die Idee kamen, sich dort eine Freundin zu suchen. Direkt nach dem Ende der Tanzstunde ließ der Busfahrer den Motor an, und die Primaner mußten sich beeilen, daß sie noch mitgenommen wurden. Also, die Zeit reichte gerade mal zu einem Kuß, wenn ein Primaner seine Tanzpartnerin so weit bekommen hatte. Der Tanzkurs fand ja während des Silentiums statt. Sobald der Tanzlehrer gesagt hatte: Das war's für heute, meine Damen und Herren, ich danke Ihnen, die Herren sind so höflich und geleiten die Damen zur Garderobe!, stürmten die Paare, die sich gefunden hatten, nach draußen, rissen ihre Jacken oder Mäntel von der Garderobe und verzogen sich hinter das Schützenhaus, um die drei Minuten bis zur Abfahrt des Busses mit Küssen zu verbringen. Wenn dann der Motor angelassen wurde, rief jemand, der kein Mädchen hatte, vom Bus aus: Letzter Kuß, Leute! Reißt euch los! Bitte nicht vergessen, die Kleidung zu ordnen! Wir fahren!

Und der Bus fuhr wirklich. Er schnaufte so langsam aus der Zufahrt, daß man dachte, man könnte sich noch einen kleinen Kuß oder zwei holen und dann hinterherlaufen und in die offene Tür beim Fahrer springen, aber das war ein Irrtum. Die Tür schloß sich nämlich genau dann, wenn der Bus das Ende der Zufahrt vor dem Schützenhaus erreicht hatte. Wer sich nicht losreißen konnte, sagte Zecke, mußte sehen, wie er pünktlich zum Collegium zurückkam.

Zecke erzählte, die Mädchen, die zum Tanzen ins Schützenhaus kamen, waren alle aus Xanten und mußten nach dem Tanzkurs wieder nach Hause. Xanten ist nicht viel größer als Gleuyn, aber die Frauen von Xanten, sagte Zecke, ließen sich mit den Frauen von Gleuyn oder Asperden gar nicht vergleichen. Frauen, die an großen Flüssen leben, sähen meistens besser aus und trauten sich auch mehr. Paris wäre ein gutes Beispiel, sagte Zecke. Und Xanten eben auch. Das hätte mit der Feuchtigkeit zu tun und wie sie auf die Hormone wirkt. Oder auch damit, daß so ein großer Fluß Veränderung symbolisiert, also auch Wagnis und Abenteuer. Frauen, die an großen Flüssen leben, wären viel mutiger und würden sich alles mögliche trauen. Wer nach Paris ginge, sähe es sofort.

»Die Frauen, die an großen Flüssen leben«, sagte Onni. »Was trauen die sich denn so?«

»Och, alles mögliche«, sagte Zecke. »Ich gebe dir einen Tip. Wenn du groß bist, zieh an einen großen Fluß.« Zecke lachte. »He, achtet auf Bruder Gregor.« Er nickte in Richtung Pferdewiese. »Die Schwatten sind unberechenbar.« Dann zog er weiter.

Bruder Gregor war nicht unser Erzieher, aber das war egal. Wir hatten ihn in Religion, und nachmittags im Silentium sahen wir ihn bei seinen Kontrollgängen, wenn wir leise die Türklinke drückten und auf den Flur spähten, um zu gucken, ob die Luft rein war. Man mußte dabei sehr aufpassen, die Brüder waren teuflisch geschickt, und manchmal stellten sie uns regelrechte Fallen. Jeder Bruder wachte und kontrollierte für den anderen, Bruder Gregor für Bruder Hermann, Bruder Hermann für Bruder Albertus, Bruder Albertus für Bruder Gregor. Manchmal kam noch Bruder Jürgen dazu.

Wenn Bruder Gregor durch die Flure von Haus Athen strich, war irgend etwas anders als sonst. Er ging leiser, wahrscheinlich auch langsamer, und von seinem Atem hörte man nichts. Bruder Hermann schnaubte wie ein Walroß. Bruder Albertus eierte wie ein Kreisel kurz vor dem Umkippen und stieß sich im dunklen Flur an irgendwelchen Türrahmen oder blieb an einer losen Ecke des alten Linoleumbodens hängen. Oder er mußte niesen, und schon war die Schleicherei sinnlos. Nur Bruder Gregor konnte wirklich leise gehen.

Ich weiß nicht, wann ich anfing, mir Bruder Gregor beim Schleichen vorzustellen, sein Gesicht, seine Haltung, die Hängeschultern unter der schwarzen Jacke, überhaupt die Lappen, welche er Kleider nannte. Wie er guckte. Auf was er achtete. Ob seine Lippen im Dunkeln genauso zusammengepreßt waren wie bei anderen Gelegenheiten. Und ob er so käsig war, wie ich ihn am Morgen im Religionsunterricht oder beim Mittagessen im Speisesaal gesehen hatte. Daß er so blaß war, weil ihm von den Fettläppchen oder der verdammten Blutwurst schlecht geworden war, glaubte ich nicht mehr. Natürlich verschlimmerten die Fettläppchen und die Blutwurst jeden schlechten Zustand, in dem einer sich befand, so viel war immer klar, die Fettläppchen und die Blutwurst machten aus einem schlechten Zustand einen katastrophalen Zustand. Wir alle, die wir den Collegiumsfraß und nichts als den Collegiumsfraß essen mußten, waren ständig gefährdet. Aber der Zustand von Bruder Gregor war etwas anderes. Seine Traurigkeit ging den Fettläppchen und der Blutwurst voraus. Seine Gefährdung war nicht durch Fettläppchen entstanden und mußte auch jenseits der Fettläppchen kuriert werden. Seine Gefährdung, könnte man sagen, *transzendierte* die Fettläppchen.

Wer immer mit dem Kontrollgang in Haus Athen oder in Haus Sparta dran war, beim Rauchen verstanden die Brüder keinen Spaß, keiner von ihnen. Das Rauchen war ein dunkler Fleck auf der unsterblichen Seele. Ich hatte gerade erst mit dem Rauchen angefangen, und es war alles nur Mottes

Schuld. Er wollte, daß ich ihm Zigaretten drehe. Motte sagte, auf die Papierchen kommt es an. Als ich richtig gut drehen konnte, sagte ich: Laß mich mal eine rauchen. Und Motte gab mir von seinem Tabak. Zuerst hustete ich wie ein Afghane. Aber dann ging es. So wurde ich zum Raucher und befleckte meine unsterbliche Seele.

»Okay«, sagte Tilo, »bevor Bruder Gregor kommt, ziehen wir ab.«

»He«, sagte Motte. »Was ist jetzt mit deiner Kusine? Hast du sie geküßt oder nicht?«

»Rate mal«, sagte Tilo.

Onni und er zogen ab, Richtung Lehrersiedlung, damit Bruder Gregor sie nicht packte. Bis zur Lehrersiedlung durften wir gehen. Bis zu den Häusern von Antoni Subirats und Verweyen und so, das waren fünfhundert Meter. Sonst wäre es nämlich Ausgang, und wir hatten Mittwoch.

»Also, was machen wir?« fragte ich Motte.

»Erst mal rauchen wir in Ruhe fertig. Dann analysieren wir die Lage.«

Wir rauchten in Ruhe fertig. Dann analysierten wir die Lage. Es war ein richtig schöner Tag direkt nach den Sommerferien. Den südfranzösischen Urlaub hatte ich ziemlich gut abgeschüttelt. Nur das alte Kronenbourg vermißte ich, und Sonja natürlich. Sonja vermißte ich immer.

Der Wind ging über das hohe Gras, als wäre es das Meer. Alle möglichen Sachen lagen in der Luft, daß es mich fertigmachte, ich wußte auch nicht, warum. Vielleicht war das der Nihilismus. Oder der Gedanke an Frauen, die an großen Flüssen leben. Der Wind trieb den Rauch nach links, weg von Bruder Gregor, wenn er den Weg hochkam. Aber wir hatten ihn noch nie hier gesehen. Der Kiesberg war ein guter Ort, um in Ruhe eine zu dampfen.

»He«, sagte ich. »Hast du die Lage analysiert?«

»Wir machen das deduktiv«, sagte Motte.

»Prima«, sagte ich. »Dann geh mal deduktiv voran, ich folge dir in sicherem Abstand.«

»Ich meine«, sagte Motte, »wenn Bruder Gregor uns vom Kiesberg kommen sieht, dann *erwartet* er doch, daß wir eine geraucht haben. Stimmt's?«

»Stimmt.«

»Wir sind aber nicht blöd. Wir verstecken den Tabak. Okay?«

»Okay.«

»Wo versteckst du deinen Tabak?«

»Ludger, der Drummer, läßt ihn immer in seiner Tasche. Er sagt, der Herr hat's gegeben, der Herr hat's genommen. Zecke und Schnulli Wouters verstecken ihn in der Unterhose.«

»Haben sie dir auch erzählt, daß Bruder Hermann sie beim letztenmal richtig gefilzt hat? Sie mußten sich in die *Unterhose* gucken lassen. Ich würde mich bedanken. Dann können wir es gleich so machen wie Ludger, der Drummer. Man steckt ja nicht drin.«

»Ich habe was«, sagte ich. Ich trug meine halbhohen braunen Stiefel mit Reißverschluß. »Hier, wenn ich ihn ganz tief in den Stiefel schiebe. Darauf kommt er nie.«

Aber Motte war nicht überzeugt. »Wenn es einen gibt, der gerissen ist, dann Bruder Gregor. Der erwartet nicht nur, daß du eine geraucht hast, der erwartet auch, daß du den Tabak besonders clever *versteckst.* Dann sieht er deine Stiefel und sagt sich, das wäre ein cleveres Versteck. Und dann sagt er: Marko, laß doch mal deine *Stiefel* sehen. Läßt sich der Reißverschluß *öffnen*? So macht Bruder Gregor das.«

»Okay«, sagte ich. »Also, was machen wir?«

»Ich habe was.«

Und Motte hatte wirklich was. Wir versteckten den Tabak im Gebüsch am Kiesberg und markierten die Stelle mit drei fetten Steinen. Die Blättchen lagen tief im Tabak begraben. Wir guckten uns das Gebüsch genau an, ob man von außen etwas sah. Aber man sah nichts. Dann gingen wir zurück. Der Wind war immer noch frisch und kam so in Wellen durchs Hemd, durch die Haare und alles. Wir lutschten Mottes Pfefferminz. Die Pferde guckten, als wollten sie auch eins haben.

»Da kommt er schon«, sagte Motte.

* * *

Bruder Gregor war der einzige Erzieher, der nicht so aussah, als wollte er einen beim Rauchen erwischen, owohl er das eigentlich wollte. Er tat immer so, als würde er einem auf dem Spaziergang begegnen. Dann begann er irgendein Gespräch über Bücher, zum Beispiel. Aber nur, wenn die Schüler auch etwas mit Büchern anfangen konnten. Er hätte nie mit Tilo über Bücher gesprochen. Mit Tilo mußte man über Fußball oder Hochsprung oder seine Kusine aus Duisburg reden, und das konnte Bruder Gregor nicht. Wahrscheinlich gab es mehr Dinge, von denen er nichts verstand, als welche, von denen er etwas verstand. Also, er verstand von wenigen Dingen etwas, aber von denen verstand er gleich so wahnsinnig viel, daß wir dachten, er wäre der klügste Erzieher, der auf dem Collegium herumlief.

Während Bruder Gregor näher kam, fing mein Herz schon an zu klopfen. Natürlich hatte ich ein bißchen Angst, obwohl unser Tabak ja sicher versteckt am Kiesberg lag. Ich hatte aber auch Angst um *ihn*. Bruder Gregor kam da auf uns zu wie jemand, der eigentlich lieber etwas anderes tun will, als irgendwelche Schüler nach Tabak zu durchsuchen. Die ganze Tabaksucherei paßte nicht zu ihm. Daß er jetzt nicht in seinem Arbeitszimmer sitzen durfte, bei seinen Büchern, und daß ihn das störte oder sogar verletzte, das sah ich ihm schon von weitem an. Er war ja auch so blaß, weiß wie ein Laken. Selbst bei diesem warmen Wetter trug er immer den schwarzen Priesteranzug. Er sah aus, als wäre er darin geboren worden, aber gerade der schwarze Anzug machte, daß Bruder Gregor zu gar nichts paßte, nicht zu Pferden oder Fußball oder Tilos Kusine aus Duisburg. Auch nicht zu Frauen, die an großen Flüssen leben. Er sah traurig aus, fast schon nihilistisch.

»Jungs«, sagte Bruder Gregor, als er uns erreicht hatte.

»Tag, Bruder Gregor. Schöner Tag heute.« Das war Motte, er sagte solche Sachen.

»Eine sehr reine Luft. Spätsommerluft auf dem Lande. Atmet sie einmal tief ein, bis sie euch durchströmt. So.« Er sog die Luft durch die Nase ein, bis sie ihn durchströmte. Seine Nasenflügel waren eingeklappt, so daß die Nase ganz dünn aussah. »Spürt ihr es?«

»O ja«, sagte Motte. »Ich spüre es.«

»Wenn die großen Opernsängerinnen einatmen, ist ein einziger Atemzug die Vorbereitung auf viele sublime Augenblicke. Besonders bei der einen, der größten, die von der Welt verhöhnt wurde. Verhöhnt, beschimpft und verfolgt.« Dann sagte er langsam: *»She was despiséd. Despiséd and rejected.«* Dabei rollte er das *r* wie damals die Sogenannten bei den Beatles-Liedern, am Swimmingpool des Playa Dorada. Seine Lippen sahen sogar aus, als wollte er singen. Er sagte: »Und was liest Marko in diesen Tagen, sofern er liest und nichts Verbotenes tut?« Er sog wieder die reine Luft ein.

Ich habe vergessen, euch zu sagen, daß ich ziemlich viel las. Ich las dünne Bücher und dicke Bücher. Ich las nicht *alles mögliche*, wie die Schafsnasen immer sagen, wenn man sie nach ihren Büchern fragt. Was liest du denn so? frage ich sie, und sie sagen: Och, alles mögliche. Und was hörst du so für Musik? Och, sagen sie dann, alles mögliche. Und was *genau*? Na ja, sagen sie, eigentlich … alles mögliche. Ich sage: Gut, dann hörst du auch Heino, oder? Nein! schreien sie dann, bist du wahnsinnig, *den* doch nicht! Aber Karajan, den hörst du? Nein, sagen sie, den auch nicht so viel. Gut, sage ich, dann sag nicht *alles mögliche*. Alles mögliche ist Heino, zum Beispiel.

Und bei Büchern genauso. *Alles mögliche* heißt, ihr stopft jeden Dreck in euch rein. Und für Leute, die jeden Dreck in sich reinstopfen, wißt ihr, für solche Leute habe ich nur Verachtung übrig.

Das war etwas, was mir an Bruder Gregor gefiel. Er hatte fast alle vernünftigen Sachen gelesen, selbst Bücher, von denen ich dachte, die liest er bestimmt nicht. Natürlich kannte er viele Bücher, von denen ich noch nie gehört hatte, und außerdem kannte er fast alle meine Lieblingsbücher. Er kannte *Robinson Crusoe* und *Lord Jim*, zum Beispiel. Oder den unsterblichen *Huckleberry Finn*. Und den wahnsinnigen Dostojewskij. Er kannte *Der große Meaulnes*, den kennt nicht jeder. Er kannte auch *Der große Gatsby*, den kennt auch nicht jeder.

Bruder Gregor war der einzige, der sich jetzt fragte, was *Der große Meaulnes* und *Der große Gatsby* miteinander zu tun haben, über die Sprachen ihrer Verfasser hinweg, über die Kulturen ihrer Entstehung hinweg und über zwölf Jahre Publikationsabstand hinweg. Genau so sagte er es, zwölf Jahre Publikationsabstand. Darauf muß man erst mal kommen, finde ich. Ich weiß nicht, ob ihr wißt, daß *Der große Meaulnes* 1913 herauskam und *Der große Gatsby* 1925. Zwölf Jahre und ein Weltkrieg liegen dazwischen. Solche Unterschiede interessierten Bruder Gregor. Darauf muß man erst mal kommen, über alle diese Sachen hinweg. Er fragte jetzt zum Beispiel: Was macht den großen Meaulnes groß? Und was macht den großen Gatsby groß? Und wenn er das geklärt hatte, fragte Bruder Gregor: Ist die Größe des großen Meaulnes irgendwie mit der Größe des großen Gatsby vergleichbar, etwa in der Kraft der Illusionen? Oder in ihrer Fähigkeit, die sie umgebende Welt zu verwandeln und für kurze Zeit an einem verbotenen Zauber teilhaben zu lassen? Solche Sachen. Fragen, die einen weiterbrachten.

Wir hatten ein kleines Spiel, Bruder Gregor und ich. Er sieht mich irgendwo rumlaufen oder sitzen und fragt dann:

Und was liest Marko in diesen Tagen, sofern er liest und nichts Verbotenes tut? Immer dieser komische halbe Satz: *Sofern er liest und nichts Verbotenes tut.* Das sollte heißen, das Lesen bewahrt mich davor, Unsinn zu machen oder die Collegiumsordnung zu übertreten. Während ich lese, kann ich nichts tun, wofür er mich bestrafen muß. Denn er *müßte* mich natürlich bestrafen, wenn er von etwas Verbotenem wüßte, das war immer klar. Das ist die Ordnung, sagte er einmal, mit der wir leben. *Unter* der wir leben. Die Ordnung enthebt das Individuum komplizierter Entscheidungen. Es, das Individuum, gibt Freiheit ab, um Ordnung zu gewinnen.

»Und was liest Marko in diesen Tagen, sofern er liest und nichts Verbotenes tut?«

»Dürrenmatt. *Das Versprechen.*«

»Ah«, sagte Bruder Gregor.

»Sofern man mich läßt und nichts anderes tut.«

Bruder Gregor lachte nie mit dem ganzen Gesicht. Er lachte zum Beispiel nicht mit dem Mund. Dafür lachte er mit der *Stirn.* Echt. Man mußte nur auf seine Stirn gucken, schon wußte man, ob er etwas lustig fand. Er hatte nur noch wenige Haare, so daß man die Stirn immer gut sah. Ich würde sagen, auf seiner Stirn war Platz für acht bis zehn Falten.

»*Das Versprechen.* Ein Buch über Vergeblichkeit. Denk an den Untertitel. Nicht viele kleine Bücher enthalten so viel Vergeblichkeit, die sich über so viel Zeit erstreckt. Du bist davon noch nicht angefressen, Marko. Man muß gelebt haben. Länger. Die größten Bücher, die je geschrieben wurden, handeln nur davon.« Er sog jetzt nichts mehr ein. Seine hellen Augen schauten zur Pferdewiese hinüber. »Vergeblichkeit ist das Thema. Wenn ich zum Beispiel an diesem klaren Tag, der uns so selten beglückt, meinen Spaziergang mache und mir ein bestimmtes Ziel gesetzt habe und dennoch nicht finde, wonach ich suche, dann würde man das zweifellos Vergeblichkeit nennen. Nicht wahr? Das würde man.«

»Man würde es«, sagte Motte.

»Sehr gut, Matthias. Weiter. Man liest keine Bücher, sondern Werke. Gesamtwerke. Alles andere hat keinen Sinn. Ist ein Körper vollständig, dem ein Bein und eine Hand fehlen? Oder die Ohren oder gleich der ganze Kopf? Nein, er ist unvollständig, wenn ihm ein Bein fehlt oder eine Hand oder die Ohren oder der ganze Kopf. Man möchte ihn kaum einen Körper nennen, zumindest nicht in des Wortes hergebrachtem Verstand. Analog die Werke der Dichter und Philosophen. Man muß sie als ganze studieren, um sie als ganze zu begreifen, oder aber ganz von ihnen schweigen. Der Faule begehrt und kriegt's doch nicht; aber die Fleißigen kriegen genug. Ist es nicht so? Ich glaube, es ist so. Nun zu Dürrenmatt, von dem ich sagen möchte, daß er sich von der menschlichen Vergeblichkeit hat niederdrücken lassen, ein trauriger Fall. Oder glaubst du, Marko, er könnte noch zu Gott finden, unser Dürrenmatt? Er ist nicht mehr jung, weißt du. Er hätte Gott schon finden können in der ganzen Zeit, die er auf Erden hatte. Aber er *hat* ihn nicht gefunden. Die Frage wäre jetzt, ob unser Dürrenmatt sich wirklich angestrengt und es mit allen Kräften versucht hat. Nicht wahr, das wäre eine interessante Frage?«

»Vielleicht«, sagte Motte. »Vielleicht aber auch nicht.«

»Du plapperst daher, Matthias, tu das nicht. Von diesen Dingen verstehst du nichts.« Bruder Gregor sah Motte an, als sähe er in ihm schon einen viel älteren, uninteressanten Motte, mit Glatze, Bauch und vielen Kindern. »An uns alle, an euch, an mich … an mich besonders … wird einmal die Frage gerichtet werden, ob wir es mit allen Kräften versucht haben. Genau das wird die Frage sein. Und wir werden sie beantworten müssen.« Er sah uns an. Sein Kehlkopf zitterte. »Wir müssen Rechenschaft ablegen. Ist euch das klar?«

Wir guckten nur.

»Ob euch das klar ist!« schrie er plötzlich.

Wir schluckten. Er starrte uns an, aber was immer er sah, lag hinter uns oder über uns. Irgend etwas hatte Bruder Gregor dort gesehen.

»Nicht so schlimm«, murmelte er. »Man muß seine eigenen Kräfte kennen. Vergeßt das nicht.«

Ich sagte: »Bruder Gregor?«

»Was?«

»Ich glaube eigentlich nicht, daß Dürrenmatt noch zu Gott findet.«

»Ach, nein?« Diesmal wußte ich, daß er mich sah. »Und woraus schließt du das, Marko?«

»Er scheint gar nicht richtig zu suchen.«

»Da haben wir's!« rief Bruder Gregor, und das Versäumnis eines anderen schien ihn aufrichtig zu freuen. »Er *sucht* gar nicht! Wie kann ich jemanden ernst nehmen, der gar nicht richtig gesucht hat! Aber unser Dürrenmatt ist ein sonderbarer Fall. Manche seiner dichterischen Zeilen lassen ahnen, daß er gesucht hat, andere Zeilen dagegen sind frivol, und ich bin ihm noch nicht auf die Schliche gekommen, ich weiß noch nicht, wo der wahre Dürrenmatt steckt! Ob es überhaupt einen wahren Dürrenmatt *gibt*! Ich glaube, unserem Dürrenmatt ist selbst nicht ganz wohl zwischen seinem suchenden Ernst und seiner Frivolität, ich denke an die Frivolität seiner Theaterstücke und diese absurden Mißverständnisse und Wortklaubereien, die ihm so gefallen. Oder seine lächerlichen Namen. Im Theater ist er frivoler als in seinen Prosaschriften, wo er bisweilen eine gewisse Tiefe erreicht, dort läßt er gelegentlich den Gottsucher ahnen, der er hätte werden können. Was meinst du, Marko?«

»Frivol?«

»Leichtfertig, eitel, unernst. Das nenne ich frivol.«

»Ich weiß es nicht.« Ich wußte es wirklich nicht. Ich kannte nur zwei von Dürrenmatts Stücken.

»Denk darüber nach! Lies alle seine Theaterstücke, auch die

nichtigen, hol sie dir bei mir ab. Und sag mir, was du in ihnen siehst jenseits von Frivolität, absurden Mißverständnissen und Wortklaubereien. Tu es so bald wie möglich. Das Nachdenken soll man nicht aufschieben. Schon morgen sind wir nicht mehr dieselben, die den heutigen Gedanken gedacht haben, obwohl es derselbe Gedanke zu sein scheint, nur um vierundzwanzig Stunden gealtert. Ein Rauch sind wir, der eine kleine Zeit bleibt und dann verschwindet, ist es nicht so? Ich glaube, es ist so. Jetzt noch eine Frage zu Dürrenmatt. Nehmen wir an, ich wäre ein *Richter*. Was würde mir dann fehlen?«

Wir guckten nur.

»Na?«

Wir guckten immer noch.

»Schwach, Marko. Ein *Henker*. Was sonst. Gut, Jungs, wir probieren etwas Leichteres. Wenn ich euch an diesem klaren Tag, analog zu Markos Lektüre, im *Verdacht* hätte, ein wenig …« Er seufzte. Das Spiel schien ihm keinen Spaß zu machen. »Wie wäre es, ihr zeigtet mir eure Taschen?« Seine Stimme war unpersönlich. »Eure Taschen, bitte. Das Innere.«

Jetzt guckten wir wirklich. Dann stülpten wir unsere Hosentaschen nach außen.

»Pfefferminz!« rief Bruder Gregor. »Die Vergeblichkeit überfällt uns bisweilen unerwartet. Wie mich eben jetzt. Aber es gibt eine zweite Gelegenheit. Zum Beispiel diese interessanten, feingearbeiteten Stiefel, Marko. Öffnest du den Reißverschluß?«

Ich zog ihn auf.

»Und den linken?«

Diesmal sah ich ihn an, während er auf meinen Stiefel guckte. Ich dachte, er hat doch etwas Besseres zu tun. Aber er war hier und beobachtete meine Hand am Reißverschluß des linken Stiefels, als müßte er diese Übung auch noch hinter sich bringen. Dann schaute er weg. Seine Lippen waren ganz dünn und fast so weiß wie sein Gesicht.

»Wie ich schon sagte, Vergeblichkeit. Achtet auf die reine Luft, Jungs. Sie muß euch *durchströmen*, wie sie die große Callas durchströmt hat. Mich durchströmt sie.«

Er zog ab.

Wir gingen weiter wie Automaten. Die ersten zwanzig Meter sagten wir kein Wort. Dann fing Motte an.

»Erzähl mir von der reinen Luft. Durchströmt sie dich?«

»Motte«, sagte ich.

»Durchströmt sie dich?«

»Motte.«

»Mich durchströmt sie.«

»Motte!«

»Was?«

»Ich glaube, ich verliere den Verstand.«

»Das geht vorbei.«

Ich hielt nach der grauen Wolke des Nihilismus Ausschau, ich spürte, daß etwas im Anzug war. »Motte«, sagte ich.

»Was.«

»Beim nächstenmal drücke ich ihm den Tabak in die Hand, das sage ich dir.«

»Wir haben gewonnen«, sagte Motte. »Was willst du mehr?«

»Ich weiß nicht. Gewinnen fühlt sich anders an. Und ich frage mich, wann er über Maria Callas hinwegkommt.«

»Überhaupt nicht. Solange sie lebt, wird sie ihn an ihre große Zeit erinnern. Wußtest du, daß er sie als junger Mann mal erlebt hat, als ihre Stimme noch nicht so klang wie ein alter Blecheimer? Vor zwanzig Jahren in Berlin. Vielleicht war er noch Schüler. Wie soll Bruder Gregor jemals darüber hinwegkommen? Sag nicht, der Kerl hat dich angesteckt. Sonst wären alle meine Lehren vergeblich gewesen.« Er schwang die Hüften und sang: »Probier's mal mit Vergeblichkeit, mit Ruhe und Vergeblichkeit, wirf alle deine Sorgen über Bord!«

Dann tanzte er wie ein Bär die schmale Straße entlang, die zum Collegiumsweg führt. Er machte noch ein paar Tanzschritte bis zur Einfahrt des Collegiums, und als wir am wilden Heiligen vorbeikamen, tanzte er einmal um ihn herum, grüßte das erhobene Schwert und wackelte mit dem Hintern.

3 *Ich stelle mir die Mädchenfrage. Bruder Gregor erklärt mir Dostojewskij. Das Gewicht des Sonntagabends. Erinnerung an Schwester Gemeinnutz. Ich beneide die Schweine.*

Nach den Sommerferien ist so eine Zeit, da glauben selbst Agnostiker und vielleicht sogar Nihilisten, daß alles gut wird. Die Zeit ist ganz kurz. Ein paar Tage vielleicht, nicht mehr. Oft sogar weniger.

Das Wetter Anfang September war immer noch schön. Die Luft roch nach Sommer, als läge alles noch vor uns. Ich mußte wieder an Sonja denken und ihre Reise nach Genua, zu ihrem wichtigen Freund. Und an die Reise zu der wichtigen Freundin nach Sardinien. Sonja *machte* solche Sachen einfach. Sie wählte sich aus, wen sie sehen wollte und wen nicht. Und wenn jemand in Genua wohnte oder Sydney oder Peking, dann fuhr sie einfach hin. Wenn sie zurückkam, sagte sie ganz unerwartete Sachen. Zum Beispiel sagte sie nie, eine Stadt oder eine Landschaft oder eine Meeresbucht wäre *schön*. Sie sagte es genauer, so daß man immer ein Bild hatte.

»Wie war Genua?« fragte ich sie, als sie noch brauner gebrannt und mit zwei Lederriemen am Fußgelenk wiederkam.

»Enttäuschend«, sagte sie. »Verdreckt. Aber ich bin ja nicht wegen der Genua-Postkarten hingefahren. Ich wußte, was mich erwartet.«

In einer Beziehung war ich neidisch auf sie. Das waren ihre Freunde. Ich wollte auch endlich eine Freundin haben. Aber auf dem Collegium ging das nicht. Man konnte hier Hühner und Säue kennenlernen, aber keine vernünftigen Mädchen. Mit etwas Mühe eine Katze, aber kein Mädchen, mit dem man ein bißchen reden oder irgendwo hinfahren konnte. Die einzige Aussicht war, entweder vor Mangel zu sterben oder von den wilden Tieren zerrissen zu werden. Ein paar von uns hatten es ja mit Mädchen probiert, und es hatte nicht geklappt. Entweder sie hatten niemanden gefunden. Oder sie hatten jemanden gefunden, und sie war blöd. Außerdem hatten wir ja kaum Zeit. Dienstags und freitags hatten wir Ausgang, praktisch von zwei bis vier. Das war's schon. Wer konnte denn zwischen zwei und vier ein *Mädchen* treffen? Und welches Mädchen hatte zwischen zwei und vier überhaupt *Zeit*? Gab es vielleicht irgendwo eine Farm, wo die vernünftigen Mädchen dienstags und freitags zwischen zwei und vier auf der Stange saßen und auf einen warteten? Ihr seht, die Mädchenfrage schien unlösbar zu sein. Dabei war es fast die wichtigste Frage, die sich mir auf dem Collegium Aureum stellte. Zusammen mit der Gottesfrage, würde ich sagen. Die beiden wichtigsten Fragen für jeden fühlenden Mann. Und beide schienen unlösbar zu sein.

* * *

»Marko!«

Es war Bruder Gregors Stimme. Ich spähte ins Halbdunkel des Flurs vor unseren Zimmern. Aber ich konnte nichts erkennen. Der Flur war leer.

»Hier.«

Er stand hinter mir, leise wie ein Flaschengeist. Die eine Hand hielt eine zusammengerollte Zeitschrift, die andere schloß die Tür des Schülerzimmers, aus dem er gekommen war. Es war noch eine halbe Stunde bis zum Silentium. Normalerweise ging Bruder Gregor in der Freizeit nicht durch die Zimmer. Also, er *kontrollierte* nicht. Die Freizeit war nicht zum Kontrollieren da, außer in begründeten Fällen, wenn zum Beispiel dicker Zigarettenrauch unter der Tür durchquoll. Oder wenn die Musik ihm das Trommelfell aus den Ohren schoß. *Das wird man wohl einen begründeten Fall nennen dürfen,* sagte Bruder Gregor dann. *Einen Fall, der seine Begründung in sich selber trägt und keine Zurückweisung duldet.* Dann ging er hinein und rief zur Ordnung. Aber sonst blieb er draußen.

Er schien meine Gedanken gelesen zu haben. »Kleiner Fund hier. Erstaunliche Literatur. Besonders die Graphiken. Komm mit. Ich gebe dir den Dürrenmatt.«

Wir gingen in seine Wohnung, von der ich nur das Arbeits- und Wohnzimmer kannte, einen mittelgroßen Raum mit abgenutzten dunklen Möbeln. Als ich die Möbel sah, dachte ich, er fühlt sich fremd, genau wie ich. Er lebt hier, aber er ist noch nicht angekommen. Vielleicht sollte ich ihm von der Insel der Verzweiflung erzählen.

Gott sei Dank hatte er seine Bücher, die fast alles zudeckten. Die Bücher waren sauber in den Regalen aufgereiht. Die ungelesenen lagen in Stapeln auf dem Boden, und die Stapel waren in Reihen angeordnet, die genauso ordentlich aussahen wie die sauberen Regale. Auf den Stapeln lagen Zettel. Nein, sie waren *festgeklebt.* Ich sah ein winziges Stück Tesafilm, das die Zettel auf den Stapeln hielt. Auf einem Zettel stand *Misanthropie*, auf einem anderen *Verneinung*, auf wieder anderen Zetteln standen *Glaube* und *A Full Inquiry into the Subject of Suicide*, das letzte in sehr kleiner Schrift, ich mußte mich vorbeugen, um sie zu lesen. Dieser Stapel war hoch, und manche Bücher steckten noch in Plastikfolie. Bruder Gregor war dabei, sich in ein neues Gebiet einzuarbeiten. Auf dem Tisch, genau parallel zu den Tischkanten, so daß nicht einmal eine Ameise etwas daran auszusetzen gehabt hätte, lag der Katalog der Wissenschaftlichen Buchgesellschaft. Schwester Gemeinnutz hätte ihm dafür die kleine Ordnungsmedaille gegeben.

»Die graphische Literatur hier«, sagte er und wedelte mit der fest zusammengerollten Zeitschrift, als könnte sie sich öffnen und Gift verströmen. »Die Formen der Verderbtheit sind vielgestaltig. Es gelingt mir nicht ganz, die Variationsfülle zu würdigen. Im Gegenteil …« Er suchte nach einem Ort, wo er die Zeitschrift verwahren konnte. »Man möchte das Mittagessen wieder von sich geben …« Er stellte sich vor dem Oberschrank über der Schlafzimmertür auf die Zehenspitzen. »Während der moderne Mensch in seiner Glaubensferne immer weiter vereinzelt und die Vereinsamung bei Jungen und Alten, bei Männern und Frauen erschreckende Formen annimmt …« – er reckte sich nach oben – »… erfindet die moderne Liebesindustrie immer größere *Gruppen* …« – seine Rechte stocherte mit der Zeitschrift im Oberschrank herum – »… ganze Heerscharen, neue und nie geahnte Konfigurationen, verblüffende Verrenkungen, maschinenhafte Exzesse, die von der Natur einfach nicht vorgesehen sind …« – er schob die Zeitschrift tief nach hinten, *warf* sie fast – »… und tröstet über die Sinnleere, von der ich vorhin sprach, durch die Vorspiegelung unerschöpflicher, ewig erneuerbarer Möglichkeiten hinweg. Es ist ein Betrug an der Zeit, an unserer Vergänglichkeit. Vor allem … an uns selbst …« Er schloß die Schranktür. Rieb sich die dünnen Finger, als wären sie klebrig. Schüttelte sich. »Das wäre geschafft.« Er sah mich an. »Ah. Der Dürrenmatt. Warte.«

Bruder Gregor trat vor das Regal links außen, ließ die Augen ein bißchen wandern und zog einen Band heraus, dann noch einen.

»Es sind drei Bände, Marko. Die Stücke. Nimm die ersten beiden mit. Nicht springen, Systematik ist alles. Man muß auch den Gegnern Systematik angedeihen lassen. *Gerade* den Gegnern. Du wirst sehen, was ich meinte mit der Frivolität und den Wortklaubereien. Frivolität als solche ist eine überaus mittelmäßige Eigenschaft. Sie steht nur aus Verlegenheit da, möchte ich behaupten, sie vertritt das Größere, das dem Autor nicht eingefallen ist.« Er kniff die Augen zusammen. »Natürlich ist es mit Dichtung viel komplizierter als mit Essays und Abhandlungen oder sonstigen Gattungen systematischer Untersuchung, das gestehe ich auch unserem Dürrenmatt zu. Es ist wichtig, die Formen indirekten Sprechens zu meistern. Die Leute schreiben nicht klar, was sie meinen. Sie verschlüsseln die Bedeutungen. Sie wollen, daß du das Geschriebene entzifferst und auslegst. Du mußt es deuten, Marko. Und die Deutung … bist du. *Du* wirst dort verhandelt, Marko, es geht immer um dich. Ich glaube, du verstehst das.«

Ich weiß nicht, wie ich ihn anguckte. Offenbar so, daß er weitermachen wollte.

»Kennst du den *Jüngling* von Dostojewskij? Kein Mensch liest ihn, weil es angeblich vier wichtigere Dostojewskij-Romane gibt, und sehr wahrscheinlich *sind* sie auch die wichtigeren. Wir sprechen jetzt von den fünf großen Romanen, nicht von den *Erniedrigten* und auch nicht vom *Totenhaus*, das sind Sonderfälle. Nicht von den Erzählungen.« Über sein Gesicht zogen Erinnerungen. »Sonderfälle. O ja. Und zugleich ein untrennbarer Teil der Dostojewskij-Welt. Lassen wir das für später. Zum *Jüngling*, Marko. Im *Jüngling* stehen bedenkenswerte Dinge, wie könnte es bei Dostojewskij anders sein? Ich meine diese wunderbare Stelle über das Geheimnis, direkt nach seiner Krankheit. Wie Gott sich in seiner Schöpfung verbirgt. Dostojewskij hat immer nach diesen Momenten der Offenbarung gesucht, sein Werk ist voll davon, niemand erkennt diese Momente so rasch wie er. Erkennt … oder *schafft* diese Momente. Denn es sind ja seine. Er macht sie. Als Schöpfer seiner Kunst. Das Wichtigste ist, daß die Offenbarung unter den sonderbarsten Umständen eintritt und daß sie allen zuteil werden kann, auch der elendesten Schwindsüchtigen auf ihrem dreckigen, verlausten Lager. Dem Menschen, der niemanden hat, der nichts bekommt, der nur gedemütigt und getreten wird! Den Kindern. Gerade den Kindern! Das ist das Geheimnis. Die Offenbarung wird den Schwachen und Schmutzigen zuteil, ein wahrhaft revolutionärer Gedanke … für jene, die Gottes Wort nicht kennen. Sieh dich um, Marko. Betrachte die Heutigen. Die Blinden, die Einfältigen. Sie verstehen unter Revolution etwas ganz Falsches. Die eigentliche Revolution im Denken des neunzehnten Jahrhunderts besteht darin, daß Dostojewskij den Armen die Hoheit über die Gedanken gibt. Er gibt sie den Armen, einfach so! Wer ein gütiges Auge hat, der wird gesegnet, denn er gibt von seinem Brot den Armen, ist es nicht so? Ich glaube, es ist so. Bei Dostojewskij ist das Brot der Gedanke. Er sagt, hier, nehmt den alten Plunder, der nicht mehr dient, stellt ihn auf den Kopf. Die hohen Gedanken aus Wissenschaft und Philosophie sind Abfall, macht etwas Besseres draus! Habt keine Angst, euch zu irren, die feinen Leute mit ihren feinen Schuhen haben sich *vor* euch geirrt! Sie sind längst diskreditiert. Modernisierung, Wohlstand für alle, gesellschaftlicher Fortschritt, es ist doch einerlei. Denn nichts stimmt, wenn wir in die Seelen hineinschauen. Nichts hat sich als wahr erwiesen. Alle Theorien in Dostojewskijs Romanen sind nichtig und werden demaskiert, alles ist faulig und krank. Die Armen sind die einzigen, aus denen die Wahrheit spricht.« Er rieb sich die dünnen Finger, als wären sie immer noch klebrig. »Wir werden darauf zurückkommen, wenn du möchtest, ich leihe dir den *Jüngling*. Hier, nimm die Dürrenmatt-Bände. Ich muß zum Präses. Begleitest du mich durch den Kreuzgang?«

»Wenn Sie wollen.«

Er sah sich zerstreut um. »Bring die Bände auf dein Zimmer. Dann gehen wir.«

Ich fühlte mich nicht wohl, als ich mit Bruder Gregor durch den Kreuzgang marschierte. Der Kreuzgang war zu lang, er drückte mir auf die Stimmung. An einer Ecke begegneten wir Leo Siebenwirth, der schneller ging, als er uns sah. Als hätten wir versucht, ihn aufzuhalten. Ich fragte mich, wie einer den Rest seines Lebens damit verbringen konnte, in Ruhe gelassen zu werden, vor allem von den Frauen.

Wenn eine fette Wolke vor die Sonne zog und der Himmel sich verdunkelte, merkte man das im Kreuzgang sofort. Das Weiß der Deckengewölbe, das gerade noch wie von innen heraus geleuchtet hatte, wurde plötzlich matt und grau. Als wäre die Farbe herausgelaufen. Die Bodenplatten, die gerade noch geschimmert hatten, wurden stumpf und schwarz. Sprechen wollte man dann gar nicht mehr. Die Wände warfen das Geräusch der Schritte zurück. Und irgendwie klangen sie immer zu laut. Auch Siebenwirths Schritte, die sich schnell entfernten, hatten wir noch lange gehört.

»Es ist uns bewußt, nicht wahr«, sagte Bruder Gregor plötzlich, »daß die Mauern des Kreuzgangs die Toten der letzten hundertsiebzig Jahre umschließen, vor allem Ordensschwestern, aber auch den einen oder anderen Ordensbruder, der auf dem Collegium Aureum als Gärtner, Beschließer oder Faktotum sein Gnadenbrot fand? Ja, es ist uns schmerzlich bewußt. Wir tragen die Toten ja bei uns. Wen kümmert es, daß den meisten dieser Männer der Ruch der Schwäche, des Alkohols, der Blödigkeit und des Scheiterns anhaftete? Damals, damals war im Innenhof des Kreuzgangs mit seinem bauchigen Pflaster noch Platz für alle, die im Angesicht Gottes lebten und starben. Später nicht mehr. Der Innenhof heute … sieh nur!« Bruder Gregor blieb an einer eisenbeschlagenen Tür stehen. Rüttelte an der Klinke. »Moment!« Er kramte in seiner Tasche. »Mal sehen, das werden wir gleich … hier.« Er hielt den Schlüssel hoch und schloß auf. »Hier. Der Innenhof heute.«

Er hielt mich zurück, als wäre ich ein junger Hund. Dabei hatte ich gar nicht vor, in den Innenhof zu gehen.

»Sieh hin, Marko, öffne die Augen. Ein Museum ohne Wärter. Dem Angriff des Staubs und des Regens schutzlos ausgeliefert. Ein Friedhof, der selbst gestorben ist. Sieh hin, Marko! Das Gras zwischen den Steinen. Das Moos, das die verwitterten Gräber überzieht. Ein ruhiger Schlummer für die Schläfer in dieser stillen Erde. Wenn die letzte der Schwestern, die noch das Grab ihrer Mitschwestern besuchen, diesen zum Herrn gefolgt ist, dann wird es keine Lebenden mehr geben, die einen Grund hätten, hier im Gebet zu verharren.«

Ich wollte sagen: *Na und?* Aber ich sagte nichts.

»Der Tag kommt bald.« Bruder Gregor schloß die Tür ab. »Komm. Wenn du das Collegium verstehen willst, mußt du den Kreuzgang verstehen.« Er ging ein paar Schritte, brach ab und blieb wieder stehen. Ich hätte Lust gehabt, weiterzugehen und ihn mit seinen schwermütigen Sachen alleinzulassen, aber dann blieb ich auch stehen. Was sollte ich machen.

»Den Kreuzgang *verstehen*«, sagte er, als ich mich umgedreht hatte. »Du magst dich fragen, Marko, was das heißt.«

»Ehrlich gesagt, nein. Das frage ich mich nicht.«

»Natürlich, du bist noch nicht davon angekränkelt. Gut, sehen wir ihn also analytisch, den Kreuzgang, wenn dir das lieber ist.«

Ich zuckte die Schultern. »*Lieber?* Warum soll mir das *lieber* sein? Bruder Gregor, ich verstehe kein Wort!«

»Nicht? Sonderbar. Ich hatte gedacht …« Seine Lippen wurden dünn. »Entschuldige«, murmelte er. »Meine Selbstgespräche … entschuldige. Eine dumme Angewohnheit. Danke, daß du mich begleitet hast. Also.« Er nickte mir mit zusammengepreßten Lippen zu und ließ mich stehen.

Ich war froh darum, Leute. Ich sah ihm nach, während seine Schritte leiser wurden. Und ich dachte: Etwas geschieht mit dir, Oowokakee, aber du weißt noch nicht, was es ist. Und das macht dir angst. Du gehörst doch zu den Oowokakee, dachte ich. Die Oowokakee gehen zu Benamukee und sagen O!, und dann bringen sie dem Volk die richtigen Antworten mit. So läuft das doch, oder irre ich mich?

Das war der Augenblick, als ich mich fragte, ob die Antworten Benamukees für Bruder Gregor noch genug waren.

* * *

Wenn ich mich eine Weile mit der Gottesfrage beschäftigt hatte, mußte ich dringend zur Mädchenfrage zurückkehren, das war schon immer so. Ich glaube, es war bei allen so, auch bei den Frommen, die behaupteten, die Mädchenfrage wäre ihnen egal.

Lucien, unser kleiner Franzose, verstand etwas davon. Am dritten Tag kam er zu mir und setzte sich aufs Bett. Er sah besorgt aus. Wirklich, das hübsche kleine Gesicht mit den dunklen Haaren hatte sein Strahlen verloren.

Dann rückte er damit heraus. Lucien fragte, wo es auf dem Collegium oder in seiner näheren Umgebung Mädchen gab. Er war es nicht gewohnt, ohne Mädchen zu sein. In seiner Umgebung, dort bei Versailles, gab es überall Mädchen, freundliche, willige Mädchen, die ihrerseits ein großes Bedürfnis nach Jungen hatten, nach Jungen wie ihm, Lucien. Bei Versailles herrsche ein denkbar angenehmes Geben und Nehmen, sagte Lucien. Jeder sei damit sehr zufrieden.

»Hier«, sagte ich, »herrscht kein angenehmes Geben und Nehmen, Lucien. Und niemand ist damit zufrieden, okay?«

»Ich verstehe nicht, wie du ohne Mädchen leben kannst.«

»Lucien. Ich verstehe es auch nicht.«

»Du bist lustig, Marko. Aber das Problem ist ernst. *C'est très grave.*«

Ich sah ihn an. Fast hätte ich die glorreichen Geheimnisse des Rosenkranzes für ihn gebetet. Aber ich zuckte lieber die Schultern. »Hör zu, Lucien. Ich bin froh, daß ich soweit gekommen bin. Auf dem Collegium. Ich meine, daß ich noch da bin. Es hätte fünfzig Gründe gegeben, von hier wegzugehen. Die Mädchen sind nur einer davon. Hörst du, Lucien? *Einer.* Schreib das in dein Vokabelheft.«

Er sah mich forschend an. »Marko? Hast du irgendwo eine Freundin?«

»Nein. Ich habe keine Freundin.«

»Heimlich.«

»Nein, auch heimlich nicht.«

»Willst du keine haben?«

»Doch, Lucien. Verdammt, natürlich will ich eine Freundin haben. Was soll die bescheuerte Frage?«

»Wir könnten zusammen suchen«, sagte er.

»Oh, Mann.«

Er saß da und wartete auf meine Antwort. Ich glaube, er hätte nichts lieber getan, als sofort mit mir loszureiten und auf Mädchensuche zu gehen. Und plötzlich wurde mir klar, daß ich mit Lucien eine Chance gehabt hätte. Mit diesem Jungen an meiner Seite wären die Mädchen in Scharen herbeigelaufen, hätten vor Verzückung gekreischt und unseren Pferden Blumen vor die Hufe geworfen. Im Schatten junger Mädchenblüte und so.

Ich sagte: »Reiß dich zusammen, Mann. Weißt du, was das ist? Viel kaltes Wasser und ein bißchen Disziplin. *La discipline*, das Wort habt ihr doch auch. Schreib es in dein Vokabelheft.«

Er schüttelte den Kopf und zog ab.

Aber es änderte nichts. Es änderte nichts daran, daß die Mädchenfrage *kribbelte*. Daß wir immer an dieselben Sachen dachten. Bei der Geschichte mit Tilos Kusine aus Duisburg wußte ich nicht, woran ich war. Vielleicht erzählte Tilo wieder nur Mist, und er hatte sie gar nicht geküßt. Aber die ganze Zeit mußte ich daran denken, wie es wäre, Tilos Kusine aus Duisburg zu küssen. Ich stellte mir vor, wir wären in einem Feld mit hohen Ähren, und sie würde zu mir sagen: Mach die Augen zu! Und dann würde ich die Augen zumachen, und nach zwei oder drei Sekunden, während ich irgendwo Fliegen summen und Weizen rauschen und sogar die Autogeräusche vom Collegiumsweg hören könnte, würde sie mich mit ganz weichen Lippen küssen. Natürlich wollte ich nicht, daß der Kuß zu Ende geht. Ich hätte also ganz stillgehalten, nur irgendwann ihre blonden Strähnen an meiner Wange gespürt, wie sie mich kitzeln. Aber ich hätte weiter stillgehalten. Und irgendwann hätte sie gesagt: Willst du mir die Bluse aufknöpfen? Wir waren ja im Sommer, da konnte sie schlecht einen sandfarbenen Wollpullover tragen. Und ich hätte ihr die Bluse aufgeknöpft, einen Knopf nach dem anderen. So ungefähr.

An solche Sachen dachte ich, wenn die Turmuhr vier Uhr schlug und das Silentium begann. Ich saß an meinem Schreibtisch, auf dem die Schwerter, Blitze, Runen und Totenköpfe meiner Vorgänger eingeritzt waren, hörte auf die Glockenschläge der Uhr und versuchte, ihren Klang zu bestimmen. Das probierte ich jetzt schon seit fünf Jahren. Wie genau ich diesen Klang kannte! Und wie schlecht ich ihn beschreiben konnte.

Oh, Boy. Bei jedem Schlag der Turmuhr dachte ich, Robert hört ihn jetzt auch und ist noch nicht daran gewöhnt, daß so eine Turmuhr etwas zu bedeuten hat und daß er sie vielleicht noch neun Jahre lang hören muß. Ihr wißt ja, daß Kinder die Zeit anders empfinden als wir. Ich wollte nicht, daß Robert so früh zum Nihilisten wird.

Als wir uns zum erstenmal nach den Sommerferien trafen, an der Zweiten Brücke hinten am Graben, fiel mir wieder auf, wie klein er noch war. Es half mir gar nicht, daß er immer sagte, er wäre schon zehn Jahre alt und einen Meter sechsundvierzig groß. Und bald würde er sagen: He, ich bin schon einen Meter *neun*undvierzig! Ich mußte daran denken, wie ich fünf Jahre vorher selbst diesen Weg gegangen war, auf der äußeren Seite des Grabens, wo das Juvenat war, nicht auf der inneren. Wirklich, da hätte ich heulen können.

Robert war jetzt seit vier Tagen auf dem Collegium. Noch eine traurige Folge eines ersten Fehltritts, jenes beweinenswürdigen Irrtums, der mich aus dem väterlichen Hause getrieben hatte! Vier Tage. Das ist nicht viel, wenn es einem gutgeht, aber eine Menge Zeit, wenn es einem schlechtgeht. Ich wußte noch nicht einmal, ob er seinen Fußball mit dem Autogramm von Heinz Flohe neben dem Bett haben durfte. Er hatte den Ball bei einem Preisausschreiben gewonnen und spielte nie damit, weil er nicht wollte, daß das Autogramm verblaßt. Zu Hause legte er den Fußball mit dem Autogramm von Heinz Flohe immer neben sein Bett, an den rechten Torpfosten. Er konnte nicht schlafen, wenn der Fußball nicht dalag. Auf der Fahrt zum Collegium, während mein Vater seinen BMW richtig *laufen ließ*, hatte Robert mir gesagt, er überlegt, ob er später mal beim 1. FC Köln spielen soll.

Ich sagte, mach das.

Als ich vor fünf Jahren ins Juvenat kam, hatten wir zehn Betten in jedem Schlafsaal. Sie waren alphabetisch angeordnet. Auch bei Robert gab es zehn Betten, und er schlief im selben Schlafsaal wie ich, nur nicht im selben Bett. Ich habe es mir angesehen, als meine Mutter seinen Koffer auspackte und die Sachen einräumte. Ich habe es mir angesehen und mich erinnert. Bei mir im Saal lagen damals drei Leute, deren Namen mit *R* begannen , vier mit *S*, einer mit *T* und einer mit *U*. Im zweiten Schlafsaal, wo Motte lag, fingen fünf Namen mit *K* an. Könnt ihr euch das vorstellen?

Wenn ich an das Juvenat denke, denke ich an meine Insel der Verzweiflung, und abermals fühle ich Tränen aus meinen Augen stürzen. Ich war ein unglückliches und zu vielerlei Leiden bestimmtes Geschöpf. Ich sehe lange, glänzende Flure, und an ihrem Ende sehe ich Schwester Gemeinnutz. Sie wippte auf den Fußballen und kaute auf ihren Lippen. Den Namen Schwester Gemeinnutz benutzten wir ganz vorsichtig, wir wollten nicht, daß sie ihn hört. Gemeinnutz geht vor Eigennutz! sagte sie und sah wirklich aus wie ein mümmelndes Kaninchen. Erst später, in meinen Träumen, verwandelte sie sich in einen grauen Drachen, der seine Runden dreht und plötzlich auf mich zugeschossen kommt wie ein Tiefflieger.

Werktags trug Schwester Gemeinnutz ein graues Habit, sonntags ein schwarzes, immer mit Nonnenhaube. Über der

Stirn guckte ein weißes Büschel Haare heraus. Gleich am Anfang erzählte sie uns die Geschichte von ihrer Fischvergiftung in Brasilien, als sie bei hungernden, ungewaschenen Kindern arbeitete, die sie zum Herrn bringen wollte, und über Nacht bekam sie weißes Haar. Das waren die vergifteten Fische. Seitdem war sie weiß, und wir dachten, sie wäre siebzig oder neunzig Jahre alt. Wie alt sie wirklich war, keine Ahnung. Dann ging sie weg, ich weiß nicht, wohin. Einfach weg, zur Ruhe in Gott.

Mann, haben wir sie gefürchtet.

Mit den langen Fluren hing alles zusammen, Schwester Gemeinnutz, die Ordnung, das Schlafengehen, alles. Wenn man ganz hinten jemanden sah, wußte man gar nicht, wer es ist. Man mußte erst über diese riesige Fläche rennen, und auf halber Strecke konnte man es dann sehen. Auf dem Flur vor unseren Schlafsälen waren die Spinde, in alphabetischer Reihenfolge wie die Betten. Mein Spind war der dritte rechts von der Schlafzimmertür.

Vierzig Spinde in einer Reihe, oh, Boy. Sie waren aus Holz, und in der Tür war ein rundes Loch, da sollte man den Finger reinstecken und dann die Tür aufziehen. Wenn im Spind etwas schief hing oder ein Apfel darin lag oder ein Hemdkragen herausguckte oder so, griff Schwester Gemeinnutz mit beiden Händen in den Spind und schippte die ganzen Sachen auf den Flur. Mensch, da konnte es einem hochkommen. Damit alle die Schande sehen, sagte sie, und wirklich kamen dann andere aus den Schlafsälen, um die Schande zu sehen, und alle wollten, daß andere die Schande hätten und sie nicht. Alle diese Erfahrungen bestimmten mich, daß ich darauf achtete, einige Ordnung in die Lappen zu bringen, welche ich Kleider nannte.

Einmal fand Schwester Gemeinnutz in Onnis Spind eine Maus mit drei rosafarbenen Kleinen, die noch die Augen geschlossen hatten, glaube ich. Vielleicht wünsche ich den winzigen Mäusen auch nur, sie hätten Schwester Gemeinnnutz nicht sehen müssen. Wir wollten die nackten Kleinen behalten, und Motte hatte sogar einen Schuhkarton, in den konnte man Löcher reinmachen, damit sie Luft hatten. Aber Schwester Gemeinnutz sagte, so eine Schweinerei. Sie warf die ganze Mäusefamilie ins Klo, weil es Schädlinge waren.

Ein paar Tage später klaute ich das Buch. Ein winziges braunes Ding aus Leder, das bei Schwester Gemeinnutz im Zimmer lag, *Verkehr mit Gott. Ein Gebetbuch für katholische Christen*, gedruckt 1927 in Dülmen/Westf.

Ich weiß nicht mehr, warum ich es tat. Vielleicht dachte ich noch daran, was Schwester Gemeinnutz mit den Mäusen gemacht hatte. Vielleicht wollte ich ihr etwas wegnehmen, so wie sie uns die Mäuse weggenommen hatte. Jedenfalls steckte ich das Buch heimlich ein, als wir zu fünft bei ihr im Zimmer waren, um über unsere Bastelarbeiten zu sprechen. Ehe ich zweimal nachdenken konnte, war es schon in meiner Hosentasche verschwunden. He, es war so klein, es hätte sogar bei einer Maus in die Hosentasche gepaßt.

In diesem Buch las ich zum erstenmal in meinem Leben das Wort »Unkeusches«, und zwar bei den Fragen, die man sich vor der Beichtandacht stellen soll. *Habe ich Unkeusches freiwillig gedacht?* stand da. *An unkeuschen Vorstellungen und Begierden Wohlgefallen gehabt? – Habe ich Unkeusches freiwillig angeschaut?*

Ich dachte, was zum Teufel ist Unkeusches? Ich hätte Motte oder Tilo fragen können, aber ich fragte sie nicht, sonst hätte ich ihnen ja auch von dem gestohlenen Buch erzählen müssen.

Habe ich Unkeusches freiwillig angehört? – Dazu gelacht? – Habe ich Unkeusches geredet? – Solche Lieder gesungen? – Derartiges gelesen oder anderen zum Lesen gegeben?

Und ich fragte mich noch einmal, he, was ist Unkeusches und Derartiges?

Habe ich Unschamhaftes getan? – allein oder mit anderen? – Die Gelegenheit nicht gemieden, vielleicht gar aufgesucht? – Habe ich Unkeusches von anderen an mir zugelassen? – (Gib hier immer die Zahl an.)

Es war sehr verwirrend, das kann ich euch sagen. Wie sollte ich etwas zählen, von dem ich nicht einmal wußte, was es war? *Allein oder mit anderen?* Was immer es war, es mußte mit irgendeiner Schande zu tun haben. Plötzlich dachte ich, das Buch *Verkehr mit Gott* ist nur für Erwachsene, es handelt von etwas, das noch nicht für meine Augen bestimmt ist. Und eines Nachmittags schlich ich mich mit klopfendem Herzen zum See und versenkte das Ding im kalten Wasser. Ich band einen Stein daran, damit es unten blieb. Wenn immer danach die Rede auf irgendeine Schande kam, mußte ich an das kleine Lederbuch denken, das ich gestohlen und versenkt hatte.

Deswegen habe ich auch den Weg auf der äußeren Seite des Grabens gehaßt, der vom Juvenat zum Speisesaal führte. Wir haben immer über den Graben geguckt zu den Großen, die auf der inneren Seite gingen, und gedacht: Wartet, bis wir auch da drüben sind, dann haben wir es geschafft, und Schwester Gemeinnutz bleibt auf der äußeren Seite und kann anderen die Spinde leerschaufeln und allen die Schande zeigen, aber nicht mehr unsere, denn wir sind auf der inneren Seite in Sicherheit.

Könnt ihr euch vorstellen, wie ich mich fühlte, als unser zweites Schuljahr auf dem Collegium zu Ende war und wir die Spinde räumten und die Sachen für den Umzug packten, und dann kommt Schwester Gemeinnutz und sagt, sie muß vor dem Abendgebet etwas Wichtiges verkünden. Sie sagte, sie geht jetzt, sie zieht sich zurück. Sie will ihre Ruhe in Gott finden, er würde sie bald rufen. Mensch, habe ich mich betrogen gefühlt.

* * *

Es sind meistens Sonntagabende, stimmt's? Die schlimmsten Abende unseres Lebens? Ich weiß auch nicht, warum das so ist. Aber glaubt mir, ich habe schon manchmal gedacht, das *Gotteslob* hat etwas damit zu tun. Und wenn ich Bruder Gregor mit seinen dünnen Lippen und dem kranken Blick sah, dann konnte ich es mir sogar vorstellen. Lange bevor ich wußte, daß ihn etwas herunterzog, spürte ich, daß auf ihm das Gewicht unendlich vieler Sonntage lag. Als wäre er schon oft zu Benamukee gegangen und hätte O! zu ihm gesagt, ohne eine Antwort zu bekommen. Er war ja ein Oowokakee, ein Priester oder Mönch. Wenn *er* keine Antworten mitbrachte, wer sollte denn welche mitbringen? Da wußte ich, daß Bruder Gregor auf unserer Seite war. Er durfte es nur keinem erzählen. Immer, wenn ich ihn sah, dachte ich: Er gehört eigentlich zu uns. Und irgendwann wird er es zeigen.

Ich erinnere mich an den Sonntag abend vor fünf Jahren, als meine Eltern mich zum Collegium Aureum brachten, den längsten Sonntag meines Lebens. Später fragte ich mich, warum ich Bruder Gregor nicht gesehen hatte. Es hätte mich vielleicht getröstet, seine traurigen Augen zu sehen und zu wissen, daß Erwachsene auch unter dem Collegium leiden. Der allererste Abend, der bleibt in meinem Kopf, bis ich tot bin. Und auch noch danach. Wahrscheinlich können Wissenschaftler noch Sonntagabend-Reste in meinem alten Gehirn finden, wenn sie mich mal aufschneiden.

Wir kamen um sechs Uhr an, am letzten Tag der Sommerferien. Der Platz hinter dem wilden Heiligen stand voller Autos. Überall packten Eltern die Sachen ihrer Kinder aus, Koffer, Reisetaschen, Sporttaschen, Bettdecken, auch Vogelkäfige und Hamsterkäfige. Die Tiere durften nicht dableiben, aber das wußten manche Eltern nicht. Sie packten einfach die Tierkäfige aus, als wäre das Collegium ein großes Ferienlager oder ein Zoo oder so was.

Mein Vater kannte einen Goldschmied aus Köln, der auch seinen Sohn zum Collegium Aureum brachte, den begrüßte er. Dann sagte er zu mir, ich soll dem Goldschmied guten Tag sagen. Der Goldschmied hatte aber nur eine linke Hand, die andere war ein Stumpf. Ich schüttelte ihm mit meiner linken Hand seine gute Hand, damit es paßte.

»Was machst du denn da?« sagte mein Vater. »Man gibt die *rechte* Hand.«

Aber der Goldschmied lachte. Er sagte, auch viele Erwachsene wüßten nicht, wie sie ihm die Hand geben sollten. Sie drückten mit rechts an seiner linken Hand herum, daß es ihm auf die Nerven ging.

Das war so ziemlich die beste Szene des Abends, nur damit ihr euch ein Bild machen könnt.

Mann, war ich allein. Nachdem wir meine Kleidung mit den frisch eingenähten Namensschildchen in den Spind geräumt und das Bett bezogen hatten, stiegen meine Eltern in den Mercedes und waren weg. Damals war es ein silbergrauer Mercedes. Später kam der silbergraue BMW. Jedenfalls, ich stand herum wie ein Paket, das niemandem gehört. In den Räumen des Juvenats wollte ich nicht bleiben. Ich wollte mein Zimmer wiederhaben, das Etagenbett, wo Robert unten schlief und ich oben. Man soll gar nicht glauben, was so ein kleiner Fünfjähriger alles für einen tun kann. Ich dachte: Robert, nimm deine Pistole, spann die Pferde an und hol mich hier raus! Aber mein Bruder und seine Pistole waren hundertfünfzehn Kilometer entfernt. Ein Tagesritt, würde ich sagen.

Ich sah einen Jungen, der auch so dumm herumstand wie ich.

»Es gibt Schweine hier«, sagte der Junge. »Sollen wir uns die angucken?«

Der Schweinestall war auf dem Bauernhof, gleich neben dem Platz, auf dem die Autos standen. Von dort sah man den wilden Heiligen, wie er die Einfahrt zum Collegium bewachte.

Neben dem Schweinestall saß ein alter Mann auf einem Stuhl und bastelte an einem Fahrradlenker. Das war Jan Spans. Er hatte eine ausgebeulte Hose an und ein fleckiges Hemd. Dazu trug er eine karierte Mütze, die aussah wie aus dem letzten Jahrhundert. Jan Spans sah uns kommen und guckte. Ich dachte, der hat schon alle gesehen, die hier angekommen sind, die Neuen der letzten fünfzig Jahre, mindestens.

Er sagte: »Kopf hoch. Wird schon.« Und nickte. Wir ließen ihn weiterbasteln.

Ich hätte nicht gedacht, daß ich Schweine mal beneiden würde, aber Leute, an diesem Abend habe ich die Viecher beneidet. Der Schweinestall roch gut, ganz anders als das Juvenat. Nirgendwo ein langer, glänzender Flur. Die Schweine standen da und scharrten und grunzten in ihrem Stall herum. Ich sah kein einziges einsames Schwein.

»Die essen wir dann«, sagte der Junge. »Vielleicht morgen.«

»Die essen wir nicht. Bist du verrückt?«

»Was denkst du denn?« sagte er. »Dafür sind sie da.«

Da hatten wir noch keine Ahnung, daß die Schweine als panierte Fettläppchen enden würden.

Wir gingen zurück zum Juvenat, weil die Schweine sich nicht um uns scherten, und selbst hatten wir den Schweinen nichts zu sagen. Unsere Wohnräume, sie hauten mich um. Nicht nur die Schlafsäle, in denen kein einziges Bild hing, nur ein Holzkreuz mit dem leidenden Herrn. Auch die Toiletten mit der halben Tür, mein lieber Mann. Da wußte ich noch nicht, daß es dort im Winter zog wie Hechtsuppe. In den nächsten Monaten lernte ich aber alles kennen, so wie Robert fünf Jahre später alles kennenlernen mußte. Jeder war damit allein.

Im Waschraum standen riesige runde Becken, in denen wir uns jeden Abend die Füße waschen mußten. Man durfte den Waschraum nur in Unterhose betreten, und es gab nur kaltes

Wasser. Das war ein Kampf mit den ganzen stinkenden Füßen am Abend, und wenn einer mit Wasser spritzte, gab es einen Verweis. Die Reihe mit den Zahnbechern und den struppigen Zahnbürsten und ekelhaften Kämmen, ich darf gar nicht daran denken. Oder die meilenlange Reihe mit den Handtüchern. Grüne, rote, gelbe, blaue, gestreifte, gepunktete, alte, zerschlissene, schmuddelige. War das ein Anblick. Wir waren ja vierundvierzig Leute, als wir aufs Collegium kamen, nur in der Sexta a. Dann noch einmal vierzig in der Sexta b, die wohnten im Erdgeschoß, und wir sahen sie nicht so viel.

Alles war streng nach Klassen unterteilt, aber Schwester Gemeinnutz sagte nicht Klasse, sondern Gruppe. Man durfte nichts gegen die Gruppe tun. Man mußte immer an die Gruppe denken. Man durfte die Gruppe nicht verraten oder durch sein Verhalten zeigen, daß die Gruppe für einen weniger zählte als man selbst. Der Gruppengeist war wichtiger als alles andere. Gemeinnutz geht vor Eigennutz!

Am ersten Abend wurde uns sofort gesagt, daß wir im Waschraum nicht sprechen dürfen. Im Waschraum herrscht Silentium. Ich hatte nichts dagegen, ich wollte sowieso nicht sprechen. Dann zeigte uns Schwester Gemeinnutz, wie man sich wäscht. Ich dachte, das kann ich schon, und die anderen dachten es auch. Aber keiner hatte sich zu Hause in seinem Badezimmer so gewaschen, wie Schwester Gemeinnutz sagte, daß man sich waschen muß. Mit entblößtem Oberkörper, damit frische Luft an die Haut kommt. Mit kaltem Wasser, damit es uns abhärtet. Solche Sachen. Daß uns die Luft durchströmen soll, sagte sie nicht. Als wir dann in den Betten lagen, guckte ich zu einem großen Jungen in der Ecke hinüber, der beim Abendessen so fröhlich gewesen war, daß ich dachte, guck dir mal den tapferen Kerl an. So tapfer wie der will ich auch sein.

Wir durften unsere Bücher aufschlagen und noch fünf Minuten lesen. Ich las meinen *Robinson Crusoe* in einer illustrierten Jugendausgabe, und an diesem Abend, dem längsten Sonntag meines Lebens, brannte sich mir seine einsame Gestalt auf dem Umschlag ins Gedächtnis ein. Ich hätte heulen können, als ich sah, wie er aufs Meer hinausguckte, wo außer Wasser nichts zu sehen war.

Dann kam Schwester Gemeinnutz rein, ich hatte ihre Schritte schon über den meilenlangen Flur gehört. Sie guckte einmal über alle Betten, mümmelte mit den Lippen, empfahl uns dem Herrn und knipste das verdammte Licht aus. Wir hatten ja schon im Gruppenraum gebetet. Vorher hatten wir in der Gruppe unser Gewissen erforscht. Bis dahin war kein religiöser Gedanke in meinem Gemüte aufgestiegen, und ich hatte sehr wenige Begriffe in dieser Beziehung.

Ich weiß nicht, wer von uns schlafen konnte, ich jedenfalls nicht. Nach einer ewigen Zeit hörte ich aus der Ecke, wo der tapfere Junge lag, so ein Geräusch wie heimliches Lachen. Ich dachte, jetzt passiert wenigstens noch etwas Lustiges, endlich. Ich hatte ja in Büchern davon gelesen, daß auf einem Internat immer etwas los ist.

Da sprang das Licht an, Schwester Gemeinnutz stand da und guckte mit ihren mümmelnden Lippen stumm über alle zehn Betten. Sie wippte auf den Fußballen. Dann ging sie zu dem Jungen in der Ecke und nahm ihn mit. Erst als sie hinausging und das Licht ausmachte, sah ich, daß der Junge weinte und gar nicht mehr aufhören konnte. Sobald er auf dem Flur war, schluchzte er noch lauter. Er schluchzte, bis er mit Schwester Gemeinnutz das Ende des Flurs erreicht hatte, wo ihre Wohnung war. Wie leicht ist es der Vorsehung, rief ich jetzt aus, die unglücklichste Lage eines Menschen noch zu verschlimmern!

Ich dachte, in Ordnung. So tapfer wie der bin ich auch noch.

Das war ich aber nicht, wenn ich ehrlich sein soll. Überhaupt nicht. In der Wohnung von Schwester Gemeinnutz hing ein schwarzes Münztelefon. Habt ihr schon mal von einer Wohnung gehört, in der ein *Münztelefon* hängt? An diesem Apparat durften die schweren Fälle von Heimweh manchmal mit ihren Eltern telefonieren. Wir waren keine Gruppe, o nein. Wir waren das Häuflein der Verlorenen. Die Erniedrigten und Beleidigten. Wir kamen im Schlafanzug, nach dem Abendgebet und der Fußwaschung, wenn die anderen schon im Bett lagen. Mann, war das ein Heulen und Zähneklappern vor dem verdammten Apparat. Alle weinten, ohne Ausnahme, man mußte danach den Boden wischen. Und dauernd rasselten die dummen Münzen durch den Apparat. Die Unmöglichkeit meiner Rettung schien mir so augenfällig, daß kein Funke von Hoffnung in meinem Innern zurückblieb. Dann kam Schwester Gemeinnutz und sagte, es ist jetzt gut.

Manchmal telefonierte ich mit Sonja, sie hörte mir wenigstens zu. »Du fehlst mir«, sagte ich, und dann mußte ich heulen.

»Du fehlst uns auch, Marko, und wie«, sagte sie. »Aber du mußt tapfer sein, hörst du? Es ist immer nur am Anfang schlimm. Danach hast du dich eingelebt. Hör mal, eine Freundin von mir ist auch im Internat. Wir schreiben uns immer noch Briefe. Sie erzählt Wahnsinnsgeschichten. Leb dich erst mal ein.«

Ich weiß nicht, ob ich jeden ihrer Sätze hörte. Ich weiß nur noch, daß ich den Hörer hielt und spürte, wie mir die Tränen aus den Augen stürzten. Und ich wußte, ich wäre ein unglückliches und zu Leiden bestimmtes Geschöpf, solange das Schicksal mich auf dieser Insel gebannt hielte.

Sonja war bald vierzehn damals und ging schon mit ihrem dritten oder vierten Freund, ich weiß es nicht. Wahrscheinlich wußte sie es auch nicht genau. Ihr Freund war schon achtzehn und hatte ein Motorrad. Einmal wollten die beiden mich besuchen kommen. Da hättet ihr aber Schwester Gemeinnutz hören sollen. Sonja und ihr Freund, also Fritz, sie gingen ins Juvenat und fragten den ersten Menschen, der ihnen über den Weg lief, wo Marko Theunissen wäre. Sie wären über hundert Kilometer weit gefahren, um ihn zu besuchen, und sie hätten Plätzchen für ihn dabei und zwei Tafeln Schokolade.

Wer ihnen aber als erstes über den Weg lief, war ausgerechnet Schwester Sieglinde. Und was tut sie? Benachrichtigt Schwester Gemeinnutz. Sonja und Fritz mußten in der Pausenhalle warten, sie durften nicht einmal mitkommen zum Gruppenraum. Jedenfalls kam dann Schwester Gemeinnutz und sagte, es täte ihr leid, das wäre ein unangemeldeter Besuch, sie könnten mich jetzt leider nicht besuchen. Wenn das jeder täte. Sie sagte, ich wäre gerade mit der Gruppe beschäftigt. Die Gruppe könnte jetzt nicht auf mich verzichten, und sie hätten vorher anrufen sollen.

Könnt ihr euch das Gesicht von Sonja vorstellen, als sie hörte, daß sie ihren *Bruder* nicht sehen darf? Schwester Gemeinnutz sagte, die Plätzchen und die Schokolade würde sie gern in Empfang nehmen und an mich weitergeben. Sonja sagte dann aber noch was, etwas *ganz Ungehöriges*, behauptete Schwester Gemeinnutz. So war Sonja, sie ließ sich von keinem was sagen. Da beschloß Schwester Gemeinnutz, daß die Plätzchen und die Schokolade für die Gruppe bestimmt sind. Sie hatte sie ja schon in der Hand, die Tüte, und sie gab sie nicht wieder her. Sonja sagte mir später, sie hätte die Schokolade vergiften sollen. Ich habe nichts davon gegessen. Für mich war sie so gut wie vergiftet.

* * *

Als Robert näher kam, fand ich ihn nicht mehr so klein. Ich guckte scharf hin, um zu sehen, ob er traurig war oder schlechte Laune hatte oder sein kleines Gesicht machte, das er immer hatte, wenn er traurig war, die Augen dünne Striche und der Mund ein Punkt, so ungefähr. Aber ich sah dann erst mal seine Arme, wie sie schlenkerten, als hätte er jede Menge Zeit, und seine Erzieherin, Schwester Sieglinde, würde nicht irgendwo auf ihn lauern oder auf die Uhr gucken, ob er sich verspätete. Und dann sah ich seine dünnen Beine, fast so dünn wie die Arme. Er war ja erst zehn. Jedenfalls schien er in Ordnung zu sein. Dünne Arme sagen gar nichts darüber, wie einer sich fühlt.

»He«, sagte ich. »Robert.« Ich setzte mich auf die Mauer der Brücke, die zur inneren Seite hinüberführte. Die Größeren setzten sich immer dahin und taten so, als könnten sie nicht hintenrüberfallen in den stinkenden Graben zu Fliegen und Ratten. So ungefähr setzte ich mich darauf, mit den Händen am Rand. Ich sagte noch einmal: »He.«

»He.« Er hörte auf, mit den Armen zu schlenkern, und guckte auf irgendeinen Punkt hinter mir. Das tat er manchmal.

»Alles in Ordnung?« Ich wollte ihn angucken, aber jetzt sah er zur Seite. »Wie ist es denn so? Schon Freunde und so was? Ist deine Klasse gut? Hängt die alte Bürste noch an der Garderobe?«

Er sagte nichts.

»Eine grüne Plastikbürste an einer Kordel. Ich wette, die gibt es noch. Mensch, war die voller Läuse. Wir mußten uns immer damit kämmen, bevor wir in die Klasse gingen. Und nachmittags beim Silentium auch. Stell dir mal die Läuse vor, was die für ein Leben hatten. Hallo, guck mich mal an.« Ich tippte ihn auf die Schulter, aber ganz leicht. »Alles in Ordnung?«

»Alles in Ordnung«, sagte er und kaute auf der Unterlippe.

»Was habt ihr denn so gemacht?«

»Alles mögliche.«

»Was Besonderes?«

»Nichts Besonderes. Fußball.«

Ich wollte gar nicht daran denken. Vielleicht ging es Robert wie mir vor fünf Jahren, als ich noch dachte, die Zeit auf dem Collegium ist nur der kleine Zwischenraum in der langen Zeit, die ich zu Hause sein kann, wie eine Lücke in einem endlos langen Zaun, wo ja auch keiner sagen würde: Das ist eine Lücke. Sondern: Das ist ein Zaun. Ich wollte ja gar nicht von zu Hause weg. Bis ich merkte, daß es umgekehrt war. Nämlich wie ein langer Zaun, der nur aus Lücken besteht. Für zu Hause blieben nur zwei Tage alle drei Wochen. Da war ich schon gefangen in dem großen Betrug. Die Welt erschien mir als ein fremdes Land, wo ich nichts zu suchen, nichts zu erwarten hätte, zu welcher ich, mit einem Wort, in gar keiner Beziehung stünde und allem Anschein nach nie mehr stehen sollte.

Und ich dachte, meine Schulzeit auf dem Collegium dauert neun Jahre. Wenn die vorbei sind, kann ich wieder zu Hause sein und werde glücklich. Um zu wissen, wie viele Tage in neun Jahre hineinpassen, fing ich sogar an zu rechnen, mit Kugelschreiber und kariertem Papier. Ich dachte noch nicht daran, meine Tage in glückliche und unglückliche Tage einzuteilen wie der alte Robinson Crusoe. Ich brauchte auch kein Kerbholz, um mir die Sonntage zu merken, denn auf meiner Insel der Verzweiflung war durch das Dröhnen der verdammten Glocken immer klar, wann Sonntag war. Ich wollte nur wissen, was mich erwartete.

Die Zahl an Tagen, die ich herausbekam, war größer als dreitausend. Auf den ersten Blick fand ich das gar nicht so viel. Aber irgendwann zwischen dem siebten und dem elften Tag begriff ich, wie langsam auf dem Collegium die Tage vergehen, und bekam einen richtigen Schrecken. Ich stellte ernsthafte Betrachtungen in meinem Innern über die Fehler und Irrtümer meines früheren Lebens an. Doch der Schrecken ging nicht weg. Er hielt zwei Jahre an. So lange, wie wir bei Schwester Gemeinnutz waren.

Ich sagte zu Robert: »Wie war das erste Fußballspiel? Spielt einer so gut wie du?«

»Ich glaube nicht.« Die kleine Falte auf seiner Stirn verschwand einen Augenblick. »Ich habe drei Tore geschossen.«

»Wie hoch habt ihr gewonnen?«

»Fünf zu drei.«

»Und dein Fußball?« fragte ich. »Liegt er neben dem rechten Torpfosten?« Aber ich war ein Idiot. Ich wußte die Antwort ja schon.

»Nein«, sagte Robert.

»Und wo liegt er?«

»Im Gruppenraum, im Regal über den Büchern. Schwester Sieglinde sagt, ich soll ihn beim nächstenmal mit nach Hause nehmen.«

»Dann kommt wenigstens nichts an das Autogramm von Heinz Flohe dran. Hör mal, Robert, ich muß dir was sagen. Die wollen nicht, daß wir uns dauernd sehen, am Anfang jedenfalls nicht. Damit du dich einlebst. Einmal die Woche, sagen sie. Am Anfang.«

Jetzt guckte er wieder auf einen Punkt hinter mir, vielleicht hatte er eine Ratte entdeckt.

»Wie lange dauert der Anfang?«

»Es gibt noch andere Zehnjährige mit großen Brüdern. Es ist für alle gleich.« Fast hätte ich gesagt: Gemeinnutz geht vor Eigennutz.

Er brütete über einem Gedanken. »Es gibt keinen Honig hier.« Es klang wie der größte Vorwurf, den er einem Ort machen konnte. Ich sagte ihm nicht, daß der alte Robinson Crusoe auch keinen Honig hatte. Siebenundzwanzig Jahre nicht.

»Honig? Oh. Ich habe mich so daran gewöhnt, daß ich ihn gar nicht mehr vermisse.«

»Oh«, sagte er.

»Was ist?«

»Ich will mich nicht daran gewöhnen, Honig nicht mehr zu vermissen.«

Das war Robert.

Es war Zeit, mich loszureißen. Ich half ihm ja nicht, wenn ich ihn festhielt und vor Schwester Sieglinde schützte. Ich fragte mich, ob Schwester Sieglinde klar war, was für einen Zehnjährigen sie da vor sich hatte. Es gab nicht viele Zehnjährige wie Robert.

»Komm mal her.« Ich öffnete die Arme für unsere Kriegerumarmung, und wir drückten uns kurz und hart. Als Robert ging, kamen mir seine Beine so dünn vor, daß ich ihm etwas nachrufen wollte, aber dann atmete ich zweimal ein und aus, damit mich die reine Luft durchströmte. Und sie durchströmte mich.

* * *

»Theunissen.«

Münzen rutschten durch den Schacht des alten Telefonapparats.

»Papa?«

»Marko. Wie geht es? Was macht Robert? Hast du ihn getroffen?«

»Ja.«

»Und wie geht es ihm?«

»Na ja.«

»Was heißt das?«

»Er kommt klar, glaube ich.«

»Kommt klar?«

»Er kriegt es in den Griff.«

»Das ist gut. Er wird sich rasch einleben.«

»Na ja, Schwester Sieglinde will nicht, daß wir uns so oft sehen, damit er sich nicht daran *gewöhnt.* Die haben im Juvenat Angst, daß man sich an die guten Dinge gewöhnt und daß man sie dann immer haben will.«

»Schwester Sieglinde hat vielleicht nicht unrecht, Marko.«

»Ich habe nicht gesagt, daß sie *unrecht* hat.«

»Was meinst du dann?«

»Na ja, es ist wohl die *Haltung*, die ich meine. Verstehst du?«

»Nicht direkt.« Mein Vater klang, als läse er während des Gesprächs eine Akte.

»Die guten Sachen zu dosieren«, sagte ich. »Als könnten sie zuviel werden. Dieser lausige Geiz. Verstehst du?«

»Hmm, hmm. Nun ja.« Er klang weit entfernt.

»Was heißt das? Verstehst du? Oder verstehst du nicht?«

»Ich bedenke dein Argument«, sagte er flüssig.

Ich bedenke dein Argument.

»Sag mal, ist Mama da?«

»Sie kommt in einer Stunde nach Hause. Es können auch anderthalb werden. Sie wollte dir schreiben, glaube ich. Hat sie das nicht getan?«

»Ich hätte sie gern gesprochen.«

»Sie wollte dir schreiben.«

»Aber ich hätte sie gern *gesprochen*!« Ich legte die Hand auf den alten Telefonapparat. Er war kühl und roch schön nach Metall. »Grüß sie von mir, okay? Und Sonja.«

»Mache ich, Marko. Grüß Robert.«

»Au revoir.«

4 *Ich werde beim Schwarzausgang ertappt. Käte Janssen und der Blonde Pinguin. Der Vagabund. Monique aus der Schuhfabrique. Eine Wolke des Nihilismus umhüllt mich.*

Die Schwierigkeiten fingen damit an, daß Bruder Albertus uns an einem Samstag um fünf Uhr auf das Collegiumsgelände schleichen sah, ausgerechnet Bruder Albertus, der gar nicht für uns zuständig war und nur seine dummen Augen im falschen Moment an der falschen Stelle hatte. Bruder Albertus kam aus dem Kreuzgang und trat auf den Marmorplatz, da huschten wir gerade über die Collegiumsbrücke. Er blieb stehen. Und es reichte. Wir taten so, als hätten wir ihn nicht gesehen, und verschwanden auf der inneren Seite des Grabens hinter dem Musikhaus. In solchen Augenblicken kam ich mir richtig bescheuert vor. Habt ihr schon mal von einem Nihilisten gehört, der *wegrennt*?

Wir waren fast eine Stunde zu spät, Motte, Tilo, Onni und ich, und wir hatten am Samstag keinen Ausgang. Unsere Fahrräder hatten wir im Wald gelassen, weil der Fahrradschuppen um vier abgeschlossen wurde. Die Chancen, daß wir gepackt werden, waren hoch, und das wußten wir. Aber wir dachten, diesmal kommen wir vielleicht durch, nur dieses eine Mal. Wir beteten nicht gerade darum, auch Motte nicht. Aber wir fühlten uns so lässig wie Spiderman. Drei Dinge belebten meine Hoffnungen: Das Meer war ruhig, die Flut stieg, der Wind blieb günstig.

Der Samstag war ein Tag, an dem die Collegiumsregeln sich etwas lockerten. Natürlich nicht die Collegiums*ordnung*, nur die Collegiums*regeln*, und auch die nicht *sehr*, sondern nur *ein bißchen.* Irgendwie spürte man das Wochenende im ganzen Körper, es war anders als sonst. Man spürte, daß der Samstag etwas Schönes und Unerwartetes bringen konnte, auch wenn er am Ende nichts Schönes und erst recht nichts Unerwartetes brachte, man glaubte daran, und darauf kommt es doch an. Ich versuchte, nicht an Robert zu denken, sondern nur an die Möglichkeiten dieses Samstags. Mann, ich hatte am hellen Nachmittag sogar Lust, eine Portion geistiger Flüssigkeit zu mir zu nehmen.

Beim *Großen Gatsby*, wo die Leute Geld hatten wie Heu, kam es auf Samstage vielleicht nicht so an. Sie zogen los und kauften sich jeden Tag, was sie wollten, eine Flasche Whisky, sogar ein Hündchen, einfach so im Vorbeifahren und weil irgend jemand auf die Idee kam, daß es jetzt schön wäre, ein Hündchen zu haben, und natürlich brauchte das Hündchen eine Leine, die dann auch noch gekauft wurde. Jeder Tag im *Großen Gatsby* war wie eine neue Party, die an die Party des vorherigen Tages anknüpft. Ihr wißt ja, daß so etwas nicht gutgehen kann.

Bei *Robinson Crusoe* war es eigentlich umgekehrt, irgendwie aber auch ähnlich, ich weiß nicht, ob ich mich klar ausdrücke. Die Tage waren für Robinson Crusoe ja alle gleich, aber es gab bei ihm keine Geschäfte und keinen Whisky und kein Hündchen, das man kaufen konnte, auch keine Hundeleine. Unabhängig davon, worin seine Tage sich glichen, mußte Robinson immer überleben, selbst am Sonntag. Natürlich machte er sonntags die große Kerbe in den Pfosten, damit er wußte, daß Sonntag war, und wahrscheinlich pries er Gott dafür, daß er ihn der Erkenntnis gewürdigt hatte, wie er in der Einöde glücklicher sein könnte als mitten unter den Freuden der Gesellschaft und den Vergnügungen der Welt, und vielleicht dankte er Gott sogar dafür, daß er die Leere seines einsiedlerischen Lebens durch die göttliche Gegenwart und die Mitteilungen seiner Gnade reichlich ersetzt hatte, solche Sachen. Aber er durfte nie vergessen, daß er überleben mußte.

Bei uns war es anders. Bei uns liefen die paar Gedanken, die wir hatten, immer auf den Samstag zu, als könnte der Samstag uns von irgend etwas erlösen. Selbst Nihilisten wie ich glaubten an das Wochenende. Die Primaner zum Beispiel durften abends bis halb zehn nach draußen, und jeder machte, daß er zumindest für ein paar Stunden wegkam, und wenn es nur zum Blonden Pinguin war, ein Bier trinken und eine Runde Billard spielen.

Zum Blonden Pinguin konnte man zu Fuß gehen, zwei Kilometer die Weezer Landstraße runter. Wer zu faul dazu war, lief am Nachmittag auf der Weezer Landstraße zu Käte Janssens Kramladen, der auf halber Strecke lag, und setzte sich mit einer Flasche Bier auf die alte Holzbank. Drei Leute mit ihren Bierflaschen paßten bequem darauf. Wenn die Bank besetzt war, hockte man sich eben in den Kies, das ging auch.

Käte Janssen hatte den übelsten Hautausschlag, den ich je bei einem Menschen gesehen habe, im Gesicht und bis über die Ohren. Besonders das linke sah übel aus. Auch der Hals war rot, an manchen Tagen sogar lila. So eine Haut hatte ich noch nie gesehen, sie sah aus wie Leder, das viel Schweiß abbekommen und dann lange in der brennenden Sonne Afrikas gelegen hat, oder wie eine alte, sehr oft gefaltete Schatzkarte. Käte Janssen war zwischen vierzig und fünfzig. Keiner wollte, daß sie die Lakritzen mit der Hand in das Papiertütchen schaufelte, und Motte hatte sich Lakritz sogar abgewöhnt, nur wegen Käte Janssen.

Aber was die Frau hatte, außer der schlechten Haut und einem kranken Bein und einer kranken Schwester mit traurigen Augen, die manchmal an der Kasse half, obwohl sie nicht zählen konnte, Käte Janssen hatte diesen schattigen Platz unter zwei Bäumen, direkt vor ihrem Laden, da konnte man sich im Sommer hinsetzen und auf die Weezer Landstraße gucken, wie die Autos die Kurve nahmen. Keine leichte Kurve. Alle wußten, wie gefährlich die Weezer Landstraße an dieser Stelle war. Auf den Dörfern in der Umgebung, mindestens in Asperden oder Hommersum, fuhren manchmal Idioten ohne Windschutzscheibe herum, mit riesigen Dellen am Kotflügel oder überhaupt mit windschiefen, schrottreifen Kisten, die in der Kurve vor Käte Janssens Kramladen fast den Todesstoß bekommen hatten, und jetzt fuhren sie eben noch, solange die Polizei sie nicht packte, aber eigentlich waren sie schon längst verurteilt, sie waren Futter für den Schrottplatz. Eine gefährliche Kurve, das wußten alle. Nur die Idioten, die gerade hindurchfuhren, wußten es nicht.

Auf der Bank unter den beiden Bäumen von Käte Janssens Kramladen saßen unsere Leute selbst im Winter, mit dicken Schals, und nuckelten an ihrem König Pilsener. Zecke und Schnulli Wouters zum Beispiel waren oft da, weil sie nicht gern weit liefen, und Veele, Olli und Jupp »die Backe« Angenendt, also die ganzen Fußballer, außerdem Ludger, der Drummer. Manchmal kam auch Jan Spans, um den Vagabunden zu treffen, so nannten ihn alle, weil er viel herumgekommen war und nicht arbeitete oder jedenfalls nicht regelmäßig. Die Lappen, welche er Kleider nannte, waren ein Kapitel für sich. Der Vagabund trug nur schwarze Hosen und schwarze Hemden und auf dem Kopf eine schwarze Wollmütze, und hätte er sich mal ordentlich seinen blonden Rübezahlbart rasiert, hätte man ihn als Zorro verkleiden können. Dafür hätte man ihn aber auspolstern müssen, denn er war dürr wie eine klapprige Vogelscheuche, vielleicht, weil er so viel draußen geschlafen und nicht immer genug zu essen bekommen hatte.

Wahrscheinlich war der Vagabund viel jünger, als er aussah. Seine Zigaretten drehte er sich aus einer Viertelkilotüte von dem billigsten Abfall, der in der hintersten Ecke der miesesten holländischen Tabakfabrik zusammengekehrt worden war, das rieselte vom Zigarettenpapier herunter wie aus einem kaputten Staubsauger, aber der Vagabund war damit zufrieden, er kannte es nicht anders. Er hatte beim Drehen auch seine Technik, so wie man bei allem eine Technik haben muß. Ab und zu spuckte er Tabakskrümel aus, aber ganz leise und wie wenn er atmen würde. Andere Krümel hingen schon längst in seinem Bart. Das war der Vagabund.

Er hatte sehr helle Augen und sagte fast nie ein Wort. Die wenigen, die er sagte, waren für Jan Spans. Die beiden standen oder saßen, je nachdem, und sie sahen aus wie Vater und Sohn. Der Vater trug seine alte karierte Mütze, und der Sohn trug seine schwarze Wollmütze und sah aus wie Zorro ohne Maske, nur dünner. Manchmal schwiegen sie einfach zusammen. Ich dachte immer, das Schweigen ist für sie genauso wie ein langes Gespräch, sie erzählen sich die ganze Zeit irgendwelche Sachen, während sie schweigen. Ich stellte mir das Gespräch ungefähr so vor:

Jan Spans.

Vagabund.

Wie geht's dem Metall.

Alles noch da.

Und.

Es glänzt.

Und was noch.

Es bleibt hart.

Gut. Und das Leben.

Geht so, Vagabund. Und deins.

Na ja.

Halt den Kopf oben.

Mach ich.

Bleib dran, Vagabund.

Du auch.

So ungefähr saßen oder standen sie und redeten, während sie schwiegen, und der eine trank sein Bier so schnell oder so langsam wie der andere. Zum Abschied sagte jeder den Namen des anderen, aber leise und nur ein einziges Mal.

Vagabund, sagte Jan Spans. Und seine Stimme ging dabei weder rauf noch runter.

Jan Spans, sagte der Vagabund mit seiner hellen Stimme.

Dann ging jeder dorthin, woher er gekommen war. Aber wohin der Vagabund ging, wußte keiner, glaube ich, nicht einmal Jan Spans.

Wenn Jan Spans ankam, unterhielt er sich auch mit Käte Janssen, das machte er immer zuerst. Er erkundigte sich nach ihrem Bein, sagte etwas, was mit der Besserung des Beins zu tun hatte, und setzte sich mit seinem Bier nach draußen. Nach dem Hautausschlag erkundigte er sich nie. Jan Spans wußte immer, wie man etwas macht. Also, er hatte Formen. Prost, Jungs, sagte er, bevor er sein Bier ansetzte und sich die ersten Schlucke mit regelmäßigem Gluckern in die Kehle goß, das machte die lebenslange Übung mit geistigen Flüssigkeiten. Danach sprach er nur noch ganz wenig. Manchmal fragte er nach der nächsten Tantenführung. Aber wenn der Vagabund nicht da war, saß Jan Spans meistens nur herum und dachte über etwas nach.

Das war die kleine Lösung, Käte Janssen oder weiter zum Blonden Pinguin. Die große Lösung hieß, man mußte mit dem Fahrrad die fünf Kilometer nach Gleuyn fahren, oder man mußte trampen. Es war verboten, den Daumen rauszuhalten, aber die Leute taten es trotzdem, sie wollten ja auch mal nach Geldern, ins Midnight, oder nach Xanten ins Early Dawn. Auch wenn dort nicht viel mehr los war als in Gleuyn. Die Sache mit den Frauen, die an großen Flüssen leben, hatte sich offenbar noch nicht herumgesprochen. Kein Mensch kann ja wirklich vergleichen, wo mehr los ist, weil keiner an zwei Orten zugleich ist, da kommt wieder das relative Universum ins Spiel. Ob sie im Midnight bessere Musik spielten als im Early Dawn, wußte kein Mensch.

Manchmal kamen die Lehrer mit ihren Autos vorbei, wenn wir dastanden und warteten, am häufigsten Siebenwirth, der sich mit sinnlosen Spazierfahrten durch die Gegend die Zeit vertrieb. Er hatte sich ja geschworen, mit Frauen nie mehr etwas zu tun zu haben, zumindest glaubten wir das. Deswegen wohnte er doch auf dem alten Holzflur in der Nähe des Nonnentrakts und schlich wie ein graues Gespenst die Treppen hinauf oder schwebte zu den unmöglichsten Stunden durch den Kreuzgang, man erzählte sich merkwürdige Sachen. Wenn Siebenwirth an uns vorbeifuhr, guckte er starr geradeaus, als wären wir Straßenpfosten, so ungefähr. Auch von den anderen Lehrern hielt keiner an, weil jeder wußte, daß Trampen verboten war. Außer Martin Köhler, der hielt immer und bot den Älteren sogar von seinen holländischen Zigaretten an. Sein Beifahrersitz sah aus wie eine Müllhalde. Nur von seinem Flachmann durften sie nichts haben. Immer Maß halten, sagte Köhler. *Mens sana in corpore sano* und so. Und dann lachte er, daß ihm die Tränen aus den blauen Augen liefen. Er hatte Augen, die in Tränenflüssigkeit schwammen.

Tja, und wenn wir Pech hatten, dann kam Bruder Hermann in seiner alten Mühle vorbeigefahren, bevor man sich hinter einem Baum verstecken konnte. Dann nahm er einen mit, um im Auto in aller Ruhe über das Strafmaß zu sprechen. Bruder Albertus hätte auch gern jemanden beim Trampen gepackt, aber Bruder Albertus packte nie jemanden. Irgendwie war er zu blöd, oder wir erkannten sein Auto schon auf drei Meilen, den hellblauen Käfer, und verkrochen uns in Ruhe ins Gebüsch.

Ein paar von den Älteren, die abends Ausgang machten, gingen nach Gleuyn ins Sunset oder ins Twilight, es spielte keine Rolle, denn die Musik war in beiden laut und mittelmäßig, auf derselben Stufe wie im Midnight oder im Early Dawn. Manche blieben sogar länger weg. Später, wenn alle Türen abgeschlossen waren, stiegen sie durch das Oberlicht im Vertrauenszimmer wieder ein. Aber das war riskant, nicht nur, weil es nach Mitternacht sein mußte. Man konnte auch leicht gesehen werden. Deshalb war es am sichersten, nachmittags zu Käte Janssen oder abends in den Blonden Pinguin zu gehen. Oder in eine der holländischen Kneipen, die voller Holländer waren, das war der Nachteil, und manchmal kamen holländische Jungs und nannten uns Nazisau. Solche Sachen.

* * *

Warum Motte, Tilo, Onni und ich so blöd waren, am Samstag erst um fünf Uhr wiederzukommen, weiß ich nicht. Ich glaube, wir wollten uns vor Johnny Bohnenkamp und seiner neuen Freundin nicht geschlagen geben, obwohl es sich gar nicht mehr lohnte, für irgendwas zu kämpfen. Wir hatten nicht einmal die Pistolen gezogen.

Wir nannten Johnny Bohnenkamp den Ungeduschten, weil er nie dabei gesehen wurde, wie er zum Schwimmhaus ging. Das war ja der einzige Ort auf dem ganzen Collegium Aureum, wo es warme Duschen gab. Und weil Johnny alles vermied, was auch nur entfernt nach Sport aussah, war klar, daß er sich auch bei solchen Gelegenheiten nicht duschte. Natürlich roch es in seiner Nähe etwas streng, aber nicht so schlimm, wie man erwartet hätte. Dafür, daß er nie unter der Dusche stand, roch er ziemlich erträglich.

Der Ungeduschte jedenfalls hatte gesagt: Kommt am Samstag um drei nach Gleuyn in die Eisdiele, da treffen wir uns. Und er hatte seiner Freundin Frauke gesagt, er bringt ein paar Freunde mit, ob sie dafür noch ein paar Freundinnen mitbringen kann. Und Frauke hatte gesagt, sie kann es versuchen, aber sie weiß nicht, ob es klappt.

Tilo sagte: »Glaubst du wirklich, Marko, wir können da zu *viert* aufkreuzen? Diese Frauke denkt doch, wir sind die hungernden Kinder von Afrika. Die hält uns doch für bescheuert. Und den Ungeduschten gleich dazu.«

»Ich weiß nicht. Vielleicht hat Frauke vier Freundinnen, die sich *fühlen* wie die hungernden Kinder von Afrika. Vielleicht sind sie ja richtig hungrig und warten nur auf uns.«

»So mit Messer und Gabel, was?« sagte Motte. »Das glaubt doch nur ein Blödmann wie du.«

»He, Motte, auf dich wartet doch sowieso keine«, sagte Onni.

»Aber auf dich, du Zwerg.«

»He«, sage Tilo. »Wenn ihr beide wegbleibt, brauchen wir nur noch *zwei* hungrige Mädchen. Und zwei warten da bestimmt. Frauke läßt uns nicht hängen. Mit dem Namen kann sie sich das gar nicht leisten.«

Aber ich war mir nicht sicher, ob in der Eisdiele von Gleuyn zwei hungrige Mädchen auf uns warteten. Und wenn es vier waren, dann bestimmt die grausamsten Mädchen aus Fraukes Klasse, die Dicken und Übriggebliebenen vielleicht, jedenfalls keine Frauen, die an großen Flüssen leben. Der Eisdiele traute ich auch nicht viel zu. Der Ungeduschte hatte ja keine große Auswahl gehabt. Es gab in Gleuyn zwei Eisdielen, Adria und Venezia. Wir trafen uns im Venezia.

»Also, eine Brillenschlange nehme ich nicht«, sagte Onni, als wir vor der Eisdiele die Pferde anbanden. »Damit das ganz klar ist. Egal, wie hungrig sie ist. Brillenschlangen kommen nicht in Frage.«

»Wer soll sie denn sonst nehmen?« sagte Tilo. »Marko? Nur weil er Bücher liest?«

»Oder du«, sagte Onni. »Ich jedenfalls nicht.«

Motte sagte: »Ruhe. Es wird gegessen, was auf den Tisch kommt.«

Das hätte er nicht sagen sollen. Ich wußte es beim ersten Blick, den ich ins Venezia warf.

Johnny saß am letzten Fenstertisch.

»Das ist Frauke.« Der Ungeduschte stellte uns Frauke und den beiden anderen Mädchen vor, Petra und Monika. Wir zogen Stühle heran und setzten uns alle an den winzigen Tisch, auf den keine drei Kaffeetassen paßten. Ich wußte, daß dieser winzige Tisch Unglück bringt.

Gespräche mit fremden Mädchen sind meistens öde, weil jeder etwas will, von dem er nicht genau weiß, was es ist. Aber der Anfang solcher Gespräche ist besonders schlimm. Meistens ist man froh, überhaupt ein Thema zu finden, auch wenn es das blödeste Thema der Welt ist. Kaum ein Mensch kommt auf die Idee, über vernünftige Bücher zu sprechen, jedenfalls habe ich noch nie erlebt, daß ein Mädchen mal *Schuld und Sühne* oder *Robinson Crusoe* oder den *Großen Meaulnes* erwähnt hätte. Ich glaube, Mädchen lesen solche Bücher nicht so viel. Auch nicht den unvergänglichen *Huckleberry Finn.* Sie glauben, das hätte mit ihnen nichts zu tun. Lieber bleiben sie bei den alten Themen, auch wenn sie todlangweilig sind.

Ich stellte, wie ich bereits angedeutet habe, einige Monate lang ernsthafte Betrachtungen in meinem Innern über die Fehler und Irrtümer meines früheren Lebens an. Und ich hatte mir überlegt, daß ich das Mädchen, das meine erste Freundin werden würde, vorher testen sollte. Ich wollte nichts Schweres von ihr verlangen, ich wußte ja, daß man in Gleuyn oder Asperden und erst recht in Hassum nicht viel las. Ich würde einfach sagen: Hier sind fünf Bücher, sagen wir, *Die Kreutzersonate, Die Schatzinsel, Der Spieler,* das ist schön kurz, dann noch zwei andere kurze, vielleicht *Herz der Finsternis* und *Als ich im Sterben lag.* Und dann würde ich sagen: Nenn mir von den fünf Büchern zwei, die du gelesen hast. Na ja, zwei oder eins, je nachdem, wie hübsch das Mädchen war. Mir ist aufgefallen, daß die hübschen Mädchen weniger Zeit zum Lesen haben. Also sagen wir, eins. Und wenn das Mädchen dann sagen würde: *Als ich im Sterben lag,* oder: *Der Spieler,* dann wäre mir das genug. Darauf konnte man doch aufbauen. Und wenn das Mädchen sagen würde: *Robinson Crusoe*, dann würde ich ihr auf der Insel der Verzweiflung irgendwo eine versteckte Hütte bauen, mit einer stabilen Hecke, damit keine wilden Tiere kommen, um sie zu fressen. Und wenn das Mädchen sagen würde: Gar keins!, dann würde ich ihr die fünf Bücher hinhalten und sagen: Such dir eins aus, das du lesen möchtest, und wenn du es gelesen hast, sprechen wir uns wieder. Systematik ist alles.

So ungefähr würde ich es machen.

Aber jetzt saßen wir mit zu vielen Leuten im Venezia um den winzigen Tisch herum, fummelten an den Fingernägeln und glotzten uns an, so lässig wir konnten. He, wenn das *Gotteslob* dagelegen hätte, ich glaube, ich hätte darin geblättert und ein paar freudenreiche Geheimnisse des Rosenkranzes gemurmelt. Das Rosenkranzgebet zeigt uns ja die Stellung, die Maria im Heilswerk hat. Indem der Rosenkranz uns anhält, dies zu betrachten, deutet er unser Leben und hebt es in das Licht des Glaubens. So stand es im *Gotteslob*. Gern hätte ich mir jetzt den alten Druckfehler angeguckt, der meiner unsterblichen Seele schon in mancher Frühmesse Trost und Zuspruch gewesen ist. »Jedes Gesätz beginnt mit dem Vaterunser«, stand da. Wirklich. *Gesätz*.

Doch auf dem Tisch lag kein *Gotteslob*, sondern nur der Tabak des Ungeduschten. Onni legte seinen daneben. Und ich musterte die Frauen. Frauke war blaß, mit einem Pickel auf der linken Wange, der zu verheilen begann, und großen dunklen Augen, die sehr lieb aussahen. Als wäre Frauke schon seit Jahren auf die Enttäuschung gefaßt, die der Ungeduschte ihr bald bereiten würde. Ich wußte nicht, wie Johnny Bohnenkamp mit Mädchen so war. Zumindest schien sein Geruch sie nicht zu stören.

Fraukes Freundinnen waren nicht hübsch, und ich glaube, das war das grundsätzliche Problem dieses Nachmittags. Motte, Tilo, Onni und ich, wir hatten viel guten Willen. Aber wir wollten mit hübschen Mädchen zusammensein, und diese Mädchen waren beide nicht hübsch. Petra war wenigstens groß und hatte etwas Munteres im Gesicht, fast etwas Freches. Sie kam mir irgendwie bekannt vor, aber ich wußte nicht, woher. Monika hatte einen starken Überbiß und trug eine Brille mit dicken Gläsern, die ihre Augen ins Riesenhafte vergrößerten. Eigentlich waren es schöne Augen, aber man wollte sie nicht so riesig haben. Als Monika zu reden begann, merkte ich sofort, daß sie nett war, sehr nett und etwas langweilig. Motte sagte in solchen Fällen immer: Sie hat bestimmt einen wunderbaren Charakter und ein gutes Herz, und ich bin sicher, wenn er gekonnt hätte, er hätte beide in den DKP aufgenommen, damit sie ihm das Banner der Freiheit tragen helfen. Übrigens hatten beide Mädchen gute Haut, und sie waren sogar an unseren Geschichten vom Collegium interessiert. Viel mehr als wir an ihren.

Wir brauchten fünf Stunden, bis wir die Eisbestellungen sortiert hatten, und noch mal zwei, bis der Kellner sie kapiert hatte. Und dann noch eine, die der Kellner mit Fingerlecken, Vorblättern, Aufschreiben, Durchstreichen, Fingerlecken und Zurückblättern verbrachte. Im Adria wäre es bestimmt schneller gegangen. Danach gab es auf dem winzigen Tisch eine ziemliche Sauerei, besonders Tilo hatte Schwierigkeiten, sein Banana-Split sauber zu essen. Ehrlich, ich hätte eine Ziege schießen und auf meinem Feuer rösten sollen.

Zuerst redeten wir vom Collegium, alle durcheinander, so lange, bis wir keine Lust mehr hatten. Ich glaube nicht, daß die Mädchen alles kapierten. Sie hatten Mitleid mit uns wegen der Collegiumsordnung und der Sonntagsmesse und der Samstagsvesper, die auf der Insel der Verzweiflung genau zu der Zeit lief, in der normale Jungen in Köln oder Krefeld und vielleicht sogar das eine oder andere Mädchen in Duisburg die *Sportschau* guckten, und natürlich hatten sie auch Mitleid wegen der Schädelstätte, jeder hatte damit Mitleid. Wir mußten gar nicht von den panierten Fettläppchen erzählen, Petra schien schon alles über die Schädelstätte zu wissen. Aber eigentlich war es zuviel. So viel Mitleid brauchte ich nicht. Die Mädchen guckten uns an, als wären wir Tiere im Zoo, die man unbedingt streicheln muß. Ich wollte aber nicht gestreichelt werden, jedenfalls nicht deswegen.

Dann machten wir eine Pause. Die Eisbecher waren leer.

Der Ungeduschte raffte sich auf. »Frauke hier ist zur Klassensprecherin gewählt worden. Stimmt's, Frauke?«

»Ja. Irgend jemand muß es ja machen.« Der Satz klang hart, das hatte ich den lieben Augen gar nicht zugetraut.

»Toll«, sagte Tilo.

»Gratuliere«, sagte Motte.

Frauke zog eine Grimasse.

Der Ungeduschte guckte Frauke an, als wäre er wirklich stolz. Vielleicht war er auch nur ein richtiger Arsch, der seine eigenen Vorstellungen darüber hatte, wie dieser Nachmittag verlaufen sollte. Wir schwiegen wieder eine Weile. Einmal schabte Petra etwas Resteis aus ihrer Schale und leckte sich die Lippen. Für sich genommen, sahen Petras Lippen gut aus. Auch Petras Brüste zum Beispiel sahen für sich genommen gut aus. Sehr gut sogar.

Dann schwiegen wir wieder.

»Oh, und Monika hier«, sagte der Ungeduschte. »Monika ist neulich von der Schule abgegangen. Stimmt's?« Johnny guckte erst Monika an und dann uns, als müßte er überlegen, zu welchem Preis er sie uns verkaufen konnte. »Sag ihnen, was du jetzt tust, Monika.«

»Du bist *abgegangen*?« sagte Motte. Er konnte es nicht fassen, daß jemand die Schule einfach so hinwarf. »Warum das denn?«

»Na ja, die Hauptschule ist doch zu Ende.« Die großen, verschwommenen Augen hinter den Gläsern guckten unschuldig.

»Oh. Ach so. Die *Haupt*schule. Klar. Und … was machst du jetzt so?«

»Erzähl ihnen, was du jetzt machst«, sagte der Ungeduschte.

»Ich arbeite in der Gleuyner Schuhfabrik. Es war gar nicht so leicht, die Stelle zu kriegen.«

»Oh«, sagte Motte.

Und wir alle dachten: Oh.

»Und wie ist das so?« Onni hatte sich als erster gefangen. »Ich stelle mir das ganz schön hart vor. Viele Schuhe wahrscheinlich.«

»Das kann ich dir sagen! Du würdest staunen. Gegen die Schuhfabrik ist die Schule ein Kinderspiel. Das reinste Zuckerschlecken.«

»Und wo ist sie, die Schuhfabrik?« Ich dachte, das sollten wir jetzt auch noch wissen.

»Marko.« Tilo beugte sich zu mir herüber. »Wir nennen sie *Monique aus der Schuhfabrique*, was meinst du?« Er kicherte leise. »Und Petra …« Er senkte die Stimme wie ein Verschwörer. »Guck mal scharf hin. Petra arbeitet bei uns in der Collegiumsküche. Kommt sie dir nicht bekannt vor?«

»Du spinnst.«

»Guck dir das Gesicht an.«

»Ich gucke mir grundsätzlich keine Gesichter an.«

Jetzt sah Petra zu uns rüber. Sie drohte uns mit dem Finger.

»Klar doch«, flüsterte Tilo. »Stell sie dir mit Küchenschürze vor.«

»Vor dem Gesicht?«

»Blödmann! Hat sie nicht was mit Zecke Schmielen? He, ich glaube, die hat was m–«

»Wer flüstert, der lügt«, rief Petra. »Was habt ihr zwei denn für Geheimnisse?«

Ein Glück, daß sie nicht *ihr zwei Hübschen* sagte, das hätte mir noch gefehlt.

»Nichts«, sagte Tilo. »Haben wir Geheimnisse, Marko?«

»Nicht der Rede wert«, sagte ich. »Petra, irgendwie kommst du uns bekannt vor. Tilo hat da eine Theorie.«

»Was Kompliziertes?«

»Nein. Ganz leicht. Tilo glaubt, du arbeitest in der Collegiumsküche.«

»Erraten!« Petra lachte. »Hat aber ganz schön gedauert, bis der Groschen gefallen ist! Stimmt's, Monika? Hat das nicht echt lange gedauert, bis bei denen der Groschen gefallen ist? Sag doch mal, Monika. Ich habe mich schon die ganze Zeit gefragt, wann bei denen endlich der Groschen fällt. Jetzt ist er gefallen, aber in Pfennigstücken! Monika? Sag doch mal!«

Aber Monique aus der Schuhfabrique konnte nichts sagen. Sie lachte wie ein Tapir, mit Überbiß und allem. Ich sah eine große graue Wolke auf mich zutreiben, und ich dachte, in der nächsten Sekunde bin ich darin für immer verschwunden. Ohne Rettung. Ich fragte mich, was besser war, die Schuhfabrique oder die *cuisine* unserer Schädelstätte, mit Blutwurst, Fettläppchen und allem. Aber ich fand beide Vorstellungen absolut grausam. Einen Augenblick bewunderte ich die beiden tapferen Mädchen. Dann überfiel mich in der Eisdiele Venezia die Sinnlosigkeit des Lebens, die Vergänglichkeit aller Dinge und so weiter. Ich hatte einen der übelsten Nihilismus-Anfälle der letzten Wochen.

»Hör mal, Monique«, sagte Tilo. »Kann ich dich Monique nennen? Ich mag das Französische, die französische Eleganz und Lebensart. Also, Monique, die Schuhe, die ihr da in der Schuhfabrique herstellt. Was *sind* das eigentlich für Schuhe? Damenschuhe, Herrenschuhe, Kinderschuhe …«

»Och, alles mögliche«, sagte Monique.

»Alles mögliche? Wie das, Monique?«

»Tilo«, sagte ich so leise, wie ich konnte. Ich zupfte ihn am Ärmel. »Hör auf.«

»Na ja«, sagte Monique, »was es eben so gibt. Alles mögliche.«

»Kinderschuhe auch?«

»Ja, auch Kinderschuhe. Aber auch Damenschuhe.«

»Und Herrenschuhe, sagtest du, Monique.«

»Hör auf, Tilo.«

»Ja. Herrenschuhe auch. Aber ich habe bisher nur bei den Damenschuhen gearbeitet. Ich bin ja noch nicht so lange dabei. Ich bin gespannt, wie es bei den Herrenschuhen wird. Weißt du, Tilo, in unserer Abteilung wechseln wir alle vier Wochen. Alle, die an den Damenschuhen gearbeitet haben, arbeiten danach an den Herrenschuhen.«

»Im Ernst, Monique?« sagte Tilo.

»Fast alle, ja.«

»Nicht an den Kinderschuhen?«

»Doch, später auch an den Kinderschuhen. Aber ich glaube …« Monique mußte überlegen. »Ich glaube, nach den Damenschuhen sind erst mal die Herrenschuhe an der Reihe.«

»Und danach …« Tilo schaute an die Decke der Eisdiele Venezia, als hingen seine Worte dort an einem Mobile. »Danach wohl die Kinderschuhe.«

»Ja, richtig. Die Kinderschuhe am Ende. Das hat eine genaue Ordnung, Tilo, die ist festgelegt. Sonst ginge in der Schuhfabrik ja alles durcheinander.«

»Natürlich, Monique.«

»Es ginge drunter und drüber.«

»Klar. Aber mal angenommen, jemand wird neu eingestellt, wenn gerade die *Kinderschuhe* an der Reihe sind. Würde der nicht sagen, Monique, daß am Ende die *Herrenschuhe* an der Reihe sind? Weil er ja mit den Kinderschuhen *angefangen* hat?«

»Wieso?« sagte Monique. »Nein, das hast du falsch verstanden. Am Ende kommen die Kinderschuhe. Das habe ich dir doch erklärt.«

»Aber die Kinderschuhe kommen doch am Anfang, sagten wir gerade.«

»*Wer* hat gesagt, daß die Kinderschuhe am Anfang kommen? Nein, Tilo, das hast du total falsch verstanden. Ich habe immer gesagt, die Kinderschuhe kommen am Ende.«

»Moment, Monique, ich meine es anders.«

»Das ginge ja drunter und drüber.«

»Ich muß mich klarer ausdrücken, Monique. Mein Fall war hyp–«

»Mensch, Tilo«, sagte Onni. »Was ist denn daran so schwer zu kapieren?« Er guckte in die Runde, damit alle sahen, wie blöd Tilo war. »Erst die Damenschuhe, hat Monique gesagt. Dann die Herrenschuhe, das habe ich ganz deutlich gehört. Stimmt's, Monique?« Monique nickte dankbar. »Und am Ende … die Kinderschuhe.« Onni strahlte sie an. Er hatte auch ein bißchen Überbiß, aber viel weniger als Monique. »Das ist doch ganz einfach, wenn man es sich einmal gemerkt hat.«

»Genau«, sagte Monique. »Onni hat es verstanden.«

»Siehst du?« sagte Onni. »Es ist ganz einfach.«

»Ja, Onni.« Der Name gefiel ihr. »Genau.«

Mitten in meiner großen grauen Wolke, die mich im Venezia umfing, entfernt von Menschen, Tieren und Dingen, ausgeliefert dem schwärzesten Nihilismus, empfand ich für Monique tiefe Bewunderung. Sie war eine Kämpferin, das wußte ich jetzt. Sie wollte das relative Universum nicht akzeptieren. Weniger gut war, sie hatte so eine Art, die Brille hochzuschieben, die mich an Bruder Hermann erinnerte. Vielleicht war es das Gewicht der schweren Gläser. Bruder Hermann hatte auch so dicke Gläser, nur daß seine Augen dahinter noch kleiner wurden, als sie schon waren. Bruder Hermanns kleine Augen wurden hinter den Gläsern noch kleiner, Moniques große Augen wurden hinter ihren Gläsern noch größer. Außerdem glänzte Bruder Hermanns Nase vor Schweiß. Moniques Nase glänzte gar nicht. Ich sage ja, sie hatte sehr gute Haut. Wenn nur die Brille und der Überbiß nicht gewesen wären. Und die Schuhfabrique, die war natürlich auch ein Gesichtspunkt.

»Und du, Frauke?« sagte Tilo. Was machst *du* so? Ich meine, als Klassensprecherin?«

»Du willst es heute ziemlich genau wissen«, sagte der Ungeduschte. »Was ist eigentlich mit dir los?«

»Na ja, wir wissen jetzt alles über Monique ...«

»Was hast du eigentlich dauernd mit Monique, Monique, Monique! Willst du Frauke *auch* einen französischen Namen geben? He? Wegen der französischen Eleganz und Lebensart? Bist du bescheuert oder was? Du verarschst uns doch!«

»Laß ihn«, sagte Monique. »Es ist alles in Ordnung.«

»Nein«, sagte der Ungeduschte. »Tilo, es ist besser, du verpißt dich. Du verarschst uns doch. Vergiß nicht, dein Eis zu zahlen.«

»Johnny!« sagte Frauke.

»Mann«, sagte Tilo, »ich wollte Frauke nur nach ihrer Arbeit als Klassensprecherin fragen. Was dagegen, du Knalltüte?«

»Verpiß dich, Mann. Du störst.«

»Und mit Petra habe ich mich noch gar nicht unterhalten!«

»Da vorne ist die Kasse.«

Wir gingen alle vier. Es lohnte sich nicht, die Pistolen zu ziehen. Wir waren sowieso spät dran. Der Ungeduschte war auch zu spät dran, aber irgendwie nahm er das Risiko in Kauf oder hatte eine dumme Ausrede vorbereitet. Onni verabschiedete sich von Monique richtig freundlich, als hätte er sich das mit der Brillenschlange anders überlegt. Ich wollte mir lieber nicht vorstellen, sie könnten sich mal küssen. Wie es wäre, wenn Überbiß auf Überbiß trifft. Aber Onni hatte im Küssen wahrscheinlich überhaupt keine Erfahrung, sonst hätte er mal was erzählt. Vielleicht würden sich die beiden unerfahrenen Tiere beim ersten Kuß gegenseitig rammen, gemeinsam von der Bank rollen und sich dabei übel die Zähne brechen. Jemand mußte Onni warnen.

Tilo stieg auf sein Fahrrad. »Ich sage dir, Petra hat was mit Zecke Schmielen. Da läuft was, ich hab davon gehört. Ich frage mich, wo sie sich treffen. Glaubst du, Zecke kennt auch Monique? Oder Monique Zecke?«

Ich rollte neben ihn. »Mal ehrlich, was sollte das mit Monique aus der Schuhfabrique und allem? Du hast dir große Mühe gegeben, ein echter Arsch zu sein.«

»Ich habe nichts gegen Monique, gar nichts. Sie tut mir leid. Aber das muß sie doch nicht wissen, oder?« Er drehte sich um. »He, Motte! Wie findest du Petra?«

»Reizvoll. Man steckt ja nicht drin. Aber ein eigener Charakter, wenn man sie näher kennenlernt. Vor allem obenrum.«

»Du wirst es schwerhaben. Zecke war vor dir da. Ich glaube, er hat schon an ihr geknabbert.«

»Außenseiter soll man nicht unterschätzen, ist mein Motto.« Er summte die Melodie von »Maria, dich lieben« und schloß zu uns auf. »He, Marko, was machst du denn für ein Gesicht?«

Ich sah die graue Wolke immer noch, ganz in meiner Nähe. Die Gefahr war noch nicht vorbei. Ich fragte mich, ob ich darin einen Drachen mit Kaninchenlippen gesehen hatte wie in meinen Träumen. Ich war mir nicht sicher. Es sah nach starkem Wind aus, dem idealen Wetter für einen grauen Drachen mit mümmelnden Kaninchenlippen.

»Marko? He. Warum ziehst du so eine Flappe?«

»Ich weiß einfach nicht, ob man sich so blöd aufführen muß. Bei den Mädchen.«

Motte schwang sich auf seinen alten Holländer. »Tief ein- und ausatmen, okay? Das kennst du doch. Durch die Nase ein, durch den Mund aus. Fühlst du es?«

»Halt die Klappe, Motte.«
»Ich fühle es.«
»Halt die Klappe, du Arsch.«

* * *

Daß Bruder Albertus mich an der Collegiumsbrücke erkannt hatte, wußte ich eine Stunde nach unserer Rückkehr. Bruder Hermann ließ mich um sechs Uhr zu sich rufen. Die Beratung mit Tilo und Motte dauerte nicht lange. Die Frage war nur, wie ich in den Graben zum Schlammschaufeln geschickt werde – allein oder mit anderen. Das war die Frage. Bruder Hermann war ein großer Freund des Schlammaushebens und der Samstagsbestrafung. Seine Theorie war: Triff sie, wo es weh tut. Nimm ihnen den Samstag. Vermiese ihnen den Samstag, so gut und so gründlich es geht.

Ich klopfte an seine Tür, aber ich hörte kein Geräusch. Er ließ die Leute gern warten, das gehörte zu seinen kleinen Machtdemonstrationen. Seine Räume gaben ja nicht viel her. Die Ordensbrüder hatten einen Wohnraum, ein kleines Schlafzimmer und ein winziges Bad, das war alles, mit der einzigen Variation, daß Bruder Hermann sein Sichtfenster mit orangefarbenem Wollstoff abdeckte, Bruder Gregor seines mit blauem Wollstoff und Bruder Albertus seines mit grünem. Die Ordensbrüder wußten so gut wie wir, daß ihre Wohnungen armselig und beschissen waren, eine richtige Zumutung, und sie wußten natürlich auch, daß sie mit ziemlicher Sicherheit nie etwas Besseres kriegen würden. Also, dann schon lieber wie Robinson Crusoe ganz bei Null anfangen, mit nichts in der Hand außer einem Stück Gouda, etwas Pökelfleisch und einem Fäßchen Schnaps.

Ich klopfte noch einmal.

Diesmal rief Bruder Hermann mich herein. Er hing wie eine Qualle im Sessel und zeigte schlaff auf den Schülerstuhl.

Im Schülerstuhl konnte man nur aufrecht sitzen, alles andere war unmöglich. Bruder Hermann ließ ein paar Sekunden verstreichen. Dann schnaufte er, und ich roch seine Weißweinfahne. Aus irgendeinem Grund sah er zufrieden aus.

»Die Einleitung lasse ich weg. Bruder Albertus hat mich angerufen. Wer war noch dabei?«

»Wie bitte?« Die Worte hatte ich geübt.

»Als ihr mit einer Stunde Verspätung zurückgekommen seid. Es waren drei oder vier Leute. Bruder Albertus ist sich ziemlich sicher. Wer war es?«

Er sah zu dem bronzenen Kreuz an der Wand hinüber, als müßte er den leidenden Herrn um Geduld bitten.

»Niemand«, sagte ich.

»Marko, Marko.« Er hatte seinen besorgten Ton eingeschaltet, ein schlechtes Zeichen. »Eure Indianerehre rührt mich. Wenn alle auf der Welt so anständig wären wie du, gäbe es keinen Hunger, keine Kriege und keine Armut.« Er sah mich an. Das Lächeln war verschwunden. »Es gäbe natürlich auch kein Silentium mehr, aber lassen wir das. Übrigens saß vor zehn Minuten Heinz Ohnesorg auf diesem Stuhl.« Er wollte auf den Schülerstuhl zeigen, aber sein Finger zeigte auf mich. »Ich habe unserem Onni dieselbe Frage gestellt wie dir. Man soll immer ein zweites Gutachten einholen. Und weißt du, warum er mir meine Frage beantwortet hat? Weil ich ihm gesagt habe, vor zwanzig Minuten hättest *du* auf diesem Stuhl gesessen!«

Bruder Hermann strahlte. Und ich glotzte wie ein Frosch.

»Sei so gut und sag deinen Freunden, daß ich euch am nächsten Samstag um halb eins in Gummistiefeln am Graben erwarte. Sagen wir, viereinhalb Stunden, von halb eins bis fünf. Offenbar braucht ihr nicht soviel Silentium wie die anderen. Zieht euch alte Sachen an, ja? Ihr wißt, wie leicht man sich etwas verdirbt. War es Tilos Idee, so spät zurückzukommen?«

»Meine«, sagte ich.

»Und Matthias macht alles mit.«

»Er will kein Spielverderber sein.« Ich guckte in die kleinen Augen, die fröhlich blitzten, und plötzlich lachte Bruder Hermann so heftig auf, daß mich eine neue Weißweinwolke einhüllte.

»Noch etwas, Marko. Heinz *hat* vorhin nicht auf diesem Stuhl gesessen. Du bist der erste. Ich wollte mir von dir meine Vermutung bestätigen lassen. Manchmal kann man auf das zweite Gutachten verzichten.« Er sah mich quallig an. »Ich werde deinen Freunden nicht sagen, daß du sie verraten hast. Sonst wäre es ja aus mit der Indianerehre, und worauf könnte man sich dann noch verlassen? Schließ die Tür, wenn du gehst.«

5 *Ich mache mir Gedanken über fleischliche Lust. Der Präses hält mich für einen Auserwählten. Stimmen im Kreuzgang. Jan Spans und die Tantenkrise. Ich werde krank.*

In diesem Herbst und Winter mußten wir fünf- oder sechsmal zum Schlammausheben in den Graben, immer für gut vier Stunden. Der Gestank nach der abgestandenen jauchigen Brühe breitete sich in unseren Socken und Hosen und dann in unserer alten Bude aus. Die Stiefel konnten wir sofort reinigen, das andere nicht so schnell. Was wir an Schlamm, Steinen, alten Blechbüchsen, labberigen Plastiktüten, fauligen Blättern und toten Ratten aus dem Graben schaufelten, war unbeschreiblich. Aber der Strafdienst berührte uns nicht. Also, er störte uns natürlich und vermieste uns die Stimmung. Er versaute unsere Klamotten und stahl uns die Zeit und hinterließ einen Muskelkater, auch Blasen an den Händen, denn jede Schaufel stinkender Matsch wog fünf- oder sechshundert Kilo. Aber das Schlammausheben berührte nicht unsere unsterblichen Seelen. Wenn Tilo beim Strafdienst dabei war, und er war fast immer dabei, hatten wir sogar ziemlich viel Spaß. Spaß ist aber etwas, das man beim Schlammausheben nicht haben soll, und deshalb wurden die Erzieher wütend.

Ich wußte auch, woran das lag. Tilo war ihnen zu fröhlich, und er steckte uns mit seiner Fröhlichkeit an. Tilo war in der Schule schlecht, eine faule Sau. Nichts kümmerte ihn. Seine Handschrift war ein Schmier, außer Fußball, Laufen, Hochsprung, Weitsprung und Kugelstoßen konnte er nicht viel. Aber er war darüber nicht zerknirscht. Er dachte, er kommt schon durch. Er war in der Schule noch nicht einmal sitzengeblieben.

Vor einem Jahr gerade noch durch die Nachprüfung geschlittert, aber noch nie hängengeblieben. Während ich mir tausend komplizierte Gedanken über Gott und die Collegiumsordnung machte, stemmte Tilo einfach die Fersen in den Boden und rührte sich nicht von der Stelle. Wie eine Bergziege.

»Die Ärsche können mich mal«, sagte Tilo.

Onni zog an seiner Onni-Spezial und nickte.

»Alle«, sagte Tilo. »Sie können mich kreuzweise.«

»Vorsicht«, sagte Motte. »Die Schwatten währen ewig.«

* * *

»Marko, ich mache mir Sorgen um dich. Große Sorgen. Setz dich. Früher mußte ich mir nie Sorgen um dich machen. Aber jetzt ...«

Die Gelegenheiten, bei denen ich im Arbeitszimmer des Herrn Präses Platz genommen hatte, konnte ich an einer Hand abzählen. Vielleicht dreimal in fünf Jahren. Es mußte etwas Dringendes vorliegen, wenn der Präses sich einschaltete. Denn der Präses sorgte sich zwar, aber er schwebte über den Dingen. Wenn der Präses sich persönlich um etwas kümmern sollte, mußte ein Erzieher ihn beiseite nehmen und ihm diskret ins Ohr flüstern, worum es sich handelte. Der Präses wollte von Problemen nur im Flüsterton hören. Und jetzt hatte sich Bruder Hermann wohl zu ihm hinübergebeugt und ihm mit gesenkter Stimme und feuchten Lippen erzählt, daß Marko und seine Freunde Ärger machten. Nichts, was sich nicht beheben ließe! Aber Ärger, um den der Präses sich besser persönlich kümmerte.

»Und warum, Marko? Warum muß ich mir plötzlich Sorgen um dich machen?« Er sah mich lange und prüfend an. »Ich will dir sagen, warum. Wenn sich eines der Lieblingsschafe von der Herde entfernt, ist das Grund zur Sorge. Wenn eines der geliebten Schafe in die Irre geht, ist das Grund zu großer Sorge. Was liest du gerade? Immer noch Proust? Oder schon wieder einen anderen Dekadenten? Proust ist nicht unbegabt, weißt du, überhaupt nicht. Aber er hat zu Gott nichts zu sagen. Er ist zu sehr auf die glänzende Oberfläche fixiert, als daß ihm zu Gott etwas einfallen könnte. Er ist ein Krug ohne Wasser. Ein Oberflächenschriftsteller. Glänzend, wie ich schon sagte, aber ohne Substanz.«

Bei dem Wort »Oberfläche« dachte ich an die bröselige Haut der panierten Fettläppchen. Aber ich sagte kein Wort.

»Dieser Proust. Ein verzärteltes Muttersöhnchen, was für ein Jammer. Soviel Talent verschleudert. Warum liest du nicht Bernanos, das *Tagebuch eines Landpfarrers*, wenn du die Franzosen so gern magst? Oder Claudel, lies den *Seidenen Schuh*, das nenne ich Theater. Welttheater, Seelentheater. Lies Claudel. Du bist doch nicht etwa an Camus hängengeblieben? Camus wird genug damit zu tun gehabt haben, seine Seele zu retten, als der Augenblick gekommen war. Du weißt, daß er kaum Zeit hatte, seine Seele zu retten? Sein Autounfall. Eigentlich hat mich die Sache mit seinem Unfall nicht überrascht. Manchen von uns wird die Zeit einfach nicht gegeben. Wir treten vor den Herrn zu einer Stunde, die wir nicht erwarten. Wir müssen ein andermal darüber reden. Also, Marko.«

Er seufzte und machte eine Pause. Ich sah in die müden Augen mit den herabhängenden Lidern, die bestimmt nicht Schlafmangel, sondern Gram über die Welt nach unten gezogen hatte. Auch der Körper schien geschrumpft. Die Lappen, welche er Kleider nannte, hingen schlabberig auf den spitzen Schultern, nicht viel besser als beim Vagabunden, wenn ich es recht bedachte. Auch der Vagabund trug ja Schwarz. Die schwarzen Zorro-Sachen.

»Ich weiß, daß du in einem schwierigen Alter bist, Marko.« Er wollte in meine Seele gucken wie in einen Brunnen, in den er mit der Taschenlampe hinunterleuchtet. »Ja, ich weiß es gut. Ich kenne die Versuchungen.«

Aber ich konnte mir nicht vorstellen, daß der Präses die Versuchungen kannte. *Meine* Versuchungen. Ich war mir ganz sicher, daß er kein Mädchen küssen wollte, sonst würde er etwas dafür tun, er hatte ja ganz andere Möglichkeiten. Ich dagegen mußte dauernd daran denken, wie gern ich ein Mädchen geküßt hätte, und ich dachte auch daran, wie ich ihr den Pullover hochschieben und sie an mich drücken würde. Ich stellte mir einen sandfarbenen Wollpullover vor, der sich leicht hochschieben ließ und den Bauch und die Brüste freigab, so daß ich sie mit den Händen berühren konnte. Das stellte ich mir ziemlich genau vor, und ich spielte den Film in jedem beliebigen Tempo ab. Überhaupt masturbierte ich in letzter Zeit etwas viel, fand ich. Daß der Präses so oft masturbierte wie ich, hielt ich für unwahrscheinlich. Daß er am hellen Nachmittag an den hochgeschobenen Pullover eines hübschen Mädchens dachte und nicht mehr aufhören konnte, daran zu denken, so sehr, daß er alles stehen- und liegenlassen und sich sofort aufs Bett legen oder in der Toilette einschließen und sich einen runterholen mußte, das konnte ich mir einfach nicht vorstellen. Manchmal überkam es mich mit soviel Kraft, dieses Gefühl, mir jetzt sofort einen runterholen zu müssen, daß es mich erschreckte.

»Es ist die Pubertät, das eklige Alter«, sagte der Präses mitleidig, »es bringt sehr viel Verwirrung mit sich. Viele Nöte, Aufruhr, innere Kämpfe. Ja, Marko, heftige Kämpfe, in denen man stark sein muß. In denen man beweisen kann, aus welchem Holz man geschnitzt ist. Kämpfe, die man unbedingt gewinnen will. Lieber sterben als verderben!«

Leider mußte ich mir eingestehen, daß ich die inneren Kämpfe, wenn ich mir nachmittags auf der Toilette oder abends im Bett einen runterholte, nicht gewinnen wollte. Keinen einzigen. Ich wollte nachgeben, das ist die reine Wahrheit, und ich fühlte mich danach für eine Weile sehr friedlich. Dann kam das starke Gefühl wieder. Es war nur eine Frage von Minuten, wann ich wieder an den Pullover und den Bauch und die Brüste denken mußte, manchmal auch im Schulunterricht, das war sehr störend. Insgesamt fühlte ich mich dabei nicht wohl. Oder genauer, ich fühlte mich *dabei* zwar wohl, und je öfter ich kam und je erschöpfter ich wurde, desto besser, ich wollte mich selbst müde machen, damit ich gar nichts mehr wollte, auf diesen Zustand wartete ich. Aber ich dachte natürlich zuviel darüber nach und fragte mich, auf welche Bahn ich geriet. War diese Bahn vielleicht die *schiefe* Bahn? War ich schon dabei, zu rutschen, ohne es zu merken, ich Idiot? Mein Nihilismus hinderte mich nicht daran, das Problem genau zu empfinden.

Früher hatte ich mal gedacht, auf meiner Insel wäre ich fern von allen Lastern der Welt, sicher vor allen Verführungen des Fleisches und der Augen, sicher vor der Hoffart des Lebens. Aber da hatte ich mich gewaltig getäuscht. Nihilisten sind ja nicht abgestumpft, oft ist genau das Gegenteil der Fall. Ich wußte einfach nicht, ob es richtig war, was ich tat.

Na ja, die Greuelmärchen, was man vom Masturbieren alles kriegen kann, kennt ihr ja. Keiner von uns glaubte, daß uns Rückenmarkschwund drohte und fahle Blässe und ein frühes Grab. Wir lachten darüber. Wir lachten darüber, obwohl wir keine Ahnung hatten, was Rückenmarkschwund überhaupt war. Aber woran *glaubten* wir? Keiner wußte wirklich Bescheid. Ich meine, ob es *richtig* war. Und komisch, mit Motte, Tilo oder Onni sprach ich darüber auch nicht. Ich war mir sicher, sie masturbierten wie die Teufel, vielleicht weniger als ich, aber genau wußte ich es ja nicht, weil wir nicht darüber sprachen. Manchmal fragte ich mich, warum wir so feige waren, jeder auf seine Weise. Plötzlich fand ich unser ganzes Leben ziemlich feige.

»Marko«, sagte der Präses. »Masturbierst du viel?«

Die Frage traf mich wie ein Faustschlag unters Kinn. Oh, Boy. Ich hörte es klingeln, und ich spürte, wie mein Gesicht heiß wurde. Eine Sekunde lang dachte ich: Ich habe nicht gehört, was ich gerade gehört habe. In der nächsten Sekunde dachte ich, er hat mich mit jemandem verwechselt. Das bin nicht ich, der da im Arbeitszimmer des Präses sitzt und gefragt wird, ob er viel masturbiert. Dann kam ich zu mir. Neben mir saß niemand. Da wußte ich, daß die Frage mir galt. Mir allein. Der Präses wollte wissen, ob ich viel masturbierte. Hmmm. Was war »viel«? Mehr als Motte? Weniger als Onni, von dem Tilo einmal gesagt hatte: Onan, der seinen Samen zu Boden fallen ließ? Genausoviel wie der Durchschnitt? Ich hatte ja keinen Maßstab. Es kam mir sicherlich viel vor im Vergleich zum vergangenen Jahr, aber woher sollte ich wissen, daß es nicht noch mehr wurde? Die Frage machte mich ziemlich nervös. Was sollte ich tun, wenn es immer *mehr* wurde? Würde mir überhaupt noch Zeit bleiben, meine Hausaufgaben zu machen oder ein Buch zu lesen oder irgendeinen klaren Gedanken zu fassen? Die Fragen waren uferlos. Also saß ich da und sagte gar nichts.

Aber der Präses ließ mich nicht so leicht davonkommen. »Du hast mich gehört, Marko. Bereitest du dir heimlich Lust? Ist das Fleisch manchmal … schwach? Du kannst es mir sagen.«

Bei dem Wort »Fleisch« mußte ich wieder an panierte Fettläppchen denken. Ich senkte den Kopf, konzentrierte mich und sagte: »Also …«

»Manchmal ist das Fleisch schwach, und die fleischliche Versuchung ist sehr stark, ich weiß es. Ist sie das bei dir?«

»Was?«

»Ist die fleischliche Versuchung stark? Behält sie gegen dich die Oberhand?«

»Manchmal.«

»Oft?«

»Also …«

»*Sehr* oft? Du kannst es mir sagen.«

»Nein, nicht so oft.« Ich dachte an die willigen Mädchen bei Versailles, die ich noch nicht kennengelernt hatte, und ich dachte, *das* wären fleischliche Versuchungen, die sich lohnen.

Der Präses sah mich einladend an. »Aber doch *oft.* Habe ich recht? Du kannst Vertrauen zu mir haben.«

Und dann tappte ich Idiot in die Falle.

»Was ist *oft*?«

Kaum hatte ich das gesagt, beugte der Präses sich nach vorn. Das war die Sprache, die er verstand.

»Sagen wir, viermal in der Woche. Fünfmal? Öfter als sechsmal? Du kannst es mir sagen.«

»Wirklich, ich zähle es nicht.«

»Also *könntest* du es zählen«, sagte der Präses ernst. »Vielleicht *solltest* du es zählen. Ich meine, es würde sich wahrscheinlich *lohnen*, es zu zählen. So ist es, nicht wahr? Marko, hör mir zu. Hör mir zu, Marko.«

Er schüttelte betrübt den Kopf. Betrübt, daß ausgerechnet ich ihm Anlaß zu soviel Sorge gab. Betrübt, daß er meinetwegen so komplizierte Rechnungen anstellen mußte. Betrübt, daß ich der fleischlichen Lust und vielleicht auch schon der ewigen Vedammnis anheimgefallen war!

»Marko. Die Russen pumpen viele Millionen Mark im Jahr in das deutsche Pornogeschäft. Wußtest du das? Die Kommunisten wissen um die Verführungen der freien Welt. Sie zahlen viel Geld, damit der Westen in Sünde versinkt, deshalb subventionieren sie diese widerliche Industrie. Wußtest du das? Die meisten sind ja ahnungslos, sie wissen nicht, was hinter den Kulissen vorgeht. Hinter den Kulissen fließen Millionen für die Sünde.« Er sah mich bedeutungsvoll an. »Wußtest du das?«

Ich wußte es nicht, Leute. Aber ich wußte auch nicht, welches Interesse die Russen daran haben konnten, wie oft ich masturbierte.

»Man muß die fleischliche Versuchung sehr ernst nehmen. Kennst du den DKP? *Den Katholischen Pfad*? Eine Idee von mir. Ich habe Matthias davon erzählt. Ich will, daß die katholische Jugend sich gegen die Verderbtheit auflehnt, das DKP-Banner ergreift und ins Feld zieht. Über uns wacht der heilige Aloysius, der Beschützer der Jugend und der Unschuld. Die Jugend muß die Symbole besetzen. Sie muß auch die schlechten Namen besetzen und sie umdeuten für den Herrn. Deswegen nennen wir unsere Gruppe DKP. Die Kommunisten werden sich wundern.Verstehst du? Wir sind der Feind, der ihnen in den Rücken fällt. Der die kommunistischen Reihen unterwandert. Sie wissen noch nicht, welche Macht sich da formiert, sie ahnen es nicht einmal, weil sie nicht mit unserer Stärke rechnen. Das ist die Chance *Des Katholischen Pfades*. Also, Marko.« Er nickte, als brauchte er seine eigene Zustimmung, um fortzufahren. »Die Versuchung als solche ist menschlich, das will ich nicht leugnen. Aber das freiwillige Nachgeben, das Zurückweichen, das Schwachwerden vor der Versuchung ist *nicht* menschlich! So leicht darf man es sich nicht machen. Hörst du mir zu, Marko?«

»Alle Dinge sagen zu ihm O!«

»Wie bitte?«

»Nichts.«

»A und O? Willst du das sagen?« Der Präses legte den Kopf schief. »Alpha und Omega?«

»Entschuldigung.«

»Hörst du mir wirklich zu, Marko?«

Ich litt wie eine Sau, aber ich hörte ihm zu. Ich konnte ja nicht wegrennen. Eine Sau wäre weggerannt. Aber ich blieb sitzen und hörte ihm zu.

»Es gibt Menschen, die sich gegen die Anfechtungen *behaupten*! Möchtest du nicht auch zu diesen Menschen gehören, Marko? Die sich gegen die Anfechtungen behaupten? Sie besiegen, in den Staub treten, am Ende über die Anfechtungen triumphieren und über sie lachen, weil sie besiegt am Boden liegen? Es ist ein Weg, der nicht für alle bestimmt ist, nur für wenige. Für die Auserwählten. Die Kirche braucht diese Auserwählten. Du könntest schon demnächst das DKP-Banner tragen, aber das ist erst der Anfang. Du mußt jetzt nicht antworten. Es ist noch Zeit, Marko. Viel Zeit. Verschwende sie nicht!«

Ich entdeckte einen Spinnweben hoch oben in der Ecke des Arbeitszimmers. Frau Spinne saß noch darin. In Gedanken sagte ich zu ihr: Tu nicht so fleißig! Du wirst auch deine Anfechtungen haben! Wie Lucien und die willigen Mädchen bei Versailles! Da sah ich, daß sie sich nicht rührte. Vielleicht hing Frau Spinne schon seit langem tot in ihrem Netz. Und ich bekam Lust, die schmerzhaften Geheimnisse des Rosenkranzes für sie zu beten.

»Marko«, sagte der Präses. »Da ist noch etwas.« Wieder kam der Leidensausdruck in seine Züge, und die Augenlider senkten sich einen Millimeter tiefer. »Da ist noch etwas. Der Tabak, der Alkohol. Laß das sein. Willst du dem Herrn nicht eine Wohnung bereiten? Dein Körper ist diese Wohnung. Du mußt sie pflegen und rein halten für den Herrn. Laß dich nicht von anderen korrumpieren, laß dich nicht herunterziehen.« Seine Augenlider sanken noch einen Millimeter tiefer. »Ich denke an Tilo. Der Junge ist kein Umgang für dich, Marko. Du bist aus anderem Holz, das weißt du doch. Tilo ist ein problematischer Junge, für den wir uns etwas überlegen müssen. Glaubst du, er könnte jemals das DKP-Banner tragen? Nein, das könnte er wohl nicht. Tilo ist keiner, der voranginge. Der DKP braucht nichts so dringend wie Jungen, die als leuchtendes Beispiel vorangehen. Du solltest Abstand halten, Marko. Was dich betrifft, will ich nicht verkennen, daß deine Lage besondere Einfühlung erfordert, besondere Maßnahmen ...« Der Präses hielt inne. Er sah mich so mitleidig an, daß es mir einen Schrecken einjagte. Etwas Kaltes rieselte mir über den Rükken. »Marko. Eure häusliche Situation ist nicht einfach, das ist mir wohl bewußt. In Köln. Gar nicht einfach. Ich schließe euch in meine Gebete ein.«

Es rieselte weiter und wurde immer kälter. »In Köln?« Mir blieb der Mund offen. »In Köln? Was meinen Sie damit?«

»Ich bete für euch.«

»*Was* ist in Köln? *Was* ist nicht einfach?«

»Du mußt stark sein, Marko. Willst du mir versprechen, stark zu sein?«

»Was meinen sie mit unserer ›häuslichen Situation‹? Wessen *häusliche Situation*? Bitte, ich muß das wissen. Was meinten Sie damit?«

»Ach, Marko.«

»Bitte! Es ist wichtig! Sagen Sie es mir!« Ich wurde lauter, als ich es mir in diesem Raum je zugetraut hätte. »Sagen Sie es mir!«

Der Präses stand auf. Ich blieb sitzen, aber als der Präses um den Schreibtisch herum auf mich zuging, wußte ich, daß das Gespräch zu Ende war.

»Marko.« Er stand vor meinem Stuhl. »Willst du mir versprechen, stark zu sein, stark in jeder Beziehung? Und willst du mir versprechen, an unser Gespräch zu denken? Ich schließe dich in mein Gebet ein. Ich weiß, du kannst stark sein. Der DKP wäre etwas für dich, aber das ist erst der Anfang. Du gehörst zu den Auserwählten, wenn du es willst. Du mußt es nur wollen.«

Dann drehte er sich um. Er ging voraus wie ein Saaldiener, und es blieb mir nichts anderes übrig, als ihm quer durch das Arbeitszimmer zu folgen. An der Tür drückte er mir die Hand und nickte ernst.

Die Räume des Präses waren durch eine Doppeltür vom Vorzimmer getrennt. Er hielt mir die erste Tür auf, die mit Leder ausgeschlagen war, ich öffnete die zweite. Ich ahnte, daß von den Gesprächen, die beim Präses geführt wurden, kein Geräusch ins Vorzimmer hinausdrang. Das hätte eine Beruhigung sein müssen, aber es war keine. Ich tappte durchs Vorzimmer mit dem Fünfziger-Jahre-Sofa, dem schmalen Holztisch und den Missionszeitschriften, die Monat um Monat geliefert wurden und die keine Socke las. Hinter mir wurde die Tür geschlossen. Mein Mund war trocken wie Stroh. In meinem Kopf hörte ich viele Stimmen. Aber ich verstand sie nicht, auch wenn sie so einen Höllenlärm machten, daß ich Kopfschmerzen bekam. Die einen piepsten oder zwitscherten, andere schrien, wieder andere sangen einen Text, den ich nicht verstand. Am schlimmsten waren die ganz normalen Stimmen, die so deutlich artikulierten wie Nachrichtensprecher und die ich trotzdem nicht verstehen konnte.

»Scheiße, redet deutlich! Ich verstehe euch nicht!« Ich wollte die Stimmen niederbrüllen, aber ich wußte, daß es keinen Sinn hatte. Von der Turmuhr schlug es Viertel nach drei. »Scheiße, hört auf zu dröhnen! Lernt erst mal zählen!«

Wie sehr hätte ich gewünscht, daß mir die Tränen aus den Augen stürzten! Aber sie stürzten nicht. Ich hatte auch nicht gelernt, eher die gute als die schlimme Seite meiner Lage ins Auge zu fassen und aufmerksamer darauf zu sein, was ich besaß, als darauf, was mir fehlte, wie es der alte Robinson Crusoe lehrt. Nein. Ich taumelte die sechs Stufen zum Kreuzgang hinunter, ging erst nach rechts, korrigierte nach links und lief los wie ein Automat. Ich atmete stoßweise, immer schneller und flacher, das merkte ich, und ich wußte, daß es schlecht war. Es war schwierig, den Geräuschen in meinem Kopf konzentriert zuzuhören. Wenigstens die singenden Stimmen müßte ich doch verstehen können. Aber sie wurden nicht lauter, während das Zwitschern, Piepsen und Brüllen zunahm, und je mehr einzelne Wörter ich verstehen konnte, desto sinnloser wurde das Ganze.

Meine Scham der letzten Minuten war verflogen. Die Versuchungen waren mir egal, die Brüste unter dem sandfarbenen Wollpullover, das Masturbieren, die Frauen, die an großen Flüssen lebten, es war mir egal, was der Präses tat oder nicht tat, was er zählte und wie oft, viermal, fünfmal, mehr als sechsmal pro Woche, es war egal, fünfzehnmal, zwanzigmal, er hatte ja keine Ahnung, was Versuchung war! Die Stimmen in meinem Kopf schrien etwas Fürchterliches, das nichts mit allem zu tun hatte, und obwohl es so viele waren, daß ich irgendeinen Fetzen Sinn hätte ausmachen müssen, verstand ich sie nicht, keine einzige.

Da merkte ich, daß ich mich nicht vorwärts bewegte, sondern auf der Stelle trat. Ich *glaubte* nur, ich ginge vorwärts. Aber wenn ich auf den Boden des Kreuzgangs schaute, tanzte vor meinen Augen immer dieselbe schwarze Steinplatte.

Ich strengte mich an, um die Wahrheit herauszufinden. Dann mußte ich einen Moment die Augen schließen. Die Schädelwand tat weh, als drehte jemand in meinem Gehirn langsam die Temperatur höher, und plötzlich hatte ich das Gefühl, mein Kopf könnte platzen. Genug Temperatur, Leute! Dreht nicht höher! Seid ihr noch zu retten? He, wer sitzt da am Regler?! He! Verdammt, nehmt die Hitze weg!!

Aber keiner hörte auf mich. Da bekam ich es mit der Angst zu tun. Ich drehte mich langsam um. Hinter mir keine Seele. Ich spähte nach vorn. Keine Seele. Waren wir nicht zu elft, als wir in das Schiff stiegen? Wo sind die zehn anderen? Ich legte den Kopf zurück wie eine Marionette, damit ich zur Decke hochgucken konnte, ohne umzukippen. Alle Dinge sagen zu ihm O!

Aber nichts. Kein Wölkchen an Benamukees Himmel. Hohe weiße Decken, die in weiße Wände übergingen, und mitten in dieser weißen Wüste stand ich. Auch die Luft vor meinen Augen hatte etwas Weißes. Der Kreuzgang sah aus, als würde nie wieder ein Mensch darin auftauchen.

Ich machte eine neue Anstrengung, wegzukommen. Hier durfte ich nicht bleiben. Ich dachte, der Fahrtwind wird mich kühlen, und jetzt glaubte ich wirklich zu laufen. Ja, ich lief! Der Kreuzgang flog unter meinen Füßen dahin, auch wenn ich eindeutig zu schnell atmete, ich teilte mir die Luft nicht sinnvoll ein, sie durchströmte mich nicht, wie sie die größte Sängerin von allen durchströmt hatte, die einzigartige Callas, die beschimpft und verhöhnt worden war, aber wer sollte mich schon beschimpfen oder verhöhnen, solange ich weiterstolperte und der Kreuzgang unter meinen Füßen dahinflog? Gemeinnutz geht vor Eigennutz! Stolperte ich? Flog ich? Die Steinplatten verschwammen vor meinen Augen, und ich dachte, ich muß die Lage analysieren. Oh, ich muß dringend einen Vorrat an Trauben und Zitronen für die Regenzeit anlegen! Vielleicht schaffe ich bis zur Krankenstation, es sind nur noch ein paar Schritte. Sicher habe ich Fieber. Schwester Gundula! dachte ich. Schwester Gundula wird mir helfen! Ich wollte ihren Namen rufen, aber es war verboten, im Kreuzgang Lärm zu machen. Dann fiel mir ein, daß Schwester Gundula nachmittags ihre Besorgungen erledigte und wahrscheinlich gar nicht auf der Krankenstation war. Die Tür war aber nie abgeschlossen. Das gab mir Hoffnung. Vielleicht hatte Schwester Gundula den Kräutertee warmgestellt.

Doch ich kam nicht einmal die ersten vier Stufen der Treppe hoch, die zur Krankenstation führte. Ich fiel vorher. Als der Körper nachgab, Beine, Arme, Kopf, freute ich mich auf den Boden, der mir die Stirn kühlen würde. Endlich Kühlung! Aber ich kam auf dem Steinboden nicht an. Jemand war da, ein Schlurfen, ein Schatten, jemand stand hinter mir und fing mich auf. Als die Hände mich unter den Achseln packten, tat es weh. Ich ließ alles hängen. Es war mir egal.

»Langsam, Junge«, sagte die Stimme von Jan Spans. »Wir haben dich.«

* * *

Als ich zu mir kam, schaute ich in das Gewölbe des Kreuzgangs hinauf. Die Decke schien drei Kilometer entfernt. Ich lag. Ich lag wie unter einem riesigen weißen Himmel. Kein Stern war zu sehen. Immerhin, die Treppe, die ich nicht bewältigt hatte, stand noch. Und mein Kopf lag weich. Dicht neben meinem Kopf roch es nach holländischem Tabak. Ich lauschte, ob Stimmen zu hören wären, irgendein Zwitschern. Aber alles war still.

»Wir haben Zeit«, sagte Jan Spans. Er stand etwas weiter weg, wie einer, der nicht stören will. Seine Finger übten in der Luft Orgelläufe.

Es dauerte nur ein paar Minuten, und ich konnte aufstehen. Jan Spans nahm seine Jacke vom Boden und sah mich an. Für seine siebzig oder fünfundsiebzig Jahre hatte er wenig Falten. Die braunen Augen waren groß. Ich wußte, daß sie immer groß gewesen waren, sein Leben lang, und daß Jan Spans immer mit der Neugierde auf die Welt geguckt hatte, mit der er mich jetzt musterte.

»Wir gehen«, sagte er. »Die Frau macht Tee.«

»Ich kann nicht. Wir haben bald Silentium.«

»Erst macht die Frau Tee.«

Ich war noch nie im Häuschen von Jan Spans gewesen, obwohl es nur ein paar Schritte von der ersten Collegiumsbrücke entfernt lag. Das Häuschen von Jan Spans war auf dem Collegium Aureum wie ein kleines Fürstentum mit eigener Regierung, eigenen Gesetzen und seinem eigenen Bankgeheimnis, so ungefähr. Wann immer ich es sah, mußte ich an den Sonntagabend bei den Schweineställen denken, meinen allerersten Abend auf dem Collegium, der immer in meinem Kopf bleiben wird, egal was in meinem Leben noch geschieht, und ich mußte daran denken, wie Jan Spans vor dem Häuschen auf einem Stuhl gesessen und uns zugenickt hatte. In den Jahren danach waren wir tausendmal an seinem Häuschen vorbeigegangen, wir hatten unsere kaputten Fahrräder zu ihm geschoben oder uns bei ihm Werkzeug ausgeliehen, und einmal hatte ich sogar in das Häuschen hineingelugt, als er kurz darin verschwunden war, um Lampenöl zu holen. Das Lampenöl bewahrte er nicht in der Werkstatt auf, sondern im Haus. Aber ich hatte nie bei Jan Spans am Tisch gesessen und erst recht keinen Tee bei ihm getrunken. Ich fragte mich, ob der Vagabund das Haus von innen kannte. Und dann fragte ich mich, warum ich nicht schon früher hierhergekommen war.

»Frau«, sagte Jan Spans, als wir den Flur betraten. »Der Gast trinkt Tee.«

Ich hörte Geräusche aus der Küche, Wasser, das in einen dünnwandigen Kessel lief. Das Haus war so niedrig, daß größere Leute vor dem Betreten des Wohnzimmers bestimmt den Kopf einziehen mußten. Im Wohnzimmer standen ein wachstuchbezogener Tisch und drei Stühle, eine alte Anrichte und darauf ein Radio. Das war das Wohnzimmer.

Frau Spans kam mit dem Tee und nickte mir zu.

»Das ist Marko«, sagte Jan Spans. »Marko ist müde. Und unglücklich. Frau, bringst du den Rum?«

Wir ließen uns Zeit. Jan Spans war zufrieden, seinen Tee zu haben. Er goß sich von dem Rum ein und schraubte die Flasche sorgfältig zu. Dann drehte er sich eine Zigarette.

»Sagt Bescheid, wenn es wieder eine Tantenführung gibt.« Ein Streichholz flammte auf.

»Das wissen Sie doch. Wir denken an Sie. Es waren in letzter Zeit nicht mehr so viele Tanten.«

»Es gibt eine Tantenkrise.« Er blies Rauch in die Luft.

»Na ja.«

»*Gibt* es eine Tantenkrise?«

»Nein. Die Krise haben wir. Bruder Hermann traut uns nicht mehr über den Weg. Er glaubt nicht, daß wir fromm genug sind. Wir riechen nach Tabak. Dem hier.« Ich zeigte auf das Päckchen. »Kann ich mir eine drehen?«

Er schob das Päckchen über den Tisch.

»Und er hat recht«, sagte ich. »Wir *sind* nicht fromm genug. Und wir rauchen Zigaretten und trinken mal was und wollen abhauen. Solche Sachen.«

»Wer ist schon fromm genug.«

»Der Präses ist fromm. Frei von Anfechtungen. Die Nonnen sind fromm. Die Brüder. Schwester Sieglinde.«

»Die Brüder.«

»Ja, die Brüder. Ich glaube, sie sind fromm. Sie glauben an das, was sie tun. Manchmal bin ich neidisch darauf.«

»So neidisch, daß du vor Neid umfällst.«

»Das war etwas anderes.« Ich steckte mir die Zigarette an. Sie schmeckte wie Dung.

»Sieh dir die Brüder an«, sagte Jan Spans. »Was siehst du?«

»Was ich sehe?«

»Mach die Augen auf. Und sag mir, was du bei ihnen siehst.«

»Was meinen Sie?«

»Anfechtung.«

»Ich sehe keine Anfechtung. Ich sehe ein Leben, das ich nicht führen will. Aber es ist ihres, nicht meins. Anfechtung sehe ich nicht.«

Jan Spans schnaufte. »Was ich schon gesehen habe, geht auf keine Kuhhaut. Der eine trinkt. Der andere wird trübsinnig. Wieder andere gehen auf und davon. Es kommen nie alle durch. Einer fällt immer.«

»Fällt?«

»Scheitert. Wird geopfert. Opfert sich selbst. Ich bin kein Hellseher.«

»Aber Sie wissen etwas.«

»Wissen.« Er winkte ab.

»Was wissen Sie?«

»Ich beobachte, Junge. Weißt du doch. Ich habe Maurer gelernt. Dann Kesselwart umgelernt. Seitdem arbeite ich mit

Metall. Das Metall läßt einem viel Zeit. Man beobachtet.« Er steckte seinen Zigarettenstummel wieder an. »Manche Menschen brauchen einen Begleiter. Einen, der immer da ist. Deine Augen gefallen mir nicht. Du hast Fieber. Schwester Gundula soll sich um dich kümmern.«

»Herr Spans, warten Sie.«

Er brummte.

»Wenn ich mal Hilfe brauche … würden Sie mir helfen? Manche Menschen brauchen einen Begleiter, das haben Sie gerade gesagt. Nur für den Fall, daß ich mal Hilfe brauche …«

Er ließ Rauch aus der Nase.

»Ich weiß noch nicht, welche Hilfe. Es ist ein Gefühl. Es geht mir im Augenblick nicht so gut, mit allem.« Ich spürte, daß mein Kopf wieder glühte. Jemand hatte den Regler bedient. Aber es war so wenig Zeit. »Sagen Sie mir, wenn ich Mist rede, dann höre ich sofort auf. Ich kann die Wahrheit vertragen.«

»Die Wahrheit.«

»Ja. Aber da rollen eine Menge Sachen auf mich zu, die ich ordnen muß, und ich weiß noch nicht, wie ich das machen soll. Manches rollt in Köln los und ist noch gar nicht da, ich höre nur das Rumpeln in der Erde. Wenn ich ein Indianer wäre, würde ich das Ohr auf den Boden legen, um zu hören, wie viele Pferde kommen. An der Indianerehre halte ich fest, da kann Bruder Hermann sagen, was er will. Aber lassen Sie mich sehen … ich hab's! Die Ordnung, die das Individuum komplizierter Entscheidungen enthebt! Oder der stinkende Graben, den wir langsam leer schaufeln. Denken Sie an all die Ratten, die Teil der Schöpfung sind und nie zur Beichte gehen. Und Gott sieht doch zu, manchmal glaube ich das. Kennen Sie Maria? Wissen Sie, ob sie an einem großen Fluß gelebt hat? Zu dir rufen wir, verbannte Kinder Evas. Zu dir seufzen wir trauernd und weinend in diesem Tal der Tränen. Das ist Maria. Wenn ich Gott sehen sollte, ich verspreche Ihnen, ich werde es nicht verschweigen, sondern allen davon erzählen. Ich werde Zeugnis ablegen! Bruder Gregor versteht etwas davon.«

»Da könntest du recht haben.«

»Nihilisten verstecken sich nicht. Bruder Gregor gehört auch zu denen, die sich nicht verstecken. Er steht aufrecht wie ein Indianer.«

»Wer so aufrecht steht, ist eine Zielscheibe für verirrte Kugeln.«

»Man wird auf ihn schießen, stimmt's?«

»Er könnte der Nächste sein. Ja. Sein dunkler Begleiter wird ihm nicht helfen.«

»Aber Bruder Gregor steht aufrecht.« Mein Nacken glühte. »Mich durchströmt … Respekt. So wie einen die reine Luft durchströmt. Aber dann die Mädchen, die Anfechtungen wegen der Wollpullover. Das Fleisch ist schwach … das Fleisch ist … paniert. So verbirgt es seine Schwäche. Warum gibt es eigentlich keinen Honig auf dem Collegium? Alle Dinge sagen zu ihm O! Warum nicht der Honig? Es ist so viel auf einmal, und wir haben wenig Zeit. Herr Spans?«

»Du hast Fieber. Und sag nicht ›Herr Spans‹.«

»Mann, was soll ich denn sagen?!«

»Jan Spans. Was alle sagen.«

»Jan Spans. Das ist ein Lichtblick. Muß ich darin nicht den Finger Gottes sehen?«

»Nicht übertreiben. Ich bin nur der dunkle Begleiter. Du hast Fieber.«

»Jan Spans! Bitte!«

»Wir müssen gehen.«

»Aber ich muß das wissen, es ist wichtig.«

»Ich weiß«, sagte Jan Spans und stand auf. »Komm. Mal sehen, wie du laufen kannst.«

»Warum antworten die Leute eigentlich nicht, wenn ich sie was frage? Ich frage sie was, und sie tun so, als hätten sie die Frage nicht verstanden. Der Präses ist auch so einer. Wir haben doch so wenig Zeit! He, Jan Spans! Werden Sie mir helfen? Mit dem anderen? Auch wenn ich Ihnen noch nicht sagen kann, wie und womit? Der DKP kann mir gestohlen bleiben, ich pfeife auf das Banner der Freiheit und den Marsch gegen die Sünde. Das sollen die Bolschewisten unter sich ausmachen, okay? Aber es könnte sein, daß ich bald Hilfe brauche. Ich glaube, ich höre viele Hufe. Wir müssen eine Wagenburg bauen. Die Sachen rollen auf ganz breiter Front, das geht schon in Köln los. Bald fallen die ersten Schüsse.«

»Sag Bescheid, wenn die ersten Schüsse fallen. Ich bringe dich zu Schwester Gundula.«

»Schwester Gundula ist frei von Anfechtungen.«

»Ja.« Er schob den Aschenbecher beiseite. »Das ist sie. Sie muß was gegen dein Fieber tun.«

* * *

Ich weiß nicht mehr, wie wir zur Krankenstation kamen. Jan Spans muß mich getragen haben. Oder er hat mich gestützt, während ich einen Fuß vor den anderen setzte, aber wenn es so war, dann ist jede Erinnerung daran gelöscht.

Schwester Gundula packte mich in ein hohes, weißgestrichenes Metallbett mit grauen Gummirädern. Ich lag in einem Dreibettzimmer, der einzige Patient. In einem dieser weißen Metallbetten wollte ich schon lange mal liegen. Nicht weit von der Krankenstation lebten die alten Ordensschwestern, die wir nur sahen, wenn sie zur Gebetsstunde durch den Kreuzgang huschten oder eine ihrer Mitschwestern zu Grabe trugen. Auf die Frische, das baumwollene Kratzen der Bettwäsche war ich nicht vorbereitet. Es war schön, dort zu liegen, direkt vor den Augen die weiße Farbe der Baumwolle zu sehen und den Baumwollgeruch einzuatmen. Das Weiß war das einzige, was mich dazu brachte, die Lider zu öffnen.

Erinnert ihr euch an die Kummergebete im alten *Gotteslob*? Das erste war ganz kurz. Ich schreibe es euch auf, wie es mir da auf der Krankenstation langsam durch die Birne zog, wie Nebelschwaden in einem grünen Tal, so ungefähr. Also. *Vater im Himmel, ich bin krank. Mein Kopf tut so weh. Ich habe Fieber und Durst. Bitte, laß mich heute nacht gut schlafen, damit es morgen besser ist.*

Das war das Kummergebet.

Dann kam Schwester Gundula. Zuerst sah ich sie nicht. Schwester Gundula war so klein, daß sie sich sehr weit über mich beugen mußte, um mit der Hand meine Stirn zu erreichen. Ihre Hand war kühl und weich, nicht die Hand einer alten Frau, obwohl Schwester Gundula das war, vielleicht achtzig Jahre alt, man wußte es nicht genau, und niemand hätte es von ihr geglaubt, weil sie sich mit ihren Trippelschritten so zielstrebig bewegte wie eine junge Frau und weil unter ihrer Nonnenhaube immer ein sauber gekämmtes Büschel rotblonder Haare herausschaute, das ihr tief in die Stirn fiel, wie eine Schulmädchenfrisur.

»Ich sage Bruder Hermann Bescheid.« Sie fühlte mir wieder die Stirn. »Du bleibst hier.«

»Aber zum Schlafen gehe ich doch ins Haus Athen? Ich habe nichts dabei.«

»Du hast dich selbst dabei. Du schläfst hier.«

Ich schlief den Rest des Tages, die Nacht und den folgenden Vormittag.

In der Nacht wachte ich zweimal auf. Es roch nach Schwester Gundulas Kräutertee, von dem ich nicht wußte, ob er noch der Nachttee oder schon der Morgentee war und ob überhaupt jemand kam, um ihn zu trinken. Ich stellte mir eine lange Reihe Nonnen vor, die leise in Schwester Gundulas Krankenstation getrippelt kamen und ihre Teebecher in der Hand trugen. Dann hatte ich die Gewißheit, daß ich sie mir nicht nur vorstellte, sondern daß sie wirklich da waren.

Ich hörte das Rascheln der Ordenstrachten, das vom Flur bis in mein Krankenzimmer drang. Von der Turmuhr schlug es Viertel vor, aber ich wußte nicht, Viertel vor was? Ich glaubte meinen Körper zu spüren, der hinüberschwebte zu den Nonnen, um sich ein bißchen Abwechslung vom Liegen zu verschaffen.

Die Augen der Nonnen waren klein vom Schlaf, bei manchen Nonnen guckten weiße Haarsträhnen unter der Haube hervor. An Schwester Gundulas Tisch, auf dem immer die Ziegenmilch stand, stellten sie sich auf und warteten, bis sie an die Reihe kamen. Kräutertee wurde ausgeschenkt. Es beruhigte mich, daß nachts im Nonnentrakt soviel Betrieb war, wir hatten ja keine Ahnung, wie die alten Ordensschwestern lebten. Ich machte die Augen zu, das hatte ich schon die ganze Zeit gewollt. Ich brauchte nichts zu sehen. Ich roch ja den Kräutertee.

Dann machte ich mich auf den Rückweg, aber langsam, langsam. Mein Körper legte sich in die Horizontale und schwebte zurück zu meiner weißen Bettwäsche. Ich war genug auf der See gewesen und fühlte ein großes Bedürfnis, auszuruhen und über die Gefahren nachzudenken, die mir gedroht hatten.

Bevor ich einschlief, atmete ich dreimal den friedlichen Baumwollgeruch ein, ein guter Geruch, das Gegenteil aller Anfechtungen. Erst da fiel mir ein, daß der alte Robinson Crusoe sich gerade noch Bettwäsche vom Schiff geholt hatte, bevor es endgültig auseinanderbrach, er hatte also ein paar Jahre lang vernünftige Sachen, um sich hineinzulegen, und sicher hatte er auch ein richtiges Kopfkissen. Das beruhigte mich, und wenn ich nicht schon davongeglitten wäre, tief und noch tiefer hinab, hätte ich dem alten Benamukee dafür gedankt.

6

Meine Woche auf der Krankenstation. Lucien macht eine deutsche Eroberung. Etwas über meine Nietenhosen. Die Lüge, die ich Schwester Gemeinnutz nicht verzeihen kann. Ich marschiere mit Robert um den See.

Ich war lange krank. Schwester Gundula ließ mich erst nach sieben Tagen wieder in meine alte Bude, und auch das nur, wenn ich versprach, noch ein paar Tage im Bett zu bleiben.

Solange das Fieber anhielt, zogen farbige Bilder durch meinen Kopf, als ginge ich durch eine Ausstellung. Jedes Bild steckte in einem Rahmen und hatte nichts mit den Bildern zu tun, die neben ihm hingen, und kein Bild trug eine Beschriftung. Natürlich wußte ich, daß diese Ausstellung nicht meinem Leben entsprach. Die Bilder meines Lebens gehörten ja zusammen, sie zeigten doch ein und dieselbe Landschaft, dachte ich, ein und dasselbe Haus, einen Schornstein, einen Mond, einen Baum, vielleicht einen alten Eimer, solche Sachen. Aber in meinen Fieberträumen waren alle Bilder isoliert, jedes für sich, und bei jedem Bild fragte ich mich, was geschähe, wenn es nicht mehr da wäre. Wenn plötzlich der Museumsdirektor käme und sagen würde: Das da vorn hängen wir ab! Weg damit! Und das da drüben auch! Ich fragte mich also, was geschähe, wenn meine Eltern weg wären. Oder wenn Sonja mich allein ließe. Wenn es Robert nicht gäbe. Wenn meine sündigen Phantasien aufhörten. Wenn meine Freunde verschwunden wären. Wenn Bruder Gregor fortginge und wir unsere Gespräche über Bücher nicht mehr hätten. Oder wenn alle Gedanken an den alten Benamukee sich auflösten wie der Dunst über der Pferdewiese.

So war es. Bild für Bild nahm ich mein Leben auseinander und stellte es mir in verschiedenen Zuständen vor, in Stadien fehlender Bilder. Das war eine gruselige Übung. Alles wirkte beliebig. Ich sah plötzlich, daß sich mein Leben auf viele verschiedene Arten zusammensetzen ließ. Jeder Arsch von Museumsdirektor konnte sich mit den Bildern, die mein Leben waren, seine eigene Ausstellung basteln, wenn er wollte. So dachte ich, Leute, immer hin und her, auf und ab, vor und zurück, und so dachte es mein krankes Hirn, das in diesen Tagen zu zerbröckeln schien. Ich hielt nach einer großen grauen Wolke am Horizont Ausschau, um vorbereitet zu sein, wenn der Nihilismus-Anfall käme, und wie immer suchte ich den Himmel noch schnell nach einem grauen Drachen mit Kaninchenlippen ab. Um nichts übersehen zu haben, versteht ihr. Eine alte Gewohnheit. Mitten in der Nacht, wenn ich aufwachte, lauschte ich kurz auf das Flügelschlagen und das Schnauben der Nüstern, die das Kommen des Drachens ankündigten. Aber nachts blieb auf der alten Krankenstation alles ruhig.

Meine Tage begannen früh und hörten früh auf. Das Essen war nicht so grauenhaft wie in der Schädelstätte, dafür mager, lau und schlapp. Auf dem Tablett, neben dem Becher mit zimmerwarmem Aldi-Joghurt, lag immer ein verschrumpelter Apfel aus den Collegiumsgärten. Wenn ich die Kraft gehabt hätte, ich wäre nach draußen gegangen und hätte eine Ziege geschossen, um sie auf meinem Feuer zu braten.

Am späten Vormittag und am späten Nachmittag wurde mir ein bißchen langweilig, ich konnte noch nicht viel lesen. Selbst ein tolles Buch wie das *Jugendbildnis* von Alain-Fournier ließ mich fast kalt. *Fast.* Man holt sich immer etwas Wichtiges aus den tollen Büchern, auch wenn man nur ein paar Seiten liest oder auch nur ein paar Zeilen. Das wollte ich auch meiner ersten Freundin erzählen, wenn ich sie mal hätte, oder den willigen Mädchen bei Versailles, sollte es mich jemals in die Nähe von Versailles verschlagen: wieviel man aus einem tollen Buch herausholen kann, wenn man nur ein paar Zeilen liest.

In der Einleitung zum *Jugendbildnis* stand ein Satz, der mir gefiel. »Alain-Fournier war liebenswürdig, sinnenfroh, grausam und einsam. Er suchte die Gnade auf dem paulinischen Wege, auf dem Wege über die Sünde.« Ich bin sicher, solche Sätze lest ihr nicht oft. Also erst mal, daß es einen *Weg über die Sünde* gibt, und dann natürlich, daß man diesen Weg den *paulinischen Weg* nennt. Das hieß ja, die Sünde war ein Weg. Was für einer, müßte man dann noch sehen, aber ein Weg, den man beschreiten konnte, wenn man wußte, was man dort wollte. Ernst Schoen, der Verfasser der Einleitung, schrieb deswegen ja auch diese vier wunderbaren Attribute: *liebenswürdig, sinnenfroh, grausam und einsam.* Das wollte ich auch sein, wie ich so in meinem Metallbett auf Gummirollen lag, in genau derselben Reihenfolge, wie es Alain-Fournier gewesen war: liebenswürdig, sinnenfroh, grausam und einsam. Und ich beschloß, es zu werden.

Zwischen dem Mittagessen und dem Silentium kamen Motte, Tilo und Onni mich besuchen, aber sie durften nicht lange bleiben. Motte brachte mich zum Lachen mit der neuen Baßstimme, die er zu Lied 554, »Wie schön leucht' uns der Morgenstern«, erfunden hatte.

»He«, sagte Motte, »was glaubst du, wo ich vorhin war?«

»Wo warst du?«

»Bei Leo Siebenwirth auf der Bude. Oben am Nonnentrakt. Schwester Ricarda hat mich gebeten, ihm sein Essen raufzubringen. Sie sagte, er ist krank.«

»Und *ist* er krank?«

»Weiß ich nicht«, sagte Motte. »Aber seine Bude roch danach. Ich frage mich, wie er es da oben aushält. Was er den ganzen Tag *macht.* Und die Abende. Mein lieber Mann.«

»Er träumt von Frauen«, sagte Tilo.

»Er träumt von einer, die ihm davongelaufen ist«, sagte Onni.

»Alles falsch«, sagte Motte. »Petra hat mir erzählt, daß er sich für die *Küchenmädchen* interessiert. Jemand hat ihn auf ihrem Flur gesehen. Man erlebt immer wieder Überraschungen.«

Wir alberten noch ein bißchen herum, dann gingen sie wieder. Gott sei Dank blieb ich in meinem Dreibettzimmer allein. So konnte ich viel nachdenken. Auf meiner Insel war ich fern von allen Lastern der Welt, sicher vor allen Verführungen des Fleisches und der Augen, sicher vor der Hoffart des Lebens.

Einmal rief Antoni Subirats an, mein Musiklehrer, der bestrasierte Mensch der Welt. Er wollte hören, wie es so ging, sagte er. Im Hintergrund hörte ich eine der spanischen Messen, die er auflegte, wenn er zu Hause Ruhe hatte.

»Schöne Musik«, sagte ich. Ich stand im Telefonzimmer, mit Pantoffeln an den Füßen. Eine Nonne hörte zu, ohne von ihrer Näharbeit aufzusehen.

»Guerrero«, sagte er. »Sechs Stimmen. Ich dachte, das gefällt dir vielleicht.«

»Tut es.« Ich lauschte in den Hörer, an dessen Ende ich mir ein stilles Gewölbe mit einem Männerchor in weißen Kutten vorstellte. »Irgendwie kommt es mir bekannt vor.«

»Das würde Guerrero freuen«, sagte Subirats. »Sein Trick. Das Unbekannte kommt dir bekannt vor. Als ob da eine Erinnerung wäre. Komm mal vorbei, dann spiele ich dir Morales vor. Sie kannten sich.«

»Wer kannte sich?«

»Guerrero und Morales, der Junge und der Alte. Ein bißchen wie Sohn und Vater.« Antoni Subirats wünschte gute Genesung und legte auf.

Es dauerte eine Weile, bis ich mich in meinem Krankenbett entspannte und in der Lage war, einfach nur krank zu sein. Erst als ich richtig krank war, konnte ich auch wieder gesund werden. Der Geruch nach Kräutertee und Ziegenmilch überdeckte alle anderen Gerüche, selbst den Duft der hohen Stapel gestärkter weißer Wäsche, die auf großen Wagen durch den Flur vor meinem Krankenzimmer gerollt wurde. Wenn im Telefonzimmer das Telefon klingelte, wartete ich auf das Trippeln der kleinen Nonnenfüße, die von irgendwoher angelaufen kamen. Es klang immer etwas aufgeregt, wenn die Schwestern ans Telefon gingen, als müßten sie sich noch an das moderne Gerät gewöhnen oder erwarteten, irgendwelche Fabelwesen in der Leitung zu hören. War das Gespräch zu Ende, legten sie den Hörer so vorsichtig auf die Gabel zurück, als handelte es sich um einen Körperteil dessen, mit dem sie gerade gesprochen hatten, ein Ohr oder so. Das waren die Ordensschwestern auf der Krankenstation. Sie arbeiteten von morgens bis abends, Benamukee sei mein Zeuge.

* * *

Am vierten Tag der Krankheit, mitten im Silentium, kam Lucien.

»Bonjour«, sagte er. Er schaute sich um. Er behandelte die Welt, als wäre jeder Tisch und jeder Schemel für ihn aufgestellt worden. Die Silentiumsregeln galten für andere, nicht für ihn. »Marko. Wie geht's?«

»Lucien! He, was hast du so getrieben?«

»Ich will sehen, wie es dir geht.«

»Und du? Kommst du klar? Mit wem ziehst du denn so rum?« Ich meinte: Kümmert sich jemand um dich? Oder bist du allein?

Er strahlte, daß die dunklen Augen funkelten. »Mir geht es gut. Ich habe eine Freundin. Ich bringe ihr Französisch bei.«

»Du hast *was*?« Aber ein einziger Blick in sein hübsches Gesicht verriet mir, daß es stimmte. Ich wurde neidisch. »Und … wo?«

»Jaaa…« Er lachte auf. »Das Beste. Das Einfachste.« Er machte mit dem Kopf eine kleine Bewegung nach links. *Nebenan.*

»Moment«, sagte ich. »Moment!«

Er strahlte.

»Du meinst nicht etwa … ein *Küchenmädchen*? Lucien, das ist nicht dein Ernst! Wie bist du denn an die rangekommen? Wo trefft ihr euch? Oh, Mann! Das ist gefährlich!«

Er nickte begeistert.

»Du alter Gauner! Wie hast du das nur … Wer ist es?«

Lucien machte große Augen und pustete sich auf.

»Moment. Sie ist groß. Ist sie dick? Komm, ich brauche eine Geste, sonst komme ich nicht drauf. Ist sie hübsch? Okay, es kommt doch vor allem auf den guten Charakter … In Ordnung, sie ist lieb. Und zärtlich auch? Lucien, du alter französischer Gauner!«

Er war stolz. Er hatte mich nur besucht, um mir von seiner Eroberung zu erzählen.

»Sie bringt mir neue Wörter bei«, sagte Lucien. »Wichtige Wörter.«

»Kann ich mir vorstellen. Und wie heißt sie?«

»*Eh ben* …«, sagte Lucien.

»Komm, spuck's aus.«

»Petra«, sagte Lucien. Und er wartete auf meine Billigung.

»Petra«, sagte ich. »Oh, Mann.« Ich griff nach den Taschentüchern und putzte mir die Nase. »Petra … Ich kenne sie ein bißchen. Kein schlechter Körper, wenn du mich fragst. Etwas groß vielleicht. Sie ist einen halben Kopf größer als du, würde ich sagen. Aber kein schlechter Körper.«

»Nein«, sagte er, »kein schlechter Körper.« Er lächelte erleichtert. »Ein großer deutscher Körper.«

Ich fragte mich, was Lucien von diesem Körper kannte. Was die willigen Mädchen bei Versailles ihn gelehrt hatten.

Aber sein Gesicht war undurchdringlich. Dann fiel mir Zecke Schmielen ein. Ob Petra *zwei* Freunde hatte?

Ich sagte: »Keine schlechte Wahl, Lucien. Eine überlegte Wahl, wenn du mich fragst. Du hast das von Anfang an sauber eingefädelt. Ihr Franzosen seid richtige Strategen, Lucien. Sei nur vorsichtig.«

»Petra ist auch vorsichtig.«

Ich sah ihn an. Er sah mich an. Das feinste Lächeln umspielte seine Mundwinkel. Natur und Erfahrung lehrten mich nach reiflicher Überlegung, daß alle Güter dieser Welt nur insofern Güter sind, als wir Gebrauch von ihnen machen. Lucien wünschte gute Besserung und ging.

***

»Theunissen.«

Münzen rutschten durch den Schacht des alten Telefonapparats.

»Papa?«

»Marko! Sag mal, Robert hat mir davon erzählt. Du warst krank.«

»Nicht so schlimm. Ich bin wieder auf den Beinen.«

»Er hat etwas von einem längeren Aufenthalt auf der Krankenstation erzählt. Bei den Nonnen.«

»Ja, bei Schwester Gundula. Und den anderen. Aber mir geht's wieder gut.«

»Vollständig auskuriert?«

Das war mein Vater. Er konnte nicht *ganz gesund* sagen. Er mußte sagen: *vollständig auskuriert.*

»Ich sag doch, mir geht's wieder gut.«

»Da bin ich beruhigt, Marko. Solche Sachen muß man ernst nehmen und vollständig auskurieren, um Rückfälle zu vermeiden. Das Fieber ist nicht zurückgekehrt?«

»Nein, Papa. Das Fieber ist nicht zurückgekehrt.«

»Manchmal kehrt das Fieber zurück, das weißt du. Eine gefährliche Sache.«

»Ich halte das Fieber in Schach, okay? Ich werde die Pistole ziehen und das Fieber beobachten. Und bei der kleinsten verdächtigen Bewegung, die das Fieber macht, drücke ich ab.«

»Das ist nicht lustig, Marko. Es ist ernst.«

»Ich weiß, Papa. Ich *nehme* es ernst.«

»Gut, Marko. Ich bin beruhigt. Wie geht's Robert?«

»Du hast doch mit ihm telefoniert.«

»Aber das war vor einigen Tagen.«

»Wieso sollte ich etwas von ihm wissen? Ich war krank, wenn du dich erinnerst.«

»Er hätte dich ja besuchen können.«

»Um seinetwillen oder um meinetwillen?«

Mein Vater machte eine Pause. »Marko, was meinst du damit?«

»Ich weiß nicht, Papa. Ich weiß nicht, was ich damit meine. Was hältst du davon, wenn du ihn selbst alles fragst, was du wissen willst? Wie wär's damit?«

Mein Vater seufzte. »Ich weiß nicht, worauf du hinauswillst, Marko. Das Entscheidende ist, daß du vollständig auskuriert bist.«

»Mir geht's gut, Papa. Ich habe die Pistole gezogen und halte den Blick fest auf das Fieber geheftet. Kann ich Mama sprechen?«

»Sie ist nicht da, Marko. Sie ist eingeladen. Kann ich ihr etwas ausrichten?«

»Nein, nicht so wichtig. Du könntest mir Sonja geben, wenn sie da ist.«

»Sonja ist bei ihrem Freund. Arno.« Die Stimme meines Vaters klang neutral.

»Der ist neu, stimmt's?«

»Ich glaube, das ist zutreffend formuliert. Arno ist neu.«

»Und?«

»Und was?«

»Wie ist er so? Nett?«

»Oh«, sagte mein Vater. »Sonjas Freunde sind doch immer nett. Wirklich, ich kann mich nicht beklagen. Ich wünschte nur, sie blieben etwas länger.«

Ich warf Geld nach. »Papa«, sagte ich.

»Was ist, mein Sohn?«

»Papa, geht's dir gut? Ist dein Leben … sind die Bilder alle beieinander, oder fehlen welche? Ich meine, ist die Sammlung vollständig?«

»Welche Sammlung?«

»Stell dir dein Leben als Kunstausstellung vor. Sind alle Bilder da? Alle in ihren Rahmen? Und gehören alle zu derselben *Ausstellung*? Das ist besonders wichtig. Daß alle zur selben Ausstellung gehören. Keine Einzelstücke, meine ich.«

»Nun ja«, sagte mein Vater. »So habe ich mein Leben noch nicht betrachtet. Als Kunstausstellung.«

»Dann tu's mal«, sagte ich. »Man will doch wissen, was der Museumsdirektor für einer ist.«

»Oder der Ausstellungsmacher«, sagte mein Vater. »Das muß nicht derselbe sein. Es gibt gute Museen, die lassen schlechte Ausstellungsmacher ran.«

»Und schlechte Museen, die gute ranlassen? Gibt's die auch?«

»Seltener, glaube ich. Ich müßte darüber nachdenken.«

»Papa«, sagte ich. Ich hörte das Rauschen in der Leitung, das lauter war als sein Atem, und ich fragte mich, wie er jetzt dasaß, was er gegessen hatte, welches Hemd er trug, solche Sachen.

»Ja, mein Sohn?«

»Weißt du noch, das alte Kronenbourg?«

»Aber natürlich!«

»Wie das Glas in der Sonne geleuchtet hat?«

»Das werden wir wiederholen, Marko, was meinst du? Nächsten Sommer. Ich zähle auf dich.«

»In Ordnung. Dann ... bis bald. Grüß Mama und Sonja von mir.«

»Mache ich. Grüß Robert.« Er lachte. »Laß das Fieber nicht aus den Augen. Prüf nach, ob deine Pistole geladen ist!«

* * *

Ich hatte meinem Vater nicht erzählt, daß Robert und ich uns schon einmal nach meinem Fieber getroffen hatten. Ich hatte keine Lust dazu gehabt. Warum, werdet ihr gleich merken.

Einmal die Woche trafen Robert und ich uns an der Zweiten Collegiumsbrücke. Wir gaben uns eine Kriegerumarmung und entschieden dann, was wir machen wollten. Viele Möglichkeiten hatten wir ja nicht. Hatte Robert wenig Zeit, stellten wir uns auf die Brücke und guckten in den stinkenden Graben. Oder wir setzten uns auf die Brücke wie die Großen, die keine Angst hatten, sie könnten hintenrüberkippen. Wenn Robert sich richtig unterhalten wollte, gingen wir eine Runde um den See, wo wir heimliche Raucher aufscheuchten. Die Schafsnasen schienen gar nicht zu wissen, daß man ihren Rauch meilenweit sehen konnte und daß jeder Schwatte sich eingeladen fühlen mußte, sie zu packen.

Robert erzählte nicht viel. Das ist oft so bei Jungen in diesem Alter. Aber es gefiel mir gar nicht. Ich dachte, er nimmt alles nur auf, er gibt gar nichts wieder. Es ist nicht gut, wenn man alles nur in sich hineinfuttert, irgendwann platzt man.

»Wie ist es abends?« fragte ich ihn. »Erzähl mal, wie deine Abende so sind.«

Abends war bei mir immer die schlimmste Zeit gewesen. Die Abende der ersten beiden Jahre bei Schwester Gemeinnutz würde ich am liebsten streichen, nicht nur aus meinem Gedächtnis, sondern aus meinem Leben. Aber sie werden bleiben, für immer. Sie werden auch noch da sein, wenn ich mal tot bin, und sollten Wissenschaftler mich mal aufschneiden, werden sie Reste dieser Abende in meinem alten Gehirn finden. Oh, Mann, was für Reste. Ich wollte mir lieber nicht vorstellen, wie sie aussahen. Die Gewissenserforschung, die Wahrheitserforschung. Der ewige Stuhlkreis. Das Gerede von der Gruppe, dem Gruppenwillen und dem Gruppengeist. Denen, die nicht mehr Teil der Gruppe sein konnten. Denen, die sich aus der Gruppe ausgeschlossen hatten.

Ich weiß noch, wie Schwester Gemeinnutz eines Morgens kurz vor dem Unterricht in unsere Klasse kam. Unser Klassenzimmer war nicht im Schulgebäude, sondern im Juvenat. Es war zugleich für den Unterricht und fürs Silentium da. Morgens saßen wir in der Klasse, um Latein, Mathematik, Deutsch, Erdkunde und Religion zu lernen, nachmittags saßen wir in der Klasse, um unsere Aufgaben zu machen, Vokabeln zu lernen und zu schweigen. Das war das Silentium. Jedenfalls trieb uns Schwester Gemeinnutz morgens immer pünktlich ins Klassenzimmer, bevor der erste Lehrer kam.

Wenn wir still waren, eine müde kleine Bande von vierundvierzig Kindern, machte sie ihre Ansagen. Ich habe noch eine Ansage zu machen! rief sie und mümmelte mit ihren Kaninchenlippen, während die Drachenaugen über die ganze Klasse strichen.

Die Ansage dieses Morgens war, daß wir keine Nietenhosen mehr tragen durften. Das waren Jeans. Schwester Gemeinnutz nannte sie Nietenhosen. Alle, die gerade Nietenhosen tragen, sagte Schwester Gemeinnutz, gehen schnell nach oben zu den Schränken und ziehen sich um. Sofort! Ich möchte im Unterricht keine Nietenhosen mehr sehen!

Da standen alle auf, die Nietenhosen trugen, marschierten aus der Klasse und gingen sich umziehen. Alle außer mir. Ich blieb sitzen, obwohl ich eine Nietenhose trug. Ich weiß nicht mehr, warum ich mich nicht umziehen ging. Vielleicht, weil ich außer der Nietenhose, die ich trug, nur noch eine andere Nietenhose und dann noch die graue Sonntagshose im

Schrank hatte. Und die feine Sonntagshose war doch für den Sonntag. Irgend etwas sagte mir, daß ich mich nicht umziehen *konnte.* Daß es falsch war, an einem Werktag die Sonntagshose anzuziehen. Und es *war* doch auch falsch. Ich war *noch nie* mit der Sonntagshose in die Schule gegangen, auch in Köln nicht.

Ihr seht, ich steckte in der Klemme. Ich tat etwas Falsches, wenn ich sitzen blieb und mich nicht umziehen ging. Und ich tat etwas Falsches, wenn ich nach oben an meinen Schrank ging und mich umzog. Was ich auch tat, ich tat etwas Falsches. Der Gedanke lähmte mich, er war wie ein Gift, das sich schnell in meinem Körper verteilte. Wißt ihr noch, wie es beim alten Robinson Crusoe heißt? Welch lächerliche Entschlüsse fassen doch die Menschen, wenn sie von Furcht besessen sind! Die Leidenschaft leitet sie ab von den Rettungsmitteln, welche die Vernunft ihnen darbietet.

Also blieb ich sitzen und tat gar nichts.

Kinder können ziemlich fix sein, die Augen offenhalten, und manchmal haben sie erstaunliche Tricks auf Lager. Aber Kinder haben keine Ahnung von der Wachsamkeit eines Erwachsenen, der wirklich wachsam sein will. Ich machte mich ganz klein, als meine Klassenkameraden, die sich umgezogen hatten, wieder in die Klasse kamen. Ich machte mich klein und senkte den Kopf, damit Schwester Gemeinnutz mich nicht sah und nicht auf die Idee kam, auf meine Beine zu gucken. Solange sie vorn in der Mitte blieb, ungefähr da, wo sonst der Lehrer stand, hatte ich eine Chance. Ich dachte, vielleicht ist sie ja zufrieden, daß so viele ihrer Ansage gefolgt sind und sich die Nietenhosen ausgezogen haben. Das ist doch ein schöner Erfolg, zwanzig oder fünfundzwanzig Jungen, die auf Befehl nach oben marschieren, sich die Nietenhosen ausziehen, eine andere Hose anziehen und so weiter, das ist doch ein schöner Erfolg, mit dem man zufrieden sein kann.

Aber da hatte ich mich geirrt. Schwester Gemeinnutz *war* nicht zufrieden. Es war für Schwester Gemeinnutz nicht genug, daß *viele* oder *sehr viele* Jungen ihrer Ansage gefolgt waren und sich eine andere Hose angezogen hatten. Es mußten *alle* Jungen sein. Solange es einen Jungen gab, der ihrer Ansage nicht gefolgt war, kannte Schwester Gemeinnutz keine Ruhe und keinen Frieden, und es war auch kein schöner Erfolg für sie. Das wußte ich aber noch nicht, und ich muß sagen, daß sie mich aufs Kreuz legte. Sie hatte mich nämlich von Anfang an gesehen, wie ich in meiner Nietenhose dasaß und nicht aufstand, nachdem sie ihre Ansage gemacht hatte. Sie hatte mich von Anfang an im Auge gehabt und immer im Auge behalten. Darin hatte sie Übung, viele Kinder zugleich im Auge zu behalten und sich keine Heimlichkeit entgehen zu lassen. Das kannte sie noch aus Brasilien, als sie bei hungernden, ungewaschenen Kindern arbeitete, die sie zum Herrn bringen wollte.

Sie sagte es mir am Abend, im Gruppenraum, vor allen anderen. Aber sie bereitete die Szene gut vor.

»Wer möchte denn heute abend zur Wahrheitserforschung in die Mitte treten?«

Und sie guckte sich mümmelnd um und wippte auf den Fußballen. Alle schlugen die Augen nieder, wenn ihr Blick durch die Runde zog, und wer seinen Blick ganz sicher niederschlug, war ich. Ich machte mich ganz klein. Da spürte ich ein Brennen in den Ohren, am Kopf, am Hals, und ich wußte, daß Schwester Gemeinnutz die volle Wahrheit kannte. Das Brennen wurde stärker, es begann weh zu tun. Jede Sekunde, das spürte ich, könnte ihr Wort mich treffen. Die Schande wäre öffentlich. Na los! dachte ich, sag das böse Wort, dann habe ich es hinter mir! Mach schon! Den ganzen Tag hindurch hatte ich mich in der Gewißheit wiegen dürfen, davongekommen zu sein. Aber jetzt war die Stunde gekommen, wo ich meinen Irrtum einsehen würde. Die Unmöglichkeit meiner Rettung schien mir so augenfällig, daß kein Funke von Hoffnung in meinem Innern zurückblieb.

»Nun«, sagte Schwester Gemeinnutz, »wir wollen heute abend einmal jemanden zur Wahrheitserforschung in den Stuhlkreis holen, der Glück gehabt hat. Der für sehr kurze Zeit Glück gehabt hat! Marko hat heute morgen gedacht, sein Versäumnis bleibt unentdeckt. Du weißt, wovon ich spreche. Sieh mich an, Marko! Sieh die *Gruppe* an!«

Ich hob den Kopf und sah Schwester Gemeinnutz an. Das war schlimm genug. Aber die Gruppe konnte ich nicht ansehen. Ich weiß nicht, ob die Gruppe *mich* ansah. Wahrscheinlich. Aber ich sagte mir, es gibt immer ein paar, die bei öffentlichen Hinrichtungen wegschauen, und das tröstete mich. Es gibt immer ein paar, die genug damit haben, wenn sie den abgetrennten Kopf fallen hören.

Ich mußte mich in die Mitte des Stuhlkreises setzen, und Schwester Gemeinnutz begann, über mein Versäumnis zu sprechen. Ich fühlte mich in der Mitte wie ein winziges Insekt unter einem Mikroskop, wo jeder mal reingucken darf, und immer wieder ahnte ich irgendein großes Auge, das neugierig auf mich herunterschaute, bis das Auge verschwand und kurz darauf ein anderes Auge erschien. Zehn, zwanzig, vierzig Augen, was weiß ich. Sehr viele Augen. Schwester Gemeinnutz nahm sich Zeit. Erst machte sie eine kleine Einleitung und erklärte noch einmal, warum sie wollte, daß wir im Unterricht keine Nietenhosen tragen. Generell wären Nietenhosen keine ernsthafte Kleidung, sondern eine Art Lumpen aus Nordamerika, sagte sie. Sie wären nur praktisch. Man könnte sie oft waschen, genau wie die verlausten Lumpen der Armen. In Brasilien hätte sie sehr viele Lumpen gesehen, sagte sie.

Dann wandte sie sich mir zu und analysierte mein Versäumnis. Der Augenblick, in dem ich mich entschieden hatte, *sitzen zu bleiben*, statt nach oben zu gehen und die Nietenhose abzulegen, dieser Augenblick sei entscheidend gewesen und müsse genau untersucht werden. Und sie untersuchte ihn. Sie spielte die Einzelheiten meiner Situation Sekunde für Sekunde nach wie ein verdammtes Theaterstück und erklärte uns, was in meiner Seele dabei vorgegangen war, wo ich etwas versäumt, vergessen, verpatzt, übersehen, wo ich gefehlt und gesündigt hatte. So half sie mir, *die Wahrheit zu erforschen.* Es muß alles ans Licht des Herrn, sagte sie.

Das Wichtigste war die Schlußfolgerung, die aus dem Theaterstück meines Versäumnisses zu ziehen war. Alles war überflüssig und sinnlos, wenn man aus der Wahrheitserforschung nicht die richtigen Schlüsse für die innere Ausrichtung zog. Das nannte Schwester Gemeinnutz die *Erkenntnisstufe.* Ohne die Erkenntnisstufe, die sich sofort anschließen mußte, um dem *Gegenstand* der Wahrheitserforschung, aber auch den versammelten *Zeugen* der Wahrheitserforschung das Licht der Erkenntnis zuteil werden zu lassen, ohne diese Erkenntnisstufe war die ganze Wahrheitserforschung vertane Zeit.

»Therese von Avila spricht von der *Seelenburg*, das wißt ihr doch«, sagte Schwester Gemeinnutz. »Einer Burg tief in euch, die es zu befestigen gilt. Marko hat heute morgen nicht an die Gruppe, sondern nur an sich selbst gedacht. Er hat gegen die Gruppe gehandelt, weil er sitzen blieb, als alle anderen, die sich umziehen mußten, aufgestanden sind und sich umgezogen haben. Nur Marko ist sitzen geblieben. In diesem Augenblick hat er sich seiner Selbstsucht ergeben, der Trägheit, dem eigenen Vorteil. Er hat geglaubt, die Regeln gelten für alle anderen, nur nicht für ihn. Marko hat heute morgen die Gruppe vergessen und die Gruppe betrogen. Die Gruppe muß sehen, wie sie das verzeihen kann. Marko hat sich in eine falsche innere Burg zurückgezogen und sich dort eingeschlossen, um die Gruppe draußen zu halten. Die innere Burg, an die Therese von Avila dachte, bedeutet jedoch *nicht* Selbstsucht und Egoismus, sie bedeutet *nicht*, die Gruppe zu hintergehen. Sie bedeutet Festigkeit, Verläßlichkeit, Gehorsam und Treue zur Gruppe. Gemeinnutz geht immer vor Eigennutz.«

Sie scheuchte mich mit einem schwachen Kopfnicken aus der Mitte des Stuhlkreises. Die Wahrheitserforschung war zu Ende. Jetzt folgte die allgemeine Gewissenserforschung. Sie galt für alle, aber ich hatte das Gefühl, sie wäre nur für mich bestimmt. Deine Gnad und Jesu Blut macht ja allen Schaden gut, ihr wißt schon. Obwohl es eigentlich *machen* heißen müßte. *Machen* allen Schaden gut. Danach kam das Abendgebet als solches. Motte betete vor. Das tat er schon damals gern. Ich glaube, bei Schwester Gemeinnutz begann seine fromme Karriere. Aber jeder, wie er kann.

Während wir beteten, guckte Schwester Gemeinnutz mich dauernd an, um zu sehen, ob ich zerknirscht war ob meiner Sünde und hinreichend demütig den Tadel der Gruppe empfing. Meine Ohren, mein Kopf und mein Hals glühten noch immer. Nur eines tröstete mich. Es war nie herausgekommen, daß ich das Buch *Verkehr mit Gott* gestohlen und im See versenkt hatte.

So war das, Abend für Abend, Woche für Woche. Das Glück lächelte immer nur in der Gruppe, nie außerhalb. Wer gut sein wollte, wer etwas zählen wollte, mußte zur Gruppe gehören und alles für die Gruppe tun. Ich brauchte es mir nicht vorzustellen, die Bilder kamen von selbst, die Bilder und die Klänge. Die weitaufgerissenen Augen und fiepsigen Stimmen sehr vieler Kinder, aus denen irgendwann größere Kinder und schließlich Erwachsene wurden, die alles nicht mehr so schlimm fanden, was sie einmal erlebt hatten, nur weil sie jetzt größer waren und glaubten, darüber hinauszusein. Nur weil es vergangen war.

Ich fürchtete diese Art von Vergeßlichkeit, und ich glaube, Bruder Gregor fürchtete sie auch. Man muß sich der Dinge immer bewußt bleiben, sagte er. Den Schmerz bewahren ebenso wie das Gute. Die Verlorenheit bewahren, die Demütigung bewahren, die schwärzeste Einsamkeit, aber als Kette und Kontinuum, sofern sie es sind, ansonsten muß man sie überwinden. In jedem Fall die richtigen Schlüsse daraus ziehen. Nur eben nicht vergessen.

»Lies Kierkegaard«, sagte Bruder Gregor, und einmal nahm er mich an der Hand, um mir in seinem Arbeitszimmer Kierkegaard vorzulesen, er konnte mir nicht die Wahl lassen, mitzugehen oder nicht mitzugehen, er mußte mich an der Hand nehmen und mitziehen, damit ich jetzt sofort Kierkegaard hörte.

»Hier«, sagte er dann, als er seine Wohnung aufgeschlossen hatte, »setz dich hin oder bleib stehen, es ist egal, es geht schnell, hier, aus der *Krankheit zum Tode*, einem der größten philosophischen Romane aller Zeiten, Moment«, er blätterte, fand die Stelle und las, während ich an der Tür stand und zuhörte: »›Die meisten Menschen leben sicherlich mit allzu geringem Bewußtsein ihrer selbst, als daß sie …‹ und so weiter, hier, jetzt kommt's: ›Ihr Leben besteht, entweder mit einer gewissen kindlichen liebenswürdigen Naivität oder mit Geschwätzigkeit, aus so ein bißchen Handlung, ein bißchen Widerfahrnis, bald dies, bald das; jetzt tun sie etwas, das recht ist, und dann wieder etwas, das verkehrt ist, und dann fangen sie wieder von vorne an; jetzt sind sie verzweifelt, einen Nachmittag lang, vielleicht drei Wochen lang, dann aber sind sie wieder obenauf und dann wieder für einen Tag verzweifelt.‹ Ist das nicht herrlich? Er ist unbarmherzig, dieser Kierkegaard, er läßt uns nichts durchgehen. Hier: ›Sie spielen sozusagen mit im Leben, aber nie erleben sie es, alles an Eines zu setzen, nie gelangen sie zu der Vorstellung von einer unendlichen Folgerichtigkeit in sich. Darum ist unter ihnen fort und fort bloß die Rede von dem Einzelnen, einzelnen guten Taten, einzelnen Sünden.‹ Bis hierhin«, sagte Bruder Gregor. »Du siehst, welche Richtung der Gedankengang nimmt, nicht wahr? Ein bißchen Widerfahrnis, bald dies, bald das. Ein bißchen Verzweiflung, wie eine Laune, die wieder verfliegt. Ein bißchen Sünde. Verstehst du, was Kierkegaard will? Nicht um einzelne Sünden sollte es uns gehen, sondern um den sündigen Zustand. Doch selbst dann, wenn du am sündigen Zustand nicht interessiert wärest, Marko, weil du jetzt noch nicht so tief in dich hineinschauen willst oder weil du von den Enttäuschungen, die das Leben uns unvermeidlich bereitet, noch nicht angekränkelt bist, selbst dann läsest du bei Kierkegaard ein machtvolles Plädoyer gegen das Vergessen, nicht wahr? Abstraktion ist alles. Das hast du doch herausgehört? Sein donnerndes Votum gegen Vergessen und Leichtigkeit und Frivolität? Denk an unseren Dürrenmatt, Marko, und seine launigen Wortklaubereien und diese Oberflächenheiterkeit, die viele Menschen für Humor halten. Kierkegaard ist einer, der über die Witze unseres Dürrenmatt nicht lachen würde. Kierkegaard ist einer, der uns die gute Laune verdirbt. Ein Mann von Feuer und Schwefel.«

So sprach Bruder Gregor. Und ich fand, er hatte recht. Nichts vergessen. Sich nicht betrügen, nur weil es weh tut, sich zu erinnern. Und ich beschloß ein zweites Mal, von nun an liebenswürdig, sinnenfroh, grausam und einsam zu sein.

Es war nicht leicht, das alles zusammen zu sein. Manchmal fühlte ich mich nur einsam. Und *sinnenfroh* ... also, der Sinnenfreude standen ein paar Erinnerungen entgegen. Ich erinnerte mich zum Beispiel an eine Szene im Juvenat, bei Schwester Gemeinnutz, die mich noch Jahre später rot werden ließ, dabei war ich bei dieser Szene nur Zeuge. Es reichte. Ich wurde rot, weil ich mich der Lüge schämte, die vor meinen dummen Kinderohren ausgesprochen und von zehn dummen Kindergehirnen geglaubt worden war.

Eines Abends, im Schlafsaal, lange nach dem Lichtausmachen, kroch der kleine Ross zu dem kleinen Schneider ins Bett. Die beiden waren unzertrennliche Freunde. Sie lagen nebeneinander in Schneiders engem Bett, und irgendwann zogen sie sich die Schlafanzüge aus, wir hörten sie kichern, dann wurden sie still. Wir anderen wußten, daß die beiden da im selben Bett lagen, aber wir dachten uns nichts dabei, genausowenig wie die beiden selbst. He, wir hatten doch mit zehn oder elf Jahren keine Ahnung, woher die kleinen Kinder kommen. Selbst mit zwölf wußten wir das noch nicht, und wir hatten erst recht keine Ahnung von sandfarbenen Wollpullovern, die man hochschieben kann, oder Frauen, die an großen Flüssen leben. Jedenfalls lagen Ross und Schneider da schön warm beieinander unter der Bettdecke und streichelten sich und trösteten sich über das scheußliche Leben in der Gruppe von Schwester Gemeinnutz hinweg, der verrufensten Gruppe von allen.

Da geht im Schlafsaal plötzlich das Licht an, Schwester Gemeinnutz stürzt herein, reißt den beiden die Bettdecke weg und jagt die nackten Kinder mit Schlägen auf den Flur, dorthin, wo die Spinde sind. Die Kinder fangen an zu weinen, sie wollen ihre Schlafanzüge wieder anziehen und nicht so nackt auf dem Flur stehen, sie schämen sich jetzt. Zum ersten Mal. Aber ihre Schlafanzüge liegen noch zerknüddelt in Schneiders Bett, genau so, wie sie sie im Dunkeln abgestreift haben. Es ist *die Schande*, die Schwester Gemeinnutz so gern enthüllt, *die Schande,* die sie auf den Flur und ins Offene zerrt, damit alle sie sehen, und jeder, der auf die Schande starrt, ist froh, daß andere die Schande haben und er nicht. Da stehen Ross und Schneider, nackt, und schämen sich. Sie wissen nicht, wohin. Jeder Idiot aus den anderen Schlafsälen, jeder neugierige kleine Arsch kann kommen und gaffen. Das ist es, was Schwester Gemeinnutz beabsichtigt. Denn natürlich findet sie, Schneider und Ross hätten sich schon lange *vorher* schämen sollen, als sie zusammen im Bett lagen.

»So eine Schweinerei!« ruft sie, ohne sich darum zu scheren, daß acht Zehnjährige, die Zimmergenossen von Ross und Schneider, sich jetzt die Augen reiben und nichts von dem kapieren, was vorgeht. »So eine Schweinerei, in den verschwitzten Laken eines anderen zu liegen!« ruft Schwester

Gemeinnutz. »Da hat doch der andere schon drin *geschwitzt*! Wie kann man denn in den Laken eines anderen liegen, in denen der andere schon *geschwitzt* hat!!«

Und in zehn, zwanzig, vierzig kleine Kindergehirne sickerte ein, daß es eine schwere Sünde war, in den Laken zu liegen, in denen schon ein anderer geschwitzt hatte. Obwohl es mitten im Winter war und in unseren Schlafsälen niemand schwitzte, sondern alle froren. Obwohl wir noch nicht einmal wußten, wie ein Körper so *riecht*, wenn er schwitzt, geschweige denn das Laken, in dem der schwitzende Körper gelegen hat.

Es kostete mich drei oder vier Jahre, den komplizierten Charakter dieser Lüge zu verstehen. Nicht nur die Wahrheit ist manchmal schwer zugänglich, auch die Lüge kann ihre Geheimnisse haben. Und die Lüge von Schwester Gemeinnutz barg ein tiefes Geheimnis. Sie ersetzte ein echtes Tabu durch ein erfundenes. Wir Zehnjährigen konnten nicht unterscheiden, was schlimmer war, im verschwitzten Bett eines anderen zu liegen oder mit diesem anderen unanständige Dinge zu tun. Wir kannten ja weder das eine noch das andere. *Unanständig* waren für uns nur bestimmte Wörter, oder wenn einer in der Nase bohrte oder Regenwürmer aß, solche Sachen. Wir waren unschuldig, eine Horde kleiner Kinder, die nicht wußten, woher die Babys kommen. Und diese ahnungslosen Kinder überzog Schwester Gemeinnutz mit einer frei erfundenen Sünde, einer Sünde, die es gar nicht gab, einer Phantasiesünde, nur damit das, woran Schwester Gemeinnutz dachte, wenn sie zwei nackte Kinder zusammen im Bett sah, nicht ans Licht kam. Denn es durfte ja nicht ans Licht, was zwei dort im Bett miteinander treiben *könnten*, wenn sie älter wären. Gerade das durfte nicht ans Licht des Herrn.

Ich war stocksauer, als ich die Lüge von Schwester Gemeinnutz drei oder vier Jahre später in allen Einzelheiten begriff. Und ich konnte ihr diese Lüge nicht verzeihen. Ich weiß, daß andere es taten. Aber ich, der dabei war, als die Bettdecke weggerissen und die beiden nackten Kinder mit Schlägen auf den Flur getrieben wurden, ich sage euch: Auch Benamukee wäre es schwergefallen, diese Lüge zu verzeihen. Da begriff ich, was in *Verkehr mit Gott* gestanden hatte. Endlich, Jahre später, begriff ich es. Ich bedauerte nur, das Buch nicht auf einem lodernden Feuer verbrannt zu haben.

Und dann ging sie, Schwester Gemeinnutz, zur Ruhe in Gott. Deswegen blieb sie immer bei mir. Sie war gekommen, hatte sich in meinem Leben eingenistet, war wieder gegangen und hatte die Erinnerung an alle ihre Taten zurückgelassen. Unabänderlich. In meinen ersten Träumen von ihr stand sie auf einem langen Flur. Als ich schon dachte, gut, daß sie so weit weg ist, ich kann sie ja kaum sehen auf dieser riesigen Fläche, also kann sie mich auch nicht sehen, da lächelte sie mit ihren Kaninchenlippen, aber so breit, wie sie im wirklichen Leben nie gelächelt hatte. Und dann, *wusch!*, stand sie schon vor mir, als wäre sie in Sekundenschnelle über eine Eisbahn gefegt. Schwester Gemeinnutz kam und ging, wie sie wollte. Sie war der graue Drache, den ich nicht abschütteln konnte.

* * *

»Wie ist es abends?« fragte ich Robert. Wir gingen rechts um den See, gegen den Uhrzeigersinn.

»In Ordnung«, sagte er.

»Und was passiert? Ist Schwester Sieglinde streng? Macht ihr Blödsinn und solche Sachen?«

»Nicht soviel.«

»Wir haben immer Blödsinn gemacht«, sagte ich. Kaum war der Satz draußen, hätte ich ihn am liebsten zurückgeholt. Was man für Lügen erzählt, wenn man älter ist. Wir nahmen jeder ein paar Steinchen in die Hand und warfen sie in den See.

»Habt ihr dann keine Strafe gekriegt, wenn ihr Blödsinn gemacht habt?« fragte Robert.

»Doch, manchmal. Wenn wir gepackt wurden. Aber wir *wurden* nicht immer gepackt.«

Ich konzentrierte mich auf die vielen Male, die wir nicht gepackt worden waren, die Versäumnisse, die unentdeckt blieben, die Sünden, die Schwester Gemeinnutz übersehen hatte. Mir fielen einige ein. Ich war erleichtert.

Ich sagte: »Das Lustige ist ja, sich nicht packen zu lassen. Man muß aufpassen.«

»Und hat keiner gepetzt?«

»Nein«, sagte ich. »Eigentlich nicht. Petzen ist auf dem Collegium nicht gut angesehen. Wie es sich für eine echte Jungenschule gehört.«

»Ich habe gestern was gehört«, sagte er.

»Was hast du gehört?«

»Gestern nacht.«

»Was denn, Robert?«

»Schreie. Und Schläge. In der Nacht. Wir haben einen, der nie hören will.«

Ich blieb stehen. »Was waren das für Schläge?«

»Ganz laut, über den ganzen Flur. Schwester Sieglinde hat Bruno mit dem Gürtel geschlagen, weil er nicht hören will. Am Morgen war er wieder in seinem Bett.«

Ich warf meine Handvoll Steine in den See. Am liebsten hätte ich Schwester Sieglinde hinterhergeworfen. Dann kam mir die dümmste Frage der Welt in den Kopf, nämlich, ob sie Bruno mit *seinem* Gürtel geschlagen hatte oder einem anderen, den sie dafür hatte.

»Paß auf, Robert, daß dir so was nicht passiert«, sagte ich. Ich packte ihn an den schmalen Schultern. Ich wollte ihn hochheben und an mich drücken. »Hörst du? Paß gut auf!« Und weiter sagte ich nichts. Da seht ihr, was für ein Bruder ich war.

7 *Ich darf wieder Fußball spielen. Der gesegnete Augenblick auf dem rechten Flügel. Der Gentleman denkt über Gatsby nach. Nächtliche Rede über Gallier und Römer. Wir beschließen, den Fall zu beobachten.*

Ihr könnt euch nicht vorstellen, wie froh ich war, als ich wieder Fußball spielen durfte. Schwester Gundula hatte nach meiner Zeit auf der Krankenstation nicht nur ein paar Tage Bettruhe in unserer alten Bude, sondern eine zehntägige *Fußballruhe* verordnet. Von einer Fußballruhe hatte ich noch nie etwas gehört.

Du mußt den jungen Körper schonen, Marko, sagte Schwester Gundula. Du hast viel Kraft verloren.

Also schonte ich den jungen Körper und wartete acht Tage, bevor ich wieder zum Fußballtraining ging. Wir hatten ja jeden Donnerstag unser Training beim Gentleman, auf dem alten Aschenplatz, der häßliche Schürfwunden machte, wenn die Verteidiger zu hart einstiegen.

Der Aschenplatz lag auf der äußeren Seite des Grabens, vor der Schwimmhalle. Außen verlief die Vierhundertmeterbahn. Die Laufbahn war in Ordnung, man konnte die Linien noch sehen, und manchmal kam Jan Spans, um sie mit Kalk nachzuziehen. Im Herbst war die Laufbahn der ideale Ort für eine richtig schöne Samstagsbestrafung, wenn im Graben gerade kein Schlamm zu schaufeln war oder die Ordensbrüder warten wollten, bis sich wieder mehr Schlamm angesammelt hatte. Man harkte auf der Laufbahn wie ein Blöder das Laub weg und konnte zugucken, wie es hinter einem wieder von den dummen Bäumen fiel. Kaum hatte man eine Gerade saubergeharkt, konnte man gleich wieder kehrtmachen und die verdammte Gerade ein zweites Mal harken. Das war die Vierhundertmeterbahn.

Aber der Aschenplatz, auf dem wir Fußball spielten, war der übelste alte Platz, den ich je gesehen hatte. Ein holperiges Ding, von dem im Sommer so hohe Staubwolken aufstiegen, daß man dachte, es kommen vierzig Pferde. Von den Toren, die irgendein Vorgänger von Jan Spans mal weiß gestrichen hatte, war vor hundert Jahren die Farbe abgeblättert. Dort, wo immer der Ball gegenklatschte, also unten am Pfosten und in der Mitte der Torlatte, guckte knorriges, gesprungenes Holz heraus, das an tote Bäume erinnerte. Sie hatten natürlich keine Netze, die Tore. Die grünen Netze gab es nur zu offiziellen Spielen, und weil unser Platz so lausig war, fanden bei uns auf dem Collegium keine offiziellen Spiele statt.

Die A-Jugend des Collegiums zum Beispiel mußte immer auswärts antreten, weil sie keinen ordentlichen Platz hatte, beim SC Kleve, bei den Sportfreunden Straelen oder bei Viktoria Gleuyn. Netze gab es also bei Spielen, die man halboffiziell nennen könnte, so ungefähr. Das war ein Fest, wenn auf dem Collegiumsplatz die Netze eingespannt waren und es hinter den Toren so grün leuchtete, daß man dachte, man guckt Farbfernsehen. Das war ein Fest, wenn ein Ball ins Tor flog und der Torwart ihn mit hängendem Kopf *aus dem Netz holen* konnte, wie es alle Torwarte auf der Welt tun, wenn sie einen Treffer kassieren. Alle Torwarte lassen die Köpfe hängen, stapfen zu ihrem Tor, wo der Ball *im Netz liegt*, und fischen das Ding heraus, um es mißmutig zum Anstoßpunkt zu schießen.

Der Gentleman, unser Trainer, hieß eigentlich Gary Tomlinson und war unser Englischlehrer. Das Fußballtraining machte er nebenbei, weil es ihm Spaß machte und weil er Engländer war. Man weiß ja, wie die Engländer am Fußball hängen. Wir lasen bei ihm gerade *The Great Gatsby*, obwohl er uns gewarnt hatte. *The Great Gatsby* ist eigentlich noch nichts für euch, sagte er. Mal sehen, ob ihr etwas mit dem Reichtum des *Great Gatsby* anfangen könnt. Daran werde ich erkennen, wie alt ihr seid. *It will be the mark of your maturity.* So sprach der Gentleman.

Als junger Mann hatte der Gentleman eine Krankheit gehabt, so daß er humpelte, aber irgendwie schaffte er es, daß dieses Humpeln vornehm aussah. Wenn er die B-Jugend trainierte, sorgte er dafür, daß er kürzere Wege hatte als wir, oder er stellte sich hin und guckte zu, wie wir unsere Dehnübungen und die Gymnastik oder die Liegestützen machten, solche Sachen. Die Liegestützen machte der Gentleman nicht mit. Aber manchmal rannte er eben doch, wenn man sein Humpeln Rennen nennen konnte, und dann sahen wir, daß er seinen Körper nicht schonte. So wie der Ungeduschte dafür, daß er nicht duschte, erstaunlich gut roch, so konnte der Gentleman dafür, daß er humpelte, erstaunlich schnell rennen. Und seine Ballbehandlung war gut, man merkte, daß er mal einen starken rechten Fuß gehabt hatte, vor der Krankheit. Eigentlich fanden wir es lustig, daß ein englischer Gentleman die B-Jugend des Collegiums trainierte und Köhler die zweite Mannschaft der Stormvogels, auf der holländischen Seite. Aber so war es. Die Deutschen hatten einen englischen Trainer, die Holländer hatten einen deutschen Trainer.

»Alles wieder in Ordnung, Marko?« fragte der Gentleman, als wir auf den Platz kamen, um uns aufzuwärmen. »Langsam aufbauen, *all right*?«

Ich machte alles langsam. Ich dachte, heute spiele ich mit der Trainingshose, damit ich warm bleibe, und ich hatte auch noch ein Unterhemd unter mein Trikot gezogen, darüber dann die Trainingsjacke. Jeder trainierte in seinen eigenen Klamotten.

Es gab diese Augenblicke beim Fußball, wo ich dachte, ich bin glücklich. Keiner, der nicht weiß, wie es ist, allein mit dem Ball auf den Torwart zuzulaufen und dabei den Wind zu spüren, wie er einen nach vorn trägt, dem Tor und dem Torwart entgegen, kann irgendwas von diesem Glück verstehen. Es kommt nicht in jedem Spiel, noch nicht einmal in allen *guten* Spielen, in denen man ein Tor schießt oder zwei. Die Hoffnung auf diese Augenblicke war so stark, daß ich sie mir schon Tage vorher ausmalte und alle möglichen Spielszenen entwarf, die mit herrlichen Toren endeten. Es war ein bißchen wie bei bevorstehenden Samstagen, von denen wir glaubten, daß sie etwas Schönes und Unerwartetes bringen würden, auch wenn sie am Ende nichts Schönes und erst recht nichts Unerwartetes brachten. Man glaubte daran, und darauf kam es doch an.

Der Unterschied zwischen den Samstagen und dem Fußball war, daß beim Fußball das Glück manchmal wirklich eintrat. Es brauchte bestimmte Bedingungen, die richtige Spielsituation, und es brauchte den gesegneten Augenblick, so einen wie letztes Jahr, als wir im Halbfinale des Hausturniers ganz kurz vor Schluß noch das 3:2 geschossen hatten. In der Sporthalle war das, als ich Motte den Ball auf der rechten Seite zurücklegte und er ihn mit einem Dropkick annahm, so wie man sich einen Dropkick in Träumen vorstellt. Mein Zuspiel war nichts Kompliziertes. Der Ball beschrieb einen hübschen kleinen Bogen. Aber die Kurve stimmte, die Höhe stimmte, auch der Abstand zu dem ausholenden Motte war genau richtig. Der Ball tropfte vor Mottes Schuh auf den Hallenboden, und Motte nahm ihn so, wie er ihn nehmen mußte. Wie ein Lichtstrahl zischte der Ball durch die Verteidigung und krachte in den Winkel. Das war ein gesegneter Augenblick.

Mein erstes Training nach der Krankheit lief nicht so gut. Ich wurde schnell müde, und der Gentleman sagte: »Vorsicht bei den Zweikämpfen, geh da nicht voll rein, Marko, hörst du? *Take it easy.*«

Nach einer halben Stunde war ich aus der Puste und wollte nur noch auf dem Rücken liegen. Der Gentleman sagte mir, ich soll mich an den Rand setzen. Dann gab er seine Anweisungen. Er benutzte die Trillerpfeife, wenn etwas nicht stimmte, aber er wurde nicht laut. Der Gentleman dachte nicht daran, die Stimme zu heben. Selbst wenn er Anweisungen gab, die der Linksaußen auf der anderen Seite des Platzes hören mußte, fing er nicht an zu schreien oder herumzuzappeln, sondern rief die Anweisungen *mit gedämpfter Stimme*, als käme dann jemand, um sie über den Platz bis zum Linksaußen zu tragen.

Dann saß er neben mir auf der alten Holzbank, der Gentleman, und ruhte sein schlechtes Bein aus. Er ließ sich nicht anmerken, daß so ein Fußballtraining ihn anstrengte, und er war auch nicht mehr jung, vierzig, würde ich sagen, vielleicht fünfzig.

»Ein paar Tage Fieber ziehen dir den Saft aus dem Körper«, sagte er. »Kinder überstehen das leicht. Wenn du es nicht mehr so leicht überstehst, weißt du, daß du erwachsen wirst.«

Ich beobachtete Uwe, unseren Mittelstürmer, einen Angeber, der dauernd davon sprach, wie er *die Bälle haben mußte*, um seine Tore zu schießen.

»Es ist nicht schön, am Rand zu sitzen«, sagte der Gentleman. »*I fully understand*. Was mich betrifft, ich genieße es.«

»Ich komme klar«, sagte ich.

Jetzt schoß Uwe eins seiner typischen Tore. Zuspiel blitzschnell kontrolliert, kurze Drehung, trockener Flachschuß. Er hatte den Ball genauso zugespielt bekommen, wie er ihn haben mußte.

»Wissen Sie, Tom Buchanan im *Great Gatsby* war Pferdepolospieler, ich meine, das *Vorbild* für Tom Buchanan. Ich weiß nicht mehr, wie er in Wirklichkeit hieß. Ein ziemlicher Angeber, glaube ich. Wußten Sie das?«

»Ja. Aber woher weißt *du* das?«

»Von Bruder Gregor.«

»Ein belesener Mann. *An erudite recluse*.«

»Bitte?«

»Ein … hochgebildeter Einsiedler, Marko. Sehr ungewöhnlich.« Der Gentleman sah etwas auf dem Spielfeld. »Hans, aufrücken, aufrücken!« sagte er, zu laut für mich und zu leise für Hans. »Veele steht frei!« Er schüttelte den Kopf. *»Well? What about Tom Buchanan?«*

»Na ja, er war doch diese Sportskanone, in den zwanziger Jahren, er war berühmt. Ich frage mich, wie das für ihn war, in so einem Roman aufzutauchen.«

»Vielleicht war er geschmeichelt. Denk nur mal an seine Muskeln. Vielleicht hatte er genau die Menge Verstand, daß es ihm gefiel, in einem berühmten Roman zu stehen. Vergiß nicht, Fitzgerald war mindestens so berühmt wie er.«

»Aber er ist so ein schlimmer Typ! Hat er das nicht gemerkt? Jeder will doch gut wegkommen in so einem Roman.«

»Zwei Dinge, Marko. Zum einen der Glaube, Romane wiederholten das Leben. Das tun sie nicht. Sie wollen gerade weg vom Leben. Sie wollen es hinter sich lassen. Sonst brauchte doch niemand Kunst zu machen. Sonst genügten Werbebroschüren und … Schulbücher. *You see that, don't you?* Das Leben ist das Leben. Die Kunst ist Form, Vergnügen, Genuß. Im allerbesten Fall, wenn alles gutgeht … Gnade. Eine andere Form von Gnade … Wo waren wir? Ah! Unser amerikanischer Pferdepolospieler, an dessen Namen wir uns nicht erinnern. Er hat mit Tom Buchanan nichts mehr zu tun. Und vielleicht war er ja klug genug, es zu begreifen.«

»Aber er bleibt ein schlimmer Typ«, sagte ich. »Im Buch.«

»Das ist die zweite Sache, die ich sagen wollte. Tom Buchanan ist schlimm, wenn du für Gatsby Partei ergreifst. Aber irgendwann merkst du, daß auch Gatsby seine Risse hat. Ich hoffe, die übersiehst du nicht.«

Ich sah ihn an. »Also bleibt nur noch Nick.«

»Ja. Aber dann merkst du, daß auch Nick seine Risse hat.« Er machte eine Pause. *»So … where does that leave you?«* Der

Gentleman sah mich mit seinen hellen Augen an und wartete auf meine Antwort. »*You see how difficult it gets? Fiendishly difficult. Again, where does it leave you?*«

Er stand mit einem unterdrückten Ächzen auf, ging langsam aufs Spielfeld und blies in die Trillerpfeife.

»In die Mitte, Jungs! Veele, bring den Ball mit! Jetzt wird gearbeitet!«

Von allen Seiten trabten die Spieler zur Mittellinie, ein bunter Haufen, das Beste, was das Collegium in der Altersklasse der Fünfzehn- und Sechzehnjährigen zu bieten hatte. Zuletzt kamen Uwe und Tilo. Ich hatte Uwe im Verdacht, daß er Tilo gerade erklärte, wie er die Bälle haben mußte.

* * *

»Theunissen.«

Münzen rutschten durch den Schacht.

»Papa?«

»Marko! Wie geht es dir?«

»Gut. Ist Mama da?«

»Sie ist bei einer Freundin. Kann ich etwas ausrichten?«

»Hat die Freundin ein Telefon? Dann könnte ich da anrufen.«

»Das ist nicht so günstig, Marko. Die Freundin lebt in Düsseldorf.«

»Aber wenn ich von hier aus in Düsseldorf anrufe, ist es doch näher. Ich will nicht *hinfahren*. Ich will nur dort anrufen. Gibst du mir die Nummer?«

»Ich habe die Nummer nicht, Marko. Tut mir leid.« Seine Stimme klang neutral.

»Wie heißt die Freundin denn? Ich könnte es bei der Auskunft probieren.«

»Das ist doch sehr umständlich, meinst du nicht? Laß mich es probieren, dann ruf mich in fünf Minuten wieder an. Oder gibt es eine Nummer bei euch, unter der ich dich erreichen kann?«

»Wir haben nur das verrottete Telefonhäuschen hier, das weißt du doch. Das Holzding am Waschhaus. Hier kann niemand anrufen. Sag mal, ist Sonja da?«

»Ja, aber ich möchte sie ungern stören.«

»Gibt's da Geheimnisse, oder was ist los?«

»Nein«, sagte mein Vater. »Sie ist mit Arno in ihrem Zimmer. Ich möchte die beiden jetzt ungern stören.« Er räusperte sich. Dann fragte er: »Und bei dir. Was gibt es denn so Dringendes?«

»Ich wollte mich für die Weihnachtsplätzchen bedanken.«

»Ach ja, die Weihnachtsplätzchen. Alles gut angekommen? Nichts zerbröselt? Laß sie dir schmecken.«

»Mach ich, Papa.«

»Ich hoffe, Roberts Plätzchen sind auch sicher angekommen. Aber die Aussichten stehen wohl gut. Hast du vielleicht schon gehört, ob seine Plätzchen sicher angekommen sind?«

»Nein, Papa.«

»Na ja, wir wollen mal das Beste hoffen.« Er machte eine Pause. In Gedanken sagte ich mir seinen nächsten Satz vor: *Die Aussichten stehen wohl gut.* Aber der Satz kam nicht.

»Grüß Mama von mir«, sagte ich. »Und Sonja. Wenn Arno weg ist. Ich melde mich wieder.«

»Tu das«, sagte mein Vater. »Halt den Kopf oben, Junge.«

Beim Rausgehen ließ ich die alte Holztür krachen. Ich trat unter den Sternenhimmel und sah keinen einzigen Stern. Ich sprach: He, ich weiß doch, daß ihr da seid! Zeigt euch! Warum müßt ihr euch eigentlich dauernd verstecken? Ich glaube ja nicht, daß ihr mir helfen könnt. Aber es wäre nicht schlecht, euch gelegentlich zu *sehen.* Ist das zuviel verlangt? Ein freundliches Blinken hin und wieder, aus sehr weiter Ferne? Ein paar kleine Lampen, um meine dunkle Nacht zu erhellen? Wie wär's damit?

So sprach ich. Aber alles blieb dunkel.

Von dieser Zeit an lebte ich zurückgezogener als jemals, indem ich nur meinen gewöhnlichen Beschäftigungen nachging, nämlich meine Ziegen zu melken und meine kleine Herde im Wald zu versorgen.

* * *

»Mein Zwischenzeugnis wird beschissen aussehen, wenn das so weitergeht«, sagte Tilo.

Wir standen am Fenster unserer alten Bude und schauten nach draußen. Früher Nachmittag, und es sah schon aus wie Nacht. Die Tennisnetze waren abgebaut, die Plätze standen unter Wasser. Es regnete auf die rote Asche, wie es wollte. Nach den Weihnachtsferien würde sich Jan Spans darum kümmern.

»Raab hat mir einen Anpfiff gegeben, aber was für einen. In Geschichte ist es noch unklar, mal sehen, was Köhler macht. Und Siebenwirth. Aber die Fünf in Mathe ist fast sicher. Sport zählt bei denen gar nichts.«

»Was sagen deine Eltern dazu?«

»Gar nichts. Ich halte den Mund. Ich muß die alten Herrschaften doch nicht aufregen. Meine Mutter ist sowie zu nervös.«

»Und wenn sie Ende Januar dein Zeugnis sehen? Die trifft der Schlag.«

»Das ist früh genug«, sagte Tilo. »Mein Alter wird mir eine pfeffern, was sonst. Er sagt, er arbeitet sich den Arsch ab, damit ich was lerne, und ich mache diesen Mist. Er wird sagen, was das wieder kostet, wenn ich eine Ehrenrunde drehe. Daß ich ihm die Haare vom Kopf fresse und undankbar bin.«

»Hat ja nicht unrecht, dein Alter.«

»Nein, hat er nicht. Ich will ja auch keine Ehrenrunde drehen, Mann. Jetzt erst mal den Januar überstehen, dann sehe ich weiter.« Er guckte in die Ferne, so weit man gucken konnte, Richtung Gleuyn. Ich gab den Sorgen, die er sich machte, noch vier bis fünf Sekunden. Dann wären sie verschwunden. Als die vierte Sekunde vorbei war, sagte Tilo: »Hör mal, Marko, ich hab was gehört.«

»Ich hab auch was gehört.«

»Im Ernst«, sagte Tilo. »Mit Bruder Gregor ist irgendwas los. Was Komisches. Ich glaube, er ist krank oder so was.«

»Wie kommst du darauf?«

Und dann erzählte mir Tilo, was er gehört hatte. Wie er nachts durch den Flur getappt war, weil er Durchfall hatte, zwei- oder dreimal in der Nacht, und beim drittenmal, also eher gegen Morgen, obwohl es noch dunkel war, plötzlich ein Geräusch gehört und sofort gewußt hatte, daß es kein vereinzeltes Geräusch war, wie es nachts auftreten kann, eine knarrende Diele, eine ächzende Treppe, ein Knacken im alten Holz, sondern etwas Dauerhaftes, das aber leise war und auf eine *Aktivität* schließen ließ, sagte er, so daß er stehen blieb und die Ohren spitzte. Wie er so im dunklen Flur stand, konnte er das Geräusch aber nicht zuordnen, und weil er ja aufs Klo mußte, tappte er weiter und ging erst mal aufs Klo. Als er zurückkam, wurde er richtig neugierig. Er ging barfuß, was keine gute Idee gewesen war, er hatte ja Durchfall, und der Boden war kühl. Aber nun war er eben barfuß, und so tappte er auf nackten Füßen durch den Flur, auf der Suche nach der Quelle dieses Geräusches. Manchmal blieb er stehen, lauschte, ging weiter.

»Das Komische war, ich runzelte im Dunkeln die Stirn und schüttelte den Kopf, verstehst du? Ich kam mir vor wie in einem Abenteuerfilm oder so was. Ich wollte wissen, was da vorging. Ich wußte sofort, daß es keine Feier oder ein verbotenes Besäufnis war, aber frag mich nicht, wieso ich das wußte. Ich wußte es einfach. Es gibt Geräusche, die sind da und kümmern sich nicht um dich, und ein Besäufnis wäre ja heimlich gewesen. Dieses Geräusch war nicht heimlich. Es war einfach da. Wie ein Pferd, das wiehern muß. Oder ein Frosch, der quakt.«

Dann begriff er, daß das Geräusch von oben kam, ein Stockwerk höher. Er huschte zur Treppe, ging hinauf und lief langsam den Flur entlang, wie er vorher den Flur des ersten Stockwerks entlanggelaufen war. Die Flure waren lang, aber richtig, mit Zimmern auf beiden Seiten. Die Wohnungen der Erzieher lagen am Ende, sie bildeten den Abschluß. Es waren auch keine Zimmer, sondern kleine Wohnungen, ich habe ja davon erzählt. Bruder Hermanns Wohnung lag auf unserem Stockwerk, Bruder Gregors Wohnung eins darüber.

Ungefähr auf der Mitte des Flurs blieb Tilo stehen. Er konnte wenig sehen, aber natürlich hatte er Orientierung. Die Bewohner der Zimmer im ersten Stockwerk kannte er auswendig, die der Zimmer im zweiten *fast* auswendig. Er war überrascht, sagte er, wieviel ihm die Gerüche sagten. Er wußte genau, wann er an Ollis Zimmer vorbeiging, er erkannte auch den Fußballmief von Veele oder die Lederklamotten von Ludger, dem Drummer, der Geruch war typisch und mit nichts anderem zu vergleichen. Das alles konnte er da im Dunkeln riechen.

Aber seine Ohren sagten ihm jetzt nichts mehr. Kein Geräusch war zu hören, und Tilo ärgerte sich. Er hatte es verloren. Das Geräusch hatte ihn neugierig gemacht, ganz kurz hatte er sogar gedacht, er hat Musik gehört, wie wenn jemand eine wichtige Stelle laut dreht und dann wieder leise dreht, um andere nicht zu stören. Gerade als er nach unten gehen wollte, hörte Tilo wieder ein Geräusch, eine klare, laute Stimme, die etwas sprach oder deklamierte.

»Komisch, es war nicht mehr das Geräusch von vorher, Marko. Da sprach jemand, aber laut, und ich dachte, ich hör nicht recht, es ist drei oder vier Uhr morgens, was ist denn da los? Also ging ich hin. Aber während ich hinging, den ganzen Flur entlang, wußte ich schon, daß es nur aus einem Zimmer kommen konnte, es konnte gar nicht anders sein. Die Stimme kam aus dem Zimmer von Bruder Gregor.«

Tilo hatte so was noch nie gemacht, sich vor eine Tür gestellt und gelauscht. Er war nicht der Typ dafür. Die ganze Zeit hatte er Angst, daß er gepackt wird, daß plötzlich die Tür aufgeht und Bruder Gregor vor ihm steht und ihn fragt: He, was machst *du* denn hier? Weißt du nicht, wie *spät* es ist? Ab ins Bett mit dir!

Aber dann sagte er sich, wenn er keine gute Erklärung dafür hat, warum er da vor Bruder Gregors Wohnungstür steht und am blauen Wollstoff lauscht, dann hat Bruder Gregor auch keine besonders gute Erklärung dafür, warum er mitten in der Nacht Musik spielt und so laut spricht, daß man es bis ins erste Stockwerk hört. Tilo wußte überhaupt nicht, was er davon halten sollte. Zuerst dachte er, vielleicht hat Bruder Gregor Besuch, auch wenn es spät war. Die Ordensbrüder besuchten sich manchmal oder tranken ein Glas Wein miteinander, solche Sachen, sie hatten ja auch keine Lust, immer allein auf ihren alten Buden zu hängen, niemand hat dazu Lust. Woher sollten wir wissen, wann die Brüder ins Bett gingen? Von Bruder Gregor *wußten* wir ja, daß er lange aufblieb und seine Bücher las. Jeder kannte den dünnen Lichtspalt, den man lange nach Mitternacht unter seiner Tür sehen konnte, wenn man zufällig nochmal über den Flur tappte.

Also dachte Tilo, Bruder Gregor hat Besuch bekommen, es ist spät geworden, eine Platte wird aufgelegt, dann noch eine, man will eine Stelle etwas lauter hören, einen heiligen Choral oder so was, dachte Tilo, denn er hätte geschworen, daß es *ernste* Musik war, was er vorher gehört hatte, etwas, was er selbst nie aufgelegt hätte. Jedenfalls war er sich ganz sicher, daß es nichts wie »More Than a Feeling« oder »Don't Go Breaking My Heart« oder »Evil Woman« war, es hatte einfach nicht den Beat, und von einem Schlagzeug hatte Tilo *gar nichts* gehört, auch nichts von Gitarren.

Und jetzt kommt das Komische. Tilo steht da vor Bruder Gregors Tür, die etwas dicker ist als die Türen der Schülerzimmer, damit die Brüder ihre Privatsphäre haben und so, nur der Wollstoff über dem Fensterchen macht den Effekt wieder kaputt, er lauscht mit erhobener Hand, damit man denkt, er will gerade klopfen, wenn jemand unerwartet die Tür aufreißt… Und plötzlich weiß Tilo, daß Bruder Gregor da drinnen *allein* ist. Daß er keinen Besuch hat. Daß er mit sich selber spricht.

»Oder nicht mit sich selber, Marko, eher ein bißchen wie… wie für andere im Raum, die etwas weiter weg sitzen, auf Stühlen oder Kissen oder so, wie für Zuhörer oder Zuschauer. Die aber nicht da sind. Verstehst du? Deswegen hatte er diese erhobene Stimme, deshalb sprach er so laut. Wie von einer Bühne herunter. Damit das Publikum es auch hört. Nur daß es kein Publikum *gab.*«

»Woher willst du das wissen? Vielleicht *war* jemand da. Da gibt's ein größeres Zimmer und ein kleineres Zimmer, das ist das Schlafzimmer. Du kennst die Buden doch. Vielleicht war jemand im Schlafzimmer. Jemand, der Bruder Gregor besucht hat.«

Tilo schüttelte den Kopf. »Da war niemand. Außer ihm. Ich meine, in beiden Zimmern nicht. Das *weiß* ich. Aus dem Gefühl. Denk mal nach. Du hörst eine Weile zu und hörst nur die Stimme eines einzigen Menschen, du hörst nichts anderes, keinen Mucks. Einmal die Glocke vom Kirchturm, Viertel nach irgendwas, vielleicht vier, vielleicht fünf. Aber sonst nur die Stimme, die alles allein macht, die lauter wird, leiser wird, die sich selbst antwortet, sich anfeuert und so. Echt.«

Dann erzählte er, was Bruder Gregor gesprochen oder deklamiert hatte. Zuerst klang es wie eine Rede, eine Ansprache, in der es um Gallier und Römer ging, jedenfalls kamen dauernd Gallier und Römer und ihre Schwerter darin vor.

»Mann, Tilo«, sagte ich, »er übt für *Asterix und Obelix*! Eine Laienaufführung, mit der er uns überraschen will.«

Aber Tilo verzog keine Miene, er fand es nicht lustig. Asterix war es jedenfalls nicht, sagte er. Jeder Mensch denkt doch gleich an Asterix und Obelix und die verhauenen Römer. Nein, mit Asterix hatte es nichts zu tun. Dann fing Bruder Gregor an, deutsche und italienische Sachen zu mischen. Das Italienische sprach er ganz pingelig aus, er *erklärte* es, als säße da wirklich jemand, der es von ihm lernen muß, aber Tilo war sich absolut sicher, daß niemand da war, nur Bruder Gregor, der sich wie ein Verrückter diese italienischen Wendungen vorsprach, laut, übergenau, wobei er einzelne Wörter wiederholte und noch einmal in anderer Stimme vortrug oder sogar sang, immer nur ein paar Noten und wie einer, der genau weiß, daß er absolut greulich singt: *»Lo nei volumi arcani leggo del cielo ...«*

Und dann seine Stimme auf deutsch: »Denk an die Wortstellung ... lesen im Himmelsbuch, nein, ich lese vom Himmel, das ist es ... in geheimen Büchern lese ich vom Himmel, jawohl ... *in pagine di morte* ... das ist herrlich! *Ella un giorno morrà.* Wer stirbt, das ist immer die Frage. Und wie sie die himmlische Macht aufruft! *Il bel sembiante senza nube e senza vel* ... wolkenlos und unverschleiert ... wolkenfrei und schleierlos ... das ist sublim ... der Himmel, da ist er wieder! Gallier, hört! Aber hören sie? Was regiert dort im Himmel? *Quella pace* ... es ist schön. Umrahmt vom Tod. Der Tod bedingt die Schönheit. Sie ist die Größte, danach kommt niemand mehr. Maria Himmelskönigin! Die Gottesmutter hat Nachsicht mit mir, manchmal glaube ich das. Maria Himmelskönigin ... Aber wer kann sich erbarmen ...?«

Bruder Gregor war leiser geworden, sagte Tilo, er deklamierte nicht mehr, sondern sprach mit normaler Stimme, eher schon gepreßt, so daß Tilo dicht an der Tür stehen mußte, um die Worte zu verstehen. Zuerst dachte Tilo, die Sache mit den Galliern und dem Himmel und der Schönheit geht jetzt langsam über in ein Mariengebet, etwas, das er kennt, und dann hätte er wahrscheinlich kehrtgemacht und wäre auf seinen nackten Füßen, die kalt waren wie Eisklumpen, zurück ins Zimmer getappt. Es hatte lange genug gedauert, er kapierte sowieso nur die Hälfte, und wenn Bruder Gregor da für irgendwas proben wollte, sollte er es doch ruhig tun, Tilo hatte nichts dagegen. Jedenfalls hatte er genug gehört und wollte endlich wieder ins Bett. Aber dann fing Bruder Gregor an zu weinen.

Tilo ging mit dem Ohr ganz nah an die Tür, weil er es nicht glauben konnte. Zehn, fünfzehn Sekunden stand er da mit seinem Ohr gegen die Tür gepreßt, und nur in diesen Sekunden war es ihm egal, was mit ihm geschah, wenn er gepackt wurde. Selbst vier Stunden zum Schlammausheben im Graben wären ihm egal gewesen. Er konnte einfach nicht glauben, was er da hörte. Es paßte nicht zu Bruder Gregor, nicht zu Haus Athen, nicht zum Collegium Aureum. Wenn Tilo vorher gedacht hatte, in einem Abenteuerfilm zu sein, dann war das Gefühl verflogen. Jetzt dachte er, er sitzt im falschen Kino. Das war nicht der Film, den er sehen wollte. Diesen Film verstand er nicht.

Tilo schlich vorsichtig zurück. Das Weinen, das er noch ein paar Schritte lang hörte, war nicht laut. Aber es war ein kummervolles Weinen, sagte er, von einer Seele in Not. Er bekam es mit der Angst zu tun und machte sich davon, so schnell er konnte.

»Jemand mit dem Rücken zur Wand, würde ich sagen. Genauso klang das. Was ich noch ganz schwach hörte, als ich den Rückzug antrat, war Schluchzen, fast ein Wimmern wie bei kleinen Kindern, die untröstlich sind. Mensch, Marko, ich weiß nicht, ob Bruder Gregor krank ist. Aber er klang wie einer, der keinen Ausweg mehr sieht. Und wo gibt's denn so was? Einen Priester, der keinen Ausweg mehr sieht? Ich erzähle es dir, weil du ihn ein bißchen kennst. Ich meine, wegen euren Büchern und so.«

»Danke«, sagte ich. Ich hatte nicht geahnt, wie weit es mit dem Oowokakee schon gekommen war. »Oh, Mann.«

Wir guckten aus dem Fenster, Richtung Gleuyn, wo alles genauso grau und langweilig aussah wie vor einer Viertelstunde. Nur daß wir jetzt eine Viertelstunde weiter waren und ich erfahren hatte, daß Bruder Gregor nachts weinte.

Nach einer Weile sagte Tilo: »Und? Was hältst du davon?«

»Keine Ahnung, was ich davon halten soll. Ich kenne ihn doch nicht so gut. Mann, er hat sich manchmal ein bißchen sonderbar verhalten, aber das ist normal, dachte ich.«

Tilo nickte.

»Er ist eben intelligenter als die anderen«, sagte ich, »er hat viel mehr gelesen. Ich würde sagen, er ist der beste Leser auf dem ganzen Collegium, auch besser als der Präses. Er versteht am meisten von Büchern.« Ich mußte an Proust und Camus denken und was der Präses über sie gesagt hatte. Wer so über Proust sprach wie der Präses, der konnte kein guter Leser sein. »Stell dir vor, Tilo, du wüßtest mehr als die anderen. Viel mehr. Dann *denkst* du dir auch viel mehr als die anderen, oder? Und wenn es schwierige Fragen sind, die dich beschäftigen, dann sieht man dir das an. Womit du dich beschäftigst. Dann hast du keine Haare mehr und acht oder neun Falten auf der Stirn, wie Bruder Gregor. Dann bist du blaß und trägst immer schwarze Klamotten, verstehst du? Genau wie Bruder Gregor.«

»Warum sollen mir denn die Haare ausfallen, wenn ich mehr denke als andere?« sagte Tilo. »Ich könnte doch auch *mit* Haaren denken.« Er schüttelte den Kopf. »Und warum muß ich acht oder neun *Falten* auf der Stirn haben?«

»Weil man dir einfach ansieht, daß die Welt für dich … na ja, *ein Problem darstellt.* Ich meine, sie *ist* ja auch ein Problem, die Welt. Ein Erkenntnisproblem. Wer sie gemacht hat und so. Ob sie vernünftig eingerichtet ist. Ob etwas fehlt. Ich denke jetzt nur mal an Mädchen, zum Beispiel.« Ich dachte an die willigen Mädchen bei Versailles, wenn ich ehrlich sein soll. »Ich könnte aber auch an meinen Nihilismus denken, der ja eine Reaktion auf die Komplexität der Welt ist. Ihre besondere

Verfaßtheit, sagt Bruder Gregor. Das ist sein Wort. Und diese Verfaßtheit ist eben … eine besondere. Ich sage dir, mit den Nihilismus-Anfällen ist nicht zu spaßen. Alle diese Fragen und eigentlich auch meine Nihilismus-Anfälle bedeuten doch, die Welt ist ein Problem. Oder findest du nicht?«

»Nein«, sagte Tilo. »Eigentlich nicht. Um die Mädchen muß man sich eben kümmern. Das kommt schon. Wir arbeiten doch daran.«

»Okay«, sagte ich. »Du hast deine Kusine aus Duisburg und denkst, damit bist du aus dem Schneider. Okay. Aber du kannst dir vorstellen, daß die Welt unter bestimmten Umständen zum Problem werden kann. Sag mir jetzt nicht, daß du dir das nicht vorstellen kannst!«

»Na ja«, sagte Tilo. »Unter welchen denn?«

»So genau kann man das nicht sagen. Unter bestimmten eben. Unter diesen zum Beispiel.«

»Ich weiß nicht. Mir kommt es so vor, da ist einer ernsthaft krank, und wir sollten ihm helfen, okay? Mehr wollte ich nicht sagen. Also, was kann man tun?«

»Ich weiß es nicht, verdammt. Ich kann doch nicht bei der Auskunft anrufen. Ich kann auch niemanden fragen. Oder würdest du Bruder Hermann fragen?«

»Vergiß es«, sagte Tilo.

»Bruder Albertus?«

»Auch nicht.«

»Bruder Jürgen sowieso nicht, oder?«

»Auf keinen Fall.«

»Und der Spiritual? Wie wäre es mit dem Spiritual?«

»Ich glaube, das kannst du völlig vergessen. Der Spiritual *kennt* Bruder Gregor doch kaum. Die Schwestern fallen auch aus.«

»Und wie«, sagte ich.

»Und der Präses erst recht«, sagte Tilo. »Stell dir das mal vor. Du gehst zum Präses und sagst ihm, hören Sie, Herr Präses, Bruder Gregor faselt nachts so ein italienisches Zeug von Galliern und Schwertern daher, daß man kaum schlafen kann, und dann spricht er mit Maria, der Himmelskönigin, und fängt an zu schluchzen. Können Sie nicht was dagegen tun, Herr Präses? Stell dir das mal vor. Weißt du, was der Präses dann tut? Der bittet dich, Platz zu nehmen und mal in aller Ruhe zu erzählen, was du gesehen und gehört hast. So einer ist das. Der holt alles mögliche aus dir raus, auch Sachen, die du gar nicht sagen willst. Damit kannst du richtig Schaden anrichten.«

Ich schwieg.

»Also«, sagte Tilo. »Der Präses fällt aus.«

»Ja. Der Präses fällt aus.«

Wir guckten aus dem Fenster. In der Ferne, wenn man das Ferne nennen wollte, gingen die braunen Äcker in den grauen Himmel über, ein dunkler Matsch in der Nachmittagsdämmerung. Noch zwei Tage, und wir hatten den kürzesten Tag des Jahres.

»Okay«, sagte ich. »Also, was machen wir?«

»Ich habe was.« Und Tilo hatte wirklich was. »Es gäbe jetzt Leute, die würden etwas tun, weil sie glauben, die Zeit läuft ihnen davon. Stimmt's?«

»Möglich.«

»Aber wir glauben nicht, daß wir etwas tun müssen. Wir *wissen* nämlich nicht, ob uns die Zeit davonläuft. Wir wissen auch nicht, was Bruder Gregor hat. Oder ob ihm etwas fehlt. Und wenn ja, was. Das alles wissen wir nicht. Habe ich recht?«

»Ja, Mann.«

»Wir wissen noch nicht einmal, was *geschehen* ist. Ich meine, wir wissen, daß er geweint hat, also glauben wir, es geht ihm schlecht und so. Aber mehr wissen wir nicht. Was folgern wir daraus?«

»Mann, sag's mir«, sagte ich. »Was folgern wir daraus?«

»Daß wir den Fall *beobachten* sollten. Wir beobachten ihn einfach. Wenn du nicht genau weißt, was du tun sollst, aber auch nicht blöd danebenstehen oder am Ende das Falsche tun willst, gibt es nichts Besseres, als den Fall zu beobachten.«

»Gute Idee«, sagte ich.

Und wir beschlossen, den Fall zu beobachten.

* * *

Beim nächsten Fußballtraining fragte ich den Gentleman. Ich weiß nicht, wie ich auf die Idee kam, aber ich dachte, ich kann doch mal diskret fragen, was er so von Bruder Gregor hält. Er sieht ihn jeden Tag im Klassenzimmer, von Kollege zu Kollege. Er hat sich mit ihm schon mal unterhalten, er weiß, was er so liest. Außerdem war ich mir sicher, der Gentleman hält dicht. Er ist doch Engländer. Tilo fand auch, es war eine gute Idee. Er fand, das wäre Teil der Beobachtung. Zur Beobachtung gehörte auch, die richtigen Erkundigungen einzuziehen.

Ich erwischte ihn erst nach dem Training, den Gentleman, weil ich wieder neunzig Minuten mitmachen konnte und nicht mehr am Seitenrand saß. Wir waren auf dem Weg zu den miefigen Umkleiden in den Katakomben der Schwimmhalle, die ihr aus meiner Liste kennt.

»Herr Tomlinson, kann ich Sie mal was fragen?«

Der Gentleman blieb stehen. Er gab noch eine Anweisung wegen der Slalomstangen, die weggebracht werden mußten. Plötzlich war ich mir nicht mehr sicher, ob seine hellen Augen die richtigen waren.

»Es ist wegen Bruder Gregor.«

»Unser Einsiedler. Was ist mit ihm?«

»Wir glauben, er steckt in Schwierigkeiten.«

»Schwierigkeiten?«

»Ja. Er ist allein, und er steckt in riesigen Schwierigkeiten. Nachts geschehen komische Sachen. Wir wissen da etwas.«

»Sprecht doch mit seinen Kollegen darüber. Den Ordensbrüdern. Die können sich darum kümmern.«

»Ich weiß nicht …«

»Ich bin überzeugt, Bruder Hermann wird alles tun, was in seiner Macht steht. Sofern ihr nicht mit dem Herrn Präses sprechen wollt. Aber ihr *wollt* nicht mit dem Präses sprechen, nehme ich an.«

»Nicht unbedingt.«

»Dann bietet sich Bruder Hermann doch an. Er weiß sicherlich Dinge, die ihr nicht wißt.« Er sah auf die Uhr.

»Es ist komplizierter«, sagte ich. »Bruder Gregor ist doch irgendwie … auf unserer Seite. Verstehen Sie? Er ist nicht wie die anderen.«

»Marko.« Die hellen Augen wichen in weite Ferne zurück. »Es gibt Spielregeln. Für euch, für die Ordensbrüder. Für mich. Wir halten uns an die Spielregeln, einverstanden?«

»Aber wenn Sie wüßten, was nachts p–«

»Die Spielregeln, Marko. Wenn du etwas weißt, das wichtig sein könnte und weitergegeben werden sollte, gib es weiter. Wenn du etwas allein regeln möchtest, weil du es im Griff hast, dann regele es allein. *If you know what you're doing, mind you. Always according to sound judgment.*« Er sah mich ernst an. *»Good luck.«*

8 *Ich erfahre das Geheimnis meiner Eltern. Blick in unseren japanischen Garten bei Regen. Sonja will umziehen. Arno in kleinen Dosen. Ich gebe der Seemannskiste einen fiesen Tritt.*

Wenn ich euch jetzt erzähle, was ein fühlender Mann alles verdrängen kann, staunt ihr. Mein Kunststück bestand darin, daß ich den Satz des Präses über unsere häusliche Situation und die Gebete, in die er uns einschließen wollte, Wort für Wort aus meinem kranken Gedächtnis strich. Ich wollte den Satz dort nicht haben, wollte ihn mir nicht ansehen und nicht über ihn nachdenken. Also strich ich ihn durch, radierte ihn aus, warf ihn aus meinem Gedächtnis, wie man ein Kaugummipapier aus dem Fenster wirft. Es war ganz einfach. Ich wollte den Satz nicht mehr in meinem Leben haben, also schmiß ich ihn aus meinem Kopf und auch aus meiner unsterblichen Seele. Weg damit!

Zusammen mit den Worten des Präses strich ich auch jedes merkwürdige Indiz, jeden mißtrauischen Gedanken, jeden Verdacht aus meinem Gehirn. Ich mißtraute niemandem. Ich fand nichts merkwürdig. Ich stellte keine Fragen.

Ich fragte mich zum Beispiel nicht, warum mich die Telefongespräche mit meinem Vater so fertigmachten, obwohl ich meinen Vater mochte. Jedesmal, wenn ich aus der alten Telefonzelle kam, fühlte ich mich wie nach einem verlorenen Fußballspiel, in dem die Verteidiger mir auch noch die Schienbeine blaugetreten hatten, so ungefähr. Jedesmal, wenn ich aus der alten Telefonzelle kam, dachte ich, ich muß sofort die blinden Scheiben des Waschhauses einschlagen oder so was. Jedesmal, wenn ich aus der alten Telefonzelle kam, hätte ich heulen und zu den unschuldigen Sternen beten können, daß sie mich erlösen und mich zusammen mit etwas Rum und einem Stückchen Gouda hinauf mit zu ihnen nehmen, weit weg aus diesem irdischen Jammertal.

Merkwürdig war doch, warum ich mit meiner Mutter nie sprechen konnte. Meine Mutter war nämlich nie zu Hause, wenn ich anrief. Aber noch nicht einmal diese Frage stellte ich mir: Warum zum Teufel ist meine Mutter eigentlich nie zu *Hause*, wenn ich anrufe? Ich rätselte nicht, wunderte mich nicht, dachte nicht nach, ich stellte keine Fragen. Keine einzige.

In den Wochen nach dem Gespräch beim Präses lebte ich weiter, als wäre alles in Ordnung. In der Schule lief es wie immer, nachdem ich den Rückstand aufgeholt hatte. Die Tage waren so trübe, wie sie im Dezember eben sind, aber ich hütete mich vor den Stürmen der Regenzeit. Hin und wieder schoß ich eine Ziege, die ich auf meinem Feuer briet. Motte, Tilo, Onni und ich gingen in unseren grünen Parkas zum Kiesberg oder in den Wald, um Zigaretten zu rauchen. Onni trug seine Lederjacke mit dem falschen Lammfellkragen. Wir gingen zum Blonden Pinguin, tranken heimlich Bier, redeten über Fußball und spielten den Magic Blues. Und ich träumte immer noch von einem Mädchen, dem ich den sandfarbenen Pullover hochschieben konnte. Ich masturbierte nicht mehr und nicht weniger als vorher, und wenn irgend etwas mehr wurde, dann vor allem meine Ungeduld. Ich wollte endlich ein Mädchen kennenlernen, mit dem ich ein bißchen von dem tun konnte, was ich mir schon so oft vorgestellt hatte. Ich fand, es war an der Zeit, und wenn ich mir Tilo so ansah, dann fand er das wohl auch. Bei Onni war ich mir nicht so sicher.

Bruder Gregor schien zu spüren, daß wir ihn beobachteten, er ging etwas auf Abstand. Als hätte er eine winzige atmosphärische Veränderung wahrgenommen und müßte herausfinden, woraus sie bestand. Ich glaube aber, ich veränderte mich nicht. Er lieh mir ja auch weiterhin Bücher, so viele ich brauchte. Manchmal sah ich seine winzigen akkuraten Anmerkungen am Seitenrand, und immer stand am Ende eines Kapitels der Tag, an dem er es gelesen hatte.

Kurz vor Weihnachten lieh er mir den ersten Band seiner sechsbändigen Seneca-Ausgabe, der blauen.

»Du wirst ihn von vorn lesen wollen, Marko«, sagte er. »Lies zuerst ›Über die Vorsehung‹, wir können nach Weihnachten darüber sprechen. Anschließend ›Über die Kürze des Lebens‹. Wir sollten uns früheren Jahrhunderten zuwenden, Marko, die viel reicher sind als die späteren. Die Bücher der früheren Jahrhunderte leiden immer unter unserer Unkenntnis, dem Mangel an Perspektive, unserer elenden Vergeßlichkeit. Die früheren Jahrhunderte können nichts dafür. Wir entfernen uns von ihnen, nicht sie von uns. Deshalb müssen *wir* uns anstrengen, nicht sie. Lies ›Über die Vorsehung‹.«

Aber ich kam nicht sehr weit, bevor wir die Koffer packten, um nach Hause zu fahren, ich las nur die ersten Zeilen: *Lucilius, du hast mir die Frage gestellt: Warum, wenn eine Vorsehung die Welt lenkt, widerfährt guten Menschen soviel Unglück?* Das war die Frage, mit der ich die Koffer packte.

Dann kamen die Weihnachtsferien. Ich fuhr nichtsahnend nach Hause. Doch die ganzen Ferien hindurch hatte ich so ein blödes Gefühl. Ich dachte, es hätte mit mir zu tun oder meinen Träumen von Mädchen oder dieser ganz besonderen Unruhe, die mich seit Monaten im Griff hatte. Weihnachten, na ja. Selbst Robert glaubte ja längst nicht mehr ans Christkind. Mein Vater legte das *Weihnachtsoratorium* auf, wie jedes Jahr. Wir spielten aber immer nur die erste Platte, weil alle fanden, daß die Stücke sehr ähnlich klingen. So schleppten sich die Tage dahin. Silvester war auch nicht so aufregend, weil meine Mutter wieder irgendwo eingeladen war. Dann kam der letzte Ferientag, die Zeit zum Kofferpacken. Ein Sonntag, was sonst. Und es änderte sich alles. In diesen letzten Stunden, die Robert und ich in Köln waren, kurz vor der Fahrt zum Collegium, sagten mir meine Eltern, daß sie sich scheiden lassen wollten.

Stürzten mir die Tränen aus den Augen? O nein. Wünschte ich mir, die reißenden Tiere Afrikas kämen, um mich zu verschlingen? Nichts von alledem.

Es war wie eine große Keule, die durchs Universum rast. Sie tauchte aus großer Ferne auf und zertrümmerte alles im Bruchteil einer Sekunde. Ich staunte darüber. Plötzlich hörte ich wieder die Stimmen in meinem Kopf wie damals im Kreuzgang, als ich gestürzt war, die Radiosprecher, das Brüllen, das Zwitschern. Und ich begriff, daß ich meine Eltern schon seit langem nicht mehr richtig gesehen hatte. Nicht so, wie sie wirklich waren. Sie waren ja längst wie Fremde, aber ich war zu blind und zu blöd gewesen, es zu erkennen. Meine Mutter hockte im Sessel, als wäre sie gar nicht da, und mein Vater redete von den Plänen, die er mit dem Haus hatte und wie sich alles verändern würde.

Oh, Boy, den Tag möchte ich nie wieder erleben. Wir saßen im Wohnzimmer, und das Wetter zum Ende der Weihnachtsferien war scheußlich, es regnete wie aus Eimern, schlimmer als in der übelsten Regenzeit. Robert war bei Lutz, seinem Freund gegenüber, sich verabschieden, ein letztes Mal mit der Autorennbahn spielen. Meine Eltern hatten dafür gesorgt, daß er uns nicht störte. Meine Mutter hatte Butterkuchen gekauft und Tee und Kaffee gekocht. Sonja war auch dabei. Sie war neunzehn und hatte schon ihren achtzigsten Freund. Ich glaube, Arno war Nummer achtzig.

Immer, wenn ich an ihre neuen Freunde dachte, mußte ich an Fritz denken und wie er vor Jahren mit seinem Motorrad die lange Strecke zum Collegium gefahren war, um den kleinen Bruder seiner Freundin zu besuchen, und wie Schwester Gemeinnutz ihm und Sonja verboten hatte, mich zu sehen. Fritz, dachte ich, wenn du gerade irgendwo Motorrad fährst und die Kilometer der Landstraße frißt, vielleicht merkst du, daß ich an dich denke. He, Fritz, Mann, ich habe dich noch nicht einmal kennengelernt! Dazu hat es nicht gereicht! Meine geliebte Schwester ist ein wankelmütiges Wesen. Aber manchmal glaube ich, Fritz, ich sehe deinen Geist dort draußen bei den unschuldigen Sternen auf der Überholspur über den Himmel zischen.

So dachte ich.

Aber die Wirklichkeit war der letzte Sonntag der Ferien, das Grau, die Gedrücktheit der letzten Stunden. Wir saßen da und guckten in den Regen. Plötzlich hatte ich das Gefühl, daß mein Vater und meine Mutter und Sonja etwas wußten, was ich noch nicht wußte.

»Was ist?« sagte ich, als meine Mutter zum siebzigsten Mal den Butterkuchen verschob. Sie konnte nicht stillsitzen.

»Nichts.« Sie sah nach draußen in den nassen Garten, der im vergangenen Jahr umgestaltet worden war. Früher hatten wir im Garten einen Rasen gehabt und einen Apfelbaum, der irre wuchs, weil Robert immer dagegenpinkelte. Dann beschloß mein Vater, etwas richtig Künstlerisches zu machen, er wollte einen japanischen Garten. Und jetzt guckte meine Mutter in diesen japanischen Garten hinaus mit seinen rötlichen Steinwegen, die über einen Hügel führten, und mit Findlingen und Kiesbetten und künstlerischen Pflanzen überall und einem echten japanischen Teehaus hinter dem kleinen Fischteich.

»Gefällt dir der Garten«, sagte sie. »Er hat viel Geld gekostet.«

»Ist in Ordnung«, sagte ich. »Wir brauchen keinen Rasen mehr. Rasen hat heutzutage jeder.«

»Alles verändert sich«, sagte meine Mutter.

Mein Vater wollte etwas sagen, nahm aber nur seine Kaffeetasse.

Da stand Sonja auf und stellte die Musik ab, Telemann oder so. »Das ist ja nicht zum Aushalten. Ihr sitzt da und wartet darauf, daß etwas passiert. Wie wäre es damit, Marko einfach die Wahrheit zu sagen? Was haltet ihr davon?«

»Sonja«, sagte mein Vater, »immer mit der Ruhe. Wir sind ja hier, um genau das zu tun. Aber mit Ruhe.«

»Eure Ruhe ist die beschissenste Ruhe, die ich kenne! Eine Scheißruhe ist das! Ihr hattet die ganzen Ferien dafür Zeit! Das waren vierzehn Tage!«

»Sonja!« Mein Vater hob die Hand wie ein Politiker.

»Nein, Papa! Marko, hör zu.« Sie sah mich an, dann sah sie meine Eltern an und machte eine Pause. »Ich werde es ihm jetzt sagen.«

»Marko«, sagte meine Mutter. »Marko.« Sie sah mich an, als würde ich aus sieben Wunden bluten. »Marko, dein Vater und ich haben beschlossen ... es ist das Beste, wenn wir uns trennen. Wir werden uns scheiden lassen. Wir haben lange darüber nachgedacht, was wir tun sollen. Was das Beste ist. Wir glauben ...« Sie sah meinen Vater an. »Ich glaube, es geht nicht anders. Rudolf, du kannst ihm in Ruhe deine Seite erzählen. Aber der Junge muß noch etwas wissen.«

Sie stand auf und ging an das riesige Fenster, eine Wand nur aus Glas, und guckte zum japanischen Garten hinaus. Ich glaube, sie hatte Angst vor dem, was sie jetzt sagen mußte. Draußen im grauen Licht glänzte alles. Die Findlinge waren wie nasse Tiere, die schlafen.

»Warte, Irene«, sagte mein Vater. Da sah ich ihn, wie er überlegte und sich am Kopf kratzte und sich fragte, wie er aus dem Schlamassel wieder herauskam. Er redete nicht gern von solchen Sachen, Gefühlen und so. Am besten war er mit Daten und Zahlen, oder wenn er sich an Daten und Zahlen erinnern konnte. Dann war er *chez papa*, der ruhigste Mensch der Welt. Aber manchmal machte er alles nur schlimmer, weil er dachte, wenn er gar nichts tut, kann ihm nichts passieren. Er kratzte sich wieder am Kopf. An mich dachte in dem Augenblick keiner.

»Die Probleme gehen etwas weiter zurück«, sagte mein Vater. »Sozusagen.« Dann sagte er etwas und noch etwas und noch etwas, und alles verschwamm in meinen Ohren zu Brei, den man in Watte rollt, bevor man ihn in die weiche Erde legt. Ein paar Schaufeln darüber, und nichts ist je gewesen. Dann hörte ich gar nichts mehr. Ich sah nur noch ihre Gesichter. Meine Mutter am Fenster sagte auch etwas, nickte, schüttelte den Kopf. Dann sprach mein Vater. Dann wieder meine Mutter. Aber ich war weit weg. Wenn ich nicht schon Nihilist gewesen wäre, jetzt wäre ich einer geworden.

Plötzlich glaubte ich, ich hörte nur noch den Regen, wie er auf unseren japanischen Garten niederrauschte und alle Geräusche, die wir machten, übertönte und dabei alle unsere französischen Urlaube und Osterwanderungen und Weihnachtsabende auslöschte, alles, was wir als Familie jemals zusammen getan oder gehabt hatten. Ich wußte nicht mehr, ob das viel oder wenig gewesen war, ob andere Familien etwas Besseres vorzeigen konnten als wir oder woran man merken sollte, wann es genug ist, ich wußte es nicht, und es war mir egal. Aber was immer da gewesen war, hatte der Regen jetzt überflutet und weggetragen oder ersäuft. Es war nichts mehr da.

Ich glotzte so starr in den japanischen Garten hinaus, daß ich bald gar nichts mehr sah außer grauen Schlieren. Es war schlimmer als mein üblicher Nihilismus-Anfall. Ich mußte den Kopf zurücklehnen. Es fühlte sich an, als käme in Zeitlupe eine riesige Keule auf mich zugesaust, und ich saß da und konnte mich nicht rühren und sah nur die Keule näherkommen. Aber sie hatte mich schon erwischt. Ich war schon längst in Stücke geschlagen. Ich wußte es nur noch nicht. Wie in Kriegsfilmen, wo ein Soldat denkt, er hätte sein Bein noch, dabei liegt es drei Meter weiter im Schlamm. Könnt ihr euch das vorstellen? Ich dachte: Jetzt gucke ich mich mal um, dann sehe ich, wohin die Keule saust und wen sie in Stücke haut. Aber ich selbst war ja schon in Stücken. Es war nur noch mein Auge, das guckte, und daneben lag vielleicht ein Arm oder der linke Fuß, so ungefähr. Von meinen zehn Kameraden, die mit mir die Überfahrt gewagt hatten, sah ich keine Spur. Kurz darauf spülten die Fluten an den Strand, was von ihnen geblieben war: drei Hüte, eine Mütze und zwei einzelne Schuhe.

Mein Vater hatte aufgehört. Meine Mutter guckte wieder hinaus in den japanischen Garten.

»Und du, Sonja?« sagte ich. »Was machst du?«

»Ich ziehe aus. Du weißt doch, das war schon länger geplant.« Sie war immer noch sauer auf etwas, das konnte ich spüren. »Papa, ich ertrage das nicht länger! Muß ich ihm auch noch von der Wohnung erzählen? Aber dann raus mit euch beiden, das kann ich allein!«

»Sonja, wie sprichst du denn mit uns?« Meine Mutter hatte sich umgedreht, blieb aber am Fenster stehen. Dann sah sie mich an. »Marko, dein Vater und ich … wir haben uns schon letztes Jahr getrennt. Ich habe eine Wohnung, nicht weit von hier. Dort wohne ich. Seit Robert im Collegium ist. Ich möchte, daß du mich mal in meiner Wohnung besuchen kommst. Würde dich das interessieren? Du kannst auch bei mir schlafen. Das wäre doch schön.«

Ich guckte Sonja an. Ich glaubte kein Wort davon. Aber als sie mir die Hand auf die Schulter legte, wußte ich, daß es stimmte.

Meine Mutter sah mich an. »Würde dich das interessieren? Ich bin sicher, es wird schön. Ich habe einen großen Balkon.«

Ich weiß nicht mehr alles von diesem Nachmittag, nur die unwichtigen Dinge. Ich sah den Butterkuchen, den keiner essen wollte, den Tee, den keiner trank, die Findlinge mit ihrem nassen Rücken und immer noch den Regen, der auf unseren künstlerischen Garten fiel. Das Wasser rauschte nicht mehr so. Was wegzutragen gewesen war, hatte es weggetragen, und die Landschaft war leer. Sonja stand noch eine ganze

Weile da und ließ ihre Hand auf meiner Schulter. Die Hand war das einzige, was ich fühlte.

Da hörte ich die Stimme meines Vaters. Sie sagte: »Hier wird natürlich immer euer Zuhause sein, im Prinzip. Für die Ferien überlegen wir uns etwas. Und wir haben schon über Ostern nachgedacht. Es spricht nichts dagegen, die Ostertage gemeinsam zu feiern. Stimmt's, Irene?«

Meine Mutter nickte. *Es spricht nichts dagegen.* Ich dachte, mir wird schlecht. Meine Mutter kam und wollte mich umarmen, als wäre jemand gestorben, aber ich blieb sitzen. Sie mußte sich über den Sessel beugen und kam nicht richtig an mich heran, und es wurde etwas Schiefes, Unbeholfenes daraus, das kaum als Umarmung durchging.

Wir hatten dann noch eine Stunde, bevor wir zum Collegium mußten. Mein Vater wollte uns hinbringen, das tat er immer nach den Ferien. Es machte ihm Spaß, seinen BMW *laufen zu lassen.* Robert sollte von der Sache vorläufig nichts erfahren. Er sollte noch nicht wissen, daß unsere Mutter nicht mehr bei uns wohnte und daß sie nur an den Heimfahrtwochenenden und in den Ferien in unser Haus käme, um Familie zu spielen. Wie lange noch, fragte ich mich. Es war ja nur noch für Robert. Ich dachte, meinetwegen kann man die Komödie sofort absetzen. Ich brauche sie nicht.

»Marko, es war nicht meine Idee, es geheimzuhalten«, sagte meine Mutter, als ich meinen Koffer zur Haustür trug. Wenn es nach ihr gegangen wäre, hätte sie allen sofort reinen Wein eingeschenkt, damit wir Bescheid wissen. Da war viel geschehen, das ihr leid täte, aber es sei nicht mehr zu ändern. Sie sagte: »Man kann doch über alles reden.« Dann musterte sie meinen Koffer und den grünen Parka, den ich darübergeworfen hatte. »Hast du alles, Junge?«

»Ja. Alles da.«

Ich weiß nicht, welches Stück von mir das sagte. Es kam mir gar nicht mehr vor wie eins von meinen. Jahrelang hatte ich gedacht, wenn ich es auf der Insel der Verzweiflung wirklich nicht mehr aushalte, kann ich nach Hause zurückgehen. Natürlich hätte ich mich gefürchtet vor einer neuen Schule und so. Ich kannte ja keinen, und auf dem Collegium kannte ich alle. Aber es war immer noch das Haus meiner Eltern, mein Zuhause. Ich gewöhnte mich sogar an den japanischen Garten.

Als ich noch einmal zum Schuhschrank ging, um zu gukken, ob ich nichts vergessen hatte, sah ich den Schrank zum erstenmal so, wie er in Wirklichkeit war. Da standen die Schuhe meines Vaters, hundert Büroschuhe und Freizeitschuhe und Hausschuhe und auch seine Wanderschuhe mit frischen roten Schnürsenkeln, den dicken. Aber von meiner Mutter standen nur zwei alte Paare da, Schlappen, die sie bestimmt nicht mehr trug und einfach vergessen hatte. Es hätten die zwei einzelnen Schuhe meiner toten Kameraden sein können. Wahrscheinlich lebte sie oben in ihrem Schlafzimmer aus dem Koffer. Mein Vater und meine Mutter hatten schon lange getrennte Schlafzimmer. Sie sagte, weil sie abends noch lesen wollte und er nicht.

Plötzlich dachte ich, ich sehe meinen Vater, wie er zu meiner Mutter sagt: *Laß ein paar Schuhe stehen, Irene. Bitte. Es sieht besser aus.* Und das waren die alten Schlappen. Alle Dinge sagen zu ihm O! Auch die alten Schlappen.

»Mamas Wohnung«, sagte ich zu Sonja, als ich zu ihr ins Zimmer ging, um mich zu verabschieden. »Wo ist die überhaupt?«

»In Lindenthal.«

»Und warum hast du mir die ganze Zeit nichts davon erzählt?« Ich schloß die Tür lauter als geplant. »Was ist das für eine Scheiße, daß du mir nie davon erzählt hast? Du hast den ganzen Betrug mitgemacht!«

»Marko, ich weiß. Ich war bescheuert. Heute habe ich gesehen, wie bescheuert ich war. Komm mal her.« Sie umarmte mich und küßte mich auf die Wange, mit einem lauten Schmatz. Das war Sonjas Friedenskuß. »Es tut mir leid«, sagte sie. »Ich hätte nicht mitspielen dürfen. Ich bin auf deiner Seite, Marko. He, laß die Sache erst mal vorüberwehen. Für dich ändert sich ja nicht so viel. Mit Robert müssen wir uns etwas überlegen. Ich glaube, wir sagen es ihm auch bald, vielleicht in den Osterferien.«

Sie sah sich in ihrem Zimmer um, als sortierte sie schon die Klamotten für ihren Umzug. An der Wand hing eine der besten Plattenhüllen, die ich je gesehen hatte, *Songs of Love and Hate*. Der Titel hätte von Sonja sein können. Auf der alten Seemannskiste lagen ein paar Blätter mit jeder Menge durchgestrichener und überschriebener Stellen. Sonja übersetzte die Songs von Bob Dylan, aber sie verstand nicht alles. Bei »Chimes of Freedom« hatte sie ziemliche Schwierigkeiten gehabt, wegen der dunklen Tönung der Lyrik. Sonja fand, es war Lyrik, wie bei Dichtern, nur daß es gesungen wurde. Sie sagte, manche Stellen bei Bob Dylan wären mit Absicht so geschrieben, daß keiner sie versteht. Am einfachsten sind die Liebeslieder, sagte sie, zum Beispiel »Boots of Spanish Leather«, das wäre ein schönes, einfaches Liebeslied, und sie hätte kaum was durchstreichen oder drüberschreiben müssen. Sie legte das Blatt wieder auf die Kiste.

Ich sagte: »Kennst du ›Sound and Vision‹ von David Bowie?«

»Ja. Sag nicht, das gefällt dir.«

»Irgendwie schon.«

Sie rümpfte die Nase. Dann war sie schon wieder mit ihren Sachen beschäftigt. Sie sah sich um und schien die Kisten zu kalkulieren, die sie für den Umzug brauchte. Ich hätte gesagt, siebenhundert. Sonjas Ordnung war die reine Katastrophe. Sie fand aber alles, sagte sie. Immer wenn ich unordentliche Zimmer sah, mußte ich an Schwester Gemeinnutz denken und was sie mit dem ganzen Müll gemacht hätte. Sonjas Bude wäre gesammelt auf den Flur vor den Spinden geflogen, mit Mäusen und allem. Oder sie hätte sich mit Köhler zusammentun können, ihre alte Bude und sein verdammtes Auto. Ich fragte mich, ob ich bis zu meinem Tod immer an Schwester Gemeinnutz denken mußte, wenn ich unordentliche Zimmer sah. Tolle Aussicht.

»Wann ziehst du aus?« fragte ich.

»Ich habe mir schon vier Wohnungen angesehen. Hör mal, ich möchte, daß du auch mal bei mir übernachtest, wenn du am Wochenende nach Köln kommst. Ich ziehe irgendwohin, wo man abends ausgehen kann, okay? Vielleicht in die Südstadt. Hast du schon eine Freundin?«

Die wichtigsten Dinge fragte sie immer beiläufig.

»Noch nicht.«

Sie guckte mich mit ihrem Große-Schwester-Blick an. »Dann wird's aber Zeit. Du mußt weniger lesen. Du verpaßt ja das Beste.«

»Du hast gut reden, Sonja. Wir kommen nicht so oft raus.«

»Aber ihr müßt doch Partys haben oder so was, Abende mit Mädchen. Oder in die Diskothek gehen, das macht ihr doch sicher. Du hast doch schon mal ein Mädchen geküßt?« Sie sah mich so unschuldig an, ich hätte brüllen können. »Komm, Marko, erzähl mir nicht, du hast noch nie ein *Mädchen* geküßt!«

Ich schüttelte den Kopf.

Ganz kurz sah ich so etwas wie Ärger auf ihrem Gesicht. Sie runzelte die Stirn, weil sie etwas nicht verstand. Eine Welt, in der sich die Sechzehnjährigen nicht dauernd küßten, war nicht ihre Welt.

»Na ja«, sagte sie, »das kommt schon. Halt dich bereit, Marko. Das Leben wird dadurch leichter.« Sie lachte. »Und viel komplizierter!«

»Dein Freund«, sagte ich, »zieht der auch bei dir ein? Arno?«

»Nein. Er will, aber ich genieße ihn lieber in kleinen Dosen. Er ist Bassist in einer Band. Er ist nicht übel. Sehr zärtlich.« Sie rollte die Augen, als wollte sie sich über ihn lustig machen. Aber Arno gefiel ihr, das spürte ich. »Mal sehen. Mama hat nach der ersten Begegnung gesagt: ›Du mußt wissen, was du tust.‹ Arno hat sich schiefgelacht. Mütter!«

»Und Väter«, sagte ich. »Oh, Mann.« Dann liefen mir plötzlich Tränen übers Gesicht. Ich war so erschrocken, daß ich gar nichts tun konnte. Ich stand da mit meinem schiefen Weinmund und ließ alles laufen. Wenn ich die Augen zukniff, rollte noch mehr Wasser runter. Sonja nahm mich in den Arm. Sie hatte diese Art, meinen Hinterkopf zu kraulen, das hat sie schon immer getan. Sie hielt mich richtig fest, mit beiden Armen.

»Es kommt alles wieder in die Reihe, Marko. Glaub mir.«

»Nein. Kommt es nicht.«

»Doch. Ganz sicher.« Sie hielt mich fester, als wären wir bei rauher See an Deck.

»Sonja, es ist zuviel Betrug auf einmal! Es ist nichts mehr übrig! Mein Gott!«

Ich sprach und heulte und sabberte in ihren Pullover, der nach ihrem Parfüm roch, aber sie hielt mich noch fester, als wollte sie mir den Mund zuhalten. Ich hob den Kopf und drückte mein Kinn fest auf ihre Schulter, bis ich den Muskel spürte. Dann noch einmal auf dieselbe Stelle. So fest ich konnte.

»Autsch!« Sie rieb sich die Schulter.

»Ich muß das sagen, Sonja!« Ich machte mich los und gab der Seemanskiste einen fiesen Tritt. »Siehst du nicht, in welchem Sumpf ich stecke? Ich kann das nicht vorüberwehen lassen. Sonja, das war ein Gespräch mit Halbtoten da unten! Es ist nichts mehr übrig. Hast du Papa gehört? *Es spricht nichts dagegen!* Hier fällt alles in Stücke, nur der verdammte japanische Garten da draußen steht noch, aber *es spricht nichts dagegen!*

Und Mama fragt: *Hast du alles, Junge?* Soll ich dir sagen, was ich habe? Ein Internat voller verrückter Priester, Leute, die durchdrehen, und ich weiß nicht, was dann geschieht. Ein Zuhause, in dem nichts dagegen spricht, daß es in Stücke fällt. Ich habe eine große Schwester, die sich aus dem Staub macht, und einen kleinen Bruder, der genauso ahnungslos wie ich denselben Scheiß von Ordnung und Frömmigkeit zu hören kriegt und einen Fraß essen muß, den du noch nicht mal aus der Ferne fotografieren willst. Und wenn er nach Hause kommt, kann er eine Überraschung erleben. Tolle Überraschung für Robert, glaubst du nicht? *Wir sagen es ihm auch bald, vielleicht in den Osterferien!* Wer wird es ihm sagen? Du? So pünktlich, wie du es mir gesagt hast? Du bist doch schon weg, Sonja! Alle haben neue Wohnungen. Mama hat eine neue Wohnung. Du hast eine neue Wohnung. Und du hast deinen zärtlichen Arno in kleinen Dosen! Und wenn du es genau wissen willst, ich weiß einfach nicht, woher ich in den Kuhdörfern da oben eine Freundin kriegen soll! So sieht's aus, Sonja. Das sind die Hochrechnungen. Ich muß weg. Adieu.«

Ich gab ihr einen Kuß, rieb ihr einmal über die Schulter und ging nach unten.

Robert war inzwischen nach Hause gekommen. Er war traurig, daß die Ferien zu Ende waren, weiter nichts. Fast beneidete ich ihn darum. Meine Mutter war auch noch da. Nicht mehr lange, das wußte ich jetzt. Gleich würde sie in ihre Wohnung nach Lindenthal fahren. Als ich daran dachte und Robert ansah, den unschuldigen kleinen Wicht, kriegte ich wieder ein Würgen im Hals. Aber ich wollte nicht mehr heulen. Ich wollte auf der großen Zeitleiter zurückklettern, vorbei an den dunklen Sternen, vorbei am vergeßlichen Mond, einfach nur zurück. Nach gestern und vorgestern vielleicht, zurück zu den Tagen, an denen ich noch nichts wußte. Als ich blöd und ahnungslos war. Als es noch einfach war, mich zu bescheißen, weil ich mein Löffelchen Lüge immer brav geschluckt hatte, tagein, tagaus. Wie hielt mein Vater das aus, die alten Schlappen meiner Mutter in seinem verdammten Schuhschrank zu sehen?

»Auf geht's«, sagte mein Vater und klatschte in die Hände. Seine Munterkeit machte mich krank. »Auf geht's! Der BMW scharrt schon ungeduldig mit den Hufen.«

9

Ich schwebe am Himmel und sehe auf die Ländereien hinunter. Ich halte Zwiesprache mit Robinson Crusoe. Sonja sitzt barfuß in der Morgensonne. Der Vagabund erzählt eine Geschichte. Wir bereiten uns auf einen hohen Festtag vor.

Ich schwebte am Himmel und sah auf die Ländereien hinunter. Ich war frei. Die Lappen, welche ich Kleider nannte, flappten im Wind. Meine Füße steckten in meinen halbhohen Stiefeln. Den Tabak hatte ich im Gebüsch versteckt und die Stelle mit drei fetten Steinen markiert, wie der weise Motte es mich gelehrt hatte. Da hätte ich vor Glück weinen können.

Der Wind zerrte an Armen und Beinen, aber das machte mir nichts aus. Er blies gegen meinen grünen Parka und blähte ihn wie ein Segel. Von der Erde aus sah das bestimmt lustig aus. Auch Charles Lindbergh hatte sich nicht abhalten lassen, etwas Ungewöhnliches zu probieren. Hatte ihm jemand gesagt: *Da könnte doch jeder kommen*? Hatte ihm jemand entgegengehalten: *Wenn das jeder täte*? Ich flog, und alle Menschen und Tiere und Pflanzen da unten waren mir gleichgültig. Ich hatte mich von ihnen losgesagt. Meine Eltern würden mich nicht mehr sehen. Es war mir egal, was sie taten. Ich hatte beschlossen, allein zu leben. Erinnert euch! Ich war liebenswürdig, sinnenfroh, grausam und einsam.

Ich wußte noch nicht, wohin ich fliegen wollte, nicht, wie tief ich hinuntergehen würde, und auch nicht, mit wem ich bei meinen kurzen Aufenthalten in Hülm, Hassum oder Hommersum ins Gespräch käme. Auf jeden Fall mit den Postbeamten. Auch mit den Bibliothekaren, mit den Hufschmieden und Fahrradhändlern. Mit Vertretern ehrbarer Berufe, wenn ihr ungefähr wißt, was ich meine. Vielleicht mit einem

Obstverkäufer auf dem Markt, um ihn nach dem nächsten großen Fluß zu fragen. Da fiel mir ein, daß ich von oben doch alles sehen konnte, Seen, Meere und Flüsse!

Über das Collegium Aureum würde ich hinwegfliegen, gerade so, daß ich beim Passieren den wilden Heiligen sähe und die Pferde auf der Collegiumswiese grüßen könnte. Ihr vornehmen Pferde! würde ich rufen. Laßt euch von der reinen Luft durchströmen, so wie sich die größte Sängerin von allen durchströmen ließ, die große Maria Callas! Jeder Atemzug ist die Vorbereitung auf einen sublimen Augenblick! Ich fliege jetzt ins Sunset, damit ihr es wißt, danach ins Twilight. Später ins Midnight. Und im Morgengrauen vielleicht ins Early Dawn. Ich wünschte, ich könnte euch mitnehmen und euch ein Getränk spendieren. Ich wünschte, ich könnte euch meinen Freundinnen vorstellen. Sie kommen aus der Gegend von Versailles. Das ist in Frankreich. Wir könnten alle zusammen etwas trinken.

So flog ich jeden Nachmittag bis in den frühen Abend. Manchmal flog ich auch abends, nachdem die Türen des Collegiums abgeschlossen worden waren. Und manchmal flog ich nachts, in der Gesellschaft von Eulen. Nichts hielt mich mehr im Collegium Aureum. Sah ich in der Schädelstätte den Speisewagen angerollt kommen, auf denen die Metalltabletts mit den panierten Fettläppchen lagen, wurde ich bleich. Mein Magen empörte sich, ich wandte die Augen ab und wäre in Ohnmacht gefallen, wenn die Natur mir nicht durch ein sehr heftiges Erbrechen Erleichterung verschafft hätte. Nachdem ich wieder ein wenig zu mir gekommen war, konnte ich es nicht über mich bringen, einen Augenblick länger an diesem Orte zu verweilen. Ich sagte meinen Freunden rasch *Au revoir!*, lief zum offenen Fenster und flog davon. Die Fettläppchen rührte ich nicht an. Ich hatte beschlossen, eine Schildkröte zu fangen oder eine Ziege zu schießen. Auch die pechschwarzen Blutwurstplatten wies ich zurück. Sowie den Kartoffelmatsch, die klebrigen Nudeln, den trüben Eierstich, das lahme Leipziger Allerlei. Auch das traurige Rindfleisch und die elenden Nußecken am Sonntag, die ihr auf meiner Liste findet. Ich wies alles zurück, was auf meiner Liste stand, und vieles darüber hinaus.

Ich sagte zu meinen Freunden: Freunde! Es ist mir nicht darum zu tun, eure Gesellschaft zu fliehen. Ich fliehe die panierten Fettläppchen, die Blutwurst und die elende Welt. Wir sehen uns wieder in einem besseren Land, dem Land meiner Träume, dem Land, aus dem ich verbannt bin!

So sprach ich.

* * *

»Marko. Das spanische Imperium krankte woran?«

Köhler sah mich mit wässerigen Augen an.

»Was beschleunigte seinen Niedergang außer der fragwürdigen religiösen Einheitsidee, die König Philipp der Zweite verfolgte? Außer der Inquisition oder, allgemein, der gußeisernen katholischen Orthodoxie, wenn man das fünfhundert Jahre später in diesen ehrwürdigen Mauern einmal so formulieren darf?«

Leises Kichern in der Klasse. Köhlers Blick blieb unbeweglich.

»Du weißt, nach der Austreibung der Juden und Mauren, die die katholischen Könige achtzig Jahre zuvor dekretiert hatten?«

Er stand am Lehrerpult und beugte sich über das aufgeschlagene Geschichtsbuch.

»Du weißt, 1492.«

Jetzt kam Köhler näher.

»Wir sprachen darüber, du erinnerst dich. In der letzten Stunde. Marko.«

Er verzog den Mund und schüttelte den Kopf.

»Das spanische Imperium zu Zeiten Philipps des Zweiten … also. Bitte.«

Er sah mich wieder an.

»Bitte.«

Sein Blick schien durch mich hindurchzugehen, als sähe er nicht mich, sondern nur einen Zustand, der ihm Sorgen machte.

»Gut. Das spanische Imperium zu Zeiten Philipps des Zweiten krankte erstens am katastrophalen Zustand seiner Landwirtschaft, ich sage nur: Wollwirtschaft, Binnenzölle. Zweitens an seinem maroden Steuersystem. Drittens am gigantisch verschuldeten Staatshaushalt. Viertens an der Abhängigkeit von den Silberminen der Neuen Welt. Fünftens am Günstlingswesen. Sechstens an innerer Korruption. Siebtens am Bürokratismus. Achtens an der blinden autoritären Herrschaftsstruktur, welche aus den Punkten fünf, sechs und sieben zwingend hervorgeht. Neuntens am politisch-administrativen Zentralismus und der Länge der Kommunikationswege. Zehntens am Zaudern des Monarchen. Elftens an seinen Kopfschmerzen, welche das Zaudern unglücklicherweise verursachte. Zwölftens an seinen Verdauungsbeschwerden, den Hämorrhoiden, dem trockenen Husten, der Gicht. Dreizehntens am militärischen Dilettantismus. Vierzehntens am Größenwahn. Soll ich weitermachen?«

Er atmete hörbar aus.

»Marko. Drei Gründe hätten mir gereicht. Ich brauche nicht vierzehn. Aber drei wären schön gewesen. Die muß ich von dir erwarten.«

Er sah mich an, als verstünde er etwas nicht.

»Marko, du mußt etwas in Ordnung bringen. Und zwar schleunigst.«

* * *

Ich flog Wochen, vielleicht Monate. Drei Dinge belebten meine Hoffnungen: Das Meer war ruhig, die Flut stieg, der Wind blieb günstig. Ich hatte vergessen, für die Sonntage ein besonderes Zeichen in mein Kerbholz zu schnitzen, und bald geriet ich so durcheinander, daß mir keine Rechnung mehr auskam. Das Unglück traf mich nicht mit voller Wucht, denn ich hatte ja meinen *Robinson Crusoe* zur Hand, der mir half, mit einem großen Geist, welcher sich in einer ähnlichen Situation befunden hatte, Zwiesprache zu halten.

Ich stellte, wie ich bereits angedeutet habe, einige Monate lang ernsthafte Betrachtungen in meinem Innern über die Fehler und Irrtümer meines früheren Lebens an. Zuallererst beschloß ich, einen Vorrat an Trauben und Zitronen für die Regenzeit anzulegen. Anschließend dachte ich über den Befestigungszaun für meine Hütte nach. Dann erinnerte ich mich an den portugiesischen Kapitän.

Der portugiesische Kapitän hat beim Nachruhm des Buches *Robinson Crusoe* nicht die Würdigung erfahren, die er verdient gehabt hätte. Der portugiesische Kapitän fischt Robinson nach seiner ersten Flucht aus dem Wasser, lange bevor dieser auf die Insel der Verzweiflung kommt, und er nennt ihn mit größter portugiesischer Höflichkeit *Senhor Inglese*, mein Herr Engländer. Wißt ihr das noch? Er will von Robinson nichts dafür haben, daß er ihn mit nach Brasilien nimmt. Er sagt, wer weiß, ob ich nicht einmal in eine ähnliche Lage geraten werde? Er sagt: Wollte ich überdies, nachdem ich Euch in ein von dem Eurigen so entferntes Land geführt, als Brasilien ist, Euch das, was Ihr habt, nehmen, so würdet Ihr in Dürftigkeit umkommen. Das wäre ja gerade, als nähme man Euch das Leben, nachdem man es Euch geschenkt hat. So spricht er. Alle diese Dinge tut der portugiesische Kapitän aus Menschenliebe. Er sagt: Das, was Ihr mir anbietet, soll Euch dazu dienen, Euren Lebensunterhalt zu bezahlen und Eure Rückkehr möglich zu machen.

Da fragte ich mich, wie *ich* meinen Lebensunterhalt bezahlen und meine Rückkehr möglich machen sollte und wo ich einen portugiesischen Kapitän fände, der mich *Senhor Inglese* nennt. Das brachte mich dazu, darauf zu reflektieren, wohin ich denn überhaupt zurückkehren wollte. Weg von hier, so viel hatte ich ermittelt. Weg von hier, das hatte ich auf den alten Seekarten schon oft studiert. Aber von hier aus, *wohin?* Und ich wußte mir keinen Rat. Die Welt erschien mir als ein fremdes Land, wo ich nichts zu suchen, nichts zu erwarten hätte, zu welcher ich, mit einem Wort, in gar keiner Beziehung stünde und allem Anschein nach nie mehr stehen sollte. Die Unmöglichkeit meiner Rettung schien mir so augenfällig, daß kein Funke von Hoffnung in meinem Innern zurückblieb.

Ich muß hier leider die Bemerkung machen, daß die Unruhe meines Geistes einen großen Einfluß auf meine Frömmigkeit hatte; denn die Furcht, in die Hände der Kannibalen zu fallen, nahm meine Einbildungskraft dergestalt gefangen, daß ich mich sehr selten imstande sah, mich mit der Ruhe und Ergebung, welche mir sonst gewöhnlich eigen gewesen waren, an meinen Schöpfer zu wenden. Ich flehte zu Gott nur mit der Kleinmütigkeit eines von Gefahren umgebenen Menschen, welcher jeden Abend erwarten muß, in Stücke gerissen und vor dem Ende der Nacht gefressen zu werden. Das war die Lage. Man kann sagen, eine Wolke des schwärzesten Nihilismus umhüllte mich. Dadurch, daß ich diesen Betrachtungen nachhing, wurde ich auch wirklich ganz schwermütig, und oft dauerten diese Anfälle bei mir sehr lang. So zog der Januar vorüber, wenn meine Rechnung stimmte, bei der ich mich auf den Mond verlassen mußte. Dann der Februar. Und die erste Hälfte des März. Diese Monate, sie waren die schwärzesten. Meine unruhige Gemütsverfassung verbreitete viel Bitterkeit über mein Leben.

* * *

»Marko.« Bruder Hermann stellte sich mir in den Weg. Ich senkte den Kopf und wollte an ihm vorbei. Aber er ließ mich nicht. Er stand da mit seinem runden Bauch und blockierte den Weg. »Marko.«

»Lassen Sie mich.«

»So geht das nicht weiter. Wir müssen uns unterhalten.«

»Worüber?«

»Worüber. Über dich.«

»Da gibt es nichts zu reden.«

»Ich glaube wohl.«

»Zwingen Sie mich nicht, Bruder Hermann. Ich will nicht.«

»Marko, gib mir fünf Minuten. Danach kannst du gehen. Fünf Minuten.«

»Nein.«

Ich wollte mich an ihm vorbeidrängeln, roch die Wolle des grauen Jacketts, roch den Weißweinatem, drängelte weiter, bis er zur Seite trat. Ich schlüpfte durch, bevor er sich es anders überlegen konnte. Hinter mir hörte ich ein unwilliges Schnaufen.

»So geht das nicht weiter, Marko«, rief er mir nach. Es wurmte ihn, daß er mich nicht festgehalten hatte. »Hörst du? Das hat keine Zukunft!«

* * *

»Sonja Theunissen.«

Münzen rutschten durch den Schacht.

»Sonja, endlich!«

»Marko, he! Wie geht es dir? Was machst du?«

»Alte, ich hab wochenlang versucht, dich zu erreichen. *Das* mache ich.«

»Aber ich war viel zu Hause, Marko.« Sie zögerte. »Bei Papa. Abends hättest du mich gut erwischen können. Vor dem

Umzug, meine ich. Arno und Papa kommen gut miteinander aus. In den letzten Tagen war dann der Umzug. Ich miete doch ab dem 15. März. Ich bin in der Südstadt gelandet. Ich dachte, das wüßtest du.«

»Woher denn? Ich habe dich doch nie erwischt. Mann, ich mußte die Auskunft anr–«

»Ich weiß nicht, wie oft du es probiert hast.«

»Oft genug. Du kennst doch die alte Zelle hier, da brechen *Holzstücke* aus der Tür. Und nach dem Abendessen stehen die Leute hier *Schlange*, um zu telefonieren. Das weißt du doch. Manchmal hätte ich Lust, mir eine Axt zu schnappen und die Kiste kurz und klein zu schlagen. Nur, dann gäb's auf dem ganzen verdammten Collegium Aureum keine Telefonzelle mehr. Dann müßte ich ins Juvenat marschieren, um bei Schwester Sieglinde … Die würde sich bedanken! Weißt du noch? Das verdammte Münztelefon dort? Das schwarze? Von dem aus habe ich damals immer mit euch telefoniert. Weißt du das noch? Ströme von Tränen. Du warst mit Fritz zusammen. Fritz mit seinem Motorrad. Weißt du eigentlich, was der alte Fritz so macht? Habt ihr noch Kontakt? Ihr wart doch mal befreundet.«

»Nein, Marko. Das ist hundert Jahre her. Wie kommst du darauf?«

Ich schloß die Augen und stellte mir Fritz vor, mit Motorradjacke und einem breiten Lächeln, wie er sagte: *Klar* gehen wir deinen kleinen Bruder besuchen! Hundertfünfzehn Kilometer? Kein Problem, schwing dich in den Sattel! Wir wär's, wenn wir ihm unterwegs Plätzchen und Schokolade kaufen?

Ich sagte: »Weil alles den Bach runtergeht, Sonja. Deswegen komme ich darauf. Weil alles kaputt ist. Weil einfach nichts bleibt.«

»Wovon bleibt nichts?«

»Mann, Schwester, was ist daran so schwer zu kapieren?«

»Marko, he. Es ist doch nichts passiert. Weißt du, daß du der dritte bist, der –«

»Nichts passiert! Sag mal, hast du sie noch alle? Nichts *passiert??*«

»Wir haben uns am Telefon verpaßt, das ist alles.«

»Nichts passiert … wirklich, Sonja.«

»He, du bist der dritte, der mich in meiner neuen Wohnung anruft! Hörst du, wie es hier hallt? Das ist das Parkett. Ich finde Teppiche bescheuert. Aber es fehlen noch jede Menge Bilder. Und das Plakat von der Twombly-Ausstellung. Arno sagt, ich soll es aufziehen lassen, bevor es einreißt. Ich weiß nicht, diese aufgezogenen Poster finde ich spießig. Sobald du sie aufziehst, verändert sich ihre Aussage. Was meinst du? Heute war ich im Gartencenter, Pflanzen kaufen. Ich hab eine Superküche mit Morgensonne, da sitze ich barfuß und gucke auf die grünen Pflanzen. Die ganze Fensterbank ist voll. Und davor habe ich ein Bänkchen, da stehen noch mehr. Das ist echt klasse. Arno sagt, wie im tropischen Regenwald. Dabei kann er Rosen nicht von Gemüsezwiebeln unterscheiden.« Sie lachte. »Es wird dir gefallen hier, wenn du mal vorbeikommst. Hörst du, welche Musik gerade im Hintergrund läuft?«

»Nein, Sonja, ich weiß nicht, welche Musik … hör mal, eigentlich wollte ich …«

»Lou Reed. Sag nicht, den kennst du nicht. Warte ab, bis du die Wohnung siehst. Okay, ich hab noch keine Dusche, die Leute hier haben ohne *Dusche* gelebt, die Vormieter, auch ohne Badewanne, kannst du dir das vorstellen? Die haben sich in der Küche die Zähne geputzt. Bevor sie dann im selben Waschbecken Karotten geschnipselt haben. Vielleicht haben sie ja den Weißwein aus dem Zahnputzbecher getrunken. Also, wir bauen noch was ein, das steht fest, irgendwas machen wir da. Und an der Decke im Flur sieht man noch den alten Wasserschaden, darüber wohnt ein Mann, der hatte fünf Aquarien, aber jetzt hat er nur noch zwei. Kannst du dir das vorstellen? Na ja, dafür ist die Wohnung echt billig, meine hier. Drei Kneipen hier sind so nah, da trete ich aus der Kneipentür und falle gleich in mein Bett. Und klasse angebunden, die Straßenbahn hält direkt v–«

»Sonja«, sagte ich. »Bitte. Ich kann da nicht anrufen. Zu Hause.«

»Das hat Papa mir gesagt. Mann, du meldest dich seit fünf oder sechs Wochen nicht mehr. Und warum bist du beim letzten Heimfahrtwochenende nicht nach Köln gekommen? Du warst bei einem deiner Freunde, stimmt's? Tilo, warst du bei dem? Das ist nicht gut, Marko. Robert allein mit dem Zug fahren zu lassen.«

»Die fahren in der Gruppe. Fünf Jungs, die alle mit demselben Zug nach Köln fahren, um 12 Uhr 23. Die haben jede Menge Spaß, Sonja.«

»Okay, aber Mama wollte deine Wäsche waschen. Wer macht denn jetzt deine Wäsche, hm? Und brauchst du Geld? Das läßt sich doch regeln. Wir alle wollten dich sehen. Wir wären alle zusammengewesen, wie früher. Zu deinen Ehren, Mann. Hast du die Nummer von Mama? In Lindenthal?«

»Ja.«

»Und? Warum rufst du sie nicht an?«

»Ich kann da jetzt nicht anrufen. Ich kann es einfach nicht.«

»Marko.« Jetzt ließ sie die große Schwester raus. »Du sollst Vater und Mutter ehren. Was ist das? Nummer vier? Also. Ruf Mama an. Du kennst noch nicht mal ihre *Wohnung*. Man freut sich, wenn man etwas von sich zeigen kann. Die Wohnung ist doch Teil der eigenen Identität. Wie du sie einrichtest und so. Meine Pflanzen hier in der Küche zum Beisp–«

»Du bist die Richtige, mir eine Predigt über Mama zu halten! Genau die Richtige. Du warst nie auf ihrer Seite. Schon vergessen? He, Sonja. Was ist das für ein verlogener Mist, den du mir da erzählst?«

»Denk mal nach! Als sie noch zusammen waren und Familie gespielt haben, hatte ich es schwer mit ihr. Da sind Sachen gelaufen, die waren nicht in Ordnung, die haben mich gewaltig angestunken. Mama hat Papa reingelegt. Bevor er sie dann reingelegt hat. Na ja. Das verändert sich jetzt. Es schüttelt sich zurecht. Du wirst sehen.«

»Wie denn, verdammt! Ich stecke hier fest. *Nichts* schüttelt sich zurecht! Ich bin auf einer verdammten Insel!«

»He, es braucht Zeit. Kennst du das spanische Sprichwort? Habe ich von einem Freund aus Granada. Man muß der Zeit Zeit geben.«

»Tolles Sprichwort. Oh, Mann.«

»*Dar tiempo al tiempo*, so sagen sie es dort. In Granada.«

»Was für ein Scheißsprichwort. Die spinnen in Granada.«

»Marko, du kannst das Leben nicht zurückdrehen. Hör auf, nach dem Schalter zu suchen. Papa und Mama sind auseinander. Sie werden sich scheiden lassen. Sehr bald. Und weißt du was?«

»Was?«

»Es ist auch richtig so. Sie gehören nicht mehr zusammen. Was meinst du, was ich in den Monaten vor Mamas Auszug mitbekommen habe? Glaubst du, das hättest du brühwarm hören wollen? Vergiß es! *Nichts* davon hättest du brühwarm hören wollen! Du redest von *Betrug, Betrug, Betrug*! Du hast ja keine Ahnung! Du hättest darum gebettelt, daß sie sich endlich einigen, den ganzen Krempel auseinanderdividieren, den Wisch unterschreiben und getrennte Wege gehen, statt dir jeden Tag diesen Abfall aufzutischen. Ich bin froh, daß das vorbei ist. Ehrlich. Ich bin froh, daß ich das alles an meiner neuen Fußmatte abstreifen kann.«

»Sonja, hör auf davon …« Aber sie war noch nicht fertig.

»Ich bin ja jetzt weg. Du kannst natürlich sagen, die Eltern führen ihren Affentanz auf, und das Mädchen hat sich verpißt! Die hat eine neue Wohnung und sich in Sicherheit gebracht!

Das geht sie alles nichts mehr an! Bitte, Marko, das kannst du gern sagen, wenn du möchtest.«

»Sonja, bitte …«

»Aber die Vorstellung, daß die beiden zu Hause sitzen und diese Farce aufführen, jeden Tag, wirklich, die hätte mich fertiggemacht. Vor sieben Monaten *war* es doch so. Junge, ich war dabei. Das waren Dialoge, von denen hast du gar keine Ahnung. Demnächst in einem Kino in Ihrer Nähe! Es wurde immer schlimmer. Man sollte denken, irgendwann kapieren sie, daß es vorbei ist, und dann läßt es nach, sie werden müde, sie strecken die Waffen, ach was, sie lassen die Waffen einen Augenblick sinken … aber nein! Es wurde immer schlimmer!«

»Sonja, ich will das jetzt nicht …«

»Selbst Mama ist in die Debatten eingestiegen, ich meine, freiwillig. Sie wollte plötzlich alles mögliche beweisen. Jeder will doch am Ende gut aussehen, vor den Kindern, vor sich selbst, das ist das einzige, worauf es noch ankommt, wenn die finanzielle Seite geregelt ist. Jeder will noch ein bißchen recht haben. Deswegen hat sie Papas Spiel auch mitgespielt, obwohl sie dagegen war. Um am Ende nicht dazustehen wie die böse Hexe, die alles kaputtmacht. Hörst du mir zu? Marko? Sie gehören nicht mehr zusammen, unsere Eltern. *Sie gehören nicht mehr zusammen. Sie lassen sich scheiden.* Marko? Bist du noch da? He, sag was. Marko, bitte! Du darfst … du darfst jetzt nicht weinen, he! Das bringt doch nichts. Hör auf zu weinen. Scheiße. Mann! Marko! Es kommt alles wieder in die Reihe. Das schüttelt sich zurecht. Es sind zwei erwachsene Menschen, die sich getrennt … hallo? Marko? Sag doch was … He! Ich weiß, daß du noch dran bist … sag endlich was! Na gut. Blödmann. Wach endlich auf! Tschau, Blödmann.« Die Leitung brach ab.

* * *

Als ich zum Häuschen kam, war alles still, als wäre Jan Spans nicht da, die Frau zum Einkaufen, alles verschlossen. Aber es stimmte nicht. Das Häuschen war immer auf. Jan Spans hatte es in fünfzig Jahren nicht abgeschlossen. Man brauchte die Tür nur anzuschubsen, schon stand sie offen, man konnte in den Flur sehen, erkannte das wellige Linoleum des Küchenbodens, sah die vier Kleiderhaken links im Flur, einen für die Arbeitsjacke, einen für die warme Joppe, einen für den Mantel der Frau. Und einen Haken für den Gast. Es gab immer nur einen Gast, *wenn* es einen gab. Der Gast, der schon da war, als ich zu Jan Spans gehen wollte, hatte nichts auf den Haken gehängt. Es war der Vagabund.

»Entschuldigung«, sagte ich, als Jan Spans in den Flur kam, um zu sehen, wer draußen stand. »Ich wollte nicht stören. Dachte, ich zeige mich mal. Hallo sagen. Entschuldigung.«

»Marko.« Er zögerte einen Augenblick, sammelte sich. »Komm rein.« Wieder der Flur, den ich kannte, dann der Ruf: »Frau! Der Gast trinkt Tee.« Im Wohnzimmer hatte der Vagabund schon alles mit seinem billigen Heu zugequalmt. Er nickte mir zu, zog wieder an seinem krummen, dicken Stengel und sah mich mit großen Augen an. Ich dachte, der Rauch muß ihn doch stören, warum kneift er nicht die Augen zusammen wie jeder vernünftige Mensch? Aber der Rauch störte den Vagabunden nicht. Er saß am Tisch, vor sich einen Becher Tee, vielleicht mit Rum, und rauchte in Ruhe seine Zigarette. Vor ihm lagen jede Mengel Tabakskrümel auf dem Wachstuch. Hoffentlich hatte er aufgepaßt, daß sie nicht in den Tee fallen.

»Marko war mal krank, vor ein paar Monaten«, sagte Jan Spans zum Vagabunden. »Er saß da, wo du jetzt sitzt. Weißt du, woran ich zuerst gesehen habe, daß er krank ist? Ihm schmeckte die Zigarette nicht. Dann an den Augen. Das Fieber. Aber Schwester Gundula hat ihn wieder gesund gemacht.« Jan Spans sah mich an. Schüttelte den Kopf. »Immer noch unglücklich. Setz dich. Die Frau bringt Tee.«

Jan Spans fragte mich nicht, was los war. Wahrscheinlich dachte er, ich sag's ihm, wenn ich Lust dazu habe. Und natürlich hatte er recht. Aber in der Viertelstunde, die ich dasaß, wußte ich nicht, wo ich hätte anfangen sollen. Es war einfach zuviel. Ich rauchte langsam meine Zigarette und trank den Tee.

Jan Spans und der Vagabund redeten nicht viel. Einmal erzählte der Vagabund etwas von einem Garten in Bedburg, und ich dachte, er meint das Irrenhaus von Bedburg-Hau, vielleicht hat das einen Garten, und er kennt ihn. Dann stellte sich heraus, er meint wirklich das Irrenhaus. Der Garten dort war groß, sagte der Vagabund.

»Mein Bekannter sagt, die Wärter müssen den Patienten hinterherlaufen, um sie wieder einzufangen«, sagte der Vagabund. »Weil sie den großen Garten so mögen, die Patienten. Die Irren. Die rennen um die Bäume und so. Um die Büsche, die Beete. Sie laufen den Wärtern davon, nur um länger im Garten zu sein. Die Wärter müssen ihnen dann hinterherlaufen. Doch die Patienten haben sich inzwischen darauf eingestellt, daß sie geschickt sein müssen. Wenn sie weglaufen, wenden sie viele Tricks an. Sie sind ja auch viel mehr als die Wärter. Am Ende bleiben sie dreimal so lange im Garten wie vorgesehen und bewegen sich viel an der frischen Luft. Selbst die Wärter sehen ein, daß das eine gute Regelung ist. Mein Bekannter sagt jetzt, vielleicht sind es gar keine Irren. Vielleicht sind die *Wärter* die Irren. Und weil sie irre sind, brauchen sie immer so lange, um die Wärter einzufangen, die *echten* Wärter. Sie durchschauen das Spiel nicht.«

Der Vagabund ließ die Geschichte einwirken und drehte sich eine frische Zigarette von seinem Krümeltabak. »Dann …«, er leckte das Papierchen an, schlug es um das staubige Zeug, wickelte und rollte das Ganze, bis er eine dicke Tülle geformt hatte, die fürchterlich aussah, aber sie ließ sich plattdrücken und anzünden, er zog, ließ die Lippen ploppen, stieß einen

Mundvoll Rauch aus, »dann habe ich meinen Bekannten gefragt, wie er sich erklärt, daß es mehr Wärter gibt als Irre.« Er zupfte einen Krümel von der Unterlippe. »Und mein Bekannter sagt, da siehst du, wie gut das ausgedacht ist. So merkt keiner, daß sie zu viele Wärter haben. Und alles bleibt, wie es ist, dort in Bedburg. Die Wärter laufen vor den Irren davon und lassen sich von den Irren wieder einfangen und hineinbringen. Was innen vorgeht, sehen wir nicht. Es ist geregelt. Eine andere Form von Ordnung. Eine, die wir nicht verstehen. Und alle sind zufrieden.«

»Ich geh dann mal«, sagte ich. »Danke für den Tee.«

Jan Spans lachte immer noch lautlos über die Geschichte des Vagabunden. Sie gefiel ihm, die Geschichte. »Melde dich wieder«, sagte er. »Ich will dir was zeigen.«

»Mach ich. Also.«

* * *

Mitte April wollte das Collegium Aureum sein großes Stiftungsjubiläum feiern, und wir mußten uns alle darauf vorbereiten. Es war das letzte, worauf ich mich vorbereiten wollte, das könnt ihr mir glauben, aber bei solchen Sachen hatten wir keine Wahl. In den wichtigen Angelegenheiten, sagte Bruder Hermann, ziehen wir alle an einem Strick. Beim *Kleingedruckten* darf es Unterschiede und Abweichungen geben. Aber bei der *Essenz* ziehen alle auf dem Internat an einem Strick.

Ich dachte, tolle Essenz, und ich stellte mir die Essenz mit einem Strick um den Bauch vor. He, Motte, sagte ich. Ziehst du auch ein bißchen an der Essenz? Onni, Tilo! Wollt ihr mit mir ein bißchen an der Essenz ziehen?

Aber es war nicht lustig. Vor hundertfünfundzwanzig Jahren, sagte der Direktor, war an dieser Stätte die bischöfliche Knabenschule gegründet worden, die wir kannten und von deren Vorzügen wir alle profitierten. Das Motto des Festtags hieß: »Hundertfünfundzwanzig Jahre Collegium Aureum – ein Bildungsmodell mit Zukunft«. Zuerst hatten welche gesagt, sie wollten die Vergangenheit besonders betonen, und warum nicht auch die Gegenwart? Das Wichtige an einer Schule ist die Gegenwart. Sie wollten das Motto haben: ein Bildungsmodell für die Gegenwart. Aber dann setzten sich die durch, die nur von der Zukunft sprechen wollten. Vergangenheit, sagten sie, das klingt altmodisch, und Gegenwart, na ja, die haben doch alle. Jeder *Mensch* lebt in der Gegenwart, sagten sie. Das wäre doch nichts Neues. Das wirklich Neue wäre die Zukunft. Das, worauf alle hoffen. Was alle anstreben. Wohin alle wollen. Zukunft, sagten sie, das klingt jung und verheißungsvoll.

Nachdem das geklärt war, mußten sie noch entscheiden, ob es heißen sollte, ein Bildungsmodell *in der* Zukunft, *für die* Zukunft oder *mit einer* Zukunft. Einer meldete sich und schlug vor: ein Bildungsmodell *aus der Vergangenheit für die Zukunft*, aber er wurde niedergebrüllt. Ein anderer meldete sich und sagte, *Bildungsmodell* wäre schlecht, das Collegium hätte doch nichts mit einem Modell zu tun. Als wäre das Collegium noch gar nicht da. Das Collegium ist die Wirklichkeit. Und die Wirklichkeit heißt Bildung. Also müßte es heißen: Bildung für die Zukunft. Und warum nicht: Bildung für eine *große* Zukunft? Oder: Bildung für *unsere* große Zukunft? Oder sogar: Bildung für *eure* große Zukunft beziehungsweise Bildung für *unser aller* große Zukunft? Aber das letzte stieß auf Unverständnis wegen des schwierigen Genitivs, und auch die anderen Vorschläge wurden alle niedergezischt. Sie klangen den meisten nicht elegant genug. Die Mehrheit war für das Bildungsmodell, und am Ende lief es auf die schwierige Entscheidung hinaus: ein Bildungsmodell *in der, für die, mit einer* Zukunft?

Als die *Für-die-Zukunft*-Partei nach langen Verhandlungen die Oberhand gewonnen hatte, die *In-der-Zukunft*-Partei hoffnungslos in die Minderheit geraten und die *Mit-einer-Zukunft*-Partei schon drauf und dran war, dem Drängen der *Für-*

die-Zukunft-Partei nachzugeben und deren Beschluß zu unterstützen, um die Einheit des Collegiums nicht zu gefährden, meldete sich plötzlich Leo Siebenwirth und sagte, er habe kürzlich eine interessante Entdeckung gemacht. In einer Wahlbroschüre der christlichen Partei, der man so dringend wieder die Verantwortung für die Führung des Landes wünsche, in dieser Wahlbroschüre habe gestanden: Für ein Land mit Zukunft. Nicht *mit einer* Zukunft, sondern *mit* Zukunft. Ohne Artikel. Er selbst, Siebenwirth, habe zunächst gestutzt und sich gefragt, ob diese Verwendung überhaupt korrekt sei. Dann habe er über die Bildung deutscher Nomina nachgedacht, namentlich die Bildung jener herrlich bildhaften, ausdrucksstarken Nomina, die wir dem deutschen Mystizismus verdanken und aus denen sich bis heute die Stärke des deutschen Denkens speise, seine einzigartige Fähigkeit zur Abstraktion, und er habe schon dort, im zwölften Jahrhundert, eine gewissermaßen heimliche Neigung zur artikellosen Nominalisierung ausgemacht, welche dem Slogan der christlichen Partei etwas vertrauenerweckend Gebildetes und zugleich unverkennbar Modernes gebe, die ideale Verschmelzung von profunder Gelehrsamkeit und jugendlichem Optimismus, von Solidität und Aufbruchsgeist. So wie man heute, namentlich unter progressiven Geistlichen, auch oft höre: Kirche ist da, wo Gebet ist. Nicht *die* Kirche, sondern nur: Kirche. Nicht *das* Gebet, sondern nur: Gebet. Kirche ist immer da, wo Frömmigkeit ist, sagte Siebenwirth. Frömmigkeit ist da, wo Gebet ist. Zukunft ist da, wo Bildung ist. Die ideale Verschmelzung von Solidität und Aufbruchsgeist.

Solidität und Aufbruchsgeist, sagte Raab, das ist gut. Das ist wirklich gut.

Ein Land mit Zukunft, sagte einer, und alle schmeckten den warmen Klang.

Hundertfünfundzwanzig Jahre Collegium Aureum, sagte Raab, *ein Bildungsmodell mit Zukunft*. Das ist wirklich gut.

Das ist die Lösung. Wir geben damit ein Signal an die Politik. Nichts Aufdringliches, nur einen diskreten Hinweis darauf, was wir von der Politik erwarten. Worauf wir zählen. Sehr schön, Herr Siebenwirth. Ein Bildungsmodell mit Zukunft.

Und der Vorschlag »Hundertfünfundzwanzig Jahre Collegium Aureum – ein Bildungsmodell mit Zukunft« wurde mit großer Mehrheit angenommen.

Es war aber noch nicht zu Ende, Leute. Die Vorbereitungen mußten noch gründlicher vorbereitet werden. Das Collegium wollte das festliche Ereignis mit einem großen Rahmenprogramm begehen. Das war so ein Wort, das ich haßte, *Rahmenprogramm.* Man dachte dann immer, wenn es einen Rahmen gibt, muß doch irgend etwas Tolles in der *Mitte* sein, die vom Programm eingerahmt wird. Aber in der Mitte war nichts Tolles. In der Mitte war eigentlich gar nichts. Das Rahmenprogramm bestand auf dem Collegium immer aus denselben Sachen, die Bruder Hermann *Elemente* nannte und gern wieder in spezifische Rahmenprogramme unterteilte. Das wichtigste Element, sagte Bruder Hermann, das wichtigste Element oder auch das *zentrale Ereignis* ist immer das festliche Hochamt in der Schulkirche, am Sonntagmorgen um zehn Uhr, das unser Weihbischof abhält. Die anderen Elemente sind das zeremonielle Rahmenprogramm, also die Festreden in der Aula, ferner das musikalische Rahmenprogramm, das theatralische Rahmenprogramm, das literarische Rahmenprogramm und das sportliche Rahmenprogramm. Man könnte noch, sagte Bruder Hermann, das kulinarische Rahmenprogramm erwähnen. Um 16 Uhr gibt es die feierliche Kaffeetafel in den Speisesälen.

Und es stimmte. An hohen Festtagen des Collegiums mußten die Küchenmädchen die Schädelstätte für das Kaffeetrinken herrichten. Sonst gab es nämlich in der Schädelstätte *kein* Kaffeetrinken, weil jeder sich nach dem besonders elenden Sonntagsmittagessen in einem Papiertütchen die verdammte

Nußecke mitnahm, um sie irgendwann am Nachmittag, wenn der Hunger groß genug oder die Erinnerung an frühere Sonntage verblaßt war, in irgendeinem Winkel zu mümmeln.

Also, an hohen Festtagen des Collegiums *gab* es keine Nußecken, das war das Besondere. Es war das Symbol für hohe Festtage, daß es keine Nußecken gab. Und auf die Tische mußten frische Tischtücher. Und echter Kaffee wurde zubereitet. Und metallene Zuckerdöschen standen da. Und von irgendwoher kam eine Art Kuchen, der auf den Tischen landete, für jeden genau ein Stück. Krümelkuchen mit Andeutungen von gut getarnten und kunstvoll versenkten Aprikosenstückchen, Marke Schädelstätte. Nichts Besseres als die Nußecken, o nein. Nur etwas anderes. Andere Form. Andere Farbe. Anderes spezifisches Gewicht. Anderes chemisches Verhalten bei Austrocknung oder Zersetzung.

Aber das war egal. Die Neugierde in der Schädelstätte war jedesmal riesig. Die Augen rundeten sich. Unruhe wurde spürbar, und manche waren zu schändlichen Dingen bereit. Es war ein Hauen und Stechen, ich kann es euch flüstern, als hätte jemand bunte Glasperlen unter Kannibalen geworfen. Das waren die hohen Festtage mit ihrem kulinarischen Rahmenprogramm.

10 *Ich nenne meine Freunde Montag, Dienstag und Mittwoch. Ich bekomme von meiner Mutter einen Brief. Wie Clemens Nippermann einmal in den Graben sprang. Etwas aus brasilianischen Folterkellern. Rede an den Nudelsalat.*

Es ist wünschenswerter, steht beim alten Robinson Crusoe, von der Last einer Schuld als von der Last eines Kummers befreit zu werden. In diesen Tagen fragte ich mich, ob das stimmte. Wenn es stimmte, hatte mich dann *Kummer* befallen? War ich ein Schlappschwanz, der sein bißchen Kummer nicht tragen kann? Oder bedrückte mich nicht irgendeine *Schuld*? Trug ich nicht Schuld daran, daß der große Betrug so lange aufrechterhalten worden war, weil ich blind gewesen war? Freiwillig blöd? Freiwillig blind?

Das war ein schrecklicher Verdacht, dem ich nachgehen mußte. Sonja hatte über die Trennung meiner Eltern ja Bescheid gewußt und beschlossen, den Mund zu halten. Robert wußte von der Trennung meiner Eltern gar nichts, weil alle dachten, er ist noch zu klein. Ich aber hätte etwas wissen können. Und ich hatte es meinen Eltern leichtgemacht, keine Fragen gestellt und einfach in eine andere Richtung geguckt. Das Löffelchen Lüge, ihr wißt ja. Es war ein schrecklicher Verdacht, und ich wußte nicht, mit wem ich darüber sprechen sollte.

Ich mußte darauf reflektieren, es gab gar keinen anderen Weg. Denn ich war immer noch krank, und die Reize der äußeren Welt boten mir keinen Trost. Ich dachte, jetzt ziehe ich mal Bilanz über meine Familie und mache eine kleine Liste, so wie Robinson Crusoe es immer gemacht hat. Hier ist meine Familienliste.

1. ROBERT. *Schwester Sieglinde hat Robert noch nicht mit dem Ledergürtel geprügelt. Robert ist ordentlich in der Schule. Er spielt gut Fußball. Aber tut Robert, was man ihm sagt? Stellt er Gemeinnutz über Eigennutz? Schwester Sieglinde hätte fünfhundert Möglichkeiten, ihn zu quälen. Ich möchte über diese Möglichkeiten nicht nachdenken.*
2. SONJA. *Sonja sitzt barfuß in der Morgensonne, hat keine Dusche und drückt mit der neuen Wohnung ihre Identität aus. Sonja ist eine egoistische Kuh. Im Augenblick ist sie zum Feind übergelaufen. Sie hat sich mit dem großen Betrug arrangiert. Ich werde mit Sonja bald wieder sprechen, damit sie mir Geld leiht.*
3. MEINE MUTTER. *Meine Mutter ist weit weg. Ich habe sie dort, wo sie wohnt, noch nie angerufen. Ich habe mir noch nicht ihren Balkon angeschaut. Ich habe noch nie bei ihr übernachtet. Ich möchte ihre Wohnung nicht kennenlernen. Sie hat den großen Betrug mitgemacht. Ich möchte über meine Mutter nicht nachdenken.*
4. MEIN VATER. *Mein Vater ist nicht so weit weg wie meine Mutter. Er wohnt in meinem früheren Zuhause. Ich möchte ihn nicht anrufen. Ich habe ihn im Verdacht, den großen Betrug geplant zu haben. Wofür er ihn braucht, ist mir egal. Ich möchte über meinen Vater nicht nachdenken.*

Vielleicht erinnert ihr euch daran, daß Robinson Crusoe seine Listen schrieb, um sich über sein Leben Klarheit zu verschaffen und nichts zu vergessen. Er hatte ja niemanden, mit dem er reden konnte, bevor Freitag kam. Deswegen war die Tinte für ihn auch so wichtig, und er mußte sie gut einteilen. Oder das Kerbholz, auf dem er die Tage und Wochen festhielt, das war auch wichtig. Er mußte ja den Überblick behalten. Er durfte nicht durchdrehen. Später schrieb er auch eine Liste mit den getöteten Kannibalen, wer sie getötet hatte und so. Nirgendwo schrieb Robinson: getötet durch Robinson. Das ist mir aufgefallen. Er schrieb: Durch Freitag im Walde getötet (1). Oder:

Durch den Spanier getötet (3). Oder: An ihren Wunden da und dort gestorben oder durch Freitag getötet (4). Die Zahlen nennen immer die Zahl der getöteten Kannibalen. Aber nirgendwo taucht sein eigener Name auf. Ihr wißt ja, daß er eigentlich Robinson Kreutznaer hätte heißen müssen, weil der Vater aus Bremen kam. Aber dann machten die Engländer aus dem deutschen Namen einen englischen und nannten den Vater Crusoe. Und so den Sohn. Stellt euch mal vor, das Buch hieße *Robinson Kreutznaer*. Ob daraus etwas geworden wäre, ich weiß nicht.

Eine der wichtigsten Listen, die Robinson macht, handelt von den Jahreszeiten und wie sie sich von den europäischen unterscheiden. Er muß ja wissen, wann er aussäen und wann er ernten kann, der alte Robinson, wann die Trockenzeit kommt und wann die Regenzeit, solche Sachen. Er muß immer Vorsorge treffen. Eine andere Liste handelt von den Dingen, die er vom Schiff holt, das ist eine ganz wichtige Liste, weil sie seinen Hausstand betrifft, alles, was ihm hilft, ohne einen Freund, ohne Familie, ohne irgendeine Menschenseele zu überleben, ein bißchen wie Alain-Fournier, würde ich sagen: liebenswürdig, sinnenfroh, grausam und einsam.

Von seiner Speisenfolge habe ich euch schon erzählt, sie war einfach, aber sie war natürlich und gesund, und verglichen mit dem, was es in der Schädelstätte gab, war sie ein Festmahl, das muß ich nicht wiederholen. Eine andere Liste, die mir gefiel, war die mit den Kleidern. Also, er schrieb da etwas von den drei Dutzend gestreiften Hemden, die er in den Kisten der Matrosen gefunden hatte und sorgfältig aufbewahrte, und er sagte: Es war wirklich ein großer Trost für mich, beinahe drei Dutzend solcher Hemden zu besitzen. Und dann sagte er: Wohl hatte ich auch einige Röcke geborgen, aber ich konnte sie nicht anziehen. Er meinte, wegen der Hitze. Es war einfach zu heiß auf der Insel der Verzweiflung. Bestimmte Kleider waren sinnlos. Man wollte sie sich nicht anziehen, so wie die Klamotten der Schwatten an einem heißen Sommertag.

Da mußte ich an den Vagabunden denken, den einzigen Menschen, der herumlief wie ein Schwatter und nichts dabei fand, immer schwarze Klamotten zu tragen.

Als dem alten Robinson die Tinte ausging und er keine Listen mehr schreiben und auch keine anderen Sachen notieren konnte, fiel ihm etwas auf, ein Muster, würde ich sagen. Er nannte es eine wunderbare Übereinstimmung unter den Tagen in Beziehung auf die verschiedenen Zufälle, welche mir zugestoßen waren, so daß ich, wenn ich durch Aberglauben darauf gekommen wäre, sie in glückliche und unglückliche Tage einzuteilen, es ganz genau und sorgfältig hätte tun können. So schrieb er es hin. Er glaubte nämlich, daß die Tage, an denen er aus einer Notlage gerettet wurde, immer auf ein bestimmtes Datum fielen, oder daß sein Geburtstag ihm schon oft Glück gebracht hatte.

An so etwas konnte ich nicht glauben, wirklich nicht. Ich sah mir ein paar Daten meines Lebens an und entdeckte keinen Sinn darin, auch nicht, wenn ich sehr weit zurückging. Dann fragte ich mich, wann ich schon einmal aus irgendeiner Notlage gerettet worden war, und mir fiel nichts ein. Die Notlagen, in denen ich mich befunden hatte, *meine* Notlagen, aus denen hatte mich niemand errettet, außer einem netten holländischen Urlauber vielleicht, der mich meinen Eltern wiederbrachte, als ich mit drei Jahren am Strand von Westkapelle verlorengegangen war, oder einer Kindergärtnerin mit sehr braunen Augen, die mir eine Ersatzhose gab, als ich im Kindergarten alle meine Sachen vollgepinkelt hatte. Und mit Ausnahme von Jan Spans natürlich, als er mich im Kreuzgang gefunden und mit in sein Häuschen genommen hatte.

Meine Lage war also anders als die des alten Robinson, und ich wollte sie nur dort mit seiner vergleichen, wo es Sinn hatte. Man darf sich im relativen Universum nicht über die *Ausgangssituation* täuschen. Ich hatte zum Beispiel kein Mädchen, genau wie er, obwohl er nichts darüber aufgeschrieben hat, vielleicht, weil es ihm peinlich war. Und wahrscheinlich war ihm die Sache mit den Frauen, die an großen Flüssen leben, überhaupt kein Begriff. Man reiste damals nicht so viel, und ob Robinson je nach Paris gekommen war, wußte ich nicht. Oder nach Xanten.

Andererseits gab es bei mir Zeiten, da grub ich mich ein und wollte mit niemandem groß reden, nicht einmal mit Motte, Tilo und Onni. Ich fühlte mich dann wie der Mann auf der Robinson-Illustration von 1920, vielleicht kennt ihr sie, wo Robinson mit all seinen Lappen am Körper und der Schärpe, dem Seemannshemd, dem Beil, der Flinte, dem Schirm und dem alten Hut am Strand steht und aufs Wasser hinausguckt. Obwohl ihr seinen Blick gar nicht sehen könnt, wißt ihr genau, woran er jetzt denkt, nämlich an alles, was jenseits des verdammten Wassers liegt. Ihr seht ihn halb von hinten und spürt seine Sehnsucht so stark, daß es euch fertigmacht. He, ihr könntet euch neben ihn stellen und ohne Mühe ein paar Tränen aus den Augen strömen lassen, denn sein Schicksal geht euch nahe, was sonst. Ihr könnt sein Elend mit jeder Faser aufnehmen. Da steht er mit all diesen Sachen an und hundert Kilo Gewicht um den Körper, Robinson, und ist bereit, jedes Abenteuer zu unternehmen. Dort draußen. Aber am Strand, wo er jetzt steht, hört seine Welt einfach auf. Sie geht nicht weiter. Er kann nur stehen und glotzen. Das Wasser ist so etwas wie ein Zaun für ihn, nur ohne Maschen. So fühlte ich mich auch.

Besonders schlimm war es zwischen Januar und März, würde ich sagen, als die Trockenzeit in die Regenzeit überging und die Sonne den Punkt der Tagundnachtgleiche erreichte. Ich dachte, die ganze Welt spricht eine andere Sprache als ich. Was Bruder Hermann so sagte, rauschte an mir vorbei wie der Regen, der auf den alten Tennisplatz fiel. Und weil ich das Gefühl hatte, daß mich die anderen nicht verstehen, beschloß ich, ihnen andere Namen zu geben.

Ich nannte Motte Montag, Tilo Dienstag und Onni Mittwoch. Und ich erklärte ihnen, daß ich sie von jetzt an nur noch so nennen würde und daß ich mich mit ihnen nur noch über die notwendigsten Dinge des Alltags verständigen wollte, das, worauf man nicht verzichten kann. Unsere verschiedenen Sprachen, erklärte ich ihnen, ließen keine differenzierte Verständigung zu. Montag, Dienstag und Mittwoch kamen ja auch ganz woanders her, aßen seltsame Speisen, beteten fremde Götter an und so.

»He«, sagte ich, »Montag!« Aber Motte reagierte nicht. »He, Montag!« rief ich und stieß ihn an.

»Spinnst du?« sagte Montag. »Brauchst du Hilfe?«

»Du bist jetzt Montag«, sagte ich. »Von jetzt an heißt du Montag.«

»Von jetzt an heißt du Arschgesicht«, sagte Montag.

»Dienstag!« rief ich. »Machst du uns mal einen Tee? Ich habe Lust auf frischen Tee. He, Dienstag!« Aber Dienstag sah mich nur mit großen Augen an und tippte sich an den Kannibalenkopf.

»Wißt ihr, wo Mittwoch ist?« fragte ich Montag und Dienstag.

»Meinst du Onni?« sagte Montag. »Dann sag gefälligst Onni. Arschgesicht.«

»Wie sprichst du mit mir, Montag?« entgegnete ich. »Ich frage dich, wo Mittwoch ist, und du antwortest mir mit groben Worten und wütender Stimme. Ich glaube nicht, daß Dienstag so antworten würde.«

Aber Dienstag antwortete gar nicht.

Da lief ich durch unsere alten Bude, streckte die Hände zum Himmel aus und rief unter tausend wunderlichen Gebärden: »O Herr! O Herr! O Jammer! O schlimm!«

* * *

Ein paar Tage nach dem Telefongespräch mit Sonja kam ein Brief von meiner Mutter. *Herrn Marko Theunissen*, stand auf dem Umschlag. Sie hatte mir noch nicht viele Briefe geschrieben, aber wenn sie schrieb, wurden es lange Briefe. Es machte ihr Spaß, Leute zu beschreiben und wie sie sich anzogen und was sie sagten, solche Sachen. Sie fand, fremde Leute waren dazu da, um über sie zu lachen. Auch über Detlef und die anderen, die damals am Swimmingpool des Hotel Playa Dorada getanzt hatten, als die Sogenannten spielten, hatte sie anfangs gelacht. Es hatte spöttisch geklungen, wie ihre Armreifen auf der Tanzfläche klingelten, als Detlef, Siegfried und Jürgen wie die Affen um sie herumtanzten. Besonders Detlef aus Oberhausen. Sie bewegte sich, als wollte sie sagen: Ich bin ich. Und ihr seid die Affen. Wenn ich von der Tanzfläche gehe, bleibt ihr mit Affengesichtern zurück und kratzt euch am Fell.

Seit den Weihnachtsferien hatten wir uns nicht mehr gesehen. Am ersten Heimfahrtwochenende, drei Wochen nach der Enthüllung des großen Betrugs, hatte ich mich geweigert, meine Mutter zu besuchen. Ich wollte ihre Wohnung in Lindenthal nicht kennenlernen. Was sollte ich in einer Wohnung in Lindenthal? Ich kannte in Lindenthal niemanden. Also ging ich nicht hin.

Am zweiten Heimfahrtwochenende, wieder drei Wochen später, weigerte sich meine Mutter, *mich* zu besuchen. Sie konnte wirklich bockig sein, meine Mutter. Das war im Februar. Sie war sauer, daß ich ihre Wohnung nicht kennenlernen wollte, also kam sie nicht in das Haus meines Vaters, abgesehen davon, daß sie meinen Vater *auch nicht* sehen wollte. Meine Mutter fand, ich hätte wild darauf sein müssen, ihre Wohnung und ihren Balkon kennenzulernen, vielleicht auch die Nachbarn, die sehr nett waren, sagte sie, eine richtig nette Hausgemeinschaft, etwas so Nettes hatte sie gar nicht erwartet, als sie ein halbes Jahr zuvor eingezogen war. Es war doch jetzt ihr Leben, sagte sie, diese neue Wohnung. Sonja hätte bestimmt noch etwas von der Morgensonne in ihrer begrünten Superküche beisteuern können. Oder von Plakaten, die man nicht aufziehen darf, weil sie sonst ihre Aussage verlieren. Vielen Dank. Ich wollte von alldem nichts kennenlernen, nicht die Wohnung mit dem Balkon und auch nicht die netten Nachbarn. Schon gar nicht die nette Hausgemeinschaft.

Am dritten Heimfahrtwochenende, nochmal drei Wochen später, fuhr ich mit Tilo nach Kevelaer und ließ Robert allein nach Köln fahren. Das löste alle Probleme, fand ich. Niemand mußte irgend jemanden besuchen. Niemand mußte darüber beleidigt sein, daß er nicht besucht wurde. Alle konnten sich entspannen. Ich fuhr einfach nicht nach Köln.

Tilos Mutter fragte mich, was bei uns zu Hause los wäre.

»Meine Eltern sind verreist. Eine unerwartete Reise. Das machen sie manchmal.«

Tilos Mutter guckte Tilo an. Tilo guckte seine Mutter an und zuckte die Schultern. Tilos Mutter guckte Tilos Vater an und sagte, Gerd, du wolltest doch die Nachrichten sehen. Aber als ich schon dachte, jetzt wird sie mich ausfragen, um die Wahrheit herauszukitzeln, änderte sie ihre Taktik und fragte nichts mehr.

Das ganze Wochenende hindurch hatte Tilos Mutter Momente, in denen sie mich so besorgt anschaute, als wäre ich ein hungerndes Kind von Afrika, und beim Mittagessen gab sie mir den größten Nachtisch. Tilo hatte noch zwei Brüder, die arbeiteten schon. Am Wochenende kamen sie nach Hause und aßen bei ihren Eltern und ließen sich die Wäsche waschen. Es waren nette Brüder, sehr still und mit großem Hunger.

»Na«, sagte Tilos Mutter am Samstagmittag, als wir gegessen hatten. »Dann zieht mal los, ihr zwei.«

Ich war froh, daß sie nicht *ihr zwei Hübschen* sagte. Das hätte mir noch gefehlt.

»Marko, du paßt auf, daß ihr keinen Blödsinn macht. Ich verlasse mich auf dich. Du bist der Vernünftige von euch beiden. Dem da traue ich nicht über den Weg.« Dabei guckte sie Tilo mit diesem Mutterblick an, der mir Tränen in die Augen trieb. »Hat er dir erzählt, welchen Kummer er uns mit seinem Zeugnis gemacht hat?«

»Mama«, sagte Tilo. »Das ist doch lange vorbei.«

»Aber es kann nicht schaden, sich daran zu erinnern. Das nächste Zeugnis kommt bestimmt. Marko, du machst deinen Eltern nicht solchen Kummer, oder? Mit dem Zeugnis?«

»Nein«, sagte ich. »Nicht so sehr.«

»Er ist der letzte Streber, Mama. Momentan hat er ein kleines Formtief, aber sonst fliegt er ziemlich weit oben.«

»Also, Marko«, sagte Tilos Mutter. »Fühl dich wohl bei uns, ja? Das grüne Handtuch im Bad ist deins. Fühl dich wie zu Hause.«

»Das mache ich. Danke.«

»Keine Sorge, Mama. Marko läßt nichts anbrennen.«

In solchen Augenblicken fragte ich mich, warum ich Tilo, Motte und Onni nichts von der Trennung meiner Eltern erzählt hatte. Sie spürten sowieso, daß mit mir etwas nicht stimmte. Sie waren ja nicht blöd.

»He, seit wann begnügst du dich in Deutsch mit einer Drei?« fragte Motte. »Man steckt ja nicht drin, aber irgendwas stimmt doch nicht.«

»Köhler meint das ernst«, sagte Onni. »Du solltest dich reinhängen. Die Sachen interessieren dich doch, Philipp der Zweite, Binnenzölle, die kastilische Wollwirtschaft. Was ist los mit dir?«

»Die Sachen interessieren mich gerade mal *nicht*«, sagte ich. »Die Sachen stinken mich an, wenn ihr es genau wissen wollt. Binnenzölle! Kastilische Wollwirtschaft! Die Sachen hängen mir zum Hals raus. Ich brauche mal eine Auszeit. Ich hätte Lust, auf eine Insel zu fahren oder so, keinen Menschen sehen,

Kokosnüsse öffnen, solche Sachen. Raus hier und nichts mitnehmen außer meiner Zahnbürste.«

Motte sang: »Probier's mal mit Vergeblichkeit, mit Ruhe und Vergeblichkeit! Weißt du noch? Bruder Gregor? Ich sage immer, es geht doch nichts über ein saftiges Stück Vergeblichkeit.«

»Halt die Klappe, Motte.«

Onni hatte den Kopf schiefgelegt und sah mich an. »Junge, du bist krank. Ich weiß nicht, was du hast. Aber wir müssen etwas tun.«

»Tut nichts«, sagte ich.

Aber sie taten was, meine Freunde. Sie blieben meine Freunde und hielten die Klappe. Das war ein Trost. Sie fragten mich nicht aus, bohrten nicht in irgendwelchen Wunden, die sie ahnten, aber nicht sehen konnten. Auch Tilo hatte nicht weitergebohrt, als ich ihn gefragt hatte, ob er mich am Heimfahrtwochenende mit nach Kevelaer nehmen kann.

»Kein Problem«, sagte er. »Ich sage den alten Herrschaften Bescheid. Sie mögen dich, weißt du. Meine Mutter hegt den Aberglauben, du hättest einen guten Einfluß auf mich.«

»Ich mag sie auch, deine alten Herrschaften. Sag ihnen das. Ich freue mich darauf, sie zu sehen.«

Und Tilo fragte nichts mehr. Auch nach dem Wochenende, an dem seine Mutter mich so besorgt angeguckt und mir die spezielle Waisenkindbehandlung gegeben hatte, fragte er nichts. Meine Freunde ließen mich einfach in Ruhe.

* * *

Ich ging mit dem Brief meiner Mutter an Herrn Marko Theunissen zum See. Ich dachte, ich lese ihn besser am See und habe Ruhe und kann darauf reagieren, wie es sich für einen fühlenden Mann gehört. Wenn der Brief Herrn Marko Theunissen rührte, konnte er etwas heulen. Wenn er ihm weh tat, konnte er auch heulen, das Briefpapier mit seinen Tränen benetzen und so. Wenn er ihn ärgerte, konnte Herr Marko Theunissen den Brief zerreißen, seinen Schmerz über den See brüllen und ein paar Karpfen erschrecken.

Köln-Lindenthal, den 17. März 1977

Mein lieber Junge!

Wie gern hätte ich mit Dir gesprochen, statt Dir nur zu schreiben! Ich vermisse unsere Gespräche. Wie gern hätte ich Dir von meinem neuen Leben hier in Lindenthal erzählt, das ich bisher vor Dir verstecken mußte. Meine Wohnung ist nur vier Kilometer vom Haus Deines Vaters entfernt. Marko, dieses Verstecken war nicht gut, und ich verstehe, daß Du von Deinen Eltern enttäuscht bist. Doch die Geheimnistuerei war nicht meine Idee. Wenn ich jetzt darüber nachdenke, würde ich manches gern anders machen. Dein Vater und ich mußten noch vieles klären, bei dem ihr uns nicht helfen konntet. Wir mußten es allein *klären. Aber natürlich hätten wir sofort die Wahrheit sagen sollen. Das erkenne ich viel zu spät.*

Manche Dinge in der Vergangenheit tun mir leid, aber ich kann sie nicht ungeschehen machen. Mit Sonja habe ich schon viel darüber gesprochen. Sonja versteht heute manches besser als früher. Ich hätte gern, daß Du eines Tages auch meine Sicht auf die Dinge verstehen kannst, ohne Vorwurf und Enttäuschung. Und irgendwann ohne Schmerz. Das wünsche ich mir sehr.

Mein lieber Junge, bei der wichtigsten Sache brauche ich Deine Hilfe. Ich muß mir ein eigenes Leben aufbauen. Manche meiner Freunde haben mich gefragt, wie ich meine Kinder zurücklassen kann. Ich habe ihnen geantwortet: Meine Kinder führen nicht meine Ehe. Ich tue viel für meine Kinder, aber mein eigenes Leben kann und will ich nicht für sie opfern. Ich will euch nicht zurücklassen. *Ich will, daß wir zusammen sind, soviel wir können. Doch es wird ohne Deinen Vater sein müssen.*

Eines Tages, Marko, wirst Du das alles verstehen. Ich hoffe sehr, daß wir uns bald wiedersehen, daß wir miteinander sprechen und ich dir zeigen kann, wie ich jetzt lebe.

Melde Dich! Ich würde mich so über einen Brief von Dir freuen. Kümmere dich gut um Robert, und sei ganz lieb geküßt von Deiner Mama

Ich hatte die Schritte nicht gehört. Plötzlich tauchten die schwarzen Schuhe neben mir auf. Dann hörte ich das leise Knirschen im Sand. Ich faltete den Brief zusammen und steckte ihn in die Tasche.

»Schon oft habe ich mich gefragt, wie der Gesichtsausdruck von Lucilius gewesen sein mag, als er Senecas Brief über die Vorsehung erhielt.« Bruder Gregor sah mich träumerisch an. »Etwas Besonderes muß über seine Züge gegangen sein, Staunen, Verwunderung, auch Rührung über den Ernst, mit dem Seneca ihn anspricht. Ich weiß nicht, ob du Zeit hattest, in den ersten Band zu schauen.«

»Nein.«

Das Buch lag irgendwo bei mir herum. Ich sah Bruder Gregor an wie einen Saurier aus der Vorzeit. Der Saurier schaute wohlwollend zurück.

»Wir haben unsere Gespräche ein wenig vernachlässigt, Marko, wir waren beide sehr beschäftigt, nehme ich an. Ein schwieriger Winter. Für uns beide. Ich stehe an der Tür und klopfe, ist es nicht so? Ich glaube, es ist so. Dieser Augenblick, als Lucilius den Brief öffnet, ich stelle ihn mir körperlich vor. Lucilius' Hände, die das Pergament glattstreichen, seine Augen, die die Buchstaben abtasten, sein Atem, der langsamer entweicht, weil er konzentriert liest. Weil die Worte Senecas ihn sofort gefangennehmen: *Lucilius, du hast mir die Frage gestellt: Warum, wenn eine Vorsehung die Welt lenkt, widerfährt guten Menschen soviel Unglück? Das ließe sich bequemer im Rahmen eines größeren Werkes beantworten* und so weiter, bis zu dem herrlichen kleinen Satz, mit dem Seneca dem Lucilius sagt, was er in seiner Schrift zu tun sich vornimmt: *Ich will als Anwalt der Götter auftreten.* Solche Klarheit und Einfachheit. Ich will als Anwalt der Götter auftreten. Eine vornehme Aufgabe, findest du nicht? Die Götter haben zu wenige Anwälte. Das war zu Senecas Zeiten so, und es ist heute genauso. Denn viele von denen, die als Anwälte der Götter auftreten, sind falsche Anwälte. Gehst du dort herum, Marko? Begleitest du mich eine Runde um den See?«

»Wenn Sie möchten.«

»Oh, ich *möchte*, daß du mich begleitest. Es gibt so wenig Gelegenheit zum ruhigen Gespräch.«

Er sah nicht mehr träumerisch aus, sondern mager und abgekämpft. So blaß wie immer, aber schmaler, als hätte er gerade eine Krankheit hinter sich. Ich fragte mich, wie lange ich Bruder Gregor nicht mehr gesehen hatte. *Richtig* gesehen, meine ich. Angeschaut. Gemustert. Die Lappen, welche er Kleider nannte, waren ihm zu weit geworden. Tilo und ich hatten uns mal Sorgen um ihn gemacht, weil er nachts weinte. Ich hatte den Gentleman gefragt, was wir tun sollten. Erinnert ihr euch? Wir hatten überlegt, wie wir Bruder Gregor helfen könnten, wir wollten keinen Tag verstreichen lassen! Das war fünfzig Jahre her.

»Dort drüben«, sagte er, »die Ecke. Dort bin ich vor Jahren mit einem jungen Freund gegangen. Clemens Nippermann. Das war vor deiner Zeit. Clemens war weniger als ein Jahr auf dem Collegium, bevor er ging, um sein Theologiestudium in Münster fortzusetzen. Beziehungsweise abzubrechen. Geplant war ein Jahr. Er blieb etwas kürzer, leider. Der erstaunlichste Mensch. Wir waren zuerst nicht immer einer Meinung, im Gegenteil, wir waren sehr oft gegensätzlicher Auffassung über die wichtigsten Fragen. Er war Hilfserzieher bei den Quartanern, er war gekommen, um pädagogische Erfahrungen zu sammeln. Selbst darüber waren wir nicht immer einer

Meinung. Die Pädagogik, Marko, ist ein dorniges Feld, dort warten Überraschungen und Enttäuschungen, von denen man sich vorher keinen Begriff macht. Alle, die ich liebe, weise ich zurecht und nehme ich in Zucht. Ist es nicht so? Ich glaube, es ist so.«

Wir gingen schweigend weiter, aber ich spürte, daß Bruder Gregor sich sammelte.

»Was uns half, war die Liebe zur Musik. Clemens Nippermann sammelte Aufnahmen von Pergolesis *Stabat Mater*. Kennst du das? Die herrlichste Musik. Pergolesi war so jung, als er sie schrieb! So jung wie Clemens zu seiner Zeit auf dem Collegium, es fiel mir sofort auf. Mein Freund Clemens konnte nicht genug von diesem Werk bekommen. Wenn irgendwo das *Stabat Mater* aufgeführt wurde, mußte er hinfahren. Auch den älteren Gabrieli mochte er, den Onkel. Es gibt von ihm ein Stück, *Maria stabat ad monumentum*, das hat meinen Freund Clemens sehr aufgewühlt. Er fuhr viel nach Italien, auch nach Spanien übrigens. Dort war es die Kunst. Pater Gonzalo hat ihm in Barcelona das Marés-Museum gezeigt. Pater Gonzalo muß ein ungewöhnlicher Mensch gewesen sein. Wer weiß, ob er noch lebt … Ah, hier, die Stelle. Hier standen wir eines Nachmittags und sprachen über Palestrina, Caldara, die Marienvespern Vivaldis. Natürlich auch über Monteverdi. Die italienische Marienmusik, von der er mehr verstand als ich. Das war sein Ausdruck, er hat mir sofort eingeleuchtet. *Die italienische Marienmusik.*«

Wir standen an der Stelle des Sees, von der aus man durch den Maschenzaun auf den kleinen Weg schaute, der am grünen Tor vorbeiführte, und gleich daneben auf den stinkenden Graben. Ich suchte die grüne Oberfläche ab, ob ich einen toten Karpfen sehe oder so was. Sicher hatten die Ratten ihn sich geholt.

»Clemens und ich, an jenem Tag … wir waren so ins Gespräch vertieft, daß wir den Raucher nicht bemerkt hatten, der genau gegenüber, dort ...« – er zeigte auf die Bank, die mit dem Rücken zu uns auf der Innenseite des Grabens stand – »warm eingepackt auf der Holzbank saß und in Ruhe eine Zigarette rauchte. Auf der anderen Seite des Grabens, so daß wir ihn sehen, aber nicht ergreifen, schütteln, zur Rede stellen konnten. Die nächste Brücke über den Graben war weit. Der Raucher trug eine Pudelmütze und Handschuhe. Er war vielleicht sieben Meter von uns entfernt. Wir waren sofort davon überzeugt, daß es sich nicht um einen Primaner handelte, auch Clemens Nippermann war sich ganz sicher. Er sagte mir sogar, die Gestalt erinnere ihn an jemanden, an wen, wollte ihm in diesem Moment nicht einfallen, einen jüngeren Schüler, einen Untersekundaner vielleicht. Also rief ich zu dem Raucher hinüber, er solle die Zigarette löschen und uns den Tabak aushändigen. Er möge aufstehen und sich zu erkennen geben! Das rief ich. Du kennst es ja. Es ist unsere Pflicht. Wir können diese Schädigung an jungen Körpern nicht dulden. Wir schreiten ein. Das weißt du ja.«

Er sah mich an, blickte auf meine Füße, lächelte knapp, als er meine halbhohen Stiefel mit Reißverschluß sah. Er lächelte wieder nur mit der Stirn.

»Aber der Raucher, er reagierte nicht. Wir sahen ja nur seinen verhüllten Rücken, einen Rücken, der im Mantel steckte. Wir sahen noch nicht einmal seine Ohren. Der Raucher rauchte einfach weiter. Er hütete sich, irgendeine Bewegung zu machen, die uns mehr über seine Identität verriete, nein, er blieb einfach sitzen, wie er saß, führte in Ruhe die elende Zigarette zum Mund, stieß Rauch aus, blickte in die Bäume hinauf, dorthin ...« Bruder Gregor zeigte vorwurfsvoll nach oben, als hätten sich die Blätter vor Jahren zum Komplizen des rauchenden Schülers gemacht und diese Rolle behalten, obwohl an den Bäumen nur die unschuldigen Nachfolger hingen. »Er gab überhaupt nicht zu erkennen, daß er uns gehört hatte. Natürlich, das durfte er auch nicht. Er spielte ein Spiel. Das Spiel hieß: Ich habe euch nicht gehört. Ich weiß nicht, daß ihr da seid! Was für ein niederträchtiges Spiel.«

»Bruder Gregor«, sagte ich. »Ich muß allmählich zurück.«

»Gleich, Marko. Wir waren hilflos, mein Freund Clemens Nippermann und ich. Eben hatten wir noch über die sublimste Musik gesprochen, und jetzt waren wir vor einem einfachen ... Lümmel, der eine Zigarette rauchte, hilflos, machtlos, ohne jede Autorität. Mein Freund Clemens ertrug es nicht. Weißt du, was er tat?«

»Nein.«

»Du wirst es nicht glauben.«

»Was tat er?«

»Er nahm Anlauf und sprang in den Graben. Genau dort.« Bruder Gregor zeigte auf die Stelle, das klebrige Grün kurz vor der Ecke. Er zeigte darauf, als wären noch Bläschen auf der Oberfläche zu sehen.

»Warum denn das?«

»Er ertrug es nicht«, sagte Bruder Gregor. »Die Hilflosigkeit, die Demütigung. Wie die Ordnung mit Füßen getreten wurde. Die Ordnung, dafür war er doch gekommen! Er wählte den einzigen Weg, den direkten. Er sprang in den Graben, watete bis zum anderen Ufer, zog sich nach oben, er krabbelte, sollte ich sagen, denn er krabbelte wirklich, es sah nicht sehr elegant aus ... Ich muß noch heute lächeln, wenn ich daran denke. Das Ufer gibt etwas nach, wenn man sich daran hochziehen will, die Böschung trägt nicht das Gewicht eines Erwachsenen. Er rutschte ein- oder zweimal ab und fiel in den Schlamm zurück. Wie er aussah! Das schmierige Braun auf seinem weißen Hemd. Er trug nur weiße Hemden, erstaunlich für einen jungen Mann, der noch nicht die Weihen empfangen hatte. Die Hemden verrieten seine Ernsthaftigkeit. Wie er roch! Er ging stinkend auf sein Zimmer, als alles vorbei war. Er bemerkte es nicht. Er hatte den Sieg davongetragen, mein Freund Clemens. Er packte sich den Schüler, den rauchenden

Lümmel, und stellte sicher, daß er streng bestraft wurde, nicht nur für sein Rauchen, auch für die Frechheit, mit der er unsere scheinbare Schwäche ausgenutzt und die Ordnung verspottet hatte. Ja, er besaß Energie und Tatkraft, mein Freund Clemens. Er tat solche Dinge. Er dachte nicht daran, sich von widrigen Umständen in Frage stellen zu lassen. Meine Verehrung für Maria Callas teilte er nicht. Komm, ich begleite dich zurück, möchtest du? Dann können wir weiterplaudern.«

Weiterplaudern! Ich sah ihn von der Seite an und sah einen Kranken, von dem ich nicht wußte, warum er mir all diese Sachen erzählen mußte. Aber es gab ihm etwas. Er hatte doch nachts geweint. Wißt ihr noch, wie ich in den ersten beiden Jahren bei Schwester Gemeinnutz geweint habe? Also! Deshalb hielt ich jetzt still. Ich dachte, ein paar hundert Meter noch, dann sind wir am Fischteich vor Haus Sparta, dort lasse ich ihn stehen. Und empfehle ihn der Obhut des alten Benamukee, der soll ihn begleiten.

»Maria Callas war für meinen Freund Clemens eine ... was ist das Wort? Ein verderbter Mensch. Eine Ehebrecherin. Er hatte keine Augen und Ohren für die unvergleichliche Künstlerin, die sie war, er sah nur die eitle Primadonna. Den weltlichen Dingen zugewandt, ihnen verfallen, könnte man sagen. Gierig, neidisch. Rachsüchtig. Vielleicht war die Callas das alles, vielleicht war sie es. Aber um ihrer Kunst willen muß es uns doch gleichgültig sein, Marko, das habe ich immer so empfunden und würde es auch gegenüber den Opernkennern und Musikologen vertreten. Man muß sich ein empfindendes Herz bewahren. Einmal durfte ich die Callas in der Oper hören, Marko. In Berlin, vor mehr als zwanzig Jahren, ich hatte gerade in Coesfeld mein Abitur gemacht und fuhr nach Berlin, nur um die Callas zu hören. Sie war wie ein unschuldiges kleines Mädchen. Ihre Nase war lang und das Gesicht eigentlich nicht schön. Etwas streng, voller mühsam kontrollierter Affekte. Man hätte nicht geglaubt, daß sie wieder zu einem Mädchen werden kann. Aber sie zogen ihr ein weißes Kleid an, kämmten das dunkle Haar zurück, und sie war … unschuldig, ahnungslos. Rein. Kennst du *Lucia di Lammermoor*? Eine lächerliche Oper, nach einem Roman, der kaum weniger lächerlich ist. Walter Scott ist etwas für Leute, die von Schwertern und Rüstungen träumen. Ein greller, völlig unwürdiger Stoff. Ich weiß noch, daß wir uns damals nichts von dieser Oper erwarteten. Nur von *ihr* erwarteten wir uns etwas, von der Callas, um deretwillen wir ja gekommen waren. Ein wenig erwarteten wir auch von Karajan, ein wenig erwarteten wir von Donizetti. Aber im Grunde waren wir um ihretwillen dort. Und sie … verwandelte alles. Sie verwandelte die lächerliche kleine Geschichte in ein ergreifendes Trauerspiel. Der Mensch, der unschuldig leidet, weil die Umstände ihn dorthin gesetzt haben, wo er sich befindet. Weil die Zeit danach ist. Weil Brauch und Ordnung es fordern. Weil das Geld es fordert. Der Wahnsinn ist die letzte Tür. Das ist ihre Tragödie. Die Callas hat mich verstehen lassen, was dieses Leiden ist. Sie hat es ausgedrückt. Hätte die Callas es nicht ausgedrückt, Marko, dieses Leiden … wäre nicht da. Es wäre nicht in der Welt. Wir wüßten nichts von ihm. Ist das nicht ein schrecklicher Gedanke? Wir können daraus etwas folgern, etwas sehr Wesentliches. Wir brauchen jene, die uns vom Leid der Menschen Kunde geben. Alle, die mich sehen, verspotten mich, sperren das Maul auf und schütteln das Haupt. Ist es nicht so? Ich glaube, es ist so. Wir brauchen Zeugen des Leids, und wir brauchen Boten des Leids. In einer lächerlichen Kostümoper des neunzehnten Jahrhunderts wurde die Callas zu solch einer Zeugin. Sie begleitete die Menschen im Leid. Sie überstieg die Kostüme, den künstlichen Bach und die schottische Burg aus Pappmaché. Es gibt eine Aufnahme von diesem wunderbaren Abend. Ich könnte sie dir vorspielen.«

»Bruder Gregor …?« sagte ich. »Ist diese Lucia-Geschichte nicht *erfunden*? Wenn sie erfunden ist, hat es die Burg und den

Bach doch gar nicht gegeben. Auch das Leid nicht, das die Callas ausdrückt. Ich meine, das Leid war doch gar nicht *da*, bevor die Callas nach Berlin kam und davon sang.«

»Du meinst, das Leid sei inszeniert?«

»Inszeniert, ich weiß nicht. Das Leid hat es in Wirklichkeit doch nicht gegeben. Das meine ich. Also muß ich darüber auch nicht traurig sein. He, es gibt genug *echtes* Leid.«

»Ein interessanter Gedanke. Die Wirklichkeit der Kunst ...«

»Und wenn mich die Callas in Berlin nicht daran erinnern würde ... also, wenn sie mich nicht an eine frei erfundene Geschichte *erinnern* würde, dann könnte ich in Berlin auch eine Currywurst essen gehen. So ungefähr meine ich das. *Zeugin* des Leids? Mir kommt die Callas eher wie eine *Erfinderin* des Leids vor.«

»Ein interessanter Gedanke, Marko. Fundamental. Er berührt alles, was uns zu empfindenden Wesen macht. Ah, hier sind wir.« Und er ließ mich stehen, bevor wir den Fischteich erreicht hatten, ging an der alten Telefonzelle vorbei zum Speisesaal des Juvenats, vielleicht, um die Abkürzung durch die Großküche zu nehmen und von dort den Kreuzgang zu erreichen, ein Weg für Ordensschwestern und Ordensbrüder, nicht für uns. Und schon war er verschwunden.

* * *

Irgendwann in diesen Tagen fing Bruder Gregor an, den Religionsunterricht zu verändern. Bis dahin hatten wir Kirchengeschichte, Ethik und katholische Dogmatik gemacht und ausführlich über einzelne Bibelstellen gesprochen. Bruder Gregor liebte die Bibelauslegung, er konnte die Wörter drehen und wenden, bis er schwarz wurde. Dann kam er eines Tages und sagte, er liest uns in den letzten zehn Minuten des Unterrichts etwas vor, wenn wir in den ersten fünfunddreißig

Minuten gut mitarbeiten, besonders bei der Bibelauslegung. Das war die Bedingung. Wenn es im Unterricht *gut läuft*, sagte er, liest er uns etwas aus einem spannenden Buch vor, nichts Erbauliches, sondern eine Geschichte aus dem wirklichen Leben.

»Es ist doch ein Unterschied, ob wir uns mit erfundenem Leid oder mit wirklichem Leid beschäftigen, nicht wahr? Das ist doch ein Unterschied? Ob einem *wirklichen Menschen* etwas Schlimmes widerfahren ist oder nur einer Figur in einem Roman oder in der Oper?«

Das sei einfach nicht dasselbe. Zwar könnten sich manche Menschen in Romane und Opern oder auch Werke der bildenden Kunst so stark einfühlen, daß sie am Ende glaubten, das Leiden, das in diesen Werken beschrieben werde, sei echt. Und tatsächlich seien die *Lehren*, die von erfundenen Geschichten empfangen werden könnten, mindestens so wertvoll wie die Lehren, die aus der Wirklichkeit stammten. Doch das wahre und wirkliche Leiden finde ganz woanders statt, nicht auf der Opernbühne, nicht an einem künstlichen Bach oder auf einer Burg aus Pappe, sondern in den Gefängnissen der wirklichen Welt.

Bruder Gregor sah mich nicht an, während er das sagte. Er wirkte auch nicht wie einer, der sich besondere Mühe geben muß, seinen Mitwisser nicht anzugucken. Er schien mich vergessen zu haben, auch die Callas und unser Gespräch am See. Er hatte nachgedacht, war zu einer Schlußfolgerung gelangt und setzte sie in die Tat um. Vielleicht hatte der Oowokakee ja mit Benamukee konferiert und war zu dem Ergebnis gekommen, wir ändern was. Wir machen das jetzt mal *so*.

»Unser erstes Buch«, sagte Bruder Gregor und hielt ein dünnes Taschenbuch an die Brust gedrückt, ohne daß einer von uns den Titel erkennen konnte, »handelt von den Folterkellern in Brasilien. Dieses Land steht uns nahe aus vielen Gründen. Es ist ein großes katholisches Land. Es ist mit bitterer Armut gestraft. Doch es hat fröhliche Menschen, für die Gott eine tägliche, nährende Erfahrung ist!«

Ich dachte an Schwester Gemeinnutz und die ungewaschenen Kinder, die sie zum Herrn bringen wollte.

»Aber dieses große, wunderbare Brasilien wird immer wieder von der Plage der Diktatur heimgesucht. Militärregierungen haben über dem lobenswerten Ziel, den Kommunismus zu bekämpfen, die menschliche Ordnung aus den Augen verloren und sind oft ihrerseits zu Unrechtsregimen geworden. Unschuldige Menschen werden entführt und ermordet. Darunter auch Priester, die sich gegen das Unrecht auflehnen und für die Verfolgten eintreten. Von einem jungen brasilianischen Priester, der am hellen Tag verschleppt und in die Folterkeller der brasilianischen Geheimpolizei gebracht wurde, handelt das Buch, aus dem ich euch vorlesen möchte. Ich bitte um Stille. *Silentium.*«

Und er bekam sie. Wir bewahrten Stille. *Silentium.*

Zehn Minuten lang hörten wir von der Angst, dem Zittern, den Qualen des armen Priesters in den brasilianischen Folterkellern. Oh, Mann. Sie gaben ihm nur Scheiße zu essen, und er durfte nur altes Wasser trinken, in dem Fußnägel und Kakerlaken schwammen, solche Sachen. Als sie ihn verhörten, wurden ihm die Augen verbunden, damit er seine Befrager nicht sah. Deswegen konnte er auch die Schläge nicht sehen, die auf ihn niedergingen. Manchmal kam ein Gummiknüppel, aber ob er von rechts oder von links oder von hinten oder vorne kam, wußte der arme Mann vorher nie. Manchmal kam nur eine flache Hand, gab ihm einen Schlag und zog sich wieder zurück. Manchmal schlug ihm ein offenbar sehr kräftiger Mann mit den Fingerknöcheln auf den Kopf. Es ähnelte der *Kopfnuß*, nur viel stärker, und sie wurde immer wieder auf dieselbe Stelle gegeben, als trüge der Mann auf seinem Kopf ein kleines Kreuz, das den Folterern sagt, wo sie ihn treffen müssen.

Zwischendurch geben sie ihm etwas zu trinken. Beim erstenmal Wasser. Beim zweitenmal Essig. Beim drittenmal Wasser. Beim viertenmal Pisse. Am Ende muß der Mann weinen, wenn er um etwas zu trinken bittet, aber er weiß selbst nicht mehr, warum er weint, aus Angst, Durst, Ekel oder einem Rest Dankbarkeit, wenn er mal keine Pisse zu trinken kriegt, sondern Wasser, er weiß es einfach nicht, er weint nur noch, die Tränen fließen ihm in die Augenbinde hinein, die feucht wird von Tränen und Schweiß.

Das ist erst der Anfang, sagt eine Stimme, die von etwas weiter entfernt kommt, vielleicht vom Schreibtisch, denn dort wurde mit Papieren geraschelt, dort wurde ein Bleistift angespitzt, dort tippte jemand zwei Zeilen auf der Schreibmaschine. Wir fangen gerade erst an. Es hat alles seine Ordnung. Wir haben noch viel Zeit miteinander.

Dann kommen wieder Schläge. Die Augenbinde ist naß, der Mann weiß nicht mehr, ob er Tränen oder Schweiß verliert. Später kommen die langen Nadeln. Dann wieder Schläge. Noch später die Elektrokabel.

Als der Mann nur noch ein stöhnendes, wimmerndes Häufchen ist, das von Gummigurten auf seinem Stuhl gehalten wird, kommt eine Hand von hinten, die ihm ganz leicht die Schultern streichelt. Vorsichtig, um keine verletzte Stelle zu berühren.

Der Mann traut seinen Sinnen nicht. Da ist eine Hand, die ihn streichelt. Er atmet langsam ein und aus, wartet. Ständig sieht er vor seinem inneren Auge sich selbst, mit Augenbinde. Die Hand auf seinen Schultern ist sehr behutsam und achtet darauf, keine wunde, zerstochene oder aufgeplatzte Stelle zu berühren. Der Mann atmet etwas freier. Die Hand streichelt ihn weiter. Er fragt sich, ob seine Folterer nicht schon gegangen sind. Wer kann das sein? Der Raum klingt leer. Er war mehrmals ohnmächtig, das weiß er. Wie lange, weiß er nicht.

Er strengt sein Gehör an, aber er hört kein Geräusch außer einem rhythmischen Stampfen in größerer Entfernung, das er gehört hat, seit er in diesem Raum ist. Es verrät ihm, daß es irgendwo einen Maschinenraum oder etwas Ähnliches gibt, vielleicht eine Werkstatt. Einmal glaubt er, eine Metallsäge zu hören. Seine Sinne kommen langsam zurück. Die Hand streichelt ihn immer noch. Er glaubt, er ist ganz allein mit dieser Hand. Nicht mit dem Menschen, dem die Hand gehört. Nur mit der Hand. Er kann nicht anders, er überläßt sich dieser Hand, atmet etwas tiefer ein und aus, durch den brennenden Schmerz der geschundenen Glieder hindurch.

»Bis hierhin, Jungs.« Bruder Gregor schaute auf die Uhr. Er klappte das Taschenbuch zu, dessen Titel wir immer noch nicht lesen konnten. In derselben Sekunde klingelte es. »Beim nächsten Mal mehr, Jungs, wenn es gut läuft.«

Er sammelte seine Sachen ein, schob sie in die Mappe und verließ die Klasse.

* * *

Der Mann im brasilianischen Folterkeller lag mir ziemlich lange im Magen, das kann ich euch verraten. Ich merkte es, als ich am Abend in der Schädelstätte den wortkargen Nudelsalat sah und gleich guckte, ob ich nicht eine Kakerlake darin finde. Da lag der Folterkeller schon fast acht Stunden zurück. Es war aber keine drin.

Du wortkarger Nudelsalat! sagte ich zu der Schüssel, die vor mir stand. Du zeigst mir dein trauriges Antlitz, und du versprichst so wenig Nährstoffe wie immer! Die Spuren von Mayonnaise, die dir beigemischt sind, und die anderen Bestandteile der fragwürdigen Soße, in der du dich wälzt, weil du es nicht anders gelernt hast, all dies zusammen wirkt so abstoßend und ungesetzlich wie eh und je. Ich werde den Teufel tun und dich *essen*! Aber du enthältst weder Fußnägel noch

Kakerlaken, und dafür weiß ich dir Dank. Gehe hin und sündige fortan nicht mehr!

So sprach ich.

Vor dem Silentium hatte ich Bruder Gregor seinen Seneca-Band zurückgegeben. Es war nicht die Zeit dafür, fand ich. *Über die Vorsehung.* Ich hatte beim alten Robinson genug Vorsehung für meinen Geschmack genossen. Sollten er und Seneca sich doch zusammentun.

Als Bruder Gregor mich fragte, wie weit ich gekommen war, sagte ich: »Nicht sehr weit.«

Er sah mich von seinem Arbeitstisch aus an und ließ die Hände auf der Buchseite, die er gerade las. »Ah«, sagte er. »Senecas Ernst ist nichts für dich.«

»Warum sagen Sie das?«

»Ein Gefühl«, sagte er. »Und was liest Marko gerade, sofern er liest und nichts Verbotenes tut?«

»Zur Zeit blättere ich mehr. Briefe von Alain-Fournier. Darin … blättere ich.«

»Das Reich, aus dem er verbannt ist … und es gibt nur eine Tür, um wieder hineinzukommen. Du weißt, welche Tür das ist?«

»Tür? Also … Sie meinen die Sachen, die er schreibt …?«

»Ich meine das Schreiben, Marko. Das Schreiben selbst. Die Literatur. Die Poesie, wie Alain-Fournier sie versteht. Das ist seine Tür.« Er sah mich prüfend an. »Du mußt aufpassen. Gewöhn dir nicht an, zu blättern. Beuge dich über die Seiten. So.« Und er beugte sich über seinen Arbeitstisch, damit ich sah, wie man sich über die Seiten beugt. »Verharre über den Seiten, Marko. So.« Und er verharrte über den Seiten. Ich ging, während er über den Seiten verharrte.

Am Abend überlegten Tilo und ich, ob wir in den Osterferien abhauen wollten, irgendwohin, nach London oder Paris. Es sollte eine Stadt sein, die an einem großen Fluß liegt. Vielleicht ließen ihn seine Eltern ja weg, wenn wir so taten, als gäb's da auch Sprachunterricht oder so. Wir brauchten natürlich Geld, aber wenn wir welches hätten, wäre alles kein Problem. Ich konnte Sonja fragen, die egoistische Kuh. Ich wollte auch mein Sparkonto bei der Gleuyner Volks- und Raiffeisenbank plündern, da lagen mindestens zweihundertdreißig Mark drauf. Meine Großmutter, die nach Schweden gezogen war, um dort zu sterben, obwohl sie es dann doch nicht tat, überwies mir jeden Monat fünfzehn Mark.

Ich dachte, ich muß das Frühjahr in den Griff bekommen. Ich muß verhindern, daß alles auseinanderfliegt. Ich muß daran arbeiten, diese vier Dinge zu sein: liebenswürdig, sinnenfroh, grausam und einsam.

II *Ich schwimme in Wellen von Scham. Wir trinken eine Flasche Racke rauchzart. Die Welt zeigt sich in einem anderen Licht. Begegnung mit Bruder Hermanns Kloschüssel. Jan Spans erzählt mir vom Buch der Ordnungen.*

»Theunissen.«

Münzen rutschten durch den Schacht.

»Hallo, Papa.«

»Marko«, sagte mein Vater. »Es ist lange her.«

»Ich weiß.«

»Nun? Wie geht's?«

»Ich will nach London, Papa. In den Osterferien. Kannst du mir Geld leihen?«

Er schwieg, und ich hörte das leise Rauschen in der Leitung.

»Ob ich dir …? Das kommt etwas überraschend, Marko. Ich muß darüber nachdenken. Ich weiß nicht, ob das so eine vernünftige …«

»Ich zahl's dir zurück.«

»Daran zweifle ich nicht, Marko. Ich rechne gerade.«

»Ich käme aus, wenn du mir hundertfünfzig Mark leihst, glaube ich. Tilo fragt seine Eltern auch. Die Fähre ist nicht so teuer. Wir nehmen ein billiges Hotel.«

»Ich rede nicht vom Geld. Ich rechne nach, seit wie vielen Wochen wir uns nicht gesprochen haben.« Er klang verletzt. »Und wann wir uns das letzte Mal gesehen haben.«

»Oh, Mann.« Ich legte die Stirn auf den alten Telefonautomaten. Er war kühl, darauf war immer Verlaß. »Hör zu, das war nicht einfach für mich. Ist es immer noch nicht. Eure Geschichte. Was für eine Geschichte.«

»Unsere Geschichte? Marko, du hast dich praktisch aus dem Spiel genommen. Du verweigerst das Gespräch, rufst niemanden an, kommst nicht mehr nach Hause. Soviel dazu.«

Soviel dazu.

»Ich habe Sonja angerufen«, sagte ich.

»Oh, du hast Sonja angerufen. Sie hat mir davon erzählt. Ein harmonisches Gespräch. Es gab hier in den letzten Wochen ein paar merkwürdige Anrufe, Marko. Ich nahm ab, und der Anrufer legte auf. Du wolltest nur mit Sonja sprechen, nicht wahr? Bevor sie ausgezogen ist. Und vor ein paar Tagen wolltest du dir von ihr Geld leihen.«

»Sonja ist eine egoistische Kuh.«

»Sie versucht, deine Tollheiten zu verhindern. Marko, wirklich!«

»Was, Papa!«

»Du bist nicht der einzige, der es schwer hat. Können wir uns darauf einigen? Daß du nicht der einzige bist, der es schwer hat? Der mit den Dingen kämpft?«

»Kämpft? Papa, *kämpft*? Ich habe euch nicht kämpfen sehen. Und weißt du, warum nicht? Weil ihr mich lieber belogen habt. Ein halbes Jahr lang, mindestens. Beide! Weil ihr eine Komödie aufgeführt habt. Hereinspaziert! Familie Theunissen am Heimfahrtwochenende! Achten Sie auf die gedeckte Kaffeetafel! Probieren Sie den vorzüglichen Butterkuchen!«

Ich hätte weitermachen können, aber ich brach ab, atmete aus, atmete ein, damit mich die gute Luft duchströmte. Mein Vater blieb stumm.

»Mir wird schlecht, wenn ich an diese … Täuschung denke, den Betrug. Mann, was für eine Verlogenheit. Papa, ich habe Mamas alte Schlappen am Schuhschrank gesehen. Euer Leben war schon längst ein ganz *neues* Leben, und ihr habt mir das alte vorgespielt. Wer kämpft da mit den Dingen? Ich wünschte, ihr *hättet* gekämpft!«

»Was verstehst du von den Kämpfen, die ich geführt habe? Du hast all die Jahre nichts mitbekommen, weil ich euch dieses Schauspiel nicht zumuten wollte. Es war nicht schön, Marko, das kannst du mir glauben. Gar nicht schön. Genauer willst du es nicht wissen. Das garantiere ich dir.«

Ich schlug mit der flachen Hand auf den Telefonapparat. »He! Woher willst du wissen, was ich wissen will?! Verdammt! Und wie *genau* ich es wissen will? Sonja redet genauso. Du hättest mich fragen können. Warte mal, der verdammte Apparat braucht fünfzig Pfennig ... Mist, die sind ... ah, hier ... also, woher willst du das wissen, Papa? Was ich wissen will? Bitte, sag mir das.«

»Marko, das ist albern. Du hättest mir nicht helfen können. Niemand von euch. Es gab nichts zu erzählen. Du hättest mir nicht helfen können. Nimm es einfach hin. Es gibt solche Situationen. Wenn man jünger ist, denkt man sich das anders. Ich weiß. Man hat Prinzipien, man will die fundamentale Lösung, die alles auf einen Schlag kuriert. Aber mit Prinzipien besiegst du die Zeit nicht.«

»Schon wieder einer, der von der Zeit redet. Das ist mir alles zu hoch. Ich meine Ehrlichkeit. Das Gegenteil von Lügen. Erinnerst du dich an unsere Gespräche vor einem halben Jahr, am Telefon? Ich fragte, wo ist Mama, wo ist Mama, und du sagtest, sie ist eingeladen, sie ist eingeladen. Ich sagte, was sind das für Einladungen? Verdammt, welche Einladungen sind das immer, die meine Mutter von meinem Vater wegholen, Abend für Abend? Welche verdammten Einladungen können das sein, daß meine Mutter immer weg ist, wenn ich anrufe, und mein Vater immer allein zu Hause hockt?! *Ich hocke nicht allein zu Hause, ich weiß mich sinnvoll zu beschäftigen.* Du hättest dich hören sollen, Papa. Sag mir nicht, du hättest mich geschont, verdammt! Ich will nicht geschont werden. Ich habe dir nie gesagt, daß du mich schonen sollst. Mamas Freundin aus Düsseldorf, deren Nummer du nicht hattest! Alles Leute ohne Namen und Telefonnummer, wie praktisch. Mist, die Münzen … warte … hier, gieriges Ding …! Mensch, Papa, du hast mich belogen, weil es bequemer für dich war. Ich weiß nicht, was dir das eingebracht hat … oder euch, ich weiß es wirklich nicht. Ich wollte dir nur sagen, ich bin kein kleiner Idiot, den man belügen muß, weißt du. Nicht mal Robert ist so ein kleiner Idiot.«

»Was hast du jetzt vor, Marko? Willst du mich weiter am Telefon beschimpfen? Hab den Mut und komm nach Hause, um mir all das zu sagen. Laß uns darüber reden, mit Ruhe. Und am besten in einer etwas sorgfältigeren Sprache. Komm nach Hause, Marko. Sonst bist du wirklich der kleine Idiot, der du nicht sein willst. Schlag dir London aus dem Kopf und komm zu Ostern nach Köln.«

Und so erledigte sich London.

* * *

Am nächsten Abend um sieben, als wir im Pulk aus der Schädelstätte zogen, holte ich Motte, Tilo und Onni zusammen. Ich führte mich auf wie ein verdammter Verschwörer. Na ja, ich fühlte mich auch so. Ich sagte ihnen, ich habe noch eine Flasche Whisky, ihr wißt doch, von meinem Geburtstag. He, ich möchte sie mit euch trinken. Heute abend, wie wär's?

»Gute Idee«, sagte Motte und stimmte Lied 245 aus dem *Gotteslob* an, »Komm, Schöpfer Geist«, zweite Strophe. Als er zu Ende gesungen hatte, guckte er auf die Uhr. »Wir könnten in einer Viertelstunde anfangen. Das macht … hundertzwanzig minus fünfzehn … dann haben wir hundertfünf Minuten.«

Lucien kam vorbei, als wir über den Whisky sprachen. Ich glaube, er wollte mir Neuigkeiten von Petra erzählen, er hatte wieder dieses französische Leuchten im Gesicht. Vielleicht hätte er auch gern einen Whisky mitgetrunken. Diese Franzosen wissen ja, was gut ist. Aber ich wimmelte ihn ab.

»Ich möchte euch etwas erzählen«, sagte ich zu Motte, Tilo und Onni. »Eine Geschichte.« Und als ich das sagte, kam wieder die Scham. Ich spürte, wie mein Gesicht heiß wurde. Die Scham war schlimm. Das war ja der Grund, warum ich meine Freunde zusammenholen wollte. Ich wollte mich nicht mehr schämen. Ich wollte die Scham zur Strecke bringen. Wie einen grauen Drachen, den man mit einem Schwerthieb oder einem Lanzenstich tötet.

Die ganze Zeit, die Wochen und Monate seit Weihnachten, hatte ich mich gefragt, wofür ich mich eigentlich schäme. Irgendwann kapierte ich, daß ich mich schämte, weil meine Eltern getrennt waren und sich scheiden lassen würden. Offenbar hatten sie sich *auch* geschämt, meine Eltern, denn sie hatten es mir verschwiegen, solange es ging. Erst als es gar nicht mehr zu vermeiden war, vielleicht auch, weil Sonja ihnen sonst die Hölle heiß gemacht hätte, rafften sie sich auf, um mir die Wahrheit zu sagen. Erst jetzt erkannte ich, was Sven durchgemacht hatte, der arme Kerl, dessen Eltern schon so früh geschieden worden waren, daß es sich herumsprach, bevor der allererste Schultag vorbei war. *Sündhaft geschieden*, den Ausdruck gab es, und wir benutzten ihn oft, vor allem im Zusammenhang mit Svens Eltern. Aber wir wußten nicht, was der Ausdruck bedeutete, wer die Sünde begangen hatte und auf wessen Kosten. Die Sünde war nur da und verschlechterte die Luft. Die Sünde trieb umher, obwohl man sie weder sehen noch anfassen konnte, und vergiftete die Luft, die wir atmeten.

Und natürlich war jedes Kind, das sündhaft geschiedene Eltern hatte, *auch* vergiftet. Schwester Gemeinnutz hatte es uns schon früh beigebracht, als wir uns zum Abendgebet und zur Gewissenserforschung im Gruppenraum versammelten. Sie legte beim Herrn immer ein besonderes Wort für die Kinder geschiedener Eltern ein, sagte sie, denn sie waren die Leidtragenden, die unschuldigen Opfer von Zwietracht, Wollust und Sünde. Meistens war von den Geschiedenen ja das neunte Gebot gebrochen worden, auch das sechste, sonst hätten sich die Geschiedenen ja nicht scheiden zu lassen brauchen. Schwester Gemeinnutz sagte, die Kinder mußten für die Sünde büßen, die die geschiedenen Eltern begangen hatten. Das war ungerecht, fand Schwester Gemeinnutz, und deshalb mußte man diese Kinder ins Abendgebet und die Fürbitten einschließen. Auch für Sven legte Schwester Gemeinnutz beim Herrn ein besonderes Wort ein. Die Kinder geschiedener Eltern kamen für Schwester Gemeinnutz gleich nach den ungewaschenen Kindern Brasiliens und den hungernden Kindern von Afrika.

Das alles begriff ich sehr langsam, Leute. Die Wahrheit ist ja nicht leicht zu erkennen. Noch schwieriger ist, man weiß nicht, in welchen Portionen die Wahrheit serviert wird, wenn sie auf den Tisch kommt. Ist das jetzt schon die Hauptspeise? Ist das der wesentliche Teil der Wahrheit, um die es geht? Oder ist es erst die Vorspeise, und das Dickste kommt noch? Muß man im Magen noch Platz lassen? Man weiß es ja nicht, wenn man die Speisenfolge nicht kennt, es ist doch so.

Und ich wußte es eben auch nicht. In den Weihnachtsferien hatten mir meine Eltern ein fettes Steak hingeworfen, hier! Friß! Das ist die Wahrheit! Guten Appetit! Dann kam noch die Beilage hinterhergeflogen, die Sache mit Mamas Wohnung. Überraschung!

Aber ich wußte überhaupt nicht, warum sie mir das Steak und die verdammte Beilage ausgerechnet an diesem Ort und an diesem Tag hingeworfen hatten. Mann, es war der letzte Ferientag! Es regnete wie aus Eimern. Unser japanischer Garten schwamm davon. Es war ein Tag, um ein paar Kerzen anzustecken und sich an den Händen zu fassen. So ein Tag war das. Ein Tag, um sich dicke Pullover anzuziehen und sich sehr liebzuhaben. Aber genau an diesem Tag flog mir das Steak vor die Füße, dicht gefolgt von der elenden Beilage. Friß, Junge! Wohl bekomm's! Warum hatten sie es mir nicht schon drei Monate *vorher* hingeworfen? Warum hielten sie das Steak nicht noch drei Monate *zurück*? Ich mußte Sonja danach fragen. Das waren die Sachen, die ich nicht wußte. Und jedesmal, wenn ich an sie dachte oder ein Gespräch Gefahr lief, sie zu berühren, diese verbotenen Sachen, kamen Wellen von Scham angerollt und bedeckten mich ganz.

Ich dachte, ich gehe unter in der Scham, wirklich. Ich dachte, ich ersaufe in der Scham, als wir auf unsere alte Bude marschierten, Gläser spülten und uns mit meiner Flasche Racke rauchzart nach oben zu Motte verzogen. Wir strichen die alte Pferdedecke glatt, die tagsüber auf Mottes Bett lag, holten von Mottes Schreibtisch den Stuhl heran und legten Musik auf, aber nicht zu laut. Motte hatte eine Pioneer-Anlage mit Vierzig-Watt-Boxen. Der Plattenspieler war automatisch, er machte nicht so einen guten Eindruck. Ich meine, er war anfällig und würde nicht lange halten. Ich hielt mehr von meinem manuellen Panasonic.

Jetzt zündete Onni eine Kerze an. Er sagte, es hilft ihm denken, und er wollte auch beim Whiskytrinken nicht aufs Denken verzichten. Ich dachte, ich versinke in meiner Scham, als *Wish you were here* losging. Das hörten wir oft, wenn wir eine Portion geistiger Flüssigkeit zu uns nahmen, weil man es auch leise hören konnte. Wir mußten ja ein bißchen die Ohren spitzen, ob nicht ein Schwatter reinkam. Natürlich war es unwahrscheinlich, daß Bruder Hermann in der Abendfreizeit ins Zimmer kam, er hatte keinen Grund dazu und Bruder Albertus noch weniger, es gab nichts zu kontrollieren, und solange Bruder Hermann keinen Zigarettenrauch roch, kam er nur im Silentium, um die Anwesenheit zu überprüfen, und dann wieder nach einundzwanzig Uhr, um noch einmal die Anwesenheit zu überprüfen, aber nach einundzwanzig Uhr kam er nur manchmal, nicht immer. Wenn man also nicht ganz bescheuert war und herumgrölte oder fünf fette Zigarren gleichzeitig rauchte, konnte man zwischen neunzehn und einundzwanzig Uhr auf dem Zimmer in Ruhe eine Portion geistiger Flüssigkeit zu sich nehmen.

Ich schenkte aus. Der Racke rauchzart gluckerte leise in die Gläser und zerlief an der Innenseite. Onni hatte nur eine Teetasse aufgetrieben, aber das machte ihm nichts aus. Ein Kaminfeuer wäre jetzt schön gewesen. Wir stießen an.

»Prost«, sagte Tilo.

»Wohlsein«, sagte Motte.

»Nicht übel, das Zeug«, sagte Onni und gurgelte mit dem Whisky, der alte Experte. »Man kann den Torf ja wirklich schmecken, wußtet ihr das?«

»Welchen Torf«, sagte Tilo.

»Das Aroma des Torffeuers, Mann. Was dachtest du denn? Die *heizen* doch auch mit Torf, die Schotten und die Iren. Die machen ganz viel mit Torf. Sie wären verloren, wenn sie keinen Torf hätten. Der hier …« Er drehte die Flasche und sah aufs Etikett. »Der hier ist vor allem schottisch.«

»Er ist fast so alt wie du«, sagte Motte.

»Whisky heißt *Wasser des Lebens*«, sagte Onni. »Das ist ein gälisches Wort.«

»Gälisch oder gallisch?« fragte Tilo.

»Gälisch, du Ei. Ich konnte es mal schreiben. Ich wußte mal, wie man *Wasser des Lebens* auf gälisch schreibt. Ich kann's aber noch sprechen. *Ischkebaha.*«

Ich schwenkte meinen Racke und ließ mich von der Scham hierhin und dorthin treiben. Ich war jetzt ein bunter Ball, der auf den grauen Wellen der Scham umhertanzte. Man konnte mich von ganz weit sehen, weil ich so bunt war. Manchmal warfen die grauen Wellen mich hoch, damit ich noch weiter zu sehen war. Ich nahm einen Schluck und dachte, sollen sie mich doch fragen, wenn sie etwas wissen wollen. Warum können Motte, Tilo und Onni nicht ein paar vernünftige Fragen stellen? Dann erzähle ich's ihnen. Ich verschweige nichts. Ich habe keinen Grund, irgendwas zu verschweigen.

»Wirklich lecker, der *Ischkebaha*«, sagte Tilo. »He, Marko, was war denn mit deiner Geschichte? Ich dachte, wir kriegen jetzt was zu hören. Ein bißchen Programm! Whisky! Frauen!«

Onni lachte, aber er lachte nur mit seinen Schneidezähnen. Er hatte den Kopf schiefgelegt, und seine Augen sahen mich forschend an, wie sie mich in letzter Zeit öfter angesehen hatten. Er war ja auch ein bißchen nihilistisch, von der Anlage her. Er spürte, daß etwas vorging. Nihilisten haben das im Gespür. Die Abwesenheit verbindlicher Glaubenssysteme befördert die Einfühlung.

»Was immer es ist, Marko«, sagte Motte und rülpste leise. »Du findest uns an deiner Seite.« Und er summte den Anfang von Lied 595.

»Das weiß ich, Mann. Wie Indianer. Das weiß ich doch.« Wir hoben die Gläser und stießen an. Der alte Racke schimmerte wie dunkler Honig. »He, das weiß ich doch.«

Und dann erzählte ich es ihnen. Die ersten drei Sätze oder so waren schwierig. Danach wurde es leichter. Als ich einmal angefangen hatte, *richtig* angefangen, meine ich, lief es ganz von selbst. Während ich erzählte, guckte ich Motte, Tilo und Onni nicht an, zumindest in den ersten Minuten nicht. Ich wollte mich auf die Geschichte konzentrieren, ich wollte das Ganze so erzählen, daß man ein ungefähres Bild hatte. Bald spürte ich, wie die Scham weniger wurde. Ich sprach das Wort »Trennung« aus, und kein Blitz schlug in unserer alten Bude ein oder so was. Dann sprach ich das Wort »Scheidung« aus. Und wieder passierte nichts.

Ich sagte: »Sie wollen sich scheiden lassen, meine Eltern. Sie sagen, es ist richtig so. Ehrlich, ich weiß nicht. Aber sie müssen wissen, was sie tun.«

Ich sagte: »Es hat doch keinen Sinn, weiterzumachen, wenn die Kiste aus der Kurve geflogen ist und im Straßengraben liegt. Das hat doch keinen Sinn. Ich sage euch, es war schwer, das zu akzeptieren. Daß die Kiste nicht mehr zu reparieren ist. Man guckt noch sehr lange auf die Trümmer und will es nicht wahrhaben.«

Ich sagte: »Man lernt, seine Eltern anders zu sehen. Man sieht sie plötzlich als Einzelpersonen, jeden für sich. Darüber hatte ich vorher nicht so nachgedacht.«

Ich sagte: »Wenn ich meinen Kindern so etwas antun müßte, eine Scheidung, ich würde es offen aussprechen. Das ist das Allerwichtigste, glaube ich. Ehrlichkeit. Seine Kinder nicht bescheißen.«

Motte, Tilo und Onni nickten ernst, als ich das sagte. Sie sahen es genauso. Aber eigentlich sahen sie gar nichts. Ihre Eltern dachten ja nicht daran, sich scheiden zu lassen. Motte, Tilo und Onni hatten also auch keine Ahnung, wie sich die Welt veränderte. Da gingen gewaltige Veränderungen vor sich, und sie hatten es noch nicht einmal bemerkt.

Ich sagte: »Wenn ihr wüßtet, wie viele Leute sich heutzutage scheiden lassen. Es werden immer mehr. Ihr denkt, ich bin die große Ausnahme, Leute. Nicht mehr lange, das kann ich euch verraten. Fragt Sven, der weiß es.«

Sie nickten. Noch niemandem von uns war es eingefallen, wegen irgendwas Sven zu fragen. Aber sie nickten und süffelten ihren Whisky.

Gut war, sie unterbrachen mich nicht. Das hatte ich ihnen gar nicht zugetraut. Selbst Motte ließ seine Witze. Als ich schon eine Weile erzählt hatte, schwenkte Onnis Arm mit der Whiskyflasche herüber, und Onnis Stimme sagte: »Hier. Kleiner Nachschlag *Ischkebaha.*« Ansonsten ließen sie mich erzählen. Nach einer Weile machte es mir Spaß. Die Scham war längst weg, übers große Meer davongeweht. Ich konnte sogar lachen, als ich von Sonja und ihrer neuen Wohnung erzählte, wie sie barfuß in der Morgensonne saß und ihre Identität fand.

»Sie könnte uns doch mal einladen«, sagte Tilo, »glaubst du nicht? An einem Heimfahrtwochenende. Wenn die Wohnung in dieser tollen Kneipengegend ist?«

»Tilo will in der Südstadt auch seine Identität finden«, sagte Motte. »Und dann mit Sonja barfuß in der Morgensonne sitzen. Stimmt's, Tilo?«

»Barfuß bis zum Hals«, sagte Onni und kicherte. Motte lachte auch.

»Ihr seid bescheuert«, sagte Tilo. »Laß mal die Flasche rüberwachsen.«

Onni gab sie rüber, und Tilo goß sich nach.

»He«, sagte Motte, »das ist ein halber Zahnputzbecher! Sei mal vorsichtig mit dem Racke hier!«

»Der Racker mit dem Racke«, sagte Tilo und schlürfte etwas Whisky ab. »Man *gewöhnt* sich richtig an dieses Getränk. Irgendwie würde ich sagen, Whisky ist weicher als Cognac. Meine persönliche Meinung jetzt. Whisky ist eigentlich das Weichste, was es gibt.«

»Das Zarteste«, sagte Motte.

»Das Rauchzarteste«, sagte ich.

»Das Rauchzärtlichste«, sagte Onni und kicherte.

»Guck dir Onni an!« rief Tilo. »Das Ei ist schon ein bißchen betrunken. He, Marko! Wie steht's mit dir? Eierst du auch schon?«

»Geht so.« In meinem Kopf eierte es ein bißchen, aber ich machte ein ernstes Gesicht. »Ich überlege gerade, wann ich zu Hause die Friedensverhandlungen aufnehme. Und wie die Reparationszahlungen aussehen könnten.«

»Ist denn schon raus«, sagte Onni mit schleifender Stimme, »wer sie *zahlen* muß?«

»Oh, Mann. Ich weiß nicht. Ich muß mir ja auch noch die Wohnung meiner Mutter angucken. Sie legt ziemlichen Wert darauf. Alle haben neue Wohnungen.« Ich schloß die Augen und merkte sofort, daß das ein Fehler war. Ich machte die

Augen schnell wieder auf. Das Bild kam zum Stehen, wie wenn die Karussellrunde vorbei ist und alle absteigen müssen. Ich ließ die Augen offen und machte sie groß und rund, als würde ich mich über etwas wundern. »Alle haben neue Wohnungen. Und ich … ich darf nicht nach London fahren.«

»Tröstet es dich«, sagte Tilo, »daß ich auch nicht nach London fahre?«

»Habe ich euch schon von Arno erzählt, dem Freund meiner Schwester? Der Typ macht Musik. Als Bassist. Er ist nicht übel, sagt Sonja. Sehr zärtlich.«

»Sehr rauchzärtlich«, sagte Onni und kicherte wie ein Schulmädchen. Dann konnte er sich nicht mehr halten und lachte, bis ihm die Tränen kamen. »Sehr … sehr … sehr … *rauchzärtlich* …! Mann, das ist … ich weiß auch nicht, warum ich das so … echt, Mann!«

»Tilo«, sagte Motte, »kümmerst du dich nachher darum, daß er in seine Bude kommt?«

»Machen wir.«

Motte nahm einen Schluck Whisky und guckte wie Lino Ventura. Sein Mund war ein Strich, die Enden zeigten leicht nach unten. Das war Mottes Art, eine Portion geistiger Flüssigkeit einzunehmen. Er hatte auch eine *Nase* wie Lino Ventura. Onni wurde albern, wenn er getrunken hatte, Motte wurde in seiner Betrunkenheit extrem nüchtern. Als dächte Motte, die filmen ihn gerade, während er sich in den Sessel lehnt, eine Salzstange nimmt oder das Glas zum Mund führt. Wenn Motte getrunken hatte, saß er da wie ein Polizeidetektiv, der sauer ist, daß er schon die dritte Leiche am Hals hat. Er wollte dann irgend jemanden für die Leiche verantwortlich machen. Und wenn das nicht ging, schnell zurück ins Büro. Nur kein Austausch von Freundlichkeiten mit den Personen am Tatort. Das war Motte, wenn er getrunken hatte.

Mann, wir hatten alle getrunken. Aber es ging uns noch gut, würde ich sagen, allen bis auf Onni. Er konnte sich nicht mehr selbst nachgießen. Tilo nahm den Racke aus seiner Reichweite und schwenkte den kleinen Rest, wie um zu fragen: Wer will noch?

Plötzlich ging unten die Tür auf.

»Jemand da?«

»Was ist?« rief Motte nach unten.

»Marko soll zu Bruder Hermann kommen.«

»Kommt«, sagte Motte.

»Oh, Scheiße. Der riecht den Racke zwei Meilen gegen den Wind, wenn ich mich in seine Bude setze.«

»Er hat Weißwein auf der Zunge, vergiß das nicht. Komm her.« Motte guckte mir in die Augen. »Einmal kräftig zwinkern. So. Dann die Zähne putzen und gründlich gurgeln. Den Pistolengurt umschnallen. Sind sie geladen? Los geht's.«

Als ich ging, sang Motte leise Lied 639, »Ein Haus voll Glorie schauet«, vierte Strophe, aber bevor er die letzte Zeile erreicht hatte, die mich trösten und stärken sollte, war ich schon aus dem Zimmer.

* * *

Bruder Hermann sagte sofort »Herein!«, als ich klopfte. Er winkte mich ins Zimmer und zeigte aufs Sofa.

»Nicht auf den Stuhl?«

Er zeigte wieder aufs Sofa. Ich machte den Mund klein wie ein Flötenspieler, um so wenig Atem herauszulassen wie möglich. Ich fühlte mich etwas schwindelig. Nicht ganz nüchtern. So ungefähr. Es war nicht einfach, dabei immer den Gedanken im Kopf zu halten: Verrat dich nicht, sag nichts Falsches. Mach keine dummen Bewegungen. Reiß nichts um. Setz kein idiotisches Grinsen auf. Guck wie Motte, wenn er wie Lino Ventura guckt. Zieh die Mundwinkel ein bißchen nach unten, das wird doch nicht so schwer sein!

Ich dachte, wenn ich die ersten Minuten überstehe, wird alles gut. Der Racke verflüchtigt sich. Bruder Hermann hat Weißwein auf der Zunge. Er wird nichts riechen. Er wird nichts riechen und mich nicht zum Schlammausheben in den Graben schicken.

»Marko, ich hätte mir gewünscht, wir hätten schon früher sprechen können, auch über deine Situation. Eure häusliche Situation in Köln.«

Mir wurde schlecht, als ich das Wort »Situation« hörte. Ich wollte alles abwehren, was mit der *Situation* zusammenhing. Ich hob die Hand, um Bruder Hermann am Weitersprechen zu hindern. Vielleicht ließ ich die Hand eine Minute da oben, ich weiß es nicht, es hätten auch zwei oder drei sein können. Ich sah tief in Bruder Hermanns kleine Augen hinter den dikken Brillengläsern, aber wie lange ich das tat, keine Ahnung. Es ist … hmm, wie heißt das noch? Es ist *von den Quellen nicht überliefert.* Ich starrte in die winzigkleinen Punkte hinein wie Mogli in die Augen der Schlange Ka. Da fühlte ich Ekelwellen tief unten in meinem Magen herumschwappen und alles in Unordnung bringen. Sachen stürzten zu Boden. Möbel wurden umgerissen. Bruder Hermanns Augen waren zu klein, um lange hineinschauen zu können, wenn man eine Portion Racke zu sich genommen hatte. Die Augen der Schlange Ka waren groß. Auch die Augen von Monique aus der Schuhfabrique waren groß. *Sehr* groß sogar. Aber Bruder Hermanns Augen waren *klein.* Bestimmt überanstrengte ich mich, als ich so intensiv hineinschaute. Das war, als die Ekelwellen tief unten in meinem Magen herumzuschwappen begannen und alles in Unordnung brachten. Innerhalb von Sekunden schwappten sie höher und höher. Speichel schoß mir im Mund zusammen, und in meinem Kopf begann es zu surren. Der Speichel wurde immer mehr, ich mußte schlucken, schlucken …

»Bruder Hermann, mir wird schlecht. Ich muß … sofort … Ihr … Badezimmer …?«

Ich fegte um die Ecke in sein Schlafzimmer, sah das schlichte Holzkreuz über dem Bett, riß die Badezimmertür auf und scheiterte auf dem letzten Meter. Ich scheiterte nicht schlimm, würde ich sagen. Ich scheiterte ehrenvoll. Ein kleiner Schwall von Erbrochenem landete vor der Toilette. Dann hing ich über der Klobrille und kotzte mir die Seele aus dem Leib.

Ich spürte sofort, daß es mir guttun würde. Aaahh! Hinaus mit dir, du alte Seele! Ein reinigendes Erbrechen! Ich wußte, daß ich danach wie ausgewechselt wäre, übrigens auch nüchtern, bereit, jedes Gespräch mit Bruder Hermann zu führen, selbst über die Situation. Die *Situation* gab es ja nicht mehr. Während ich die letzten Nahrungsreste aus der Schädelstätte erbrach, die der Racke in Aufruhr gebracht hatte, sammelte ich mich schon und bereitete mich auf alle Fragen vor, die Bruder Hermann mir stellen könnte. Meine Haltung war prinzipiell ablehnend. Keine Fragen, keine Verhandlungen. Ich hatte keine Lust, mit diesem Mann zu sprechen. Ich hatte die *Situation* im Griff. Ich war liebenswürdig, sinnenfroh, grausam und einsam.

Die Ekelwellen wurden kleiner und schwächer. Das Meer war ruhig. Die Flut stieg, der Wind blieb günstig. Du alte Kloschüssel! murmelte ich mit einem langen Blick in die Tiefe. Du nimmst, was man dir gibt, und kennst keine Klagen. Deine Duldsamkeit ist legendär. Laß mich ein würdiger … Vollender deiner Tugenden sein!

So sprach ich zur alten Kloschüssel. Ich war genug auf der See gewesen und fühlte ein großes Bedürfnis, auszuruhen und über die Gefahren nachzudenken, die mir gedroht hatten.

Nachdem ich zum letztenmal gespien und ein finales Röcheln in die Tiefe geschickt hatte, stützte ich mich auf die alte Klobrille und stellte mich auf die Füße. Es roch etwas streng in Bruder Hermanns Kampfzone, von länger zurückliegenden Schlachten. Ich wischte mit einer Handvoll Klopapier über das Rund, drückte die Spülung und ließ alles verschwinden. Als ich an das kleine Waschbecken trat und in den Spiegel guckte, fand ich mich annehmbar. Krank war nicht ich, sondern das fahle Licht der Badezimmerlampe. Ich betrachtete Bruder Hermanns Pflegeutensilien. Rasierpinsel, Rasierschaum, Fa-Seife, Fa-Deospray und ein brauner Kamm, dem zwei Zinken fehlten. Ich suchte nach der Aufschrift *handgesägt*. Die Aufschrift *handgesägt* gehörte in dieser gleichgültigen Welt zu meinen Lieblingsaufschriften.

»Geht es wieder?« Bruder Hermann hatte die Badezimmertür geöffnet. Er sah ungehalten aus. »Hier, nimm das Handtuch. Kannst du das wegmachen da unten?« Er zeigte auf das Erbrochene vor dem Klo. »Ich gebe dir einen Lappen.« Er fischte einen Lappen hinter der alten Klobürste hervor, tränkte ihn mit Wasser und wrang ihn aus. »Hier. Man darf nicht zu lange warten. Spül ihn nachher gut aus.«

Als ich fünf Minuten später auf seinem Sofa saß, fühlte ich mich rein wie ein Lamm. Ich hatte Lust, Bruder Hermann anzustrahlen und ihm eine gute Woche zu wünschen, solche Sachen, aber da ich wußte, daß er es mißverstehen würde, ließ ich es bleiben.

Bruder Hermann strahlte nicht. »Ich hatte mir deine Ankunft weniger … turbulent vorgestellt. Hast du Alkohol getrunken?«

»Habe ich Alkohol getrunken … ja, ich muß wohl Alkohol getrunken haben, Bruder Hermann. Jetzt erinnere ich mich. Ich habe Alkohol getrunken! Das tue ich manchmal, wenn die Welt … mir zuviel wird. Dann muß ich ein paar Sandsäcke abwerfen.«

»Ich lasse das beiseite, Marko. Ich gehe darüber hinweg. Die Frage, die ich mir jetzt stelle, lautet: Bist du nüchtern genug, um mit mir ein schwieriges Thema zu besprechen? Sieh mich an. Bist du nüchtern?«

»Wie der Tag. Wie ein Lamm. Nüchtern wie ein kleines wolliges Lamm. Fragen Sie mich nach Nietzsches Religionsbegriff. Ich sehe ihn klar vor mir. Alle Dinge sagen zu ihm O!«

Bruder Hermann kniff die Augen zusammen. Er wollte *jetzt* mit mir sprechen, das spürte ich. Unter anderen Umständen hätte er mich sicherlich gern zum Schlammausheben in den Graben geschickt, weil ich getrunken hatte. Aber der Wunsch, mit mir zu reden, war stärker.

»Es geht um Bruder Gregor. Unseren geschätzten Mitbruder. Bruder Gregor fühlt sich unter Druck. Er ... nimmt sich alles sehr zu Herzen. Verstehst du?«

»Nein.«

»Marko, das muß absolut unter uns bleiben. Es ist ein großer Vertrauensbeweis, daß wir hier sitzen und miteinander sprechen. Bruder Gregor ist ein hervorragender Seelsorger und Lehrer, wie alle wissen, ein sorgfältiger Theologe, ein gewissenhafter ... Mensch. In jüngster Zeit hat er etwas Schwierigkeiten mit der *erzieherischen* Seite seiner Aufgabe auf dem Collegium. Es handelt sich um eine Aufgabe, die eine gewisse Vielseitigkeit erfordert.« Er leckte sich die Lippen. »Bruder Gregor ist von zarter Gemütsart, wie du weißt. Etwas labil in gewissen Situationen. Du kennst ihn. Ihr führt Gespräche, davon erzählt er mir gern und häufig. *Literarische* Gespräche, zu beiderseitigem Gewinn. Er leiht dir Bücher. Auch der Präses ist davon unterrichtet.«

»Wovon unterrichtet?« Ich spürte keinen Racke mehr im Hirn, kein Tröpfchen. »Bitte, wovon *unterrichtet*?«

»Der Präses interessiert sich sehr für deine Lektüren. Jeder weiß, Marko, daß Bruder Gregor und du gern literarische Gespräche führt. Eine wunderbare Sache, das denken wir alle. Unbedingt unterstützenswert. Mehr, ein nachahmenswertes Beispiel für eine fruchtbare pädagogische Beziehung. Wir fragen uns nun, ob du Gelegenheit hattest, etwas mehr Einblick in seine Lage zu gewinnen. Ob dir in den letzten Monaten etwas aufgefallen ist, was zu Sorgen Anlaß geben könnte. Denn wir machen uns Sorgen, Marko. Wir können nicht verhehlen, daß wir uns um Bruder Gregor gewisse Sorgen machen.«

Ich starrte ihn an. »Was zu Sorgen Anlaß geben könnte …? Wirklich, ich weiß nicht, was Sie meinen.«

»Komm, Marko, das ist doch nicht so schwierig. Stell dir vor, du wärest Bruder Gregors … Verwandter, ein naher Verwandter oder Freund. Ein guter Freund. Was würde ein solcher Freund jetzt tun? Er sieht den Freund in Schwierigkeiten, er sieht ihn traurig und niedergedrückt. Jetzt muß er sich fragen, wie kann ich helfen? Was ist meine Aufgabe? Das muß er sich doch fragen, Marko. Oder irre ich mich?«

»Nein … nein.« Ich sah eine helle Wolke in einer Ecke des Zimmers. Ein Wölkchen, das gleich wieder verschwinden würde. *Lucilius, du hast mir die Frage gestellt: Warum, wenn eine Vorsehung die Welt lenkt, widerfährt guten Menschen so viel Unglück?*

»Was also tust du, Marko?«

»Was ich tue?«

Er schnaufte. »Wie handelst du? Wie leistest du wirksame Hilfe? Bitte.«

»Ich … weiß es nicht. Ich weiß nicht, ob ich dem Freund helfen kann. Ich meine, natürlich würde ich mir überlegen, ob ich etwas tun kann. Natürlich. Aber bei Bruder Gregor … bei ihm weiß ich nicht. Bruder Gregor ist nicht mein Freund, wissen Sie. Er ist mein Religionslehrer. Manchmal begleite ich ihn.«

»Begleitest ihn? Wohin begleitest du ihn?«

»Irgendwohin. Zum Kreuzgang. Ein Stück am Graben entlang. Solche Sachen. Irgendwohin. Wir unterhalten uns über Bücher.«

»Ja, ja, natürlich …« Bruder Hermann war unzufrieden. »Marko, ihr führt lange Gespräche. In diesen Gesprächen geht es um wichtige Themen. Das eine oder andere könnte ein Licht auf Bruder Gregors … *Situation* werfen.«

»Bitte!« rief ich. »Ich verstehe nichts von seiner *Situation*! Ich weiß nicht, was seine *Situation* ist! Ich kann Ihnen nicht helfen.«

»Marko, konzentriere dich! Es geht hier nicht um *dich*! Niemand darf egoistisch sein. Es geht um Bruder Gregor!« Er war ungehalten. Er hatte mehr erwartet.

»Nehmen wir an«, sagte ich, »ich wüßte etwas über ein … Thema, das zu Sorgen Anlaß gibt. Was würden Sie dann tun?«

Bruder Hermann machte sehr kleine Augen. Sie waren so klein, daß mich nur noch zwei Punkte hinter den Brillengläsern anguckten, Punkte wie Stecknadelköpfe, die aus einer großen Körpermasse herausschauten. »Wir sammeln Hinweise. Wir versuchen zu verstehen. Wir geben niemanden verloren.«

Es wurde still im Raum. Neun Uhr mußte vorbei sein. Motte, Tilo und Onni hatten sich bestimmt längst die Zähne geputzt und das Racke-Aroma vertrieben. Bruder Hermann sah mich an.

Ich sagte: »Einmal hat er von Galliern und Römern geredet. Auf italienisch. Er hat einen Text deklamiert.«

»Gallier. Römer …«

»Ja. Ich kenne das Buch nicht. Es hat ihn sehr … bewegt. Wahrscheinlich ist es unwichtig.«

»Alles kann wichtig sein«, sagte Bruder Hermann. »Hat er mal von einem gewissen Nippermann gesprochen? Clemens Nippermann?«

»Nippermann?« Ich sah aus dem Fenster. Die Laterne da draußen sah aus wie ein Mensch, der auf jemanden wartet. »Nippermann … nein. Wer ist das?«

Sein Blick tastete mich drei Sekunden lang auf eine mögliche Lüge ab. In diesen drei Sekunden erwischten Bruder Hermanns Augen, diese von Kurzsichtigkeit und Schlaflosigkeit zusammengeschrumpften Punkte, jede Stelle in meinem Gesicht, an der sich die Lüge verbergen konnte. Die Stirn. Die

Wangen. Die Lippen. Die Mundwinkel. Die Augen und die Augenbrauen. Drei Sekunden lang. Dann entspannte er sich. Ich hatte den Lügentest bestanden.

»Ein andermal. Ich möchte, daß du die Augen und Ohren offenhältst, Marko. Achte auf Bruder Gregor wie auf einen Freund. Und denk daran, auch wir sind seine Freunde. Die besten Freunde, die er hat. Wir dürfen nicht zulassen, daß er uns … daß wir ihn verlieren, verstehst du?«

Ich nickte. Aber ich verstand kein Wort. Ich fühlte mich auch nicht mehr wie ein Lamm, sondern grau und klebrig. Ich stand auf.

»Gute Nacht, Bruder Hermann. Entschuldigen Sie … die Unordnung im Badezimmer.«

»Gute Nacht. Denk an meine Worte.«

* * *

24. März 1977

Liebe Mama!

Vielen Dank für Deinen Brief. Ich habe ihn bestimmt zwanzigmal gelesen. Ich glaube, ich werde ihn noch zwanzig weitere Male lesen. Eigentlich wollte ich Dir jetzt eine lange Antwort auf alles schreiben, was in Deinem Brief steht, aber dann habe ich beim Schreiben gemerkt, daß in Deinem Brief so viele Dinge nebeneinander *stehen, daß ich schlecht auf alles antworten kann. Wie Sachen im Möbelhaus, die im selben Schaufenster stehen, aber nicht zum selben Wohnzimmer gehören. So kam es mir vor. Ich habe dann meinen angefangenen Brief, der voller gestrichener Stellen war, zerrissen und einen neuen angefangen. Den habe ich dann auch zerrissen. Der dritte Brief ist dieser.*

Ich sage Dir erst mal nur das Wichtigste. Ich habe mich entschlossen, zu Ostern nach Hause zu kommen und nicht nach London zu fahren. Es wäre sowieso schwierig geworden, weil Papa mir kein Geld dafür geben wollte. Vielleicht ist es besser, daß ich nicht fahre.

Wir können uns in den Osterferien treffen. Ich schreibe den Satz jetzt zum erstenmal in meinem Leben – daß ich Dich treffen *muß, um Dich zu sehen, weil Du nicht mehr bei uns wohnst. Mama, ich bin noch sehr wütend über vieles. Ich will euch verstehen und alles, und irgendwann werde ich das vielleicht auch, aber im Moment bin ich noch sehr wütend darüber, daß Ihr so lange gelogen habt. Und dann, wie Ihr mir vom Ende erzählt habt. Das möchte ich nicht noch mal erleben, so einen Tag. Ich höre jetzt auf. Wir treffen uns ja in den Osterferien.*

Viele Grüße
Marko

* * *

Als ich zum Häuschen kam, wirkte es leer. Ich weiß nicht, woran ich merkte, daß niemand zu Hause war. Ich setzte mich auf den Stuhl, auf dem Jan Spans gesessen hatte, als ich zum erstenmal hier vorbeiging, um die Schweine zu besuchen. Mann, war ich auf die Schweine neidisch gewesen. Die Einsamkeit kam zurück, die Verlorenheit, das Gefühl, allein über einen endlos langen Flur zu laufen und zu wissen, gleich taucht von irgendwoher Schwester Gemeinnutz auf, um mich zur Ordnung zu rufen. Traurige Folge eines ersten Fehltritts, jenes beweinenswürdigen Irrtums, der mich aus dem väterlichen Hause getrieben hatte. Während ich saß, spürte ich auf einmal das Alter der Erinnerungen. He, sagte ich zu meinen Erinnerungen. Ihr seht auch nicht mehr taufrisch aus. Wie wär's, wenn ihr in die zweite Reihe zurücktretet? Damit wäre allen geholfen.

Ich ging um das Häuschen herum und schaute von dort zum wilden Heiligen hinüber. Hinten am Collegiumsweg sah ich Frau Spans. Sie trug einen Einkaufsbeutel. Als sie mich sah, winkte sie knapp und kam mir entgegen, ohne sich zu beeilen.

»Marko. Jan kommt gleich. Er hat dich erwartet.« Sie drückte die Tür auf. »Alles wird teurer.«

Sie hantierte in der Küche. Ich ging ins Wohnzimmer und setzte mich an den Tisch. Auf dem Radio saß alter Schmier. Wahrscheinlich benutzte Jan Spans nur einen einzigen Knopf an diesem Radio. Der Rest alterte wie das Moos auf den Steinen.

Frau Spans rief: »Ich mache Tee. Jan kommt gleich.«

Da hörte ich ihn schon. Er kam mit dem Fahrrad und stellte es an die Wand. Ich hörte das Kratzen des Lenkers an der Mauer. Dann trat er ein.

»Marko. Gut, daß du gekommen bist.«

»Die Frau macht Tee«, sagte ich. »Jan Spans. Ich habe nachgedacht. Ich habe ein paar Fragen.«

»Das ist gut.«

»Wer ist Clemens Nippermann? Was war das für einer?«

»Ah, der. Ein paar Jahre her, nicht so lange. Kurz vor deiner Zeit.« Er setzte sich, nahm Tabak und drehte sich eine Zigarette. Mit dem Anstecken wartete er, bis die Frau den Tee gebracht hatte. Die Frau brachte auch den Rum. Jan Spans goß ein bißchen in seine Tasse. Er rauchte, blies in den Tee und schaute mich sehr ruhig an. »Wie kommst du auf Nippermann?«

»Bruder Gregor«, sagte ich. »Bruder Gregor hat mir von ihm erzählt. Vielleicht ist das unwichtig. Aber vor kurzem hat mich auch Bruder Hermann nach Nippermann gefragt. Jetzt frage ich Sie. Wer war Nippermann?«

»Ein etwas unglücklicher Mensch ... getrieben. Nicht so unglücklich wie Bruder Gregor, das nicht. Das hat ihn gerettet.«

»Bruder Gregor! Warum sagen Sie das? Bruder Hermann macht sich auch Sorgen. Der Präses auch. Alle machen sich Sorgen um Bruder Gregor.«

Er blies konzentriert in seinen Tee, dreimal, viermal. Nippte.

»Er steht aufrecht, sagtest du das nicht? Da hast du die Antwort. Er kann sich nicht ducken.«

»Ducken *wovor*?«

Dieses Reden in Andeutungen machte mich nervös. Hinter jedem Satz lauerten drei Geheimnisse, und wenn ich an einem zog, kamen fünf neue hinterher.

»Vor den verirrten Kugeln. Weißt du nicht mehr? Du hattest Fieber. Er kann sich nicht ducken vor den verirrten Kugeln. Marko. Niemand interessiert sich für die alten Geschichten. Jeder kommt irgendwie durch. Bis auf einen, der fällt. Einer fällt immer.«

»Aber ich will w–«

»Warte. Warte, Marko. Hör mir zu.« Er zog an der Zigarette und dachte nach.

Ich konnte sehen, wie er überlegte, womit er anfangen sollte.

»Hör zu und stell keine Fragen. Die Fragen später.«

Ich nickte.

»Ich bin seit bald fünfzig Jahren hier. Nur Schwester Gundula ist länger auf dem Collegium. Ich habe Maurer gelernt, dann Kesselwart umgelernt. Ich arbeite mit Metall. Das weißt du.« Er schaute aus dem Fenster und konzentrierte sich. »Ich sah, daß Schwester Gundula und ich helfen müssen. Wann das war, weiß ich nicht mehr. Wir sind Helfer, beide. Wir helfen und begleiten. Sie mit ihrem Kräutertee, dem Fieberthermometer, der Ziegenmilch.« Er nickte. »Und ich … ich bin für die anderen Dinge da. Reparaturen, die nicht mit dem Körper zu tun haben. Reparaturen hier oben.« Er tippte sich an die Stirn. »Oder hier.« Seine Hand legte sich aufs Herz. »Nichts Großes. Ich bin nur da. Jan Spans ist da. Ich bin der dunkle Begleiter. Man kann reden. Man kann etwas schweigen. Das hilft sehr. Man trinkt Tee. Manchmal geht man gestärkt davon. Oder hat neue Ideen. Oder hält etwas länger durch. Das ist eigentlich alles. Ich repariere Metall. Und manchmal höre ich Menschen zu, die mir etwas erzählen wollen. Sie kommen hierher. So wie du.«

»Und Bruder Gregor?«

Er sah mich an. »Die Fragen später.« Er schob mir den Tabak rüber. Ich fing an, mir eine zu drehen. »Es gibt auf dem Collegium Aureum keine Geheimnisse.« Er hob den Finger. »Keine Geheimnisse! Jetzt machst du große Augen. Das glaubst du nicht. Du glaubst, das Collegium ist voller Geheimnisse.« Er schüttelte langsam den Kopf. »Das Collegium ist voller Menschen, die es gut meinen. Sie wollen nicht alle dasselbe. Aber jeder glaubt, er will das Richtige. Verstehst du das?« Er nickte, um mein Nicken zu verstärken. »Natürlich streiten sie. Bekämpfen sich. Belügen sich. Wie überall. Aber es gibt hier keine Geheimnisse … außer einem. Wer das *Buch der Ordnungen* geschrieben hat.«

»Das *Buch der Ordnungen …*?«

»Ja. Ein Buch über Vorkommnisse aus früheren Jahren. Das *Buch der Ordnungen.* So hat Bruder Gregor es genannt. Jemand hat Dinge aufgeschrieben. Es kommen nicht viele als Verfasser in Frage. Vielleicht gab es eine Zusammenarbeit. Manches, glaube ich, ist sogar erfunden. Es kommen Dinge vor, bei denen der Verfasser nicht dabei war, die er also nicht wissen konnte. Er beschreibt sie trotzdem. Es ist nicht wichtig. *Das Buch der Ordnungen* liegt hier sicher. Bei mir.« Jan Spans sah sich im Wohnzimmer um, als wären die Wände mit Seiten aus dem *Buch der Ordnungen* tapeziert. »Ich habe es damals gelesen. Als man es mir brachte. Es ist interessant. Eine persönliche Sicht auf die Dinge. Clemens Nippermann kommt darin vor, auch Agnes, die Magd. Beide sind ja schon lange weg. Bruder Gregor hatte mit ihnen zu tun. Bruder Gregor kommt auch im *Buch der Ordnungen* vor. Aber er hat es nicht geschrieben. Er hat es mir gebracht.« Jan Spans trank den restlichen Tee in großen Schlucken. »Bruder Gregor hat das *Buch der Ordnungen* gefunden.« Er stand auf. »Es ist nicht vollständig …

Bruder Gregor weiß nicht, ob Teile entfernt oder gar nicht geschrieben wurden. Seiten wurden herausgerissen. Waren diese Seiten beschrieben? Niemand weiß es außer dem, der sie herausgerissen hat.«

Jan Spans ging ins Nebenzimmer. Ein Schubfach wurde herausgezogen. Dann Stille. Ich stellte mir lautlose Tätigkeiten vor. Ein gut geöltes Geheimfach öffnen. Kleiderstapel beiseite räumen. Ein genau eingepaßtes Brett entfernen. Die Stille hielt an. Die lautlose Tätigkeit war offenbar wichtig, eine Vorsichtsmaßnahme. Wofür, wenn es auf dem Collegium keine Geheimnisse gab?

12 *Ich lese im Buch der Ordnungen. Der sonderbare Herr Nippermann. Aus der Frühgeschichte der Schädelstätte. Die Halslose. Ein Entführungsfall.*

Als Jan Spans wiederkam, hatte er eine große, dunkelgraue Kladde in der Hand. Er legte sie mir auf den Tisch und sah auf die Uhr. »Du hast noch mehr als eine Stunde. Du wirst nicht alles schaffen. Manches ist langweilig, das überspringst du.«

»Systematik ist alles!« rief ich. »Bruder Gregor würde nicht wollen, daß ich etwas auslasse.«

»Marko. Sieh dir an, wohin die Systematik ihn gebracht hat. Mach mit dem *Buch der Ordnungen*, was du willst. Nur mitnehmen darfst du es nicht. Und darüber sprechen darfst du auch nicht. Lies darin, um … um zu verstehen.«

»Um *was* zu verstehen?« Ich fuhr mit dem Daumen über den Schnitt, blätterte, schätzte den Umfang auf zweihundert Seiten.

»Lies«, sagte Jan Spans. »Mehr Tee?«

Eines Tages im September stand er da, Nippermann, wie aus dem Nichts gefallen, in das er später lautlos und ohne Vorwarnung zurückkehren würde. Er hatte sich für die Reise zum Collegium Aureum den schweren grauen Wollmantel seines Großvaters übergezogen, obwohl es dafür zu warm war. In der linken Hand hielt er einen zerschlissenen hellbraunen Lederkoffer, während die rechte dem Universum Anweisungen gab oder ein imaginäres Vogelorchester dirigierte oder auch nur tolpatschig herumruderte, denn er wußte nicht, wohin er gehen sollte. Er war vom Gleuyner Bahnhof aus zu Fuß gegangen, eine Torheit, niemand durchquerte zu Fuß den ganzen Ort und marschierte den Collegiumsweg an den öden Feldern vorbei, Weizen, Kartoffeln, am Wegrand etwas Klatschmohn, drei, vier große Windungen, dann die Pferdewiese, schon gar nicht mit einem Koffer, den er fünf Kilometer weit tragen mußte.

Am Nachmittag, zu Beginn des Silentiums, waren Plätze und Wege auf dem Collegium leer. Alle Rücken beugten sich wie von Schnüren bewegt über die Schulhefte, dann noch ein Schnaufen, ein Seufzen, der ruhiger werdende Atem arbeitender Kinder, die sich von ihren Schulaufgaben disziplinieren ließen, und wenn nicht das, dann half ein Klaps auf den Hinterkopf oder ein leichter Schlag mit dem Lineal auf Hände oder Unterarme. Kein Wunder, daß das Collegium Aureum bei seiner Ankunft wie eine Geisterstadt auf Nippermann wirkte. Doch die Geister gefielen ihm. Dann sah er am Ende des Marmorplatzes unsere wuchtige Kirche. Vielleicht nickte er ihr zu und dachte: Die sehe ich mir später an. Clemens Nippermann war einer, der Kirchen zunickte.

Vor der ersten Collegiumsbrücke stellte er den Koffer ab. Und so sah ihn Jan Spans: im grauen Wollmantel, den hellbraunen Koffer neben sich …

»He, Sie kommen ja auch darin vor!« sagte ich. »Ich hätte es mir denken können.«

»Überspring das … warte …« Er blätterte. »Hier. Da komme ich noch mal vor. *Er*, das bin ich.«

Seit langem schon schloß er mit sich selbst keine Wetten mehr darüber ab, wie lange ein neuer Erzieher auf dem Collegium durchhalten würde. Aber es waren nicht alle gleich, es gab Gruppen. Die Ordensschwestern des Collegium Aureum erschienen ihm als Völkchen außerhalb jeder Ordnung, obwohl er sich über ihre entrückten, welken Gesichter wunderte, die papierhaft anmutende Stille, die sie um sich herum verbreiteten, wenn er sich länger im Kreuzgang aufhielt als unbedingt nötig und den einen oder anderen Flur, den er bei seinen Reparaturarbeiten kennengelernt hatte, genauer erkundete. Die Ordensschwestern waren die Arbeitsbienen, ohne eigene Macht, wenn man von den zwei Schwestern absah, die das Juvenat führten; für die Kleinsten, die auf das Collegium kamen, mußten es Ordensschwestern sein, denen ihr eigenes Spiegelbild nichts mehr sagte, kampferprobte Frauen mit Missionserfahrung, von denen manche in den dreißiger Jahren nach Lateinamerika gegangen und erst Jahrzehnte später zurückgekehrt waren, um ihre Tage bei leichterem Dienst zu beschließen. So waren sie zu uns gekommen …

»He … das muß … der meint Schwester Gemeinnutz! Sie kam doch aus Brasilien!«

»Lies weiter. Vergiß sie. Ich kann mich kaum an ihren wirklichen Namen erinnern. Für den Verfasser spielt sie keine Rolle.«

Dann die eigentlichen Erzieher, wieder ein anderes Volk, oft Ordensbrüder, Männer, die sich aufrieben, ohne es zu merken, die sich noch für gesund hielten, obwohl sie niedergedrückt wurden und schon zur Flasche griffen, meistens allein, man stattete sich wenige Besuche ab, nachdem abends die Wohnbereiche der Internatszöglinge abgeschlossen worden waren. Die Erzieher schlossen ja nicht nur die ein, die sie beaufsichtigen sollten, sondern auch sich selbst. Jan Spans hatte schon viele erlebt und die allermeisten wieder gehen sehen. Jetzt also kam dieser …

»Gut«, sagte Jan Spans und beugte sich über das *Buch der Ordnungen.* »Jetzt noch die Beschreibung des Collegiums. Sehr interessant.« Ich roch sein Flanellhemd, als er hinter mir stand und die Kladde gerade vor mich hin legte, etwas Würziges, Sauberes ging von ihm aus. »Wir springen etwas mit der Lektüre, einverstanden, Marko?«

Von Gleuyn kommend, auf dem endlos erscheinenden Collegiumsweg, wenn man ihn bei Gegenwind auf dem Fahrrad zurücklegen mußte, sah man über die gelben Felder hinweg den langen Rücken des Gebäudes, den rotbraunen Körper und den spitzen Kirchturm, aus dem zum Angelus die Glocke schlug, erst hell die Viertelstunden, dann dunkler die volle Stunde wie fast überall auf der Welt. Erst wenn man auf dem Collegiumsgelände selbst stand, aber dichter am Kirchenportal als Nippermann, erkannte man, daß mehrere Generationen von Collegiumsgeistlichen der ursprünglichen Anlage unablässig etwas hinzugefügt hatten, so daß der verwirrte Blick an Seitenflügeln, unbeholfenen Anbauten, Erkern und Türmchen abglitt. Man hätte es für ein Täuschungsmanöver halten können, wenn es irgend jemandem gelungen wäre, einen Sinn darin zu entdecken, aber hier gab es nur Sinnsucher, keine Sinnentdecker. Jeder Betrachter mußte sich bald mit der Erkenntnis zufriedengeben, daß es wohl nur die Launen einer willkürlich zusammengewürfelten Architektur waren, die über Jahrzehnte hinweg mit kargen Spendengeldern und unzuverlässigen Subventionen des Bistums finanziert wurden. Man durfte sie nicht über ihren Anlaß hinaus zu deuten versuchen.

Es dauerte Monate, das Innere des Haupthauses einigermaßen kennenzulernen. Nie das ganze, das war ohnehin ausgeschlossen. Woher sollten die Bewohner wissen, woraus das Ganze bestand, wenn es durch die besinnungslose Folge der Hinzufügungen und ein ausgeklügeltes System ständig verschlossener Türen, ja ganzer Flügel und ausgestorbener Wohnbereiche dazu bestimmt schien, selbst langjährige Bewohner in Verwirrung zu stürzen? Nachts schluckte die Klosteranlage fast die gesamte Einwohnerschaft des Collegiums und hatte noch Platz übrig. Nur die Kleinsten im Juvenat, bei den Ordensschwestern auf der äußeren Seite des Grabens, lagen außerhalb des alten Komplexes, als müßten sie sich erst würdig erweisen, in den Irrgarten des Haupthauses aufgenommen zu werden. Dort fand sich alles vereint, Kirche, Sakristei, Refektorium, Schwesternfriedhof, Krypta, Küche, Speisesäle, dazu noch Haus Sparta und Haus Athen. Alle Teile des Haupthauses, in dem sich die Collegiumsaktivitäten entfalteten, mündeten irgendwann, nach Hallen, Vorräumen, verwinkelten Fluren, geheimen Türen, Stiegen und zugigen Treppen, in den Kreuzgang. Hier waren die Lampen besonders spärlich. Ein paar Lichter an der Wand, die an schwach brennende Fackeln erinnerten. Als wäre etwas im Begriff, endgültig zu verglimmen. Es reichte, um die Kleinsten, die mit zehn Jahren in die Obhut der Schwestern gegeben wurden, das Gruseln zu lehren.

Selbst im Dämmer erkannte man, daß der Kreuzgang hohe, blendendweiße Deckengewölbe hatte. Das Weiß leuchtete gleichsam von innen heraus und durchschnitt das Zwielicht, das auf Augenhöhe herrschte, denn die Fenster waren grau, ungewaschen, von Spinnweben bedeckt. Dazu die schwarzen Bodenplatten von matt schimmerndem Stein, nichts Italienisches. Um die volle Wirkung zu spüren, mußte man dort, wo zwei Gänge sich im rechten Winkel trafen, innehalten und den Blick nach hinten, dann nach vorn richten: die bewältigten und die noch zu laufenden Schritte. In den vier Röhren des Kreuzgangs vervielfachte sich der Klang der menschlichen Stimme und fiel wieder auf den Sprecher herab, als sollte ihm Schweigen geboten werden. Manche, die Traurigen unter uns, erinnerten sich bei dieser Gelegenheit an ihren allerersten Besuch auf dem Collegium, an die Minuten, die sie vor dem Büro des Präses zu warten gehabt hatten, bevor sie vorgelassen und der allerersten Befragung unterzogen wurden, eine Regel, die auch für Lehrer galt.

Es war uns bewußt, daß die Mauern des Kreuzgangs die Toten der letzten hundertsiebzig Jahre umschlossen, vor allem Ordensschwestern, aber auch den einen oder anderen Ordensbruder, der hier als Gärtner, Beschließer oder Faktotum sein Gnadenbrot gefunden hatte. Wen kümmerte es, daß den meisten dieser Männer der Ruch der Schwäche, des Alkohols, der Blödigkeit und des Scheiterns anhaftete? Damals war im Innenhof des Kreuzgangs …

»Moment«, sagte ich, »das kenne ich doch! Hier, *der Ruch der Schwäche, des Alkohols, der Blödigkeit* … das hat Bruder Gregor genauso zu mir gesagt, im Kreuzgang! Vor ein paar Wochen, ich weiß nicht … he, Jan Spans! Wie kommen Sie darauf, Bruder Gregor hätte das nicht geschrieben? Vielleicht *hat* er es geschrieben. Das sind seine Worte. Ich erinnere mich genau. Hier …«

Damals war im Innenhof des Kreuzgangs mit seinem bauchigen Pflaster noch Platz für alle gewesen, die im Angesicht Gottes lebten und starben. Später nicht mehr. Der Innenhof war ein Museum ohne Wärter, dem Angriff des Staubs und des niederrheinischen Regens schutzlos ausgesetzt. Ein Friedhof, der selbst gestorben war …

»Ich weiß noch, wie ich dachte, Mann! Was fällt dem alles ein, es ist doch nur ein alter Innenhof, ein paar Grabsteine, weiter nichts! Was hat er nur? Genau das dachte ich. *Ein Friedhof, der selbst gestorben war …*«

Gras wuchs zwischen den Steinen. Moos überzog die verwitterten Gräber. Ein ruhiger Schlummer für die Schläfer in dieser stillen Erde. Und wenn die letzte der Schwestern, die noch das Grab ihrer Mitschwestern besuchte, diesen zum Herrn gefolgt wäre, würde es keine Lebenden mehr geben, die einen Grund hätten, hier im Gebet zu verharren. Merkwürdig, was die endlosen Gänge, die wir jeden Tag durchschritten, uns antaten. Jeder fühlte sich im Kreuzgang kleiner, als er in Wirklichkeit war …

»Das ist jetzt neu, glaube ich.« Ich überflog ein paar Zeilen. »Das ist neu.«

Jeder fühlte sich im Kreuzgang kleiner, als er in Wirklichkeit war. Jeder fror. Manchen packte der Schwindel. Es war einem peinlich, wenn hier etwas zu Boden fiel, und der Ungeschickte beeilte sich, es aufzuheben, damit der frühere Zustand kalter Ruhe wiederhergestellt wurde. Im Kreuzgang verspürte man weder Hunger noch Durst. Die Augen, die Ohren, alle Sinne wurden von seiner Weite überwältigt. Hätte jemand ein Geheimnis gehabt, das er teilen wollte, nie hätte er gewagt, es im Kreuzgang weiterzugeben. Wer wußte schon, was die weißen Wände hörten?

Und wie einförmig die Jahre vorbeirollten, wenn man nicht aufpaßte. Wir sprechen von den Geistlichen, den Erziehern. Wie leicht ein Leben sich verläpperte. Sie blieben hängen und paßten nachher nirgendwo mehr hin. Jetzt also kam Nippermann. Er sah nicht so aus wie einer, der für seine Aufgabe gerüstet war. Selbst unter den Lehrern waren spöttische Bemerkungen zu hören. Er wirkte so jung, so einfältig, daß man den Großvatermantel für einen Schutzpanzer halten konnte. Und mit derselben Aura von Unkenntnis und Hilflosigkeit, mit der er das Collegiumsgelände betreten hatte, wandte Nippermann sich an Jan Spans.

»Sie arbeiten hier?«

»Ich arbeite hier«, sagte Jan Spans amüsiert.

»Sie arbeiten mit den Händen, nicht wahr? Ich habe im Zug über Dachpappe, Dachrinnen und Dachziegel nachgelesen. Ich bin beim Buchstaben *D*. Ich arbeite das *Handbuch des guten Rats* systematisch durch. Man muß seine Studien systematisieren. Hat Ihre Arbeit mit Dächern zu tun?«

Jan Spans wunderte sich. Er wollte seinem Gegenüber in die Augen schauen, aber dessen Augen ließen es nicht zu, sie kullerten weg wie Murmeln.

»Ihre Hände«, sagte Nippermann. »Ich hab's. Sie arbeiten mit harten Gegenständen.«

»Metall«, sagte Jan Spans.

»Ein würdiges Material. Ich habe darüber nachgelesen.«

Jan Spans lachte. »Anfassen reicht.«

»Oh, natürlich. Nichts kann die Anschauung ersetzen.«

»Nicht anschauen. Anfassen. Kommen Sie mal in meine Werkstatt. Da vorn.« Jan Spans zeigte in die Richtung, aus der das Grunzen von Schweinen zu ihnen drang. »Da können Sie Metall anfassen. Ich habe Maurer gelernt. Dann Kesselwart umgelernt. Ich repariere alles, wenn sie was brauchen. Eisendinge. Ich schreinere auch.«

»Das werde ich mir merken«, sagte Nippermann.

»Sie brauchen hier ein Fahrrad. Haben Sie eins?«

»Schlechte Menschen haben das meine gestohlen«, sagte Nippermann leise. Die Erinnerung machte ihn traurig. »Schlechte Menschen in Münster ...«

»Ein gutes Fahrrad?«

»Nein.«

»Kleiner Trost.« Jan Spans lachte leise. »Schlechte Menschen auf einem schlechten Fahrrad.«

Da lachte auch Nippermann, zum ersten Mal. Nicht über sich selbst, dafür reichte es bei ihm nicht ...

Ich sah hoch. Jan Spans brachte frischen Tee. Sein Blick fiel auf die Seitenzahl.

»Du kannst etwas überspringen«, sagte er. »Warte.« Er setzte die Teekanne ab, beugte sich über meine Schulter und blätterte. »Hier ist noch etwas über den Kreuzgang, auf Seite 26. Bruder Gregor und Leo Siebenwirth gehen durch den Kreuzgang, hier. Sie mögen sich nicht besonders, diese beiden.«

Kein anderes Bauwerk sei in der Lage, sagte der Geistliche, so viel Härte zu erleben, ohne in seinen Mauern auch nur den kleinsten Riß zu zeigen.

»Sehen Sie sich die Wände an«, sagte Bruder Gregor. »Makellos. Von innen heraus solide. Aber der erste Anblick täuscht. Die Wände werden nicht oft genug gestrichen. Die Zugluft unter den Türen zum Schwesternfriedhof trägt den Staub herein, der sich oben in die Ecken setzt. Sehen Sie das? Man denkt, es seien nur Schatten. Aber diese Schatten verändern sich nicht mit der Tageszeit. Es ist Blütenstaub, Landstaub. Menschenstaub.« Er seufzte. »Wir fegen die groben Krümel, die Blattreste und kleinen Zweige vom Boden und denken, damit sei es getan. Wir täuschen uns. Der ganze Kreuzgang ist ein Zugluftsystem, immer in Bewegung, anders als wir, die wir Trägheit und Verzagtheit kennen. Wir könnten die Zugluft an der

Wange spüren, wenn wir nur wollten, den Staub mit den Fingerspitzen ertasten. Aber wir sehen nichts. Wir begreifen nichts. Wir laufen den ganzen Tag im Kreuzgang umher, und ständig werden wir vom Staub begleitet.«

»Sie begreifen den Kreuzgang symbolisch.«

»Symbolisch, was heißt das«, sagte Bruder Gregor. »Sie kleben an Äußerlichkeiten, Herr Siebenwirth. Die Wände hier bewahren alle Geheimnisse, das ist wahr. Aber hören Sie nicht die Stimmen, die über die hellen Flächen huschen? Wie ein Flüstern manchmal, dann wie das Nagen sehr kleiner Tiere. Und wenn der Wind von oben in den Schwesternfriedhof hineingreift, dann klingt es wie Seufzen. Irgendwann finde ich noch heraus, an wessen Stimme mich das Geräusch erinnert, an wessen Gesicht und wessen Leiden. Ach.« Er drückte die Lippen zu einem schmale Strich aufeinander …

»Hier«, sagte Jan Spans, »kommt die Geschichte, mit der wir den Namen Nippermann immer verbinden werden. Seine große Tat. Da fängt sie an, Seite 29 unten. Wenn sie dir komisch vorkommt, laß die Einzelheiten beiseite und lies einfach weiter. Es klärt sich alles.«

Die Episode ereignete sich einige Monate vorher, im Herbst, und noch lange danach sahen wir sie vor uns in den klarsten Farben. Oder waren es nur Spiegelungen, die noch auf der Netzhaut verharrten, während das Objekt selbst schon verschwunden war? Soweit wir informiert waren, lagen die vier Männer im Kreiskrankenhaus, zwanzig Kilometer von hier, im selben Gebäude, aber bestimmt nicht auf demselben Flur, denn man traute den drei Entführern zu, trotz ihrer schlimmen Schnittverletzungen aufzustehen, die Polizeibeamten vor der Tür beiseite zu schieben oder zu überwältigen und Nippermann, der auch seine Schrammen davongetragen hatte, den Hals umzudrehen. Wenn er sie gelassen hätte. Es war ja keineswegs erwiesen, daß sie gegen ihn erfolgreich gewesen wären. Schon einmal stand es drei gegen einen, und sie hatten verloren, auf scheußliche Weise verloren, wenn wir uns das Blut vorstellten, die klaffenden Wunden, die Schweinerei auf dem billigen Kunststoffboden. Selbst der Zementsack in der Ecke, neben dem der Junge gekauert hatte, mit Händen und Füßen an das Wasserrohr gefesselt, hatte einen kräftigen roten Schwall abbekommen, als hätte jemand achtlos mit Wandfarbe hantiert.

Der Junge sagte später etwas, das uns nicht aus dem Kopf ging: daß er, Johann Kreutzer, natürlich still gewesen sei auf dem ungemütlichen Boden, eher müde als verängstigt, einfach nur ausgelaugt von der Nacht und den zwei halben Tagen, dem Toastbrot mit Scheibenkäse und dem Aldi-Apfelsaft, daß aber auch Nippermann geschwiegen habe in der knappen Minute, die der Angriff oder die Rettung dauerte. Johanns Wort: Ein *Racheengel* sei gekommen, in dessen Hand es so gefunkelt habe, daß er, Johann, sich abwenden mußte.

Wie hätten die drei Halunken auch damit rechnen sollen, daß Nippermann sich wie im Film anschleichen, die Tür einrennen und auf sie losstürmen würde, dieser schmale Mann mit den scheuen Augen, die er vor jedem niederschlug, der ihn länger als eine Sekunde fixierte? Und das Messer. Es waren traurige Idioten, alle drei, aber mit dem langen Messer konnten sie nicht rechnen. Auch der Junge dürfte gestaunt haben, als seine Entführer einer nach dem anderen schreiend zu Boden gingen und sich ihrem Angreifer, der nicht abließ, sie schweigend zu attackieren, wie junge Hunde an die Hosenbeine hängten, weil sie glaubten, darin läge ihre einzige Chance, wobei sie sich weitere Hiebe mit dem Messer einfingen. Tatsächlich nur das, strenge Hiebe, keine Stiche, schmerzhafte Schnittwunden, aber keine Verletzung, die tödlich hätte sein können. Wie jemand am Tag darauf sagte: Nippermann hat das Messer benutzt wie eine Peitsche, er hat die Entführer *gezüchtigt*. Jedenfalls muß der Anbau hinter der alten Lagerhalle, der den drei Schwachköpfen als Versteck diente, einen üblen Anblick geboten haben. So erzählten es zwei der jüngeren Lehrer, die sich die Gelegenheit nicht entgehen ließen, den Tatort zu inspizieren.

Die Herkunft des Messers klärte sich rasch. Niemand anders als Agnes, die Magd, beigenannt *die Halslose*, hatte Clemens Nippermann Zutritt zu den großen Besteckfächern verschafft, dasselbe scheue, unansehnliche blonde Küchenmädchen, das er einige Tage zuvor mit einem als tollkühn empfundenen Gefühlsausbruch gegen eine Maßregelung der Oberschwester in Schutz genommen hatte. Er dulde keinen ungerechten Tadel, soll Nippermann mit schwellenden Stirnadern gebrüllt haben, das verletze die Ordnung! Er, Nippermann, fordere Gerechtigkeit! So laut, daß die anderen Küchenmädchen aufschauten und Löffel und Kellen zur Ruhe kamen.

Agnes, die Magd, stand mit glühendem Gesicht da, und ein Teil ihres schlichten Gemüts wünschte sich sehr weit weg. Der andere dagegen nicht. Sie senkte den Kopf, so daß der ohnehin kurze Hals nicht mehr zu sehen war, und faltete mechanisch die Hände. Sie wußte, daß sie demnächst etwas zu beichten haben würde, denn sie machte sich der Sünde des Stolzes schuldig. Es rührte sie, wie sie noch nichts im Leben gerührt hatte, daß ein Mann öffentlich für sie eintrat. Daß die anderen Küchenmädchen dabeistanden und entweder unterdrückt kicherten oder dumm glotzten, wie sie es immer taten, nahm die Halslose nicht wahr. Sie wurde von einer köstlich lebendigen Empfindung durchglüht, sie, Agnes, die Magd! Es war ein kurzer, rasch genossener Augenblick heimlicher Genugtuung, und er ging vorüber.

Oberschwester Ricarda, der Küchenbulle, ließ sich nur kurz verblüffen. Dann verjagte sie Nippermann von ihrem Territorium, und wenn es nötig gewesen wäre, hätte sie gegen den seltsamen Vogel auch den Fleischspieß eingesetzt. Immerhin, es war die erste Episode, die Nippermann Sympathien bei den Schülern eintrug, auch wenn es nichts half, er blieb in ihren Augen eine lächerliche Figur. Was die Halslose nach Nippermanns Abgang dachte, wenn sie denn etwas dachte und nicht nur empfand, interessierte niemanden. Sie biß sich auf die Unterlippe und ging mit unbeholfenem Gang, der ihren Schmerz besser kaschierte, als ihr lieb sein konnte, wieder an die Arbeit …

Jan Spans sah mir über die Schulter. »Ah, jetzt kommt der Rückblick. Der Verfasser hat ein besonderes Interesse an Agnes. Du wirst gleich verstehen, warum.«

Wie manche Möbel, die weder hübsch noch häßlich sind und die aussehen, als hätte jemand sie heimlich abgestellt, damit andere sich mit ihnen herumschlagen, war Agnes, die Magd, damals zu uns gekommen. Eines Tages war sie da. Es dauerte eine Weile, bis wir das Bedürfnis verspürten, sie zu mustern. Die Augen waren hell, klar und blau, doch ohne Ausdruck. Die Nase war schmal und vielleicht ein wenig zu lang. Das hellblonde Haar endete auf beiden Seiten an der Kieferlinie; fiel es nach vorn, wurden kleine, runde Ohrmuscheln freigelegt, die oft vor Hitze und Anstrengung glühten.

Aus der Ferne gesehen, wären an Agnes, der Magd, zahlreiche intensiv gerötete Punkte aufgefallen: die Wangen, die Hände, die Ellenbogenspitzen, die Ohren, dazu eine frische Wunde am Schienbein. (Sie war ungeschickt und verletzte sich oft.) Aber wir kannten niemanden, der sich die Mühe gemacht hätte, Agnes aus der Ferne zu studieren. Und aus der Nähe … nun ja. Als sich irgendwann sowohl die Beobachtung, der das arme Geschöpf unterworfen war, als auch die gegen Agnes gerichtete Bosheit präzisiert hatte, erfand jemand den unbarmherzigen Beinamen *die Halslose*.

Vielleicht sollten wir erwähnen, daß die Küchenmädchen die Collegiumsbewohner nicht zu interessieren hatten und im allgemeinen auch tatsächlich nicht interessierten, die Ordensbrüder so wenig wie die allermeisten Schüler. Man sah die Küchenmädchen hin und wieder während der Mahlzeiten, beim Gang in die Küche oder ansonsten am Nachmittag, bei einem zufälligen Blick aus dem Fenster, wenn nackte Mädchenarme die Essensreste des Vortags in metallenen Bottichen nach draußen schafften und in einen bereitstehenden Anhänger kippten, den Jan Spans mit seinem braunen Kastenwagen davonfuhr.

Es gab verschiedene Klassen auf dem Collegium Aureum, womit wir jetzt keine Schulklassen meinen, sondern Klassen von

Menschen. Wo immer man die Ordensbrüder und die Nonnen, die im Nähzimmer über dem Kreuzgang verwitterten und starben, die Erzieher und Hilfserzieher einordnen wollte, die Schüler, die Lehrer (solche, die *drinnen* wohnten wie Leo Siebenwirth, solche, die *draußen* wohnten wie Köhler, Tomlinson oder Subirats), die Damen des Sekretariats, die Handwerker einschließlich eines Sonderlings wie Jan Spans, die Bauern der umliegenden Höfe, die das Collegium Aureum mit Obst, Rüben und Schlachtvieh belieferten: wie immer die Rangordnung auch ausfallen mochte, die Küchenmädchen rangierten in jedem Fall weit unter den Handwerkern und Bauern und selbst unter den Bäuerinnen und vielleicht sogar unter den Mägden der Bäuerinnen. Oft waren die Küchenmädchen ja ehemals Mägde auf einem Hof in der Umgebung gewesen und bei der Bäuerin in Ungnade gefallen, ob durch Langsamkeit, Unbotmäßigkeit, Unehrlichkeit oder die täppische Zudringlichkeit des Bauern, für die sie nichts konnten, die sie aber offenbar nicht entschlossen genug abgewehrt hatten. In jedem oder fast jedem Fall war die Collegiumsküche die letzte Wahl gewesen, ein Strohhalm, unabhängig von dem schrecklichen Ruf, den die Herrschaft Schwester Ricardas, des Küchenbullen, in den Nachbardörfern verbreitete. Keine junge Frau wäre freiwillig in das Collegium Aureum gekommen, um dort in der Küche zu arbeiten. Auch Agnes, die Magd, hatte keine andere Wahl gehabt.

Und sie war das geborene Opfer. Im allgemeinen wußten die Küchenmädchen, daß sie mit dem Küchenbullen jeden Tag einen Pakt aushandeln mußten, der aus einer bestimmten Menge unbezweifelbarer Leistungen, wohldosierter Demutsgesten und zwei oder drei Andeutungen – nicht mehr – von gezügelter Aufsässigkeit bestand. So wie Schwester Ricarda es nicht ertrug, ihre Autorität in Frage gestellt zu sehen, so sehr langweilte sie sich, wenn sie die weiten, feuchtschimmernden Fliesen der Großküche unseres Collegiums durchmaß und nirgendwo den Hauch des Widerstands spürte. Was sie in Agnes' hellen, sanften und leider auch etwas tumben Augen sah, machte sie deshalb wütend. Die Halslose würde nie ihre, Schwester Ricardas, Autorität herausfordern oder sie hinter ihrem Rücken verfluchen oder im Davongehen ein gemurmeltes Schimpfwort fallenlassen, zu leise, um von Schwester Ricarda verstanden, aber laut genug, um von den anderen Küchenmädchen als kleiner Akt der Auflehnung aufgefaßt zu werden. Nein. Agnes, die Magd, war Agnes, das Lamm. Und sie lief Gefahr, von den anderen geschlachtet zu werden.

Ach, Agnes! Es lag etwas sinnlos Trauriges in ihrem Los, denn auf keinem Feld wäre die Halslose für irgendeines der Küchenmädchen eine ernsthafte Konkurrenz gewesen. Sie war so friedlich wie niemand sonst, so ehrgeizlos, so still, so unschuldig wie niemand sonst. Ihre Unschuld verdient besondere Erwähnung, denn obwohl sich die Mehrzahl der Küchenmädchen aus den Dummen, Dicken, Langsamen und Gescheiterten der umliegenden Ortschaften rekrutierte, waren auch ein paar ziemlich hartgesottene Personen darunter, sogenannte *gefallene Mädchen*, denen man ihre Schande an den frechen Augen ansah und bei Bedarf unter die Nase rieb.

Daß die *Gefallenen* sich in einem törichten Augenblick vergessen und den groben Annäherungsversuchen irgendeines Weezer Schlosserlehrlings oder Hassumer Bauernlümmels nachgegeben hatten (der Himmel wußte, wo und unter welchen Umständen, hinter dem Dorfkrug, unter dem Kirmeswagen), war in den Dörfern natürlich wohlbekannt, dort ließ sich nichts verheimlichen, am wenigsten ein anschwellender Bauch (auf nichts warteten die Dörfler gieriger) oder eine Großmutter, die mit verbissenem Gesicht einen gebraucht gekauften Kinderwagen durch die Dorfstraßen schob. Doch erst das Collegium sorgte dafür, daß die Verfehlung im Bewußtsein der Gemeinschaft immer gegenwärtig blieb. Alles, was die Gefallenen in der Großküche leisteten, wurde auf einem unsichtbaren Konto mit der Schwere der Übertretung verrechnet, und wieviel sie auch arbeiten und was immer sie tun mochten, am Ende eines jeden Tages oder Jahres stand die Ziffer nie im Haben, sondern immer im Soll.

Gelegenheiten zur Übertretung ergaben sich. Eine Praxis des Kokettierens, der heimlichen Kontaktaufnahme zwischen Schülern und Küchenmädchen bestand in Zetteln mit kurzen Botschaften, die beim Nachholen von Kartoffeln oder Gemüse überbracht beziehungsweise in Empfang genommen wurden. Beim *Nachholen* verließ ein Schüler mit der leeren Schüssel den Speisesaal, ging durch einen engen, linoleumbezogenen Flur, dessen Wände wegen häufiger Karambolagen überfüllter Speisewagen auf Kniehöhe mit rohen Holzbrettern verschalt worden waren, und betrat den geweihten Bezirk der Großküche. Die Küchenmädchen legten diesen Weg viele Male am Tag zurück, die Schüler seltener und nur mit begründetem Motiv. Eines dieser Motive war das Nachholen. Sonst hatte ein Schüler im Reich des Küchenbullen nichts zu suchen. Schüler galten als Fremdkörper im geweihten Großküchenbezirk, und wenn Schwester Ricarda gerade über die Fliesen eilte, während ein Schüler sich näherte, schlug der Schüler stets die Augen nieder, denn er wußte, wer in diesem Reich herrschte. Selbst die aufsässigeren Schüler beugten sich der Autorität Schwester Ricardas, die es auf gewisse Weise zu der verschwiegenen Macht eines Nebenpapstes gebracht hatte, wenngleich weder in der Großküche noch im wohlbehüteten Tunnelsystem des Vorratskellers jemals Entscheidungen von größerer spiritueller Bedeutung gefällt wurden.

Dennoch gab es Keime der Unruhe und des Betrugs. Nicht nur die gefallenen Mädchen, auch die mutigeren unter den gewöhnlichen Küchenmädchen ohne schandhafte Vorgeschichte machten den Jungen schöne Augen. Unter den Schülern war umstritten, ob das als Auszeichnung zu gelten habe oder nicht, und wenn sie die kläglichen Kuhblicke mancher Mädchen auffingen, wußten sie, warum. Zum Beispiel Gabi, die mit der Halslosen das Zimmer teilte, keine Schönheit, lediglich ein gesundes, strammes niederrheinisches Mädchen mit milchiger Haut, roten Lippen, leerem Blick und Bedürfnissen wie alle anderen, vielleicht aber mit einem schwächer entwickelten religiösen Instinkt, so daß ihr Gewissen ihr nicht im Wege stand, als die ersten Annäherungsversuche seitens der

Schüler erfolgten. Es wurde ruchbar, daß Gabi sich wochenlang mit mehrmals gefalteten Zetteln vergnügte, die zwischen ihr und ihrem Freund Jürgen Dölling, genannt »Ödel«, hin und her wanderten, tatsächlich, *sich vergnügte*, weil sie das Schreiben und Entziffern der Nachrichten (ihre Orthographie war wacklig) aufregend fand, von gefährlicher Süße, die ihr ein merkwürdiges Kribbeln über die Haut jagte, von oben nach unten, auch dorthin, wo ihre billige Unterwäsche begann. Sie wäre außerstande gewesen, es zu beschreiben oder davon zu erzählen, nur daß es köstlich war, wußte sie, also wollte sie es behalten, vergrößern und verewigen.

Wir haben dich gesehn, schrieb sie an Jürgen »Dödel« Dölling in Bleistiftgirlanden auf kariertem Notizpapier, *am Waschhaus du hast so getan als säst du mich nicht und warum tust du das? Du mußt eine Antwort finden Gabi.* Oder: *Wenn du Briefe hast kannst du sie auch Conny geben sie ist treu, G.* Oder: *Ich sehe deine Blicke und du wändest dich ab, aber heute abend sehen deine Augen mich wieder, fühlst du es auch?* Sie wollte sogar, diesmal mit Kugelschreiber, daruntersetzen: *eine die es gut mit dir meint*, aber dann fand sie ihre Nachricht so, wie sie sie geschrieben hatte, noch rätselhafter …

»Das glaubt doch kein Mensch«, sagte ich. »Jan Spans?« Er stand mit dem Rücken zu mir am Fenster. »Der Verfasser des *Buchs der Ordnungen* will diese Liebeszettelchen gelesen haben. Das sieht wie Erfindung aus. Sagten Sie nicht so etwas? Daß der Schreiber auch Sachen erfunden hat? Jan Spans?«

»Vielleicht. Vielleicht hat er etwas erfunden. Ich frage mich nur, warum es dann … wie die Wahrheit klingt. Dasselbe mußt du dich fragen, wenn du alles gelesen hast. Nicht, woher die Wahrheit kommt. Sondern, ob es die Wahrheit ist.«

»Prima. Dann habe ich ja eine Aufgabe.«

Wenn schon die Collegiumsschüler streng überwacht und kontrolliert wurden, dann galt das erst recht für die Küchenmädchen, ein

Häuflein der Rechtlosen. Ein einziger Blick auf Agnes, die Halslose, reichte aus, um das zu begreifen. Und Gabi begriff es.

Die Gruppe bestand mehrheitlich aus sogenannten *Schläferinnen*, Mädchen, die am Ende des Tages nicht nach Hause zu ihren Eltern fuhren, sondern Kost und Logis erhielten, also genauso dauerhaft auf dem Collegium Aureum wohnten wie die Schüler. Sie standen jdoch unter unmittelbarer Aufsicht des Nähzimmers im Schwesterntrakt, viele Gänge, Stiegen und Türen entfernt von Haus Athen oder Haus Sparta. Ein Ausbildungsprogramm für die solcherart internierten Küchenmädchen gab es nicht. Sie hatten zu lernen, was in den Augen der Ordensschwestern nützlich war, und zu tun, was dem Küchenbetrieb des Collegiums diente. Kurz, sie ackerten und schufteten, wie der Küchenbulle es ihnen befahl. Wenn irgendeine der so erworbenen Fertigkeiten später einmal dazu führen würde, daß ein junger Landwirt aus den umliegenden Ortschaften bereit wäre, sie heiraten, gäbe es Anlaß, Gott zu danken. Erwarten allerdings durfte man nichts.

Auch Gabi, ebenso wie die Halslose, war eine Schläferin. Und sie erkannte, daß ihre Gefährtinnen und sie auf dem Collegium Aureum nichts galten, ob sie nun gefallen waren oder nicht. (Sie selbst, Gabi, wollte ja erst noch »fallen«, aber gemäß eigener Planung und möglichst, ohne Schande auf sich zu laden.) Also nahm sie sich vor, den Schein zu wahren, zu nicken, die Augen abzuwenden, den Nacken zu beugen, die Lippen verschlossen zu halten, um an anderer, wichtigerer Stelle unter der Collegiumsordnung hindurchzuschlüpfen wie ein Fisch, der wegen seiner geringen Größe niemandem auffällt und sogar den Maschen des Netzes entgeht, in dem seine schwereren Genossen sich verfangen.

Ein ganz anderer Fall war Dödel, ein maulfauler Mensch, mäßiger Schüler und zuverlässiger Freund, darin stimmten alle überein. Seit drei Monaten rasierte er sich einmal wöchentlich, mit wechselndem Erfolg. Dödel war zu jener Zeit nicht mehr weit vom Abitur entfernt, sparte auf ein Auto und wollte unbedingt seine Unschuld »ganz« verlieren. So nannte er es, nachdem er einem betrunkenen

Mädchen in Asperden, bei den Mülltonnen hinter dem Dorfkrug, sein gerecktes Glied gezeigt und gehofft hatte, es (das Mädchen) damit zu weiteren Schritten zu ermuntern. Aber vergeblich.

Jetzt unterzog sich Dödel, kein Freund des Schreibens, aber Pragmatiker, den Mühen, die Zettel und Stift mit sich brachten, umwarb also schriftlich die stramme Gabi, ohne zu ahnen, welche Freude er dem Küchenmädchen damit bereitete. Obwohl er sich darüber im klaren war, daß allzu offensives Vorgehen nicht zum Erfolg führte, glaubte er immer noch, Gabi erwarte »im Grunde« dasselbe wie er. Auch da war er einfältig. Dödel starrte nur auf das Ziel, Gabi dagegen sah den blumengestreuten Weg, der voller Versprechungen und süßem Kribbeln war. So verschieden sind die Menschen, ein jeder in seinen Wünschen gefangen und blind für alles andere.

Dödel wußte, daß besonderer Einfallsreichtum von ihm verlangt wurde, mehr, Unerschrockenheit im Planen und Handeln. Die Schläferinnen, Gabi eingeschlossen, waren im Schwesterntrakt auf möglichst raumsparende Weise und für die Schüler völlig unzugänglich untergebracht, man könnte auch sagen, weggesperrt. Der erste Teil des Flurs, eine unüberwindliche Pufferzone, beherbergte die Zimmer der rechtmäßigen Ordensschwestern, von denen einige (etwa Schwester Gundula, deren gütige Augen und rötliches Stirnhaar für manchen Schüler zum Sinnbild des Trostes wurden) noch im aktiven Dienst standen, während andere, längst jenseits der Pensionsgrenze, die auf dem Collegium aber nicht als Bezugsgröße galt, aus dem tätigen Leben ausgeschieden waren und ihre Tage, den Rosenkranz zwischen den kraftlosen Fingern, in einem Winkel des Nähzimmers oder im Bett verdämmerten. Es gab im Schwesterntrakt alle Arten von Lebensenden, und nicht jeder Schwester war es vergönnt, noch die Nähnadel zu führen oder das Telefon zu beantworten oder dem Waschhaus einen Auftrag zu erteilen, geschweige denn, in das Leben der Schüler des Collegium Aureum lenkend einzugreifen. Nicht jede Schwester wählte ihr Ende aus freien Stücken.

Der zweite Teil des Flurs stieß im rechten Winkel auf den ersten und bildete im Verhältnis zu diesem den Querbalken eines *L*. Er war kürzer, dunkler, enger und von auffälliger Muffigkeit, als habe sich die Wohngemeinschaft irrtümlich bis in diesen Winkel des unüberschaubaren Haupthauses ausgebreitet. Hier wohnten die zwölf Küchenmädchen oder Schläferinnen. Jeweils zwei, zum Beispiel Gabi und Agnes, die Halslose, teilten sich ein kleines Zimmer mit einem winzigen Erkerfenster. Das Erkerfenster war hübsch, aber nutzlos, weil es für die Bewohnerinnen zu hoch lag, so daß sie sich nicht »ans Fenster stellen« und sehnsüchtige Blicke auf eine entfernte Ecke des Schulhofs werfen konnten, einen Bereich, in den sich manchmal ältere Schüler zurückzogen, um über die Lehrer zu spotten oder ungestört zotige Witze zu erzählen. Das Zimmer selbst hatte Platz für zwei schmale Betten, einen Einbauschrank und zwei braun gestrichene Nachttische. Von der weißen Decke schaute die runde, flache Einheitslampe des Collegium Aureum herab, die ein Vorgänger unseres Präses in den frühen fünfziger Jahren als Großlieferung in Geldern gekauft und in unerklärlichem Uniformierungswahn in sämtlichen Zimmern des Internats hatte anbringen lassen.

Diese monströse Gleichheit der Beleuchtung verlieh allen Schülern, Ordensschwestern und Küchenmädchen zu allen Jahreszeiten, die künstliches Licht erforderten, dieselbe Gesichtsfarbe. Nur zwei Erziehern war es gelungen, für ihre Wohnungen andere Lampenmodelle zu beantragen und auch genehmigt zu bekommen, so daß sich der gestalterische Fortschritt der niederrheinischen Lampenindustrie in den sechziger und frühen siebziger Jahren allein an den Privaträumen von Bruder Gregor und Schwester Sieglinde ablesen ließ …

»Jan Spans …?« Er stand nicht mehr hinter mir. »Jan Spans?«

»Moment!« Er kam aus der Küche und schaute auf die Seiten der Kladde. Mit einem einzigen Blick erkannte er die Stelle. »Ah, die Lampen. Schreckliche Dummheit. Der frühere Präses war nicht nur geizig, darin lag der Ursprung dieser unseligen Lampengeschichte. Er war auch ein Machtmensch. Er brauchte und mißbrauchte die Macht. Warte, wir überspringen hier etwas, es ist zu unangenehm ...« Er blätterte, blätterte. »Der Verfasser gerät manchmal auf Abwege, weißt du ... hier.« Sein Finger pochte auf die Stelle. »Lies hier weiter. Man stelle sich die arme Agnes ...«

Man stelle sich die arme Agnes in dieser buntscheckigen Gesellschaft vor, die nichts als das Unglück oder die Wahllosigkeit zusammengeworfen hatte. Die Dummen unter den Küchenmädchen wußten nicht genau, wo die Grenze von Agnes' Dummheit verlief. Die Dicken fanden Agnes zu dünn. Die Langsamen zu schnell. Die Gescheiterten suchten vergeblich nach dem Mal des Scheiterns. Und die Gefallenen verachteten sie nicht nur, weil sie völlig unwissend war, was junge Männer betraf, sondern auch, weil Agnes dieses Wissen gar nicht zu vermissen schien. Deshalb kam es niemandem in den Sinn, die Halslose und ihr ritterlicher Verteidiger könnten über die peinliche Küchenszene hinaus, die Nippermann sich geleistet hatte, irgend etwas miteinander zu tun bekommen. Schon der Augenschein sprach dagegen. Hier der magere Nippermann. Dort die großrahmige, schwere Agnes. Nippermann war ein paar Jahre älter, ein Student der Theologie, wie gesagt. Und Agnes war um einiges jünger, als man beim Anblick ihrer stämmigen Waden hätte vermuten dürfen. Oh, beide waren blond, das verband sie, wenn sie einfältig genug gewesen wären, darin ein Band zu erkennen. Doch beide waren auch unsagbar scheu, verlegen, jederzeit bereit, sich für schuldig oder ungenügend zu halten.

Wenn uns jemand fragte, wo wir einen Entführten verstecken würden, müßten wir antworten: Keine Ahnung bei diesem flachen, dünnbesiedelten Land, wir wissen nur, wo nicht, in Gleuyn bei der alten Lagerhalle und den abbruchreifen Schuppen, dort sucht die Polizei sicher zuerst. Das tat sie aber nicht. Es war eben unsere Gleuyner Provinzpolizei, man durfte sie nicht überfordern. Nur deshalb brachten es die Gauner in ihrem Versteck auf siebenundzwanzig Stunden und standen nach dem armseligen Kriminalspuk nicht völlig als Dilettanten da, was sie jedoch zweifellos waren.

Und dann kam Clemens Nippermann, Theologiestudent und Hilfserzieher, verklemmt wie ein Chorknabe, ein Mann, der hastig sprach und leicht errötete – und er war es, der handelte. Die verängstigten, umherhuschenden Augen verrieten, daß es in ihm etwas gab, was wir anderen nicht sahen. Sie schienen sich auf eine andere Welt zu richten als die unsere, wenn sie sich tief in den Augenhöhlen wegrollten, nach schräg oben zum Beispiel, dorthin, wohin die Heiligen auf spanischen Ölbildern des frühen siebzehnten Jahrhunderts in der Stunde der größten Anfechtung blicken. Aber das ist ein anderes Thema, Nippermanns Freundschaft zu Pater Gonzalo, bevor er zu uns kam, und seine seltsame Vorliebe für die spanische Inbrunst. Entscheidend ist, daß gewiß niemand an ihn gedacht hatte, als es darum ging, Johann zu retten.

Niemand außer Agnes: in jenem kleinen köstlichen Augenblick, da sie ihm die Besteckfächer der Collegiumsküche zeigte, damit er sich ausrüsten konnte, als ginge es in den Krieg. Nun, es *war* sein Krieg, und die Halslose reichte ihm sein Schwert. Vielleicht war sie stolz darauf. Vielleicht war sie auch zu beschränkt, sich die einfachsten Fragen zu stellen und dann auch noch zu beantworten. Nein, gewiß hatte ihn niemand auf der Rechnung. Dabei gab es einige, die ihn hatten sagen hören: *Ich werde suchen. Ich werde suchen.*

Womit er natürlich meinte, finden. Und man glaube nicht, Nippermann sei trotzig gewesen. Nur eben, daß er bei der Suche nach dem Entführten (man wußte sehr schnell, daß er entführt worden war, der Anruf mit verstellter Stimme ging kaum zwei Stunden nach Johanns Verschwinden ein) seinen eigenen Gedanken folgte und auf die Theorien der Polizeibeamten, die mit ihren Uniformen und Dienstwaffen unter den Schülern gewaltigen Eindruck machten, nicht das geringste gab. Er formte mit den Lippen Worte, die niemand verstand, nahm das Fahrrad, das er nicht im Fahrradschuppen untergestellt, sondern im Collegiumswald versteckt hatte, und suchte auf eigene Faust.

Er suchte wie ein Besessener. Das Fahrrad, das Jan Spans ihm billig besorgt hatte, kam ihm jetzt gelegen, ein alter grüner Holländer, solide und schwer, mit neuen Schläuchen vorne und hinten. Nur das Vorderlicht funktionierte nicht, und die Klingel klang wie eine heisere Ente. Nippermann raste mit seinem Holländer über Landstraßen und Dorfstraßen und Waldwege und kümmerte sich nicht darum, was die Leute von ihm dachten oder ob sie sich an die Stirn tippten, nachdem er ihnen mit atemlosen Sätzen eine ungefähre Beschreibung des Jungen gegeben hatte. Die Bauern waren den Anblick der vergeistigten Vögel des Collegiums ja gewöhnt. Nichts Neues, ein Verrückter mehr. Wie Nippermann schon aussah! Das weiße Hemd, die Erregungsflecken im Gesicht, die eine oder andere Schnittwunde, die seine unachtsame Rasur am Morgen hinterlassen hatte, dazu die Fahrradklammern an den dünnen grauen Hosenbeinen. Und auf dem Gepäckträger der schottische Großvatermantel. Hätte er ihn angezogen und nicht zugeknöpft, vielleicht wäre er auf gerader Strecke und bei günstigem Wind mit seinem Holländer abgehoben und davongesegelt, fort, Richtung Geldern vielleicht, Richtung Nimwegen, nur weit weg, und vieles wäre uns erspart geblieben.

Aber er hob nicht ab. Er segelte nicht davon. Und nichts blieb uns erspart.

Über eines wunderten wir uns. Wie konnte Nippermann nach kaum acht Wochen im Collegium Aureum schon so viele Streifzüge durch die Stadt unternommen haben, daß er das Gelände hinter dem Gleuyner Bahndamm kannte? Hier lag das Rätsel. Gestrüpp, zerbrochene Bierflaschen, Uringestank, dahin zog es einen nicht, wenn man fünf Kilometer entfernt arbeitete, kein Auto besaß und sich eines frommen Lebenswandels befleißigte, wie es die jungen Pädagogen, die im Collegium angestellt waren, nun einmal tun mußten.

Wir wußten nicht, ob der Junge bei seiner Befreiung von Nippermanns Verhalten überrascht war. Johann hatte seine Gefühlsausbrüche ja schon einmal kennengelernt, zwei harte Schläge ins Gesicht mit der flachen Hand, verabreicht aus *unpersönlichem Zorn*, wie sie es später im Lehrerzimmer nannten, als sich die Geschichte herumgesprochen hatte. Köhler hatte dazu seine eigenen Theorien, die er an Leo Siebenwirth ausprobierte.

»Lieber Freund, es ist der unpersönliche Zorn, der seine Tat unausweichlich macht. Sehen Sie sich dieses dünne Kirchengesicht doch an, den verschwommenen Idealismus. Clemens Nippermann ist anders als Sie oder ich.«

Er kramte nach seinen holländischen Zigaretten, fand sie, klaubte eine heraus, hielt das Flämmchen daran, sprach schon wieder, kaum daß ein Mundvoll Rauch ausgestoßen war.

»Es gäbe viel darüber nachzudenken, Siebenwirth, ich weiß. Aber lassen Sie das, es lohnt sich nicht. Gewalt gehört zur katholischen Kirche wie Hostie und Weihrauch.« Er zog gierig an der Zigarette. »Eines der wenigen Dinge, die die Kirche interessant machen. Nehmen Sie der Kirche die Gewalt, und sie stirbt an Langeweile. Nehmen Sie der Kirche ihre pragmatische Nähe zu Folter und Schinderei, die Bereitschaft, Menschenhaut zu peitschen und Knochen zu brechen, und die Gläubigen, he! Siebenwirth! He! Sie werden doch nicht blaß? Dreimal tief ein- und ausatmen. Wie sagt Bruder Gregor immer? Die gute Luft muß Sie *durchströmen*. Mensch, Siebenwirth, ich sage doch nur, was ich sehe …«

»Das glaube ich nicht … das glaube ich einfach nicht! Wie alt soll das *Buch der Ordnungen* sein? Sechs Jahre? Sieben? Das mit der Luft, die einen durchströmen soll … Bruder Gregor sagt es immer noch!«

»Gewohnheiten«, sagte Jan Spans. »Wir tun immer dasselbe. Oder nicht? Ist dir noch nicht aufgefallen, daß du immer dasselbe sagst?«

Ich nahm einen Schluck Tee und las weiter.

Nehmen Sie der Kirche ihre pittoresken Betrafungsmethoden, und die Gläubigen laufen davon. Selbst die Lauen, um die es nicht schade wäre, hätten nichts mehr, das ihnen ein bißchen heilsame Furcht in die armseligen Leiber jagt. Die Angst ist doch zu etwas gut, sie erfüllt eine wichtige Funktion.« Köhler deutete einen militärischen Abschied an. »Bis morgen, alter Täter!«

Ausgerechnet Nippermann. So dachten viele von uns. Aber was wußte man denn im Lehrerzimmer außer Gerüchten? Wir wußten vieles nicht, und manche konnten sich nicht einmal daran erinnern, welche Geschichte sie zuerst gehört hatten, die von Nippermanns nächtlicher Selbstkasteiung oder die von seiner grausamen Bestrafung dreier Schüler (darunter Johann Kreutzer), die sich schmutzige Witze vorgelesen hatten. Eines Tages lief die Neuigkeit wie der Wind von einem zum anderen, eine große Pause reichte dafür, und man erzählte sich, Nippermann, der schüchterne Hilfserzieher, stehe manchmal um Mitternacht sowie um drei Uhr morgens auf, um sich körperlich zu geißeln, wobei er laute Rufe ausstoße. Ob Schmerzensschrei, Lustschrei oder Anbetung, wußten die jugendlichen Lauscher nicht zu sagen. Niemand von ihnen hatte mit Autoflagellation oder Selbstkasteiung die mindeste Erfahrung, wofür man nach Lage der Dinge wohl dankbar sein mußte. Die Beschreibungen des Geißelinstruments waren ungenau, die Rede ging von einem ledernen Objekt mit mehreren Riemen.

»Es wäre interessant, sich das Ding näher anzusehen«, sagte Köhler im Lehrerzimmer und meinte die Peitsche oder Rute. Er setzte seine wissenschaftliche Miene auf. »Mit Knoten oder ohne? Ein Knoten oder mehrere? *Variatio delectat*, verstehen Sie?«

Gegen die Schauergeschichte mit der Peitsche klang der Bericht von der strengen Bestrafung der drei Schüler natürlich harmlos, aber irgend etwas daran ließ uns aufhorchen. Johann und zwei andere hatten sich gegenseitig Witze vorgelesen. Es war ein albernes Buch, ein bißchen schlüpfrig, wie es Knaben am Anfang der Pubertät wohl gefällt, doch vor allem albern. Die drei hockten oben in einem der Etagenzimmer (drei Schlafplätze unten, zwei Schlafplätze oben, verbunden durch eine Art Hühnerleiter), so daß sie nicht bemerkten, daß Nippermann direkt unter ihnen stand und belauschte, was sie sich unter Gackern und Prusten vorlasen.

Bis er es nicht länger ertrug. Nippermann erklomm die steile Treppe, stürzte sich mitten unter die Übeltäter, entriß dem Vorleser (der nicht Johann Kreutzer war) das Buch, warf einen kurzen Blick darauf und begann, eine bittere Anklage zu stammeln, die ihn völlig außer Atem brachte, so daß die Jungen nicht wußten, ob das Rot in seinem Gesicht auf Scham oder Sauerstoffmangel zurückzuführen war. Nippermanns Pech war, daß er nur dieses Stimmchen hatte, eine Mädchenstimme, sagten manche, dazu eine merkwürdig gestelzte Ausdrucksweise wie aus dem neunzehnten Jahrhundert. Nippermanns Rede machte also nicht nur keinerlei Eindruck, sie reizte einen der drei Jungen (abermals nicht Johann Kreutzer) zum Lachen, das unglücklicherweise ansteckend war.

Eine halbe Stunde später, im Schlafanzug, mußten sie einzeln in Nippermanns Zimmer antreten. Man darf nicht vergessen, sie waren zwölf oder dreizehn Jahre alt. Der erste von ihnen (nicht Johann) erinnerte sich später an ein belanglos scheinendes Detail, ein Blatt Papier mit sehr groß notierten Stichwörtern zur körperlichen Ertüchtigung, alle mit Ausrufezeichen versehen: *Atmung! Pflege des Unterleibs! Die Füße!* Dann kleiner die Begriffe *Senkfuß, Plattfuß, Kippfuß*. Da wußten wir noch nicht, wieviel ungeordnetes, tatsächlich oft überholtes und nutzloses Wissen Nippermann seinem alten *Handbuch des guten Rats* verdankte, das er gewissenhaft durchlas und mit kritischen Anmerkungen versah.

Der Junge, der angetreten war, sich seine Strafe abzuholen, konnte nicht lange bei den sonderbaren Notizen verweilen, er sowenig wie seine Kameraden. Nippermann hielt jedem von ihnen (die Jungen mußten vor ihm stehen, allein, wie gesagt, gewissermaßen die Hände an der Hosennaht) einen Vortrag über die Bekämpfung sündiger Gedanken und keimender Lust, doch unabhängig davon, wie die Schüler seine Worte aufnahmen, ob spöttisch, fügsam oder zerknirscht, am Ende schlug er jedem von ihnen zweimal mit der flachen Hand so hart ins Gesicht, erst links, dann rechts, daß der Kopf klingelte. Und Johann (sie verglichen ihre Fährnisse, als es vorbei war, weshalb Köhler sie mit seiner hinterhältigen Ironie *die drei Synoptiker* nannte) fiel beim ersten Schlag auf das hinter ihm stehende Bett. Das war ihm so peinlich, daß er es beim zweiten Schlag besser machen wollte und der strafenden Hand willig entgegenging. Was ihm auch nicht half. Wie es ihm wenige Sekunden zuvor nicht geholfen hatte, Besserung zu geloben. Denn die Mädchenstimme antwortete auf seine reuevolle Zusicherung mit Sätzen, die er innerlich nachsprechen mußte, um sie zu verstehen:

»Das ist gut. Das ist gut und richtig und angemessen. Ja, ich bin sehr froh darum. Und jetzt … gebe ich dir … es geht nicht anders … es tut mir selber weh … zwei … *für die Gerechtigkeit.*« Da begriff Johann, was mit »zwei« gemeint und daß das Strafmaß schon vorbestimmt war, ein Umstand, der ihn mehr empörte als alles andere. Dann landete die flache Hand in seinem Gesicht.

Daß Nippermann mit seiner elenden Gerechtigkeit über allem stehen wollte, selbst über Lügen und Tricks, die er hätte vorausahnen müssen, war seine Anmaßung, sein grenzenloser Hochmut. Niemand begriff zu dieser Zeit, daß seine Schwäche nicht in seiner offensichtlichen Zartheit bestand, die er mit willkürlicher Härte auszugleichen suchte, sondern in seinem schreienden Mangel an Menschenkenntnis. Nein, von dem Bösen, gegen das er die Jungen beschützen, das er bannen und vertreiben wollte, verstand unser Clemens Nippermann nichts. Niemand zahlte ihm die Sünde des Hochmuts heim, wenn man den ständigen Spott über seine Mädchenhaftigkeit außer acht ließ, das Kichern hinter seinem Rücken oder die mit Falsettstimme gerufenen Worte »Clemens, mir graut vor dir!«.

Nur Johann Kreutzer vergaß nicht. Er ächtete den Hilfserzieher, indem er aufhörte, mit ihm zu sprechen. Wenn Nippermann das Wort an ihn richtete, was im Laufe eines Tages unausweichlich war, sah Johann nicht einmal auf. Es war wie ein Naturschauspiel, das Nippermann desto stärker quälte, je öfter er es miterleben mußte. Was er vorher nicht für möglich gehalten hatte, geschah, er begann um den Jungen zu werben, übrigens nur um diesen, die beiden anderen waren ihm egal. Der Himmel mochte wissen, wie seine abendliche Gewissenserforschung aussah. Wunderte es, daß er sich von irgendeiner Macht angesprochen fühlte, als ihn die Nachricht von Johanns Entführung erreichte? Hier konnte er sich bewähren! Die Vorsehung, vielleicht Gott hatte ihm höchstpersönlich auf die Schulter getippt und ihm den Weg gewiesen, an dessen Ende die Wiedergutmachung und die Versöhnung standen. Etwa so muß es gewesen sein. Die kriminalistische Seite des Ganzen war Nippermann nicht einmal in Umrissen klar, die Gefahr, in die er sich begab, auch wenn die drei nichtsnutzigen Dummköpfe ihr Verbrechen miserabel geplant hatten und dem, was man unter einer Entführung versteht, gar nicht gewachsen waren.

Und dann der letzte Schlag und vielleicht die größte Enttäuschung, der Blick des Jungen, als die Entführer besiegt waren. Nippermann hielt sich kaum noch auf den Beinen, er war erschöpft und blutete selbst, das weiße Polyesterhemd hatte sich rot gefärbt, doch er wollte die Wirkung seines Auftritts genießen. Er hatte auf diesen Augenblick hingearbeitet und forderte jetzt seine Belohnung, die niemand ihm gab, am allerwenigsten der Junge, der müde war und apathisch, vor sich Toastreste mit altem Käse. Nicht Nippermann, an den er auch jetzt nicht das Wort richtete, sondern seinen Mitschülern erzählte er später davon, wie sehr ihn dieser magere Kerl mit dem riesigen Messer erschreckt hatte, der schweigend auf die drei anderen einschlug, *ein Racheengel*, dem er nicht zuschauen konnte. Und das war es. Johann Kreutzer nahm sich vor, den Mann, der ihm immer noch täglich über den Weg lief, zu vergessen …

Ich sah auf. Jan Spans stand rauchend am Fenster. Vielleicht erwartete er etwas von mir. Wenn ja, ließ er sich nichts anmerken.

»Der kleine Kreutzer ist seit langem weg«, sagte er. »Abgegangen. Die Entführungsgeschichte hat ihn gezeichnet. Mehr als wir alle dachten. Ich weiß noch, daß Siebenwirth sich in der folgenden Zeit sehr um ihn bemühte, mit ihm Tischtennis spielte und alles tat, um ihn aus seiner Bedrückung zu reißen.

Siebenwirth, der selber bedrückt war. Er lebte ja schon seit längerem da oben in der Nähe des Nonnentrakts, ging wenig aus, geisterte nur auf den dunklen Fluren herum. Er mochte die Dunkelheit. Ich erinnere mich noch an seine Frau, die ihn verlassen hatte. Ulrike. Wie sie hier ankamen und den Kreuzgang besichtigten. An den ersten Besuch beim Präses. Na ja. Jedenfalls sah man Siebenwirth und Johann, den einsamen Lehrer und den einsamen Schüler, ein paar Wochen lang oft zusammen in der Turnhalle. Zweimal in der Woche durften sie in der ersten Silentiumsstunde die Tischtennisplatte aufbauen und miteinander spielen. Am Ende hatte der kleine Kreutzer, der begabt war, so viel gelernt, daß er Siebenwirth besiegte. Es scheint nicht gereicht zu haben, nichts von alledem. Irgendwann ging er ab. Im *Buch der Ordnungen* gibt es auch ein Kapitel über die Abgegangenen und Geflogenen. Unsere Armee der Schatten. Ich glaube, Marko, du mußt gehen. Gleich vier.«

»Ich verstehe nichts«, sagte ich. »Oder nicht viel. Ich dachte, das *Buch der Ordnungen* klärt etwas. Aber es bringt nur Unordnung in die Sache. Ich nenne es *Buch der Unordnungen*, was meinen Sie?«

»Tu das. Aber du irrst dich. Das sind die Vorgeschichten. In diesem Buch. Du darfst die Vorgeschichten nicht mit Geheimnissen verwechseln. Es fehlt nicht mehr viel, ein paar Seiten. Das andere ... kann ich dir erzählen. Das *Buch der Ordnungen* bricht an einem bestimmten Punkt ab. Ich habe den Verdacht, jemand schreibt daran. Jetzt, in diesem Augenblick. Nur ein Gefühl. Aber ich kenne nichts außer den Seiten dieser Kladde.«

»Und Bruder Gregor? Er hat es doch gefunden. Will er nicht wissen, wie es weitergeht?«

Jan Spans sah mich lange an. Seine Frau rief etwas aus der Küche, aber er beachtete den Ruf nicht. Von irgendwoher war Stille über uns gekommen wie ein großes Tuch. Er sah mich an, als hätte ich ein Geheimwort ausgesprochen. Ein sorgenvoller Zug trat auf sein Gesicht.

»Das ist ja das Unglück. Bruder Gregor will unbedingt wissen, wie es weitergeht. Er glaubt, das *Buch der Ordnungen* … hat recht. Gerade da, wo es von ihm spricht.«

»Es spricht doch kaum von ihm. Jedenfalls ist er keine Hauptfigur. Wenn das *Buch der Ordnungen* ein Roman wäre, würde ich sagen, Bruder Gregor ist eine Nebenfigur.«

»Das ist er auch, aber du kennst nicht alles. Und du wirst nicht alles kennenlernen. Es … es wäre nicht gut.« Er rieb sich verlegen die Hände.

Ich stand auf.

»Beim nächstenmal mehr«, sagte er. »Lauf, es schlägt gleich vier.«

13

Meine ersten Ferien als Scheidungskind. Gespräch über Dosensuppen und die Unternehmen, welche sie produzieren. Ich telefoniere mit einer Liebe aus der Vergangenheit. Die Wohnung meiner Mutter. Ich verschenke meinen Osterhasen.

Als ich die Osterferien in Köln hinter mich gebracht hatte, fragte ich mich, was an früheren Schulferien drangewesen war, daß sie immer so schnell und selig vergingen. Ach, Leute, es war alles eine Frage der Perspektive; ich war jetzt das Kind geschiedener Eltern und konnte nie mehr zurück. Jemand hatte die Zeitleiter mitgenommen. Ich fuhr nicht mehr einfach nach Hause, um wie andere Kinder drei Wochen Müßiggang zu genießen, umsorgt von Mutter und Vater, die mal mehr, mal weniger Zeit für mich hatten, mir aber das Gefühl gaben, selbst ihre Abwesenheit sei kostbar, weil es sich um Zeit handelte, die der Familie nur unter Bedauern entzogen wurde und an einem anderen Tag, einem Abend, einem Wochenende wiedergutgemacht und dreifach zurückgezahlt würde. Nein, das war vorbei. Ich war jetzt ein Scheidungskind. Und Robert auch, er wußte es nur noch nicht. Wir fuhren mit dem 12:23-Zug von Gleuyn nach Köln. Unser Vater, ein geschiedener Ehemann, holte uns mit seinem lederduftenden BMW am Breslauer Platz ab. Und unsere Mutter, eine geschiedene Ehefrau, erwartete meinen Anruf, um zu erfahren, wann ich mich endlich mit ihr treffen und ihre Wohnung kennenlernen wollte.

Einmal hatte ich am Telefon *besichtigen* gesagt. Die Wohnung *besichtigen.*

Sie verstummte.

Ich sagte: »Mama, was ist?«

»Meine Wohnung ist keine Ausstellung, kein Kunstobjekt. Da lebe ich. Sie gehört zu meinem Leben. Wenn du mich sehen willst, wird es dort sein. In meiner Wohnung. Und eines Tages vielleicht in deiner Wohnung. Aber vorläufig in meiner.«

»Entschuldigung. Es war nicht so gemeint.«

»Doch, Marko. Es war so gemeint.«

Das waren so die Begleiterscheinungen der Scheidung, nur damit ihr ein ungefähres Bild bekommt. Gespräche, die ich mit meiner Mutter früher nie geführt hatte und auch in Zukunft nicht mehr führen wollte. Aber jetzt führten wir sie. Und das alles nur wegen einer Wohnung, von der ich gewünscht hätte, sie läge auf dem Mond, und ein Mondmensch hätte sie gemietet und mit seinen Mondmöbeln eingerichtet, um seine verdammte Mondmenschenidentität darin zu finden.

»Es ist sehr anders«, sagte mein Vater. »So anders hatte ich es mir nicht vorgestellt.«

Er schien darunter zu leiden, daß Sonja und ich mit meiner Mutter immer frische Verständigungsprobleme hatten, mit ihm dagegen nicht. Er wollte auch ein paar Verständigungsprobleme haben, weil er sich als Opfer seiner Scheidung verstand. Bei unserer Mutter *tat sich etwas*, ihr Leben entwickelte sich, es begann dem Leben einer geschiedenen Frau zu ähneln, mit Absprachen und Kompromissen, die auf neue Verhältnisse schließen ließen. Bei ihm dagegen blieb alles beim alten, nur lief alles viel unbequemer ab. Es war das Leben eines wohlhabenden, geschiedenen Notars, der fand, daß er bei der Scheidung den schlechteren Teil abbekommen hatte.

Was sollte mein Vater seinen beiden Söhnen denn kochen? Er *konnte* nicht kochen. Er lebte allein in einem riesigen Haus, in dem ein Jahr zuvor noch vier Menschen gelebt hatten, für die jemand gekocht hatte, und fand sich unter seinen Sachen nicht zurecht. Und jetzt kamen wir. Mittags, wenn er in der

Kanzlei war, kümmerte sich Frau Tunali, unsere türkische Putzfrau, darum, daß Brot und Käse auf dem Tisch standen. Abends war mein Vater an der Reihe. Mein lieber Mann, seine Kochversuche der ersten Tage verliefen dramatisch. Am Ende machte ich uns Spaghetti oder Strammen Max, und mein Vater sagte, was er schon immer gesagt hatte: Das Kochen überlasse ich anderen, die mehr Talent dafür haben.

»Mal sehen, wem du es morgen überläßt.«

»Wir finden eine Lösung. Frau Tunali wollte einmal ein schmackhaftes Gericht aus ihrer türkischen Heimat zubereiten.«

»Und übermorgen.«

»Es gibt immer eine Lösung.«

Das waren die kulinarischen Merkmale meiner Osterferien. Ich, ein Überlebender der Schädelstätte, fand mich im Haus meines Vaters mitten in der Wüste wieder. Wirklich, ich hätte Lust gehabt, eine Ziege zu schießen und sie an meinem Feuer zu rösten.

»Papa, wie regeln wir das denn? Robert muß regelmäßig eine warme Mahlzeit haben. Abends zum Beispiel. Er ist in der Entwicklung, weißt du.«

»Ich lasse mir etwas einfallen. Hat Frau Tunali nicht davon gesprochen, sie wolle etwas kochen?«

»Das schmackhafte Gericht aus ihrer türkischen Heimat?«

»Ich dachte, sie hätte davon gesprochen.«

»Ja, aber es wird langsam Zeit.«

»Mach dir keine Sorgen, Marko. Erst mal bringe ich uns ein paar Dosensuppen mit. Ich komme etwas früher aus der Kanzlei und bringe Dosensuppen mit.«

In den nächsten Tagen aßen wir abends Dosensuppen mit frischem Brot. Das war nicht übel, wenn ich so an die Schädelstätte dachte. Mein Vater fand, wir sollten nur Lacroix kaufen, die Franzosen wären kulinarisch so viel erfahrener als andere Nationen.

»Das schlägt sich auch in Dosensuppen nieder«, sagte er.

Wir aßen Lacroix-Zwiebelsuppe, Lacroix-Kartoffelsuppe, Lacroix-Spargelcremesuppe, Lacroix-Schildkrötensuppe, Lacroix-Tomatencremesuppe und den Lacroix-Reiseintopf mit feinem Hühnchen.

»Das ist ja keine gewöhnliche Tomatensuppe«, sagte mein Vater, »was Lacroix uns hier gibt.« Er führte andächtig den Löffel zum Mund. »Das ist Tomaten*creme*suppe. Schmeckt ihr den Unterschied?«

Wenn mein Vater eine Firma mochte oder an sie glaubte, sagte er immer, daß sie uns ihre Produkte *gab.* Es sollte klingen wie ein Geschenk. Lacroix *gab* uns seine feinen Suppen. Die Kronenbourg-Brauerei *gab* uns das alte Kronenbourg. Auch ein *Land* konnte uns seine herrlichen Dinge geben. Frankreich zum Beispiel gab uns seine wunderbaren Pfirsiche und unübertrefflichen Croissants.

»Papa«, sagte ich, »Lacroix rührt das Zeug zusammen wie alle anderen. Die haben bestimmt ein schmieriges Werk jenseits der Pariser Trabantenstädte, das du nicht mal mit dem Hubschrauber überfliegen willst. Da rühren sie ihren Mansch zusammen und füllen ihn in kleine Blechbüchsen, damit wir ihn kaufen. Sie *geben* uns ihren alten Mansch nicht. Wir *bezahlen* dafür.«

Er sah mich mit überlegenem Ernst an. »Das ist so im Leben. Das Bessere hat seinen Preis. Und ich bin bereit, den höheren Preis zu zahlen. Weil ich das Bessere *will.* Ich will nicht das Schlechtere, Marko. Ich will das Bessere.«

»Ich glaube, Lacroix hat vor allem die schöneren *Dosen.*«

»Sie haben die schöneren Dosen, Marko, damit man die bessere Qualität von außen sieht. Damit der Kunde sich orientieren kann. Wir sehen die schöneren Dosen von Lacroix und sagen uns: Das ist die Qualität, die uns vorschwebt. Diese gute Tomatencremesuppe wollen wir haben. Und dann kaufen wir die Tomatencremesuppe von Lacroix.«

Da fragte ich meinen Vater: »Findest du das wirklich gut, was du gerade auf dem Teller hast? Sag es mir ehrlich. *Magst* du das?«

»Es ist vorzüglich«, sagte mein Vater und sah zum erstenmal an diesem Abend in seinen Teller. »Eine … interessante Erweiterung der Produktpalette, finde ich. Es ist ja keine *Suppe*, was Lacroix uns hier gibt. Es ist eher ein *Eintopf*, würde ich meinen, etwas besonders Nährendes. Die Tage sind ja noch kühl. Vergleichbar dem Lacroix-Reiseintopf mit feinem Hühnchen neulich, weißt du noch?«

»Ja, Papa, ich weiß noch. Und das hier …« Ich nahm eine Gabel und rührte in seinem Teller herum, piekte etwas Fleisch auf, zeigte ihm einen glutroten Paprikastreifen. »*Das hier* … ist das ungarische Feuertöpfchen von Unox! Merk dir die Firma. Unox. Altes Traditionshaus. Unox gibt uns das ungarische Feuertöpfchen, okay?«

»Oh«, sagte mein Vater und schaute auf seinen Teller.

»Ich dachte, eine kleine Abwechslung täte uns gut.«

* * *

Robert hatte es besser als ich, wenn wir zum Heimfahrtwochenende nach Köln fuhren, denn er wußte, was er tun wollte. Er hatte noch seinen Freund von gegenüber, Lutz, der sich freute, wenn Robert alle drei Wochen kam. In den Ferien zogen die beiden ganze Nachmittage zusammen los wie früher, als Robert noch mit Lutz auf die Grundschule in Müngersdorf gegangen war. Sie marschierten in den Wald, spielten Fußball, spielten Krieg, bauten Höhlen, warfen Steine gegen die Masten an der Dürener Bahnlinie, solche Sachen. Alles, was wir früher auch gemacht hatten. Ich hoffte sehr, daß Robert sich das erhalten konnte, die Freundschaft mit Lutz, denn ich hatte mir keine einzige meiner Grundschulfreundschaften erhalten. Es hatte einfach nicht geklappt. Wer weiß denn mit zehn oder elf Jahren, was man tun muß, um eine Freundschaft zu erhalten? Und dann ist es plötzlich zu spät. Die Jungen unserer Grundschulklasse waren sofort auseinandergestoben, auf drei oder vier verschiedene Kölner Schulen, und die Mädchen auch. Die meisten Mädchen, die ich nett fand, gingen zur Liebfrauenschule, Andrea, Martina, Vera, Barbara, alle.

Den Klang des Namens mochte ich gleich. Liebfrauenschule. Ich stellte mir riesige Mengen lieber und lächelnder Mädchen vor, Mädchen, die mir alle gefielen. Wenn ich an Köln dachte, besonders in den ersten beiden Jahren bei Schwester Gemeinnutz, dachte ich oft an die lächelnden Mädchen der Liebfrauenschule, und ich hätte mich niederlegen und ein paar Tränen vergießen können, nur wegen dieser ganz unspezifischen Schönheit, die ich mir dort auf dem Schulhof und in den Gebäuden der Liebfrauenschule, aber auch in der weiteren Umgebung der Liebfrauenschule vorstellte.

Auch Yvonne war von unserer Grundschule in Müngersdorf zur Liebfrauenschule gewechselt. Yvonne war das Mädchen, das mir vom ersten Schultag an am besten gefallen hatte, und so blieb es die ganze Grundschulzeit hindurch. Man könnte sagen, ich hatte mich mit sechs Jahren in sie verliebt. Neben Yvonne gab es niemanden. Yvonne überstrahlte jeden Tag. Ich weiß nicht, ob ihr das Gefühl kennt. Wenn Yvonne krank war, verschwand die Sonne.

Sie war klein, mit sehr schmalen Handgelenken, und sie hatte dunkle Augen und dunkles Haar. Das Haar wäre ihr ins Gesicht gefallen, wenn sie keine Spangen benutzt hätte. Morgens war ich immer gespannt, welche Haarspange sie trug, sie hatte Spangen in fünf oder sechs verschiedenen Farben. Wir waren keine richtigen Freunde, Yvonne und ich, weil Jungen auf unserer Grundschule nicht mit Mädchen befreundet waren. Die Jungen waren bei ihren Jungenbanden, die Mädchen blieben in ihren Mädchengruppen, alles hübsch getrennt.

Ich hatte aber das Gefühl, Yvonne mag mich mehr als andere Jungen, *das* Gefühl hatte ich schon. Wenn ich sie anguckte, schlug sie die Augen nieder, aber nicht so, als wäre es ihr unangenehm. Sie wußte nicht, daß ich dann auch immer schnell wegguckte, weil ich nicht wollte, daß sie denkt, ich bin in sie verknallt oder so was.

Also, es könnte sein, daß wir ineinander verliebt waren, das könnte schon sein. Es war toll, Yvonne morgens zu sehen. Oder sie im Klassenzimmer zu beobachten. Ich saß ja schräg hinter ihr, vielleicht drei Meter entfernt, so daß ich sie in Ruhe beobachten konnte. Yvonne dagegen mußte sich halb umdrehen, wenn sie mich anschauen wollte, was einen Vorteil und einen Nachteil hatte. Der Vorteil war, daß ich sofort merkte, wenn sie mich anschaute, denn sie mußte ja den schmalen Hals drehen, sie mußte die Schultern bewegen, sie mußte sich wirklich ein bißchen *umdrehen*, wie das Wort schon sagt. Ohne diese kleine Anstrengung ging es nicht. Der Nachteil war, daß Yvonne sich nicht so oft umdrehen konnte, wie sie vielleicht gewollt hätte, weil ja dann alle gesehen hätten, daß sie sich dauernd umdreht, und dann hätten sie auch gesehen, *zu wem* sie sich dauernd umdreht. Das wäre nicht gegangen. Dann wäre sie gehänselt worden. Und nichts war schlimmer für ein Mädchen, als gehänselt zu werden. Nichts war schlimmer für einen Jungen, als verprügelt zu werden, und nichts war schlimmer für ein Mädchen, als gehänselt zu werden.

Ich hatte aber das Gefühl, Yvonne sieht ziemlich oft zu mir herüber, und ich versuchte ihr das Gefühl zu geben, daß ich auch oft zu ihr rübersehe, ohne ihr wirklich den *Beweis* zu liefern, daß ich oft zu ihr rübersehe. Also, sie durfte nicht *wissen*, daß ich oft zu ihr rübersehe, denn das hieße ja, ich war verknallt in sie. Sie sollte es vielleicht *ahnen*. Sie sollte es ein bißchen *spüren*. Aber nicht mehr. Sie sollte es wissen und nicht wissen, könnte man sagen, beides zugleich. Und sie machte es bei mir genauso. Ich sollte es wissen und nicht wissen, daß sie in mich verliebt ist. Und ich wußte es und wußte es nicht, daß sie in mich verliebt war. Wirklich. Vier Jahre lang wußte ich etwas, was ich eigentlich nicht wußte. Vier Jahre lang wußte ich etwas nicht, was ich eigentlich wußte.

Dann ging Yvonne auf die Liebfrauenschule.

Ein paar Monate später ging ich auf das Collegium Aureum.

Und es war zu Ende.

Natürlich hätte ich ihr schreiben können. Aber ich schrieb ihr kein einziges Mal. Und sie mir auch nicht. Irgendwie wußten wir, daß Briefe uns nicht helfen. Wir hatten uns ja nie gesagt, daß wir ineinander verliebt sind, und natürlich ist man sehr im Nachteil, wenn man sich das nicht sagt. Man muß es sich einmal gesagt haben, um Klarheit zu schaffen, um zu wissen, wo es langgeht. Um eine Orientierung zu haben. Jedes Paar muß so etwas tun. Dieses Aussprechen ist ein wichtiges Fundament, glaube ich.

He, einmal im Wald, da haben wir uns geküßt! Wir waren in der vierten Klasse, also schon etwas reifer. Wir kannten uns seit mehr als drei Jahren. Es war ein Spiel, so ein blödes Spiel mit Augenverbinden, und ich glaube, Yvonne schummelte genauso wie ich, damit wir uns küssen konnten. Wir wollten es beide, aber wir hatten auch beide Angst davor. Es war eine schwierige Situation. Ich wollte ja niemand anderen küssen, auf gar keinen Fall. Da standen noch Vera und die anderen, und keines dieser Mädchen wollte ich küssen. Und auch Yvonne wollte bestimmt keinen anderen küssen, um Himmels willen! Andererseits wollte ich nicht, daß Yvonne sieht, wie sehr ich *sie* küssen will, und ich bin sicher, ihr ging es genauso. Unser Kuß, er dauerte eine halbe Sekunde, so genau will ich mich da nicht festlegen. Ihr wißt ungefähr, was ich meine. In welcher Zeitspanne das ablief. Welche Art Kuß das war. Oh, Mann. Manchmal glaube ich, ich spüre den Kuß noch heute.

Wie oft habe ich mir in den Jahren darauf, bei Schwester Gemeinnutz, gesagt, daß ich ein schöner Blödmann gewesen war, eine Pfeife, ein Lahmarsch, der zu blöd gewesen war, sein Mädchen zu küssen! Oh, Mann. Wäre Yvonne dann zu mir gekommen und hätte gesagt: Nein, Marko, *ich* war die Pfeife, *ich* war das dumme Huhn! Ich hätte *dich* richtig küssen sollen!, dann hätte ich gesagt, he, Yvonne, es ist doch nichts passiert, wir haben uns doch jetzt! Yvonne! Wir küssen uns jetzt, soviel wir wollen, was meinst du? Niemand kann uns das Küssen verbieten! Und Yvonne würde sagen, na klar, Marko, wir küssen uns den ganzen Tag und den ganzen Abend und dann wieder den ganzen Morgen! Und ich würde sagen, was ist mit dem Mittag? Was machen wir am Mittag? Und Yvonne würde sagen, Marko, Liebster, wir küssen uns am Mittag und dann noch viele Male am Nachmittag. Und am Abend küssen wir uns wieder. Und so weiter alle Tage.

Aber so war es nicht. Wir schrieben uns keine Briefe. Der Kuß war nicht genug gewesen, als Yvonne auf die Liebfrauenschule ging und aus meinem Leben verschwand. Wir *verabschiedeten* uns noch nicht einmal richtig voneinander. Das hätte ja bedeutet, wir geben zu, daß wir uns fehlen könnten, einer dem anderen. Also sagten wir am letzten Schultag der vierten Klasse tschüs, wie die Kölner das so sagen, wenn sie sich bald wiedersehen. Wir sagten tschüs, sahen uns so kurz in die Augen wie immer, also *sehr* kurz, und gingen auseinander, als wüßten wir genau, daß wir uns am nächsten oder übernächsten Tag oder spätestens nach den Sommerferien wiedersehen.

Wir sahen uns nicht wieder. Wir schrieben uns nicht, wir telefonierten nicht, wir hörten nichts mehr voneinander. Gar nichts. Ich *dachte* nur an sie, ziemlich viel sogar, besonders an schlimmen Abenden im Juvenat, bei Schwester Gemeinnutz, wenn ich im Bett lag und über die Welt nachdachte, wie sie sich entwickelt hatte, *meine* Welt. Welche Aussichten sie bot und so. Als die einzige Aussicht war, entweder vor Mangel zu sterben oder von den wilden Tieren zerrissen zu werden. Als mir die Unmöglichkeit meiner Rettung so augenfällig schien, daß kein Funke von Hoffnung in meinem Innern zurückblieb. An diesen Abenden im Juvenat dachte ich an Yvonne.

Und dann, in den Weihnachtsferien, als meine Eltern mir erzählten, daß sie sich scheiden lassen wollten … in diesen Weihnachtsferien rief ich Yvonne an. Ein paar Tage vor der Scheidungsnachricht, gleich nach Neujahr. Als hätte ich gespürt, daß ich meine Truppen sammeln muß. Als wäre mir klar gewesen, daß ich alles unternehmen muß, um die Burganlage zu befestigen, die Speisekammer aufzufüllen, die Leute zusammenzurufen, Brennholz zu besorgen und so. Was man so tut, wenn schwere Zeiten bevorstehen.

Ich hatte mir für meinen Anruf einen Vorwand ausgedacht, ein Klassentreffen, das ich angeblich organisieren wollte. Eine ziemlich bescheuerte Idee, das wußte ich genau, aber nicht ganz aus der Luft gegriffen, ich war ja weg aus Köln und stand mit keinem Menschen mehr in Verbindung.

Yvonne freute sich sehr, von mir zu hören. Sie war am Telefon fast so aufgeregt wie ich. Die Idee mit dem Klassentreffen fand sie großartig. Auch Yvonne hatte viele Leute aus den Augen verloren, und es wäre doch nett, sagte sie, sich mal wiederzusehen und zu hören, was jeder so machte. Dann wollte sie erfahren, wie es mir ging, was ich tat, was meine Lieblingsfächer waren, ob meine Handschrift besser geworden war.

»Weißt du noch, deine Klaue? Frau Schwarz sagte immer, du hast ein helles Köpfchen und eine schreckliche Klaue!«

»Sie hat nicht *Klaue* gesagt, das glaube ich nicht. Frau Schwarz hat nur anständige Ausdrücke benutzt.«

Ich war selig, Yvonne am Telefon zu hören. Es war herrlich, über Frau Schwarz zu sprechen, unsere strenge Klassenlehrerin, und mich an die vielen nutzlosen Einzelheiten von damals zu erinnern, die ich mit einem einzigen Blick überschaute wie ein Vogel, der über das Schilf fliegt.

»Dann hat sie etwas anderes gesagt. Aber sie meinte deine *Sauklaue*!« Ein spielerischer Ton kam in Yvonnes Stimme, den ich nicht kannte.

»Und *dich* hat sie immer als leuchtendes Vorbild hingestellt! Das fand ich ungerecht. Weißt du noch? Yvonne war das Mädchen mit der Superhandschrift. Yvonne hatte immer die saubersten Hefte. Und gut in der Schule war sie auch. Yvonne, Yvonne, Yvonne.« Ich genoß es, ihren Namen auszusprechen. Ich hatte Lust, weiterzumachen.

»Hat es dich … *sehr* gestört?« fragte sie.

»Gestört? Nein … nein, nicht sehr. Eigentlich nicht.«

Wir schwiegen. Jetzt hätte sie fragen müssen: Und *warum* hat es dich nicht gestört? Und ich hätte sagen können: *Es hat mich nicht gestört, weil ich in dich verliebt war, Yvonne.* Weil ich mich morgens um sieben Uhr auf dich gefreut und dich mittags um ein Uhr schon vermißt habe. *Deswegen* hat es mich nicht gestört. Weil ich nur an dich dachte, wenn ich im Radio »San Francisco« hörte. Weil du für mich nichts falsch machen konntest, Yvonne. Weil du für mich das schönste, freundlichste, klügste, hinreißendste Mädchen der Schule warst. Weil ich dich liebte. Verstehst du? *Deswegen* hat es mich nicht gestört.

»Das ist alles so lange her«, sagte Yvonne. »Ich frage mich, worüber wir damals gesprochen haben. Was unsere Themen waren.«

»Yvonne, wir haben nicht viel miteinander gesprochen.«

Ich hörte, wie der Satz in ihr arbeitete.

»Wir … *haben* nicht gesprochen?« Sie klang ungläubig.

»Nein. Sehr wenig.« Ich zwang mich, ruhig zu atmen, aber es war nicht so einfach. Ich sah neben jedem meiner Sätze tiefe Gruben, in die ich beim nächsten Wort hineinfallen konnte. »Wir haben so wenig miteinander gesprochen … weil wir

Angst hatten, glaube ich.« Es war totenstill am anderen Ende der Leitung. Ich drückte den Hörer ans Ohr und lauschte auf die Stille.

»Und *wovor* hatten wir Angst, Marko?«

»Ich war … ich war so verknallt in dich, daß ich nicht mit dir sprechen konnte.«

Es war draußen. *Es war draußen.* Ich hatte es gesagt.

»Ich war so wahnsinnig verliebt in dich, daß mir nichts einfiel. Ich konnte dich kaum ansehen, Yvonne, so verliebt war ich. Ich bin jeden Tag halb gestorben.« Ich atmete aus, so daß sie es hören konnte. Ein unterdrückter Seufzer war die Antwort. »Deswegen haben wir so wenig miteinander gesprochen, Yvonne.« Sie wartete, ob ich noch etwas sagen wollte. Aber ich beherrschte mich. Ich dachte, ich habe alle Kanonen abgefeuert. Jetzt gucke ich, was ich getroffen habe.

»Das dachte ich mir, Marko.« Ihre Stimme war weich. »Ich weiß nicht, ob ich es mir *damals* dachte, ob es mir bewußt war. Ich dachte es mir später, als wir uns nicht mehr gesehen haben. Nein, ich war mir ganz sicher. Aber erst nachher, als du schon lange weg warst. Du warst ja völlig verschwunden.« Sie lachte über das kleine Mädchen, das sie gewesen war. »Es ging mir doch genauso, Marko, das mußt du gemerkt haben! Komm!«

»Gemerkt?« Ich wollte auf ein Hausdach springen und laut jubeln. »*Gemerkt* habe ich gar nichts. Ich sage doch, ich hatte Angst. Ich war in dich verliebt, Yvonne, und ich hatte Angst.«

»Oh, die Angst. Ja. Und ich konnte dir nicht helfen. Ich war sehr schüchtern. Ich hatte genug mit meiner *eigenen* Angst zu tun. Wußtest du, daß die anderen Mädchen mich deinetwegen aufgezogen haben?«

»He«, sagte ich, »das erfindest du jetzt.«

»Kein bißchen. Barbara und Vera und die anderen sagten immer: Du bist doch in Marko verknallt! Yvonne ist in Marko verknallt! So ging das ständig. Ich habe es noch im Ohr.«

»Aber … warum hat mir das keiner gesagt? Mann, warum wußte ich das nicht?« Und ich fragte es mich selbst: Warum hatte es mir keiner *gesagt*? Ein Bühnenbild des Schulhofs glitt zur Seite, und ein anderes erschien. Ein schöneres, mit Yvonne und mir darin, Hand in Hand, aber eines, das ich nie gesehen hatte. Es war die ganze Zeit dagewesen, hinter der Bühne. Es tat weh, dieses neue Bild zu sehen, das zu keiner wirklichen Aufführung gehörte. »Das ist doch merkwürdig, Yvonne, findest du nicht?«

»Ich weiß nicht. Warum hast du es nicht gemerkt? Mir hat ja auch keiner etwas gesagt. Über dich. Vielleicht wußten alle in der Klasse über uns Bescheid, nur wir selbst nicht.« Sie hielt inne. »Mein Gott … Wir waren die einzigen, die keine Ahnung hatten.« Ihre Stimme klang wehmütig.

»Das könnte sein«, sagte ich, und die Wehmut packte mich auch.

»Marko«, sagte sie.

»Ja, Yvonne.«

»Was machen wir? Sag mir, was wir jetzt machen.«

»Wie meinst du das?«

»Na, mit uns. Du hast mich doch nicht wegen des Klassentreffens angerufen?«

»Nein … nein, eigentlich nicht. Was denkst du denn?«

»Ich dachte, du sagst mir, was *du* denkst. Du hast mich doch angerufen.«

»Ich … würde dich gern sehen. Meinst du, das geht?«

»Ob es *geht*? Natürlich geht es, Marko. Wir könnten uns …« Sie lachte. »Wir könnten uns kennenlernen. Das wäre schön.« Sie machte eine Pause. Ich hörte die Schritte, mit denen sie die Vergangenheit zurückließ und wieder in der Gegenwart ankam, ich hörte das Türenschlagen, die Schritte auf anderem Boden. Das war die Gegenwart. »Hör mal, es wird noch etwas dauern. Mit unserem Treffen.«

»Oh. In Ordnung. Kein Problem.«

»Ich meine … da ist etwas, das ich ordnen muß.«

»Kein Problem, Yvonne. Ich kann warten.« Das dachte ich wirklich. Ich wollte mich nicht beeilen. Die Sache sah aus der Nähe ziemlich kompliziert aus. »Vielleicht kann ich mich in ein paar Wochen wieder melden? Oder in den Osterferien, was meinst du?«

»Gut«, sagte sie. »Mach das. Melde dich. Keine Angst diesmal, Marko, okay? Wir treffen uns.« Ihre Stimme war erwachsen, freundlich, eine Stimme, die schon mit vielen Jungen gesprochen hatte.

»Klar, Yvonne«, sagte ich. »Wir treffen uns.«

Aber wir trafen uns nicht. Die Scheidung meiner Eltern kam dazwischen. Habt ihr schon mal eine blödere Entschuldigung gehört? Wir trafen uns nicht. Ich rief Yvonne auch nicht an. Ich dachte ein paarmal an sie, als Ostern näherrückte, aber in keinem Bild, das ich mir von der Zukunft machte, kam Yvonne vor. Sie konnte nichts dafür. Sie kam in den Bildern, die ich mir von der Zukunft machte, einfach nicht vor.

* * *

»Marko! Schön, daß du endlich da bist!« Ich hörte den Vorwurf in ihrer Stimme. »Und bist du … wieder gewachsen? Noch ein Stück? Tatsächlich.«

Meine Mutter sah mich an, nahm mir die Jacke ab und hängte sie neben einer Truhe an die Garderobe. Ich kannte die alte Truhe. Daß sie eines Tages aus unserem Haus verschwunden war, hatte ich nicht einmal bemerkt. Ich glaube, man könnte uns die gewohnte Welt Stück für Stück wegnehmen, ohne daß wir es merken. Man müßte es nur langsam tun, eins nach dem anderen.

»Komm«, sagte meine Mutter. »Ich zeige dir alles.«

Es war ein komisches Gefühl, die Wohnung meiner Mutter zu sehen, das kann ich euch verraten. Ein paar Sekunden lang starrte ich die Teetassen auf dem Couchtisch an, weil ich nicht glauben konnte, daß sie meiner *Mutter* gehörten. Wie kam sie dazu, ein Teeservice zu haben, das ich nicht kannte? Dann riß ich mich zusammen und sperrte die Augen auf, um mir die Sachen richtig anzusehen. Das Ecksofa mit dem hellen Bezug war gut für einen Raum, in den Sonnenlicht fiel. Vom Balkon aus sah man über die Dächer Lindenthals.

»Da vorn ist der Grüngürtel, siehst du? Da kann man Enten füttern.«

Ich hatte meine Mutter noch *nie* Enten füttern sehen, aber ich hielt den Mund. Vielleicht fing sie ja jetzt damit an.

Sie nahm mich an der Hand und führte mich durch den Flur ins Schlafzimmer. Daß meine Mutter und ich uns seit drei Monaten nicht gesehen hatten, so lange wie noch nie in meinem Leben, schien ihr nicht so viel auszumachen. Wir betraten einen luftigen Raum, der ganz anders aussah als ihr Schlafzimmer bei uns. Wie konnte es sein, daß ein Mensch so lange in einer bestimmten Zimmereinrichtung gelebt und sich offenbar wohl gefühlt hatte, und dann änderte er alles um und tauschte seinen Geschmack aus? Ich sah meine Mutter an und versuchte, den Geschmack des Menschen, der in diesem Zimmer schlief, in dem Menschen neben mir wiederzufinden. Aber es gelang mir nicht.

»Gefällt es dir?«

»Es ist schön«, sagte ich. »Sehr groß.«

»Viel größer als das alte. Das alte war ja eine Notlösung. Mein Gott. Dreizehn Jahre Notlösung.«

»Dreizehn Jahre?«

»Mindestens.« Sie sah mich an. »Wußtest du das nicht? Hör mal, die Geschichte zwischen deinem Vater und mir hat viele dunkle Ecken und Winkel, von denen du keine Ahnung hast. Sehr viele. Manche entdecke ich selbst gerade. Da gibt es noch viel aufzuarbeiten. Na ja. Du und ich ... wir machen eins nach dem anderen, ja? Komm, der Tee ist fertig.«

»Warte, Mama.« Ich hielt sie an der Hand fest. »Dreizehn Jahre … hattet ihr getrennte Schlafzimmer …«

»Ja, natürlich. Da lief nichts mehr. Schon lange, bevor wir die Wand eingezogen haben, lief nichts mehr.«

»Und Robert …?«

»War kein Unfall. Wenn du das meinst. Hör mal, die Kinder haben uns zusammengehalten, was denkst du denn? Ihr. Sonja und du.« Sie streichelte mir übers Haar. »Das war nie eine Frage. Robert war ein Nachzügler, das sieht jeder, aber wir wollten ihn haben. Man hofft manchmal auf die unterschiedlichste Weise. Nein, ich meine etwas anderes …«

Zum erstenmal sah ich etwas von den Kämpfen ihrer Ehe in ihrem Gesicht. Erinnerungen an Hoffnungen, die sich nicht erfüllt hatten. Erinnerungen an Niederlagen, Tage, an denen sie sich zurückziehen mußte und nicht wußte, wohin. Ich hatte davon nie etwas mitbekommen. Den Menschen, dem diese Sachen durch den Kopf gegangen waren, kannte ich nicht. Alle Tränen, die ich bei ihr jemals gesehen hatte, Tränen über Nebensächlichkeiten wie eine Rechnung im Haushaltsbuch, die nicht aufging, oder über unsere versauten Klamotten, wenn Sonja und ich von der lehmigen Baustelle in der neuen Siedlung nach Hause zurückkamen, alle diese Tränen erhielten nachträglich einen anderen Sinn. Als hätte meine Mutter immer auch *über etwas anderes* geweint als die dummen Sachen, die wir ausgefressen hatten und die sie so plötzlich in Tränen ausbrechen ließen, daß es mich erschreckte.

»Die Hoffnung«, sagte sie, »hat verschiedene Gesichter. Sie sieht immer wieder anders aus. Und wir müssen es eben immer wieder probieren, weißt du? Wir sagen nicht, das hatten wir schon, das bringt doch nichts, diese Hoffnung lasse ich fahren! Wir sagen: Okay, vielleicht *so.* Versuchen wir es. Man muß es probieren. Mal sehen, es könnte doch klappen. Es ist eine Chance. *Das* sagen wir. Man darf nicht zu früh aufgeben, Marko. Ja, ich wollte damals noch ein Mädchen, obwohl die

Lage nicht einfach war. Warum ...? Ich weiß es nicht. War das verrückt? Nein, ich weigere mich, das für verrückt zu halten. Ich wollte ein Mädchen, für mich war das ein völlig ausreichender Grund, obwohl es für deinen Vater und mich schon sehr schwierig war, obwohl ich längst begriffen hatte, daß es nicht mehr ging, all das wußte ich ja, egal! Was sollte ich tun? Ich wollte noch ein Mädchen. Roberta.« Sie lächelte. »Dein Vater hat gleich gesagt, wir nennen ihn Robert, wenn es ein Junge wird. Er wollte einen Jungen, und er hat recht behalten.« Sie drehte sich zur Tür. »Wie so oft.«

Beim Tee im Wohnzimmer fühlte ich mich merkwürdig. Ich war es nicht gewohnt, neben ihr zu sitzen und etwas sagen zu müssen. Also sagte ich nichts.

»Habt ihr schon darüber nachgedacht, wann Robert es erfahren soll? Es wird Zeit. Ich war von Anfang an dagegen, weißt du.«

»Haben wir, Mama ...? Haben *wir*?« Ich dachte, ich habe mich verhört.

»Ihr im Haus, meine ich. Ich bin ja hier. Robert denkt, ich bin für ein paar Tage bei einer Freundin, oder? Dein Vater muß es entscheiden. Er hat bisher alles entschieden.«

»Aber du mußt es Robert *auch* erklären. Genauso wie Papa. Du weißt, daß er nicht dazu taugt, Sachen zu erklären. Es ist *eure* Geschichte. Zieh dich da nicht raus, Mama.«

»Ich werde deinen Vater anrufen.« Sie nahm einen energischen Zug von ihrer Peter Stuyvesant. »Ich möchte, daß diese Unsauberkeiten ein Ende haben.«

»Das wollen wir alle, glaube ich. Nur eines, Mama.«

»Was?« Das Licht lag auf ihrem Gesicht, so daß es sanft schimmerte. Zum erstenmal in meinem Leben schätzte ich, wie alt sie war, obwohl ich es wußte. Sie sah jünger aus, als sie war.

»Nicht so wie bei mir, Mama. Das mußt du versprechen. Nicht am letzten Ferientag, bei Regen. Hörst du?«

Meine Mutter nickte. Sie wurde nicht gern an diesen Tag erinnert, das hatte ich schon gemerkt. Ihr Gesichtsausdruck sagte: Vergiß diesen Tag, mach davon nicht so viel Aufhebens. Dieser Tag ist vorbei.

* * *

Das war meine Mutter. Und die Wohnung meiner Mutter. Und das waren meine Osterferien. Ich sage euch, die Ostereier waren nur für Robert wichtig. Er brauchte sie. Er bekam auch einen fetten Osterhasen mit riesigen Ohren, und dann schenkte ich ihm auch noch meinen, weil ich keine Lust auf den Osterhasen hatte. Meine Mutter feierte am Ende doch nicht mit uns Ostern, wenn ihr das noch wissen wollt. Sie war eingeladen, das heißt, sie war bei ihrem Freund, Richard. Sie fing an, von ihm zu erzählen, aber ich wollte nichts hören. Er hat ein Reisebüro, sagte sie. Ich hob die Hand. Da hörte sie auf.

Ich erinnerte meinen Vater nicht daran, daß doch *nichts dagegen sprach, Ostern gemeinsam zu feiern, nicht wahr, Irene?* Und meine Mutter hatte damals genickt. Klar, Rudolf, machen wir. Wir sind doch zivilisierte Leute! Erwachsene, zivilisierte Leute, die sich zu benehmen wissen und Ostern gemeinsam feiern.

Ich erinnerte meine Eltern nicht daran, was sie mir vier Monate vorher für einen Quatsch über Ostern erzählt hatten. Sie hatten es ernst gemeint, damals, als der Regen auf unseren japanischen Garten fiel und langsam eine Keule durch mein Universum flog, um alles zu zerschmettern. Sie hatten es ernst gemeint, das wußte ich. Aber sie wurden von den Monaten danach einfach überrollt. Sie hatten keine Ahnung gehabt, wieviel noch zu klären und aufzuarbeiten war.

Mein Vater haßte dieses Wort, *aufarbeiten*. Er ertrug es nicht, wenn meine Mutter dauernd von der *Aufarbeitung ihrer gescheiterten Ehe* sprach und allen zu verstehen gab, daß eine riesige therapeutische Arbeitsleistung vonnöten war, um den Schlamassel zu sortieren, in dem sie zwanzig Jahre lang gesteckt hatte.

»Die Leute reden immer von gescheiterten Ehen«, sagte mein Vater. »Ich mag das nicht. Es klingt nach völligem Scheitern, nach Niederlage. Die Ehe ist *beendet*, kann man sagen. Sie fing an und ging irgendwann zu Ende. Oder? Wie ein Tennismatch. Sie hatte doch viel Gutes. Und spannende Momente, umkämpfte Bälle. Auch mal einen Tie-Break. Aber das sehen die Leute nicht mehr, wenn sie von gescheiterten Ehen sprechen. Ich mag diesen negativen Blick nicht.«

»Frag mal einen Tennisspieler, der ein Match verloren hat«, sagte ich. »Frag Björn Borg. Der sieht das Match vom Ergebnis her. Für ihn gibt es die gewonnene Partie und die verlorene Partie. Dafür ist er Tennisspieler. Er will gewinnen.«

»Aber eine Ehe ist kein Tennismatch«, sagte mein Vater. »In der Ehe geht es nicht um Gewinnen und Verlieren. In unserer Ehe hat niemand verloren.«

»Nicht?« sagte ich.

»Nein. In unserer Ehe haben beide gewonnen. Wir haben euch.«

* * *

Am Gründonnerstag sagten sie es Robert. Ich mußte nicht dabeisein. Ich war in die Stadt gefahren, zum Antiquariat Heybutzki am Hahnentor. Dort verbrachte ich jedesmal ein paar Stunden, wenn das Heimfahrtwochenende auf einen langen Samstag fiel. Und in den Ferien verbrachte ich bei Heybutzki halbe Tage. Ich stöberte in den alten Büchern, kaufte wenig oder gar nichts und kam mit staubigen Pfoten wieder nach Hause. Das war es, was mir an langen Samstagen in Köln gefiel, ein paar Stunden im Antiquariat.

Diesmal blieb ich länger. Nicht nur, weil ich Ewigkeiten in dem zwölfbändigen Casanova las, den Heybutzki so weit oben im Regal hatte, daß ich auf die Leiter steigen mußte. Nein. Ich wollte sichergehen, daß sie es Robert gesagt hatten und seine Tränen getrocknet waren. Ich wollte ihn nicht trösten müssen. Ich war ein feiger Arsch, und beim Gedanken an Roberts Tränen wurde mir schlecht. Das ist die reine Wahrheit. Auch beim Gedanken an die Rückfahrt zum Collegium, die uns zehn Tage später drohte, wurde mir schlecht. Fast wäre es mir lieber gewesen, wir hätten mit dem Zug zum Collegium zurückfahren können, obwohl die Zugfahrten am Sonntag abend so ziemlich das Schlimmste waren, was man sich vorstellen konnte.

Oh, Mann, auf einmal fand ich beides unerträglich. Wenn ich an die Autofahrt dachte, bekam ich Lust, einen Zug der Deutschen Bundesbahn zu entführen, um damit von Köln nach Gleuyn zu zischen. Und wenn ich an die Zugfahrt dachte, die freudlosen Bahnbeamten, die kaputten Sonntagabend-Gesichter und die tristen weißen Schilder der Bahnsteige, auf denen irgendeine arme Socke immer auf jemanden zu warten schien, der nicht kam, da wäre ich am liebsten in einem Heißluftballon davongeflogen, um den ganzen Quatsch hinter mir zu lassen. Die Reste dieser Sonntagabende am Ende der Ferien werden die Wissenschaftler noch in meinem Gehirn finden, wenn sie mich nach meinem Tod mal aufschneiden, darauf wette ich. Es zog mich sehr runter, alles. Ich blieb Stunden und Stunden bei Heybutzki, las in Casanovas erotischen Abenteuern und kam erst am späten Nachmittag nach Hause.

Als ich ankam, war Robert weg, bei Lutz. Auch meine Mutter war längst weg. Sonja war vorsichtshalber gar nicht aufgetaucht, sie ging durch eine Phase der Distanzierung, wie sie sagte. Sie mußte sich *die alten Konflikte aus den Kleidern schütteln*, sagte sie. Das schloß mich ein. Ich hatte mir am zweiten Abend der Ferien ihre neue Wohnung angesehen, in der immer noch die Dusche fehlte, und außer dieser knappen Stunde bei Nüßchen und Dosenbier hatten wir uns nicht mehr getroffen. Sie war viel mit Arno unterwegs, sagte sie. Arno und seine Freunde spielten in ihrer Band nur noch Punkrock, sehr rauh und aggressiv. Sonja entdeckte jetzt auch ihre ungeschliffene Seite. Ich hatte immer gedacht, das wäre sie schon gewesen, ungeschliffen, aber ich mußte einsehen, daß es da Abstufungen gab.

»Marko«, sagte mein Vater. Er saß im Wohnzimmer und las Max Frischs frühe Tagebücher. Die Nachkriegszeit interessierte ihn. Es war seine Zeit.

»Hallo«, sagte ich. »Wie war's?«

»Wie war was?« Er ließ das Buch sinken. Wenn er von seinem Sessel aus einfach geradeaus guckte, konnte er den Weg im japanischen Garten sehen, wie er den Hügel hinaufkroch und oben eine Krümmung machte, bevor er mit einem schönen Rechtsschwung unten am Fischteich ankam.

»Ihr habt es Robert erzählt, dachte ich. Wie war es?«

»Normal.«

»Normal?«

»Wir haben es ihm erzählt, Marko. Deine Mutter und ich haben es ihm erzählt.«

»Und?«

»Und was?«

»Papa, du tust so, als hättet ihr Ostereier angemalt!«

Er legte das Buch ab. »Marko, was ist los?«

»Nichts, Papa. Ich frage Robert, wenn er zurück ist. Wie es gelaufen ist. Wie es ihm jetzt geht und so.«

»Du wolltest, daß wir es ihm erzählen. Das haben wir getan. Er war sehr verständig. Er hat nicht einmal geweint. Wir haben es ihm ganz ruhig erklärt. So, wie wir es damals dir erklärt haben.«

Ich dachte, ich halluziniere. »So wie *mir*? Prima! Das nenne ich *ruhig erklärt*! Das nenne ich wirklich *ruhig erklärt*! Sag mal … das ist nicht dein Ernst.«

»Marko«, sagte mein Vater und hob die Hand. »Ich behaupte nicht, daß wir es damals auf die ideale Weise erklärt haben. Aber gibt es eine ideale Weise? Komm, Marko. Es war kein guter Tag damals. Denk nur an das scheußliche Wetter. Es gibt Dinge, die kannst du dem anderen nichts abnehmen. Du kannst ihn nur begleiten. Vielleicht habe ich dich nicht begleitet.«

»Papa, ich war allein. Das war ich. Allein. Sonja hat mich begleitet, aber bei allem anderen war ich allein.«

»Ich geb's zu, Marko. Es war kein guter Tag.« Er sah in den japanischen Garten hinaus, den er für eine ganze Familie entworfen hatte, und jetzt lief die Familie auseinander. »Jedenfalls ging es diesmal viel leichter.« Ein Witz kam ihm in den Sinn, ich sah es in seinen Augen blitzen. »Wenn wir mehr Kinder hätten, würden wir es dem nächsten Kind auf die ideale Weise erklären. Wirklich, wir können es jetzt.«

Und ich war froh, daß es vorbei war und wir nicht mehr lügen mußten. Davon hatte mein Vater gar nicht gesprochen. Wir konnten Robert behandeln wie einen von uns. Ohne zu lügen. Ich schaute in den japanischen Garten hinaus, der jetzt nach Frühling aussah. Es tat sich etwas.

Zehn Tage später brachte er uns mit seinem BMW ins Collegium zurück. Robert war während der Fahrt ziemlich still, aber er machte einen anständigen Eindruck. Insgesamt. Er freute sich auf die Fußballspiele, die vor ihm lagen. Er war noch immer nicht mit dem Gürtel geschlagen worden. Er hatte auch Freunde.

Ich hing ein paar losen Gedanken nach und versuchte, sie miteinander zu verbinden. Als ich einsah, daß es nicht ging, ungefähr auf der Höhe des Autobahndreiecks Neuß, ließ ich es bleiben. Plötzlich mußte ich an Frau Spinne denken, die ich hoch oben in einer Ecke im Arbeitszimmer des Präses gesehen hatte, damals, als ich krank wurde und in den schwärzesten Nihilismus verfiel. War Frau Spinne wirklich tot gewesen? Ja, sie war tot gewesen. Ihr trockener Körper hing reglos in den Seilen. Hatte sie vor ihrem Tod alle ihre Fäden verbunden, wie es sich für ihre Sorte Spinne gehört, dort oben in der Ecke? Ja, Frau Spinne hatte sicher alle ihre Fäden verbunden. Sie hatte getan, was sie tun mußte, und dann war sie gestorben. Jeder tat, was er tun mußte, so war es doch.

Ich ließ das mit den Fäden bleiben und beschloß, lieber eine Bilanz der Osterferien zu ziehen, wie es der alte Robinson Crusoe gemacht hätte. So konnte ich viel besser erkennen, wo ich stand. Die ersten fünf Punkte gingen so:

1. *Ich habe die Wohnung meiner Mutter gesehen.*
2. *Ich habe die Wohnung meiner Schwester gesehen.*
3. *Ich habe Robert meinen Osterhasen geschenkt.*
4. *Ich habe des Wirkens von Frau Spinne gedacht.*
5. *Wir haben seit zehn Tagen nicht mehr gelogen.*

14 *Ich verzichte darauf, euch vom Stiftungsjubiläum zu erzählen. Motte und der DKP. Mehr aus brasilianischen Folterkellern. Sonja geht mir auf die Nerven. Aus der Frühgeschichte von Agnes, der Magd.*

Ich würde euch vom Stiftungsjubiläum des Collegium Aureum, das nach den Osterferien stattfand, gern erzählen, wenn es etwas Besonderes zu erzählen gäbe. Aber es gab nichts. Es gab auch nichts zu sehen und zu hören. Die Vorbereitungen auf das Stiftungsjubiläum waren wichtiger gewesen als das Stiftungsjubiläum selbst. Das ist oft so bei festlichen Ereignissen.

Ihr werdet vom feierlichen Hochamt hören wollen. Also, es kam mir kürzer vor als befürchtet. Nur Motte hätte es sich länger gewünscht, weil er Meßdiener war und die Lesung halten durfte. Das war der Einsatz, auf den er gewartet hatte. Auch sein weiß-rotes Meßdienergewand gefiel ihm, er mochte es, wenn die schweren Ärmel seine Hände leicht nach unten zogen und sein Körper bei der Wandlung einen kleinen Widerstand zu überwinden hatte. Motte mochte so etwas, den kleinen Widerstand bei der Wandlung. In der Predigt des Weihbischofs vermißte er allerdings einen Hinweis auf den DKP. Er fand, der Präses hätte dem Weihbischof unbedingt Bescheid sagen müssen, um ihm die Wichtigkeit *Des Katholischen Pfades* in Erinnerung zu rufen. Er fand, der Präses sollte mit dem DKP mehr an die Öffentlichkeit treten, die geschützte Deckung verlassen und so. Das Stiftungsjubiläum wäre dafür eine gute Gelegenheit gewesen, fand Motte. Leider war sie verpaßt worden. Der Präses hätte den Kommunisten zeigen sollen, daß wir da waren und den Fehdehandschuh aufgenommen hatten. Er, Motte, war bereit, sofort mit dem DKP-Banner ins Feld zu ziehen. Er wartete nur auf das Kommando des Präses.

»Könnte dir übrigens nicht schaden, da mitzuziehen«, sagte er zu mir. »Der DKP braucht alle guten Kräfte. Die guten Kräfte sammeln sich unter dem DKP-Banner.«

»Count me out«, sagte ich.

»Ich spreche sofort mit dem Präses, wenn du willst.«

»Nicht nötig. Der Präses hat schon mit mir gesprochen.«

»Ach. Und was hat er gesagt?«

»Dasselbe wie du, Mann. Daß wir mit dem DKP-Banner ins Feld ziehen sollen. Daß die Kommunisten sich wundern werden, wie der DKP ihre Reihen unterwandert oder so ähnlich. Natürlich zählt er auf dich, Motte. Das tut er wirklich.«

»Ich weiß. Ich zähle auch auf ihn.«

»Das ist gut, Motte. Das ist gut, wenn zwei aufeinander zählen können. Wenn das Vertrauen und der Respekt gegenseitig sind. He, Motte.«

»Was?«

»Sag mir mal, was ist für dich der Unterschied zwischen Kommunisten und Bolschewisten.«

Er überlegte. »Eigentlich gar keiner.«

»Und warum gibt es zwei Wörter dafür?«

»Mann, frag den Präses.«

»Der Präses sagt zu Kommunisten und Bolschewisten manchmal auch Sozialisten«, sagte ich. »Oder die Linken. Oder die Roten. Das sind noch mal drei Wörter. Macht insgesamt fünf.«

»Du sagst ja auch Teufel und Satan«, sagte Motte, »das sind auch zwei Wörter. Man steckt doch nicht drin. Man sagt, was gerade paßt.«

»Das ist aber jetzt kein bildliches Sprechen, oder?«

Er sah mich mit zusammengekniffenen Augen an. »Du willst mich gerade nicht auf den Arm nehmen, Marko, oder? Das gefiele deinem Freund Motte nämlich gar nicht.«

»Nein«, sagte ich. »Ich würde es nicht wagen, meinen Freund Motte auf den Arm zu nehmen. Ich wollte nur sichergehen, daß es sich nicht um bildliches Sprechen handelt.«

»Also«, sagte Motte. »Im Zusammenhang mit dem DKP benutzt der Präses meistens die Begriffe Kommunisten und Bolschewisten, ich glaube, das ist erwiesen. In anderen Zusammenhängen benutzt er auch andere Wörter. Es gibt da Variationen. So sehe ich das.«

»He, Motte, ich habe einen Verdacht.«

»Welchen?«

»Ich habe den Verdacht«, sagte ich, »der Präses benutzt fünf verschiedene Begriffe, damit wir denken, es sind mehr Leute. Damit wir glauben, der Feind hätte ein riesiges Heer. Auf dem einen Flügel die Bolschewisten, auf dem anderen die Kommunisten, vorne die Sozialisten, in der Mitte die Linken und hinten die Roten. Fünf verschiedene Gruppen, die gemeinsame Sache machen. Und wenn der Feind ein großes Heer hat, das aus fünf verschiedenen Gruppen besteht, die gemeinsame Sache machen, dann braucht man natürlich auch einen starken DKP, der mit einem großen DKP-Banner ins Feld zieht. Die Stärke des Feindes rechtfertigt, daß man selbst *auch* stark sein muß. Druck und Gegendruck, verstehst du?«

»Marko«, sagte Motte. »Du weißt, daß wir Freunde sind. Nichts kann meine Treue zu dir erschüttern. Aber manchmal glaube ich, jemand von deinen Schriftstellern hat dir ins Gehirn geschissen. Das war doch nicht dieser Defoe? Nenn mir einen Namen, und ich knöpfe ihn mir vor. Nenn mir nur einen Namen.«

»Zu Defoes Lebzeiten *gab* es keine Bolschewisten. Die kamen später.«

»Vielleicht gab es Linke oder Rote«, sagte Motte. »Unterschätz nicht ihre geheimen Verbindungen.«

* * *

In der ersten Religionsstunde nach den Osterferien sah Bruder Gregor aus, als müßte er bald ins Krankenhaus. Das Gesicht war noch schmaler geworden, und unter den Augen hatte er violette Ringe. Die Farbe dieser Ringe erinnerte mich an bestimmte Flecken auf dem Hals von Käte Janssen, wenn ihr das Farbenspiel, die vielfältigen Kontraste und reichen Schattierungen dieses Halses noch vor euch seht. Denkt an eine oft gefaltete Schatzkarte. Beim Sprechen verhielt Bruder Gregor sich aber ganz normal, auch seine Bewegungen waren nicht langsamer als sonst. Sein Körper schien in guter Verfassung zu sein, nur das Gesicht sah trist aus.

Zehn Minuten vor dem Ende der Stunde sagte Bruder Gregor: »Jungs, wir machen dort weiter, wo wir vor den Ferien aufgehört haben. Erinnert ihr euch. Der Priester im brasilianischen Folterkeller. Seine Lage ist verzweifelt. Dann die Hand. Ihr erinnert euch an die Hand auf seinen Schultern. Dort machen wir weiter.«

Und er machte weiter, oh, Boy. Die Geschichte wurde ja nicht zahmer dadurch, daß wir schon ein paar Seiten daraus gehört hatten. Sie schlug uns nicht weniger heftig in die Magengrube, weil wir ein bißchen daran gewöhnt waren. Der arme Mann in diesem Buch sitzt noch genauso elend da, nur daß er eben eine Hand auf seinen Schultern gespürt hat, eine ganze Weile schon, und das macht ihm Hoffnung. Nach einigen Minuten, als die Hand ihm ziemlich lange die Schultern gestreichelt hat, setzt bei dem Mann auf dem Stuhl so etwas wie Gewöhnung ein. Er weiß nicht mehr, was Dauer heißt in diesem Keller, wenn es ein Keller ist, was er annimmt. Aber er registriert diesen Augenblick genau, das erste Mal, daß er in dieser Situation, gehalten von Gummigurten, mit getrocknetem Blut, Speichel und Schweiß um Mund und Kinn, das Wort *Gewöhnung* denkt. Gewöhnung! sagt er sich. Wie merkwürdig. Gewöhnung! Dort sitzt er in einem Raum, den er durch die Augenbinde nicht sehen kann. Er ist beschimpft, beleidigt, geschlagen, mißhandelt, gestochen und mit Elektroschocks gepeinigt worden, er ist von der Bewußtlosigkeit mit Hieben wieder ins Bewußtsein zurückgerissen worden, er weiß nicht, wo er sich aufhält oder wann er die Straße wiedersieht, wenn er sie denn wiedersieht, den Obstverkäufer, den Scherenschleifer, die Tagediebe, die verlausten Straßenköter, wenn Gott gnädig genug ist, ihn zurück ins Leben zu schicken, wenn es Gott gefallen sollte, ihn freizugeben und wieder ans Licht zu lassen wie Jonas, den er aus dem Bauch des Wals befreite, er kennt nichts von seinen künftigen Umständen außer der schrankenlosen Willkür derer, die ihn in ihrer Gewalt haben. Und schon nach den wenigen Minuten, die eine fremde Hand ihm über die Schultern gefahren ist, ohne ihn zu erschrecken oder ihm weh zu tun, hat er sich an dieses Gefühl der Wärme und der Beruhigung *gewöhnt.*

Daraus schließt er, daß er Zutrauen gefaßt hat. Er vertraut dieser Hand, die er auf seinen Schultern spürt und zu der er sich keinen Besitzer vorstellen kann. Er glaubt nicht mehr, daß die streichelnden Bewegungen der Beginn einer besonders raffinierten Foltermethode sind. Er glaubt auch nicht mehr, daß sie plötzlich abbrechen und durch Schlagen oder Stechen oder Schneiden ersetzt werden könnten. Und so klar funktioniert sein Denken durch die Schmerzen hindurch, die ihm der geschundene Körper bereitet, daß er zu messen versucht, wann seine Gespanntheit und die mißtrauische Erwartung, abermals gequält zu werden, nachgelassen haben und in das Gefühl des Zutrauens übergegangen sind. Ihm liegt daran, es zu wissen. Ob es zwanzig Sekunden waren, vierzig, fünfzig? Mehr als eine Minute?

Denn er glaubt an die Hand, die er auf den Schultern spürt. Undenkbar, daß sie ihm Böses tun könnte. Diese Hand ist eine heilende Hand. Er weiß jetzt, daß er einen Begleiter hat. Er ist nicht allein. Es gibt jemanden in diesem Raum, seinem Kerker, in den Gängen dieser Folteranlage, durch die das rhythmische Stampfen von Maschinen dringt, vielleicht, um die Gepeinigten daran zu erinnern, daß ihre Körper keine Maschinen sind, sondern ein bißchen Haut, Gewebe und Blut, also sehr empfindliche Gebilde, es gibt jemanden in dieser Hölle, der an seiner Seite ist, vielleicht nur einen einzigen. Hinter ihm, nahe seinem Kopf, seinen Ohren. Einen einzigen. Er wäre bereit, weitere Foltern zu ertragen und immer noch nichts zu sagen, nichts zu verraten und nichts zu bekennen, geschweige denn, etwas zu unterschreiben, wenn er nur wüßte, daß die Hand zurückkehrt, um seine Schmerzen zu lindern. Da kommt ihm zum erstenmal der Gedanke, die Hand anzusprechen. Und sofort folgt der Zweifel: Was soll er sagen? Wird sich die Hand zurückziehen, wenn er zu reden beginnt? Gehören zu der Hand, die ihn durch diese Minuten seiner Folter begleitet, ein Ohr, das hört, und ein Mund, der spricht? Ist der, dem die Hand gehört, ein Mensch?

»Bis hierhin, Jungs.«

Bruder Gregor sah auf die Uhr. Noch immer konnten wir den Titel des Taschenbuchs nicht lesen. Wir erkannten nur, daß die Umschlagillustration altmodisch war und das Buch sehr benutzt wirkte, die Seiten waren nicht weiß, sondern gelb, wie Bücher aus früheren Jahrzehnten, die anders altern. Weiß jemand von euch, von welcher brasilianischen Militärdiktatur hier die Rede war?

Bruder Gregor legte den Kopf schräg und ließ den Blick durch die Reihen wandern. Aber ich glaube, er sah niemanden, auch mich nicht. Er wartete auf die Schulklingel. Er muß sich ganz sicher gewesen sein, daß es unmittelbar nach dem Zuklappen des Buches klingeln würde. Und nun klingelte es nicht. Der Blick strich weiter über die Reihen, die Reihe hinauf, die Reihe hinab. Dann hinüber zum Fenster. Hinaus auf den Marmorplatz. Da klingelte es endlich.

»Beim nächstenmal mehr, Jungs, wenn es gut läuft.«

Bruder Gregor sammelte seine Sachen ein, schob sie in die Mappe und verließ die Klasse.

* * *

»Theunissen.«

Münzen rutschten durch den Schacht.

»Hallo, Sonja.«

»Marko, hallo.« Sonja klang beschäftigt und sehr weit entfernt. »Wie geht's?«

»Geht so, würde ich sagen.«

Wir schwiegen. Ich erinnerte mich an die Nüßchen und das Dosenbier in Sonjas neuer Wohnung, an die magere Stunde, die mir meine Schwester in den Osterferien gewährt hatte. Ich guckte aus dem alten Telefonhäuschen nach draußen auf die Wand des Waschhauses. Am frühen Abend war das Waschhaus ruhig. Am frühen Abend hatte sich das Waschhaus zur Ruhe gelegt. Gutes Waschhaus. Nur wir Menschen machten so einen Mist. Die Waschhäuser standen fest. Auch auf die Sterne konnte ich bauen, den Mond vielleicht, die Pferde auf der Collegiumswiese. Auf alles, was nicht Mensch war, konnte ich bauen. Alle Dinge sagen zu ihm O!

Ich sagte: »Und wie geht's dir?«

»Gut. Es geht mir gut. Ich habe nur wahnsinnig viel um die Ohren, Marko. Wir kommen hier mit der Dusche nicht richtig weiter. Wenn man es ordentlich machen will, kostet es ziemlich viel Geld. Du glaubst nicht, was dabei draufgeht, diese Sanitärfirmen ziehen dich aus. Von der Wasserleitung gar nicht zu reden.«

»Tut mir leid, Sonja …«

»Ich weiß jetzt, warum der Vormieter keine Dusche haben wollte. Jetzt dusche ich bei Arno. Na ja, wenn seine Dusche frei ist. Arno wohnt in einer Sechser-WG. Die anderen in der WG finden es nicht so gut, wenn ich dauernd bei Arno dusche. Sie sagen, es treibt den Wasserverbrauch in die Höhe, und sie teilen halt die Kosten. Da ist es nicht gut, wenn einer dauernd jemanden zum Duschen mitbringt, das kann ich verstehen. Deswegen bringt Evi ihren Freund nicht mit, sondern übernachtet bei ihm. Ich beteilige mich ja auch nicht am Einkaufsgeld, obwohl ich morgens die Butter mitbenutze. Wenn ich übernachte. Brot kauft jeder für sich, aber die Butter gehört allen, weißt du. Stell dir vor, da lägen sechs Päckchen Butter im Kühlschrank! Oder zwölf, man kauft ja immer eins auf Vorrat. Deswegen gehört die Butter allen, aber es sind eben *sechs* Leute, nicht sieben. Die Marmelade gehört auch allen, bis auf die Orangenmarmelade, die gehört nur der Evi, weil die anderen keine Orangenmarmelade mögen.«

Ich warf Münzen nach.

»Also, der Boiler, den sie da im Bad haben, das wollte ich noch sagen. Der Boiler hat warmes Wasser für zwei, maximal drei Duschen, das ist schon ohne Haarewaschen, sonst kann man es gleich vergessen. Wenn sich jeder die Haare waschen will, kannst du es *komplett* vergessen. Danach muß man warten. Der Boiler schafft es einfach nicht, solche Mengen zu erhitzen, wahrscheinlich ist er nicht für sechs oder sieben Leute gemacht. Diese Firmen denken ja auch nicht an eine WG, die denken an Vater, Mutter, Kind. Du kannst dir vorstellen, wie das am Wochenende zugeht, wenn du als Nummer sieben mit dem Duschen an der Reihe bist. Und ich bin eben Nummer sieben, wenn alle anderen dran waren, die übliche Badezimmerüberschwemmung inklusive. Das ist ziemlich unappetitlich, wenn ich nur mal an Erwins Haarausfall denke. Und ausgerechnet Erwin hat gefragt, ob ich nicht mal putzen kann! Die wechseln sich ja auch mit dem Hausputz ab. Wer die Wohnung mitbenutzt, sollte auch putzen, sagt Erwin.«

Ich dachte, das geschieht dir recht, Sonja. Gemeinnutz geht vor Eigennutz.

»Echt«, sagte sie, »der sollte sich zum Duschen mal eine Badehaube aufsetzen, dann wäre allen geholfen! Weißt du, ich habe schon mal überlegt, ob es nicht einfacher wäre, zum Duschen zu Papa zu fahren.«

»Mach das doch, Sonja«, sagte ich. »Dann könntest du ihn bei der Gelegenheit besuchen.« Ich wartete, aber sie reagierte nicht. Wahrscheinlich war sie in Gedanken noch bei ihrem Duschproblem. »Wie geht es ihm überhaupt?«

»Wem, Papa? Na ja, wie soll's ihm gehen. Er ist allein, würde ich sagen.«

»Das meinte ich. Er ist allein. Du sollst Vater und Mutter ehren, weißt du noch? Nummer vier. Wann warst du denn das letztemal bei ihm?«

»Och, keine Ahnung. Was haben wir jetzt ...? Bald Ende April? Warte mal ... Irgendwann letzten Monat, würde ich sagen. Klar, am 15. März bin ich doch hier eingezogen ... also, am 15. März habe ich ihn gesehen. Natürlich, er hat die Pflanzen rübergebracht, und dann haben wir den Sekt aufgemacht, den er dabeihatte. Danach haben wir noch ein paarmal telefoniert. *Time flies.* Weißt du, ich fand seine Rolle bei der Trennungsgeschichte nicht so stark. Ich habe darüber nachgedacht. Mama hätte sich durchsetzen sollen. Auch damit, euch die Wahrheit zu sagen. Das war ein ganz mieses Drehbuch. Mich packt der Zorn, wenn ich daran denke.«

Ich legte langsam die Stirn auf den kühlen Telefonapparat. Alles ging auseinander. Nichts kam zusammen. Alles wirbelte umher, und keiner wußte mehr, wo die Mitte war. Wie gern wäre ich die Mitte gewesen, dort, wo alles zusammenkam. Ich mußte an das alte *Gotteslob* denken, wißt ihr noch? Der Spruch aus dem alten *Gotteslob*? Er ging so: *An einem einzigen Tag ändere ich mich tausendmal, wie ein Rad drehe ich mich unzählige Male.* Allmählich fand ich, es war zuviel. Ich hatte keine Lust mehr, mich ständig wie ein Rad zu drehen. Ich wollte, daß die Dinge zur Ruhe kommen.

»Hör mal«, sagte ich, »kennst du Mamas Freund? Richard?«

»Ja.«

»Und? Was ist das für einer?«

»Was soll das für einer sein?«

»Sonja, das war eine Frage.«

»Marko, das war meine Antwort. Richard ist Richard. Er hat ein Reisebüro. Richard verdient nicht schlecht. Frauen über vierzig mögen das. Er hat blaue Augen. Wahrscheinlich ist er gut im Bett. Was soll ich dir noch erzählen? Geh hin und frag ihn selbst. Soll ich dir Mamas Telefonnummer geben?«

»Du könntest auch bei *Mama* duschen«, sagte ich. »Das wäre näher.«

»Vielen Dank, das tue ich mir nicht an.« Sie lachte ihr boshaftes Lachen. »Wirklich nicht! Ich bin doch nicht bescheuert.«

»Komisch, Sonja. *Papas* Rolle in der Trennungsgeschichte findest du schwach, aber zum Duschen würdest du zu ihm fahren. *Mamas* Rolle in der Trennungsgeschichte findest du gut, aber zum Duschen zu ihr fahren, niemals! Liegen da Haare im Abfluß? Hat Mamas Dusche keinen Heißwasserhahn? He, was ist da eigentlich los?«

»Weiß *ich* doch nicht, was da los ist. Muß denn alles einen Sinn ergeben? Hör mal, Marko, fünfzehn Jahre oder so haben die Dinge keinen Sinn ergeben. Fünfzehn Jahre! Und jetzt sollen sie auf einmal ständig Sinn ergeben!«

»Fünfzehn Jahre?«

»Mindestens. Die erste Krise kam, da war ich drei, höchstens vier. Hat Mama mir erzählt. Sie ist auf und davon. Die Einzelheiten erspare ich dir.«

»Es geht immer weiter zurück«, sagte ich. »Ich kann dabei zusehen. Am Ende bleibt gar nichts mehr. Am Ende sind wir vielleicht gar nicht mehr zur Welt gekommen!«

»Darauf läuft es hinaus, Marko, kein Witz. Darauf läuft es fast hinaus. Daß alles von Anfang an verkorkst war, nur wir kamen eben zur Welt. Wir waren da und gingen nicht mehr weg.«

»Hör mal, das ist das Blödeste, was ich …«

»Nein, Marko, wir sind die Gratispackung, die im Preis enthalten war, Umtausch und Rückgabe ausgeschlossen. Wir sind ihnen unterlaufen.«

»Du spinnst doch, Sonja. Du erfindest jetzt irgendeinen Schwachsinn!« Ich gab dem Telefonapparat eins aufs Haupt. »Du fängst mit irgendeiner Kleinigkeit an, du knibbelst an der Tapete, ob sie sich vielleicht löst, dann machst du weiter und noch ein bißchen weiter, die Tapete kommt runter, die Wand fällt auch, das Stockwerk sackt ein, und am Ende hast du das ganze verdammte Haus abgerissen! Es ist immer dasselbe bei dir. Wirklich, es ist ekelhaft.«

Sie lachte ihr boshaftestes Sonja-Lachen. »Wach auf, du armer Junge! Willkommen in der Wirklichkeit! Du bist immer noch bei deinem *Betrug, Betrug, Betrug*! Um deinen Betrug geht es *überhaupt nicht.* Es geht um fünfzehn Jahre *Irrtum.* Es ist fünfzehn Jahre lang *falsch* gelaufen. *Darum* geht es! Um eine so lange Reihe von Fehlern und Sauereien und verpaßten Ausfahrten, daß du ein Buch darüber schreiben könntest! *Darum* geht es! Das ist die Geschichte unserer Eltern, und sie ist *nicht sehr schön*! Wolltest du sonst noch was, Marko? Ich muß nämlich wieder ran.«

»Nein, Sonja, das war alles.«

»Dann mach's gut.«

»Du auch.«

Ich hängte ein. Ich starrte noch eine Weile auf die gelbe Leuchtanzeige, sah 40 Pf., dachte darüber nach, wen man mit 40 Pf. vielleicht glücklich machen könnte, fand niemanden, aber dann dachte ich, warum nicht die ungewaschenen Kinder von Brasilien? Warum nicht die hungernden Kinder von Afrika? Weil wir zu blöd sind, diese 40 Pf. zu ihnen zu bringen. *Deswegen* nicht. Weil wir nicht wissen, wie wir die verdammten 40 Pf. sechs- oder achttausend Meilen weit transportieren sollen. *Deswegen* nicht.

* * *

»Ich habe heute nicht viel Zeit. Wäre es in Ordnung, daß ich mich still irgendwo hinhocke und weiterlese? Wenn Sie nichts dagegen haben ...?

Jan Spans nickte. »Komm rein.«

Diesmal dauerte es nicht lange, bis die graue Kladde auf dem Tisch lag. Jan Spans hatte sie im Zimmer nebenan griffbereit deponiert. Er schlug sie auf, blätterte und legte sie offen vor mich hin. Er legte mir auch seinen Tabak dazu, aber ich hatte keine Lust, mir eine zu drehen.

»Eines noch, Marko.« Er schien einen Zweifel verscheuchen zu wollen, von dem er nicht wußte, ob er ihn hegen sollte.

»Was ist?«

»Das *Buch der Ordnungen* hier. Ich weiß nicht, was es zu bedeuten hat. Wer darin gewinnt, wer verliert. Wem es dienen könnte. Lies es und behalte es für dich. Ich habe noch eine Agnes-Szene für dich, auf Seite 90. Du weißt ja, Agnes hat den Schreiber des *Buchs der Ordnungen* besonders interessiert. Warum, wird nicht so ganz klar. Oder vielleicht doch. Mich hat Agnes ja auch interessiert. Wirklich, ich mochte sie. Die wenigen Male, die ich sie in Ruhe gesehen habe. Sie war sehr scheu. Na ja, jeder spekuliert sich etwas zusammen. Wir reden darüber, wenn du die Seiten gelesen hast.« Er drehte sich um und marschierte in die Küche.

Für Agnes, die Magd, hätte auf dem Collegium Aureum ein besseres Leben beginnen können, als sie es vorher gehabt hatte, viel fehlte daran nicht. Sie hatte zu Hause fünf Brüder zurückgelassen, die allesamt Vorrang vor ihr genossen, die älteren wie die jüngeren, und aus irgendeinem Grund, der in den Genen schlummert, den Handelnden aber nie bewußt wird, hatten ihre Eltern sie schon als junges Mädchen aus der Familie ausgestoßen. Sie waren Metzgersleute, eine unbedeutende Familie aus Kervenheim, niemanden interessierte, was dort vorfiel. Schon damals suchte Agnes den Grund für die Ächtung bei sich selbst, fand ihn aber nicht, was leider nur hieß, daß sie fortan fruchtlos über fünf oder sieben Gründe mutmaßte, statt den einen zu kennen. Der Vater betrachtete sie in der Metzgerei als Magd, das war die Wirklichkeit. Keiner seiner Söhne war sein Knecht gewesen, nicht einmal der vertrottelte älteste; aber jetzt wollte er eine Magd, und er fand sie in seiner Tochter.

Agnes, schon damals blond, breit und zum Behäbigen neigend, dabei aber der Länge nach gleichsam in sich zusammengefaltet wie eine gepreßte Ziehharmonika, so daß man wenig von ihrem Hals sah, versuchte eine Zeitlang, die Mutter auf ihre Seite zu bringen. Aber die Mutter war nicht nur zierlich, sondern auch schwach. Sie war nicht dafür gemacht, gegen den Vater aufzubegehren, ihm zu widersprechen oder in seine Entscheidungen einzugreifen. Und sie dachte nie an Gegenwehr, wenn der Vater sie zweimal in der Woche gegen 21.15 Uhr aufs Bett drängte, um sie in der klassischen Stellung zu beschlafen, die am Niederrhein und zweifellos auch anderenorts für Mann und Frau überliefert ist, eine zügig abgewickelte Prozedur aus Schnaufen, Ächzen, Stöhnen, unterdrücktem Brüllen und abschließendem Seufzen, das manchmal lauter, manchmal leiser ausfiel. Ein Klaps der haarigen Rechten des Vaters auf den Oberschenkel der Mutter kündete vom Ende dieser sieben bis neun Minuten. Was der Akt für die Mutter bedeutete, ist nicht zu ahnen. Für den Vater hingegen war das zweimal in der Woche vollzogene Ritual eine Quelle unfehlbarer, wenngleich maßvoller Befriedigung. Der Mensch lernt, sich zu bescheiden.

Solche Gewohnheiten (auch das Nachgeben und die Niederlage werden zur Gewohnheit) hatten Agnes' Mutter die Gewißheit verschafft, daß jeder Widerstand gegen den Vater sinnlos war. Um wieviel mehr also im Fall ihrer Tochter, auf deren Seite immer die

Niederlage wartete. Was hätte sie tun sollen? Sie konnte nichts tun. Sie war machtlos.

Es gab eine Phase von einigen Monaten, vielleicht einem halben Jahr, in der sich die fünfzehnjährige Agnes aus Verzweiflung durch die Bestände der Metzgerei fraß: Fleischwurst, Blutwurst, Leberwurst, Cervelatwurst, ungarische Salami, rohen Schinken, gekochten Schinken, Sülze, Mettwurst, Bratwurst, Brühwurst, Knackwurst und so weiter, dazu heimlich Aldi-Pralinen mit schwer identifizierbarem Liköraustauschstoff und süße Aldi-Schokolade mit Rosinen und gehackten Haselnüssen. Sie wurde fetter, und ihr Hals verschwand nun ganz. Ihre Haut blieb erstaunlicherweise zart und rosig. Kein einziger Pickel zeigte sich, ein Wunder, das sie sich gar nicht erst zu erklären versuchte.

Dann folgte eine Phase, in der sie sich selbst so ekelhaft verfettet vorkam, daß sie bei der morgendlichen Inspektion vor dem Spiegel in Tränen ausbrach und die Metzgereiprodukte ihres Vaters wieder von sich gab. Ein kleinliches Rachegefühl mischte sich in ihren Abscheu, weil sie ja dem väterlichen Betrieb durch ihr Erbrechen schadete, doch es verging sehr bald. Agnes dachte nun, sie lebe allein in einem feindlichen Wald und müsse jeden Tag ausziehen, um aus dem gefrorenen winterlichen Boden ihre Nahrung zu gewinnen. Jetzt verband sich der Widerwille vor der väterlichen Wursttheke, den grünen Schürzen und dem blauen Gummischlauch, der das Schweineblut vom gekachelten Boden spritzte, mit einem Hang zur Träumerei, eine gefährliche Sache, denn was konnte das dicke Mädchen schon zu träumen haben?

Vielleicht trifft es aber zu, daß jeder auf der Höhe seiner Möglichkeiten träumt und darin findet, was er braucht, Trost, Flucht, etwas Beruhigung, eine nur um ein Winziges bessere Welt. Und wartet irgend etwas nicht auf jeden von uns, wenn wir bereit sind, ihm entgegenzugehen? Je genauer man ein Leben betrachtet, so könnte man sagen, desto eher findet sich ein Grund zur Hoffnung. Agnes war zu jung, um zu wissen, daß auch das Gegenteil zutrifft …

»Jan Spans!« rief ich zur Küche hinüber. »Wer immer das *Buch der Ordnungen* geschrieben hat, er hat Bosheit für zwei. Wäre das nicht ein Hinweis? Jan Spans?« Ich lauschte. »Suchen Sie einen boshaften Kopf, der schreiben kann«, rief ich, »der sich einigermaßen auskennt und seine Quellen zu schützen versteht, und sie haben den Verfasser des *Buchs der Ordnungen.*« Ich lauschte, aber aus der Küche war nichts zu hören.

Agnes hatte in Kevelaer die Hauptschule abgeschlossen, immerhin. Der Ruch des Wallfahrtsortes hatte ihrem Bildungsweg in ihrer eigenen Phantasie eine Weihe verliehen, die er (der Bildungsweg) durchaus nicht besaß. Gleichviel, sie konnte nähen, häkeln, stopfen und mit großer Präzision Blusen bügeln. Sie kochte ordentlich, sogar gut, wenn man den niederrheinischen Standard zugrunde legte, auch den Standard an der Tafel des Metzgers von Kervenheim, und sie sparte nicht an Kartoffeln und Bratensoße. Was sie am liebsten getan hätte, verriet sie niemandem: Seit sie der Apothekerin Terhechte nach einem Sturz von der Leiter die Schulter massiert hatte, in der Apotheke selbst, wußte Agnes, daß sie eine Gabe besaß. Ihre Hände nämlich waren schnell, geschickt und lindernd, etwas Warmes und Festes strömte aus ihrem Innern direkt in die erkrankte Partie, so daß die Apothekerin Terhechte laut aufgeseufzt hatte und mit geschlossenen Augen wie eine Puppe zusammengesunken war, willenlos, eine Masse, die langsam schmilzt.

Agnes war sehr erstaunt gewesen. Ihre Hände hatten sich auf der knöchernen Schulter wie von selbst bewegt. Woher hatten sie gewußt, was sie tun mußten?

»Du solltest Krankengymnastin oder Masseurin werden«, murmelte die Apothekerin Terhechte und schloß unter den heilenden Händen genießerisch die Augen. »Du könntest viel Gutes tun.«

»Masseuse?« fragte Agnes.

»Masseurin, heißt das. Hmm …«

»Masseurin, habe ich noch nie gehört.«

»Aahhh, das ist gut! Masseurin, glaub mir. Du willst doch Verwechslungen vermeiden. Hhmmm ... Du bist therapeutisch begabt. Ich sollte es deinem Vater sagen. Aus seinen Talenten muß man etwas machen.«

»Wenn Sie das tun wollen ...«

»Es wäre das Richtige für dich. Ich bin mir sicher, jaaa ... genau da ...«

»Wenn Sie das tun wollen, also ...«

»Jaaa, so ist es gut ... genau so ...«

»Wenn Sie das ... tun ... wollen ... würden ... Sie ... mir ...«

»Wir werden ... Wir werden sehen. Oooohh, ja, das ist herrlich ... so entspannend. Nicht aufhören.«

Und Agnes machte noch einige Minuten weiter. Nie hätte sie gedacht, daß sich ein Mensch unter ihren Händen so verändern könnte. Noch viele Tage nach dieser überraschenden Erfahrung rechnete Agnes damit, die Apothekerin werde für sie »etwas tun«, also im passenden Augenblick gegenüber ihrem Vater das richtige Wort sagen. Aber die Apothekerin Terhechte tat nichts, ob aus Vergeßlichkeit oder Mangel an Gelegenheit, und ohne die Autorität der Apothekerin verließ Agnes der Mut. Die heilenden Hände blieben nutzlos. Dabei hätte Agnes so gern wieder das wohlige Seufzen gehört, das ihre Hände aus einem gepeinigten Körper hervorgelockt hatten. Wie mochte das Seufzen anderer Menschen klingen, fremder zumal? Jüngerer? Und das Seufzen jüngerer Männer? Bis hierhin, gedeckt durch reinste therapeutische Absichten, wagten sich ihre Phantasien in jenen Tagen vor.

Doch dann, einige Zeit später, Agnes war schon siebzehn geworden, kam alles anders. Nachdem ihr zweitältester Bruder von einem Saufkumpan in Weeze gehört hatte, daß dessen giraffenlange Kusine auf dem Collegium Aureum in der Großküche beschäftigt war und zu Hause sogar dreißig Mark im Monat ablieferte, kam die Familie schnell überein, Agnes' Platz könne nur in der Großküche des Collegium Aureum sein. Zwölf Kilometer entfernt, Kost und Logis inklusive, wie praktisch. Ihr Vater wußte nur, daß er sie in der Metzgerei nicht mehr gebrauchen konnte, Agnes war zu fett geworden und schlecht fürs Geschäft. Ihm war alles recht, was Geld und Schereien sparte. Daß keiner ihrer Brüder eine Ahnung hatte, wie man Collegium Aureum buchstabierte, wagte allenfalls Agnes' Mutter zu denken. Agnes selbst fand übrigens nicht, daß sie Grund zum Hochmut hatte. Nicht nur, daß sie Collegium Aureum auch nicht buchstabieren konnte. Sie wußte nicht einmal, wie man es aussprach.

Und so kam Agnes eines Tages zu uns, mit einem Koffer, der klein war, gemessen am formidablen Volumen ihrer selbst, der Breite ihrer Röcke, Blusen und Kleider, ängstlich, aber nicht unglücklich, denn im Grunde fand sie es aufregend, zum erstenmal im Leben außerhalb ihres Elternhauses zu übernachten. Sie hatte sich außer Vorsicht, Zurückhaltung und gutem Willen nicht viel vorgenommen. Woher hätte sie wissen sollen, daß man es mit diesen Eigenschaften auf dem Collegium Aureum nicht weit brachte?

Es gab mehrere Umstände, die ihre frühe Zeit auf dem Collegium so behinderten, daß alles andere davon in Mitleidenschaft gezogen wurde. Sie war massig, wie wir schon sagten, nicht mehr so fett wie zu ihrer ungehemmten Wurst- und Pralinenzeit, aber doch sehr, sehr breit. Zu diesem ersten Makel kam ihre seelische Diskretion, eine so zarte, zurückhaltende Art, daß sie wie Selbstverleugnung wirkte. Und der dritte Makel, von dem zu reden ist, war eine gewisse Ungeschicklichkeit, so daß Agnes in ihrem ersten Herbst eine Metallschüssel Ravioli vom Speisewagen rutschen ließ. Was keine weiteren Folgen gehabt hätte, wenn die Ravioli nicht heiß gewesen und im Schoß von Bruder Hermann gelandet wären.

Es ist ein Augenblick besonderer Intimität, einen Menschen dabei zu beobachten, wie er sich schämt. Wie Scham ihn erreicht und fühlbar wird. Erst erfolgt das auslösende Ereignis, hier also eine Raviolischüssel, die ins Rutschen kommt. Dann werden die Folgen sichtbar oder hörbar. Anschließend erreicht das Bewußtsein von der Schwere der Tat auch die Täterin. Bruder Hermann schrie auf, als ihn die Ravioli trafen, was wir nicht für möglich gehalten hätten, er schrie laut und geradezu enthemmt, und wir erfuhren nie, ob aus Schmerz über die dampfenden Ravioli, aus Ärger über den verdorbenen Anzug oder, was bei einem Gottesmann das niedrigste Motiv gewesen wäre, wegen des lächerlichen Anblicks tomatensoßengetränkter Hosen und der vor aller Augen erlittenen Demütigung.

Die Halslose mußte gar nicht in Bruder Hermanns überraschtes, verärgertes Gesicht blicken, um die Dimension ihrer Tolpatschigkeit zu erahnen. Sie war schon gestraft mit der völligen Stille, die sich sofort, nachdem die Schüssel vom Schoß auf den Boden gefallen war, über den Speisesaal legte. Ein vereinzelter Löffel sank noch – *pling!* – auf einen Tellerrand, als es im Speisesaal schon ruhig geworden war, ein ominöses Geräusch. Jeder weiß, daß sich eine solch unnatürliche Stille mit unnatürlicher Geschwindigkeit einstellt und die Szenerie völlig verwandelt, und jeder weiß, daß sie nicht von Dauer ist. Aber die Sekunden, die sie anhält, sind für die Täterin qualvoll. So rot, wie sie werden konnte, wurde Agnes, die Magd, schon in diesen ersten Sekunden. Was danach kam, bildlich gesprochen, waren nur noch Schläge, die auf betäubtes Fleisch niedergingen, lästig, unangenehm, aber ohne die Kraft, den Kern des Menschen zu verletzen. Die Scham hatte die Seele der Halslosen schon ganz ausgefüllt. Sie, Agnes, stand mit herabgesunkenen Händen neben dem Speisewagen und blickte mit jammervollem Blick auf die Bescherung in Bruder Hermanns Schoß. Von diesem lösten sich jetzt Soßentropfen und einzelne Raviolirauten, glitten an einem Stück der Tischdecke und Bruder Hermanns Hosenbein hinab und fielen geräuschlos oder mit dem allerleisesten *Plitsch!* auf den Boden, nicht in, sondern neben die metallene Schüssel, die sie bei günstigerer Position hätte aufnehmen können. An diesem Abend ging alles daneben.

Jeder hätte das Zögern der Halslosen, das nun folgte, verstehen und gutheißen müssen, denn es zeugte von Taktgefühl. In Situationen allergrößter Unsicherheit über das angemessene Verhalten verrät Nichtstun eine gewisse Souveränität, auch wenn der Augenschein das Gegenteil zu lehren scheint. Hätte denn Agnes, die Magd, die Ravioli mit dem großen Löffel von Bruder Hermanns *Schoß* kratzen sollen? Hätte sie ihm die besudelte *Hemdbrust* abwischen und die beschmierte graue *Hose* abtupfen sollen? In diesem Licht mußte man den Ärger Bruder Hermanns, der sich nun Luft verschaffte, als verfehlt und fruchtlos bezeichnen. Die unselige Tat war geschehen und nicht mehr ungeschehen zu machen. Ein frischer Anzug mußte her, was Bruder Hermann nur in seinen Privaträumen erledigen konnte. Dafür mußte der Geistliche aufstehen, lästige Ravioliresste abstreifen und entschlossen den Speisesaal durchschreiten, um den Ausgang zu erreichen. Statt dessen entluden sich Zorn und Beschämung (denn auch Bruder Hermann schämte sich) auf der armen, schamübergossenen Halslosen.

»Was stehst du da herum!« donnerte Bruder Hermann so laut, daß niemand wagte, den Blick von der Szene abzuwenden. »Siehst du nicht, was das für eine Sauerei ist? Mensch, ich habe mich verbrüht!« Bruder Hermann stieß mit dem Zeigefinger seine Brille zurück, die von der Nasenwurzel gerutscht war. »Was lernt ihr eigentlich in der Küche? Man sollte euch den ganzen Tag Kartoffeln schälen lassen! Könnt ihr noch nicht einmal eine *Schüssel* auf den Tisch stellen?« Bruder Hermann war jetzt sehr laut geworden. »Und sieh dir das Hemd an! Das geht doch nie wieder raus, das sieht man bis zum Jüngsten Tag! Steh nicht da wie eine Salzsäule. Ein Lappen, worauf wartest du? Hol einen Lappen! Muß ich dir sagen, wo der *Lappen* liegt?«

Unter dieser Rede hatte die Halslose die Augen niedergeschlagen. Die Hände hingen immer noch jammervoll herab. Mehrere Zeugen stimmten später darin überein, daß die Haltung der Halslosen ein wenig an die unbekannte Magd auf unserer niederrheinischen *Beweinung* erinnerte, das künstlerische Juwel unserer bescheidenen Kirche. Der gesenkte Kopf schien sich noch tiefer zu senken, was den Hals, wäre es möglich gewesen, noch prononcierter zum Verschwinden gebracht hätte. Wäre es möglich gewesen, hätte sich die Halslose selbst gern zum Verschwinden gebracht! Aber es war nicht möglich. Sie mußte aushalten, was dort auf sie niederprasselte. Viel war es auch nicht mehr, denn die Stille, die auf Bruder Hermanns Ausbruch gefolgt war, regierte nicht mehr absolut. Das Schimpfen Bruder Hermanns hatte zu lange gedauert. Sobald weitere Raviolischüsseln auf die Tische kamen, diesmal sicher in der Mitte plaziert, hoben Gespräche und das Klappern des Bestecks im Speisesaal von Haus Athen wieder an. Unter allgemeiner Gleichgültigkeit mußte Bruder Hermann sich mit einem grauen Lappen, den der Küchenbulle ihm mit reglosem Gesicht gereicht hatte, notdürftig reinigen. Dann trat er seinen weithin unbeachteten Rückzug an.

Die Halslose blieb untröstlich zurück und stand einige Sekunden in völliger Ratlosigkeit da. Einigen tat sie leid, die meisten allerdings wandten sich ihren Tellern zu. Die Halslose drehte sich um und schlich in die Küche, Augenblicke, in denen die Anteilnahme der meisten wieder geschwunden sein dürfte. Ihr Körper war einfach zu groß, um soviel Zerknirschung glaubhaft darzustellen, und alle fühlten sich durch ihre intensive Gesichtsröte peinlich berührt. *Tomate ohne Hals*, murmelte ein Schüler, als Agnes, die Magd, seinen Tisch passierte. Der Küchenbulle wies Agnes an, für die Dauer des Essens in der Küche zu bleiben, was nicht als Strafe aufzufassen sei, und auf das Austeilen der Speisen zu verzichten.

Vielleicht ist es nicht überflüssig anzumerken, daß der Küchenbulle die Ravioliszene mit überaus gemischten Gefühlen erlebte. Sosehr Schwester Ricarda an Disziplin interessiert war, sowenig Verständnis hatte sie für nutzlose Machtdemonstrationen seitens der Ordensbrüder, namentlich gegenüber den ihr anvertrauten Küchenmädchen. In ihren Augen hatte Bruder Hermann kein Recht, Agnes, die Magd, zu maßregeln oder bloßzustellen. Das wollte sie, Schwester Ricarda, selbst tun, sollte es notwendig werden. Denn strenggenommen (und der Küchenbulle war geneigt, die Dinge streng zu nehmen) befand sich Bruder Hermann im Küchenbereich, wozu der Küchenbulle auch die Speisesäle zählte, außerhalb seiner Jurisdiktion. Nicht er, Bruder Hermann, sondern der Küchenbulle regierte im geweihten Großküchenbezirk.

Es gab Besucher, die zu uns kamen und die feineren Regeln der Autoritätsverteilung nicht verstanden, und diesen Besuchern war leider nicht zu helfen. Denn aus solchen Unterscheidungen bestand auf dem Collegium Aureum ein Teil des Lebens: wer an welchem Ort und zu welcher Stunde etwas zu verfügen hatte, das unbedingt beachtet werden mußte; wer ihm folgte, in welcher Form und welchem Grad der Ehrerbietung; wie schnell, welchen Geistes und wie dauerhaft. Manche Ordnungen waren da, um befolgt zu werden. Andere wiederum waren da, um umgestoßen, verletzt oder umgangen zu werden, was sie jedoch nicht außer Kraft setzte, o nein. Und einige wenige Ordnungen wurden verdreht, ihres Geistes beraubt und im Laufe der Jahre in ihr Gegenteil verkehrt. Diese Ordnungsverdrehungen, so fanden wir, waren die gefährlichsten von allen, sie korrumpierten jeden, der mit ihnen in Berührung kam, sie waren am schwierigsten zu entdecken, ja sie blieben lange Zeit oder sogar für immer unentdeckt …

Ich las den Absatz noch einmal. Dann noch einmal. Ich dachte, so ein Quatsch! So ein hirnverbrannter Unfug! Was bleibt denn noch übrig von der Ordnung, wenn sie umgestoßen und außer Kraft gesetzt und im Laufe der Jahre in ihr Gegenteil verkehrt wird …? He, was bleibt denn dann von der Ordnung *übrig*?

Doch es war nicht alles jammervoll nach dem Ravioli-Vorfall, das muß gesagt werden. Agnes, die Magd, hatte einen gesunden Sinn für das Vergessen, für die unleugbare Bedeutungslosigkeit vergangener Dinge, zumal jener, die nicht mehr geändert werden konnten und deren Einfluß auf die Gegenwart gering war. Wenn Gabi, ihre Zimmergenossin, ihr von Jürgen »Dödel« Dölling erzählte, konnte sie sich eine halbe Stunde ausruhen und sogar lächeln. Kein einnehmendes Lächeln, wir wollen nicht übertreiben. Aber doch eine unverkennbare Äußerung von Gelöstheit und stillem Humor.

Gabi kam gar nicht umhin, der Halslosen beim Ablegen der Tageswäsche das eine oder andere Herzensgeheimnis anzuvertrauen. Das Zimmer mit dem Erkerfenster war eng, man stolperte leicht gegeneinander. Einmal, als ihr Bein sich im Gummi der Unterhose verfing, polterte Agnes sogar zu Boden wie ein junges Kalb, und beide Mädchen mußten laut lachen. Wie hätte Gabi von Dödel schweigen können, zumal sie erkannte, daß Agnes ihrerseits keinen Freund hatte und so bald keinen bekommen würde? Sehr rasch begriff sie, daß ihre amourösen Bekenntnisse (die harmlos waren, die sentimentale Vorwegnahme glühender Leidenschaft) bei der Halslosen sicher aufgehoben waren. Die Plapperhaften verlassen sich gern auf angeborene Diskretion und weigern sich anzunehmen, ihren eigenen Geheimnissen könne widerfahren, was sie fremden unfehlbar antun, nämlich sie ausplaudern.

Gabi also redete, und Agnes hörte zu. Gabi entfaltete Theorien über Dödel und Dödels Liebesglut, und Agnes fühlte sich als Teilhaberin dieses köstlichsten aller Geheimnisse. Erst wenige Wochen auf dem Collegium Aureum, und schon war sie mit einer anderen, die viel mehr wußte und viel mehr erlebt hatte als sie, in schwesterlicher Komplizenschaft verbunden!

Da geschah es, daß sie abends, im Bett, nach der Gewissenserforschung, ihrem Schicksal dafür dankte, daß es sie ins Collegium Aureum geführt hatte, trotz der unseligen Raviolischüssel. Sie, Agnes, war ohne Eltern und Brüder viel glücklicher. Was immer ihr geschah, es wurde schon dadurch lebenswert, daß ihr Vater und ihre Brüder es nicht stören, zerreden oder behindern konnten. Als der Herbst kam und der Winter drohte, glaubte Agnes, daß auch ihr etwas Großes, Schönes widerfahren könne, Mensch oder Ding, sie wußte es nicht. Niemand, sagte sie sich mit gefalteten Händen, als das Abendgebet im eigentlichen Sinn abgeschlossen war und die privateren Belange an die Reihe kamen, niemand ist vom Glück ausgeschlossen. Und wir sind geneigt zu glauben, daß sie recht hatte …

»Jan Spans?«

»Hier.« Er stand hinter mir. »Nicht erschrecken, Junge.«

Vielleicht hatte er schon lange hinter mir gestanden und nichts gesagt, stumm wie eine Mauer. Er kam um den Tisch herum und setzte sich.

Ich rieb mir die Augen. »Oh, Mann …«

»Bis hierhin«, sagte er, »wenn du einverstanden bist. Hier machen wir eine Pause. Darf ich …?« Er zog die Kladde zu sich herüber und warf einen Blick auf die aufgeschlagene Seite. »Gefällt dir die Geschichte? Gefällt dir Agnes?« Seine Augen blitzen vor Neugierde. Oder es war, weil er Agnes, die Magd, so gemocht hatte. Das hatte ich von Anfang an gedacht. Er sorgte sich um Agnes, weil sie anders war. Schutzlos.

»*Gefallen* … also, ich weiß nicht. Sie ist nicht ganz mein Typ, wissen Sie. Äußerlich.«

»Das meinte ich nicht, Marko.«

»Was meinten Sie denn?«

»*Sagt* dir das alles etwas? Spürst du den älteren Geist dieser Seiten?«

»*Älterer Geist* … das ist gut. Ja, den spüre ich. Und wie. Die reinste Gruselgeschichte aus dem neunzehnten Jahrhundert. Was geschah danach?«

Jan Spans lachte leise. »Es wird angedeutet, Marko. Die vollständige Beschreibung existiert nicht, aber das Geschehen wird im *Buch der Ordnungen* angedeutet. Und ich kann mich daran erinnern. Es ist ja erst sieben Jahre her. Komm, trinken wir einen Tee, wenn du noch Zeit hast.«

Dann erzählte mir Jan Spans, wie Nippermanns Leben aus dem Gleis geriet. Wie er sich gegen die Ordnung des Collegiums auflehnte, indem er die Ordnung wörtlich nahm und ins Absurde trieb. Wie er eine peinliche Szene veranstaltete, als ein Schüler wegen eines Pornoheftes vom Collegium *fliegen* sollte. Nippermann stellte sich öffentlich gegen diese Entscheidung. Alle waren überrascht. Er verteidigte sogar die

Pornographie, die nackten Mädchen, die sich abbilden ließen. Er faselte etwas von Maria und reiner Liebe und so.

»Vor den Schülern, Marko. Vor Bruder Hermann und Bruder Gregor. Ein ungewöhnlicher Auftritt«, sagte Jan Spans. »Ein Rätsel. Die Sache löste einen Skandal aus.«

Er wurde sonderbar, der junge Nippermann. Nach dem Entführungsfall hatte man ihn ja schon mit Argwohn betrachtet. Johanns Eltern waren ihm natürlich dankbar, was sonst sollten sie sein? Er hatte ihren Sohn gerettet, am Anfang zählte nur das. Aber am Ende … war ihnen unwohl. Auf dem Collegium, unter den Erziehern, in der Lehrerschaft geschah das gleiche. Nippermann hatte durch seine Fähigkeiten im Messerkampf eine Dimension seiner selbst offenbart, die Mißtrauen erregte. Sie mahnte zur Vorsicht. Manche verdächtigten ihn, die blutige Szene genossen zu haben. Aber man konnte ihn zu diesem Zeitpunkt noch nicht fortschicken und ein für allemal loswerden. Nippermann war da und blieb. Er hatte doch Johann Kreutzer gerettet.

»Die Freundschaft mit Bruder Gregor überlebte all diese Schwierigkeiten«, sagte Jan Spans. »Ich sehe sie noch zusammen über das Gelände laufen, um den See, am Graben entlang. Sie sprachen viel über Musik, Literatur, was die Welt ist. Wie sie sein sollte, wenn sie besser wäre. Darüber sprachen sie viel. Nippermann mit wilden Gesten. Er litt an etwas. An der Welt selbst. Er war im Widerstreit mit der Ordnung. Ein gestörter Junge, das war für mich keine Frage. Vielleicht mit einer besonders unglücklichen Vorgeschichte. Oft stimmt etwas nicht in den Familien, weißt du. Man sah es ihm an.« Er zündete sich eine Zigarette an. »Dann kommen sie zu uns, die Angegriffenen und Versehrten. Du würdest dich wundern. Wir sind eine Art Hafen. Und die Schiffe in diesem Hafen sind eben … nicht alle in Ordnung. Nicht immer seetüchtig. Das sieht man, wenn sie wieder hinausfahren. Sie brauchen Begleitung. Verstehst du?«

»Halb«, sagte ich.

Ich verstand es halb, wenn's hochkam. Das relative Universum, dachte ich. So sieht es also aus. Die, die Ordnung halten sollen, wissen selber nicht, was Ordnung ist. Wie sollen sie Ordnung erkennen? Unter den Dingen ist immer noch etwas versteckt. Man sieht nicht alles, wenn man die Hülle sieht.

»He«, sagte ich. »Man sieht nicht alles, wenn man die Hülle sieht. Ist es das? Jan Spans? Sind das die kaputten Schiffe, die im Hafen liegen und nicht wieder rausfahren sollten?«

»Ungefähr. So kann man es sagen, Marko.«

Daß Bruder Gregor den jungen Nippermann mochte, war erst schlimm, als Nippermann alle betrog. Auch Bruder Gregor. *Besonders* ihn. Nippermann tat sich mit Agnes, der Magd, zusammen. Wie er sich mit ihr zusammentat und was das genau bedeutete, blieb rätselhaft. Niemand hatte für möglich gehalten, zwischen den beiden könne irgend etwas *geschehen.* Aber es mußte etwas geschehen sein, denn eines Mittags waren beide verschwunden, jeder mit seinem Koffer, Nippermann auch mit dem schottischen Großvatermantel, was sonst. Ohne den ging er nirgendwohin. Das Fahrrad ließ er zurück. Jan Spans vermutete, die Flucht hatte etwas mit Agnes' heilenden Händen zu tun. Nippermann war unter ihren Bann gefallen oder so ähnlich. Die Halslose hatte an Nippermann die Wirkung ihrer heilenden Hände demonstriert und ihn verzaubert. Vielleicht auch *sich selbst* gezeigt, was ihre Hände vermochten. Die Halslose hatte bis dahin ja keine Ahnung gehabt, sie konnte nichts ausprobieren dort oben in dem kleinen Zimmer mit Erkerfenster, das sie mit Gabi teilte. Und keiner soll denken, sie hätte mit irgendeinem der Schüler *etwas gehabt.* Die Halslose hatte nichts, mit niemandem. Dann kam Clemens Nippermann, ihr seltsamer Ritter. Und der mußte es sein. Jedenfalls hatte Nippermann, glaubte Jan Spans, nicht anders gekonnt, als mit ihr zu gehen.

»Wohin, wissen wir nicht. Wenn wir uns das Paar vorstellten, als Paar ... mußten wir lachen, ob wir wollten oder nicht. Die Dicke und der Dünne. Sie verwischten ihre Spuren. Auch Bruder Gregor hat nichts Genaues in Erfahrung gebracht. Natürlich wollte er nicht, daß man sieht, wie er nachforscht. Aber er hat nachgeforscht, das kannst du glauben. Er litt wie ein Hund, aber er forschte nach. Manche Dinge waren ja leicht in Erfahrung zu bringen. Sehr leicht. Noch Tee?«

Jan Spans schenkte nach, ohne meine Antwort abzuwarten. Dann sich selbst. Er beobachtete den Dampf auf der Oberfläche seiner Teetasse, es sah aus wie ein Miniaturteich im Morgennebel. Er vergaß das Erzählen und schaute nur noch auf den Dampf des heißen Tees. Als er endlich wieder sprach, blieben seine Augen auf die Teetasse gerichtet.

»Clemens Nippermann ist nie ins Priesterseminar zurückgekehrt. Jemand holte seine Sachen ab. Ein Jahr später hat Agnes geheiratet. Nicht Nippermann, einen Bauern im Westfälischen, einen Witwer, der nicht mehr jung war. Einen Witwer mit Geld, der schon alles hatte außer Kindern. Das dicke Mädchen brauchte einen Ritter, der es von hier fortträgt. Und es hat sich den einzigen ausgesucht, der mit dem Schwert umgehen konnte, verstehst du? Vielleicht verstehst du jetzt auch die Sache mit dem Küchenmesser, das Nippermann gegen die Entführer eingesetzt hat. Aus dem großen Besteckfach. Es steht ja auch im *Buch der Ordnungen*. Das Küchenmesser war sein Schwert. Sagen manche.«

»Und Sie. Was sagen Sie?«

Er sah wieder auf den Teedampf. »Ich sage, wir vertreiben uns die Zeit mit Geschichten. Glaubst du nicht? Das hier ...« Er schaute auf, sah nach links und pochte mit dem Knöchel auf die graue Kladde. »Jemand hat die Langsamkeit unseres Lebens hier nicht ertragen. Der Niederrhein ist langsam. Die Wolken hängen tief. Jemand mußte unbedingt Geschichten erzählen. Uns aufregender machen, als wir sind. Und dann kommen manche und glauben daran. Sobald du daran glaubst, werden die Geschichten gefährlich. Das sage ich. Ich habe es auch Bruder Gregor gesagt.«

Ich kratzte mir den Kopf. Mann, ich hatte Lust, mir eine halbe Stunde lang den Kopf zu kratzen. Ich verstand immer noch nicht, was die Geschichte von Agnes und Nippermann mit Bruder Gregor zu tun hatte. Und ich fragte Jan Spans noch einmal.

»Ja ...« sagte er. »Das ist nicht so einfach ...«

»Nicht so *einfach*! Mann! *Nichts* ist hier einfach!« Ich hatte Lust, Jan Spans an seinem Flanellhemd zu packen und so lange zu schütteln, bis die Geheimnisse herausfielen. »Jan Spans, hören Sie her. Bitte. Ich wüßte gern, was das mit den Galliern und Römern zu tun hat, von denen Bruder Gregor nachts in seinem Arbeitszimmer spricht. Wußten Sie das? Jan Spans? Daß er mitten in der Nacht etwas von Galliern und Römern deklamiert, als wäre er auf der Theaterbühne, und dann in Tränen ausbricht? Er ist verzweifelt! Wußten Sie das?« Er sah mich mit fragenden Augen an. »Ah, ich sehe, daß Sie es nicht wußten. Gut! Etwas, das Sie nicht wußten! *Sehr* gut! Da haben Sie es. Gallier und Römer. Wie gefällt Ihnen das?«

»Ich weiß nicht, was das soll.« Er sah nicht mehr ratlos aus, sondern sehr ernst. Beunruhigt. »Nein, ich kenne sie nicht, seine Gallier und Römer. Ich weiß nicht, was er da deklamiert, Marko. Ich weiß nur, daß er ... sinkt.«

»Sinkt?«

»Er geht, Marko. Er wird uns verlassen. Ich spreche doch mit ihm.« Sein Kopf nickte in meine Richtung. »Er sitzt manchmal auf diesem Stuhl. Wo du jetzt sitzt.«

»Hier?« Ich dachte, ich habe nicht richtig gehört. »*Hier*? Sie meinen, in diesem Raum?«

»Manchmal kommt er. Am liebsten nachts. Aber nicht oft. Er weiß, daß ich meine Frau nicht gern aufwecke. Aber ... ja, wenn es nicht anders geht, kommt er auch nachts. Wir kennen uns ja nun schon … zehn, elf … ich glaube, es sind elf Jahre. Ich müßte sorgfältiger nachrechnen.«

»Und was zum Teufel … hören Sie, Jan Spans, was zum Teufel will Bruder *Hermann* von mir? Ich soll ihm erzählen, worüber ich mit Bruder Gregor spreche. Er hat mich auch nach Nippermann gefragt, als wäre der Kerl ein Verbindungsmann zur Hölle, irgend etwas Gefährliches. Als könnte er Bruder Gregor in die Hölle hinunterziehen. Verstehen Sie?«

Er sah ratlos aus. »Ich glaube, die Brüder wollen ihn halten. Auf ihre Weise.«

»So sah das nicht aus, Jan Spans!« Ich wollte, daß er mich ansah. Ich war mir nicht sicher, ob er ganz bei der Sache war. »He! So sah das *überhaupt* nicht aus! Ich glaube, die Brüder wollen ihn ausspionieren und überwachen. Sie wollen ihn kontrollieren. Sie finden, er ist ein unsicherer Kandidat. Man kann ihm die Ordnung nicht mehr anvertrauen. Vielleicht denken sie, er marschiert auf und davon wie Nippermann. Nicht gerade mit einem Mädchen. Aber er könnte gehen. Die Brüder und der Präses wissen doch längst, daß er keiner von ihnen ist. Das ist es, Jan Spans. Verstehen Sie, was ich Ihnen sage? Bruder Gregor ist einer von uns. Er … er wandert ab. Er will eine andere Ordnung. Und die Brüder und der Präses ertragen es nicht.«

Jan Spans schüttelte den Kopf. »Das glaube ich nicht, Marko. Du irrst dich. Wir …« Er stand auf, räumte das Teezeug weg und vermied es, mich anzusehen. »Wir müssen abwarten«, sagte er, bevor er mit dem Teezeug in der Küche verschwand. Als er wieder herauskam, sah er mich endlich an. Er war wieder ruhig. Sein Blick der feste Jan-Spans-Blick. Sein Gesicht das alte Jan-Spans-Gesicht. »Wir werden sehen, Junge. Wir sind ja hier. Wir gehen nicht weg. Wir behalten den Hafen im Auge.«

* * *

In diesen Tagen war Bruder Gregor mit der Sieben-Uhr-Messe an der Reihe. Die Schwatten wechselten sich wochenweise ab. Wer dran war, mußte dienstags und freitags früh aufstehen. Man soll nicht denken, daß es ihnen viel ausmachte. Sie waren ja daran gewöhnt. Dafür waren sie doch Priester. Bruder Albertus, Bruder Gregor und der Präses waren sogar richtige Frühaufsteher. Die waren schon längst auf den Beinen, wenn andere noch gar nicht hochgedämmert waren, um sechs oder kurz nach sechs, auch wenn sie keine Frühmesse hatten oder so. Die gingen schon ihren Tätigkeiten nach, streckten die Glieder, liefen etwas herum, lasen in ihren Büchern, solche Sachen. Man konnte viel machen, wenn man ein Frühaufsteher war.

Aber ich stellte es mir nicht leicht vor, morgens zu beten. Man wollte doch ausgeschlafen sein, um dem Herrn in guter Verfassung gegenüberzutreten und ein bißchen *präsentabel* zu sein, wie meine Mutter immer gesagt hatte. Das konnte ich auch als Nihilist mit jeder Faser meines Wesens empfinden. Die Welt sah am frühen Morgen ja nicht wie ein besonders freundlicher Ort aus, und noch weniger auf dem Collegium Aureum. Und noch weniger, wenn man an den unmittelbar bevorstehenden Besuch in der Schädelstätte dachte, den Karokaffee, das müde Graubrot, die Erdbeermarmelade im gelben Plastiknapf. Das waren so die Augenblicke, wenn ich wieder an die Vorsehung denken mußte.

Während ich Bruder Gregor dabei beobachtete, wie er die üblichen Bewegungen vollführte, alles etwas knapper als an Sonntagen, weil es ja die Schulmesse war und jeder ohne Frühstück gekommen war, beschloß ich, mit ihm demnächst über die Vorsehung im *Robinson Crusoe* zu sprechen. Ich weiß nicht, ob euch wirklich klar ist, wie wichtig dieses Thema für den alten Robinson ist. Deshalb fragt er ja Freitag, wer in seinen Augen das Meer, die Erde, auf der wir wandeln, die Hügel und Wälder gemacht hat. Es geht um die Schöpfung, also das

Wichtigste überhaupt. Und dann sagt Freitag, das ist ein alter Mann namens Benamukee, welcher vor allen Dingen da war. Erinnert ihr euch? Und Benamukee, sagt Freitag noch, ist älter als das Meer, der Mond und die Sterne.

Aber dabei bleibt der alte Robinson nicht stehen. Er will Freitag beweisen, das der christliche Gott der bessere ist. Und er will es auch uns beweisen, den Lesern seines Berichts. Ungefähr so, als wollte ich jetzt euch beweisen, wie toll mein Gott ist. Und ganz wichtig ist es für den alten Robinson, daß Gott sich bei den ganzen Notlagen, in die er Robinson bringt, etwas gedacht hat. Das Schiffsunglück, die zehn verlorenen Kameraden, die drei Hüte, die Mütze und die zwei einzelnen Schuhe, die von ihnen übriggeblieben sind … bei alldem hat Gott sich etwas gedacht. Das ist die Idee, Leute. Deshalb sagt Robinson, er preist seinen Gott dafür, daß er in dieser Einöde glücklicher sein kann als mitten unter den Freuden der Gesellschaft und unter den Vergnügungen der Welt. Und deshalb dankt er ihm dafür, daß er die Leere seines einsiedlerischen Lebens und die Entbehrung allen menschlichen Umgangs durch seine Gegenwart und die Mitteilungen seiner Gnade reichlich ersetzt hat. Daß er ihm beistand, ihn tröstete, ihn ermunterte, hienieden auf seine Vorsehung zu hoffen und sich nach einer ewigen Vereinigung mit ihm in einer besseren Welt zu sehnen. So sagt er es.

Und es war ja etwas dran, wenn man seinen Bericht las. Er hatte wirklich überlebt, der alte Robinson. Er war noch da, während andere längst von den Fischen gegessen worden waren. Würdet ihr, wenn ihr das geschafft hättet, nicht das gleiche sagen? Ich stelle nur mal die Frage.

Bruder Gregor hielt die Hostie hoch und sah sie an. Das war der Moment, den ich nicht verpassen wollte. In diesem Moment guckte ich ihm immer zu. Wie er die erhobene Hostie anschaute. Ein paar Minuten später stand ich vorn in der müden Schlange und empfing die Hostie auch.

15 *Ich fahre zum Tanz in den Mai. Gespräch über die Mädchen von Hassum. Wir analysieren die Lage. Sound and Vision. Ich lerne Margret kennen.*

Tilo sagte mir, daß es gar nicht stimmte, er hätte seine Kusine aus Duisburg nicht geküßt, sie hätten nur vom Küssen gesprochen.

»Aber ich will nicht ausschließen, daß es noch passiert. Da liegt was in der Luft, glaube ich.«

»Prima«, sagte ich. »Dann halt die Duisburger Luft mal genau im Auge, damit du nichts verpaßt.«

»Ich meine, man *spürt* das doch, oder?«

»So als Mann«, sagte Motte.

»Ja«, sagte Tilo. »Als Mann.«

»Man steckt nicht drin«, sagte Motte. »Und es liegt auch nichts in der Luft. Kapier das endlich, Tilo. Es passiert. Oder es passiert nicht.«

»He«, sagte Onni, »liegt Duisburg an einem großen Fluß?«

Das war der Augenblick, als wir bereit waren, etwas zu riskieren. Den Stier bei den Hörnern zu packen. Dem relativen Universum die Stirn zu bieten und so weiter. Und deshalb fuhren wir nach Hassum zum Tanz in den Mai.

Am Samstag mittag versteckten wir unsere Fahrräder im Wald. Wir hatten auch schon überlegt, wie wir am späten Abend wieder reinkämen, nämlich durch das kaputte Oberlicht im Vertrauenszimmer, dann weiter durch den Flur der Primaner, dann durch die Zwischentür, die den Primanerflügel mit Haus Athen verband. Es mußte aber später als Mitternacht sein, damit es richtig still war. Jan Spans hatte mir einen alten Schlüssel gegeben, der auf die Zwischentür paßte. Verwahr ihn gut, hatte er gesagt.

»Jan Spans! Wo kommt *der* denn her?«

»Denk an das Metall und schweig. Kein Mensch weiß von diesem Schlüssel. Keiner darf ihn sehen. Was immer passiert, laß ihn dir nicht abnehmen.«

Ich hielt den Schlüssel in der Hand und wartete, bis ich die Wärme des Metalls spürte. »Danke.«

Die Zwischentür war immer das erste Problem für Leute aus der Untersekunda, die nachts einsteigen wollten. Die Zwischentür war unüberwindlich. Alle drei Jahre kam es vor, daß die Schwatten vergaßen, sie abzuschließen, aber keine Socke konnte darauf bauen.

Das zweite Problem war das Vertrauenszimmer. Man mußte gut in Form sein, um von der Fensterbank außen da hochzukommen. Das Oberlicht dieses Zimmers ließ sich nicht mehr richtig schließen, seit jemand den Metallhaken abgebrochen hatte, und deshalb war es das Vertrauenszimmer. Von dort guckte man auf den Weg, der auf der Innenseite des Grabens entlangführte. Der Schüler, der das Vertrauenszimmer bewohnte, durfte natürlich keinen von draußen reinlassen. Am Ende wurden manche Leute aber doch reingelassen. Motte, Tilo, Onni und ich hatten zusammengelegt, eine Flasche Apfelkorn gekauft und einen Handel gemacht.

Bei allem, was bei einem Nachtausflug am Samstagabend gutgehen mußte, war die Kontrolle von Bruder Hermann nach der Zwischentür und dem Vertrauenszimmer der dritte wichtige Faktor. Bruder Hermann durfte keinen Verdacht schöpfen, wenn er gegen neun Uhr abends in unsere alte Bude guckte und sie leer fand. Am besten wäre, er denkt, wir sind ein paar Zimmer weiter und haben die Zeit vergessen. Natürlich konnte es sein, daß er *gar nicht* kam. Auch Bruder Hermann wollte ja einen freien Samstagabend haben, statt durch alle Zimmer zu marschieren und unsere Anwesenheit zu kontrollieren. Nur, *wenn* er kontrollierte, durfte er keinen Verdacht schöpfen. Jetzt kam Bruder Hermanns Faulheit ins Spiel. Wurde sein Mißtrauen über unsere Abwesenheit größer als seine Faulheit, die ihn im allgemeinen daran hinderte, den ganzen Flur zu überprüfen und nach uns zu suchen, bis er uns gefunden hatte, dann waren wir in höchster Gefahr. Und wenn er am späteren Abend noch eine Kontrollrunde ging, weil die Schlaflosigkeit ihn nach draußen trieb, waren wir verloren.

Wir hatten beschlossen, an die Gefahr nicht zu denken. Nach dem Abendessen schlenderten wir Richtung Juvenat, unauffällig, als dächten wir nur an die gute Luft, die uns durchströmte. Wir hatten unseren Tabak dabei und unsere grünen Parkas, Onni seine Lederjacke mit dem falschen Lammfellkragen. Dann grüßten wir den wilden Heiligen, sahen uns noch einmal um und machten einen harmlosen Spaziergang auf dem Collegiumsweg, Richtung Gleuyn. Solange wir uns diesseits der Lehrersiedlung hielten, war das erlaubt. Tilo nickte den Pferden zu. Sie ließen sich auch von der Abendluft durchströmen. Wir alle waren still, als wir im Wald auf die Fahrräder stiegen. Wir hatten es nicht eilig. Hassum lag nur fünf Kilometer entfernt. Bei Onni war das Vorderlicht kaputt, deswegen fuhr er an zweiter Stelle. Vorne Tilo mit seinen kräftigen Beinen. Am Ende Motte mit seinem alten Holländer, einem Erbstück seines Onkels.

Der Abend war schön, so lau. Alles, was wuchs, wogte grün und gelb im Abendwind. Die Strecke nach Hassum war ziemlich gewunden, und manchmal wurde die Straße so eng, daß man sich fragte, wie hier zwei aneinander vorbeikommen sollen. Wichtig war, nicht links in den Neutralen Weg einzubiegen, der führte nirgendwo hin. Onni wußte, welche Ortseinfahrt man in Hassum nehmen mußte, um den Tanz in den Mai zu finden. Er hatte vom Ungeduschten einen Tip bekommen und die Route vor ein paar Tagen erkundet. Der Ungeduschte selbst wollte nicht nach Hassum, sondern lieber nach Gleuyn ins Sunset, vielleicht auch ins Twilight, dort tanzten sie in den Mai wie überall.

Auf dem ganzen Weg sahen wir kein einziges Auto.

Hassum ist noch viel kleiner als Gleuyn, ein richtiges Nest, wo man sich nur begraben lassen kann. Als wir ankamen, war es so still, als wären alle Bewohner in die Ferien gefahren. Aber sie waren zur Musik gerannt, das komplette Dorf, auch die Mädchen. Ich konnte mir nicht vorstellen, daß irgendeins fehlte. Für die Mädchen war der 1. Mai ja auch nur einmal im Jahr.

Dann hörten wir die Musik. Erst dumpfe Bässe und helles Scheppern, und dann, als wir näher kamen und schon die Lichter des Bierausschanks sehen konnten, erkannten wir auch das Lied, »Sound and Vision«. Fast hätte ich herausgebrüllt: Alle Dinge sagen zu ihm O!

»Hört ihr das?« schrie Tilo und fuhr schneller.

Ich spürte, wie mein Herz schlug, und wir alle fuhren schneller, um nichts zu verpassen. Es gab keine Ampeln in Hassum. Auf den letzten Metern überholte mich Motte auf seinem alten Holländer.

Gerade als wir angekommen waren und die Pferde anbanden, hörte die Musik auf. Eine Kapelle baute sich auf, mit Bläsern, und wir dachten, wir kommen genau im falschen Augenblick, wenn die gute Musik aufhört und die fürchterliche beginnt. Ungefähr in der Mitte des Platzes stand der Maibaum. Es war nicht zu kühl, den meisten Leuten genügte ein Hemd. Ein paar Jungen aus Hassum begrüßten sich und klopften sich auf die Schultern und gaben sich einen Händedruck unter Männern. Kichernde Mädchen rannten herum, als wenn sie jemanden suchten oder gleich jemanden entdecken würden, was weiß ich. Zigaretten wurden angesteckt. Ein Mädchen ließ sich Feuer geben und streichelte dem Typ, der es ihr gab, über die Hand. Dabei sah der Typ furchtbar aus mit seinen fettigen dunklen Haaren und dem fransigen Schnurrbart, wie Fliegendreck. Dann lächelte er wie ein Pirat und zeigte ganz üble Zähne. Den Typ gab es in Hassum öfter, Männer, die wußten, wie man sich gegen Menschenfresser und reißende Tiere schützt.

Die Tanzfläche war jetzt voller Leute, meistens Bauern und ihre Bauersfrauen, die mit ihren dicken Schuhen stampften, daß die Bohlen zitterten. Es machte einen Höllenlärm auf dem Boden, so daß die Blasmusik gar nicht mehr so störte. Ich dachte, hoffentlich lassen die von dem Holz was übrig, aber ich weiß nicht, warum ich das dachte. Ich konnte ja gar nicht tanzen.

»Kann einer von euch tanzen?«

Onni drehte sich eine Onni-Spezial.

Motte sagte: »Foxtrott bringe ich noch fertig.« Er drehte sich auch eine.

»Zeigst du's mir schnell?«

»Du brauchst ein Mädchen«, sagte Motte. »Die kann es dir zeigen.«

»Besorgst du dir jetzt ein Mädchen? Dann schaue ich es mir ab.«

Ich drehte mir eine Zigarette, um Ruhe ins Spiel zu bringen. Eigentlich hatte ich Lust, eine Portion geistiger Flüssigkeit zu mir zu nehmen. Ich sah mir die Mädchen auf der Tanzfläche an. Auch die jungen, die vorhin noch unten auf den Bierbänken gesessen hatten, tanzten zur Musik der Bauernkapelle, verschiedene Schritte, von denen ich keinen kannte. Onni kannte auch keinen. Es schien ihm nichts auszumachen. Er drehte von uns die besten Zigaretten, nur wollte keiner sie rauchen, weil sie so dünn waren. Aber es waren die besten, ganz regelmäßig, wie mit der Maschine. Ich schaute den Mädchen zu und betrachtete die Lappen, welche sie Kleider nannten. Die meisten trugen enge Jeans, darüber Bluse oder Sweatshirt, das war so die Hassumer Garderobe. Eine Dicke traute sich was und sprang mit kurzen Ärmeln herum. Ihre Bluse hatte Fransen, die ihr über den Hintern hingen und beim Tanzen vor den mächtigen Halbkugeln herumhüpften. Aber es störte mich nicht.

»Tilo, kannst du tanzen?«

»Nein, nur rennen und Fußball spielen. Meinst du, eine nimmt mich?«

»Nein«, sagte ich. Dabei dachte ich, daß die Mädchen ihn wahrscheinlich mögen würden, wenn sie ihn erst mal kennenlernten. »Holen wir uns ein Bier.«

Das Bier war etwas zu warm, das ist oft so bei Festen. Der Lärm war jetzt so groß, daß wir uns dauernd umguckten, ob jemand uns meint. Die Jungen und Mädchen schienen sich alle zu kennen. Um den Maibaum kümmerte sich keiner. Ein bißchen entfernt standen die letzten Häuser, Ortsrand Hassum, aber alle Häuser waren dunkel, als hätten die Leute sogar ihre Großmütter zum Tanz in den Mai gekarrt und sie irgendwo abgestellt, damit sie auch etwas von der Musik haben.

Als ich mir mehr Leute und noch mehr Leute anguckte, sah ich wirklich ein paar Alte mit Schnapsgläsern, die an Plastiktischen saßen und sich unterhielten, vielleicht ja über frühere Tänze in den Mai, wo sie noch über die Bretter gewirbelt waren und die tollsten Sachen gemacht hatten, auf den Knien getanzt oder auf den Händen gelaufen, so ungefähr. Einer wedelte mit seinem Gehstock in Richtung Kapelle, und ich dachte, das ist eure Musik, stimmt's? Die hat sich nicht verändert, solange ihr dabei seid, nur ihr seid klappriger geworden oder seht nicht mehr gut und braucht einen Stock. Immerhin seid ihr heute abend hier. Ihr sitzt da in euren Strickjacken und trinkt Schnaps und redet über alte Zeiten.

Plötzlich dachte ich, ich traue meinen Augen nicht. Da saß Jan Spans! Was für ein gerissener Gauner, der weiß immer, wo etwas los ist. Und neben ihm saß der Vagabund! Ich konnte sogar seine krumpelige Zigarette erkennen. Jan Spans unterhielt sich mit den Alten, hatte ein Bier vor sich stehen und nickte zu irgendwas. Er paßte gut zu den anderen in der Runde. Ich winkte ihm zu, probehalber, aber er winkte nicht zurück, sondern nickte nur, wie um zu sagen: Hast du es endlich kapiert, Junge? Wo man hingehen muß, um ein bißchen Spaß zu haben? Hat lange gedauert.

Ich fühlte in der Tasche nach dem alten Schlüssel.

Der Vagabund saß still da und beobachtete, was um ihn herum geschah. Der Alte neben ihm, mit einer Mütze, nahm einen Schluck aus seiner Bierflasche, und als er sie absetzte, lachte er. Da sah ich, daß er keine Zähne mehr hatte.

Wir guckten uns immer noch ziemlich viel um, weil dauernd Namen gerufen wurden, alle außer unseren, aber das war in Ordnung. Uns kannte in Hassum ja keiner. Wir hatten uns sowieso vorgenommen, erst mal die Lage zu analysieren. Die Kapelle spielte jetzt ein langsames Stück. Selbst die älteren Bauern bekamen friedliche Gesichter und schoben ihre Bauersfrauen ganz langsam über die Tanzfläche. Die Bäuerinnen lachten, aber irgendwie weich, als wäre der Ärger der ganzen Woche vergessen. Auch viele Mädchen gingen die Stufen hinauf, um zu tanzen, Dreizehnjährige, Vierzehnjährige, Fünfzehnjährige, und alle wußten, wohin sie die Füße setzen mußten. Das konnten sie, tanzen.

Auf den Brettern mußte es jetzt genau richtig sein, ein nicht zu starker Wind blies darüber und kühlte die Tänzer ab. Auf dem Fußballplatz mag ich das auch, wenn ich im Mittelfeld stehe und der Ball gleich zu mir kommt, und der Wind ist schon vorher da. In solchen Augenblicken vergesse ich auch, daß ich eigentlich Nihilist bin. Ich warte auf den Ball, weiß, daß er gleich kommt, und kann ihm entgegengehen oder fast entgegenfliegen. Ich weiß ganz sicher, daß er bei mir landen wird. Oder ich bei ihm.

Wir gingen mit unseren Flaschen in die Nähe der Bierbank, wo vorher die Hassumer Mädchen gesessen hatten. Wir blieben da, um einen guten Überblick zu haben. Außerdem hatte ich beschlossen, einen Vorrat an Trauben und Zitronen für die Regenzeit anzulegen.

»Genau der richtige Standort, um die Lage zu analysieren«, sagte Onni. So saßen wir eine Weile. Die Musik, na ja.

Plötzlich war Tilo weg. Waren wir nicht zu elft, als wir in das Schiff stiegen? Ich guckte mich um. Ich sah Motte und Onni an, die taten, als hätten sie nichts gesehen, aber ich wußte sofort, daß sie wußten, wo Tilo war. Ich guckte über die Köpfe der Leute hinweg. Dann sah ich ihn rechts von uns an der Hand einer kleinen Blonden, die ihn zur Tanzfläche zog, zu den Stufen, die auf die Bretter führten. Jetzt bin ich mal gespannt, dachte ich, wie Tilo tanzt. Er ging mit seinem krummen Fußballergang hinter der Blonden her, die ihn mitzog, ohne sich umzugucken. Tilo sprang die Stufen hinauf und war gleich neben der Blonden, er war ja auch Leichtathlet, der Beste im Weitsprung. Das half ihm gar nicht. Es ging ja ums Tanzen. Die Blonde war klein, das stimmt, aber hübsch, vielleicht vierzehn, ich konnte es nicht so genau sehen, weil sie einen Wollpullover trug.

Wir hatten vorher darüber geredet, daß Wollpullover unfair sind. Man muß Mädchen im T-Shirt sehen, um das Alter richtig zu schätzen und sich ein Bild zu machen, von den Brüsten und so. Jetzt standen sie auf der Tanzfläche, eher in der hinteren Ecke, so daß wir die beiden nicht immer sehen konnten, Tilo etwas breitbeinig. Das war sicher seine Idee gewesen mit der hinteren Ecke, damit er sich aufs Tanzen konzentrieren konnte. Die kleine Blonde guckte auf die Füße hinunter, Tilos und ihre, und schien ihm zu erklären, wie er es machen mußte. Ich dachte: Oh, Boy, du wirst ihr die Füße zermalmen, laß nur die Leichtathletik weg.

»Seht mal«, sagte ich, »wie Tilo tanzt.«

»Mal sehen«, sagte Motte.

Onni drehte sich eine Onni-Spezial.

»Du müßtest eine finden, die sie dir auf der Tanzfläche dreht«, sagte ich.

Onni leckte das Papierchen an und drehte in Ruhe fertig.

Tilo machte es gar nicht schlecht. Das Mädchen sprach immer noch auf ihn ein, und er schaute auf seine Füße, um zu sehen, was sie da unten taten. Motte sagte, die Musik wäre ein Foxtrott.

»Was gibt's denn noch?« fragte ich.

»Walzer, Rumba, Samba, es gibt jede Menge. Foxtrott ist am leichtesten. Seht mal, Tilo guckt nur auf seine Füße. Absolut falsch. Der Herr schaut immer die Dame an.« Motte hob den Kopf und schaute geradeaus. »So.«

Es stimmte. Tilo hielt die Blonde etwas auf Abstand, mit seiner großen Hand auf ihrem kleinen wollenen Rücken, und konzentrierte sich auf die Schritte. Ich sah, wie die Blonde ihm etwas zurief und dann mit ihren Fingern sein Kinn hob, so daß er sie ansehen mußte. Tilo war verlegen, das sah ein Blinder. Dann sagte sie noch etwas, ihre Augen leuchteten richtig, und beide lachten. Motte guckte ein bißchen griesgrämig. Aber ich fand das einen guten Trick, was Tilo machte, immer auf die Füße zu achten und so zu tun, als wollte er nur die richtigen Tanzschritte lernen, und währenddessen konnte er das Mädchen ein bißchen kennenlernen und ihre Hand halten und den Rücken fühlen, um die Lage zu analysieren.

Motte ging noch zwei Bier holen. Es war kühler geworden, aber Mitternacht war noch Meilen entfernt. Der Alte mit dem Stock nickte Motte zu und lachte, dann lachten auch die anderen Alten, selbst der Mann mit der Mütze und ohne Zähne. Freundliche Alte. Motte kam zurück, aber er schien nicht mehr soviel Lust auf die Musik zu haben. Er tat so, als wäre er nur nach Hassum zum Tanz in den Mai gekommen, um mit Onni in Ruhe ein paar Bier zu trinken und Zigaretten zu rauchen und sich die Leute anzugucken. Dabei konnte er bestimmt besser tanzen als der Rest von uns, jedenfalls Foxtrott.

Irgendwie sah er nicht so aus, als wollte er von den Hassumer Mädchen aufgefordert werden. Und selbst wollte er nichts tun. Fauler Motte.

Ich sah, wie einige Mädchen zur Bierbank zurückkamen. Sie wollten eine Pause machen oder etwas trinken. Manche hatten kleine Taschen dabei.

»Weißt du, was die in den Taschen haben?« fragte Onni.

»Mädchensachen«, sagte ich.

Mir war etwas aufgefallen, nämlich daß die Mädchen von Hassum gern *miteinander* tanzten, als würden sie sich richtig mögen, und dabei lachten sie die ganze Zeit und flüsterten sich Dinge ins Ohr, und einmal sah ich, wie ein Mädchen ein anderes umarmte und seinen Kopf lange auf die Schulter des anderen legte. Es sah komisch aus, weil das eine Mädchen viel größer war als seine Freundin. Die beiden ließen sich sogar von anderen Paaren auf der Tanzfläche herumschubsen, als wäre ihnen in diesem Augenblick eine wahnsinnig komische Geschichte eingefallen, die sie sich unbedingt erzählen mußten. Dann lachten sie noch mehr, und die Größere schüttelte plötzlich den Kopf, daß die dunklen Haare zu allen Seiten flogen. Es sah toll aus. Als sie damit aufhörte, lagen die Haare wieder genauso glatt wie vorher. Dann sah sie zu mir herüber. Sie lächelte nicht, sondern schaute nur.

Die Kleinere der beiden war dunkel und hatte die Größe von Tilos Blonder, so ungefähr, aber sie sah nicht so gut aus. Ihre Zähne standen etwas vor. Jedenfalls war sie nicht unfair, sie trug keinen Wollpullover wie die Kleine von Tilo. Dann dachte ich: Vielleicht hätte sie einen tragen sollen, sie wirkte nämlich wie ein Kind, vorne herum hatte sie gar nichts. Auch die Hüften waren ganz schmal, genau wie bei einem Kind. Die Größere, die so toll ihre Haare geworfen hatte, war viel älter. Vielleicht sah sie aber auch nur so aus. Man kann sich da sehr täuschen.

Ich schaute die Größere an und wartete darauf, daß sie wieder die Haare zur Seite warf. Oder noch einmal zu mir herüberschaute.

»Guck mal«, sagte Motte, »die große Dunkle.«

»Wo?«

»Spiel nicht den Blöden.«

»Ach die. Was ist mit der«, sagte ich.

»Die ist scharf auf dich.«

»Du spinnst.«

Onni sagte: »Klar ist die scharf auf dich. Bist du blind?«

Ein echter Experte. Ich wollte jetzt nicht mehr so oft zu der Dunklen hinübersehen, weil ich dachte, vielleicht schaut sie mich gerade an, und was mache ich dann? Ich wollte sie ansehen, ohne daß sie es merkte. Schließlich guckte ich aber doch wieder. Einmal dachte ich, die kleine Flache hätte mit dem Kopf eine Bewegung in meine Richtung gemacht, und die Dunkle hätte genickt, es war schwer zu sagen, weil so viele Leute da waren und natürlich jede Menge Jungen aus dem Dorf, nicht nur auf der Tanzfläche, auch am Bierstand und an den Bierbänken und Plastiktischen. Sie hatte todsicher einen Freund, so gut wie sie aussah. Bestimmt konnte sie sich die Freunde aussuchen, auch Siebzehn- oder Achtzehnjährige.

Die Kapelle spielte jetzt ein ziemlich schreckliches Stück, und die verrückten Bauern warfen die Beine, daß man sich in Sicherheit bringen mußte. Manche sangen sogar den Refrain mit und guckten die anderen mit offenem Mund und rollenden Augen an, damit sie mitmachten. Einer mit offenem Hemd hob seine behaarten Arme und fing an zu klatschen, und ein paar Idioten rissen die Mäuler auf und klatschten mit. Eine richtige Bauernpolka. Tilo kam zurück, ein bißchen rot im Gesicht. Er zog seine kleine Blonde hinter sich her. Sie mußte aber gar nicht gezogen werden, sie lachte schon, als sie näher kam. An ihrem gewellten Pullover sah man, daß sie mindestens vierzehn war.

»Das ist Jutta, sie hat mir Foxtrott beigebracht«, sagte Tilo und stellte uns der Reihe nach vor. Er legte seinen Arm um Jutta. Das hatte sie ihm bestimmt auch gezeigt. Tilo sagte zu ihr: »Du mußt dir nicht alle Namen merken. Nur der Kleine da mit den dünnen Zigaretten, vor dem mußt du dich hüten.«

Jutta lachte, und Onni zog ein Gesicht, daß man seine Schneidezähne sah. Er war der Kleinste von uns, aber er hatte die größten Schneidezähne von allen. Seine Haare waren feuerrot.

Onni sagte: »Wenn einer sagt, ich bin häßlich, dann mach ich ihn fertig.«

Wir lachten und klopften ihm auf die Schulter. Jutta war in Ordnung. Sie guckte mit ihren leuchtenden Augen Tilo an, dann jeden von uns. Wir fühlten uns gut, auch Motte.

»Tilo sagt, ihr seid vom Internat drüben? Ich höre, da wollen alle Priester werden.«

»Mädchen«, sagte er mit seiner tiefsten Stimme und segnete die Gemeinde. »Sehe ich aus wie ein Priester?« Er nahm einen Schluck aus seiner Flasche.

Jutta lachte und boxte Motte gegen die Schulter. »Ehrliche Meinung, hmm?« Sie legte die Hand unter ihr kleines Kinn und überlegte. Sie war in Ordnung, wie sie da stand mit ihren leuchtenden Augen, und versuchte, ganz ernst zu sein. Dann schaute sie Motte an. »Also, ehrlich gesagt ... du gäbst einen anständigen Priester ab, du darfst nur nicht so streng mit den jungen Mädchen sein, wenn sie zu dir beichten kommen. Das ist die größte Gefahr. Die armen kleinen Mädchen mit ihren sanften Herzen. Die brechen so leicht! Und du ...«

Jetzt war Onni dran.

»Ein ganz ungewöhnlicher Priester, sehr verständnisvoll, der Schwarm der älteren Damen. Von dreiunddreißig ...« sie ließ ihre Zunge blitzschnell über die Kante der Oberzähne gleiten ... »bis fünfundachtzig hinauf. Und deine Haare, da brauchst du im Beichstuhl noch nicht einmal Licht!«

Sie lachte hell auf. Ich wußte sofort, daß sie öfter solche Sachen sagte. Selbst Onni mußte grinsen. Tilo strahlte wie ein Zebra, weil er sie angeschleppt hatte, seine Eroberung. In Wirklichkeit hatte sie ihn erobert.

»Und der hier ... Marko? Marko. Also, für dich müssen wir uns etwas anderes überlegen. Gut geeignet, aber nichts zu machen. Wirklich ein Jammer.«

»Wieso?« sagte ich.

Motte machte immer noch sein Priestergesicht, und Onni hob die Hostie in die Höhe, sein Zigarettenpapier.

»Großes Geheimnis«, sagte Jutta und streichelte mir über die Wange. Ihre Hand war warm. »Mir sind leider die Hände gebunden.« Sie hielt uns ihre gebundenen Hände hin. »Aber schau mal da rüber.«

Sie zeigte zur Tanzfläche, wo die Dunkle stand und zu uns herübersah. Sie stand am Rand, ganz still, als hätte sie auf diesen Augenblick gewartet, um sich anschauen zu lassen. Ihre flache Freundin war nirgendwo zu sehen. Dann lächelte sie ein bißchen, das kleinste Lächeln, das ich je gesehen hatte.

»Sie heißt Margret«, sagte Jutta. »Vielleicht will sie dich kennenlernen. Aber wenn du es mit der Priesterei ernst meinst, muß ich ihr Bescheid sagen.« Sie lachte wieder. »Margret mag keine Enttäuschungen. Komm!«

Ich hatte die weichsten Knie auf der Welt, als Jutta mich an der Hand nahm und zur Tanzfläche zog. Jetzt hätte ich etwas um eine Portion geistiger Flüssigkeit gegeben. Meine Hände waren kalt.

»Frisch heute abend«, sagte Jutta und lachte. »Keine Angst, sie will dich nicht aufessen.«

»Gut.« Ich hielt Juttas warme Hand und dachte, vielleicht sollte ich sie einfach festhalten und nicht mehr loslassen. Ich mochte diese Hand.

»Margret, das ist Marko.«

Sie war groß, oh, Boy. Sie kam langsam die Stufen herunter, und einen Augenblick dachte ich, sie überlegt es sich anders. Oder sie hat mich mit jemandem verwechselt. Sie strich sich die Haare zur Seite, obwohl sie tadellos lagen.

»Hallo.« Eine Stimme wie Samt. Sie sah mich an und dann sofort zu meinen Freunden hinüber. Dann wieder zu mir. »Ich kenne dich noch gar nicht. Willst du mit mir tanzen?«

»Die Jungs sind keine großen Tänzer«, sagte Jutta, »aber sie haben viel guten Willen. Stimmt's? Und Marko hat mir versprochen, daß er kein Priester werden will. Wir können alle zusammen etwas trinken. Hmm? Tilo hat mich geschafft. Guck dir meine Füße an!«

Jutta war in Ordnung. Ich wollte, daß sie bei uns blieb und weiterredete, mir fiel einfach nichts ein. Aber sie ging voraus zu den anderen. Margret sah ihr nach, vielleicht etwas länger als nötig. Wir schwiegen.

Drei Dinge belebten meine Hoffnungen: Das Meer war ruhig, die Flut stieg, der Wind blieb günstig.

Nach zwei Stunden sagte ich: »Frisch heute abend.«

Margret sah mir in die Augen. Ihre waren braun und ein bißchen traurig. Oder schwermütig. Ich hatte immer gedacht, es gäbe bei braunen Augen nicht so viele Unterschiede, aber ich konnte nicht anders, als in dieses wahnsinnig tiefe Braun zu schauen, als wäre es die letzte Farbe, die ich je sehen würde.

»Also Marko«, sagte sie leise.

»Ja. Und … ich kann sprechen.«

»Du mußt nicht sprechen.«

Toller Anfang, dachte ich. Aber ich dachte, wir müssen uns wenigstens kennenlernen, bevor ich ihr auf Wiedersehen sage.

»Deine Freundin ist lustig. Wirklich in Ordnung. Jutta.«

»Sie ist nicht meine Freundin«, sagte Margret. »Sie kann mich nicht ausstehen. Meine Freundin ist Sabine. Die Kleine, mit der ich getanzt habe.«

Ich guckte sie an und verstand gar nichts.

»Dein Freund muß aufpassen.«

»Tilo?«

Margret nickte und stellte sich neben mich, so daß unsere Arme sich berührten. Als sollte jemand ein Foto von uns machen.

»Und ich«, sagte ich. »Muß ich auch aufpassen?«

Das war ein Treffer. Sie lachte zum erstenmal, und ich sah ihre Zähne, die weiß waren und regelmäßig bis auf eine winzige Ecke, die am linken Schneidezahn fehlte. Wo er an den rechten stößt.

»Du siehst auf meinen Zahn«, sagte sie, »das merke ich sofort. Alle Jungs sehen auf meinen Zahn. Findest du ihn sehr schlimm?«

Es war der schönste Zahn auf der Welt, nur daß ich die kleine Ecke vermißte, als wären wir gute alte Freunde, die sich wiedersehen wollen. Das sagte ich ihr. Ich fragte sie, wo die kleine Ecke geblieben war und ob sie ihr von unterwegs manchmal eine Postkarte schrieb. Sie mußte lachen und zeigte wieder ihre Zähne, dann sah sie, daß ich mit besorgter Miene auf die fehlende Ecke schaute, und sie mußte noch mehr lachen. Ich lachte auch, damit sie endlich sah, daß an meinen Zähnen nirgendwo eine Ecke fehlte.

Ich sagte: »Dafür bekomme ich aber auch keine Postkarte.«

»Marko.«

»Was?«

»Ich meine es ernst.« Sie atmete tief ein. »Komisch, daß ich das weiß. Laß dich mal ansehen.« Sie strich mir über die Wange. Ihr Ring fühlte sich kühl an. »Ich weiß es wirklich.« Sie schaute zu den anderen hinüber. Wir hörten Jutta lachen, dann quiekte Onni wie ein Ferkel. Jetzt lachten alle. Margret hielt sich plötzlich beide Hände vor den Mund. Ich dachte, ihr wird schlecht.

»Alles in Ordnung?«

»Ja. Alles wie immer.« Sie guckte mir wieder so tief in die Augen, als wartete sie darauf, daß bei mir ein Licht angeht. »Hassum ist ein Kaff. Ich kenne jede Katze hier.«

Sie fror. Sie nahm meinen rechten Arm und legte ihn sich um die Schultern wie einen Schal. Meine rechte Hand fühlte sich an, als wäre sie eine halbe Meile entfernt. Ich drückte vorsichtig Margrets Oberarm. Es störte sie nicht. Ich fühlte aber kaum etwas unter meiner Hand. Das Ding, was da drüben mein Hemd trug und ihren Arm drückte, lebte auf einem anderen Planeten. Sie lehnte sich gegen mich, daß ich ihr Haar riechen konnte. Mensch, wie ein halber Obstgarten. Margret war fast so groß wie ich, dabei trug sie nur weiße Segeltuchschuhe. Aus dem Augenwinkel sah ich das Karo ihrer blauweißen Bluse. Sie hatte schon richtige Brüste und so, mindestens wie Sonja. Ich guckte weg. Irgendwo da draußen war ein kleiner Stern, der nervös blinkte. Das Blinken bedeutete: Du mußt sie küssen, du Blödmann! Aber ich wußte nicht, wie.

Der Stern blinkte schwächer und erlosch. Mir fiel ein, daß ich seit Ewigkeiten nichts mehr gegessen hatte. Ich bekam Lust, eine Ziege zu schießen oder eine Schildkröte zu fangen.

Plötzlich wurde es still.

»Wollen die schon gehen«, sagte ich. Mein Mund fühlte sich an wie Sandpapier.

Die Musikkapelle packte ein. Ein paar Jungen brüllten einen Titel, den sie hören wollten. Dann legte jemand Platten auf, als erstes »Make Me Smile«, danach »Go Your Own Way«. Ihr wißt ja, daß die Songs, die einem gefallen, nicht immer gleich klingen, es kommt darauf an, wo man sie hört und was man dabei tut. Welche Erinnerungen dabei aufsteigen. Dasselbe gilt für die Songs, die man schrecklich findet. Als sie jetzt »Dancing Queen« spielten, bekam ich eine Gänsehaut, obwohl »Dancing Queen« bestimmt zu den schlimmsten Liedern des Abendlandes gehört, nur noch übertroffen von »Mandy« und

»Yes, Sir, I Can Boogie«. Ich dachte, was geht mich diese bescheuerte Gruppe mit ihren klotzigen Schuhen an? Was habe ich mit den alten Schweden zu tun? Aber die Gänsehaut blieb, ich konnte gar nichts dagegen machen.

Irgendwann hörte ich auf, Margrets Oberarm zu drükken. Wir standen da und sahen uns an. Es war nicht einfach, in diese Augen zu gucken. Dann kam »Lost in France«. Jetzt hätte es losgehen können. Es waren die richtigen Lieder, um mit einem Mädchen zusammenzusein. Das machte mich ganz fertig. Was ich am allerliebsten getan hätte, die Beine einknikken lassen und mich auf den Boden legen. Und Margret neben mir. Wir hätten Musik gehört und in den Himmel von Hassum geguckt. Und sie hätte mir endlich erzählt, wo die Ecke ihres Zahns geblieben war.

Dann kam es noch schlimmer, sie spielten wieder »Sound and Vision«. Ich wäre fast gestorben, weil ich das Lied so mochte und Margret neben mir hatte und nicht wußte, was ich mit ihr machen sollte. Ich spürte mein Herz drinnen herumpoltern. Wo waren Motte und die anderen. In derselben Sekunde sah Onni von einem der Plastiktische zu mir herüber. Ich wollte um Hilfe schreien. Und immer noch lief »Sound and Vision« und wollte gar nicht mehr aufhören. Aber andere Schicksale warteten auf mich; ich sollte das tätigste Werkzeug zu all meinem Unglück sein.

»Magst du das Lied?« fragte Margret. Sie sah zur Tanzfläche. »Sollen wir es jetzt mal probieren?«

»Ich kann nicht tanzen. Kein bißchen. Tilo hat wenigstens etwas gelernt.«

»Ich zeige es dir.«

Mensch, hatte ich eine Angst. Ich wäre am liebsten den ganzen Abend mit ihr da stehengeblieben, obwohl der Wind etwas kühler geworden war. Wir hätten eine Zigarette rauchen und eine Portion geistiger Flüssigkeit zu uns nehmen können. Wir hatten noch gar nichts zusammen getrunken.

Sie legte die Hand auf meine Brust und sagte: »Auf geht's.«

Sie war absolut schrecklich, meine Nummer auf der Tanzfläche. Ich kapierte nicht, was meine Füße tun sollten und wann. Sie landeten immer wieder auf ihren.

»Du mußt lockerer sein«, sagte Margret. »Dann geht es.«

»Ich bin locker«, sagte ich. Aber ich spürte, daß mein Gesicht starr war wie eine Karnevalsmaske.

»Autsch!« machte Margret.

Dann zeigte sie mir noch einmal die Schritte, während die ersten Takte von »Sister Golden Hair« aus den Lautsprechern kamen. Ich glaube, das gehört zu den schwierigeren Stücken, nichts für einen Anfänger. Eins, zwei, Seite, zu. Noch einmal. Aber der Rhythmus des Liedes war zu kompliziert. Ich starrte nach unten und zählte mit. Dann ließ ich es bleiben. Wirklich, die Tanzerei versaute mir die schönsten Lieder.

Margret hörte auf zu tanzen. Irgend jemand brüllte etwas über den Platz, und als die letzten Takte des Liedes vorbei waren, kam keins mehr. Ein Penner aus dem Dorf schnappte sich das Mikrofon und dankte allen Besuchern für ihr Kommen. Dann gab's eine Rückkopplung, und an den Plastiktischen kreischten sie auf wie Hyänen.

Margret sah mir in die Augen, als wollte sie mich etwas fragen. Aber sie fragte nicht. Sie legte mir die Arme um den Hals und wiegte sich hin und her, wie eine Wasserpflanze. Sollte ich mich mitwiegen? Meine Augen strichen über die öden Küsten Afrikas. Jetzt spürte ich ihre Brüste gegen mein Hemd und alles. Motte, Tilo, Onni und Jutta schauten herüber und dachten bestimmt, es ist alles in Ordnung. Onni hob seine Flasche und prostete mir zu. Ich hätte Margret immer noch küssen können. Aber ich tat gar nichts. Die Wiegerei ging mir ziemlich auf die Nerven.

»Wir könnten uns wiedersehen«, sagte Margret. Sie hob den Kopf, und ihre Augen waren ernst. »Wie oft dürft ihr raus?«

»Vom Internat?«

»Ihr habt doch Ausgang. Was ist mit Dienstag?«

Ich konnte es nicht fassen, daß sie mich wiedersehen wollte. Ich war so überrascht, daß ich mich gar nicht fragte, ob ich *sie* wiedersehen wollte.

Ich sagte: »Wie alt bist du eigentlich?«

»Vierzehn. Die meisten halten mich für älter.«

»Die meisten haben recht«, sagte ich. »Ich könnte Dienstag um zwei. Zum Silentium um vier müssen wir zurücksein. Wo wohnst du?«

»Nicht bei mir. Mein Vater erschlägt mich. Komm ins Jugendheim.«

Ins Jugendheim. Ich weiß nicht, welchen Ort ich mir dabei vorstellte, irgendein geheimes Leben, von dem ich keine Ahnung hatte.

Motte und die anderen wollten aufbrechen. Jetzt, wo die Musik aufgehört hatte, vermißte ich ein paar gute Lieder.

»Marko«, sagte sie leise. »Kommst du?«

»Lach mal«, sagte ich. »Ich will mich von der fehlenden Ecke deines Zahns verabschieden.« Sie fand es nicht lustig. Sie war jetzt das humorloseste Mädchen von Hassum.

»Kommst du?«

»Natürlich komme ich.«

Selbst in diesem Augenblick hätte ich sie noch küssen können. Aber ihre Schwermut machte mich fertig. Ich drehte mich um und ging. Ich schämte mich auf jedem verdammten Meter, den ich ging. Ich schämte mich vor dem Bierausschank, dem Wind, den braunen Häusern, den öden Küsten Afrikas und den letzten paar Lichtern, die an den Drähten hingen. Am meisten schämte ich mich vor der elenden Tanzfläche, die sie gleich abbauen würden. Mann, fast hätte ich die trostreichen Geheimnisse des Rosenkranzes gebetet.

Als ich halb über den Platz war, wo zwei Dorfjungen Stühle aufstapelten, rannte ich los. Von den Alten keine Spur. Waren wir nicht zu elft, als wir in das Schiff stiegen? Wo sind die zehn anderen? Auch Jan Spans und der Vagabund waren nicht mehr da. Ein paar Leute weniger, vor denen ich mich schämen mußte. Ich wollte zu den Pferden und nichts wie weg.

Onni rief mir etwas zu. Er und Motte lachten.

»Du warst lange weg«, sagte Onni.

»Sehr lange«, sagte Tilo.

»Wir haben dich vermißt«, sagte Motte.

»Ihr seid schöne Ärsche«, sagte ich. »Ihr hättet mir helfen sollen.«

»Wobei«, sagte Motte. »Küssen mußt du sie selber.«

Was?« sagte Tilo und schaute von seinem dummen Fahrradreifen hoch. »Du hast sie nicht geküßt?«

»Nein.«

»Warum nicht?«

»Sie sagt, sie will mich wiedersehen. Nächsten Dienstag im Jugendheim.«

»Und da hast du sie nicht geküßt?« Er guckte richtig ungläubig, der Arsch.

»Nein!«

»Warum nicht?«

Fast hätte ich es vergessen. Ich schämte mich auch vor Tilos dummem Fahrradreifen. Und vor Mottes altem Holländer und vor Onnis Lederjacke mit dem falschen Lammfellkragen. Ich sah nach links und nach rechts, um nichts auszulassen, wovor ich mich schämen konnte.

»Ich muß die Lage erst mal analysieren«, sagte ich.

16

Ich richte eine Ansprache an die kühle Nacht. Ich kritisiere die unklaren Botschaften der Sterne. Wir schleichen durch den Kreuzgang. Gespräch über Pferde, Christen und Römer. Ich höre Musik und vergieße sehr viele Tränen.

Die Nacht kühlte mich ab, und ich war ihr dankbar dafür. Gnädige Nacht! sprach ich. Mach weiter so! Hülle mich und meine Schande in dein kühlendes Tuch! Verbirg meine Scham, laß meine Spötter verstummen und entziehe mich den höhnischen Blicken der Welt! Auf dich kann ich zählen, alte Nacht, ich will es dir nie vergessen!

So sprach ich.

Der Weg von Hassum zum Collegium kam uns länger vor als der Weg vom Collegium nach Hassum. Das ist oft so, wenn man eine große Enttäuschung erlebt hat. Wir fuhren die gewundene Straße entlang, wo es ein paar Stunden vorher grün und gelb gewogt hatte, achteten auf die Schlaglöcher und lauschten darauf, was die Bäume im Schlaf redeten. Vorne tauschten Tilo und Onni alle dreihundert Meter einen Satz. Hinter mir ächzte Mottes Holländer. Oben standen dieselben Sterne, die mir vorher bei Margret immer die falschen Dinge gefunkt hatten. Ich dachte, auf euch soll sich einer verlassen! Ihr seid für mich gestorben! Ein Lied kam mir in den Kopf, »If You Leave Me Now«, das sie an diesem verdammten Abend nicht ein einziges Mal gespielt hatten. Als wir rechts am Neutralen Weg vorbeikamen, guckten wir hinein und ahnten an seinem Ende den müden Hund und ein paar schlafende Bauersleute. Ich fragte mich, ob sie auch beim Tanz in den Mai gewesen waren und ob ich mich vielleicht vor ihnen schämen sollte.

Wir versteckten die Fahrräder im Wald, gingen leise über den Collegiumsweg zum wilden Heiligen und tappten auf der äußeren Seite des Grabens entlang. Das war das gefährlichste Stück. Oder auch nicht, denn von jetzt an war jeder Meter gefährlich. Wir huschten über die erste Collegiumsbrücke, prüften den Marmorplatz, tippelten weiter wie vier mittelgroße, sehr vorsichtige Ratten …

»He«, flüsterte Motte. »Wenn dort vorn jetzt einer *wäre* … was täten wir?«

»Bist du bescheuert?« flüsterte Tilo. »Da ist jetzt keiner. Es ist ein Uhr nachts. Die pennen alle.«

»Alles schläft, einsam wacht …«, sang Motte leise.

In diesem Augenblick schlug es ein Uhr, und wir zuckten zusammen.

»Die Glocke soll still sein«, sagte Onni. »Die weckt noch die Leute auf!«

»Okay«, sagte Tilo. »Da wären wir.«

Wir nahmen die erste Hürde, das Vertrauenszimmer. Das Oberlicht ließ sich mühelos aufschieben. Tilo kletterte voran, dann kamen wir anderen. Onni wäre beinahe vom Fensterrahmen auf den Schreibtisch im Vertrauenszimmer gekracht. Das war ziemlich hoch, und er hatte ein halbes Bier zuviel getrunken. Das waren so Sachen, die der Bewohner des Vertrauenszimmers nicht mochte: Fallende Objekte in der Nacht. Fremdes Erbrochenes. Stiefelspuren auf dem Mathematikheft. Schäden am Mobiliar. Der Bewohner des Vertrauenszimmers *schlief* ja, und man sollte ihn nicht stören, damit er am nächsten Morgen auch wirklich nichts gesehen und nichts gehört hatte.

Sonst lief es gut. Wir öffneten die Zimmertür einen Spalt und waren schon auf dem Flur des Primanerhauses. Dann weiter zur Zwischentür. Auf dem Flur war keine Seele. Ich hatte keinen Zweifel, daß wir uns auf den Schlüssel von Jan Spans verlassen konnten. Wenn Jan Spans von irgendeiner

Sache etwas verstand, war es Metall. Die Zwischentür öffnete sich mit einem süßen Quietschen. Ich schloß hinter uns ab und steckte den Schlüssel weg.

Der Weg durch die Küche, das Reich des Küchenbullen, war der gruseligste Teil. Die Küche war viel größer, als sie tagsüber wirkte. Eigentlich hatte ich nachts lieber dunklen Boden als hellen Boden, ich weiß auch nicht, warum. Vielleicht, weil man auf dunklem Boden keine Blutspuren sah. Aber der Boden der Großküche war *hell.* Er sah benutzt aus, oft befleckt, viel begangen, tausendmal geschrubbt, fast so, als wäre immer jemand auf den Beinen und könnte jeden Augenblick auftauchen, die Lichtschalter anwerfen und uns mit Donnerstimme zur Rede stellen. Schwester Ricarda, dachte ich. Vielleicht macht Schwester Ricarda einen Rundgang!

Die riesigen Töpfe im bläulichen Sparlicht sahen bedrohlich aus. Kellen und Messer schimmerten an der Wand, eine Reihe von Folterwerkzeugen. Enorme Pfannen hingen an den Haken wie gehenkte Männer. Die Kühlschränke brummten.

Wir gingen zur dicken dunklen Holztür in der Ecke, nahmen die vier Stufen nach unten und standen im Kreuzgang. Nach rechts ging es zu den Räumen des Präses.

»Will jemand nach rechts?« fragte Motte und schaute mit Gottvertrauen ins Gewölbe des Kreuzgangs hinauf. »Der Präses dürfte schlummern, aber vielleicht hat Marko noch Lust auf ein Schwätzchen mit ihm? Wir könnten ihn wecken. Wir könnten noch mal über den DKP reden und warum es sinnvoll ist, mit dem DKP-Banner ins Feld zu ziehen ...« Er formte mit den Händen eine Tüte um seinen Mund und machte leise *huuuhh* ...!

Der Klang trieb durch den dunklen Raum. Ein bißchen graues Licht fiel durch die alten Scheiben, nicht viel, das könnt ihr mir glauben. Wir standen still.

»Kommt«, sagte Motte. »Ich sehe schon, ihr wollt ins Bett.«

Der Weg war ziemlich lang, aber je länger wir gingen, desto sicherer fühlten wir uns. Rechts von uns lagen die Toten der letzten hundertsiebzig Jahre, aber ich hatte beschlossen, nicht an die Toten der letzten hundertsiebzig Jahre zu denken. Gut war, daß die Tür vom Kreuzgang nach draußen zum Fischteich immer abgeschlossen wurde, die Tür vom Kreuzgang zu Haus Athen aber nicht. Als wäre der Kreuzgang ein Teil des Hauses, den man nicht aussperren durfte. Der Kreuzgang reichte mit seinen langen, dunklen Armen in alle Teile des alten Collegiumsgebäudes hinein. Wir schlichen unsere Treppe hoch, leise, leise …

»Schscht!« Motte blieb stehen. Der Lino-Ventura-Kopf drehte sich langsam in der Luft. Die Nase reckte sich, um Witterung aufzunehmen. »Wartet. Hab was gehört.«

Wir warteten.

»Da war was. Etwas, was mir nicht gefällt.« Motte schlich eine Stufe höher, die zweite, die dritte. »Da war was …«, seine Stimme senkte sich zu einem Hauch. »Da war was … das … dem alten Motte *gar nicht gefällt.* Oh, Sch…«

Als das Licht im Treppenhaus ansprang, standen wir genau so da: vorn Motte mit seinem gereckten Gesicht, auf dem noch zu lesen war, daß ihm etwas gar nicht gefallen hatte. Dahinter Tilo und ich, zwei Stufen weiter unten Onni. Oben, am Treppenabsatz, stand Bruder Gregor und sah auf uns herunter. Seine Augen waren groß und starr, die Lippen zusammengepreßt, wie wir es kannten. Ich senkte den Kopf und intonierte still meinen Bußpsalm. Er ging so: Mist, Mist, Mist, Mist … so ein verdammter Mist … oh, Mann, was für ein Mist.

Das war der Bußpsalm.

»Jungs.« Seine Stimme war leise. Sie klang wie Flüstern in einer Höhle. »Werden eure Betten … zu *euch* kommen? Oder müßt ihr … zu den *Betten* gehen? Das ist die Frage, nicht wahr? Nehmen wir an, das sei die Frage.« Er kam uns drei Stufen entgegen, und seine Stimme sank zum leisesten Höhlenflüstern herab. »Ich möchte meinen, die Betten sind ... unbeweglich. Niemand hat sie laufen sehen. Niemand hat sie tanzen oder springen sehen. Daraus schließe ich, daß sie sich nicht bewegen. Daraus schließe ich ... daß ihr zu den *Betten* gehen müßt!« Er schloß die Augen und stand völlig unbeweglich. Dann kam es aus ihm wie aus einer Maschine: »Geht! Sofort! Dorthin!« Sein Arm schoß zur Seite und zeigte in Richtung Flur. Wo die Betten waren. »Aber sofort!«

»Gern«, flüsterte Motte so leise, daß Bruder Gregor es nicht hören konnte.

Wir setzten uns langsam in Bewegung. Als Motte an Bruder Gregor vorbeiging, nickte er ihm eine Begrüßung zu. Auch Tilo deutete ein Nicken an.

»Du nicht«, sagte Bruder Gregor, als ich an ihm vorbeigehen wollte. Er hielt mich am Ärmel fest. »Marko brauchen wir noch. Bitte.«

Onni huschte an mir vorbei, nahm die letzten Stufen, und weg waren alle drei. Bruder Gregor ließ meinen Ärmel los.

»Dich brauche ich noch. Komm.«

Wir gingen ein Stockwerk höher in seine Wohnung. Unterwegs sprach er pausenlos, den ganzen verdammten Flur lang, aber manchmal sprach er so leise, daß ich es nicht verstehen konnte. Er drehte sich auch nicht um, damit ich es besser verstand. Er sprach einfach. »Ein Spaziergang, danach war mir heute abend zumute, Marko ... ein sanfter Abend, nicht wahr ... ein Jammer, daß ich dich nicht angetroffen habe. Doch Freunde sind Freunde und beanspruchen unsere Zeit. Freunden verweigern wir uns nicht. Auch Seneca hat Freundschaft hoch geachtet. Ich würde mir nicht gern vorwerfen, dich von deinen Freunden weggeholt zu haben ... Allerdings bleiben alte Fragen ... die alten Fragen, die wir seit Monaten bearbeiten, nicht wahr ...?«

Er sprach mindestens das Doppelte, aber manches nuschelte er so vor sich hin, daß wenig davon übrigblieb. Einmal hörte ich den Namen Muhr oder Moore, dann erwähnte er Goethes *Werther*, dann etwas über das Duellieren und das Kartenspielen. Ich wollte sagen, he! Keine Sorge, Bruder Gregor. Wir sind keine Spieler! Und wir duellieren uns auch nicht!

»Ah, hier sind wir … komm herein, Marko.« Er hielt die Tür auf. Seine Augen wanderten durchs Zimmer, tasteten die Bücherstapel auf dem Boden ab, schlossen sich plötzlich, als hätte er etwas Unangenehmes gesehen, klappten wieder auf … »Leg den Parka ab. Leg ihn auf den Boden.« Er setzte sich. »Ich würde unseren Spaziergang gern nachholen, wenn du einverstanden bist. Wie gern hätte ich gehabt, daß du mich um den See begleitest. Setz dich doch, bitte … Wir hätten auch zu den Pferden gehen können. Sympathische Tiere. Magst du die Pferde, Marko? Unsere Collegiumspferde?« Zum erstenmal sah er mich wirklich an.

»Ob ich …? Na ja, so genau habe ich darüber noch nicht nachgedacht …«

»Marko, muß man denn darüber *nachdenken*, ob man etwas mag? Ich dachte, Neigungen erwachen spontan, ohne Reflexion. So sagte es auch mein Freund Clemens Nippermann, von dem ich dir neulich erzählt habe. Neigungen erwachen. Und dann muß man mit ihnen rechnen. Man kann sie nicht einfach abstellen.«

»Also«, sagte ich. »Ich mag die Collegiumspferde. Ich glaube, das kann man so sagen. Ich mag sie.«

»Was ist es genau, was du an ihnen magst?«

»An den Pferden?«

»Welche Qualitäten, Marko? Oder ist es die *Idee* des Pferdes? Sagen wir, die Pferdheit oder Pferdhaftigkeit …«

»Nein, nicht die Pferdhaftigkeit, Bruder Gregor. Die Pferdhaftigkeit nicht so sehr, glaube ich.«

»Was dann?«

»Ich mag ihre Bewegungen. Wenn sie laufen. Wenn sie galoppieren. Das mag ich.«

»Das verstehe ich gut. Du magst ihre angeborene Kraft und Leichtigkeit, Marko. Dazu ihre Fähigkeit, Vertrauen einzuflößen und Vertrauen zu erwidern. Sie sind des Menschen zuverlässige Begleiter, könnte man sagen. Warst du heute abend mit deinen Freunden bei den Pferden? Ist das der Grund, warum ich dich nicht angetroffen habe? Wegen einer Nacht bei den Pferden? Ich sehe dich verwirrt. Vielleicht bist du müde. Ich bin auch müde, Marko. Warte, ich wollte dir etwas vorspielen …« Er ging zum Plattenspieler. »Hier, vielleicht kennst du das …«

Ich kannte es nicht, Leute. Erst kamen Streicher. Dann sang eine Frau von matten Augen, die sanft und selig zufallen. Ich fand es nicht schlecht, auch wenn es mir *sehr* langsam vorkam, ohne Beat und so. Ich hätte es vielleicht besser gefunden, wenn ich mich mit einer Portion geistiger Flüssigkeit hätte zurücklehnen können, entspannt auf einem alten Sofa zum Beispiel. Und wenn ich mir das Vergnügen des Rauchens hätte gewähren dürfen wie der alte Robinson. Dann hätte ich ganz anders zuhören können, ein bißchen über Margret und Jutta und die Mädchen von Hassum nachdenken und den elenden Abend beim Tanz in den Mai mit Ruhe analysieren können. Vielleicht wären mir sogar die Augen sanft und selig zugefallen, ich meine, darum ging es doch. Es war ja auch lang, das Lied, viel länger als »Sound and Vision« und länger als die langen Songs von Pink Floyd, was so ziemlich die längsten Songs sind, die ihr auf irgendwelchen Platten findet.

Aber ich *war* nicht entspannt, das ist vielleicht verständlich. Wir waren ja auch nicht bei den Pferden gewesen, meine Freunde und ich. Ich dachte, da kommt noch was, weil wir nicht bei den Pferden waren, sondern ganz woanders. Und wenn Bruder Gregor mich unbedingt filzen wollte, konnte er das in aller Ruhe tun. Er brauchte nach dem Tabak noch nicht einmal lange zu suchen. Ich hatte ihn in der Tasche meines Parkas, einfach so, mit Blättchen und Feuerzeug. Und ich dachte mir, wenn er mich fragt, dann ziehe ich den Tabak aus der Tasche und gebe ihm das Päckchen ohne Tricks und ohne Gegenwehr. Hier, Bruder Gregor, würde ich sagen, nehmen Sie! Mein Tabak. Nehmen Sie. Es ist Ihrer. Sie haben mich gepackt. Die Ehre erfordert, daß ich Ihnen meinen Tabak aushändige. Ich weiß, wieviel Sie auf die Geste des Tabakaushändigens geben. Wir sind doch Indianer, Sie und ich. Wir stehen aufrecht und riskieren, von verirrten Kugeln erwischt zu werden. Wissen Sie eigentlich, wie wir Sie damals hereingelegt haben, Motte und ich? Als wir vom Kiesberg kamen? Mit einem alten Indianertrick, er heißt Drei Steine. Wir Indianer nennen ihn Drei Steine. Wissen Sie noch? Damals, in einer anderen Zeit, in einer anderen Welt, ein langes Stück auf der Zeitleiter zurück? Wieviel ist seitdem geschehen, Bruder Gregor! Nicht nur mit mir, das kann ich Ihnen flüstern. Wieviel ist seitdem mit Oowokakee geschehen, daß er nicht mehr weiß, ob er auf Benamukee vertrauen kann!

So spräche ich.

Das mit dem alten Sofa könnt ihr übrigens vergessen. Ich saß sehr unbequem. Bruder Gregor hatte nur diese beiden harten Holzstühle an einem kleinen Holztisch, das war die Sitzecke gewissermaßen, wo man sitzen konnte, wenn man nicht am Schreibtisch saß, und da saß er ja meistens. Ein bißchen wenig, wenn ihr mich fragt, aber das war Bruder Gregor. Er achtete nicht auf Äußerlichkeiten. Er merkte ja auch nicht, daß ihm die Lappen, welche er Kleider nannte, viel zu weit geworden waren. Er sah beinahe aus wie eine alte Vogelscheuche, er hätte ein Kumpel des Vagabunden sein können, wirklich, die beiden hätten sich gut verstanden, aber ich hütete mich, es ihm zu sagen. Ich dachte, er sieht es ja, wenn er in den Spiegel guckt. Wahrscheinlich hatte er den gleichen alten Spiegel wie Bruder Hermann, das gleiche Badezimmer, das gleiche Waschbecken, die gleiche Kloschüssel. Keine Sorge, ich bereitete keine Ansprache an seine Kloschüssel vor.

Nur seine *Deckenlampe* ...! Ich schaute hoch zur Decke. Tatsächlich, da hing nicht die kleine runde Einheitslampe, wie ich es im *Buch der Ordnungen* gelesen hatte. Die Lampe in Bruder Gregors Zimmer war länglich, eckig und größer. Ob sie schöner war, das hätte ich ungern entschieden, aber sie war zumindest *anders*. Es war die Lampe, um die er gekämpft hatte, nicht die Lampe aus der Gelderner Großbestellung.

Sieh an, das *Buch der Ordnungen* hatte also recht. Bruder Gregor hatte eine andere Lampe als die anderen. Die Dinge ergaben einen Sinn, wenn man genau hinschaute. Sonja wollte nicht mehr, daß die Dinge einen Sinn ergeben, weil sie fünfzehn Jahre lang keinen Sinn ergeben hatten. Aber ich wollte, daß die Dinge einen Sinn ergeben. Und die eckige Lampe an der Decke von Bruder Gregors Zimmer ergab einen Sinn. Ich war drauf und dran, es ihm zu sagen. Wie sehr es mich freute, seine Lampe zu sehen und so. Aber es hätte ihn nicht so interessiert, glaube ich. Er war völlig versunken in die Musik. *Schlummert ein, ihr matten Augen*, sang die Frau jetzt in dem Lied, und allmählich wurde ich wirklich müde, trotz Holzstuhl ...

»Eine Kantate zum Fest Mariä Reinigung, wußtest du das, Marko?« Bruder Gregor sah mich lange an, ruhig, zum zweitenmal. »Die Kantate spricht von den letzten Dingen und ist doch leicht, heiter, voller Gewißheit, daß im Tod das Leben auf uns wartet. Wenn wir übrigens das Genie von Bach und das Genie von Händel miteinander vergleichen, dann können wir es in Tageszeiten ausdrücken. Die schönsten Arien von Bach und Händel legen den Gedanken zwingend nahe. Hier die tiefe Nacht, dort der frühe Morgen. Aber beide voller Hoffnung. Bach, wie er uns in die Dunkelheit, in die tiefe Nacht begleitet. Händel, wie er uns an der Hand nimmt und in den Morgen führt. Ich habe mit meinem Freund Clemens oft darüber gesprochen. Hier, die matten Augen kurz vor dem Einschlafen ... hörst du, Marko? Da ist es!«

Und ich hörte es. *Fallet sanft und selig zu. Schlummert ein, ihr matten Augen, fallet sanft und selig zu!*

»Wie die Musik langsamer wird, leiser wird ... wie der Pulsschlag erlahmt ... aber nicht aufhört ... eine Andeutung des Endes. Der letzten Station. Hörst du? Und hier, das ist auch herrlich: *Hier muß ich das Elend bauen*, eine herrliche Zeile! Das Elend bauen! Warte, ich spiele dir auch den Händel vor, er ist auf englisch ... Du magst ja das Englische. Warte ...«

Er stand auf, ging zum Plattenspieler, hob die Nadel an ... »Moment, der Händel ... hier, *Theodora*. Es ist eine Arie aus *Theodora*, eine der schönsten Arien, die jemals geschrieben wurden. Kennst du die Geschichte der heiligen Theodora? Die Christen und die Römer ...«

Ich dämmerte hoch. Hatte ich *Römer* gehört? »Wer?« sagte ich. »*Wer* war das?«

»Die Christen und die Römer. *Theodora* ist ein Märtyrerdrama.«

»Kommen auch Gallier vor?«

»Gallier? O nein ... nein, hier kommen keine Gallier vor, Marko. Hier nicht.«

»Und wo kommen Gallier vor?«

»Warum willst du das ... Marko, jetzt kommt's! Hier ist Irene, einen Moment, wir warten das Rezitativ ab ...« Musik erklang, aber zu laut, so daß Bruder Gregor hastig leiser drehte. »Eine bemerkenswerte Zeile ... *The Storm now thickens, & looks big with Fate* ... Das habe ich immer gemocht. Weißt du, wie man es übersetzen könnte? *Von Verhängnis schwer* ...? Ah, hörst du ...? Jetzt kommt die Arie. Das meinte ich. Der Morgen zieht herauf, die Streicher sagen es dir, sie klettern mit jedem Bogenstrich höher wie das frühe Licht, das den Himmel erobert. Ein neuer Tag! Die Versprechen der eben erwachten Schöpfung. *As with rosy steps the Morn, advancing, drives the shades of night* ... Es ist übrigens leblose englische Verseschmiederei, wenn du es liest, schlimm. Ein Nichts ohne die Musik, ohne Händels Genie, er hat alle seine Librettisten weit überragt und besonders diesen furchtbaren, pompösen Morell. Hier, jetzt hörst du Irene ...«

Er verstummte und hörte mit gesenktem Kopf zu. So blieben wir, bis Irenes Lied fertig war. Es war ziemlich lang, fast wie das andere. Zwischendurch schlug es halb zwei. Mein lieber Mann, halb zwei! Wieder dachte ich, er hat mich völlig vergessen. Bruder Gregor vergißt alles, wenn er Musik hört. Inzwischen fand ich nicht mehr, daß ich auf dem Holzstuhl einschlafen konnte. Ich war sogar ganz sicher, daß ich *nicht* einschlafen würde. Ich wollte unbedingt noch die Sache mit den Galliern herausfinden.

Was mir auffiel, daß die Sängerin immer dieselben Zeilen sang. Also, das Lied hatte keine Strophen, sondern fing immer wieder von vorn an. Ich konnte sogar den Text verstehen, die Sängerin sang ziemlich deutlich, außerdem war das Lied langsam, so ähnlich wie das andere. *Hopes of endless light*, das konnte ich genau verstehen, schon beim erstenmal. Als die Sängerin es dann noch einmal sang, hielt sie auf *endless* ganz lange den Ton oder mehrere Töne, das fand ich gut, damit man direkt hörte, wie lang so ein *endless light* wirklich dauert. Es ist ja *endlos*, das muß dann auch seine Zeit dauern, das leuchtet wohl jedem ein. Es war ja der Beginn des Tages, wie Bruder Gregor gesagt hatte. Wo die Nacht zu Ende ist. Wo die Schöpfung wieder erwacht und ihre ganzen neuen Versprechungen macht und so. Allmählich dachte ich nur, Mann, ich sollte vielleicht ins *Bett* ... Sonst wird das ein richtig hinterhältiger Tag, egal wie er beginnt.

»Der junge Morgen, Marko.« Bruder Gregor hob den Kopf und stellte den Plattenspieler aus. »Und die Nacht. Beachte die Dialektik. Der junge Morgen bedeutet für Theodora und Irene den Tod. Sie müssen sterben. Und trotzdem ist er für sie das Leben. Die Nacht bei Bach ... ist ähnlich. Das Einschlafen, das langsame Fortgleiten in einen ewigen Schlaf ... auch er bedeutet Leben. Bedeutet Hoffnung, Marko. Soweit einverstanden?«

»Ich weiß es wirklich nicht, Bruder Gregor. Ich bin etwas müde.«

»Ja, du warst viel unterwegs, Marko. Ich weiß.«

»Hängt etwas davon ab, was ich über Theodora denke? Oder die andere, Irene?« Ich mußte dauernd auf den großen Stapel schauen, auf dem der Zettel klebte: *A Full Inquiry into the Subject of Suicide.* Der Stapel war angewachsen, seit ich ihn das letzte Mal gesehen hatte. »Irene …«, sagte ich. »Meine Mutter heißt Irene. Wußten Sie das?«

»Deine Mutter … nein, das wußte ich nicht. Du hast mir nie von ihr erzählt.« Er sah mich konzentriert an. »Wie ist sie, deine Mutter?«

»Oh, ich dachte mal, ich wüßte es … aber ich weiß es nicht mehr.«

»Du *weißt* es nicht mehr? Wo ist sie?«

»Ich … oh, Mann, ich hab keine Ahnung. Sie ist bei Richard. Sie ist in Lindenthal …«

»Sie ist nicht bei deinem Vater, stimmt's? Man hat mir davon …«

»Ich sage doch, sie ist in Lindenthal!«

»Du armer Junge …«

»Sie muß bestimmt nicht sterben, wenn der junge Tag mit seinen neuen Versprechungen anbricht, okay? Irene muß nicht sterben. Sie könnte ins Reisebüro gehen und …« Dann liefen mir die Tränen übers Gesicht. Ich saß da und ließ sie laufen. »Meine Mutter … muß nicht sterben … verdammt …« Es war mir egal, daß Bruder Gregor meinen schiefen Weinmund sah. »Oh, Mann … ich … ich weiß nicht, wie sie ist, verdammt! Was glauben *Sie* denn, wie sie ist, meine Mutter! Sie wissen doch so viel! Sie haben doch alles gelesen! Kierkegaard, Dostojewskij! Und Seneca, den hätte ich fast vergessen! *Lucilius, du hast mir die Frage gestellt: Warum, wenn eine Vorsehung die Welt lenkt, widerfährt guten Menschen so viel Unglück?* Bitte! Sagen Sie es mir! Sagen Sie mir, wie meine Mutter ist! Denn ich ... *ich weiß es nicht!* Okay?«

»Marko ...«, sagte Bruder Gregor. »Marko.«

»Ich hab keine Ahnung. Ich bin ein Blödmann, der sich belügen läßt, von allen. Das bin ich.« Mehr Tränen rollten, und ich kniff die Augen zusammen. »Haben Sie ein Taschentuch. Bitte, ein Taschentuch, verdammt.«

Er stand auf.

»Wissen Sie«, sagte ich, »daß es ziemlich viel werden kann? Alle reden auf mich ein, alle wollen was, und ich frage mich die ganze Zeit, was um Himmels willen *wollen* die von mir? Es ist ein komplettes Chaos, wie eine Party im *Großen Gatsby*, wo kein Mensch weiß, wer der Gastgeber ist. Ist das nicht zum Heulen? Alle diese Leute gehen auf Gatsbys Party, und kein Mensch kennt ihn! Danke.« Ich schneuzte mich einmal, zweimal. »He, Gatsby kann sich unter seine verdammten Gäste mischen und mit ihnen darüber reden, was dieser Gatsby für ein merkwürdiger *Kerl* ist ... und alle sagen, stimmt, der Mann hat recht, dieser Gatsby ist doch wirklich ein merkwürdiger Kerl. Aber der Mann, der das Gespräch auf Gatsby bringt, ist Gatsby selbst. Der Gastgeber steht neben ihnen, läßt sich beschimpfen und bleibt völlig unerkannt.«

»Unerkannt wie der Herr, Marko. Unerkannt wie der Herr.«

»Nein, Bruder Gregor, nein! Das könnte Ihnen so passen! *Nicht* unerkannt wie der Herr! Er hat einen Traum, das ist es doch. Gatsby hat einen Traum. Aber alle trampeln auf dem Traum herum, keiner versteht ihn, diesen Traum. Alle sind viel, viel weniger, als Gatsby ihnen zugetraut hat. In Gatsbys Traum sind sie gut, anständig, sie streben nach etwas Höherem ... aber in Wirklichkeit sind sie schäbig und klein. Wir alle sind etwas schäbiger und kleiner und ... und ... verlogener, als wir gern wären, vor allem verlogener, so ist es doch ... vor allem verlogener … oh, Mann.« Und wieder liefen die Tränen. Und wieder war es egal. Es war wirklich egal.

»Marko, es ist schwierig, ich weiß. Marko. Bitte.« Bruder Gregor stützte die Ellenbogen auf die Knie und sah mich mit großen Augen an. »Vielleicht hätten wir uns schon früher einmal unterhalten sollen. Du und ich. Vielleicht hätte das geholfen. Wir sprechen doch so viel miteinander. Das bedeutet mir etwas, das weißt du. Marko?« Er atmete aus, aber so tief, daß ich dachte, er muß ein Rennen gelaufen sein oder so. »Wir haben auf dem Collegium die Regel, daß die Erzieher der einen Gruppe sich nicht in die Belange der anderen Gruppe einmischen. Verstehst du? Das ist eine Regel, die wir hier haben. Ich wollte Bruder Hermann nicht … vorgreifen. Ich wollte nicht seine Arbeit tun. Das darf ich nicht, Marko. Ich darf mich nicht einmischen.«

»He, wer redet von Einmischen? Ich habe um nichts gebeten, wirklich nicht. Ich habe niemanden um etwas gebeten. Wovon reden Sie überhaupt?«

»Marko, ich dachte, du meintest …«

»Ich meinte etwas anderes. Bruder Gregor.«

»Was meintest du?« Er sah mich an mit seinem schmalen Gesicht, die Stirn noch mehr in Falten gelegt als sonst. Und ich fragte mich, was ich morgens um zwei in seinem Zimmer tat.

»Ich will keine Lügen mehr. Ich will keine Geheimnisse mehr. Sie machen um Ihren Freund Nippermann ein ziemliches Geheimnis. Es ist doch sieben Jahre her. Kein Mensch kann das begreifen. Es ist zuviel für mich, verstehen Sie?«

Er war erstaunt. »Welche Geheimnisse, Marko? Und Lügen? Wer belügt dich denn? Sag mir, wie ich … die Dinge klären kann. Manches reicht vor deine Zeit zurück, weißt du. Bitte, ich verstehe auch nicht alles. Und an manchem habe ich … noch zu tragen. Ich bitte den Herrn um das Licht der

Erkenntnis. Aber was dich betrifft ... Marko, ich kläre die Dinge, soweit ich sie klären kann.«

Ich sah ihn an. Oh, Mann, er meinte es ehrlich. Ich sah in sein viel zu mageres, kaputtes Gesicht und wußte, daß er es ehrlich meinte. Da begriff ich, daß er selbst keine Ahnung hatte. Bruder Gregor wußte nichts. Nicht, was andere über ihn redeten oder dachten. Nicht, was Bruder Hermann von mir wissen wollte. Nicht, wer das *Buch der Ordnungen* geschrieben hatte. Bruder Gregor wußte gar nichts.

»Sie können nichts für mich klären, glaube ich. Ich weiß, daß Sie es tun würden. Das hilft schon.« Ich schnappte mir meinen Parka und stand auf. »Sie hätten auf Gatsbys Party nach dem Gastgeber gefragt. Ich muß ins Bett.«

»Wir sollten einmal zu den Pferden gehen, Marko. Wenn du möchtest.«

»Ja. Wir gehen zu den Pferden. Gute Nacht.«

* * *

Als ich in unser dunkles Zimmer tappte, war bei Motte nichts mehr zu holen. Motte hatte den Tag beendet. Von oben hörte ich sein Lino-Ventura-Geräusch. Leises Röcheln, tiefes Schnaufen. Leises Röcheln, tiefes Schnaufen. Er klang, als hätte er vier Leichen und keinen einzigen Tatverdächtigen.

Aber Tilo war wach und wollte wissen, was Bruder Gregor gesagt hatte. Er knipste die Nachttischlampe an, als ich mein Bett erreichte.

»Keine Ahnung, was er von mir wollte, Mann. Wir haben Musik gehört. Geredet. Ich kapiere überhaupt nichts mehr. He, Tilo.«

»Was.«

»Du bist mein Zeuge.«

»Gern. Wofür?«

»Du bist mein Zeuge, daß ich das relative Universum akzeptiere. Ich akzeptiere als Nihilist, daß die Welt nicht gut gemacht ist und keinen Sinn ergibt. Jeden Tag ein bißchen weniger. Du weißt, daß ich es einstecke und mich nicht beklage. Aber was nicht gut ist, Tilo ... was mir allmählich unerträglich auf die Nerven geht, ist, daß ich die ganze Geschichte mit Bruder Gregor nicht kapiere. Es hat sich seit damals *nichts* geändert. Oh, Sch...«

»Was? *Was*, Marko?«

»Ich wollte ihn nach den Galliern fragen und habe es vergessen. Wegen der Musik. Blöd.«

»He, was hat Bruder Gregor denn gedacht, wo wir herkamen? Mitten in der Nacht. Hat er was über unser *Einsteigen* gesagt? Verpfeift er uns bei Bruder Hermann? Er kann doch nicht so tun, als hätte er uns nicht gesehen ...«

»Mann, Tilo, das ist es ja! Er hat nichts dazu gesagt! Es hat ihn gar nicht interessiert. Er wollte wissen, ob ich Pferde mag. Am Ende sagte er noch, er will mit mir auch mal zu den Pferden gehen. Ich kapiere überhaupt nichts mehr.«

Als ich endlich im Bett lag, ließ ich noch ein paar Bilder des Abends durch meinen Kopf ziehen. Der Tanz in den Mai lag schon dreihundertfünfzig Jahre zurück. Aber Margrets Duft wehte noch zu mir herüber. Ich konnte ihre Haut riechen, das Shampoo von ihrem Haar und so. Oder als sie sich an mich gedrückt hatte, mit ihren Brüsten und allem. Manchmal drehte ich an der Kurbel, um die Bilder zu beschleunigen, dann drehte ich an der Kurbel, um sie zu verlangsamen. Ihr kennt das ja. Auf die Bilder von der Hassumer Tanzfläche war ich nicht scharf, die ließ ich vorbeisausen, und bei »Sister Golden Hair« nahm ich die Nadel nach ein paar Takten von der Platte. Dann erschienen Jan Spans und der Vagabund, wie sie mit dem zahnlosen Alten an ihrem Plastiktisch saßen und ihr Glas hoben. Der Vagabund war auch so ein Gauner, ein ganz Gerissener. Irgend etwas war mit ihm los, und keiner wußte, was es war. Als dann wieder Margrets Gesicht auftauchte, hielt ich den Film an und betrachtete ihren Mund. Ich suchte die fehlende Ecke ihres Schneidezahns, aber ich Rind wußte nicht mehr, ob es der linke oder der rechte Schneidezahn gewesen war. Das Bild war unscharf. Es verriet mir nichts. Links! sagte ich mir. *Links!*

»Tilo, he.«

»Houyhnhnm?«

»Bist du noch wach?«

»Hhmmnnngg…«

»Kommst du am Dienstag mit nach Hassum? Wir fahren direkt nach dem Mittagessen. Du könntest Jutta wiedersehen. Wie wär's?«

»Hhmmnnngg.«

»Mann, ich wußte, daß ich auf dich zählen kann.«

17

Ich habe meine erste Verabredung mit Margret. Hassum bei Tag. Söffi geht das Bier holen. Ein Messer auf meiner Haut. Ich lerne unerwartet küssen.

Welch buntscheckiges Ding in der Hand der Vorsehung ist doch das menschliche Leben! sagt der alte Robinson Crusoe. Auf wie vielen entgegengesetzten Wegen machen nicht die verschiedenen Umstände unsere Leidenschaften rege! Heute lieben wir, was wir morgen hassen werden, heute wünschen wir sehnlichst, was wir morgen fliehen werden; heute bitten wir um das, wovon wir vielleicht morgen nicht einmal die Vorstellung ertragen können. Ich war jetzt ein trauriges und lebendiges Beispiel für diese Wahrheit.

In den Tagen zwischen dem Tanz in den Mai und meinem ersten Besuch im Jugendheim dachte ich ziemlich viel an Margret. Und es machte mich kribbelig, an sie zu denken, im Unterricht, beim Fußball, beim Duschen nach dem Fußball. Wie sie mich angesehen und die Haare zur Seite geworfen hatte und so. Die anderen dachten, ich hätte vielleicht sehr bald eine Freundin, auch wenn ich zu blöd gewesen war, sie zu küssen. Das war ein wahnsinniges Gefühl, die Möglichkeit, daß bald etwas passieren könnte. Es kribbelte so stark, daß ich mich fragte, wie das Kribbeln überhaupt noch stärker werden konnte und ob ich dafür die lebendige Margret brauchte.

Da merkte ich, daß ich mich vor der lebendigen Margret fürchtete. Dieselbe Angst, die ich vor dem blöden ersten Kuß gespürt hatte, kam wieder. Ich fragte mich, ob ich sie überhaupt küssen *wollte*.

»Klar willst du sie küssen«, sagte Onni.

Aber woher wollte er das wissen? Er hatte doch noch keine Freundin gehabt.

»Du hast gut reden«, sagte ich. »Ich muß es *tun.*«

»Sei froh, Blödmann.«

Aber ich war nicht froh. Das einzige, was mich an diesem Kuß interessierte, war die fehlende Ecke an Margrets Schneidezahn. Die fehlende Ecke wollte ich näher kennenlernen. Aber das erzählte ich niemandem.

»Man steckt ja nicht drin«, sagte Motte. »Mit Verkrampftheit erreichst du jedenfalls gar nichts. Du mußt locker sein. Deine Bewegungen müssen Souveränität ausstrahlen. Frauen haben einen Blick für so was.«

Die Schafsnase. Ich hätte ihn fragen sollen: He, Motte! Hast du in deinem lausigen Leben schon mal ein Mädchen geküßt? Ein einziges? Aber ich fragte nicht. Die wichtigen Dinge fragt man nie.

Diesmal fuhren wir nicht zu viert, Motte und Onni hatten ja niemanden in Hassum. Wir mußten auch nicht die Fahrräder im Wald verstecken. Es war ein regulärer Ausgang. Aber ich mußte Tilo ziemlich bearbeiten, bis er mitkam. An sein Versprechen vom Samstagabend konnte er sich nicht mehr erinnern.

»Das war doch ein toller Abend, Tilo, der Tanz in den Mai.« Wir futterten Erdnüsse und warfen die Schalen aus dem Fenster unserer alten Bude. »Und Jutta. Ich wette, du willst sie wiedersehen.«

»Ich weiß nicht«, sagte Tilo.

»Ihr habt euch doch geküßt, oder?«

»*Natürlich* haben wir uns geküßt!« Er sagte es laut, damit ganz klar war, wer hier der Idiot war, und guckte wie ein Uhrmacher auf eine Erdnuß.

»Oft? Habt ihr euch *oft* geküßt?«

»Na ja … was ist oft?«

»Wenn man es zählen kann, Tilo. Oder wenn man es zählen *sollte.* Dann ist es oft.«

»Dann war es oft.«

»Aber?«

»Mann, Jutta ist anders. Die ist auch nicht wie meine Kusine. Jutta braucht keinen festen Freund. Die braucht fünf. Und ich weiß nicht, ob ich einer von denen sein will.« Er knackte eine Nuß auf.

»Du kennst sie doch gar nicht.«

»Wen? Die anderen vier?«

»Jutta, du Ei.«

»Doch. Irgendwie kenne ich sie.«

»Aber nicht richtig.«

»Vielleicht will ich sie nicht richtig kennenlernen«, sagte Tilo. Er warf Schalen aus dem Fenster.

»Hast du Angst?«

»Mann, spinnst du?«

»Dann kapier ich es nicht.«

»Vielleicht kapier ich es auch nicht.«

Ich sah ihn an. Dem alten Tilo war es ernst. Er hatte Jutta abgeschrieben. Vielleicht wollte er sich einfach nicht in Gefahr begeben, nicht in einen Hinterhalt laufen, keinen Pfeil in den Rücken kriegen oder so was.

»Und jetzt. Kommst du mit nach Hassum oder nicht? Ich fahre auf jeden Fall. Ich will mir ein Bild der Lage verschaffen, weißt du.«

Er tat so, als müßte er überlegen. »Okay«, sagte er. »Aber du zahlst den Whisky und das Futter für die Pferde.«

* * *

Hassum bei Tag sah ganz anders aus als Hassum bei Nacht. Hassum an diesem Dienstag war ein normales niederrheinisches Kuhdorf. Vielleicht lag es daran, daß keine Mädchen herumliefen. Als hätten ihre Eltern sie von der Straße geholt.

Aber auch die Bauern und Bäuerinnen, die vor ein paar Tagen so gelacht und die strammen Beine geworfen hatten, waren nirgendwo zu sehen. Und die Alten und Zahnlosen, die vor ihrem Schnaps gehockt und an bessere Zeiten gedacht hatten, sie hockten wahrscheinlich drinnen und guckten ins Leere und hatten längst aufgehört, auf irgend etwas zu warten. Hassum war leer, oh, Boy. Kein Hund traute sich auf die Straße. Ich dachte, jeden Augenblick sehen wir das erste Pferdegerippe.

»Weißt du eigentlich, wo das Jugendheim *ist?*« fragte Tilo.

»Nein. Aber es kann nicht weit sein. Nichts ist hier weit.«

Wir ließen die Pferde langsam durchs Dorf traben.

»Laß uns abhauen«, sagte Tilo. »Die Frauen sind es nicht wert.«

»Bist du bescheuert? Wegen der Frauen sind wir doch hier.«

»Eben«, sagte Tilo. »Sie sind es nicht wert.«

»Deine vielleicht nicht. Ich bin hier verabredet.«

»Mann, laß uns umkehren, solange es noch geht.«

»Da vorne muß es sein. Siehst du das Schild? König Pilsener.«

»Das soll ein Jugendheim sein? Sieht aus wie die ödeste Kneipe des ältesten beschissenen Kuhdorfs am Niederrhein.«

»Wir analysieren jetzt die Lage«, sagte ich.

Tilo hatte recht. Der Bau mit dem König-Pilsener-Schild und den verhangenen Fenstern sah öde aus. Ein einziges Pferd war davor angebunden. Irgendwie dachte ich trotzdem, daß es das Jugendheim von Hassum war. Vielleicht war der Laden früher eine Kneipe gewesen, und das Schild war übriggeblieben. Ich stieg ab.

»Da ist keiner zu Hause«, sagte Tilo. »Komm, wir verpissen uns.«

»Quatsch«, sagte ich. »Wir binden jetzt die Pferde an und gehen mit gezogenen Pistolen rein.«

Und wir banden die Pferde an und gingen mit gezogenen Pistolen rein.

Drinnen war es dunkel. Nach der hölzernen Eingangstür mit Schließer kam ein dreckiger kleiner Vorraum. Rechts ging es zu den Toiletten. Und hier, in diesem dreckigen Vorraum, konnte ich mir sofort den Tisch vom Sperrmüll vorstellen, an dem am Samstag abend ein Mädchen mit lilafarbenem Lidschatten saß, um den Leuten für die Hassumer Dorfdisko zwei Mark fünfzig abzunehmen, den Getränkebon hinzuwerfen und ihnen einen blauen Stempel auf den Handrücken zu pappen. Ich sah es vor mir. Mann, ich sah auf dem Sperrmülltisch sogar die geöffnete Geldkassette mit dem roten Plastikeinsatz und die lila lackierten Fingernägel, wie sie nach Wechselgeld kramen.

»Wir nehmen die Tür links. Bist du fertig?«

Tilo nickte.

Ich ging voran. Links im Raum stand eine lange Holzbank mit therapeutisch aussehender Rückenlehne, Marke Seniorenheim. Geradeaus die Theke mit dem Schild *König Pilsener* darüber, nicht erleuchtet. Der Boden war stumpfes braunes Linoleum. Ich wußte sofort, hier hatten die Hassumer Mädchen tanzen gelernt. Rechts standen jede Menge gestapelte Stühle. Und neben diesen wahnsinnigen Massen von Stühlen saß Margret, die nichts tat, und daneben ihre kleine Freundin, die nichts unter dem Pullover hatte. Sonst war niemand zu sehen. Daß niemand zu sehen war, schien eine Hassumer Krankheit zu sein. Hinter mir spürte ich, wie Tilos Hand zur Pistole ging.

»Tilo«, sagte ich. »Ruhig.«

Margret drehte langsam den Kopf und guckte zu uns herüber. Auch das Kind guckte, Sabine. Wenn Jutta irgendwo war, hatte sie sich gut versteckt. Ich bereute schon, daß ich Tilo hierhergeschleppt hatte.

»Hallo«, sagte Margret mit träger Stimme. »Söffi kommt gleich mit dem Bier.«

»Gut«, sagte ich. »Hast du gehört, Tilo? Söffi kommt gleich mit dem Bier.«

»Gut«, sagte Tilo.

Wir setzten uns auf die Bank und warteten darauf, daß Söffi mit dem Bier kam.

* * *

Das Leben *vor* dem ersten Kuß und das Leben *nach* dem ersten Kuß, also, man kann es überhaupt nicht vergleichen. Es sind zwei verschiedene Welten. Ihr erinnert euch doch an den Spruch des alten Robinson: Auf wie vielen entgegengesetzten Wegen machen nicht die verschiedenen Umstände unsere Leidenschaften rege! Da habt ihr die beiden Welten. Der Zugang von der einen Welt in die andere Welt ist ganz leicht, wenn man ihn sofort findet. Aber sobald man glaubt, er wäre versteckt oder schwer zu finden, wird er es auch.

So war es bei mir. Ich dachte nämlich, ich müßte noch auf irgend etwas Besonderes *warten*, bevor ich Margret zum erstenmal küßte. Was das sein sollte, wußte ich selber nicht. Das war ja das Problem. Ich saß da und wartete auf etwas, von dem ich nicht wußte, wie es aussah und wie es sich anfühlte. Ich hoffte nur, daß ich es erkennen würde, wenn es kam. Aber natürlich kam es nie. Ich dachte: Einer hat vergessen, mir das Geheimwort zu verraten. Ohne dieses Geheimwort kann ich Margret nicht küssen.

Könnt ihr euch vorstellen, daß Tilo und ich fünf Minuten auf der verdammten Seniorenbank im Hassumer Jugendheim saßen und *gar nichts* taten? Margret und ihre kleine flache Freundin saßen in ihrer Ecke bei den gestapelten Stühlen, und wir saßen auf der Seniorenbank. Im Radio, das am Tresen stand, spielten sie »Let Your Love Flow«. Was sonst noch passieren sollte, keine Ahnung. Vielleicht kam ja bald Söffi mit dem Bier.

»Glaubst du«, sagte Tilo, »Söffi kommt *heute* noch?« Er fing an zu summen. Das tat er sonst nie. Er nahm seinen Tabak raus und drehte sich eine Zigarette. »He«, sagte er in den Raum hinein, »wollt ihr auch eine Zigarette, ihr zwei?«

Gott sei Dank sagte er nicht *ihr zwei Hübschen*, das hätte ich ihm jetzt zugetraut. Am Horizont sah ich eine große Staubwolke. Ich wußte, daß da ein Nihilismus-Anfall heraufzog.

Margret und Sabine bei den gestapelten Stühlen schauten auf. Sie antworteten nicht, aber sie guckten uns wenigstens an.

»Ich dreh euch eine«, sagte Tilo. »Jede von euch kriegt eine eigene. Kennt ihr schon die Tilo-Spezial?«

Margret stand auf. »Ich könnte sie mal probieren. Sabine raucht nicht.«

»Sie kann reden, Marko«, murmelte Tilo, während er mit seinem Tabakpäckchen herummachte. »Sie kann wirklich reden.«

»Halt die Klappe«, murmelte ich. »Hilf mir einfach. Kannst du das für mich tun?«

»Okay. Aber du schuldest mir noch einen Whisky und das Futter für die Pferde.«

Ich machte Platz, damit Margret sich zwischen uns auf die Seniorenbank setzen konnte. Das war mein bester Einfall bisher. Ich rutschte zur Seite, und sie setzte sich. Ich spürte ihren rechten Oberschenkel an meinem linken. Sie setzte sich ein bißchen zurecht, als wäre es ihr unbequem, aber ich glaube, sie wollte nur ihren Arm an meinem reiben. Das war ihre Begrüßung. Sie trug Jeans und eine rotweiße Karobluse, dazu ihre leichten Segeltuchschuhe. Ich hatte Zeit, mir ihre Hände anzusehen. Die Finger waren lang und gebräunt. Am kleinen Finger der rechten Hand saß ein Ring. Ich mochte ihn gleich, ungefähr so wie die fehlende Ecke des Schneidezahns. Ich mochte den kleinen Finger und den kleinen Ring. Vielleicht mochte ich kleine Dinge.

Sabine kam jetzt auch zu uns herüber. Sie zog einen Stuhl heran, und wir saßen zu viert. Wir drei auf der Seniorenbank, die Kleine gegenüber.

»Das ist Sabine«, sagte Margret. »Ihr kennt euch ja.«

»Hallo.«

»Hallo.«

»Hallo.«

»Das reicht«, sagte Margret.

»Du hast am Samstag mit Jutta getanzt«, sagte Sabine zu Tilo. Ich wußte nicht, ob das eine Frage, eine Feststellung oder ein Vorwurf war.

»Das habe ich«, sagte Tilo.

»Sie tanzt gut. Tanzen kann sie.«

»Ja«, sagte Tilo. »Tanzen kann sie.«

Margret lachte. »Sie kann noch mehr. Ihr müßt aufpassen.«

»Ach. Was kann sie denn noch?« Tilo nahm einen konzentrierten Zug aus seiner Tilo-Spezial.

Die Mädchen wechselten komplizenhafte Blicke.

»Das wüßtest du wohl gern«, sagte Margret. »Du bist neugierig, stimmt's?«

»Och«, sagte Tilo, »es gibt Wichtigeres. Zum Beispiel, ob Söffi bald mit dem Bier kommt.«

»Das kann etwas dauern, glaube ich.« Margret lachte wieder. Das Lachen mochte ich nicht. Es ließ auf Hassumer Geheimnisse schließen.

»Da wird einem etwas versprochen, und dann kommt es nicht. Was sagst du dazu, Marko?«

»Marko ist sprachlos«, sagte ich.

Sabine kicherte und hielt sich sofort die Hand vor den Mund. Margret lachte auch, als wäre das Kichern ein Signal. Die beiden hatten das sicher schon oft zusammen gemacht: Sabine kicherte, und Margret lachte. Ich hatte das Gefühl, sie nutzte ihr Lachen, um sich enger an mich zu drücken. Das fand ich schön. Ich hielt leicht dagegen, damit sie merkte, daß ich es schön fand. Einmal wollte ich sogar meinen Arm um sie legen, weil sie mit ihrem Kopf schon so nah an meinen gerückt war, daß sie mich mit ihren Haaren kitzelte.

Ich hatte am Samstag beim Tanz in den Mai gesehen, daß man in Hassum den Arm um jemanden legen mußte, damit alle wußten, daß es die Freundin ist. Wer einem Mädchen nicht den Arm um den Hals legte, hatte sie nicht als Freundin, so ungefähr. Da fiel mir ein, daß ich Margret ja noch gar nicht geküßt hatte. Wie konnte ich denn den Arm um sie legen, wenn sie noch nicht meine Freundin war? Sie war doch erst meine Freundin, wenn ich sie geküßt hatte! Also behielt ich meinen Arm bei mir, während sie sich immer enger an mich drückte, und ich tat so, als würde ich mitlachen. Aber ich fand das, worüber Margret lachte und Sabine kicherte, kein bißchen lustig. Tilo auch nicht.

Margret beugte sich nach vorn. »Ich muß deine Zigarette ausmachen, sie ist zu stark. Puuh! Und die Krümel bleiben mir an den Lippen hängen.« Sie warf die Tilo-Spezial auf den Boden und trat sie aus.

»He, Margret«, sagte Tilo. »Du solltest dich nicht vor einem Thema drücken, wenn du es angefangen hast. Das ist nicht in Ordnung. Sag du es ihr, Marko. Du bist ihr Freund.«

Ich weiß nicht, warum er das sagte. Margret sah mich an. Plötzlich war sie wieder das ernste Mädchen, das ich am Samstag abend kennengelernt hatte. Ich dachte sogar, gleich spüre ich den Wind, der beim Tanz in den Mai über die Tanzfläche ging.

»Stimmt das?« sagte sie leise.

»Stimmt *was*?«

»Daß du mein Freund bist.«

Das sind die Augenblicke, an die ihr euch später immer erinnert, und es könnten schöne Augenblicke sein. Aber meistens sind sie es nicht. Weil ihr sie schon tausendmal vor- und zurückgespult und genauso oft überlegt habt, ob ihr nicht besser etwas anderes gesagt hättet. Und dann fallen euch die besseren Sachen ein, eine nach der anderen. Etwas Schöneres, Witzigeres. Oder etwas Romantisches, das wäre es doch gewesen! Und jetzt seid ihr bereit, jedem die goldene Regel mitzugeben, weil ihr sie endlich kapiert habt, aber immer erst nachher, nie vorher.

Die goldene Regel heißt: Einem Mädchen kommt es in solchen Augenblicken nicht darauf an, ob das, was ihr sagt, auch stimmt. Dem Mädchen kommt es darauf an, ob Romantik darin ist. Der Satz muß gut klingen und ins Herz treffen, sonst nichts. Und er muß auch noch gut klingen, wenn das Mädchen ihn seiner Freundin erzählt oder in seinen Träumen fünfhundertmal wiederholt. Er muß gut klingen, wenn das Mädchen ihn flüstert, spricht oder singt, wenn es ihn in den Badeschaum malt oder mit türkisfarbener Tinte in sein rosa Album schreibt!

Tja. Und diesen blöden Satz, eine Sache von sechs oder neun Wörtern, brachte ich nicht heraus. Ich spürte die Wärme von Margrets rechtem Oberschenkel, aber die höhere Temperatur führte zu nichts. Ich sah in ihre dunklen, schwermütigen Augen. Und war innen erstarrt. Margret hatte sich mir zugewandt. Während mein Herz kalt wurde, rasten halbe Entschuldigungen durch meinen heißen Kopf. Meine Unterlippe fing an zu zittern. Die einzige Aussicht war, entweder vor Mangel zu sterben oder von den wilden Tieren zerrissen zu werden.

Da kam Söffi mit dem Bier.

Leute, er war meine Rettung.

* * *

Kurz vorher hatten wir von der Straße Lärm von Getränkekästen gehört, aber an Söffi hatte ich nicht mehr gedacht. Jetzt war er da. Mit acht Kästen Bier. Auf der Straße mußte ihm jemand geholfen haben. Söffi trat mit einem Rumms die Tür auf, stellte einen Kasten als Sperre dagegen, guckte kaum in den Raum und begann schon, seine Bierkästen zu uns reinzuschieben wie Bowlingkugeln. Mit einem häßlichen Geräusch schrappten die Kästen über das Linoleum. Die Flaschen klingelten, wie nur Flaschenbier klingelt. Tilo beugte sich vor und guckte zu. Auch ich guckte zu. Ich fragte mich, ob das Bier so schmeckte wie beim Tanz in den Mai oder eher wie das alte Kronenbourg. Jetzt guckte auch Margret zu.

»Hallo, Söffi.«

Das war Sabine. Aber Söffi guckte nicht rüber, er hatte zu arbeiten. Eine Weile ließen wir uns von dem Rummsen und Schrappen und Türenschlagen unterhalten. Dann schob Söffi mit dem Schuh den letzten Kasten herein, der die Tür offengehalten hatte.

Margret sagte: »Da bist du ja, Söffi.«

Aber Söffi guckte immer noch nicht rüber. Söffi war ein ganz Harter, der machte erst seine Arbeit. Und wenn die Arbeit getan war, widmete er sich den Frauen und Kindern.

»Ein ganz Harter, unser Söffi.« Ich hatte es leise vor mich hin gesagt, aber Söffi stand sofort still. Wie eine Maschine bei Stromausfall. Er richtete sich auf. Und da erkannte ich ihn. Söffi war der Typ vom Tanz in den Mai, den ich gesehen hatte, als er einem Mädchen Feuer gab. Das Mädchen hatte ihm sanft über die Hand gestrichen. Kräftige Arme wie ein Pirat. Die Lappen, welche er Kleider nannte, waren wirklich welche. Dazu fettige dunkle Haare und ein Schnurrbart wie Fliegendreck. Das war Söffi.

»Hast du was gesagt?« Seine Stimme klang nach Metall.

»Nein«, sagte ich.

»Ich dachte, ich hätte was gehört.«

»Da mußt du dich geirrt haben.«

»Marko«, murmelte Tilo. »Ruhig.«

»Söffi«, rief Margret, »wir dachten schon, du kommst *gar* nicht mehr!«

»Dachte ich auch«, sagte Söffi. »Der Schlüssel war nicht da, und Kopper war nicht da.«

»Ach so«, sagte Margret.

»Kopper sollte da sein. Aber er war nicht da.«

»Ach so. Wir dachten schon.«

»Was.«

»Ich meinte nur. Aber wenn Kopper nicht da war.«

»Nein. Er war nicht da.«

Söffi nahm sich eine Flasche von der frischen Lieferung und knackte sie mit dem Feuerzeug. Ich war sicher, es gab am Tresen einen Flaschenöffner, aber harte Jungs öffneten ihre Flaschen so. Er nahm sich einen Stuhl und schob ihn in unseren Kreis. Drehte den Stuhl herum, Westernart, und setzte sich. Die Spitzen seiner Halbstiefel waren staubig. Seine linke Pranke lag auf der Stuhllehne. Söffi guckte uns mit seinen stumpfen Augen an, setzte die Flasche an und trank. Er ließ es lange gluckern. Eine Schweißbahn lief vom Kinn über den Kehlkopf in den Hemdkragen. Als Söffi die Flasche absetzte, war sie halbleer. Er rülpste und machte aaahh! Dann verschränkte er die Arme auf der Stuhllehne, so daß die Flasche gegen seine Wange lehnte.

»Ich kenn euch.«

Er setzte wieder die Flasche an und ließ sie gluckern. Beim Absetzen schmatzte er, als wäre es das beste Bier, das er je bekommen hatte. Dabei war das verdammte Bier sicher so warm wie Hundepisse. Jetzt fielen mir wieder Söffis üble Zähne auf. Mann, am liebsten hätte ich ihm eine neue Zahnbürste geschenkt. Aber Söffi schien gar nicht zu wissen, wie sein Mund innen aussah.

»Wißt ihr, woher ich euch kenne?«

Ich guckte Tilo an. »Weißt du, woher er uns kennt?«

»Nein«, sagte Tilo. »Ich weiß nicht, woher er uns kennt.«

Ich guckte zu Söffi rüber. »Er weiß nicht, woher du uns kennst.«

»Und du«, sagte Söffi. »Weißt du, woher ich euch kenne?«

»Ja, Söffi. Ich weiß, woher du uns kennst.«

Jetzt merkte auch Margret, daß die Dinge nicht so gut liefen.

»Ihr kommt nach Hassum und holt das junge Gemüse weg. Stimmt's? Wie letzten Samstag.« Er sah uns an, aber seine Augen waren so stumpf, daß ich mich fragte, was er überhaupt sah. »Ihr wollt das junge Gemüse wegholen. He, du.« Er meinte mich. »Du gehst mit dem jungen Gemüse da, stimmt's?« Er sah Margret an, als wäre sie aus seiner Sammlung. »Du gehst mit ihr. Ich hab euch zusammen gesehen. Ist sie gut? Hast du sie schon genagelt? Komm, sag was. Du hast sie bestimmt schon genagelt.«

Ich sprach: »Was vom Fleisch geboren ist, das ist Fleisch; und was vom Geist geboren ist, das ist Geist. Okay? Drei Johannes sechs.«

»Welcher Hannes?« sagte Söffi und rülpste wie ein krankes Pferd. »Hast du sie jetzt genagelt oder nicht?«

»Warum soll ich was sagen? Du weißt doch schon alles.«

»He, Söffi«, sagte Margret. Aber er hörte sie nicht.

»Eine freche Antwort«, sagte Söffi. »Bist du immer so frech, Internatspinkel?«

»Nur bei Leuten wie dir.«

»Marko«, murmelte Tilo. »Ruhig.«

»Das will ich noch mal hören, Internatspinkel«, sagte Söffi und stand auf. In der Bewegung stellte er die Bierflasche ab. Oh, er hatte zwischen Geldern und Kleve schon jede Menge leere Flaschen abgestellt. Jetzt stand er vor mir und steckte sich langsam das Hemd in die Hose. Am Gürtel spannte sich der Bauch. Söffi war eindeutig zu jung für diesen Bauch. »Wie frech du bist, Arschgeige. Zeig mir das noch mal.« Und zu

Margret: »Hau ab, Frau, du störst. Wir reden später. Und rupfen ein paar Hühner.«

Ich stand auf. Tilo auch. Aber wir waren zu langsam für den Hassumer Kampfstil.

Ich weiß nicht, woher Söffis Messer kam. Plötzlich hatte er es in der Hand. Ein richtiges Klappmesser. Im nächsten Sekundenbruchteil war er bei mir und hatte mir seine Stiefelspitze auf die Zehen gestellt. Guter Trick. Ich sah seinen Fliegendreckschnäuzer aus der Nähe und roch seinen üblen Atem. Er war fix mit dem Messer, unser Söffi. Er hatte Erfahrung. Die Klinge schob sich schnell in mein Hemd, dicht über dem Gürtel, und drehte sich leicht. Während sein Messer es sich unter meinem Hemd bequem machte, kam Söffis Gesicht näher. Die Haare sahen aus, als hätte er sich nach dem Aufstehen in der Bratpfanne gewälzt. Die Nase hätte ich fast vergessen. Söffis Nase war voller schwarzer Mitesser.

Tilo sagte mir nachher, er hätte keine Angst gehabt. Ich hatte auch keine. Söffi war blöd und brutal, aber er sah nicht hinterhältig aus. Im Augenblick schien ihm die Messerszene zu gefallen, und er wollte sie verlängern. Ich spürte die Schneide auf der Haut. Söffi erhöhte den Druck, und ich konnte nichts anderes tun, als vor ihm zu stehen und den Bauch einzuziehen. Es war Strafe genug, das kann ich euch verraten. Aus Söffis Jeanshemd stieg miefiger Schweißdunst. Die letzte Dusche hatte er vielleicht fünfhundert Meilen östlich erlebt. Auch sein Mundgeruch wurde stärker, je länger wir dastanden. Hinter dem pißwarmen Bier lauerten andere, ältere Gerüche.

Aber Söffi konnte nicht ewig weitermachen. Die Sekunden tickten vorüber. Er hatte gedroht, und jetzt mußte er entweder zustechen oder das Messer wegnehmen. Allmählich dämmerte das auch unserem Söffi.

»Also«, sagte er. »Laßt die Finger von dem jungen Gemüse, Internatspinkel. Verstanden? Kommt nicht mehr nach Hassum, dann gibt's keinen Ärger. Vergeßt Hassum. Hassum ist für euch gestorben.« Er überlegte. »Setzt keinen Fuß mehr nach Hassum.« Er überlegte. »Streicht Hassum von eurer Liste.« Er überlegte. »Verstanden?«

Ich schwieg. Die stumpfen Augen waren nicht böse. Nur stumpf.

»Verstanden?«

Ich wollte, daß das Messer aus meinem Hemd verschwand, aber ich gönnte Söffi nicht den Sieg. Bevor ich mich entscheiden konnte, hatte Margret ihn gerammt. Ein großes Mädchen. Sie mußte es sich vorgenommen und den Abstand berechnet haben. Ihr Stoß kam von der Seite, und Söffi taumelte. Leider war die Seite die falsche.

»Hör auf mit dem Scheiß!« schrie Margret. »Hau ab, Söffi!«

Da spürte ich schon, daß die Klinge meinen Bauch geritzt und das Hemd aufgeschlitzt hatte.

»Hau ab, Söffi! Laß uns in Ruhe!«

Söffi wollte erst eine große Nummer aufführen. Dann klappte er sein Messer ein und zog ab. Daß er mich geritzt hatte, sah er noch. Daher sein schneller Abgang. Er brummte etwas, dann war er weg. Draußen ließ er die Holztür krachen.

»Marko, du blutest ja!«

Der Fleck wurde schnell größer. Sabine holte Klopapier, und Margret tupfte die Wunde ab. Der Schnitt war nicht so schlimm, aber die Mädchen hatten Respekt davor. Sie tupften, was das Zeug hielt. Es gefiel mir nicht schlecht.

»Ist nicht so schlimm«, sagte ich.

»Nur ein Kratzer«, sagte Tilo, der Arsch.

Das Beste war das Hemd, es sah aus wie nach einer Schießerei. Es wäre schön gewesen, Stücke herauszureißen und damit die Wunde zu verbinden. Auch eine Kopfwunde hätte gut ausgesehen. Aber das sagte ich Margret nicht.

»Wie geht es dir?« fragte sie.

»Ich wußte gar nicht, daß du Ringerin bist. Laß mal deine Muskeln fühlen.«

Sie überließ mir ihren rechten Arm. Einmal spannte sie richtig an, damit ich etwas zu fühlen hatte. Schöne Muskeln. Die Haut darüber war wie Seide.

»Das reicht«, sagte Margret und zog den Arm zurück. »Mensch, hat Söffi mich geärgert. Das kann er doch nicht machen, Leute mit dem Messer bedrohen. Er macht das öfter, wenn er getrunken hat.« Sie sprach wie über ein ungezogenes Kind.

»Warum heißt er eigentlich Söffi? So ein bescheuerter Name.«

Margret sah mich an, und ich sah ein paar Wolken der Hassumer Lokalgeschichte über ihr Gesicht ziehen. Oh, Boy.

»Er hieß schon immer so«, sagte Margret, »von klein auf. Eigentlich heißt er Andreas. Er trinkt zuviel. Er weiß es selbst.«

»Hoffentlich«, sagte Tilo. »Mann, der Typ ist höchstens siebzehn und säuft. Der Söffi, der macht Suffi.«

»Laß ihn in Ruhe«, sagte Margret. »Du kennst ihn nicht.«

»Was ich gesehen habe, reicht. Den Rest seiner Lebensgeschichte hören wir uns ein andermal an. Komm, Marko, wir ziehen ab.«

»Bleib doch noch«, sagte Sabine.

Tilo war überrascht. Sabine mochte ihn, das war klar. Vielleicht wollte sie sich den Typen angeln, den Jutta erobert, geküßt und wieder vergessen hatte. Vielleicht wollte sie es mal soweit bringen wie Jutta.

»Wir könnten was trinken«, sagte Sabine. »Wie wär's? Es gibt auch Fanta oder Cola, wenn ihr kein Bier wollt. Ich habe den Schlüssel zum Getränkeraum.«

Ich wollte sagen: Und wo bleibt Kopper? Kommt Kopper nicht? Aber ich sagte: »Ein andermal, Sabine.«

Draußen vor dem Jugendheim legte mir Margret die Hand auf die Schulter. »Tut's noch weh?«

»Nicht so schlimm.«

Sie erwartete nicht mehr, daß ich sie küßte oder den Arm um sie legte oder ihr sagte, daß ich ihr Freund bin. Sie hatte genug Drama gehabt. Da hatte ich Lust, sie zu küssen.

»Komm mal her«, sagte ich. Sie hatte sich zum Fahrradschloß hinuntergebeugt, nahm die Kette ab und wickelte sie um die Sattelstange. »Margret.« Sie schaute hoch. »Sehe ich dich wieder?«

»Das mußt *du* wissen. Willst du?«

»Ja.«

Sie richtete sich auf. »Aber du weißt nicht, warum. Oder doch?«

Ich überlegte. Aber es kam nichts dabei heraus.

»Du bist ein komischer Typ.« Sie sagte es, als gefielen ihr komische Typen. »Jeder andere hätte mich schon drei Stunden lang geküßt. Gefalle ich dir nicht?«

»Doch. Sehr.«

»Dann ist doch alles klar.« Sie kam näher. »Oder haben wir noch etwas vergessen?«

»Ich glaube nicht.«

»Gut«, sagte sie und legte mir die Hand um den Nacken. »Du darfst mich küssen. Aber richtig.«

* * *

Ich hatte mir das Küssen friedlicher vorgestellt. Auch weniger feucht. Aber Margret hatte zu lange darauf gewartet. Sie war eine gute, ausdauernde Küsserin, und sie wollte, daß ich ihre Hassumer Techniken übernehme. Sie hatte ziemlich genaue Vorstellungen. Also arbeiteten wir daran. Mich störte ein bißchen, daß ich an große Schnecken denken mußte, Schnecken, die sich vermehren. Na ja. Irgendwann fielen mir Tilo und Sabine ein, die vorher noch hinter uns gestanden hatten. Ich hatte sie schon lange nicht mehr gehört. Ich wollte mit dem Küssen eine Pause machen, aber Margret ließ mich noch nicht. Das war, als ich an Schnecken denken mußte.

»Margret«, sagte ich endlich. »Einen Augenblick.« Mein Mund war außen herum ganz naß. »Hast du Tilo gesehen?«

»Nein. Aber ich habe ihn auch nicht gesucht.« Sie sah mir tief in die Augen, eine andere Margret.

»Tilo ist weg.«

»Ist das sehr schlimm?« Sie legte mir die flache Hand auf die Brust. »Marko, mein Cowboy. Küß mich noch mal. Man muß am Anfang in der Übung bleiben, sonst verlernt man es wieder.«

Wir küßten uns noch etwas, aber nicht mehr so wild wie vorher. Ich wollte noch eine Weile den Arm um Margret legen, ihre Wangenknochen streicheln, den kleinen Ring an ihrem kleinen Finger betrachten, solche Sachen. Viel Zeit blieb auch nicht mehr. Manchmal schaute ich die Straße hoch, um zu sehen, ob Tilo vielleicht doch noch wiederkam. Ich blinzelte zu den Häusern hinüber und fragte mich, warum die Welt so verändert aussah.

Tilo tauchte nicht mehr auf. Das machte er manchmal, haute einfach ab, wenn ihm eine Sache nicht paßte. Vielleicht hatte Sabine etwas von ihm gewollt, was er nicht wollte. Ich stellte mir vor, Sabine, das wilde Kind, rennt hinter ihm her, hetzt ihn durch das Jugendheim und verfolgt ihn bis auf die Toilette. Das sind Situationen, denen ein fühlender Mann sich entziehen muß.

Um zwanzig vor vier ritt ich allein zurück. Das erste Stück mußte ich galoppieren, um die Zeit, die ich mit Küssen verbracht hatte, wieder hereinzuholen. Bäume und Büsche rauschten, und der Wind ging in Wellen über die Felder. Irgendwann hatte ich das schon mal gesehen, aber es kam mir vor wie in einem anderen Leben. Am liebsten hätte ich mich ins Feld geworfen und mein Pferd am Bach eine Weile trinken lassen. Doch ich mußte weiter. Als ich den Neutralen Weg passierte, blickte ich zur Sonne und wußte, daß ich es schaffen würde. Ich konnte das Pferd rechtzeitig in den Stall bringen, bevor das Silentium begann. Und genau so war es.

18 *Ich höre Bruder Gregors letzte Worte. Motte, Tilo und ich sichern die Spuren. Ich stehle drei Bücher. Die Schmerzen eines Herzens. Ich betrachte eine ungewöhnliche Kragenweite.*

Wir wußten nicht, ob es Bruder Gregors Absicht gewesen war, uns vom Religionsunterricht abzubringen, ihn uns zu verleiden, uns Gott zu entfremden oder so. Ich glaube eher das Gegenteil. Er gab sich ja immer noch Mühe mit der Kirchengeschichte und erst recht mit der Bibelauslegung, man konnte ihm überhaupt nichts vorwerfen. Und es ist nicht wahr, was nachher von einigen behauptet wurde, daß er schon im Religionsunterricht *abgewandert* wäre, fortgegangen, versunken. Daß er die vorgeschriebene Lehre verlassen hätte, daß er nicht mehr der verläßliche Bruder Gregor von früher, der Ordensmann, Erzieher und Religionslehrer gewesen wäre. Es ist nicht wahr, glaube ich. Bruder Gregor war bis zum Schluß all das, was er vorher gewesen war, zumindest, soweit ich es beurteilen konnte. Motte, Tilo und Onni dachten das gleiche. He, ich sah nur einen Teil von ihm, wie alle, und Motte, Tilo und Onni sahen auch einen. Aber einen wichtigen Teil. Jeder von uns sah einen wichtigen Ausschnitt. Und meiner war einer, der mit Bruder Gregors liebsten Sachen zu tun hatte, den Büchern und der Musik, den Sachen, die er mit Clemens Nippermann geteilt hatte. Wenn ein Mann da nicht seine Wahrheit zeigt, wo zeigt er sie? He, wo zeigt er sie, wenn nicht bei seinen liebsten Sachen?

Obwohl er also immer noch seine Ethik und Dogmatik und Bibelauslegung machte, die Dinge, die eben zum Religionsunterricht gehörten, wurde die Vorlesezeit in den letzten zehn Minuten der Stunde für Bruder Gregor immer wichtiger. Nicht nur für uns. Für uns war sie sowieso wichtig, weil sie bedeutete, daß wir uns zurücklehnen und einer wirklich spannenden Geschichte zuhören konnten. Nein, auch für Bruder Gregor. Er wuchs in seine Vorleserolle hinein, ich glaube, so kann man das sagen. Er liebte es, wenn ihm die ganze Bande an den Lippen hing. Wir guckten ihn ja alle an, während er vorlas, es ging gar nicht anders. Wir mußten Bruder Gregor einfach ansehen. Die Nägelkauer kauten nicht mehr an den Nägeln. Die Nasenbohrer bohrten nicht mehr in der Nase. Die Störer vergaßen zu stören. Die Schläfer rissen die Augen auf. Und schon beim dritten Mal Vorlesen erweiterte Bruder Gregor die Vorlesezeit von zehn auf fünfzehn Minuten.

»Jungs«, sagte er, »es läuft gut. Ich glaube, ich kann fünf Minuten länger vorlesen. Ich bitte um Stille. *Silentium.*«

Und wir gaben ihm Stille. *Silentium.*

Seine Stimme war eine klare Stimme, mit sehr guter Aussprache. Wenn ich nach einem Wort suchen müßte, das sie am besten beschreibt, würde ich sagen, sie war ernst. Bruder Gregor gab uns immer zu verstehen, daß die Dinge *zählten*, was immer gerade das Thema war. Bruder Gregor machte keine Witze aus Albernheit. Er machte sowieso kaum Witze, und er lachte auch nicht oft. *Wenn* er lachte, dann mit der Stirn, das wißt ihr ja. Was ihn zum Lachen brachte, ich weiß es nicht so genau. Manche Formulierungen in der Literatur fand er komisch, aber ich stellte fest, daß sein Humor ein böser, manchmal grausamer Humor war. Also, er lachte über heimtückische Einfälle, üble Mißgeschicke, solche Sachen. Wenn jemandem etwas Grausames und Dummes zustieß, das fand Bruder Gregor manchmal sehr komisch, und dann konnte er richtig darüber lachen. Aber vor allem eben mit der Stirn.

Als er uns im Religionsunterricht soweit hatte, daß wir nur noch darauf warteten, bis er endlich das Taschenbuch mit dem Bericht aus dem brasilianischen Folterkeller herausnahm, spielte er damit sein Spiel. Er ging mit ganz reglosem Gesicht zu seiner Mappe, griff langsam hinein … und holte ein Päckchen Taschentücher heraus. Sein Gesicht war sehr blaß und schmal, und man dachte gleich, die Taschentücher kann er gebrauchen. Medikamente könnte er auch gebrauchen. Irgendwann, wenn er genug gespielt hatte, zog er dann wirklich das Taschenbuch mit den gelben Seiten heraus. Man merkte gleich, daß er selbst genauso ungeduldig war wie wir. Er *kannte* ja den Bericht des Mannes aus dem Folterkeller, aber wenn er uns daraus vorlas, erweckte er einen ganz anderen Eindruck. Als müßte er sich die Geschichte selbst noch einmal erzählen, immer wieder.

Und das tat er in unserem Religionsunterricht. Er erzählte sich noch einmal die Geschichte des verschleppten Priesters, der gefoltert wird und später, nachdem seine Folterer gegangen sind, plötzlich eine Hand auf seinen Schultern spürt. Ihr erinnert euch. Wieder der Raum, dessen Größe der Mann nicht kennt, weil er eine Augenbinde trägt. Er kann nur Vermutungen anstellen, die Entfernung von Schritten schätzen, die näher treten, die vom Schreibtisch, wo jemand auf der Schreibmaschine getippt hat, bis an seinen Stuhl gekommen sind, vorher, als noch mehrere Personen bei ihm waren. Seine Folterer. Der Bürokrat an der Schreibmaschine. Der Befehlsgeber, ein hochrangiger Geheimpolizist. Der Mann weiß nicht, wie die Rollen verteilt sind, und muß es nicht wissen, um sich ein Bild von seiner Lage zu verschaffen. Jetzt aber kann er die Größe des Raums gar nicht mehr einschätzen, und es ist gleichgültig. Der Raum ist ja still. Und die Hand auf seinen Schultern ist körperlos, zumindest hat sie keine Füße und macht keine Schritte. Die Hand bleibt bei ihm. Sie streichelt ihn, beruhigt sein Fleisch und achtet immer darauf, nicht die verwundeten Stellen zu treffen. Eine umsichtige Hand, die Erfahrung darin hat, Schmerzen zu lindern.

Nachdem die Minuten vergangen sind – zwei, fünf, zehn, danach verschmelzen sie zu einer kleinen Masse Zeit, die er sich nicht mehr zu schätzen traut –, nach diesen Minuten findet es der Mann auf seinem Stuhl natürlich, daß er sich Fragen stellt, etwa nach der Identität seines Wohltäters. Oder soll er sagen, der Identität *der Hand*? Der Mann zieht diesen Ausdruck vor, tatsächlich hat er ja kein Bild, keine körperliche Vorstellung eines ganzen Menschen, während er die Hand, die ihn streichelt, gewissermaßen vollständig kennt. Er kennt das Gewicht, mit dem sie über seine Schultern streicht, ihre Wärme, ihre Größe, die Kontur ... Er weiß genau, wie sie sich bewegt. Sein Körper weiß es. Der Mann glaubt sogar zu wissen, daß die Hand einen kräftigen Daumen hat. Manchmal meint er den Daumen besonders zu spüren, und er weiß, welche Rolle der Daumen seiner Kraft wegen bei bestimmten Massagetechniken spielt.

Was also soll er mit dem Gedanken tun, die Hand anzusprechen? Es ist ihm ein Bedürfnis. Er möchte mit der wohltätigen, wohltuenden Hand Verbindung aufnehmen, nicht nur empfangen, sondern auch geben. Sofort tauchen Zweifel auf: Was soll er sagen? Und was könnte er geben? Er hat nichts zu geben. Der Mann weiß noch nicht einmal, ob sich die Hand nicht zurückzieht, sobald er die Stille bricht. Immer wieder bedrängen ihn dieselben Fragen, und sie werden quälender, je weiter er sich von den Augenblicken seiner körperlichen Qual entfernt, je länger die Hand ihn streichelt, je bedingungsloser, vertrauensvoller, blinder er sich der Hand überläßt: Gehören zu der Hand, die ihn durch seine Folter begleitet, ein Ohr, das hört, und ein Mund, der spricht? Ist der, dem die Hand gehört, ein Mensch?

Der Mann verbringt nach diesem ersten Tag noch drei Wochen im Folterkeller. Insgesamt sind es zweiundzwanzig Tage und zweiundzwanzig Nächte. Als die Hand nach einer Zeit, die er nicht schätzen kann, aufhört, seine Schultern zu streicheln, spürt er sie nie wieder. Er hat nicht einmal Schritte gehört, die sich entfernen. Aber die Hand ist verschwunden. Und sie kehrt nicht zurück. An keinem der folgenden Tage kommt die Hand, um hinter ihm zu sein und seine Schmerzen zu lindern. Der Mann spürt nur, daß er sie am fünfzehnten Tag genauso brennend erwartet wie am elften oder am dritten. Es gibt eine kurze Phase besonders brutaler Folter mit zahlreichen Ohnmachten, in welcher er glaubt, er habe die Hand an diesem ersten Nachmittag nur halluziniert. Er habe sich seinen eigenen trügerischen Trost herbeiphantasiert. Doch wenig später ist er wieder davon überzeugt, daß die Hand da war, hinter ihm, bei ihm, und daß sie ihn durch viele Minuten seiner Qual begleitet hat.

Den Gedanken, es könne sich um einen Mitgefangenen gehandelt haben, der einen unbewachten Augenblick ausgenutzt hat, um einem Leidensgenossen etwas Gutes zu tun, verwirft er schnell. Es war nicht die Hand eines Verängstigten oder Verletzten. Auch die Möglichkeit, einer der Folterer könnte in einer Pause, die sich die Folterer gewohnheitsmäßig gönnen, zurückgekommen sein, um sein Gewissen zu beruhigen und dem von ihm selbst Gefolterten etwas Gutes zu erweisen, hält der Mann für unwahrscheinlich. Warum einmal, am ersten Tag, und danach nie wieder? Das ist nicht wahrscheinlich. Der Mann bleibt sehr kurz bei diesen beiden Möglichkeiten. Dann legt er sie beiseite.

Nein, es ist etwas Sonderbares oder Wundersames an der Erscheinung dieser Hand, die nur ein einziges Mal auftaucht und sich dann nie wieder zeigt. Tatsächlich sind es die Einzigartigkeit des Auftauchens und der besondere Charakter dieses einen Mals, welche dem Mann so viel und so lange zu denken geben, daß er sich, ohne es in den drei Wochen zu wissen, mit einer seelischen Schutzhülle umgibt, die seine Folterer nicht durchdringen können. Er selbst begreift es erst, nachdem alles vorbei ist. Oh, sie mißhandeln, quälen und vestümmeln ihn.

Doch die Gewißheit, daß die Hand da war, macht den Mann stark. Die Hoffnung, sie könnte wiederkommen, macht ihn stark. Als er nach drei Wochen ohne Begründung freigelassen wird, so wie er drei Wochen zuvor ohne erkennbaren Anlaß eingesperrt worden ist, kehrt er in sein Priesterleben zurück. Die Wunden, die heilen können, heilen. So gut er es vermag, kuriert er seinen Geist, macht Spaziergänge, drängt die bösen Träume zurück ... und ist schon die ganze Zeit damit beschäftigt, über die Hand nachzudenken, die ihm das Überleben ermöglicht hat.

»Bis hierhin, Jungs.« Bruder Gregor sah auf die Uhr. Diesmal wartete er nicht auf das Klingelzeichen, sondern packte seine Sachen in die Mappe und ging.

Bis hierhin, Jungs. Das waren die letzten Worte, die ich von ihm hörte. Er hatte mich in der letzten Religionsstunde, die er in seinem Leben gab, nicht mehr angesehen. Ich erinnere mich an keinen Blick, der mir gegolten hätte. Der letzte Blick, der wirklich mir galt, war sein Blick in der Samstagnacht gewesen, als er sagte: »Wir sollten einmal zu den Pferden gehen, Marko. Wenn du möchtest.«

* * *

Ich war es nicht, der ihn am nächsten Morgen nach dem Frühstück fand, und ich weiß immer noch nicht, ob ich es mir wünschen sollte. Es gibt Dinge, die ich gern für ihn getan hätte, das ist wahr. Kleinigkeiten, die mit seinen Büchern zu tun hatten. Aber die Sekunden oder Minuten, die ich mit ihm allein gewesen wäre, hätten mich bis in meine übelsten Träume verfolgt, und ihr wißt, daß meine Träume machen, was sie wollen. Das, was ich für ihn und seine Bücher hätte tun wollen, konnte ich immerhin noch tun. Etwas davon, nicht alles. Nachher fielen mir alle Dinge ein, die ich nicht mehr tun konnte, auch die Musik. An die Musik dachte ich zu spät. Seine Schallplatten wurden zusammengepackt und weggeschafft, ich weiß nicht, wohin.

Tilo fand ihn, weil Bruder Hermann ihn hochgeschickt hatte, um Bruder Gregor an die Zeit zu erinnern. Nichts Wichtiges, eine Verabredung vom Vortag. Tilo fand ihn, weil Bruder Hermann zu faul war, selber zu gehen. Tilo mußte die zwei Stockwerke hochjagen, den langen Flur bis zum Ende laufen und anklopfen. Es wurde nämlich spät. All das wollte Bruder Hermann nicht selber tun.

Tilo klopfte an Bruder Gregors Tür. Wartete, klopfte noch einmal, wartete wieder. Rief: »Bruder Gregor?« Probierte langsam die Klinke, öffnete langsam die Tür und sah den Toten mit dem ersten Blick.

Nachdem Tilo ihn gefunden hatte, lief er nicht sofort zu Bruder Hermann zurück, der unten im Kreuzgang wartete. Tilo rannte in unsere Bude, packte mich an den Schultern und sagte langsam und deutlich: »Bruder Gregor ist tot. Er hat sich erhängt. Beweg dich!« Und er lief mit mir zurück, die Treppe hoch, zu Bruder Gregors Wohnung. Motte kam hinter uns hergelaufen. Wir hätten gleich an ihn denken sollen. Ohne ihn hätten wir nichts von dem getan, was wir dann taten.

Wir drei standen im Türrahmen, als wollte keiner der erste sein, der sich ihm nähert. Im Flur war kein Mensch zu sehen. Wir wunderten uns nicht darüber, erst später. Wo gab es denn das, einen leeren *Flur*? Am Morgen, vor der Schule? Aber wir wunderten uns nicht darüber, wir starrten in Bruder Gregors Zimmer. Dann gingen wir hinein. Motte als erster, danach Tilo und ich. Motte wußte, das hier war seine Aufgabe.

»Mach die Tür zu.«

»Sollen wir Onni holen«, sagte Tilo.

»Wir erzählen es ihm«, sagte Motte. »Seht genau hin, damit wir es ihm erzählen können.«

Wir mußten Bruder Gregor nicht berühren, um zu wissen, daß er tot war. Er lag hingegossen wie Wasser. Er hatte sich mit einem Bettlaken an der Klinke der Schlafzimmertür erhängt. Das Gesicht war bläulich und verzerrt. Die Jacke war sorgfältig über den Arbeitsstuhl gehängt, wie er es tat, wenn ihm bei der Arbeit warm wurde.

»Marko«, sagte Motte, »guck auf dem Schreibtisch nach, ob du etwas findest. Brief, Zettel, letzte Worte. Ich gehe ins Schlafzimmer. Tilo, wirf einen Blick über die Bücher. Schnell.« Er marschierte durch. Die Tür zum Schlafzimmer, gegen die Bruder Gregor lehnte, war halb geöffnet.

Tilo und ich erzählten uns später, daß Motte uns die Kraft zum Durchhalten gegeben hatte. Aber er tat nur ein paar Dinge, die er später nicht mehr gut tun konnte, und er wollte unbedingt wissen, was geschehen war. Er wollte verstehen, was es zu verstehen gab. Später, als wir darüber sprachen, gestand Motte, daß er einen Riesenbammel gehabt hatte. Er war fast gestorben vor Angst, sagte er. Aber er mußte wissen, was passiert war, und er traute den Schwatten nicht über den Weg. Instinkt. Dem Präses hätte er vielleicht getraut. Aber nicht Bruder Hermann. Motte sagte, es war unsere einzige Chance. Diese zwei Minuten mit Bruder Gregor waren unsere einzige Chance, etwas zu sehen, zu erkennen, zu verstehen. Nachher wären alle Spuren verwischt.

»Nachher gibt es Weihrauch«, sagte Motte.

Und er hatte recht. Oh, Mann, er wußte gar nicht, wie recht er hatte. Also taten wir, was er uns sagte, während die Sekunden vorübertickten. Jede einzelne dröhnte uns in den Ohren, scheuchte uns durchs Zimmer und trieb uns zur Eile an. Schneller, schneller, noch schneller! Bewegt euch! Sperrt die Augen auf! Denkt nach! Achtet auf die Kleinigkeiten! Verdammt, denkt nach! Ihr tut es für Bruder Gregor!

Irgendwie wußten wir alle, daß wir es für Bruder Gregor taten. Daran mußte ich später immer wieder denken, und es war mir ein Trost, wann immer ich über die Geschichte nachdachte. Wir mußten uns gar nicht absprechen, sondern wußten in jedem Augenblick, daß wir es für Bruder Gregor taten. Er war doch einer von uns.

»Tilo, stell dich gegen die Tür«, sagte Motte. »Halt sie zu. Wenn uns hier einer sieht, sind wir geliefert.«

»Schlüssel«, sagte Tilo. »Wir könnten abschließen.« Und er guckte wild im Zimmer herum. Er zappelte wie ein Huhn.

»Keine Zeit, Mann! Halt die verdammte Tür zu!«

Es war Motte, der in Bruder Gregors Jackentasche griff, den Schlüsselbund herauszog, ihn einen Moment lang betrachtete und wieder in die Tasche zurückrutschen ließ. Ich glaube, alles mit Schlüsseln war ihm zu kompliziert. Jan Spans hätte sofort gewußt, was er mit dem Schlüsselbund anfangen konnte. Aber Motte wußte es nicht. Während er den Schlüsselbund zurückrutschen ließ, starrte ich auf Bruder Gregors linkes Bein, das unnatürlich verdreht war, ein gespenstisches Bein. Motte sah mich an. Dann beugte er sich nach unten und drehte das Bein gerade.

»Raus hier. Tilo, guck nach, ob die Luft rein ist. Marko, komm. Tilo muß Bruder Hermann holen. Schnell!«

Und dann tat ich, was ich vom ersten Augenblick an tun wollte, ich tat es jetzt, weil es in der nächsten Sekunde zu spät gewesen wäre. Ich ging zum höchsten Bücherstapel, auf dem der Zettel mit den Worten *A Full Inquiry into the Subject of Suicide* klebte, dem Stapel, der in den letzten Monaten angewachsen war, Bruder Gregors neuem Studienfeld. Ich nahm das oberste Buch, auf dem der Zettel klebte, nahm mir auch das Buch darunter, das dazugehörte, zwei schwere braune Bände ... Dann lief ich zum Regal ganz rechts, wo die Philosophen standen, suchte, suchte, wo sind die blauen Bände, verdammt, wo seid ihr ... he, Seneca, alter Stoiker, wo hast du dich versteckt ...!

»Marko, he! Wir müssen hier raus! *Sofort*! Wir kriegen gewaltigen Ärger!«

»Warte ... oh, Mist, hier sind *Dialoge VII–XII* ... wo hat er denn die ...« Dann fiel es mir ein, die letzte Möglichkeit.

Ich rannte ins Schlafzimmer, guckte, da lag der Band auf dem Nachttisch neben dem gemachten Bett, Band eins, den ich brauchte, *Dialoge I–VI.* Ich schnappte ihn mir, packte ihn zu den beiden anderen unter den Arm und rannte nach draußen auf den Flur, ohne einen weiteren Blick auf den Toten.

Mann, ich rannte weg, ohne mich von Bruder Gregor zu verabschieden. Daran mußte ich später immer wieder denken. Natürlich sah sein Gesicht nicht mehr gut aus und alles. Vielleicht wäre ich sein blaues Gesicht nicht mehr losgeworden, das tote, und das wäre schlimm gewesen. Ich wollte ja das *lebendige* Gesicht in Erinnerung behalten, die Augen, die Stirnfalten, die sehr schmalen Lippen. Aber ich hatte seine Bücher geklaut und sah ihm nicht einmal mehr ins Gesicht. So einer war ich. Ihr ahnt nicht, wie oft ich mich dafür schon geschämt habe.

* * *

Die erste Lüge war die entscheidende, danach mußten wir weiterlügen. Sie kam von Motte. Die erste Lüge entschied alles.

»Geh zu Bruder Hermann und hol ihn her«, sagte Motte zu Tilo. »Du hast Bruder Gregor gerade gefunden. Du hattest Angst, ihn anzufassen. Er sah so gruselig aus. Du hast gerufen, Bruder Gregor! Was haben Sie? Bruder Gregor, sagen Sie doch was! Und mit deiner Angst und dem Zähneklappern, du weißt schon. Vergingen Minuten. Kapiert? He, Tilo. Kein Wort über uns! Wir waren nicht dabei. Kein Mensch hat was gesehen. Lauf, renn! Kein Wort! Zu niemandem!«

Und Tilo rannte zu Bruder Hermann.

Motte und ich gingen auf unsere Bude und setzten uns nach oben, auf Mottes Bett. Wir hatten Angst, daß jemand reinkommt und unsere Gesichter sieht. Es konnte ja auch jemand reinplatzen und rufen, habt ihr es schon gehört? Bruder

Gregor ist tot! Bruder Gregor ist tot! Tilo hat ihn gerade gefunden! Davor hatten wir eine ziemliche Angst, und deshalb setzten wir uns nach oben auf Mottes Bett. Die Hühnerleiter gab uns in jedem Fall ein paar Sekunden Zeit, um uns vorzubereiten, egal, was passierte.

Die drei Bücher hatte ich in meinen Schrank gelegt, nach hinten, unter die Winterpullover. Ich dachte, man riecht sie. Man hört sie verschwörerisch wispern. Ich dachte, mein Schrank fängt an zu leuchten, von innen heraus. Ich erwartete jeden Moment, daß feiner Rauch aus meinem Schrank tritt, weil sich dort drinnen, bei den Winterpullovern, Bruder Gregors Geheimschriften selbst entzündet haben. Daher der Rauch. *A Full Inquiry into the Subject of Suicide.* Systematik ist alles. Man muß sein Thema kennen, Jungs. Das Thema heißt Selbstmord, nicht wahr? Abstraktion. Analyse. Versteht ihr, Jungs? Systematik, bitte. *A Full Inquiry*, verstanden?

Oh, Mann, mein Herz schlug und schlug. Ich schwitzte unter den Armen wie ein Bär.

»Motte, gib mir Wasser. Hast du Wasser?« Ich wollte nicht die Hühnerleiter runterklettern. Ich dachte, vielleicht rutsche ich ab und falle aufs Gesicht. Meine Beine waren wie Gummi.

Motte gab mir Cola. »Nimm einen kräftigen Schluck. Du siehst beschissen aus.« Dabei machte er sein Lino-Ventura-Gesicht. »So glaubt dir kein Mensch, daß du unschuldig bist. He, Marko, reiß dich am Riemen. Wir müssen da durch, hörst du? Bruder Gregor würde nicht wollen, daß wir das versauen. Denk daran, Marko. Wir tun das für Bruder Gregor. Mann, er zählt auf dich. Frag dich, was er von uns haben wollte. He, Marko? Denk *nach*, Mann! Versau das nicht.«

Da mußte ich plötzlich lachen wie ein Affe. »Probier's mal mit Vergeblichkeit! Weißt du noch, Motte, deine Lehren?« Ich mußte lachen, bis die Tränen kamen. »Oh, Mann ...« Ich ließ die Tränen laufen. »Probier's mal mit Vergeblichkeit, mit Ruhe und Vergeblichkeit! Weißt du noch?«

»Hör auf zu heulen, Mann, und halt die Klappe.«

Es dauerte dann noch mehr als eine Viertelstunde, bis wir etwas hörten, und wir waren schon auf dem Weg zur Schule. Das war gut, und es half unserer Geschichte sehr. Unserer Lüge, sollte ich vielleicht sagen. Für den Schulweg brauchten wir sieben Minuten, nicht mehr. Raus aus Haus Athen, dann durch den Kreuzgang, am Kirchenportal vorbei, dann über den Marmorplatz und die Schultreppe hoch. Dann noch durch die Schulhalle und den Flur bis zum Klassenzimmer. Hinten links, Untersekunda a, das waren wir. Macht sieben Minuten.

Als wir über den Marmorplatz gingen, langsam, langsam, weil wir so viel nachdenken mußten, rannte Ludger, der Drummer, von hinten an uns vorbei und sagte: »He, Bruder Gregor ist tot! Schon gehört? Sein Herz! Bruder Gregor ist tot! Ich packe es nicht!«

»He!« riefen wir. »*Was* hast du gesagt?!«

»Sein Herz! Es war Herzversagen!« Dann war er weg. Weiter vorne hörten wir: »Bruder Gregor ist tot!« Dann noch mal: »Sein Herz!«

»Sag mal, Motte ...« Ich ging langsamer. »Legen wir eigentlich falsches Zeugnis ab wider unseren Nächsten ...?«

»Quatsch. Wie kommst du denn darauf?« Er senkte die Stimme. »Denk daran, Erstaunen. Okay? Du bist über alles *erstaunt* ...«

Und es stimmte ja. Wir *waren* erstaunt.

Später stellte sich heraus, daß Ludger, der Drummer, außer Tilo der einzige war, der vor Schulbeginn schon etwas wußte. Und außer uns natürlich. Motte und ich hatten die ganze Zeit die Ohren gespitzt, als wir oben auf seinem Bett saßen und Cola tranken und leise über Bruder Gregors Tod sprachen. Wir wollten wissen, wann die Sache herauskommt, wie sie bekanntgegeben wird, ob sie sich schnell herumspricht ... Aber Ludger, der Drummer, war vorläufig der einzige Schüler außer

Tilo, der etwas wußte. Er hatte es oben auf dem Flur erfahren, weil er vorbeikam, als Bruder Hermann Bruder Gregors Tür abschloß. Sie *versiegelte*, würde Lino Ventura sagen. In diesem Augenblick muß Bruder Hermann sich entschlossen haben, Ludger, den Drummer, zu benutzen. Ludger, der Drummer, war der Bote, mit dem das Leid in die Welt getragen wurde.

»Ludger, lauf schnell ins Schulgebäude. Sag dem Direktor Bescheid. Bruder Gregor ist heute morgen verstorben. Herzversagen. Bitte, gib die Nachricht weiter. Sein armes Herz ... Beeil dich, lauf!«

Das war die Nachricht. Und Ludger, der Drummer, gab sie weiter. Bruder Hermann rief das Krankenhaus an, den Präses ... Eine Viertelstunde später sahen wir den Rettungswagen, der über den Collegiumsweg raste. Die Leute aus dem Physikraum erzählten später, in der Kurve hätte der Rettungswagen dem wilden Heiligen fast das hoch erhobene Schwert abrasiert. Dann kam der Leichenwagen. Er fuhr langsamer. Leichenwagen müssen sich ja nicht beeilen.

Unser Klassenzimmer ging hinaus auf den Gemüsegarten am Collegiumsweg, wenn ihr euch ungefähr orientieren wollt. Ganz hinten sahen wir die Pferdewiese. Vor dem Gemüsegarten stand eine kleine Laube, die zur Marienkapelle führte, einem wirklich winzigen Ding. Die Marienkapelle war für Leute, die frühmorgens schon eine Runde beten wollten oder gern ein paar Kerzen für die Maienkönigin aufstellten, solche Sachen. Die kleine Marienkapelle konnte ich von meinem Platz im Klassenzimmer aus bequem sehen. Wenn ich mich sehr weit nach vorn beugte, konnte ich sogar den wilden Heiligen sehen, aber nur im Herbst und im Winter. Im Sommer war er von Blättern verdeckt. Was ich nicht sehen konnte, im Sommer oder im Winter, war das Häuschen von Jan Spans. Ich wußte nur, daß es da war, genau wie die Schweine in den Collegiumsställen, die uns die panierten Fettläppchen gaben.

In der ersten Stunde, das war Erdkunde bei Leo Siebenwirth, mußte ich dauernd zu Motte rübergucken. Tilo war noch nicht da. Wir wußten ja, wo er steckte. Er mußte seine Geschichte erzählen und ein dummes Gesicht dazu machen. Auch Motte sah aus, als wäre nichts passiert. Er konnte das, und ich sah ihm an, daß er es sich vorgenommen hatte. Motte tat es für Bruder Gregor, obwohl Bruder Gregor öfter zu ihm gesagt hatte: Plapper nicht daher, Matthias, davon verstehst du nichts! Aber Motte tat es für Bruder Gregor, wie wir alle.

Einmal sah Onni mich an und machte seinen fragenden Mund, so daß ich die großen Schneidezähne sah. Sein Mund bedeutete: *Mann, was ist los??* Aber ich konnte ihm nichts sagen, und Motte auch nicht. Ich machte Onni ein Zeichen. Es bedeutete: *später*. Das war schon, als der Rettungswagen über den Collegiumsweg raste und die Pferde erschreckte, bevor er auf den wilden Heiligen zuhielt.

Dann kam ein Schüler aus der Obertertia herein und gab Siebenwirth ein großes Blatt. Siebenwirth schaute darauf und wurde blaß. Er setzte sich hin, legte das Blatt vor sich aufs Lehrerpult und starrte darauf, als gäbe es irgendwo eine verborgene Botschaft zu entdecken. Wir konnten sehen, daß Siebenwirth angestrengt nachdachte. Wir konnten sogar hören, wie er atmete, als fiele ihm das Atmen schwer. Das dauerte eine ganze Weile, und immer hörten wir sein komisches Atmen. Schließlich stand er auf, das Blatt in der Hand. Sie zitterte ein bißchen. Mit fester Stimmer las er vor, was auf dem Blatt stand:

Voller Schmerz teilen wir mit, daß unser geschätzter Erzieher und Lehrer, Bruder Gregor, heute in den frühen Morgenstunden einem Herzversagen erlegen ist. Wir beten für sein Seelenheil. Die letzte Schulstunde fällt aus. Um 12.30 Uhr können die Schüler in der kleinen Marienkapelle von dem Verstorbenen Abschied nehmen. Sein seelsorgerisches und pädagogisches Vorbild wird uns unvergessen bleiben. Möge Gott unseren Mitbruder in seinen Frieden aufnehmen und ihm die himmlische Ruhe schenken. Gez. Der Präses / Der Direktor.

Die Todesnachricht lief in der ersten Stunde durch die ganze Schule, von Klasse zu Klasse. Einer von uns mußte es weitertragen, das Blatt. Siebenwirth hakte den Namen der Klasse ab, nachdem er die Nachricht verlesen hatte.

»Wir stehen auf und halten eine Schweigeminute im Gedenken an den Verstorbenen.«

Wir standen auf und hielten eine Schweigeminute im Gedenken an den Verstorbenen.

Dann setzten wir uns wieder hin. Jetzt konnten Motte und ich uns anschauen, ohne etwas befürchten zu müssen. Gemurmel setzte ein, die Leute fingen an zu reden, manche schüttelten den Kopf. Mein lieber Mann, ich wußte gar nicht, daß es über Bruder Gregor so viele Meinungen gab.

»Er sah schlecht aus«, sagte einer. »In den letzten Wochen war er noch blasser als vorher, und das will was heißen.«

Ein anderer sagte: »Er war schon lange krank. Ich glaube, *sehr* lange.«

Wieder ein anderer sagte: »Es lag in der Familie. In der Familie sind sie immer jung gestorben.«

Wieder ein anderer sagte: »Man konnte wohl gar nichts tun, er hat mal so etwas angedeutet. Es kam von innen.«

Jetzt sprachen mehrere über die Sache, die »von innen« gekommen und Bruder Gregor schon seit langem belastet hatte. Die ihm von innen zugesetzt hatte. Einen *äußeren* Feind, fanden die meisten, hätte Bruder Gregor bekämpfen können. Niemand zweifelte daran, daß Bruder Gregor gegen einen äußeren Feind viel länger und am Ende auch erfolgreich gekämpft hätte. Aber gegen einen *inneren* Feind war das nicht möglich. Dem inneren Feind mußte er sich geschlagen geben.

Motte sah zu mir rüber und schüttelte langsam den Kopf. Er wurde sauer, das konnte ich sehen. Wenn Motte sauer wurde, war es besser, sich nicht in seiner Nähe aufzuhalten.

»Ich bitte um Ruhe«, sagte Siebenwirth. Er sah auf die Uhr und wußte nicht, was er machen sollte. Seine Gesichtsfarbe hatte er wieder, aber er mußte bei jedem Schritt nachdenken, ob es der richtige war. »Wenn ihr … noch einige Eindrücke über den Verstorbenen austauschen wollt, könnt ihr das jetzt tun. In dieser Stunde. Bitte leise … und respektvoll. Wir beenden den Unterricht. Wir widmen die letzten zehn Minuten dem Gedenken an Bruder Gregor. Aber leise und respektvoll.«

Oh, Mann, dachte ich, die verdammten letzten zehn Minuten.

Motte war immer noch sauer. Ich gab ihm ein Zeichen und zeigte auf Onni. Der machte wieder seine fragende Schnute. Onni wollte endlich wissen, was los war. Aber in der Klasse konnten wir nicht reden.

Wir redeten in der Fünfminutenpause, an den Toiletten. *Überall* wurde geredet. Und aus jeder Gruppe flog einem das Wort »Herzversagen« entgegen. Dann »schwaches Herz« und »Herzinfarkt«. Dann »Herzanfall«. »Herzattacke«. »Herzflimmern«. Dann sagte jemand: »Das ist nicht dasselbe, Blödmann!« Ein anderer: »Sage ich doch!« Dann fiel das Wort »Herzschrittmacher«. So ging das.

Mir wurde schlecht. Wir nahmen Onni am Arm und zogen ihn von den Toiletten weg, weiter in den Flur hinein, wo niemand stand. Dort sagten wir es ihm.

»Mann, seid ihr *ganz sicher*?«

»Es war ein Laken«, sagte Motte. »Ein weißes Bettlaken an der Klinke.«

»Wißt ihr, was ihr da sagt?«

»Sein Gesicht war blau angelaufen.«

»Wißt ihr wirklich, was ihr da *sagt*?«

»Moment«, sagte ich. »Was wir *sagen*? Darauf kommt es nicht an, Onni! Es kommt darauf an, was wir *gesehen* haben!«

»Schscht!« machte Motte. »Die Schwatten währen ewig.«

Ich senkte die Stimme. »Hör zu, Onni. Er lag und saß, beides. Mann, die *Augen* hättest du sehen sollen. Du warst doch schon mal im Kino, he, du kennst doch solche Szenen! Es war genau wie im Kino. Er hat sich erhängt. Und die Schwatten sagen, es war Herzversagen ...!«

»Ganz feiner Trick«, murmelte Motte. »Es *war* ja Herzversagen, wenn du es genau nimmst. Die Frage ist nur, was war die *Ursache* für das Versagen des Herzens? Seht ihr den feinen Trick? Die Schwatten lügen, ohne zu lügen.«

Ich sah ihn an. »Bruder Hermann, dachte ich.«

»Das wissen wir nicht«, sagte Motte.

»Bruder Hermann hat damit angefangen.«

Onni sagte: »Komm, die stecken doch alle unter einer Decke. Wenn Bruder Hermann so was tut, dann nur, weil er weiß, daß der Präses die Hand über ihn hält. Was glaubt ihr denn? Die Schwatten ziehen alle an einem Strang.«

Motte sah ihn an und schüttelte langsam den Kopf.

»He«, sagte Onni. »Das war bildlich gesprochen.«

»Marko«, sagte Motte. »Es kommt *wohl* darauf an, was wir sagen. Jedenfalls mehr als darauf, was wir gesehen haben. Du wirst es noch merken.« Er sah sich um. »Wir halten jetzt die Klappe und warten auf Tilo. Wir müssen genau wissen, wie es mit Tilo war, sonst versengen wir uns den Hintern. Und kein Wort, habt ihr verstanden? Keine Silbe!«

* * *

Bruder Hermann hatte Tilo präpariert. Er hatte ihn massiert, eingeseift, eingewickelt, geimpft und betäubt, wie immer ihr es nennen wollt. Von Tilo hörte niemand ein vernünftiges Wort. Tilo sagte immer wieder: »Bruder Gregor war tot und lag da.«

Moment! *Wie* lag er da?

»Ausgestreckt.«

Und *wo* lag Bruder Gregor?

»In seinem Bett. Er starb in seinem Bett.«

Und wie sah er aus?

»Friedlich. Er hat nicht lange gelitten. Es muß sehr schnell gegangen sein.«

Spuren der Agonie?

»Ich sage doch: friedlich.«

Und wieder von vorn.

Die Frager verloren schnell die Lust. Tilo war keine ergiebige Quelle. Und dann setzten auch schon die salbungsvollen Reden, die Nachrufe, Andachten und Bildmeditationen ein. Später erfuhr ich, daß man Tilo gedroht hatte, ihn vom Collegium zu werfen. Er war ja ein *unsicherer Kantonist*, schon seit langem. Mäßig in der Schule, ein Freund des Tabaks, des Alkohols, der Aufsässigkeit …

»Du solltest vernünftig sein, Tilo«, sagte Bruder Hermann. »Ich habe lange mit dem Präses gesprochen. Um deinetwillen. Der Präses ist durchaus nicht davon überzeugt, daß wir dich im Collegium Aureum halten sollten. Er verfolgt deinen Werdegang seit längerem mit kritischen Augen. Mit einer Portion Skepsis, nennen wir es so. Er gibt zu bedenken, daß du hier und da … verrohenden Einfluß auf deine Klassenkameraden nimmst. Der Präses denkt an Marko Theunissen und Heinz Ohnesorg. Mit beiden hat er über dieses Thema schon Einzelgespräche geführt, in welchen beide ihre Kooperation zugesagt haben, so daß man behaupten kann, dein Fall ist … aktenkundig? Darf ich es so nennen? Oh, der Präses ist nicht *gegen* dich eingestellt, das nicht. Dem Präses liegt am Fortkommen jedes einzelnen Schülers. Aber er möchte sehr gern ein ethisches Gesamtbild erkennen, eine gewisse Harmonie zwischen schulischer Leistung und moralischer Haltung. Er möchte einen Beweis dafür, daß du dich für das Ganze des Collegiums verantwortlich fühlst, daß du dem Collegium Aureum zur Seite stehst, wenn es erforderlich ist. Und diesen Beweis möchte der Präses *jetzt.* In diesem Augenblick. Jetzt, wo ungute Fragen laut werden und haltlose Spekulationen gehandelt werden, *jetzt* möchte der Präses, daß du dich schützend vor dein Collegium stellst und den Verleumdern Einhalt gebietest. Auf diese Weise, meint der Präses, fiele es ihm sehr viel leichter, sich für deinen Verbleib auf dem Collegium Aureum einzusetzen. Ein solches Verhalten, Tilo, würde sehr wesentlich zu jenem harmonischen ethischen Gesamtbild beitragen, das nicht nur dem Präses, sondern uns allen vorschwebt. Und das, wir wollen es nicht vergessen, auch unserem verstorbenen Bruder Gregor vorschwebte.«

Bruder Hermann reinigte seine Brille. Die kleinen Augen wurden etwas größer, weil ihnen der Rahmen fehlte, und nun wirkten sie unappetitlich nackt.

»Beim tragischen Tod von Bruder Gregor liegt der Fall medizinisch übrigens völlig klar. Die Todesursache war Herzversagen. Womöglich wollte Bruder Gregor sich Abhilfe gegen Schmerzen in der Herzgegend verschaffen und hat zu einer unklugen Maßnahme gegriffen, womöglich wollte er den Hals entlasten … oder die Wirbelsäule, den Rumpf … ich weiß es nicht, Tilo, die Mediziner sollen das klären, wir sind keine Experten und mischen uns in die Medizin nicht ein. Würden wir wollen, daß sich die Mediziner in unsere Theologie einmischen? Würden wir wollen, daß sie uns eine Materie erläutern, von der sie nichts verstehen? Tilo, wir verlassen uns in dieser Sache auf deine Diskretion. Was wiederum bedeutet, kein Wort. Zu niemandem. Wir sprechen ab, was du sagen sollst, wenn die unvermeidlichen Fragen kommen. Wir gehen jedes Wort mit dir durch, so ist es für dich am einfachsten. Wir wollen nicht, daß die unvermeidlichen Fragen dich verwirren.«

Bruder Hermann prüfte die Wirkung seiner Rede. Aber die Wirkung war nicht zu erkennen. Tilo war nicht unverständig, so weit wäre Bruder Hermann nicht gegangen, er war nur ... es schien, er habe die Fersen in den Boden gestemmt, um kein Terrain preiszugeben. Ein bißchen wie eine Bergziege. Nun, man mußte die Bergziege locken, und wenn das nicht half, treten. Locken oder treten, eines von beiden wirkte immer.

* * *

Niemand mußte uns erklären, warum Bruder Gregor den unnatürlich weiten, unnatürlich hochgeschlossenen Kragen trug, der ihm bis über die Wangenknochen reichte.

»Sehr schick«, flüsterte Motte, »was Selbstmörder heute so anziehen. Früher gab es ja gar nichts.«

»Und hoher Tragekomfort«, sagte ich.

»Laß uns gehen.«

»Bevor mir schlecht wird.«

Niemand mußte uns erklären, warum Bruder Gregor in der winzigen Marienkapelle aufgebahrt wurde. Er wurde in der Marienkapelle aufgebahrt, damit immer nur drei oder vier Schüler in der Nähe der Leiche Platz hatten. Damit die Lust auf Spekulationen gering blieb. Damit kein Gerede entstand.

Bruder Gregor sah etwas zu gut aus. Das Gleuyner Bestattungsunternehmen Lamberti (»In der Stunde des Schmerzes immer an Ihrer Seite«) hatte die schmalen Wangen zu stark mit Rouge geschminkt, weil keiner der Mitarbeiter den fahlen Gesichtston Bruder Gregors zu dessen Lebzeiten gekannt hatte, aber niemandem wäre es eingefallen, sich zu beklagen. Das Gesicht wirkte edel, geradezu durchgeistigt. Es war seiner würdig. Als wir gingen, traten zwei Ordensschwestern nach vorn und begannen zu schluchzen. Sie hatten Bruder Gregors Frühmessen besucht und waren gekommen, um sich von ihrem Lieblingsprediger zu verabschieden.

»Ist dir eigentlich klar«, sagte Motte, »welchen Verlust sein Tod für die Predigten auf dem Collegium bedeutet?«

»Ja, Motte, das ist mir klar. Aber vielleicht bedeutet mir das weniger als dir. Ich zog ihn im Gespräch vor …«

»Ihr Nihilisten habt einfach keinen Sinn für rhetorische Kraftentfaltung.«

»Ich mag rhetorische Kraft, die sich im Privaten entfaltet. Okay?«

19

Ich bedaure den wichtigsten Zeugen. Ich schwöre mir, die Studien zu systematisieren. Margret verspricht, die Grundlagen des Küssens zu wiederholen. Rede an das Waschhaus. Ein Ort für Indianer, genannt Drei Steine.

Ich will mich nicht an alles erinnern, was an diesem Tag noch kam. Die Übungen in feierlicher Trauer. Die Kerzen, die Glokken. Die geduckte Anteilnahme.

Bruder Gregor war weg. Ich fand es ungerecht, daß Bruder Gregor genauso verschwunden war wie Schwester Gemeinnutz. Würde er wiederkommen in meinen Träumen, durch die weißgrauen Netze meiner Schlaflandschaften laufen und mir erzählen, was er in seinen Büchern gelesen hatte? Ich wünschte es mir.

Diesen ersten Tag, den Tag seines Todes ... ich wußte nicht, wie ich ihn vor mir herwälzen sollte. Als bei Motte und mir die erste Aufregung vorbei war, fiel ich in eine Grube. Ich krabbelte raus, sah mich um und wäre am liebsten wieder in die Grube zurückgesackt. Der schwärzeste Nihilismus umhüllte mich, und ich hatte niemanden, der mir ein paar gute Stellen aus Kierkegaard oder Schopenhauer rezitiert hätte, um die tiefhängenden Wolken zu vertreiben. Oder Hebbel, erinnert ihr euch an Hebbels Tagebücher? Es gab da einen Spruch, den Bruder Gregor mochte, er ging so: *Das Leben ist eine Plünderung des inneren Menschen.*

Ich weiß nicht, ob ihr wißt, daß Hebbels Tagebücher voller guter Sprüche sind. Ich würde für euch gern den Spruch heraussuchen, wo er vom Meer des Lebens spricht, in dem er vielleicht untergeht, und wenn das geschähe, sagt er, wäre es nicht die Schuld des Weltmeeres, sondern nur seine eigene, weil er nicht schwimmen konnte. Er sagt es viel schöner. Hebbel war sehr jung, als er mit seinen Tagebüchern anfing, er war Student in München. Ich war drauf und dran, zu Bruder Gregor zu gehen und ihn zu fragen, ob er mir nicht seinen Hebbel … oh, Mann, da erinnerte ich mich daran, daß Bruder Gregor gestorben war.

Sagte ich Trauer? Sagte ich Kerzen? Wenn ihr mich in den Glockenturm des Collegiums gelassen hättet, Marko hätte sich an die Strippe gehängt und alles zusammengeläutet, daß es den Leuten in Gleuyn und Hülm und Hommersum in den Ohren gedröhnt hätte!

Okay, ich sage euch etwas. Bruder Gregor war beliebt, aber auf eine Weise, daß man nicht wußte, wie beliebt er war. Er war beliebt, weil er nicht gut strafen konnte, weil ihn das Züchtigen nicht interessierte, weil er in der Lage war, sich um seine eigenen Sachen zu kümmern, statt ständig zu beobachten, was die Schüler taten. Ich glaube, das war es. Er hatte ein eigenes Leben, das mit den Schülern nichts zu tun hatte, und sie spürten, daß ihm dieses eigene Leben etwas bedeutete. Er mußte sich von den Schülern nichts holen, um irgendeine eigene Leere auszugleichen. Deshalb konnte er schon mal an ihnen vorbeigehen, ohne sie mit prüfenden Blicken anzusehen. Manchmal sah er sie *gar nicht.* Und auch das fanden wir gut. Wir wollten nicht gesehen und überprüft und kontrolliert werden, selbst wenn wir uns an die Ordnung hielten. Wir wollten nicht ständig mit der Ordnung leben. Wir wollten sie nicht spüren, nicht wissen, daß sie da ist, nicht erklärt bekommen, daß wir sie erfüllten, sofern wir sie erfüllten. Wir wollten die Ordnung vergessen können.

Obwohl Bruder Gregor sagte, die Ordnung enthebt das Individuum komplizierter Entscheidungen, und das Individuum gibt Freiheit ab, um Ordnung zu gewinnen … obwohl Bruder Gregor solche Sachen sagte, hielt er sich selbst nicht immer daran. In den letzten Monaten seines Lebens hielt er sich gar nicht mehr daran, glaube ich. Er hatte das Interesse verloren, jemanden zu erwischen. Er hatte keine Lust mehr, jemanden zu bestrafen, wenn er je welche gehabt hatte. Und er war unter den Brüdern zu einem *unsicheren Kantonisten* geworden. Meine Meinung.

* * *

Tilo ging es nicht so gut an diesem Tag. Der wichtigste Zeuge fühlte sich lausig. Er belog die Schwatten, um *uns* zu schützen, und er belog alle anderen, um die *Schwatten* zu schützen. Oder ihre Interessen, ihr Spiel. Ich weiß nicht, wie ich es nennen soll. Eigentlich belog er alle, aber auf verschiedene Weisen und ohne daß die jeweiligen Gruppen, die er belog, davon wußten. Er belog alle außer uns. Wir wußten alles. Und deshalb hatten wir Mitleid mit ihm.

Denn es war kompliziert, sein Lügengewebe. Es waren fein abgestufte Lügen, Teilwahrheiten, Auslassungen, halbe Entstellungen, genau kalkulierte Ungenauigkeiten … eigentlich eine Aufgabe für einen frischen Kopf, ein anspruchsvolles Kunstwerk des Lügens, das jemand mögen mußte, um es zu errichten. He, niemand log sich so etwas zurecht ohne starkes Interesse. Aber das war gerade das Problem. Tilo *hatte* kein Interesse an diesem Lügenkunstwerk. Es war ihm zuwider. Sein einziges Interesse daran war, daß er nicht vom Collegium fliegen wollte. Und weil er sich überwinden mußte, ständig die Unwahrheit zu sagen, lief er auch Gefahr, sich in seinem kunstvollen Lügengewebe zu verfangen.

Und dann tauchten Gefahren auf, ihr kennt das ja aus alten Kriminalfilmen. Die dumme Kleinigkeit. Der Schatten, den jemand im falschen Augenblick sieht, der Mantelzipfel, der eine Sekunde zu spät im Aufzug verschwindet. Die Gefahr bestand darin, daß ein Schüler in der Nähe von Bruder Gregors Wohnung Stimmen gehört hatte. Er war sich ganz sicher. Er wußte doch, wie Stimmen klangen. Der Schüler war fest davon überzeugt, aus Bruder Gregors Arbeits- und Wohnzimmer mehrere Stimmen gehört zu haben, mindestens zwei, vielleicht sogar drei. Das fand in den Minuten statt, von denen Tilo sagte, er habe sie neben oder vor Bruder Gregors Leiche verbracht. Und da diese Leiche nach Tilos Angaben im Bett gelegen hatte, also in Bruder Gregors kleinem Schlafzimmer, stellte sich zwangsläufig die Frage, warum in Bruder Gregors Wohnzimmer zwei oder mehrere Stimmen zu hören gewesen waren. Das wiederum führte zu der Überlegung, ob es nicht, Tilo eingeschlossen, mindestens drei, möglicherweise vier Personen gewesen waren, die sich in den Minuten nach dem Frühstück und vor Schulbeginn in der Nähe von Bruder Gregors Leiche aufgehalten hatten. Systematik war hier alles.

Für Tilo wurde die Lage sehr kompliziert. Denn er mußte zwei unabhängige Lügen, die sich ausschlossen, verfeinern und präzisieren. Die Schwatten, die ihn zu einer dieser Lügen angestiftet hatten, begannen plötzlich, eine neue Lüge zu fürchten, eine, die sie weder kannten noch billigten. Und die anderen, die ohnehin schon doppelt belogen wurden, mußten systematisch und mit großer Geschicklichkeit weiterbelogen werden, aber noch raffinierter, wenn es sich irgendwie machen ließ.

Es gibt für solche Fälle eine Verhaltensempfehlung, der unbedingt zu folgen ist, sonst kann man die ganze Lügerei gleich bleibenlassen. Die Empfehlung lautet, stur weiterzulügen und die Wirklichkeit, die das Lügengebäude von allen Seiten umspült, nicht zu beachten. Einfach nicht hinzuschauen. Sich die Ohren zu verstopfen. So zu tun, als wäre nichts.

Das versuchte Tilo. Er schaute nicht hin. Er verstopfte sich die Ohren. Und er tat so, als wäre nichts. Am ersten Tag saß er mit leerem Blick im Silentium und dachte darüber nach, was er wem über die ersten Minuten bei Bruder Gregors Leiche gesagt hatte. Mann, noch nie in seiner langen, aufsässigen, ziemlich gesprenkelten Laufbahn als Schüler hatte er an einem einzigen Tag so oft gelogen.

Kurz vor dem Silentium hatte Bruder Hermann ihn noch einmal gefragt: »Und deine Freunde wissen *wirklich* nichts? Du kannst es mir sagen, Tilo. Ich finde es sowieso heraus. Es ist besser, du sagst es mir jetzt. Es wäre nicht gut, das neue Vertrauensverhältnis zum Präses auf eine Lüge zu gründen.«

Und Tilo hatte gesagt: »Sie wissen nichts. Sie waren doch gar nicht auf der Bude.«

Ihn schwindelte, wenn er an diese Sätze dachte. Und an all die anderen, mit denen er den Präses, Bruder Hermann, Bruder Albertus und auch den Spiritual belogen hatte. Für einen kurzen Augenblick mußte er an seine Mutter denken, aber den Gedanken ließ er gleich wieder fallen. Seine Mutter und ihr mütterlicher Blick waren das letzte, was er sich jetzt vorstellen wollte. Dann schwindelte ihn wieder. Er trank einen Schluck Fanta und machte die Augen zu. Ich sah, wie er die Augen schloß und nachdachte, um die verschiedenen Fassungen, die er von den Ereignissen des Morgens erzählt hatte, zu ordnen. Das war sein Silentium. Tilo war wie ein alter Fußball, der immer noch gegen Hauswände und Garagentore geschossen wurde, obwohl die Luft längst draußen war.

Plötzlich schlug er die Augen wieder auf, kam an meinen Schreibtisch und sagte: »Marko, was war das mit den Einzelgesprächen, die der Präses mit dir und Onni über mich geführt hat? Bruder Hermann sagte was davon. He, was war das? Welche Kooperation habt ihr ihm zugesagt?« Tilo sah angriffslustig aus.

»Kooperation? Keine Ahnung.«

»Ihr hättet dem Präses eure Kooperation zugesagt.«

»Wovon redest du?«

Er sah mich mißtrauisch an. »Du verscheißerst mich nicht, oder? Ich laufe in diesen Tagen Gefahr, von vielen Menschen verscheißert zu werden. Tu mir das nicht an, Marko.«

»Moment«, sagte ich. »Jetzt weiß ich, was du meinst. Es war ein bißchen anders. Vor einem halben Jahr oder so hat mir der Präses gesagt, du übst einen schlechten Einfluß auf mich aus. Und Mann, er hat recht. Du *übst* doch einen schlechten Einfluß auf mich aus. Jeder weiß das. Dein Einfluß ist schädlich. Du korrumpierst mich in jeder Beziehung. Das war mir von Anfang an klar. Und dir ... dir war es auch klar. Stimmt's, Tilo?«

»Mann, willst du mich versch–«

»Ich habe schon damals überlegt, Tilo, ob wir nicht beide in den DKP gehen sollten. Im Ernst. Jetzt kann ich es dir sagen. Der Präses findet, daß der DKP nichts für dich ist, er will dich im DKP nicht haben. Er glaubt, du könntest das DKP-Banner nicht tragen. Aber ich bin da anderer Meinung. Ich habe mit dem Präses lange darüber gesprochen. Ich könnte versuchen, dich beim DKP einzuschleusen. Bist du dabei? Ich gehe vor, und dann hole ich dich herein. Ich bin die Avantgarde des DKP, könnte man sagen. Wir könnten zusammen die Bolschewisten unterwandern. Es gibt noch vier andere Gruppen, gegen die wir ins Feld ziehen sollen, ich habe ihre Namen vergessen. Entweder wir ziehen gegen sie ins Feld, oder wir unterwandern sie. Eins von beiden. Das sind alles verschiedene Gruppen, aber sie gehören zusammen. Würdest du das gern tun, Tilo? Gegen jemanden ins Feld ziehen? Oder jemanden mal so richtig unterwandern? Wir könnten uns unter Mottes Kommando stellen. Motte marschiert im DKP ganz vorne mit! Was meinst du?«

Da lachte er endlich, aber wenig, nicht halb soviel, wie er sonst gelacht hätte. Und er hörte auch sofort wieder auf.

»Und Onni? Was ist mit dem?«

»Tilo, du siehst beschissen aus. Trink noch einen Schluck Fanta.«

»Was ist mit Onni?«

»Er hat mich noch nicht in seine DKP-Pläne eingeweiht.«

»Mann, das Einzelgespräch! Das er mit dem Präses hatte.«

»Keine Ahnung«, sagte ich. »Frag ihn. Er wird dir dasselbe sagen wie ich. Bei Onni sehe ich deinen schlechten Einfluß mit noch größerer Sorge als bei mir. Onni ist sehr leicht beeinflußbar. Hat Jutta nicht so etwas gesagt? Ich meine, Jutta hätte etwas in der Richtung gesagt. Denk darüber nach, Tilo.« Ich klopfte ihm auf die Schulter. »He, Tilo ... Kopf hoch! Das schüttelt sich zurecht.« Ich klopfte ihm weiter auf die Schulter. »Es ist bestimmt bald vorbei, das alles.« Ich hörte nicht auf, ihm auf die Schulter zu klopfen. »Gib der Sache ein paar Tage, Tilo. Laß den ganzen Mist vorüberwehen, okay?«

»*Vorüberwehen*! Du hast leicht reden, Marko. Die drehen mich durch die Mangel. Die lassen nichts von mir übrig. Das weht nicht vorüber!«

»Die Spanier haben dafür ein Sprichwort«, sagte ich. »Der Zeit muß man Zeit geben. Schon mal gehört? Altes Sprichwort aus Granada. In Granada verstehen sie etwas davon.«

»Die sind doch bescheuert in Granada.«

Er ging wieder an seinen Schreibtisch, nahm die Fanta-Flasche, schraubte sie auf, schraubte sie zu ... Er trank immer aus den Literflaschen, er süffelte das Zeug weg wie nichts. Aber nicht jetzt. Tilo wollte irgend etwas tun und wußte nicht, was. Als er sich setzte, sah er immer noch aus wie ein alter Fußball, der zu oft gegen Hauswände und Garagentore geschossen worden ist. Mit abgeschabtem Leder, kaputten Nähten, ein Fetzen, der zu nichts mehr gut war. Ich war mir sicher, am nächsten Tag würde es ihm bessergehen. Aber dieser Tag, an dem die Bergziege die Fersen in den Boden gestemmt hatte und trotzdem hierhin und dorthin geschleift worden war wie ein willenloses Zicklein, dieser Tag war schlimm für ihn.

Ich guckte hoch zu Motte. Normalerweise konnte ich nur seinen Arm sehen, wenn er im Silentium da oben an seinem Schreibtisch saß. Jetzt sah ich den ganzen Kopf. Motte guckte zu uns runter und machte seinen Lino-Ventura-Mund. Er sah aus, als hätte er schon länger so geguckt. Wir haben noch etwas zu tun, sagte der Mund. Wir müssen einen aufrichten, der gebrochen ist.

* * *

»Margret Coenen.«

Münzen rutschten durch den Schacht.

»Margret? Ich bin's.«

»Marko?« Sie senkte die Stimme. »Marko, bist du wahnsinnig, hier anzurufen?! Mein Vater erschlägt mich. Ich hab dir doch die Nummer von Sabine gegeben …«

»Margret, ich hab wenig Zeit. Hier ist was passiert.«

»Was ist passiert?« In der Leitung wurde es still. Margret war ein Mädchen, das warten konnte.

»Ein Erzieher ist gestorben, mein Religionslehrer. Heute morgen. Mann, es kommt mir vor, als wäre es schon ganz weit weg. Es ist … schrecklich, Margret. Ich mochte ihn. Bruder Gregor.«

»Wie furchtbar, Marko. War er alt? Ich meine, war er dran …?«

»*Dran*? Margret, er war Anfang Vierzig, ich weiß nicht, vielleicht fünfundvierzig, ich weiß es nicht genau, er sah nicht mehr jung aus, aber er hätte noch nicht sterben müssen! Nein, er war noch nicht dran … Es ist alles so idiotisch … Oh, Mist …«

»Marko, Marko, nicht … He! Nimm es dir nicht so zu Herzen. Ich wäre jetzt gern bei dir. Ich könnte dich festhalten. Und ich würde dich nur ganz vorsichtig küssen …«

»Margret, ich kann morgen nicht ins Jugendheim kommen. Erst wieder am nächsten Dienstag, okay? Ich muß morgen etwas Wichtiges tun. Da sind Dinge zu regeln.«

Ich hörte sie atmen. Ich hörte, wie sie überlegte, ob sie ein bißchen mit mir schimpfen durfte, weil ihr Freund sie gleich bei der ersten ordentlichen Verabredung nach dem ersten ordentlichen Kuß versetzen wollte. »In Ordnung«, sagte sie. »Sag mir wegen Dienstag noch mal Bescheid. Ruf bei Sabine an.«

»Margret. Du fehlst mir …«

»Du fehlst mir auch, Marko. Komisch, wie schnell das geht. Es geht mir ein bißchen *sehr* schnell.« Sie seufzte. »Wie sehr fehle ich dir denn, Marko?«

»Oh, Mann, du fehlst mir … du fehlst mir wahnsinnig … He, ich möchte dich wieder küssen. Ich möchte dich wieder küssen, Margret. Es könnte sein …«

»Was, Marko?«

Ich hielt den Hörer und lauschte der kleinen Frage nach. »Es könnte sein, daß du mir das Küssen noch mal beibringen mußt. Die Grundlagen, Margret. Es ist jetzt schon zwei Tage her, und von morgen bis Dienstag sind es noch mal vier Tage. Weißt du noch? Man darf am Anfang nicht aus der Übung kommen.«

Margret lachte. »Keine Sorge, ich zeig's dir noch mal ganz von vorn! Ruf bei Sabine an. Und nimm's dir nicht so zu Herzen … das mit dem Priester. Der arme Mann. Bis dann, Cowboy.«

Ein warmer Strom ging mir durch den Bauch. »Bis dann, Margret.«

Ich ging nach draußen, ließ die Holztür gegen die Fassung krachen und sah hoch zum Maihimmel, der Bruder Gregor so gefallen hatte. Gestern noch! Sicher hatte er bei diesem Himmel oft an die Callas gedacht und die gute Luft, die sie für ihre sublimen Augenblicke einatmete. Wenn sie den Menschen in der Oper vor einer künstlichen Burg oder an einem unechten Bach das Leid nahebrachte.

Ich ging langsam zurück, Richtung Fischteich, und hielt auf dem Weg eine kurze Rede an das Waschhaus.

Du altes Waschhaus! sagte ich. Schreckliche Dinge sind passiert, wir wissen nicht, warum und wieso. Niemand will erfahren, warum Bruder Gregor gestorben ist. Niemand will Fragen stellen oder Bücher lesen. Es sieht so aus, als wollte niemand die Wahrheit wissen. Ich drehe mich wie ein Rad! Vielleicht … vielleicht *gibt* es ja keine richtige Wahrheit. Aber ich verspreche dir, du altes Waschhaus, daß ich suchen werde. Ich werde suchen!

So sprach ich.

* * *

Wenn ich sagen sollte, was der nächste Morgen brachte, dann würde ich sagen, er brachte Totenstille. Sie sank mir wie ein Bleigewicht ins Herz.

Ich sagte es zu Motte auf dem Schulweg. »Hier stimmt etwas nicht, Motte. Es ist unnatürlich ruhig. Warum ist es so ruhig?«

»Es ist Freitagmorgen, Mann, da ist es ruhig. Außerdem ist es auf dem Collegium *immer* ruhig. Moment …«

»Was, Motte?«

»Moment. Ich hab's. Ich weiß jetzt, was du meinst.«

»Was meine ich, Motte?«

»Du meinst die Stille. Weißt du, was das für eine Stille ist?«

»Danach fragte ich gerade, Motte. Ich nannte die Stille Ruhe. Aber du kannst die Ruhe auch Stille nennen. Nenn sie, wie du möchtest. Sag mir nur, was mit ihr los ist. Warum sie falsch ist.«

Dann sagte er es mir. Es war die Stille eines Ortes, der einen Menschen begraben und vergessen will. Die gespenstische Ruhe eines Ortes, an dem die Erinnerung an einen Menschen nicht mehr fortleben darf. Deswegen wird man ihn so schnell wie möglich verbannen, sein Bild nicht mehr beschwören, die Fotos gegen die Wand drehen oder abnehmen, seinen Namen nicht mehr nennen und ihn aus den Büchern tilgen, seine Kleider verschenken, die Möbel verkaufen, die Erinnerungen an ihn nur noch nachts freilassen, wenn sie sich zu den Schatten im Kreuzgang gesellen oder mit den Geräuschen der alten Wände verschmelzen, mit dem Wispern, das der Wind macht, wenn er von oben in den Schwesternfriedhof greift, oder mit dem Nagen sehr kleiner Tiere …

Das war die Stille des Collegiums an diesem Freitag morgen. Das Collegium wollte Bruder Gregor abschütteln, loswerden, hinter sich lassen. Wir spürten es. Und wir fragten uns, was das mit uns zu tun hatte.

* * *

»Sie wollten schon Clemens Nippermann abschütteln und loswerden«, sagte Jan Spans. »Aber sie hatten einen Grund. Er war ein Störenfried. Brachte alles in Unordnung. Die Leute waren froh, als er ging, auch wenn die Umstände ihnen peinlich waren. An Agnes, die Magd, dachte niemand. Alle waren froh. Außer Bruder Gregor.«

Ich war in der großen Pause zum Häuschen von Jan Spans geschlendert, so unauffällig, wie sich verbotene Dinge machen lassen, wenn man sich nicht mehr um Verbote schert. Ich wollte nicht bis zum Nachmittag warten. Ich war mir nicht sicher, ob ich ihn am Nachmittag antreffen würde. Wir gingen ein paar Schritte zu den Schweineställen.

»War es das, was Sie gemeint hatten? Daß er sinkt? War es das?«

»Was ich gemeint habe.«

»War es das, Jan Spans?«

»Ich weiß nicht, was ich gemeint habe. Es gibt so viele Arten, zu fallen. Zu sinken. Auf der Strecke zu bleiben.« Er sah mich an, als müßte er wirklich nachforschen, was er damals gemeint haben könnte. »Sagte ich *sinken*, Marko?«

»Ja. Und noch mehr. Die verirrten Kugeln für den, der aufrecht steht. Sie hatten recht, verdammt. Es ist genau so gekommen. Wann war er zum letztenmal bei Ihnen? Irgendwann nachts? Haben Sie etwas geahnt?«

»Ein wenig, vielleicht. Ja. Er sah sehr schlecht aus. Es ging ihm schlecht. Er ...« Jan Spans suchte nach dem richtigen Wort. »Er bereitete sich vor.«

Ich betrachtete die kleinen, häßlichen Augen der Schweine, die muskulösen Schenkel, das struppige Fell ... »*Bereitete sich vor!* Sagen Sie mir, was Sie damit meinen. Meinen Sie seine Bücher?«

»Die auch. Die auch ...«

Ich hatte Lust, ihn an seinem Hemd zu packen, ihn noch einmal zu schütteln, wie damals, als noch nichts gefährlich war und nichts drängte ...

»Jan Spans. Es ist ernst. Die Schwatten verschweigen, daß er sich umgebracht hat. *Sie* wissen es. *Ich* weiß es. Die Schwatten wissen es auch, aber sie schweigen. In der Schule redet kein Mensch mehr ein Wort über Bruder Gregor. Mann, er ist gestern gestorben! Heute, in den ersten drei Schulstunden ... es war, als hätte sich der Stille Ozean über seiner Leiche geschlossen. Er ist auf Grund gesunken, viertausend Meter tief, fünftausend, zu diesen bunten Fischen, die man nur im Zoo sieht. Es ist, als wäre er nie gewesen. Der Leinensack fällt, die Wasseroberfläche schließt sich. Das Schiff fährt weiter. Ich glaube, die Lehrer beteiligen sich daran.«

»Woran, Marko? Woran beteiligen sich die Lehrer?«

»Daran, Bruder Gregors Selbstmord zu verschleiern. Ihn zu verheimlichen. Gestern hörten wir ›Herzversagen‹. Wir wissen, daß es gelogen ist. Am Montag ist die Beerdigung, aber nicht hier. In Coesfeld. Das war's. Ich sehe den Lehrern in die Augen und kann es nicht glauben. Jan Spans, sagen Sie mir, daß es nicht wahr ist. Er war ihr *Kollege*! Der Kollege Religionslehrer. Sie müßten sich Fragen stellen. In dem Alter stirbt einer nicht *einfach so*! Auch nicht, wenn er aussieht wie sein eigenes Gespenst. Von einer körperlichen Krankheit habe ich nie ein Wort gehört. Sie vielleicht? Dann sagen Sie es mir. Klären Sie mich auf, damit ich endlich abziehen und die Klappe halten kann. Oh, Mann. Ich würde gern hören, was im Lehrerzimmer gesprochen wird.«

»Nichts. Was glaubst du? Nichts wird im Lehrerzimmer gesprochen. Wenn im Internat nichts gesprochen wird, wird im Lehrerzimmer auch nichts gesprochen. Schweigen hier bedeutet Schweigen dort. Wußtest du das nicht, Marko?«

»Jan Spans.« Ich sah ihn an. »Wissen Sie noch, als ich Sie gebeten habe, mir zu helfen? Letzten Winter? Manche Menschen brauchen einen Begleiter, haben Sie damals gesagt. Jetzt brauche ich Ihre Hilfe. Sie müssen mir etwas geben. Und Sie wissen, was das ist.«

* * *

In der sechsten Stunde, nach dem Physikunterricht, zogen Motte und ich zum wilden Heiligen, dann weiter über den Collegiumsweg. Es war für Untersekundaner verboten, aber manche machten ihre Spaziergänge während der Schulzeit, wenn sie freihatten, und scherten sich nicht darum, daß sie das Schulgelände nicht verlassen durften. Normalerweise ging ich in die Bibliothek. Heute konnte oder wollte ich nicht. Ich ertrug die Stille nicht.

Bis zum Mittagstermin in der Schädelstätte blieben uns fünfzig Minuten. Wir hatten vor, eine Bruder-Gregor-Gedächtniszigarette zu rauchen. Das Wetter wurde immer schöner, man konnte zusehen. Und ich dachte daran, daß ich Margret bald wieder küssen würde. Am Dienstag! Wir würden uns etwas warmküssen und dann zu großer Form auflaufen. Bei dem Gedanken, daß Bruder Gregor niemanden gehabt hatte, den er küssen konnte, wurde ich traurig. Warum hatte ich bisher noch nicht daran gedacht?

»Hör mal, Motte.« Wir marschierten in Richtung Kiesberg. »Seine Bücher. Ich habe sie mir ein bißchen angesehen.«

»Was ist mit ihnen? Warum hast du sie überhaupt geklaut?«

»Weil sie von seinem Thema handeln. Selbstmord.«

Motte blieb stehen. »Sie handeln von … *Selbstmord*?«

»Ja. Er hat sich damit beschäftigt. Er hatte verschiedene Bücherstapel, hast du sie nicht gesehen? Mit Stichworten darauf, Misanthropie, Verneinung, solche Sachen. Alle Stichworte führten zum Selbstmord. Ich habe gestern abend angefangen, in den Büchern zu lesen, Motte. Ich meine, das hätte er vielleicht gewollt, meinst du nicht? Daß jemand sich mit seinen Themen beschäftigt? Wir haben immer über Bücher gesprochen …«

Motte starrte mich an. »Marko. Bist du wahnsinnig?«

»Wieso? Was ist denn los?«

»Oh, Mann … Marko, wenn das einer sieht, dann steckst du so tief in der, also, darüber … Mann, darüber habe ich noch gar nicht nachgedacht! Die Bücher sind die einzige Spur, die dich mit seinem Selbstmord verbindet! Ist dir das klar? Und wenn sie *dich* mit seinem Selbstmord verbindet, dann auch *mich*! Die Bücher gehören dir nicht. Du hast sie gestohlen! Bruder Hermann weiß doch, wie eng wir mit Tilo sind. Die halten doch nur still, weil wir uns nicht rühren! Marko, ist dir das klar? Die beobachten uns! Eine falsche Bewegung, und wir sind geliefert.«

»Motte, hör mal. Diese Bücher sind wichtig …«

»Diese Bücher kosten uns Kopf und Kragen! Komm, wir müssen sofort zu unserer Bude zurück. Du mußt sie verschwinden lassen. Bevor sie die Bude filzen.«

»Keine Bruder-Gregor-Gedächtniszigarette?«

»Vergiß die Bruder-Gregor-Gedächtniszigarette.«

»Motte, warte. Motte!« Ich hielt ihn fest. »Warte. Erinnerst du dich an den alten Robinson Crusoe? So ist die Furcht vor der Gefahr tausendmal erschrecklicher als die Gefahr selbst, und wir fühlen das Gewicht der Angst bei weitem schwerer als das gefürchtete Unglück! Erinnerst du dich daran?«

»Was soll das, du Affe? Hat dir dein Defoe wieder ins Gehirn gesch–«

»Motte, warte, verdammt! Diese Bücher … von diesen Büchern gibt es in seinem Zimmer vierzig, fünfzig, ich weiß nicht, wie viele. Einen riesigen Stapel. Hast du den Stapel nicht gesehen? Den Selbstmord-Stapel auf dem Boden? So hoch. Weißt du, was sie mit diesem Stapel tun werden? Sie lassen ihn verschwinden. Sie geben die Bücher weg, vernichten sie, versenken sie im Stillen Ozean. Ich weiß es. So wie ihn. Moment, Motte, laß mich ausreden!« Ich zog ihn zurück, Richtung Pferdewiese, Richtung Kiesberg. »Ich habe von diesem Stapel nur zwei Bücher. Dazu einen Band Seneca. Bruder Gregor hat mir den Seneca mal geliehen. *Über die Vorsehung*. Seneca ist … er ist keine *Spur*. Und die anderen Bücher hätte Bruder Gregor mir ebenfalls leihen können. Das hat er doch dauernd gemacht. Motte! Werd jetzt nicht nervös. Wer nervös wird, macht Fehler.«

»Mir paßt das nicht, Marko. Dem alten Motte paßt das nicht. Man steckt doch nicht drin. Was weiß ich, was die Schwatten vorhaben!«

»Ich bin es ihm schuldig, Motte. Hörst du? Das kann ich nicht vorüberwehen lassen. Das schüttelt sich nicht zurecht. Jemand muß lesen, was er gelesen hat. Ich werde heute nachmittag wieder in diesen Büchern lesen. Und heute abend, morgen, am Wochenende. Ich bin die Geheimnisse leid, verdammt.«

»Marko?« Er packte mich an beiden Schultern, rüttelte mich, schüttelte mich … »Marko. Bruder Gregor war verzweifelt. So klar, so einfach. Er wollte nicht mehr leben. Das ist sein Geheimnis.« Er sah mich grimmig an, damit ich wußte, daß er jedes Wort genauso meinte, wie er es gesagt hatte. »Er war ein unglücklicher Mensch. Er wollte nicht mehr leben. Das ist alles. Er konnte nicht mehr.«

»Vielleicht hast du recht«, sagte ich. »Ich glaube ja nicht, daß ich etwas finde. Ich will nur … ein bißchen suchen. Das hätte er gewollt. Ich werde suchen. Du darfst mich nicht daran hindern, Motte. Systematik ist alles, weißt du noch?«

»Nein, das weiß ich nicht mehr. Ich weiß etwas anderes.«

»Was?«

»Vergeblichkeit. Verzweiflung und Vergeblichkeit. Da hast du Bruder Gregors Anfang und Ende.«

Wir rauchten die Bruder-Gregor-Gedächtniszigarette gleich dort, in Sichtweite des Collegiumswegs. Wir waren sie ihm schuldig, ihm und uns. Wir rauchten sie mit zusammengekniffenen Augen, die Hand am Patronengurt. Und wir beschlossen, ihm bei den dichten Büschen hinten am Kiesberg einen kleinen Gedenkstein zu setzen. Wo wir damals unseren Tabak versteckt hatten. Drei Steine, sagten wir. Das ist sein Ort. Wir nennen ihn Drei Steine.

»Alter Indianername«, sagte ich, »wußtest du das?«

»Ich wußte es nicht«, sagte Motte. »Aber ich habe es gespürt. Tief drinnen habe ich es gespürt.«

20 *Ich unternehme eine Nachtwanderung. Ich entdecke Bruder Gregors Leseblock. Kurzer Schlaf in einem kalten Bett. A Full Inquiry into the Subject of Suicide. Und diejenigen, welche man ißt?*

Und dann ging ich den Weg, den Tilo vor langer Zeit einmal gegangen war, tapp, tapp, tapp, nachts auf nackten Füßen, in der Nacht der Gallier und Römer. Der Nacht der Tränen, des Schluchzens. Er war neugierig gewesen, er hatte etwas gehört. Was, das würden wir vielleicht nie erfahren.

Auch ich mußte den Weg nachts gehen, weil ich am Tag nicht ungestört gewesen wäre. Ich ging um zwei Uhr morgens, zu einer sicheren Zeit, oh, so sicher, weil Bruder Gregor nicht mehr bei uns war! Weil niemand mehr über den Büchern saß und ein Licht brennen ließ, das unter dem Türspalt hindurchkroch, um den Flur zu erhellen.

Eigentlich hätte ich nicht gehen dürfen. Die Tür des Toten war abgeschlossen, der Tote nicht mehr da. Seine Sachen warteten auf Abholung. Bruder Gregor hatte ein paar Angehörige in Coesfeld, auch in Münster, aber niemanden am Niederrhein, soweit ich wußte. Einer hatte von einer Schwester erzählt, aber vielleicht hatte er etwas verwechselt, denn ein anderer wollte beschwören, daß Bruder Gregor keine Geschwister gehabt hatte und daß seine Eltern schon vor langem gestorben waren. Deswegen war er so früh zum Collegium Aureum gekommen und gleich geblieben, es wurde zu seinem Zuhause, er konnte sich gar keinen anderen Ort mehr vorstellen als unser Collegium. Ich fragte mich, was Bruder Gregor in den Schulferien immer gemacht hatte. Diese lange Zeit, drei Monate im Jahr, wenn seine Schützlinge fort und die

Klassenräume leer waren. Wenn die Aufgabe, die sein Leben war, ruhte.

»Was er an Stärke besaß, kam aus dieser Aufgabe. Aus euch.« Jan Spans hatte mich lange angesehen, als er das sagte. »Dann aus Gott. Erst die Aufgabe. Dann Gott.«

»Aber er hatte es doch, beides. Für lange Zeit. Warum mußte er sinken?«

»Warum, warum. Du fragst immer, warum, Marko. Sieh hin. Dann begreifst du vielleicht das Ob. Es ist schwierig genug. Ich komme gar nicht bis zu deinem Warum.«

»Sie wollen mich nicht verstehen, Jan Spans. Er war da, als Nippermann und die Halslose hier waren ...«

»Agnes«, sagte Jan Spans. »Sie heißt Agnes. Ich habe ihren Spitznamen nie gemocht. Manche nannten sie Agnes, die Magd.«

»Agnes, meinetwegen. Bruder Gregor war hier und hat miterlebt, was geschehen ist, wurde überrascht wie die anderen, als die beiden plötzlich verschwunden waren und die Koffer mitgenommen hatten. Dieses seltsame Paar. Das hieß, sie waren für immer fort. Sie würden nicht wiederkommen. Und Bruder Gregor blieb zurück. Okay, er war enttäuscht. Aber es ging ihm doch gar nicht um Agnes, die Magd, es ging ihm doch um Clemens Nippermann? Seinen Freund?«

»Natürlich. Der hatte ihn verlassen. Er hatte sich noch nicht einmal verabschiedet.«

»Freunde gehen auseinander«, sagte ich. »Irgendwann sehen sie sich wieder, wenn sie Freunde sind. Das ist die Probe.« Aber was ich dachte, war: Hatte *er* sich verabschiedet, als er ging? Hatte *er* sich verabschiedet?

»Clemens war sein Verbündeter«, sagte Jan Spans. »So habe ich ihn verstanden. Clemens tat, was andere nicht taten. Bruder Gregor entfernte sich ja von der Ordnung des Collegiums, jeder sah es. Clemens war mutig genug, die Ordnung ganz von vorn zu denken. Dann in Frage zu stellen. Dann umzukehren. Allein konnte Bruder Gregor das nicht tun. Er war unvollständig ohne Nippermann. Aber er konnte auch nicht fortgehen. Es ist kompliziert, Marko. Er hätte gehen müssen. Er konnte es nicht.«

»Ist *er* gemeint, Nippermann, im *Buch der Ordnungen*? Wo es heißt, daß manche die Ordnung des Collegiums nicht verstanden? Sie wissen doch, diese schwammige Stelle …? Wie die Ordnung funktioniert und so weiter? Wo am Ende alles in sein Gegenteil umschlägt?«

»Vielleicht. Ich müßte nachsehen. Diese Sachen im *Buch der Ordnungen* haben mir nicht so gefallen. Ich finde es interessanter, wenn es von Menschen erzählt. Was Menschen tun. Das interessiert mich. Nicht so sehr, warum. Nein, Marko. Mich interessiert, daß sie es tun.«

* * *

Und warum tappte ich jetzt durch den dunklen Flur, durch den ich gar nicht hätte gehen dürfen? Die Tür des Toten war abgeschlossen, seine Sachen warteten auf jemand anderen. Kennt ihr den Spruch des alten Robinson Crusoe? Ungeduldig, wie ich war, wollte ich lieber meiner Einbildungskraft als meiner Vernunft folgen. Das war mein Spruch. Er galt für so vieles. Auch für das, was ich jetzt tat.

Auf halber Strecke des Flurs blieb ich stehen. Ich sah wenig, aber wie Tilo damals hatte ich Orientierung. Es stimmte, was er über die Gerüche gesagt hatte. Auch ich wußte genau, wann ich an Ollis Zimmer vorbeiging, auch ich erkannte den Fußballmief von Veele oder die Lederklamotten von Ludger, dem Drummer. Ich ging weiter, tapp, tapp, der Flur war nicht mein Flur, nachts hatte ich nichts im zweiten Stockwerk zu suchen, hier war nicht meine Bude, nicht mein Klo, jeder, der mich hier sähe, würde sich die Augen reiben und sagen, he, Marko, was machst du hier? Brauchst du Hilfe? Aber Marko brauchte keine Hilfe. Marko hatte nur ein paar lästige Fragen, die sich nicht verscheuchen ließen. Wie Schwärme von Sommermücken blieben sie immer bei mir, nah am erhitzten Körper. Es gab nur radikale Lösungen für sie, und die radikale Lösung trug ich in der Hand.

Ich hatte Angst gehabt, der Schlüssel könnte Krach machen, aber er war leise und sanft, ein Qualitätsstück aus der Werkstatt von Jan Spans. Als sich die Tür von Bruder Gregors Wohnung öffnete, hielt ich inne und spitzte die Ohren. Dann hinein und leise die Tür geschlossen. Vorsichtig schaute ich mich um, richtete die Taschenlampe auf die Bücherregale, dann auf den Schreibtisch und in den Papierkorb. Die Schwatten hatten natürlich alles untersucht. Der Papierkorb war leer. Der Schreibtisch, geräumt. Ich probierte die beiden Schubladen. In der linken lag eine Büroklammer.

Ich ging zurück zu den Büchern und prüfte in Ruhe die Ordnung. Links die Literatur, weiter rechts die historischen, philosophischen und theologischen Werke. Ich sah Rankes *Weltgeschichte* in vier alten braunen Bänden. Ein Lesezeichen steckte im vierten Band. Ich zog ihn heraus und las mit der Taschenlampe im Maul, sie war zu groß, aber so hatte ich es in Filmen gesehen: *Sechzehnter Vortrag (vom 11. Oktober 1854): Wenn man fragt, warum der Protestantismus nicht zum vollständigen Siege gelangte* … hmm … na ja … *Dazu kommt, daß durch die vollkommene Beseitigung des phantasievollen Teiles des Gottesdienstes etwas aus dem Ritus hinweggefallen war, was vielleicht der Erhaltung würdig war.* Hmm … vielleicht nicht ganz mein Gebiet. Zurück mit Ranke.

Ich sah einen Zettel in einem hellgrünen Band aus Loebs Classical Library. Bruder Gregor hatte die Alten im Original und daneben auf deutsch, englisch, französisch und italienisch gelesen. Er sagte: Man muß die Editionen vergleichen, die Übersetzungen vergleichen, das Verstehen vergleichen, die Mißverständnisse vergleichen und die Fehler vergleichen.

Dann kann man begreifen, wie die verschiedenen Länder die Alten lesen. Auf welchem Niveau sie der Überlieferung treu bleiben. Auf welchem Niveau sie die Überlieferung verraten.

Ich griff den grünen Aristoteles aus dem Regal und schlug den Band dort auf, wo der Zettel steckte. Die Schrift *On Length and Shortness of Life* war gelesen und mit Anmerkungen versehen worden. Das Datum lag drei Monate zurück. Ich blätterte ein bißchen. Ein Pferd lebt nicht so lange wie ein Mensch. Die langlebigsten Wesen finden sich unter den Pflanzen, zum Beispiel die Dattelpalme. Interessant. Tiere mit Blut sind langlebiger als Tiere ohne Blut. Landtiere leben länger als Seetiere. Solche Sachen.

On Sleep and Waking, die Schrift hatte Bruder Gregor auch gelesen. Am Anfang überlegt Aristoteles: Gehören Wachen und Schlafen zur *Seele* oder zum *Körper*? Keine schlechte Frage, wenn ihr mal darüber nachdenkt. Ich blätterte und suchte nach seinen kleinen Pfeilen, die er benutzte, um wichtige Stellen zu markieren.

Bruder Gregor hatte für seine Marginalien vier Arten von Pfeilen verwendet: den Pfeil ohne Schaft, den Pfeil mit Schaft, den Pfeil mit doppeltem Schaft und den Pfeil als geschlossenes Dreieck, ohne Schaft. Das war ein gleichseitiges Dreieck, das mit einer Spitze zur Buchzeile zeigt. Vier Arten von Pfeilen. Und er zeichnete sie immer mit Bleistift. Das Datum am Ende des Buches dagegen (bei schwierigen Autoren auch am Ende des Kapitels) wurde immer mit blauem oder rotem Buntstift geschrieben. Ein Muster, warum hier rot oder dort blau, konnte ich nicht erkennen.

Insgesamt fand ich Aristoteles mäßig unterhaltsam, das muß ich sagen. Manche Sachen, die darinstanden, waren längst überholt. Oder glaubt ihr, daß wir einschlafen, weil die Nahrungsaufnahme Hitze und diese dann Dampf erzeugt, welcher feste und flüssige Teile des Essens durch die Blutgefäße nach oben zum Kopf bringt? Daß diese Sachen dort oben dann abgekühlt und zusammengepreßt werden, wodurch im Kopf Wärme entsteht, bis die gut abgekühlten Elemente wieder nach unten sinken und so? Das konnte doch kein Mensch mehr glauben. Und als ich mir das Ganze noch mit dem Speisezettel der Schädelstätte vorstellte, einer knallharten schwarzen Blutwurst zum Beispiel oder einem goldbraun panierten Fettläppchen, mußte ich Old Aristotle schnell ins Regal zurückstellen, sonst hätte mich an Ort und Stelle das Erbrechen überfallen, und dann hätte ich Bruder Gregors Kloschüssel doch noch benutzt. Da schlug es schon drei Uhr. Ich nahm die schwere Taschenlampe aus dem Maul und legte mich auf den Boden.

Das tat gut. Ich streckte die Arme aus, schloß die Augen und dachte über die Bücher nach, die Bruder Gregor in seinem Leben gelesen hatte. Die Seiten, die er umgeblättert, die vielen Male, die er geatmet, geseufzt oder gehustet hatte. Oder sogar über einem Buch eingeschlafen war. Die Jackenärmel, die er zurechtgezupft, die Bleistifte, die er gespitzt, den Füllfederhalter, den er zugeschraubt hatte, nachdem eine Anmerkung in einen seiner Notizblöcke gewandert war, seinen *Leseblock*, wie er ihn nannte …

Moment. Wo war der Leseblock? Wo war sein *Leseblock*?

Ich sprang nicht auf, sondern dachte nach. Vielleicht war der Leseblock in der Schublade gewesen. Aber das glaubte ich nicht. Noch weniger glaubte ich, daß Bruder Gregor ihn offen auf dem Schreibtisch liegengelassen hatte. Irgendwie konnte ich mir nicht vorstellen, daß Bruder Gregor gehen wollte, ohne sich zu verabschieden. Wahrscheinlich *mußte* er gehen, sofort, in diesem Augenblick. Vor kaum vierzig Stunden. Und er hatte einfach keine Zeit mehr gehabt, irgend jemandem Bescheid zu sagen oder an irgend jemanden zu denken. Der arme Mann. Das hatte Margret gesagt. Der arme Mann …

So lag ich auf dem Boden und dachte nach. Ich kann euch die Übung nur empfehlen. Legt euch mal auf den Boden und betrachtet alles von unten. Sofort verändern sich die Gegenstände. Die Decke zum Beispiel verwandelt sich in eine Wand. Ihr seht auf die Decke, wie ihr sonst immer auf die Wand guckt. Zum erstenmal bemerkt ihr die Oberfläche dieser Decke, den Farbton, den Staub in den Ecken, wo sich bei manchen Leuten Frau Spinne aufhält und ihre stille Arbeit tut … Dafür werden die Wände ganz nebensächlich. Wenn ihr auf dem Boden liegt und nach oben schaut, sind die Wände egal. Schaut zur Seite und wartet ab, was geschieht. Dreht nur den Kopf, aber richtig, so daß die Augen dicht über dem Boden liegen. Die Fläche vor euch, am besten altes Holz mit Kratzern und Narben, verwandelt sich in eine Landschaft. Ein Gelände, das man erobern könnte. Ihr erinnert euch an euer Kinderzimmer. An den Unterschied zwischen Etwas-Sehen und Nichts-Sehen. Wie es war, im Dunkeln zu warten. Wie es war, mit den Gegenständen allein zu sein. Plötzlich seht ihr Gegenstände, die unter den Tisch oder hinter einen Stuhl gefallen sind, ihr seht die Wollmäuse bedrohlich nahe vor euren Augen, die feine Staubschicht, die Spuren, die ein Schuh oder ein Stuhlbein durch den Staub gezogen hat …

Und dann sah ich den Leseblock. Er war unter der Schreibtischplatte halb unter einem schmalen Brett verborgen. Es reichte, den Schreibtisch von unten zu sehen. Ich stieß mich mit den Füßen langsam vom Boden ab und rutschte auf dem Rücken näher. Ich wollte zum Schreibtisch *rutschen.* Wie lange ich das schon nicht mehr getan hatte. Ich rutschte, rutschte … und während ich den Arm ausstreckte, um den Block herauszuziehen, dachte ich: Ich habe Bruder Gregor nicht um Erlaubnis gefragt. Ich habe ihn nicht gefragt, he, kann ich mir mal Ihren Leseblock ausleihen? Ich möchte etwas über Sie in Erfahrung bringen. He! Ich möchte wissen, was Ihnen durch den Kopf ging, als Sie es taten. Als Sie planten, was Sie nachher taten. Ob Sie überhaupt etwas planten. Ob Sie nachgedacht haben, Bruder Gregor, wie Sie es mir immer gesagt haben. Abstraktion! Nicht vergessen, Systematik ist alles. Man muß das Problem nicht nur von mehreren Seiten betrachten, man muß zunächst anerkennen, daß das Problem mehrere Seiten *hat.* He, Bruder Gregor! Was wird mir Ihr Leseblock dazu sagen?

Dann zog ich den Block heraus. Postkartenformat. Ich blätterte im Liegen, wieder mit der Taschenlampe im Maul. Einer, der im Sommer auf der Wiese liegt und mit einem Blümchen spielt, so ungefähr. Bruder Gregors kleine Schrift füllte mehr als die Hälfte des Blocks, ein paar Dutzend Seiten. Ich sah Anführungszeichen, kurze Einträge, Seitenzahlen, eine Menge Fragezeichen. Eine ruhige Hand. Am Fuß der Seite war sie immer ein bißchen *gesunken.*

Da stand: »Es kommt alles darauf an, was einer *ist*; was er *tut*, wird sich daraus von selbst ergeben als ein notwendiges Korollarium. Sch III, 623.« Eine Zeile freigelassen, darunter: »Wir leben noch so, wie Sch. damals schrieb – daß ›nicht allein die Natur zu allen Zeiten nur höchst wenige wirkliche Denker als seltene Ausnahmen hervorgebracht hat; sondern diese wenigen selbst stets auch nur für sehr wenige dagewesen sind. Daher eben behaupten Wahn und Irrtum fortwährend ihre Herrschaft.‹ Sch III, 612.«

Den Rest hob ich mir für später auf, es war anstrengend mit der Funzel zwischen den Zähnen. Ich stand auf, langsam, langsam, weil ich mich schwindlig fühlte nach den Minuten am Boden. Langsam aufstehen … sich am Regal abstützen … nachdenken, aber langsam …

Fragt mich nicht, wieso ich mich in Bruder Gregors Bett legte. Ich wünschte, ich könnte es euch sagen. Ich ging eben ins Schlafzimmer und legte mich hinein. Das Bett, in dem er nicht gestorben war. Es war abgezogen, ein kaltes Bett wie während der Ferien, wenn sich kein Schüler im Collegium aufhielt und die Aufgabe der Schwatten ruhte, aber die Matratze war noch da, hochgestellt, wie es die Putzfrauen taten, wenn sie die Matratzen einmal in der Woche einen Vormittag lang lüfteten. Ich legte sie wieder flach.

Bruder Gregor hatte nur die graue Einheitsmatratze des Collegiums benutzt, wie die Schüler, ein leichtes, dünnes Ding, zwei Meter lang und achtzig Zentimeter breit. Ich legte mich darauf und sah zur Decke. Den Leseblock hatte ich mir unter den Gürtel geschoben. Nicht die Augen schließen, sagte ich mir. Nicht die Augen schließen! Trotzdem mußte ich ein bißchen geschlafen haben, denn als ich zu mir kam, schlug es vier Uhr. Und der Gedanke, mit dem ich aufwachte, war die Zeitschrift. Bruder Gregor hatte sie damals aus einem Schülerzimmer geholt und in seinen Oberschrank gesteckt, bevor wir über Bücher sprachen. Sicher ein versautes Magazin. Nippermann hatte doch eine große Szene gemacht, die mit einem Pornomagazin zu tun gehabt hatte? Die Szene, mit der er sich außerhalb der Ordnung gestellt hatte, vor Bruder Hermann, vor Bruder Gregor und anderen …? Bilder, Sätze, unklare Erinnerungen fluteten durch meinen Kopf. Jetzt verband ich die beiden Teile. Bruder Gregor hatte ein Magazin erbeutet und einfach verschwinden lassen. Erst jetzt fiel mir auf, daß ich nie wieder davon gehört hatte.

Ich stand auf, nahm im Arbeitszimmer den Stuhl und stieg darauf. Der Oberschrank war leer. Ich stellte mich auf die Zehenspitzen. Hinten links sah ich etwas. Der Oberschrank war so hoch, daß man sich auf einen hohen Stuhl stellen mußte, um richtig hineinzugucken. Ich zog die Taschenlampe aus der Hosentasche und richtete sie in den Schrank. Etwas Buntes, das glänzte. Oh, Mann, wenn das die Pornozeitschrift war … dann mußte ich sie verschwinden lassen. Die Leute würden vielleicht denken, sie hätte Bruder Gregor gehört.

Warum der Stuhl umkippte und mich nach unten krachen ließ, kann ich euch leicht erklären. Mir wurde schwindlig da oben. Ich verlor einfach das Gleichgewicht. Wahrscheinlich stand ich schon sehr weit vorn auf der Sitzfläche, als ich mich auf die Zehenspitzen stellte, um in den Oberschrank hineinzusehen, und als ich mich weiter und weiter nach vorn reckte und mit gestrecktem Arm nach dem Magazin greifen wollte, wußte ich gar nicht mehr, was meine Füße taten. Da wurde mir schwindlig. Und das nächste, was ich begriff, war, daß ich auf dem Boden saß. Es hatte nicht weh getan, ich rieb mir nur den Ellenbogen. Aber der Lärm war riesig gewesen. Ich saß da, tat keinen Mucks und lauschte in die Nacht. Oh, Boy, wenn mich hier einer fände, wäre ich geliefert.

Es ist nicht wahr, daß es meistens so schlimm kommt, wie es eben kommen kann. Oft blieben unsere Taten auf dem Collegium Aureum ja unentdeckt. Es war die Ausnahme, gepackt zu werden, so wie es die Ausnahme war, in den Graben zum Schlammausheben zu müssen. Aber eine dieser Ausnahmen war jetzt gekommen. Ich merkte es nicht sofort. Nachdem ich eine Weile reglos auf dem Boden gehockt hatte, um jedem gespitzten Ohr und jedem mißtrauisch geöffneten Auge Zeit zu geben, sich zu beruhigen, knipste ich die Taschenlampe wieder an, sah mich um und dachte darüber nach, wie ich besser an den Oberschrank herankäme. Merkwürdig, daß ich nicht erschrak, als ich plötzlich schwere Schritte hörte, die sich näherten. Merkwürdig, daß ich völlig ruhig blieb, als die Tür aufging und die massige Silhouette von Bruder Hermann im Türrahmen erschien. Ich mußte die ganze Zeit an ihn gedacht haben. Das Licht ging an und blendete mich.

»Marko …« Er schnaufte hörbar. Aber leise wie eine Maus schloß er die Tür. »Marko.« Er kam näher. »Du erlaubst …?«

Er stellte den Stuhl auf die Beine und setzte sich darauf. Der Stuhl ächzte. Bruder Hermann sah auf mich herunter. Er atmete schwer, ob vor Ärger oder Anstrengung, wollte ich lieber nicht wissen.

»Es ist vier Uhr morgens, Marko. Was machst du hier?«

»Ich habe etwas gesucht.«

»Du hast etwas gesucht. Was hast du gesucht?«

»Ein Buch.«

»Welches? Vielleicht kann ich dir helfen.«

»Hebbels Tagebücher. Bruder Gregor wollte sie mir leihen.«

Bruder Hermann schaute zum Bücherregal. Er brauchte nur wenige Sekunden. »Da vorn, siehst du? Kleist, Hebbel, Keller … siehst du?«

»Das ist Hebel, Bruder Hermann. Ich meinte Hebbel.«

»Hebel, Hebbel …« Er reckte sich etwas, um besser sehen zu können. »Ich bin ganz sicher, daß ich hier mal Hebbel gesehen habe.« Er kniff die Augen zusammen, so daß sie aus seinem Gesicht ganz verschwanden. »Da! Ich wußte es doch! Die beiden dunkelblauen Bände, siehst du? CHV? Das sind Hebbels Tagebücher.« Er zeigte nachlässig darauf, als wüßte er genau, daß es darauf nicht ankam. »Aber dieser Hebel, der andere, hat der nicht *auch* Tagebücher geschrieben?«

Ich schüttelte den Kopf.

»Na, ich bin sicher, er hat auch Tagebücher geschrieben. Die meisten dieser Schriftsteller haben Tagebuch geführt, weißt du. Gut, jetzt hast du erst mal *Hebbels* Tagebücher, danach kümmerst du dich um die Tagebücher der anderen, wenn du willst.« Er stand auf. »Hier, nimm den ersten Band mit und bring ihn in drei Tagen wieder. Die Bücher werden bald abgeholt. Bruder Gregors Angehörige kommen, um sie abzuholen.«

Der Stuhl ächzte wie ein geschundener Sklave, als Bruder Hermann sich wieder setzte.

»Nachdem das geklärt ist, könntest du eigentlich ins Bett gehen. Möchtest du das, Marko? Vorhin hat es vier Uhr geschlagen.« Seine schlaflosen Augen blitzten. Sicher hatte er um diese Zeit nicht viel Gesellschaft. Für ihn war unser Gespräch eine Abwechslung. »Ich meine, ich hätte vorhin diesen Stuhl fallen hören, Marko. Und dort oben. Der Oberschrank. Hast du gedacht, Hebels Tagebücher lägen dort oben?«

»Nein … nicht direkt.«

»Ist dort oben noch etwas, das dich interessiert?«

»Eigentlich nicht …«

»Das überrascht mich nicht. Weil der Schrank leer ist. Er wurde geleert. Übrigens frage ich mich, wie du hineingekommen bist. Ich habe die Wohnung gestern abgeschlossen. Ich erinnere mich genau.«

Ich gab mir drei, vier Sekunden, um mich zu entscheiden. Sollte ich ihn anlügen? Unbedingt! Ich *mußte* ihn anlügen. Aber welche Lüge sollte es sein? Sollte ich sagen, die Tür war offen? Ich traute ihm zu, daß er mich filzte, und dann wäre ich reif gewesen. Nein, den Schlüssel konnte ich nicht verschweigen. Die Frage war nur, woher ich ihn hatte …

»Hat Bruder Gregor dir einen Schlüssel gegeben, Marko? Du weißt, daß das höchst ungewöhnlich ist. Und eigentlich nicht vorgesehen. Ich weiß, daß er, nun … dir vertraut hat. Das weiß ich gut. Er hielt große Stücke auf dich. All das weiß ich. Aber es darf nicht zu Mißbrauch f… Marko, bitte … Marko. Ich mache dir keinen Vorwurf. Bitte! Du mußt doch nicht gleich …! Komm! Nimm es dir nicht so zu Herzen … hier, das Taschentuch …«

»Geht schon.« Ich schneuzte mich in aller Ruhe und beschloß, noch ein Weilchen den Tiefverletzten zu spielen.

»Würdest du mir den Schlüssel geben? Bitte.«

Ich ließ ihn warten.

»Es wird nicht gewünscht, daß Schüler einen Schlüssel haben. Du mußt ihn abliefern. Du darfst nicht mehr in dieses Zimmer, Marko.«

Er lehnte sich vorsichtig zurück, bis er das Holz seufzen hörte, und verschränkte die geöffneten Hände vor dem Bauch, so daß sie eine Schale bildeten. Als wollte er mich um etwas zu essen bitten.

»Bruder Gregor wohnt hier nicht mehr«, sagte er. »Verstehst du? Bruder Gregor kommt nicht zurück. Der Herr hat ihn zu sich genommen. Ich möchte, daß du versuchst, einen Sinn darin zu sehen. Manchmal läßt Gott Dinge geschehen, deren Sinn sich uns nicht sofort erschließt.«

»Das ist gut formuliert, Bruder Hermann, wirklich. Das hat Tiefe. Meine Schwester hätte es nicht besser formulieren können. Sie hat aufgehört, nach dem Sinn zu suchen, weil die Dinge in den letzten fünfzehn Jahren keinen Sinn ergeben haben. Sie denkt, dann ergeben sie in den nächsten fünfzehn Jahren auch keinen Sinn. Aber manchmal … manchmal läßt Gott eben Dinge geschehen, deren Sinn sich uns nicht sofort erschließt. Alle Dinge sagen zu ihm O!«

»Du bist jetzt traurig und mutlos, Marko, und vielleicht bist du auch zornig auf den Herrn. Gott kennt das von uns. Manche Menschen sind zornig auf Gott, wenn er nicht das tut, was sie gern hätten. Aber Gott baut darauf, daß wir uns ihm wieder zuwenden und versuchen, in allem einen Sinn zu sehen. Das erwartet er auch von dir.«

Ich nahm das zerknüllte Taschentuch vom Mund. »Das ist nicht so einfach, Bruder Hermann, wissen Sie. *Lucilius, du hast mir die Frage gestellt: Warum, wenn eine Vorsehung die Welt lenkt, widerfährt guten Menschen soviel Unglück?* Wie gefällt Ihnen das?« Ich griff in die Hosentasche, vorsichtig, damit der Leseblock nicht aus dem Bund rutschte. »Hier. Der Schlüssel.«

Er ließ ihn in seine Jackentasche gleiten. »Du erinnerst dich an unser Gespräch, Marko, als dir unwohl war. Ich bin mir nicht sicher, ob ich dir damals den Ernst von Bruder Gregors Lage so vermittelt habe, wie er sich dem Präses und mir darstellte.«

»Doch, haben Sie. Ich muß ins Bett.«

»Du kannst immer zu mir kommen, wenn du Fragen hast. Oder Kummer. Ich spüre doch, wenn du Kummer hast.« Sein Gesicht sah weich aus, rund, als hätte es jemand langsam in die Breite gezogen, ohne Bruder Hermann weh zu tun. »Auch über Literatur spreche ich gern, obwohl ich nicht ganz so ein Bücherwurm bin, wie unser Bruder Gregor einer war. Was für ein Bücherwurm … nicht zu bremsen, immer mit der Nase über den Seiten. Ich weiß, daß du dir seinen Tod sehr zu Herzen nimmst. Wir schauen auf zum Herrn und fragen ihn, wie wir weitermachen sollen. Wir bitten um Rat. Und er sagt es uns. Nicht sofort, Marko. Aber er sagt es uns, wenn wir auf ihn vertrauen. Geh jetzt schlafen.«

* * *

Samstag und Sonntag waren Tage zum Verschnaufen. Am Samstag hatten wir nur vier Schulstunden, und der Mittagstermin in der Schädelstätte war schon um halb zwölf, was das Elend nicht besser machte, sondern nur den Abstand zwischen Mittagselend und Abendelend vergrößerte. Aber es hieß auch, daß die Mittagsfreizeit länger dauerte. Aus dem üblichen *Zwei*stundennachmittag des Collegium Aureum wurde ein *Vier*stundennachmittag, und irgendwie veränderte sich dadurch alles, das Licht, die Luft, alles. Nicht in der Wirklichkeit, nur in unseren Köpfen.

Ich habe euch ja schon von der Samstagsstimmung auf dem Collegium erzählt. Normalerweise hätte ich an so einem Samstagnachmittag im Mai Lust gehabt, mit den anderen zu Käte Janssen zu pilgern und mir den Genuß des Tabaks zu gewähren. Oder ich hätte bei dem Kind anrufen können, Sabine, um vielleicht einen kleinen Schwarzausgang nach Hassum zu riskieren und meine Freundin Margret zu besuchen. Sie war ja jetzt meine Freundin. Ich hatte sie noch nie an einem Samstag geküßt. Mann, der Tanz in den Mai lag gerade mal eine Woche zurück, und wieviel war seitdem passiert. Der Schnitt auf meinem Bauch, den Söffis Messer hinterlassen hatte, verheilte schon.

Aber ich konnte nichts von alldem tun, nicht an diesem Samstag. Ich sah zu, wie Tilo und Motte nach dem Essen zu Onni rübermarschierten, hörte ihre Stimmen auf der Treppe, die Signale zum Aufbruch, hörte auch noch Olli und Ralle, wie sich sich zu irgend etwas verabredeten. Dann nahm ich die drei Bücher aus meinem Schrank, schnappte mir den Leseblock, den ich hinter meiner E. T. A.-Hoffmann-Ausgabe versteckt hatte, und kletterte auf der Hühnerleiter nach oben, *chez* Motte. Ich hatte ihm gesagt, es ist besser, wenn ich die Sachen oben lese, damit mich keiner überraschen kann, und er hatte gesagt, mach das.

Ich verbrachte mit Bruder Gregors Büchern gut drei Stunden, danach konnte ich nicht mehr und mußte eine Pause einlegen. Ich sage euch auch, warum. Die beiden schweren braunen Bände, die ganz oben gelegen hatten, sie hießen genauso, wie es auf Bruder Gregors Zettel stand: *A Full Inquiry into the Subject of Suicide.* Geschrieben hatte sie ein gewisser Charles Moore, und er hatte sie 1790 veröffentlicht. Mir fiel ein, daß Bruder Gregor von ihm gesprochen hatte, nur hatte ich eben keine Ahnung gehabt, ob er von Muhr oder Moure oder Moore sprach, man hört ja die Schreibung nicht mit. Und dann verstand ich auch, warum Bruder Gregor noch vom Duellieren und Spielen geredet hatte, denn das Buch von diesem Moore, ich schreibe euch die Zeilen mal genauso ab, wie sie in Bruder Gregors Nachdruck der Erstausgabe von 1790 standen, das Buch hieß also mit vollem Titel:

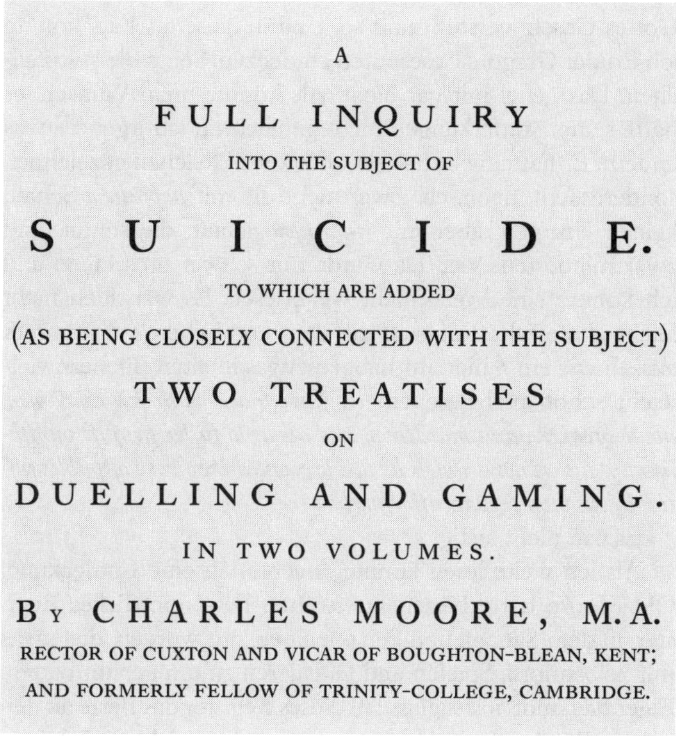

A

FULL INQUIRY

INTO THE SUBJECT OF

SUICIDE.

TO WHICH ARE ADDED

(AS BEING CLOSELY CONNECTED WITH THE SUBJECT)

TWO TREATISES

ON

DUELLING AND GAMING.

IN TWO VOLUMES.

BY CHARLES MOORE, M.A.

RECTOR OF CUXTON AND VICAR OF BOUGHTON-BLEAN, KENT;

AND FORMERLY FELLOW OF TRINITY-COLLEGE, CAMBRIDGE.

Ihr könnt euch denken, daß ich mich nicht gern in dieses Werk versenkte, aber ich durfte nicht kneifen. Allein die Inhaltsangabe war neun Seiten lang. In Chap. I definiert Old Moore erstmal, was Selbstmord ist. In Chap. II nennt er ein paar Ursachen, ich überfliege das jetzt für euch, um euch ein ungefähres Bild zu geben. In Chap. III spricht er vom Antrieb zum Selbstmord und inwiefern der Selbstmord immer ein Leben von Sünde und Verderbtheit beschließt. In Chap. IV geht es um etwas anderes, das lasse ich beiseite. Dann ist Part I zu Ende, und es beginnt Part II, Chap. I. Und so weiter und so weiter, hier, das ist jetzt Part II, Chap. II, warum Selbstmord gegen

Gottes Gesetz verstößt und so. Und in diesem Chap. konnte ich Bruder Gregors Lesespuren entdecken. Seine Bleistiftpfeilchen. Das gefiel mir gar nicht. Als könnte mein Wunsch, er hätte seine Anmerkungen nicht gemacht, noch irgend etwas ändern. Er hatte nicht nur ein oder zwei Pfeilchen gezeichnet, sondern acht, neun, elf. Zwar nicht die mit *doppeltem* Schaft, keinen einzigen, aber mit *einfachem* Schaft, die schon, und zwar mindestens vier. Da wurde mir schwer ums Herz, und ich konnte eine Weile nicht weiterlesen. Es war auch nicht leicht, dieses alte Englisch mit dem komischen *s*, das immer aussah wie ein *f*, hier, ihr habt so etwas in alten Büchern vielleicht schon mal gesehen: ... *furrounded with highway-men, houfe-breakers, and murderers, and about to fuffer the juft punifhment of his crimes – unlefs he has prevented the ftroke of public juftice by his own private affaffination* ...

Es war nicht lustig.

Als ich weiterlesen konnte, machte ich eine Entdeckung. Old Moore hatte hinten im zweiten Band ein dickes Register, in dem Sachen und Personen genannt wurden, die etwas mit Selbstmord, Spielen und Duellieren zu tun gehabt hatten. Eigentlich muß ich sagen, daß dieses Register das Beste an den beiden Bänden war. Also, es war natürlich nicht *gut*, aber es war irgendwie *interessant*, und manchmal war es auch so wüst in den Tag hineingepoltert, wie Old Lessing sagen würde, daß man sich schön ärgern konnte, wenn man dazu aufgelegt war, sich zu ärgern. Old Lessing kam in dem Register übrigens nicht vor, aber Old Goethe mit den *Sorrows of Werther*.

Dort im Register konnte ich jetzt alle großen Namen durchgehen, die etwas zum Selbstmord gesagt oder geschrieben hatten, ich nenne nur ein paar. Old Aristotle, mit dem ich mich ja schon beschäftigt hatte, kommt bei Moore dreimal vor, und einmal, sagt Moore, schreibt Aristoteles sogar ausdrücklich etwas gegen den Selbstmord, und zwar in der *Ethik*, Buch fünf. Sehr nützlich, dieser Moore. Er vergleicht auch die Tode von

Sokrates und Cato und sagt, der von Sokrates war nobel, sanft und ruhig und alles, während der von Cato wüst und häßlich gewesen sein muß, der Diener hätte kaum hingucken können. Es ist eben etwas anderes, sagt Moore, ob einer in Ruhe ein Getränk zu sich nimmt, um seiner Philosophie und seinem Gott nicht abschwören zu müssen, oder ob einer sich ein Schwert in den Bauch stößt und sich dann, weil das Schwert nicht ausreicht, auch noch mit den Händen die Gedärme aus dem Leib zieht, damit sein Leben ein Ende hat. So eine *Szene voller Ekel und Schrecken*, sagt Moore, findet er nicht gut.

In Vol. I, Part IV, Chap. VIII bringt Moore ein paar schöne Beispiele zu Selbstmorden großer Männer der Antike, und er teilt sie ein in 1) selbstsüchtige, 2) als notwendig angesehene und 3) selbstlose Selbstmorde, welche nämlich um des Wohls anderer willen erfolgten. Hannibals Selbstmord zum Beispiel, der ziemlich gut wegkommt, fällt wohl unter 2). Von den großen Rednern Athens nennt Old Moore Isokrates und Demosthenes, die sich auf verschiedene Weise den Tod gaben. Leider war Demosthenes *felfifh*, sagt Moore, das heißt selbstsüchtig, und das fällt unter 1).

Von all diesen Vorwürfen und dem ganzen Sündengefuchtel bekam ich eine schwere Birne. Ich kenne das bei mir. Aber ich blätterte noch ein bißchen in Moores Register, ich war es Bruder Gregor schuldig. Ich entdeckte Dr. John Donne, der *(though a ferious well-wifher to the caufe of Chriftianity)* in einer Beziehung noch schlimmer war als David Hume mit seiner Schrift *On Suicide*, über die Ende des achtzehnten Jahrhunderts alle Rechtgläubigen herfielen, weil er, Dr. Donne, der Meinung war, daß das Alte und das Neue Testament den Selbstmord nicht verbieten. Schlimmer, er glaubte sogar, sagt Old Moore, unter bestimmten Umständen ist Selbstmord erlaubt. Welche Umstände das sind, sagt Moore nicht. Da störte mich gewaltig. Oder *sagte* er es …? Vielleicht sagte er es, und die Buchstaben schwammen nur vor meinen Augen langsam davon wie bunte Fische, die in den Tiefen des Ozeans leben.

Wißt ihr, was dann mit mir geschah? Ich mußte die beiden dicken Bände sofort zuklappen, um mich nicht zu übergeben. Ein lahmes Gefühl zog mir durch den Magen, kroch Richtung Brust, belauerte meine Atmung, bis ich die Bände ganz wegschob und mich auf Mottes Bett legte, mit offenem Mund und offenen Augen wie ein kranker Fisch. Ach! machte ich laut. Ach! Ach! Aaaaahhh! So lag ich ziemlich lange. Zwischendurch lauschte ich auf die fernen Geräusche, die von den paar Leuten gemacht wurden, die nicht nach draußen zu Käte Janssen oder über die Grenze in eine holländische Kneipe gegangen waren, den Stubenhockern, den Trägen und den Einzelgängern. Ein Motiv war so gut wie das andere, fand ich, um die dunklen Flure zu bevölkern. Mir kam es nur darauf an, nicht mehr ach!, ach! sagen zu müssen. Und ich wollte mich auch nicht so gern in Mottes Bett übergeben.

Dann wurde ich ruhiger, ich spürte es. Ich hörte die Turmuhr schlagen.

He, sagte ich. Oowokakee. Hörst du mich?

Stille.

Oowokakee! Melde dich!

Ich höre dich.

Oowokakee, wohin gehen diejenigen, welche sterben?

Sie gehen zu Benamukee.

Und diejenigen, welche man ißt?

Auch.

* * *

Ich konnte an diesem Nachmittag nicht mehr in Bruder Gregors Leseblock lesen, so dringend ich meine Studien auch vorantreiben mußte. Ich schlug seinen Leseblock auf, sah einen Satz von Hebbel aus den Tagebüchern und klappte den Leseblock sofort wieder zu. Der Satz lautete: *Mag Selbstmord Feigheit sein: Viele kommen vor Feigheit nicht einmal zu dieser Feigheit.*

Ich ging nach unten und nahm einen tiefen Schluck aus Tilos Fanta-Pulle. Dann schlich ich wieder nach oben, rollte mich auf Mottes Bett zusammen wie eine alte Katze und schlief, bis die anderen kamen.

21 *Onni zwingt mich zu einem Abendspaziergang. Acht Finger. Wie die Alten über den Selbstmord dachten. Ich schreibe mehrere Zettel. Ich bitte den Herrn um Wahrhaftigkeit.*

»He, Marko.« Onni drängelte sich von hinten heran, zog mich weg von der Schädelstätte und redete leise auf mich ein. »Marko. Mach eine Pause. Keine Bücher mehr. Wie viele Stunden hast du heute gelesen? Drei, vier? Dazu die beiden Stunden im Silentium, hat Motte mir gesagt. Sechs Stunden. Mach eine Pause.« Er zog mich weiter von den Horden weg, die aus der Schädelstätte drängten. »Komm mit mir nach draußen, wir machen einen Spaziergang. Ich bin verabredet. Ich will dich dabeihaben. Ein bißchen gute Abendluft soll dich durchströmen.«

»Ich kann nicht, Onni. Das sind noch ein paar Sachen, die ich lesen muß.« Ich machte mich los. »Kennst du Lecky?«

»Gehört der zu deinen Kannibalengöttern?«

»Nein, Lecky hat den Selbstmord in der europäischen Moralgeschichte im Zus–«

»Schscht!! Bist du wahnsinnig?« Onni krallte mir die Hand in die Schulter. »Nicht hier!«

Wir gingen durch den Kreuzgang wie zwei, die zu spät zu einem Termin kommen. Ich dachte, ich gehe mit ihm bis zur Kirche, dann schüttele ich ihn ab. Aber Onni ließ sich nicht abschütteln. Er legte die Hand auf meine Schulter, als müßte er mich führen. Dann begriff ich, daß er mich wirklich festhalten wollte. Für den Fall, daß ich renne.

»Marko«, sagte er, »warte. Komm zur Ruhe. Motte hat mir gesagt, wie gefährlich das ist. Du kannst diese Bücher nicht im

Silentium lesen. Du kannst auch nicht über sie reden. Wenn Bruder Hermann dich packt, seid ihr geliefert. He, meine Verabredung würde sich freuen, dich zu sehen. Komm mit an den Kiesberg. Ich will meiner Verabredung Drei Steine zeigen.«

Ich sah ihn an, die lachenden Zähne, die schmalen Augen. »Hat Motte dir davon erzählt ...? In Ordnung, eine kleine Runde. Du und ich, wir haben noch keine Bruder-Gregor-Gedächtniszigarette geraucht.«

Bei jedem Schritt fragte ich mich, was ich tun sollte, bei jedem einzelnen Schritt von der Schädelstätte durch den Kreuzgang, dann raus auf den Marmorplatz, über die erste Collegiumsbrücke, am Häuschen von Jan Spans vorbei, am wilden Heiligen vorbei ... Bei jedem verdammten Schritt fragte ich mich, was ich tun sollte. Nein, was ich tun *würde.* Ich fragte mich nämlich nicht, ob es richtig war. Sondern nur, ob ich es tun würde. Und wann. Ich brauchte eine Gelegenheit.

»Seit wann hast du denn Verabredungen am Kiesberg, Onni? Und warum machst du so ein Geheimnis daraus?«

Er lachte verlegen. »Wirst du sehen.«

Ich staunte nicht schlecht, als ich das rote Mädchenfahrrad sah. Und dann erkannte ich Monique aus der Schuhfabrique. Komisch, daß ich sie an der *Haltung* erkannte. Sie drehte uns halb den Rücken zu und guckte mit einer Aufmerksamkeit, die ich mir nicht erklären konnte, auf den Kiesberg. Vielleicht dachte sie über Herrenschuhe und Kinderschuhe nach.

Sie wandte sich uns zu, als sie uns hörte. Aber es war nicht mehr dieselbe Monique. Die dicken Brillengläser waren noch da, die ihre Augen groß und rund machten. Die Haare waren noch so ähnlich wie damals, als wir mit dem Ungeduschten und Frauke und Petra in der Eisdiele gesessen hatten, und die Haut war auch noch gut. Aber ein Ausdruck von Trauer und Härte war jetzt in Moniques Gesicht gekommen, den ich nicht kannte. Dann sah ich die Bandage an ihrer Hand.

»Hallo«, sagte sie. »Onni sagt, hier trefft ihr euch, um zu rauchen.« Sie sah mich an. Prüfte, ob ich hart genug war.

Onni sagte: »Monika hatte mal Lust vorbeizukommen. Zu Hause fällt ihr die Decke auf den Kopf.« Er guckte in die Ferne, als müßte er seltene Vögel entdecken.

»Ich komme auch hierher«, sagte ich, »wenn mir in unserer alten Bude die Decke auf den Kopf fällt. Ein guter Ort, um Ruhe zu haben. Eine zu dampfen. Über die seltsame Verfaßtheit des Lebens nachzudenken. Mann, was für eine Verfaßtheit, ich kann dir sagen. Da vorn …« Ich zeigte auf das Gebüsch neben dem Kiesberg. »Onni sagt, du wolltest Drei Steine sehen. Komm mit.«

Wir gingen zum Gebüsch, wo Motte einmal unseren Tabak versteckt hatte, viele Sprossen auf der Zeitleiter zurück. Da lagen die drei fetten Steine.

»Seht ihr? Das ist die Stelle. Bruder Gregor kannte sie nicht. Aber jetzt sage ich mir einfach: Er kennt sie. Weil wir sie ihm verraten haben. Indianer geben sich ihre Geheimnisse weiter und bewahren sie gemeinsam. Er ist doch einer von uns. Wir rauchen die Zigaretten hier in seinem Namen. Und er hat nichts dagegen. Ich meine, es ist kein Verstoß gegen die Ordnung. Wir tun es zu seinem Gedächtnis, okay?«

Wir setzten uns auf den Boden, Onni in die Mitte, und drehten Zigaretten. Monika nahm sich eine Marlboro.

»Was hast du mit deiner Hand gemacht?«

»Dieser Priester«, sagte Monika. »Onni hat mir erzählt, daß ihr ihn gern hattet.« Sie atmete heftig. »Daß ihr ihn wirklich mochtet, hat er mir erzählt.« Sie steckte sich die Marlboro an, zog kräftig, einmal, zweimal, stieß den Rauch aus, nahm wieder zwei Züge. »Ist das wahr?«

»Natürlich ist das wahr«, sagte ich. »Was denkst du? Wenn Onni es dir erzählt hat, ist es wahr.«

Monika rauchte wieder gierig, sah in die Ferne … Dann begannen ihre Schultern zu zittern.

»Monika«, sagte ich, »was ist los? Was hast du ...? Onni, ich glaube, es geht ihr nicht so gut.«

Da drehte sie mir das Gesicht zu, und ich sah, daß sie weinte. Die ersten Tränen waren schon an den Mundwinkeln vorbei und hatten das Kinn erreicht. Onni saß mit gequältem Gesicht daneben.

»Onni«, sagte ich. »Mann, tu was.« Aber er saß nur da und sah verzweifelt aus. Ich stand auf, packte Onni unter den Achseln, setzte ihn dicht neben Monika und legte seinen verdammten Arm um ihre Schultern. »Monika. Was ist passiert?«

Sie schüttelte wieder den Kopf. Ihr Rücken zitterte. Aber sie ließ keinen Schluchzer entweichen.

»Verdammt, warum sagst du nicht ...«

»Sie hat zwei Finger verloren«, sagte Onni. »Das ist passiert. In der Schuhfabrik. Und sie hat ihre Stelle verloren. Das ist passiert.« Onnis Arm lag auf ihren Schultern wie ein toter Fisch. »Eine Maschine hat verrückt gespielt. Sie behaupten, Monika war daran schuld.« Er hatte sich nicht zu mir umgedreht, während er das sagte. Ich setzte mich ins Gras. Aber sein Blick suchte schon wieder nach seltenen Vögeln. »Sie hält es zu Hause nicht mehr aus.«

»Oh, Mann ... was für ein Mist.«

»Das kannst du laut sagen.«

»Was für ein Riesenmist.«

Monika führte die bandagierte Hand an die Stirn, senkte den Kopf und weinte ohne ein Geräusch. Ich machte Onni ein Zeichen. *Brille.* Dann sah ich ihn so böse an, wie ich konnte. *Brille!* Er kapierte es nach einigen Sekunden, aber er war so langsam, daß ich Lust gehabt hätte, ihm in den Hintern zu treten, auf dem er saß. Immerhin rutschte er jetzt noch ein Stückchen näher an Monika heran, drängte sich vernünftig an sie und setzte ihr die Brille ab. Das machte er gut, als hätte er schon dreißig Mädchen die Brillen abgesetzt. Monika sah ihn kurz an, ihre Augen waren schön, die Wangen naß, sie wunderte sich vielleicht und fragte sich, was jetzt kommen sollte. Ohne zu gucken, reichte Onni die Brille zu mir nach hinten. Dann beugte er sich nach vorn und küßte ihr das Gesicht. Die Augen, die Wangen. Und dann küßte er sie auf den Mund. Ich hörte es etwas zu laut schmatzen und war drauf und dran, ihm zwei, drei Tips zu geben. Onni hielt den Kopf jetzt im richtigen Winkel schräg. Ich legte Monikas Brille, ein wirklich schweres Ding, auf Onnis Tabak. Nach einer Weile stand ich auf, streckte die Beine und ging ein paar Schritte. Onni und Monika beachteten mich nicht. Gut, dachte ich, die jungen Tiere haben es geschafft. Sie können jetzt allein weiter.

Als ich an die Pferdewiese kam, sah ich jemanden an der Koppel stehen, die Arme aufgestützt, die schwarze Wollmütze auf dem Kopf. Es war der Vagabund. Normalerweise hing er nicht bei unseren Pferden rum, aber jetzt schien er gekommen zu sein, um über etwas nachzudenken. Aus seinem Mund quoll der Rauch seines billigen Krauts.

»Er mochte sie«, sagte er und nickte zu den Pferden hinüber. Er wandte mir das Gesicht zu. Jetzt erst sah ich, wie hell seine Augen wirklich waren, groß und klar wie die eines Mädchens. Was immer er sich mit seinem Vagabundenleben kaputtgemacht hatte, die Augen waren jung.

»Wer?« Ich ging näher, aber er drehte sich wieder um und stützte die Arme auf den Zaun. »He, wer mochte sie?«

Der Vagabund rauchte und guckte weiter den Pferden zu. Er hatte die Schultern hochgezogen, als wäre ihm kalt oder so was, er trug ja auch diesen schweren grauen Mantel, der viel solider aussah als die alten Vagabundenklamotten, die er sonst so anhatte. Irgendwann zog er laut den Rotz hoch, sammelte Spucke und schickte ein Maulvoll auf die Wiese. Ein Pferd in seiner Nähe schaute hoch. Interessiert. Der Vagabund grummelte etwas. Schüttelte den Kopf, grummelte noch etwas.

»Also«, sagte ich.

Der Vagabund nickte und warf seine Kippe auf die Wiese. Das Pferd schaute nicht mehr hoch.

* * *

Ich sah Onni um kurz vor neun, als er auf unsere Bude kam. Die Geschichte mit Monika war noch nicht alt. Die Telefonnummer hatte er vom Ungeduschten bekommen, und der hatte sie von Frauke, obwohl er und Frauke nicht mehr zusammen waren. Sie waren jetzt gute Freunde, sagte der Ungeduschte. Nach dem Tanz in den Mai hatte Onni bei Monika den ersten Anruf gewagt, weil er sich gesagt hatte, he, warum muß er ein neues Mädchen kennenlernen, wenn er eins kennt, das ihn interessiert? Er war blöd gewesen, monatelang zu warten. Monikas Brille fand er jetzt gar nicht mehr so schlimm. Es kommt ja immer darauf an, wer sie trägt, sagte Onni. Und beim Küssen hatte Monika die Brille auch nicht auf. Das dachte Onni schon, als er sie noch nie geküßt hatte. Daß sie beim Küssen bestimmt keine Brille trug.

Als sie sich das erstemal trafen, war gerade die Sache mit den Fingern passiert, Ringfinger und kleiner Finger. Onni sagte, eigentlich hätte es ihn abhalten müssen, etwas mit Monika anzufangen. Wer hatte denn eine Freundin mit acht Fingern? Erst die Brille, dann die acht Finger. Aber irgendwie konnte er sie nicht in Ruhe lassen, das wußte er schon, als er nach dem ersten Anruf das alte Telefonhäuschen verließ. Monika hatte am Telefon nicht geweint, sagte er, obwohl er sofort spürte, daß sie Lust dazu gehabt hätte. Das gefiel ihm. Sie hätte gern geweint, tat es aber nicht, weil sie Onni am Apparat hatte, und sie kannte ihn noch nicht so gut. Also schluckte sie den Kloß im Hals herunter und biß die Zähne zusammen.

»Mann, die Frau ist hart im Nehmen. Stell dir mal vor, dir fehlen zwei Finger. Das merkst du jeden Tag. Beim Schreiben, beim Zähneputzen. Ich will gar nicht darüber nachdenken.«

»Moment, Onni. Es ist die *linke* Hand.«

»Das ist es ja gerade. Monika ist Linkshänderin.«

»Oh, Mann …«

Am nächsten Tag, als ich in Bruder Gregors Seneca las, mußte ich viel an Monika mit den acht Fingern denken. Ist ein Körper vollständig, dem ein Bein und eine Hand fehlen? Oder die Ohren oder gleich der ganze Kopf? Ist ein Körper vollständig, dem zwei Finger fehlen? Ich überlegte, wen ich kannte, dem wirklich etwas fehlte, ein Körperteil, ein Organ, solche Sachen. Ich ging meine sechs Jahre auf dem Collegium Aureum durch. Irgendwie waren alle vollständig gewesen, wenn ich den Goldschmied mit dem Armstumpf mal beiseite lasse, damals, an meinem ersten Sonntag auf dem Collegium Aureum, von dem bis ans Ende aller Zeiten ein paar Reste in meinem alten Gehirn bleiben werden. Irgendwie waren alle vollständig. Na ja, einer aus meiner Klasse hatte eine schlimme Hautkrankheit gehabt und mußte nachts weiße Handschuhe tragen. Ein anderer war Epileptiker, aber er bekam seine Anfälle nicht so oft wie die Leute bei Dostojewskij, und ich hatte auch nie Schaum vor seinem Mund gesehen.

Kurz vor dem Sonntagsmittagessen kam ich in Senecas »Über die Vorsehung« an die Stelle: *Verachtet den Schmerz: Er wird gelöst oder erlöst euch. Verachtet den Tod: Er macht mit euch ein Ende oder bringt euch anderswohin. Verachtet das Schicksal: Keine Waffe habe ich ihm gegeben, mit der es eure Seele verwunden kann.*

Ich las weiter, Seite 39, es wurde immer klarer und lauter. *Deswegen habe ich von allen Dingen, die ich als euch unentbehrlich ansah, nichts leichter gemacht als zu sterben.* Ich las weiter, weiter, es waren nur noch ein paar Sätze, einer deutlicher als der andere, eine Aufforderung zum Sterben, keine Angst zu haben, den kleinen Schritt zu gehen, denn es war nur ein kleiner Schritt, der leichteste Schritt von allen, ein Weg ohne Hindernisse, dort vorn, eine Tür, die man nur zu öffnen brauchte. *Jeder*

Augenblick, jeder Ort soll euch lehren, wie leicht es ist, der Natur aufzukündigen und ihr Geschenk ihr vor die Füße zu werfen.

Vielleicht das ganze Leben, dachte ich. Das ließ sich leicht werfen, wie ein Paket. Aber wenn ich an Monikas fehlende Finger dachte, wurde mir flau. Das ganze Leben war abstrakt, die beiden Finger nicht.

Es schlug zwölf Uhr, Zeit fürs Mittagessen, aber ich vergaß die Schädelstätte. Das triste Sonntagsrind mit Leipziger Allerlei, die muffige Nußecke in der Papiertüte konnte ich der Schädelstätte aufkündigen und ihr vor die Füße werfen. Ich durfte mit dem Lesen nicht aufhören. Denn jetzt kamen die Beispiele, Seneca war groß in Beispielen. Er fand sie mit Leichtigkeit, eines nach dem anderen, und er türmte zehn aufeinander, damit es auch die Dümmsten kapierten. *Die wohlgenährten Stiere stürzen von einer kleinen Wunde, und Tiere von großer Kraft schlägt ein Hieb von Menschenhand nieder. Ein schmales Messer zerschneidet die Muskeln des Nackens, und ist das Gelenk, das Kopf und Hals verbindet, eingeschnitten worden, bricht diese große Masse zusammen.*

Ich las langsam und gab jedem Bild Zeit, vor meinen Augen zu entstehen. Ich sah einen wohlgenährten Stier, wie er in Zeitlupe stürzt. Staub wirbelt auf, aber langsam, Erdbrokken fliegen, der Rumpf schlägt schwer auf den Boden und läßt noch mehr Staub aufsteigen, die Flanke zittert noch, wenn der Stier schon längst liegt. Ich sah eine gebräunte Menschenhand, die einen Hieb gegen große Tiere führt, einen, zwei, drei Hiebe. Die Schweine in den Collegiumsställen. Was den goldbraun panierten Fettläppchen vorausgeht. Strenge Hiebe, keine Stiche. Der struppige Rumpf fällt. Dann sah ich einen grauen Drachen mit Kaninchenlippen, aber keine gebräunte Menschenhand reichte hoch genug hinauf, um ihm den tödlichen Hieb zu versetzen.

Ich rief: Der Drache hat doch Nackenmuskeln, Dummkopf! Durchschneide sie, du brauchst nur ein schmales Messer! Durchschneide sie, *ritsch!* Ist das Gelenk, das Kopf und Hals verbindet, eingeschnitten worden, bricht diese große Masse zusammen!

* * *

Am Sonntag nachmittag notierte ich mir ein paar Sätze auf ein großes Blatt. Ich glaube, es war am Sonntag nachmittag, als ich die Lektüre für beendet erklärte. Den Sabbat zu heiligen, davon konnte bei mir keine Rede sein. Jetzt blätterte ich nur noch in Bruder Gregors Leseblock, um mich mit den Gedanken vertrauter zu machen. Ich hatte den Block zweimal gründlich durchgelesen, das, was ich kapierte, das, was ich nicht kapierte, das, was über meinen kleinen Kopf hinwegsegelte, die Ziffern, die ich nicht verstand, die Abkürzungen, Symbole und Pfeile …

Jetzt las ich den Leseblock ein drittes Mal. Nicht, um Geheimnisse darin zu entdecken. Jan Spans hatte recht gehabt. Es gab keine Geheimnisse. Auch der Leseblock enthielt keins. Ich rieb mir die Augen und dachte an die Gelegenheit. Ich fragte mich nicht mehr, ob ich es tun würde, sondern nur, wann und wie. Ich brauchte eine Gelegenheit.

Bruder Gregor hatte sich moralische Auffassungen zum Selbstmord notiert, die heidnischen Positionen, die christlichen Positionen. Das war alles, was der Leseblock enthielt. Gedanken, einzelne Sätze, wenig Verbundenes. Daten aus dem *Kleinen Pauly*. Exzerpte von Lecky, dem Kannibalengott. Zitate aus den Originalquellen, aus Büchern, die ich nicht hatte und die in Bruder Gregors Totenzimmer standen und vielleicht auch noch beim Präses, dem ich solche Sachen zutraute, aber bei niemandem sonst.

Manchmal fragte ich mich, in welches sonderbare Reich ich da hineinmarschierte. Was hatte ich darin zu suchen? Niemand wußte, wie lange Bruder Gregor über seinen Notizen gebrütet hatte und was hinter jeder Eintragung stand.

Er erwähnt den strengen Pythagoras, den kaum weniger strengen Platon. Unter Augustinus zieht er einen dicken Strich, wie um zu sagen: Mit Augustinus beginnt etwas Neues. An anderer Stelle nennt er Zenon aus Kition, der sich 262 vor Christus »nach unbed. Unfall« das Leben nahm, wie Bruder Gregor anmerkt. Was war unbed.? Nach *unbedenklichem* Unfall? Nach *unbedeutendem* Unfall? Das mußte es sein. Dreißig Jahre später starb Zenons Schüler Kleanthes aus Assos, der jenem in der Schulleitung nachgefolgt war, ebenfalls durch Selbstmord. Bruder Gregor notiert: »Es gab knapp zweihundert Jahre später einen weiteren Kleanthes: den Arzt des jüngeren Cato, der dessen Freitod nicht verhindern konnte. Den Abstand von zweihundert Jahren messen. Wird sich jemand über den Abstand von zweihundert Jahren hinweg erinnert haben?«

Was für eine Frage: *Wird sich jemand erinnert haben?* Und wenn nicht? Was kümmerte es Bruder Gregor?

Dann folgt eine Namensliste von Selbstmördern: Lucretius, Dichter – Cassius, Mörder des Cäsar – Pomponius Atticus, Freund des Cicero (Krankheit im Alter) – Petronius (vulgäres, abscheuliches Todesspektakel) – Diodorus, Philosoph – Hegesias, der Todesprediger (verbannt, wann & wie gestorben?) – Das Exempel des Cato.

Ein Strich darunter, dann eine neue Abteilung, die überschrieben ist: 20. Jh., dann weitere Namen, jetzt nur noch Schriftsteller, die Hand an sich gelegt haben: Trakl, Celan, Tucholsky, Woolf, Benjamin, Zweig, Sa-Carneiro, London, K. Mann, Pavese, Hemingway, Mishima, Plath ...

Danach wieder Notizen:

Erhängen: in der Antike die schandhafte Form des Selbstmords. Größte gesellschaftliche Ächtung. Aberkennung des Eigentums.

Uninteressant: Selbstmord im Römischen Reich als religiöse Zeremonie, in der Reste des rituellen Menschenopfers fortleben. Ebenfalls uninteressant: Selbstmord gefangener Barbaren, die es vorzogen, ihr Schwert gegen sich selbst zu richten, statt ihre Landsleute in der Arena zu töten oder ihren Bezwingern als blutiges Schauspiel zu dienen. Proliferation des öffentlichen Todes durch circensische Unterhaltung. Der alltägliche Anblick von fließendem Blut. Entwertung, Entweihung.

El hombre, un saco de sangre y huesos.

Senecas Schluß: Der Tod ist die Tür, durch die der Mensch den Kerker verlassen kann, wann es ihm beliebt.

Konsultieren: Buonafede, *Istoria critica e filosofica del suicidio ragionato*, 1761.

* * *

Am Sonntag abend blieb uns nichts anderes übrig, als Tilo im Kreuzgang unterzuhaken und nach draußen zu ziehen. Die Schädelstätte mit der kranken Fleischwurst hatte ihm auch nicht geholfen. Er sah schlimm aus, leer, blaß, maulig, ein Schatten des alten Tilo, den wir kannten. Er wurde immer noch argwöhnisch beobachtet. Bruder Hermann hatte angedeutet, daß es eine Probezeit gab, in der er sich zu bewähren hatte. Man werde sehen, hieß es. Man müsse die Entwicklung abwarten … Woran man sehen sollte, daß die Probezeit vorbei war und Tilo sich bewährt hatte, darüber fiel kein Wort. Tilo bekam das Maul kaum noch auf, und wenn, dann um zu nörgeln.

Also wollten wir ihm Auslauf geben und ihn gut durchlüften. Wir hätten ihm auch gern zwei Gläschen Racke eingeflößt, wenn welcher dagewesen wäre. Dann eine Tilo-Spezial …

»Bald ist es vorbei«, sagte Motte. »Das weißt du doch?«

»Nichts ist vorbei«, sagte Tilo. Er hatte die Fäuste in die Taschen gestemmt. »Das bleibt.«

»Quatsch«, sagte Motte.

Onni machte seine schmalen Augen und sagte nichts. Er wußte, daß es Dinge gibt, die bleiben.

»Es dauert nicht mehr lange, Tilo«, sagte Motte. »Siehst du, wie die Glut kleiner wird? Bald ist sie kalt. Dann ist die Gefahr vorbei.«

Wir gingen zur Pferdewiese und weiter zum Kiesberg. Auch ich merkte, wie die Glut kleiner wurde. Das war es ja gerade! Von Bruder Gregor wurde nicht mehr gesprochen. Die Ruhe war über uns gekommen wie ein großes Tuch, das einer über eine Puppenstadt legt. Zack!, es ist Abend. Zack!, jetzt ist es Nacht. Alle halten den Mund. Alle machen die Augen zu.

Ein paar ältere Schüler hatten sich gemeldet, um mit nach Coesfeld zur Beerdigung zu fahren, vor allem Leute, die Bruder Gregor als Erzieher gehabt hatten. Ich wollte nicht mit nach Coesfeld. Ich wollte seinen Sarg nicht sehen. Aber vor allem wollte ich nicht hören, was über ihn gesagt wurde. Wenn ich daran dachte, hüllte mich eine Wolke des schwärzesten Nihilismus ein. Das war, als ich wieder an die Gelegenheit dachte. Die Gelegenheit bot sich ja. Bruder Hermann hatte sie mir auf dem Tablett serviert.

Am Montag abend, nach der Beerdigung in Coesfeld, sollte es für Bruder Gregor in der Kirche eine Andacht geben. Für die Daheimgebliebenen, sagte Bruder Hermann und sah mich dabei an. Seine Fürsorge kam mir vor wie Überwachung. Die Daheimgebliebenen, sagte Bruder Hermann, sollten an dem Tag, da andere sich in Coesfeld von Bruder Gregor verabschiedeten, auch bei ihm sein können. Also gab es am Montag abend um halb acht eine Andacht mit Fürbitten.

Ich wußte nicht *genau*, was bei dieser Andacht passieren würde, auch wenn manche das nachher behaupteten. Ich wußte es nur *ungefähr*. Es kam mir doch nicht auf drei oder vier bestimmte Sätze an, es kam mir darauf an, daß überhaupt etwas geschah. Und weil niemand es tun wollte, mußte ich es tun.

Es war nicht schwer, es vorzubereiten. Nach dem Mittagessen, im Kreuzgang, marschierte ich zu Bruder Hermann.

»Ich würde gern eine Fürbitte für Bruder Gregor sprechen. In der Andacht.«

Bruder Hermann sah mich überrascht an. Auf seinen Lippen sah ich noch den Glanz des Fettläppchens.

»Eine Fürbitte, Marko. Wenn du unbedingt willst … selbstverständlich.«

Ich dachte, jetzt sagt er mir gleich: *Eine Fürbitte?* Ich bin doch nicht blöd! Du? Eine Fürbitte für Bruder Gregor? Und vielleicht gab es diesen Sekundenbruchteil, in dem Bruder Hermann schwankte, was er tun sollte, weil er mir nicht über den Weg traute und mich andererseits nicht gut vor den Kopf stoßen konnte, trauernder Junge, das besondere pädagogische Verhältnis zu seinem Religionslehrer, was machen wir nur mit ihm? Ja, was sollte er mit mir machen? Bruder Hermann vergaß seine Wachsamkeit und stimmte zu.

Das andere, was später kam, war sein Pech, und ich könnte mir denken, sie haben es ihm später oft genug um die Ohren gehauen, der Präses, Bruder Albertus, Bruder Jürgen, alle. Daß er bei der Andacht nicht dabei war, meine ich. Er hatte einen Migräneanfall bekommen und sich ins Bett gelegt, er stand auch zur Andacht nicht auf, weil er glaubte, mit der Beerdigung in Coesfeld seine Pflicht an Bruder Gregor getan zu haben. Schon am Vormittag, auf der Fahrt nach Coesfeld, war es ihm nicht gutgegangen, und er hatte stoisch durchgehalten. Ha, Bruder Hermann, der alte Stoiker! Daß er sich ins Bett legen durfte, kam ihm wie der verdiente Lohn fürs Durchhalten vor.

Und nur deswegen war er bei der Andacht mit Fürbitten nicht dabei. Nur deswegen ließen sie mich reden. Nur deswegen kam keiner auf die Idee, den Kerl da vorn wegzuholen, der die ganze Geschichte von Bruder Gregors Herzversagen platzen ließ. In der Kirche! Bruder Albertus hatte einfach nicht den Mut, den Bruder Hermann gehabt hätte. Und der Präses war nicht da. Bruder Albertus ließ mich reden, bis ich alles gesagt hatte, was ich sagen wollte.

* * *

Am Montagnachmittag packte ich die beiden Bände von Charles Moore, M. A., Rector of Cuxton and Vicar of Boughton-Blean, Kent, and formerly Fellow of Trinity College, Cambridge, in eine Plastiktüte, wickelte die Plastiktüte in eine zweite Plastiktüte und die zweite Plastiktüte in eine dritte Plastiktüte. Dann das Ganze in meine Sporttasche. *A Full Inquiry into the Subject of Suicide.* Damit ging ich zu Jan Spans. Aber er hatte keine Zeit, mit mir zu sprechen, und ich hatte das Gefühl, er wollte auch nicht. Ich hatte vorgehabt, ihn noch etwas zum *Buch der Ordnungen* zu fragen. Mein Verdacht war, daß er mir etwas verschwieg. Dann eben nicht. Ich marschierte weiter zu Drei Steine. Die beiden Moore-Bände wogen ordentlich. Den Seneca hatte ich in meinem Schrank unter den Winterpullovern versteckt, ich brauchte ihn ja noch.

Jetzt merkte ich, wie ich kribbelig wurde. Der Seneca, dachte ich, man wird ihn vielleicht doch noch verschwörerisch wispern hören. Und was, wenn mein Schrank von innen heraus zu leuchten beginnt? Wenn feiner Rauch austritt, weil sich der gefährliche Seneca selbst entzündet hat? Verdammt, was dann?!

Bei Drei Steine drehte ich mir erst mal eine Zigarette und wartete auf gar nichts. Ich saß da und gab mir große Mühe, mich der Magie des alten Indianerortes zu überlassen. Es gelang nur halb. Hin und wieder sah ich mich um, aber langsam wie eine Schildkröte. Ich achtete auf die Bewegungen am Waldrand, hielt nach Fahrrädern aus der Lehrersiedlung Ausschau und studierte zwischendurch ein paar seltene Vögel. Ihr werdet es nicht glauben, aber ich suchte sogar den Boden nach Monikas schwerer Brille ab, nur, um ein bißchen ruhiger zu werden. In der Stimmung war ich.

Nach der Zigarette hatte ich das Gefühl, jetzt ist es ruhig. Ich guckte mich noch einmal langsam um, und als ich nichts sah und nichts hörte, nahm ich die Tüte mit *A Full Inquiry into the Subject of Suicide* und schob sie ins Gebüsch, aber viel tiefer, als wir damals den Tabak geschoben hatten, richtig hinein, wie in eine Höhle, wo es sich Mäuse und Eichhörnchen bequem machen konnten. Die äußerste Tüte war dunkelgrün, daran hatte ich gedacht, man sah sie nicht so leicht, auch wenn man die Zweige beiseite schob und ins Gebüsch spähte. Man mußte sich schon anstrengen, um auf diesem Boden im Halbdunkel etwas zu erkennen, und selbst dann konnte man denken, es war eine alte Plastiktüte, irgendein Abfall. Als ich mich gerade wieder aufgerichtet hatte, sah ich Ludger, den Drummer, und hinter ihm Zecke Schmielen herankommen. Sie hatten mich noch nicht gesehen, das war gut. Ich ging ihnen entgegen.

Ludger, der Drummer, erzählte mir die unglaublichste Geschichte. Er dachte, bevor es am Abend in die Andacht geht, muß er mal eine Geschichte von Bruder Gregor erzählen, die *nicht* so schön ist. Alle sagten, Bruder Gregor mochte die Ordnung nicht mehr, Bruder Gregor war weicher als die anderen. Ja, ja, das konnte man ruhig sagen, fand Ludger, der Drummer, aber man durfte dabei nicht vergessen, daß Bruder Gregor alle paar Wochen ausgeflippt war. Daß bei ihm eine Leitung durchbrannte. Und daß er an der Ordnung alles wiedergutmachen wollte, was er vorher an der Ordnung versäumt hatte.

»Ich weiß Bescheid«, sagte Ludger, der Drummer. »Wir hatten doch letztes Jahr das Zimmer neben ihm. Den ganzen Abend hindurch wußten wir genau, was er tat. Ich hörte es ja durch die Wand. Ich wußte, welche Musik er auflegte, wenn er sich entspannen wollte. Mann, ich habe jede Callas-Oper ertragen, die es gibt, jede! Ich wußte, daß er um halb elf abends immer eine politische Sendung im Radio hörte. Daß er danach noch mal an seinen Schreibtisch ging und auf keinen Fall gestört werden wollte. Deshalb wußte ich auch, daß wir uns um halb zwölf eigentlich gefahrlos irgendwo versammeln konnten, wenn wir nicht zu sehr auf den Putz hauten. Na ja, an diesem Abend lief irgend etwas schief. Er kam noch einmal nach draußen, er hatte seinen Ordnungsanfall bekommen und dachte, er muß beweisen, daß er die Schüler genauso im Griff hat wie Bruder Hermann. Jedenfalls muß er durch den Flur und durchs Treppenhaus gegeistert sein, und als jemand zu Veele und Iwan ins Zimmer kam, wo wir zu fünft saßen, und ganz aufgeregt flüsterte: He! Bruder Gregor ist unterwegs! Alles raus hier!, da sind wir raus auf den Flur, um uns schnell auf die Zimmer zu verteilen. Aber es war zu spät. Als ich zum Treppenhaus kam, stand er plötzlich im Dunkeln vor mir. Eine Sekunde lang dachte ich, ich kann wegschlüpfen, er läßt mich gehen. In der nächsten Sekunde hatte er mir wortlos ins Gesicht geschlagen. Aber voll.«

»He, vor ein paar Tagen hatten wir mit ihm eine ähnliche Szene, da hat er ganz anders …«

»Warte, warte. Voll ins Gesicht, ich sag's dir. Ich glaube, er mußte gar nicht gucken, wen er vor sich hatte. Er knipste auch nicht das Licht an. Er ließ mich verdattert und mit heißer Backe stehen und ging leise weiter, auf der Suche nach anderen, die noch unterwegs waren. Er erwischte noch zwei. Und wißt ihr was? Bei all diesen Schlägen sagte er kein einziges Wort. Er tauchte vor uns auf wie der Rächer der Enterbten, schlug zu und ging weiter. Ach ja, bei Veele und Iwan in der Bude fegte er im Dunkeln die Chips vom Tisch. Kartoffelchips, sagte er immer, die Geißel der Zivilisation. Kartoffelchips, der Untergang des Abendlandes. Das war sein Spruch. Er hatte ja auch dieses Buch über den Untergang des Abendlandes in seinem Regal, aber ich glaube nicht, daß die darin von Kartoffelchips reden. Ich wollte das nur mal gesagt haben. Damit ihr nicht glaubt, Bruder Gregor war ein Weichling. Das war er nicht. Er konnte blitzschnell zuschlagen.«

»Ich meine ja nicht, daß er ein Weichling war«, sagte ich.

»Ich wollte es nur mal gesagt haben«, sagte Ludger, der Drummer. »Das war kein gesundes Leben für sein Herz, dieses Hin und Her mit der Ordnung. Mal weich, mal hart. Er wirkte nicht sehr ausgeglichen.«

Das fand ich ja auch nicht, daß Bruder Gregor ausgeglichen wirkte. Er war es eben nicht.

* * *

Im Silentium tat ich so, als würde ich mich mächtig auf die Hausaufgaben konzentrieren. Mein Heft lag da, ich schrieb sogar hin und wieder etwas hinein. Aber in Gedanken bereitete ich meine Fürbitte für die Andacht vor.

Ich hatte eine Fürbitte von ungefähr vier Zeilen auf einen kleinen Zettel geschrieben, das war der sichtbare Teil. Diese Fürbitte über Tralala und die ewige Seligkeit konnte ich vorzeigen. Dann eine zweite Fürbitte von vier Zeilen, das war der unsichtbare Teil. Und dann wollte ich noch meine Notizen und den Seneca mitnehmen, um über diese zweite Fürbitte zu improvisieren, wie bei unserem Magic Blues. Der Seneca mußte in meine dicke Kordjacke, für die es eigentlich zu warm war, und zwar innen in den Ärmel, der war schön weit und konnte ein schmales Buch aufnehmen. Deshalb mußte es die Kordjacke sein.

Unsere Fürbitten waren insgesamt fünf, und sie sollten immer die Daßform haben. Daß der Herr sich seines Dieners Gregor erinnere und ihm das ewige Leben schenke. Daß der

Herr ihn zu sämtlichen verfügbaren Engeln in das dritte Obergeschoß des Himmels aufnehme. So ungefähr. Meine zweite Fürbitte, die unsichtbare, ging so: Daß der Herr uns die Erinnerung an Bruder Gregors Leben und Sterben schenke und daß wir nie vergessen, wie er wirklich starb.

Na ja, das waren eigentlich *zwei* Fürbitten. Danach wollte ich sagen, Leute, wir kannten ihn doch! Wir haben uns Sorgen um ihn gemacht. Nicht alle, aber viele von uns wußten, daß er gefährdet war. He, wir haben seinen Selbstmord nicht verhindert! Ich weiß nicht, ob wir dadurch Schuld auf uns geladen haben, ich weiß es nicht. Ich weiß auch nicht, ob *er* Schuld auf sich geladen hat, und es ist mir egal. Es hat ihn gequält, da bin ich mir sicher. Ich habe seine Bücher und Notizen gesehen. Ich könnte euch daraus vorlesen, aber eine Andacht für Bruder Gregor ist vielleicht nicht die passende Gelegenheit. Das Wichtigste ist, daß wir über seinen Tod keine Lügen erzählen. Das dürfen wir nicht. Das hieße doch, wir legen falsches Zeugnis wider unseren Nächsten ab, oder? Bruder Gregor hat uns verlassen, weil er ... also, weil er nicht mehr bleiben konnte. Er war unglücklich, er war traurig, vielleicht hat ihn an diesem Morgen vor vier Tagen ein besonderer Schmerz gepackt, wir wissen es nicht. Er hat wohl niemandem vertraut, das ist die Wahrheit. Er hat nicht geglaubt, daß ihm irgendeiner helfen kann. Das ist die Wahrheit, die wir nicht vergessen dürfen.

So ungefähr wollte ich sprechen.

Aber dann sprach ich anders. Man kann die Situation ja nicht vorausahnen, das Herzklopfen, die Angst. Mann, hatte ich eine Angst. Die Kirche war gut gefüllt, und die fünf Fürbittenleute saßen vorn in der ersten Reihe, damit sie leicht an den Ambo treten, ihre Sätze lesen und wieder abtreten konnten. So war es geplant. Am Anfang gab es Orgelmusik, bei der ich kurz dachte, ist das jetzt Jan Spans? Das hätte ich ihm zugetraut, daß er einen Weg findet, sich auf irgendeine gerissene Weise von Bruder Gregor zu verabschieden. Dann sagte Bruder Albertus einige nachdenklich machende Sätze, die uns nachdenklich machten. Dann kam wieder die Orgel, gefolgt von Bruder Albertus.

Und dann waren die Fürbitten an der Reihe. Ich sollte Nummer vier sein. Oh, Mann, mein Herz schlug und schlug. Ich schwitzte unter den Armen wie ein Bär. Als ich an den Ambo trat und das Mikrofon sah, dachte ich, he, es läßt sich noch alles stoppen, der ganze Plan läßt sich umwerfen, ich muß nichts von dem tun, was ich mir vorgenommen habe. Wir Nihilisten glauben ja noch nicht einmal an den Himmel, an den Bruder Gregor geglaubt hat. Die Sonntagsglocken, meinetwegen müßten sie nicht dröhnen. Wenn ich Weihrauch rieche, empfinde ich nichts Besonderes. Und die alten Engel aus dem dritten Obergeschoß fliegen bestimmt nicht für mich. Keine einzige Flugstunde. He, Motte, sag mir doch mal, was du darin siehst! Weil ich nämlich nichts sehe. Meine Augen sind blind, meine Ohren sind taub, meine Sinne kennen nicht oben und unten. Oh, Mann, ich drehe mich wie ein Rad! Und deshalb dachte ich ganz kurz, ich könnte noch immer eine ganz normale Fürbitte vorlesen. Warum nicht? Ich hatte ja eine geschrieben, die ging. Ich brauchte nur in die andere Tasche zu greifen.

Und zuerst tat ich es auch. Ich griff in die falsche Tasche! Mann, ich holte die Tralala-Fürbitte heraus, merkte schon beim Auseinanderfalten, daß es ein Fehler war, und zerknüddelte den Zettel im selben Augenblick, aber so nah am Mikrofon, daß alle es hörten. Sofort sahen sie mich an, alle. Sie dachten, das wäre der Auftakt. Ich kramte nach dem anderen Zettel, fand ihn, wollte ihn auseinanderfalten, aber da legte ich schon los.

»Daß der Herr uns Wahrhaftigkeit gebe«, sagte ich, ohne den Zettel zu öffnen. »Oder schenke. Daß er … also … daß er uns verzeihe, wenn wir lügen, weil wir nicht weiterwissen oder so. Denn wir haben gelogen bei Bruder Gregor, es war nämlich kein Herzversagen, er konnte nicht mehr. Er hat dieses Leben … selbst verlassen.«

Es war draußen. *Es war draußen.* Ich hatte es gesagt.

»Oh, Mann … er hat sich umgebracht. Und es heißt, sein Tod war Herzversagen, aber das stimmt nicht. Es stimmt nicht. Er hat sich das Leben genommen.«

Jetzt war es ganz still, so still, daß ich es spüren konnte. Ich hätte die Stille berühren können, eine atemlose Stille, die zuzunehmen schien, auch wenn längst kein Geräusch mehr zu hören war, nicht einmal aus der Ferne, nicht einmal von den Läusen der Fledermäuse im Glockenturm. Mein Kopf, ich hielt ihn schön gesenkt, damit ich niemanden ansehen mußte, das hätte mir jetzt gefehlt. Ich glaube, wenn ich jemanden angeguckt hätte, wäre ich an Ort und Stelle zu einem Häufchen Staub zerfallen, und man hätte mich nach der Andacht auf ein Kehrblech fegen können. Spürte ich den Blick von Bruder Albertus in meinem Rücken? Vielleicht. Aber es geschah nichts, obwohl ich jeden Augenblick eine strenge Stimme erwartete, eine kräftige Hand an meinem Arm, die mich vom Ambo fortzieht … Es geschah nichts. Also hatte ich noch ein paar Sekunden, die hatte ich mindestens.

Plötzlich hatte ich das Gefühl, daß alle es wissen wollten. Sie wollten wissen, wohin Bruder Gregor verschwunden war und warum. Und obwohl ich ihnen nichts darüber sagen konnte, weil ich fast so wenig wußte wie sie, war mir klar, daß ich ihnen sehr weit voraus war. Dorthin, wo ich war, wollten sie auch. Wieder schwebte ich am Himmel und sah auf die Ländereien hinunter. Ich war frei. Die Lappen, welche ich Kleider nannte, flappten im Wind. Ihr wißt ja, daß meine Füße in den halbhohen Stiefeln steckten, die Bruder Gregor damals gefilzt hatte. Jetzt hätte ich ihm gern gesagt, daß der Tabak im Gebüsch bei Drei Steine lag. Ich wäre hingegangen und hätte gesagt, hier, nehmen Sie! Mein Tabak. Wir kennen doch keine Geheimnisse, Sie und ich. Ich fliege doch für Sie, und alle Menschen und Tiere und Pflanzen da unten sind mir gleichgültig. Ich habe mich von allen losgesagt.

So hätte ich gesprochen, das spürte ich. Und deshalb machte ich weiter.

»He, wir dürfen nicht lügen. Er war allein, Bruder Gregor, er hatte niemanden. Er hat auch niemandem getraut, glaube ich, sonst wäre er doch nicht allein gewesen. Er wollte nicht mehr leben, er wollte noch mit mir zu den Pferden gehen, aber sonst … Hier, Augenblick …« Ich griff in den Ärmel der Kordjacke, mußte am Seneca zerren, bis das verkantete Ding sich aus dem Innern des Ärmels löste, und als ich dachte, ich habe ihn, fiel er mir mit lautem Klatschen auf den Boden. »Oh …! Hier, sein Seneca«, sagte ich und hob ihn auf, »sein Seneca. Über die Vorsehung.«

Nachdem das Klatschen verhallt war, wurde es wieder still wie im Grab. Ich schaute kurz auf, zum erstenmal. Aber ich weiß nicht mehr, was ich sah. Augen wahrscheinlich. Augen und Münder. Und niemand sagte etwas, niemand kam, um mich zu unterbrechen.

»Hier. Er hat alles unterstrichen, darin hat er kurz vor seinem Tod gelesen, er hat sogar das Datum dazugeschrieben, das war die erste Lektüre, im vorletzten Jahr, am 24. Januar 1975, und als er mir davon erzählte, das war letzten Herbst. Da hat er mir davon erzählt. Und ganz am Ende lag der Seneca auf seinem Nachttisch, er hat sich von dem Buch nicht mehr getrennt. *Lucilius, du hast mir die Frage gestellt: Warum, wenn eine Vorsehung die Welt lenkt, widerfährt guten Menschen soviel Unglück?* Das hat er gelesen, und auf Seite 27 ist etwas angestrichen, hier: *Es schlägt uns und verwundet das Schicksal? Wir wollen es erdulden: Nicht ist es Roheit; Kampf ist es; je öfter wir ihn auf uns nehmen, desto tapferer werden wir sein.* Er hat es nicht nur angestrichen, er hat es auch hinten im Buch notiert: ›Leiden, 23, *27*‹. Die Zahl 27 ist unterstrichen, weil er die Stelle wichtig fand. Mann, wir müssen es nur lesen! Oder das Ende, wo die Antwort kommt, hier, Seite 41, bitte ... wir müssen es nur lesen: *Mag nun den Hals eine Schlinge zudrücken, mag den Atem Wasser absperren, mag den, der auf den Kopf fällt, die Härte des Bodens zerschellen lassen, mag eingeatmete Feuerhitze dem Odem den Weg abschneiden, was immer es ist, es geschieht rasch. Schämt ihr euch nicht? Was so schnell eintritt, fürchtet ihr so lange!* Das hat er am Ende gelesen, und wir hatten keine Ahnung. Wir wußten nichts, und jetzt ... jetzt lügen wir. Vielleicht ... also, vielleicht ist er ja gegangen, weil wir ihm ... zuwenig waren? Das könnte doch sein. Er hat sich nicht von uns verabschiedet. Aber wir haben uns auch nicht von ihm verabschiedet, glaube ich. Ich höre jetzt auf. Ich habe noch eine Fürbitte. Daß der Herr ... also, er muß uns Wahrhaftigkeit geben, würde ich sagen. Das vor allem.« Ich guckte kurz in die vielen Gesichter, die großen Augen und offenen Münder. Dann ging ich und setzte mich auf meinen Platz.

»Wir bitten dich, erhöre uns«, sagte Bruder Albertus mit der schleppenden Gottesdienststimme, die bedeutete, daß die Gemeinde sich aufraffen und mitmachen soll. Aber die Gemeinde raffte sich nicht auf, und niemand machte mit.

Jetzt ging der fünfte Fürbittenvorleser zum Ambo und las seine Fürbitte vor. Diesmal war die Gemeinde zur Stelle und sagte: »Wir bitten dich, erhöre uns.« Der Fürbittenvorleser ging die fünf Stufen wieder nach unten.

Als die Andacht vorbei war, drängelte ich mich zum Ausgang durch, ließ auch das Weihwasserbecken links liegen, an allen vorbei, die mich ansahen und mir Fragen stellten und sogar noch Sätze hinterherriefen, selbst von Motte wollte ich mich nichts fragen lassen, ich stieß alle beiseite und rannte, so schnell ich konnte, über den Marmorplatz, über die erste Collegiumsbrücke, dann am Graben entlang, vorbei am wilden Heiligen und Richtung Pferdewiese. Keiner folgte mir.

Paul Ingendaay

Diesen Lauf hatte ich mir oft vorgestellt, ist das nicht komisch? Den Lauf nach der Andacht für Bruder Gregor. Und immer, wenn ich mir diesen Lauf in den letzten dreißig oder vierzig Stunden vorgestellt hatte, sah ich mich dabei in kurzen Hosen, als das Kind, das ich bei Schwester Gemeinnutz gewesen war.

22 *Ich werde des Diebstahls beschuldigt. Ich gehöre zur Armee der Schatten. Geheimnisse hinter Geheimnissen. Mein letzter Besuch in Hassum. Ich sage adieu.*

Ich weiß nicht, ob sie mich vom Collegium geworfen hätten, wenn die Sache mit den Büchern nicht gewesen wäre. Ob ich wirklich geflogen wäre. Aber ich wollte ihnen die Bücher nicht geben. Über Charles Moore, M. A, Rector of Cuxton and Vicar of Boughton-Blean und so weiter, hätte ich noch mit mir verhandeln lassen. Aber über L. Annaeus Seneca niemals. Ich glaube, sie wollten die Unterstreichungen nachprüfen und herausfinden, ob ich die Wahrheit gesagt hatte.

Spart euch die Kontrolle! hätte ich ihnen sagen können. Schlagt Seite 31 auf, die hat er auch auf der hinteren Innenklappe notiert! Und dann hätte ich gesagt: Wollt ihr auch die anderen Innenklappennotizen sehen? Es sind nicht mehr viele. Um genau zu sein, es ist nur noch ein einziges Wort: »Mensch«. Und dann folgen die Zahlen 5, 7. Interessant ist, daß er das Wort »Mensch« und die Zahl 5 mit rotem Buntstift geschrieben hat, die Zahl 7 dagegen mit Bleistift. Hhmmm! *Besonders* merkwürdig, weil er auf Seite 7 mit rotem Buntstift seine Anstreichungen gemacht hat. Und wißt ihr, welche? Hier, ich gebe sie euch: *Alle Widerwärtigkeiten sind in seinen Augen Übungen.* Ich will nichts dazu sagen. Ich sage nur: Das hat Bruder Gregor markiert. Vielleicht bei der ersten Lektüre. Vielleicht bei der zweiten Lektüre. Vielleicht am Tag vor seinem Tod.

So hätte ich gesprochen.

Aber so sprach ich nicht. Weil ich mich auf kein Gespräch mit ihnen einließ. Sie wollten die Bücher haben, vor allem

Senecas *Dialoge I–VI*, und sie bekamen sie nicht. Natürlich filzten sie unsere alte Bude, aber sie taten es ohne rechte Lust, weil sie wußten, daß ich nicht so blöd gewesen war, das Buch in unserer Bude zu verstecken. Und viele hatten gesehen, daß ich nach der Andacht weggerannt war wie ein Vierhundertmeterläufer, und die meisten konnten sogar bestätigen, daß Marko ein blaues Buch in der Hand gehalten hatte, als er wegrannte, dasselbe, das ihm während der Fürbitte mit lautem Klatschen auf den Boden gefallen war. Mann, was für eine Fürbitte.

Jetzt kam die Fürbitte wieder zurück, aber in kleinen Fetzen, in Wörtern und halben Sätzen, die durch die Kirchenluft schweben. *Das hat Bruder Gregor markiert, vielleicht am Tag vor seinem Tod.* Ich hätte es wissen können, wenn ich damals, ein paar Monate auf der Zeitleiter zurück, nicht zu beschäftigt mit mir und meiner zerbröckelnden Familie gewesen wäre. Ich hatte den Seneca ja wochenlang bei mir liegen gehabt, bevor ich ihn ungelesen zurückgab. Und was wäre geschehen, wenn ich ihn gelesen hätte, wie er es von mir wollte? Hätten wir über Seneca und die Vorsehung gesprochen? Hätte ich Bruder Gregor abhalten können? He, manchmal reicht es schon, wenn jemand nur kommt und nach der Uhrzeit fragt.

Unglück ist Gelegenheit zum männlichen Verhalten. Oh, Boy. Es gibt noch mehr Stellen dieser Art, ich habe euch ja erzählt, daß Seneca immer zehn Beispiele findet, wo andere Leute mit zweien oder dreien zufrieden wären. Hier, Seite 27: *Was Wunder, wenn hart der Gott Menschen von seelischem Adel prüft?*

Insgesamt gingen sie auf leisen Sohlen, muß ich sagen. Sie wollten mit mir *vernünftig reden*, der Satz fiel dreimal. Und ich sagte, zu spät. Ihr habt zu oft und zu lange gelogen. Ihr habt euch in der Lüge so gut eingerichtet, daß ich euch von der Lüge nicht mehr unterscheiden kann. Es gibt nichts mehr zu reden.

Da sagten sie, ich hätte die Bücher gestohlen. Genau das, was Motte ein paar Tage vorher befürchtet hatte. *Ich war ein*

Dieb. Und Diebe wurden sofort des Collegiums verwiesen. Ich weiß nicht, ob irgendein Erzieher mich retten wollte. Bruder Albertus vielleicht. He, wenn Bruder Gregor noch gelebt hätte, er hätte mich gerettet. Er hätte mir auf alle seine Bücher eine Leihfrist von sieben Jahren gewährt.

Den Skandal mit der Fürbitte erwähnten sie kaum, sie hüteten sich. Was mir nur auffiel, daß Bruder Hermann mir nicht in die Augen sah, was er sonst so gern tat, weil er glaubte, der Stärkere zu sein. Diesmal nicht. »Ich weiß nicht, was in dich gefahren ist, Marko. Du hast das Vertrauen eines Toten mißbraucht. Du hast einen *Toten bestohlen*!«

Ich antwortete ihm nicht. Ich wollte kein Wort an ihn verschwenden. Meine Scham betraf den Abschied, sonst nichts. Ich war an diesem elenden Donnerstag morgen aus Bruder Gregors Zimmer gerannt, ohne mich von dem Toten zu verabschieden. Ich hatte ihm noch nicht einmal ins Gesicht gesehen. Ihr ahnt nicht, wie oft ich mich schon dafür geschämt habe.

Wegen der Bücher sollten sie auf mir herumhacken, wie sie wollten, es war mir egal. Erst als Motte mich an den Schultern packte und wütend anstarrte, sagte ich das, was das mindeste war.

»Motte, he. Du weißt, was sie mit den Büchern machen, wenn sie sie in die Finger kriegen. Du weißt es genau! Sie versenken sie bei den Fischen, fünftausend Meter tief! Sie werden weiter lügen und alles verbergen. Für die bin ich doch ein Spinner, der die Aufregung nicht verträgt. Ich habe einen Dachschaden. Und jetzt sagen sie, ich hätte mir etwas angeeignet, was mir nicht gehört. Die Ärsche können mich mal.«

»Klasse Einstellung, Marko.«

»Sie können mich kreuzweise.«

»Das bringt dich weiter. Mann, du bist das größte Rindvieh, das mir je über den Weg gelaufen ist. Onni hat recht. Deine

Schriftsteller haben dir ins Gehirn … Mann! Ich rede nicht davon, welche Fragen jetzt noch kommen, auch an mich. Du bist *geliefert*, du Affe!«

»Ich rede auch nicht davon, Motte. Und weißt du, warum nicht? Wer das DKP-Banner trägt, hat andere Sorgen als ich. Hier trennen sich unsere Wege. He, wie entwickelt sich eigentlich der DKP? Ich vermisse die rechte Aufbruchsstimmung. Ich vermisse Trommeln und Flöten.«

»Du bist ein unheilbares Rindvieh«, sagte Motte. »Wirfst deine Zukunft weg wegen dieser blöden Bücher.« Er sah mich an wie Lino Ventura nach drei schlaflosen Nächten. »Warum tust du uns das an? Wir sind deine Freunde, du Arsch. Mann … Sag mir Bescheid, wenn du jemanden zum Kistentragen brauchst. Wann kommen deine Eltern?«

»Meine Eltern? Motte, denk mal nach.«

»Dein Vater. Deine Mutter. Wer auch immer. Oder kommt Sonja?«

»Ich weiß es nicht. Ich frage mich gerade, wer sich um die Aufgabe reißen wird, mich hier rauszuholen. Ein Auszug im Triumph. Oh, Mann …«

»Sag mir Bescheid«, sagte Motte.

* * *

Zwanzig Minuten nach der Andacht für Bruder Gregor stand ich bei Jan Spans vor der Tür. Er erwartete mich. Ich war immer noch außer Atem. Erst auf dem Rückweg, an der Pferdewiese, hatte ich aufgehört zu rennen. Jan Spans stand im Flur und sagte kein Wort.

»Kann ich …?«

Er machte eine winzige Kopfbewegung. Wartete, bis ich im Wohnzimmer war.

»Marko. Warum?«

»Waren Sie da? Hätte ich mir denken können.«

»Warum, Marko?«

»Warum, warum! Jan Spans, Sie können Fragen stellen! Sie haben mir kaum eine Frage beantwortet! Und jetzt fragen Sie, warum! Sie wissen doch schon alles!«

»Wer hat das behauptet?« Er stand immer noch und sah auf mich herunter. »Wer hat das behauptet?«

Ich drehte mir eine Zigarette. Wir schwiegen. So hatte ich den alten Jan Spans noch nie erlebt. Er setzte sich immer noch nicht. Und je länger ich dasaß und meine Zigarette rauchte, desto sicherer war ich mir, daß er mich nicht im Haus haben wollte.

»Jan Spans, was überrascht Sie denn jetzt? Sagen Sie mir wenigstens das. Die Geheimnisse stehen mir bis hier. Verdammt, warum setzen Sie sich nicht?«

»Du hast nichts verstanden. Du bist nicht besser als sie.« Er schüttelte den Kopf. »Du willst sie entlarven, weil du deine Wahrheit für die bessere hältst.« Er starrte aus dem kleinen Fenster. »Ich hatte dich für klüger gehalten.« Er hielt inne. »Der Vagabund … Du erinnerst dich.«

»Was ist mit ihm?«

»Der Vagabund war ein sehr unglücklicher Mann. Ein Mann der Kirche, fast schon ein Priester. Er konnte nicht weitermachen. Also mußte er weg. Bis heute weiß er nicht genau, wieso. Niemand weiß es. Aber er wollte der Kirche nicht den Rücken kehren. Er wollte weg, und er wollte bleiben. Verstehst du? So, wie er heute lebt, tut er beides. Du hast ihn doch gesehen. Er kommt klar.«

»Was hat das m–«

»Warte! Wenn du seine Geschichte hören willst, frag ihn. Er hat seine eigene Geschichte, der Vagabund. Sonntags nimmt er in Hommersum oder Asperden an der Frühmesse teil. Manchmal läuft er nach Bedburg-Hau, um sich die Irren anzusehen. So etwas interessiert ihn. Er geht weite Wege zu Fuß. Das gibt ihm Zeit zum Nachdenken. Der Vagabund begleitet unser Leben. Aus der Ferne. Und wir seines. Er ist unser dunkler Begleiter.«

»Was soll das mit dem dunklen Begleiter?«

»Frag ihn selbst, Marko. Dem Vagabunden gefällt es, am Rand zu leben. Die Leute auf den Dörfern mögen ihn. Sie ertragen sogar seinen … würzigen Geruch. Na ja. In den Ferien, wenn die Schüler nicht da sind, kommt er ins Collegium, um den Schwesterngottesdienst zu besuchen. Er kommt hierher. Der Präses kennt seine Geschichte seit vielen Jahren. Der Präses weiß mehr, als du denkst.«

»Warum erzählen Sie mir das?«

»Ich hatte gehofft, daß du mich das nicht fragen mußt.«

»Schluß, Jan Spans! Ihre Enttäuschung über meine Dummheit, geschenkt! Ich bin ein Idiot, okay. Ein Arsch, der sich immer um die falschen Sachen kümmert. Und jetzt reden Sie! Oder wollen Sie, daß ich gehe? Dann sagen Sie es.« Ich sah in seine Augen, die immer noch klar waren, immer noch neugierig. Und enttäuscht.

»Weißt du nicht, was Grau ist? Du willst Schwarz oder Weiß. Das eine oder das andere. Etwas anderes siehst du gar nicht. Hör zu, Marko. Bruder Gregor hatte das Angebot, die Leitung einer kleinen Klosterschule zu übernehmen, siebzig Kilometer von hier. Der Bischof wollte es. Bruder Gregor trug die Sache monatelang mit sich herum. Er war wie die Eule in der Einöde, verstehst du? Wie das Käuzchen in den Trümmern. Das Bistum drängte ihn, die Aufgabe anzunehmen. Verstehst du jetzt? Er wollte niemanden enttäuschen. Bruder Gregor hat am Collegium gehangen. Es war sein Zuhause!«

»Was reden Sie da, Jan Spans! Sie ziehen alle paar Minuten eine neue Geschichte aus dem Hut. Mir hoppeln hier zu viele weiße Kaninchen herum!« Er schien mich gar nicht zu hören. Aber ich mußte weitermachen. »Wissen Sie nicht mehr, mit welchen Stücken Sie mich bisher gefüttert haben? Verdammt, ich habe ein paar Dutzend Seiten im *Buch der Ordnungen* gelesen, wahrscheinlich gibt es da noch sieben Geheimnisse, die ich nicht kennen darf, aber wissen Sie was? Ich will nicht mehr. Mir reicht's.«

Er setzte sich endlich hin, mir gegenüber, und verschränkte die Arme auf dem Tisch. »Marko.« Seine Augen waren so ernst, wie ich sie noch nie gesehen hatte. »Du willst alles auf einmal wissen. Du hast keine Geduld. Bruder Gregor wäre gern geblieben. Aber Menschen wie er … machen es sich selbst schwer.«

»He, Jan Spans … *Sie* waren es. Stimmt's? *Sie* haben das *Buch der Ordnungen* geschrieben. Stimmt's, Jan Spans?«

Er sah mich an, ohne eine Miene zu verziehen.

»Es ist Ihr Zeitvertreib«, sagte ich. »Bald fünfzig Jahre auf dem Collegium, Mann … Jeder andere wäre längst durchgedreht. Und Sie … erfinden sich einen hübschen Zeitvertreib. Aber warum ich? Warum füttern Sie *mich* damit?«

Er schüttelte den Kopf, langsam, langsam. Dann schnaufte er, als wäre er mit mir zu Drei Steine gerannt und wieder zurück. »Es ist … viel komplizierter, Marko. Wirklich. Weil sein Tod schon darin steht.«

Ich starrte ihn an.

»Lange, bevor Bruder Gregor starb, stand sein Tod schon im *Buch der Ordnungen.* Das ist es ja gerade. Dein Seneca …« Er hob ruckartig den Kopf wie ein Reptil, und seine Augen wurden groß. »Dein Seneca kommt auch darin vor.«

Es wurde still. Aus der Küche hörte ich feine Geräusche, vielleicht das Schaben eines Gemüsemessers. Es schabte und kratzte und schabte. Es klang wie das Nagen sehr kleiner Tiere.

»Jan Spans … was sagen Sie da?« Ich konnte nicht aufhören, ihn anzustarren.

Dann begann ich nachzudenken. Die Lösung mußte gleich neben mir liegen, vor meinen Füßen. Oder vielleicht lag sie nicht, sondern hing, und zwar direkt vor meiner Nase, und ich war zu blind, sie zu sehen. Irgend etwas war ganz nahe. Mein Herz schlug schneller.

»Aber wenn Sie es nicht waren, Jan Spans, wer bleibt dann? Sagen Sie mir, wer bleibt?«

Er schüttelte traurig den Kopf. »Jemand von innen. Ich habe Bruder Gregor gesagt, er soll es nicht ernst nehmen, was da geschrieben steht.«

Dann dämmerte es mir.

»Siebenwirth … Es war Siebenwirth! Wer sonst? Einer, an den keiner denkt. Sie müßten ihn mal im Unterricht sehen. Er steht da wie sein eigener Geist. Natürlich … es ist Siebenwirth. Wissen Sie nicht, was man sich erzählt? Daß Siebenwirth sich nachts auf dem Flur der Schläferinnen herumtreibt. Oh, Mann. Hockt da in seiner Bude und schreibt diese Sachen. Sagen Sie was, Jan Spans. Sie können jetzt nicht einfach nicken oder den Kopf schütteln. Haben Sie keine Meinung?«

»Was zählt meine Meinung. Wir begreifen noch nicht einmal, woran einer zugrunde geht. Schwester Gundula … Ich weiß nicht, wie ich ihr erklären soll, was geschehen ist.«

»Haben Sie sich mal gefragt, wie Sie es *mir* erklären können? Jan Spans? Ich brauche eine Antwort!«

Er schüttelte wieder den Kopf, und ich wußte, daß er nichts mehr sagen wollte. Ich sah ihn mir noch einmal an, den Kopf mit dem kurzen Haar, die Linien in seinem Gesicht, zu wenige für sein Alter, die Augen, die jetzt verloren nach unten starrten. Er sah schuldig aus. Als ich schon gehen wollte, fiel mir etwas ein.

»Wenn Siebenwirth von seiner Bude aus zu den Küchenmädchen gelangen wollte … ich meine, da gibt's doch verschlossene Türen. Jan Spans? Um zu den Schläferinnen zu kommen, brauchte er einen Schlüssel. Ich frage mich, wer ihm den besorgt hat.«

Stille.

»Oder ist Siebenwirth auch unser dunkler Begleiter? Es gibt ziemlich viele davon, finde ich.«

Ich sammelte meinen Tabak, die Blättchen und das Feuerzeug ein. Jan Spans rührte sich nicht, als ich zur Tür ging.

* * *

Kaum hatte ich den Türgriff in der Hand, packte mich die Angst an der Gurgel. Ich wußte, sobald ich aus seiner Tür trete, marschiere ich schnurstracks in meine Zukunft hinein. Dort draußen im Dunkeln werden sie auf mich warten. Sie brauchen ja keinen Hinterhalt. Sobald ich in unsere alte Bude komme, überbringen sie mir die Botschaft. Eine gemischte Botschaft, Fragen, Tadel, schlaue Sprüche, noch mehr Tadel. In der Stunde nach der Andacht hatte ich ja noch keine Ahnung gehabt. Aber jetzt war die *zweite* Stunde nach der Andacht angebrochen. Wo die schlimmsten Gefühle nicht mehr heiß sind, sondern kalt. Das unterscheidet die zweite Stunde von der ersten. Das verwandelt die heiße Angst, vor der man weglaufen kann, in kalte Angst. Und die kalte Angst bleibt.

Als ich ging, wußte ich noch nicht, daß es mein letzter Besuch bei Jan Spans gewesen war. Am nächsten Tag war er nicht da. Und am übernächsten Tag … war *ich* nicht mehr da. So schnell ging das.

Jeder der Geflogenen erlebt nur einmal, wie schnell es geht. Hatte Jan Spans nicht gesagt, daß im *Buch der Ordnungen* etwas über die Abgegangenen und Geflogenen stand, unsere Armee der Schatten? Ich wußte es ja, in der Theorie. Aber es ist etwas anderes, selber derjenige zu sein, der aus dem fahrenden Zug geworfen wird. Das Wichtigste für die Gruppe ist immer, daß der Zug weiterfährt. Er hat doch ein Ziel, der Zug, und er transportiert eine riesige Gruppe. Gemeinnutz geht vor Eigennutz! Und man begreift es, noch während man fällt.

Man begreift es wirklich. Auch mit der letzten Geste und dem letzten Gedanken ist man der Ordnung gehorsam.

* * *

»Theunissen.«

Münzen rutschten durch den Schacht.

»Mama, ich bin's.«

»Marko! Was für eine Überraschung.«

»Mama ...«

Ich wußte nicht, wie sich meine Mutter in so einer Situation verhalten würde, aber sie nahm alle Hürden. Sie schimpfte nicht, fragte nicht viel, wollte nur wissen, ob ich einigermaßen in Ordnung war und ob ich es mir nicht zu sehr zu Herzen nahm.

»Wenn du Bruder Gregors Tod meinst ... doch, den nehme ich mir zu Herzen.«

»Ich meinte das andere. Daß du gehen mußt.«

Ich guckte auf das alte Waschhaus. Aber das alte Waschhaus gab mir keine Antwort. »Ich weiß nicht, Mama. Vielleicht.«

»Hör zu«, sagte sie, »ich komme, sobald du mich brauchst. Wollen sie, daß du sofort deine Sachen packst?«

»So sind die Spielregeln, Mama. Sofort. Und weißt du, ich will auch nicht mehr bleiben. Hier bleibe ich nicht. Komm heute abend. Kannst du um acht Uhr? Und ruf Papa an, bitte. Ich will nicht alles von vorn erklären.«

Das war am Dienstag mittag in der sechsten Stunde. Der Präses hatte in der großen Pause das Lehrerkollegium darüber informiert, daß Marko Theunissen wegen Diebstahls des Internats verwiesen worden war. Damit flog er automatisch von der Schule. Wer vom Internat flog, flog auch von der Schule. Und wer von der Schule flog, flog auch vom Internat. Ich sage ja, es ging alles sehr schnell.

In den nächsten Stunden ließ ich mich im Meer treiben wie ein kranker Fisch, der so elend aussieht, daß noch nicht einmal der blödeste seiner Artgenossen angeschwommen kommt, um ihn zu fressen. Von wem wollte ich mich verabschieden? Ich wollte mich von meinen Freunden verabschieden. Aber sie machten es mir schwer. Sie kamen mir trauriger vor als ich selbst. Du Idiot, sagten ihre Blicke, wenn sie nicht aufpaßten. Tilo sah mich an, als hätte ich meine Eltern vergiftet und mein Elternhaus abgebrannt.

Am Mittag ging ich noch mit zur Schädelstätte, aber nur, weil ich nicht wollte, daß die anderen mich für feige halten. Dann wurde die schwarze Blutwurst aufgefahren, und ich dachte, ich sinke zusammen und sterbe.

»He, Tilo!«

Er saß drei Plätze weiter westlich, aber er hörte mich nicht.

»Tilo!«

Endlich schaute er hoch, die mahlenden Backen mit schwarzer Blutwurst gefüllt. Es sah widerlich aus.

»Mann, wie kannst du das essen … Tilo, ich muß hier raus.« Ich stand auf. »Bis gleich.«

Er nickte und mampfte weiter. Bruder Hermann schaute kurz auf, als ich ging, und senkte sofort wieder den Blick. Für Bruder Hermann war der Fisch schon gestorben und davongetrieben. Es fehlte nur noch das ozeanische Reinigungspersonal, das sich um die Reste kümmerte.

Ich ging zum alten Telefonhäuschen und rief Margret an. Wir verabredeten uns um halb drei im Jugendheim.

Bevor ich losfuhr, hockte ich mit Motte, Tilo und Onni noch ein paar Minuten auf unserer alten Bude. Ich sagte Tilo, er soll sich die Zähne putzen, damit der Blutwurstgeruch verschwindet. Aber keiner fand es lustig.

»He«, sagte ich. »Motte. Worüber wunderst du dich? Wir tun das für Bruder Gregor, weißt du noch? Verdammt, darüber waren wir uns doch einig. Frag dich, was er von uns haben wollte! Wollte er haben, daß er versenkt wird? Daß kein Mensch mehr an seinen Tod denkt?«

»Ich bezweifle, daß er diese Veranstaltung wollte. Die Andacht. Daß alle sich seinen Tod in tausend Einzelheiten ausmalen. Und jetzt fangen sie damit an. Die werden damit nicht wieder aufhören. Je weniger Fakten sie kennen, desto ausführlicher malen sie sich das alles aus. Mann, die werden noch damit beschäftigt sein, wenn wir Abitur machen. Das hast du prima hingekriegt, Marko. Aber das kapierst du nicht. Ich geb's auf.«

»Gut. Und ich gebe es auf, dir die Sache mit der Indianerehre zu erklären. Er war einer von uns.« Ich sah Motte an, dann Tilo und Onni. »Er war einer von uns, Leute. Ihr werdet daran denken, wenn ihr bei Drei Steine eure Zigarette raucht. Mehr sage ich nicht.«

»Okay«, sagte Motte, »vergessen wir's. Ich fahre mit nach Hassum, wenn's dir recht ist. Ich halte mich abseits, während du bei deinem Mädchen bist. Nehme ein Getränk zu mir, wenn die so was haben. Oder muß dieser Söffi erst für Nachschub sorgen?«

»Laß uns die Pferde satteln«, sagte ich.

* * *

Ich hatte gedacht, das wird eine der schwierigeren Übungen des Nachmittags, der Abschied von meiner Freundin, aber es ging ziemlich leicht. Klar, wir küßten uns noch jede Menge, und dann merkt man es nicht so. Margret hatte sowieso vorgehabt, mich viel zu küssen. Es war ja erst der zweite richtige Tag unserer Freundschaft.

»Schon vergessen? Wir gehen jetzt miteinander.«

»Margret, ich muß dir was sagen.«

»Erst will ich, daß du mich küßt.«

»Klar«, sagte ich. »Aber dann muß ich dir etwas sagen.«

Ihre Augen blitzten. »Alles der Reihe nach.«

»Gut. Erst küsse ich dich. Dann sage ich dir was.«

»Das erste machen wir lang. Das zweite machen wir kurz.«

»Du bist der Boß«, sagte ich.

Es war auch an diesem Dienstag nicht gut besucht, das Jugendheim. Zwölf Leute vielleicht, die Hassumer Jugend in Jeans und Sweatshirt, so ungefähr. Manchmal kam einer, manchmal ging einer. Aus einer Bemerkung hörte ich heraus, daß viele zu Hause waren, weil sie die Hausaufgaben noch nicht gemacht hatten. Ihre Eltern ließen sie nicht weg. Offenbar füllte sich der Laden erst ab vier, halb fünf. Vielleicht knipste dann ja auch jemand das König-Pilsener-Schild über dem Tresen an.

Als ich Margret erzählte, was im Collegium passiert war, dachte ich kaum darüber nach, was das für uns bedeutete. Es war ja sowieso alles zu Ende. Nein, ich dachte daran, wie gern ich mal um vier, halb fünf im Hassumer Jugendheim gewesen wäre. Oder wie es wäre, an einem normalen Samstagabend hier in die Disko zu gehen, meinen Stempel auf den Handrücken zu kriegen und nach dem Reinkommen den ganzen Raum abzusuchen, um Margret zu finden. Langsam, wie ein Wolf, der in Ruhe nach seiner Beute guckt. Er weiß ja, daß sie nicht fliehen will. Mit Musik zum Beispiel, mit Diskobeleuchtung und so. Ich komme rein, lasse die Musik in mein Blut und atme erst einmal die schwere, warme Luft der Mädchen ein, mit Parfüm und allem. Vom Eingang aus sehe ich mich in aller Ruhe um, bis ich Margret entdeckt habe. Sie ist vielleicht im Gespräch mit dem Kind oder irgendeiner Freundin, und als sie mich sieht, unterbricht sie das Gespräch, sagt etwas, das ich nicht hören kann, und kommt zu mir. Es ist mir egal, daß gerade »Moviestar« oder »Fernando« oder irgendeine dieser Schnulzen läuft, wirklich, es ist mir egal, weil alle im Jugendheim es sehen, die anderen Mädchen, die Jungen. Alle sehen, daß Margret und ich zusammen sind.

Später sagte Margret, Motte soll dazukommen, wir müssen ein Abschiedsbier zusammen trinken. Sie wollte auch eins haben, am hellen Nachmittag.

»Eigentlich trinke ich nicht. Ich habe zu viele schlimme Sachen gesehen. Was Alkohol anrichten kann, weißt du? Aber heute ist es etwas anderes.« Sie senkte den Kopf. Da lief ihr eine Träne über die Wange. »Verdammt, wo bleibt das Bier?« Sie wischte sich die Träne ab.

Wir tranken etwas, rauchten Zigaretten und schwiegen ziemlich viel. Das Kind kam auch noch vorbei, Sabine. Sie sah Motte an, als könnte sie ihn mit einem Augenzwinkern und einem kräftigen Nicken in Tilo verwandeln. Aber es blieb der alte Motte. Etwas später lachte sie mit ihm, als er seinen Lino-Ventura-Mund zog und irgendeinen Blödsinn von einer Besenkammer erzählte. Ich kannte die Geschichte noch nicht.

»He, Motte«, sagte ich, »was war das mit der Besenkammer? Ich habe den Anfang verpaßt.«

»Na ja, ich wollte Sabine gerade fragen, ob sie weiß, was die Freundin meiner Schwester von mir gewollt haben könnte.«

»In der Besenkammer?«

Er nickte ernst. »Sie hieß auch Sabine.«

»Und sie hat dich in die Besenkammer gesperrt?«

»Ja. Das heißt, sie hat uns *beide* in die Besenkammer gesperrt. Ohne Vorwarnung. Sie sagte, sollen wir da mal reingehen? Und schon waren wir drin.«

»War es dunkel?« fragte Margret.

»Sehr«, sagte Motte.

»Und eng?«

»Sehr.«

Margret lachte, und Sabine kicherte.

»Und du«, sagte ich. »Was hast du gemacht?«

»Nichts habe ich gemacht. Sie ist mit offenem Maul und heiß atmend über mich hergefallen, diese Sabine. Sie hat mich erschreckt, Mann!«

»War sie hübsch?«

»Woher soll ich das wissen? Es war doch dunkel!«

Sabine kicherte wieder und schlug Motte auf den Schenkel.

»Im Ernst!« rief Sabine. »War sie hübsch, diese Sabine?«

Motte sah sie an, als müßte er in Gedanken alle sieben frechen Antworten durchprobieren, die ihm in dieser Sekunde einfielen.

»War sie es?«

»Du bist hübscher«, sagte Motte. »Aber bild dir nichts darauf ein.«

»Das reicht«, sagte Margret. »Holt euch doch noch was zu trinken, ihr zwei.« Margret zeigte zum Tresen mit dem König-Pilsener-Schild. Ich war froh, daß sie nicht *ihr zwei Hübschen* gesagt hatte.

Wir küßten uns noch ein bißchen, und es fühlte sich nicht so traurig an, wie es war. Um kurz vor halb vier guckte ich auf die Uhr, aber gerade, als ich Motte sagen wollte, he, müssen wir nicht allmählich die Pferde satteln, fiel mir ein, daß ich gar nichts mehr mußte. *Motte* mußte sein Pferd satteln. Mein Pferd konnte in Hassum grasen, solange es wollte. *Motte* hatte um vier Uhr Silentium. Aber mein Pferd und ich hatten frei.

Da ging die Tür auf, und ich traute meinen Augen nicht. Es war Söffi. Er trug dasselbe Hemd wie vor einer Woche. Söffi sah mich und nickte mir zu, als hätten wir schon in hundert Saloons zwischen Kleve und Geldern um die Wette gesoffen. Dann marschierte er zur Theke und besorgte sich ein Bier. Ich sah Margret an. Aber Margret blieb ruhig. Als Söffi sein Bier hatte, knackte er es auf wie ein richtiger Mann, kam zu uns rüber und zog sich mit Schwung einen Stuhl heran.

»Hoffe, ich störe nicht.« Er ließ das Bier gluckern.

Ich sah Margret an. Margret schien auf etwas zu warten.

»Aaahh«, machte Söffi. »Alles klar?« Er sah in die Runde, aber er meinte mich.

»Alles klar«, sagte ich.

»Dann ist ja alles klar.«

»Ja«, sagte ich.

»Das ist gut«, sagte Söffi und nickte. »Sehr gut.«

»Söffi«, sagte Margret.

»Was ist?«

»Du weißt, was ist.«

»Es ist alles klar. Das hast du doch gehört.« Er sah mich an. »Oder?«

»Alles klar«, sagte ich.

»Da hast du's«, sagte Söffi zu Margret. »Und jetzt rück mir von der Pelle, Frau.«

Wir tranken noch ein bißchen. Einmal nickte Söffi mir zu, schmatzte mit den Lippen und guckte anerkennend auf sein Bier. Das mochte er, so einen Nachmittag unter Männern.

Als ich mich von Margret verabschiedete, hatte Söffi sich an den Tresen verzogen.

»Sag mal ... Was ist mit dem? Gibt's da ein Geheimnis?«

»Er ist mein Bruder. Das ist kein Geheimnis.«

»Ah.« Ich guckte mir Söffi genauer an. Und dann sah ich die Ähnlichkeit. Alles, was bei Söffi grob und verquollen war, war bei Margret jung, schlank ... Aber die Augenpartie, daran konnte man es erkennen.

»Man würde es nicht glauben«, sagte ich.

»Hoffentlich nicht!« Margret lachte. »Es tut ihm leid, das mit letzter Woche. Er denkt immer, er muß die Jungs verscheuchen. Und manchmal sagt er vor mir die größten Sauereien. Mal so, mal so. Was ich schon alles gehört habe. Er meint es nicht so.«

»Es ist in Ordnung«, sagte ich.

»Er wollte sich bei dir entschuldigen.«

»Wir haben ein Bier zusammen getrunken. Es ist alles in Ordnung.«

Söffi guckte zu uns rüber. Ich nickte ihm zu und tippte mit dem Finger an die Hutkrempe. Da lachte er breit und zog seinen Colt.

»Er ist in Ordnung, unser Söffi«, sagte ich. »Paß auf ihn auf.«

Margret weinte ein bißchen, als sie mir in den Sattel half. Dann küßte sie mich noch mal. Dann weinte sie noch ein bißchen. Wie Motte sich von Sabine verabschiedet hatte, wußte ich nicht, aber vielleicht würde er bald wieder nach Hassum kommen, an einem Samstagabend, wenn sie hier ihre Diskothek aufzogen und vorne ein Mädchen mit lilafarbenem Lidschatten und lilafarbenen Fingernägeln saß, um zwei Mark fünfzig zu kassieren. Er sah zufrieden aus, als wir aus der Stadt ritten.

Als ich mich nach zwanzig Metern oder so umdrehte, war von Margret nichts mehr zu sehen. Söffi stand noch an der Tür zum Jugendheim. Ich lachte und zog meinen Colt. Er nickte, lachte auch, nickte noch mal. Das war das letzte, was ich von Hassum sah.

* * *

Alle Güter dieser Welt sind nur insofern Güter, als wir Gebrauch von ihnen machen, erinnert ihr euch daran? Während wir zurückritten, wollte Motte mit mir darüber reden, was von meinen Jahren auf dem Collegium blieb. Ich glaube, das hatte er von Anfang an vorgehabt. Wir waren doch Freunde. Motte wollte moralisch Bilanz ziehen, sagte er, er wollte mir klarmachen, daß ich etwas von meiner Zeit auf dem Collegium Aureum *mitnahm*. Und zwar in mein künftiges Leben.

»Toll, Motte«, sagte ich. »Was nehme ich denn mit?«

»Wenn du länger weg bist, in ein paar Wochen oder Monaten, wird alles zu dir zurückkommen. Dann wird es dir klar, und du erkennst den Wert dieser Zeit.«

»Den DKP jedenfalls mußt du allein machen. Tut mir leid. Oder ich gründe zu Hause noch einen DKP. Wir nennen ihn *Der Kölner Pfad.* Vielleicht können unsere Ortsverbände ja zusammenarbeiten. Man braucht viele Leute, wenn man die Bolschewisten unterwandern will. Was meinst du?«

»Du bist ein Blödmann, Marko. Ich meine etwas Übergeordnetes. Spiritualität, du Affe.«

Ich hatte keine Lust, mit ihm zu streiten, also nickte ich. Da fiel mir der alte Robinson Crusoe ein und was er gegen Ende seines Buches sagt. Wir sind wie Ton in den Händen des Töpfers, zu welchem keines von seinen Gefäßen zu sagen das Recht hat: Warum hast du mich so gemacht?

Ich hatte mit Bruder Gregor nie über die Vorsehung im *Robinson Crusoe* gesprochen, ein wichtiges Thema. Eigentlich läuft der ganze *Robinson Crusoe* darauf hinaus. Nicht die Insel. Nicht die Einsamkeit. Nicht Freitag oder die Kannibalen. Sondern: Vorsehung. Ich hatte mit Bruder Gregor nie darüber gesprochen. Ich hatte mit ihm noch nicht einmal über die Vorsehung bei Seneca gesprochen. Oh, Mann. Ich war ein Idiot, der nie über die erste Frage von Lucilius hinausgekommen war.

* * *

Mit Mottes Hilfe kostete es mich kaum eine Stunde, alle meine Sachen zusammenzupacken. Bruder Hermann hatte mir Pappkartons hinstellen lassen, für die Bücher und allen möglichen Müll. Hebbels Tagebücher packte ich dazu. Zu reden gab es zwischen Bruder Hermann und mir nichts mehr. Und der Präses, der mich vor gar nicht so langer Zeit mal für einen Auserwählten gehalten hatte, vom Präses keine Spur. Jetzt wußte ich also, wie man den Geflogenen half, sich zu beeilen.

Ich feuerte die Klamotten in meinen Koffer und die große blaue Reisetasche, und als sie voll waren, stopfte ich meine Sporttasche voll, dann die Schultasche, und den Rest tat ich in die Pappkartons. Ich warf es hinein, wie es kam. Pflanzen hatte ich nicht. Die beiden Poster waren schnell eingerollt. Dann rollte ich sie wieder auseinander, schenkte eins Tilo und das andere Onni.

Ich hatte Robert noch nichts gesagt. Ich hatte mich von meinen Lehrern nicht verabschiedet. Ich würde ihnen schreiben, dem Gentleman zum Beispiel. Es schien, als wäre mitten im Spiel ein Helikopter gekommen und hätte mich mit einem Drahtseil vom Spielfeld gehoben, weit weg, außer Sicht. So schnell ging das.

Um zwanzig vor sieben, während die anderen in der Schädelstätte waren, ging ich zu Drei Steine. Ich sparte es mir, mich von der Schädelstätte zu verabschieden. Auf dem Weg guckte ich mich öfter um, weil ich den Schwatten zutraute, mir zu folgen. Sie wollten Bruder Gregors Bücher ja unbedingt haben. Aber um die Bücher hätte ich gekämpft wie die reißenden Tiere Afrikas. Wenn ich schon vom Collegium Aureum flog, wollte ich wenigstens wissen, wofür.

Am wilden Heiligen sah ich niemanden, an der Pferdewiese auch nicht. Den Pferden, die mich nie enttäuscht hatten, winkte ich noch einmal zu. Am Kiesberg überlegte ich kurz, ob ich eine Zigarette rauchen sollte, aber dann beschloß ich, sofort meine Rede an Drei Steine zu halten.

Drei Steine! sagte ich so laut, daß Tiere und Pflanzen in der Umgebung verstummten. Denkt an mich, wenn andere hier stehen und sich unserer Taten erinnern. Harrt aus, bleibt standhaft. Schützt unser Versteck, damit kein Schwatter hier jemals unseren Tabak oder andere verbotene Substanzen entdeckt! Auf euch will ich bauen, Drei Steine. Ihr bewahrt das Gedächtnis Bruder Gregors, und ihr bewahrt auch … na ja, meine paar Erinnerungen.

So sprach ich.

Da klickte hinter mir ein Plastikfeuerzeug. Wie mich das erschreckte, könnt ihr euch vorstellen. Es war aber nur der

Vagabund. Was für ein leiser Gauner. Er kam hinter dem Gebüsch hervor, den Zigarettenstummel im Maul. Wahrscheinlich hatte er meine Rede an Drei Steine gehört. Egal. Jetzt lachte er, aber es klang wie Grunzen. Es war das erste Mal, daß ich den Vagabunden lachen hörte.

»Sie haben mir noch gefehlt«, sagte ich.

Er kam näher, aber langsam, nicht wie einer, der etwas will. Eher neugierig, mal gucken, was ihm jetzt geboten wird. Im Gehen ließ er die Kippe ins Gras fallen.

»Die Schlacht ist geschlagen«, sagte ich. »Sehen Sie sich um! Sehen Sie die abgeschlagenen Köpfe, die verstreuten Arme und Beine?«

Er sah sich um.

»He, das war bildlich gesprochen. Wissen Sie nicht, was bildliches Sprechen ist?«

Der Vagabund kramte in seiner Tasche nach dem Krümeltabak. Er hatte wieder den schweren Mantel an.

»Könnten Sie das bleiben lassen mit der Zigarette? Ein einziges Mal? Bitte. Und noch was.«

Er sah mich mit seinen Mädchenaugen an.

»Ich weiß ja, daß es Ihnen gefällt, am Rand zu leben. Ich bin nicht blöd. Aber … mein Gott, mußte es *so* sein?«

»Was willst du, Junge? Ich tue niemandem etwas.« Er kniff die Augen zusammen. »Ich lasse die Leute in Ruhe. Und die Leute lassen mich in Ruhe.«

»Sie sind es, stimmt's? Sie sind heimlich zurückgekommen. War es das Heimweh?« Wir sahen uns eine Zeitlang an, in der ich versuchte, auf seinem Gesicht eine Veränderung zu entdecken. Eine Erinnerung, die über seine Züge geht, irgendwas. »Und Bruder Gregor hatte keine Ahnung.«

»Ich lasse die Leute in Ruhe«, sagte er.

»Bruder Gregor dachte, Sie wären weit weg. Verschwunden.«

»Es ist das Allerschwierigste. Die Leute in Ruhe zu lassen.«

»So schwierig kommt mir das nicht vor! Mann …! Sie sind mir ein schöner Freund.«

»Es ist das Allerschwierigste.« Er nickte ernst.

Aber sein Ernst konnte mir gestohlen bleiben. Ich kroch tief ins Gebüsch und zog die Büchertüte heraus.

»Hören Sie eigentlich noch Ihre italienische Marienmusik? Palestrina und diese Leute? Ich stelle mir das nicht so einfach vor, wenn man kein festes Bett hat. Lesen Sie überhaupt noch Bücher? Weil diese hier …« – ich klopfte auf die Tüte – »eine spannende Lektüre wären. Na ja. Alles Fragen, die Bruder Gregor brennend interessiert hätten. Aber Sie … Sie müssen am Rand leben! Das Allerschwierigste.«

Er nickte wieder.

»Das wär's«, sagte ich. »Ich muß weg.«

* * *

Zum erstenmal hatte ich das Gefühl, daß meine Zeit auf dem Collegium wirklich abgelaufen war. Ich ging zurück, ohne mich umzudrehen. Ich wußte nicht, was ich Nippermann wünschen sollte. Ich kannte ihn ja nicht einmal. Jan Spans, von dem hatte ich mal gedacht, ich kenne ihn. Aber den anderen nicht. Am Ende zeigte sich, daß ich auch Jan Spans nicht gekannt hatte. Nahe am Collegiumsweg versteckte ich die Bücher hinter einem Baum. Da konnte ich sie ohne Mühe mitnehmen.

Meine Mutter kam gegen acht Uhr, nachdem sie im Juvenat bei Robert vorbeigeschaut hatte. Das war keine schlechte Idee gewesen. Es ihm zu erzählen, damit er nicht von anderen erfuhr, daß sein toller Bruder hochkant vom Internat geflogen war. Dann rollte meine Mutter über das Collegiumsgelände, wo sonst kein Auto fahren durfte außer dem braunen Kastenwagen von Jan Spans. Sie parkte den Wagen neben dem Fischteich, was sonst streng verboten war. Wer hier parkte, hatte eine Aufgabe. Er mußte einen Wagen beladen. In die Wagen, die hier parkten, wanderten die Kleider, Bücher, Bettvorleger, Kleinmöbel und der gesammelte Ramsch der Abgegangenen und Geflogenen.

Eine Viertelstunde später war der Wagen beladen. Es war der Ford Kombi von Richard. Prima, dachte ich. Bevor ich den Freund meiner Mutter kennenlerne, lerne ich sein Auto kennen. Alles verschwand darin bis auf mein Fahrrad, das mußte mein Vater irgendwann mitbringen, wenn er Robert zum Collegium fuhr. Der Kombi stand schwerbepackt da. Ein weiterer Geflogener war reisebereit.

Es war kein tränenreicher Abschied. Keinem von uns war danach, und irgendwie glaubten wir, daß wir uns bald wiedersehen würden, Motte, Tilo, Onni und ich.

»Man sieht sich immer zweimal, wenn man noch offene Rechnungen hat«, sagte Onni und lachte. Endlich lachte mal jemand.

Wir zogen ein paar Fratzen, damit Tilo auch lachte, und er tat es. Dann gaben wir uns ein paar Kriegerumarmungen. Meine Mutter stand daneben und schien sich wohl zu fühlen. Auch aus den anderen Zimmern kamen welche, um sich von mir zu verabschieden. Jetzt wurde der ganze Flur unruhig. Auch vom zweiten Stockwerk kamen welche. Leute krochen aus ihren alten Buden und standen sich bei uns auf den Zehen. Großes Schulterklopfen.

»Wir hoffen, es ist nicht für immer«, sagte Olli.

Mehr Schulterklopfen.

»Meld dich mal«, sagte Veele.

»Mach's gut.«

»He, halt den Kopf oben.«

»Gut, daß einer den Mund aufgemacht hat.« Das war Schnulli Wouters.

»Halt die Ohren steif. Aber nur die Ohren.«

Solche Sachen.

Dann kam Lucien. Ich drückte ihm fest die Hand. »Paß auf dich auf, alter Frenchman. Grüß Versailles und seine Bewohnerinnen.«

Dann meine Freunde.

»Grüß Monika«, sagte ich zu Onni.

Und zu Motte sagte ich: »Vorsichtig mit dem Kind.«

Motte, Tilo und Onni kamen mit bis zum Wagen. Ein bißchen Winken. Und ab mit uns. Am Waschhaus vorbei, an der Telefonzelle. Dort, das Häuschen von Jan Spans. Bye-bye, ihr alten Ratten! Vorbei am wilden Heiligen. Dann erst mal auf den Collegiumsweg, Richtung Gleuyn. An meinem Baum stieg ich aus und schnappte mir die Tüte mit den Büchern. Dann zurück, Richtung Weeze, vorbei an Käte Janssens Kramladen, vorbei am Blonden Pinguin. Ich verabschiedete mich, nickte hierhin, nickte dorthin. Und weiter, weiter, in den Abend hinein …

»Halt an, Mama. Bitte. Da vorn, siehst du den Mann? Mir ist was Wichtiges eingefallen.«

Es war Antoni Subirats, der einen Spaziergang machte. Ich winkte ihm und stieg aus.

Subirats schüttelte mir die Hand. »Schön, daß ich dich noch einmal sehe.« Er freute sich wirklich. Er reckte sein sauber rasiertes Gesicht. Dann sah er zum Auto und deutete eine Verbeugung an. Er senkte die Stimme. »Man hat mir von der Andacht berichtet. *Mucha valentía*, Marko. So etwas tut nicht jeder.« Er deutete wieder eine Verbeugung an. »Leider wußte ich, daß es ihm schlechtging. Bruder Gregor. Er wird uns sehr fehlen. Aber im Lehrerzimmer …« Er legte die Hand auf die Lippen. »Alle schweigen wie ein Grab. Er hat nie gelebt. Man wundert sich. *Somos bichos muy raros.*«

»Herr Subirats, warten Sie. Bruder Gregor hat doch immer Opern gehört …?«

»Oh, Bruder Gregor und die Callas. Ja. Ein großer Bewunderer. *Con un toque de … blasfemia …* Weil sie ja auch Maria heißt, weißt du. Wie die Gottesmutter. Auf ihre Ehre ließ er nichts kommen. Die Callas lebt ja völlig zurückgezogen in Paris. Vor vier Jahren diese Abschiedstournee, seitdem ist Ruhe. Für Bruder Gregor war es, als wäre sie ins Kloster gegangen.«

»Ich meinte etwas anderes. Gallier und Römer.«

»Gallier?«

»Ja. Und Römer.«

»Oh, *Norma*, natürlich. Bellini. Da hast du deine Gallier und Römer. Eine ihrer größten Rollen. Maria Callas in *Norma*.«

»Worum geht's da?«

»Blutige Geschichte. Seien wir froh, daß am Ende nur zwei auf den Scheiterhaufen gehen. Es hätten auch die Kinder sterben können oder Adalgisa oder ein paar tausend Gallier. Ach ja, zuerst will Norma sich umbringen. Und dann tut sie es doch nicht.«

»Danke.«

Er gab seinem Gesicht einen feierlichen Ausdruck. »Ich wünsche dir Glück, Marko. Erwirb dir Ruhm. Komm uns besuchen.« Er schüttelte mir die Hand.

Dann rauschten wir in Richards Wagen durch die niederrheinische Luft. Ein schöner Maiabend, mild, mit Grün und Gelb, das am Straßenrand wogte. Als wir nach Weeze kamen, fragte mich meine Mutter, ob ich mir eine Zigarette anstecken wollte. Sie hätte den Eindruck, ich wäre Raucher.

»Mein Gott, Marko, wie wenig ich von dir weiß.« Sie sah zu mir rüber. »Ich müßte dich erst mal fünf Minuten lang anschauen, bevor wir auf große Fahrt gehen. Dich wieder kennenlernen. Aber wir haben ja Zeit.«

Wir steckten uns jeder eine Zigarette an und rollten die Scheiben herunter.

»Kein übles Auto«, sagte ich. »Richards Kombi. Geht eine Menge hinein.«

»Manchmal ist das nützlich«, sagte meine Mutter. Wir lachten.

In Geldern aß ich eine Currywurst, wie es es auch vor fünf oder sechs Jahren immer getan hatte, wenn meine Mutter gekommen war, um mich zu den Ferien vom Collegium abzuholen. Eine gute Currywurst, so scharf, daß mir der Schweiß auf die Stirn trat. Dazu eine Cola.

»Jetzt fängt etwas Neues für dich an, Marko.« Meine Mutter sah mir zu und trank ihren Kaffee.

Ich kaute und nickte.

»Ich bin gespannt darauf«, sagte meine Mutter. »Du auch?«

»Darauf kannst du wetten.«

»Hast du Angst?«

»Mann, ich weiß nicht. Ich weiß es wirklich nicht. Da gibt es ein Mädchen, das ich mal anrufen wollte, Yvonne, ich kenne sie noch von früher. Mal sehen, vielleicht rufe ich sie an. Ich muß ja irgendwo anfangen.« Meine Mutter sah mich an, den Sohn, der ohne ihre Hilfe groß geworden und mit sechzehn von der Schule geflogen war. »Vielleicht kann Yvonne mir sagen, wo's langgeht.«

»Richard würde sich freuen, dich bald kennenzulernen. Wenn du Lust dazu hast.«

»Wie sagt Papa immer? Eins nach dem anderen.«

Erst machte sie ein säuerliches Gesicht. Dann lachten wir.

»In Ordnung«, sagte sie und wischte sich eine Träne aus dem Augenwinkel.

»He, Mama. Es war nicht böse gemeint.« Sie wischte sich noch einmal über die Augen. »Man muß der Zeit Zeit geben.«

»Das habe ich auch schon von Sonja gehört, weißt du das? Vielleicht ein bißchen zu oft.« Sie sah schön aus mit den Tränen, die in ihren Augen schimmerten. »Sonja sagt, es kommt aus Granada.« Sie suchte nach einer Zigarette, hielt inne und ließ es bleiben. »Aber ich frage mich, ob dieser Spruch nicht eine Ausrede ist. Wenn du dich nicht von der Stelle rühren willst und zu faul bist, irgend etwas an deinem Leben zu ändern, dann lehnst du dich zurück und beschließt, der Zeit etwas mehr Zeit zu geben. Und noch etwas Zeit. Und noch ein paar Wochen mehr, drei Monate, sieben Monate, warum nicht gleich ein ganzes Jahr?«

»Mama, he. Es ist in Ordnung. Wir haben doch Zeit, das hast du selbst gesagt.«

»*Du* hast Zeit, Marko. Für uns andere vergeht sie etwas schneller.« Sie sah mich an wie einen älteren Freund ihres Sohnes.

»Da liegst du falsch, Mama. Ich habe auch nicht so viel Zeit. Die haben mir gerade aus meinem Lebenslauf zwei Monate Schulzeit gestrichen. Ich bin geflogen. Das ist kein Spaß.«

»Ja«, sagte sie. »Du hast recht. Es ist kein Spaß. Und wir haben Zeit.« Sie legte ihre schmale Hand auf die Zigarettenschachtel. Sie hatte eben beschlossen, mehr Zeit zu haben.

»Ich bestelle mir noch eine Cola, okay?«

* * *

Und ich glaube, das alles finden Wissenschaftler in meinem alten Gehirn, wenn sie mich nach meinem Tod mal aufschneiden. Spuren der Currywurst mit Pommes frites, den Geruch des Tabaks, selbst das Geräusch von Richards Kombi an diesem Abend. Die Wolkenfäden über den gelben Feldern. Die runden Bauersfrauen, wie sie auf ihren Holländern von Hülm nach Weeze segeln. Oh, Mann, und die Haut von Käte Janssen. Auch das Gluckern des alten Racke und erst recht den Geschmack von Margrets Küssen. Einfach alles. Die fehlende Ecke in ihrem linken Schneidezahn. Die Musik, von der ich dachte, daß sie auch Benamukee gefällt. Von allem bleibt etwas. Ich hoffte nur, Margrets Küsse hatten in meinem Gehirn einen stärkeren Eindruck hinterlassen als der Anblick der goldbraun panierten Fettläppchen. Weil von allem etwas bleibt.

Vielleicht hatte Motte ja genau das gemeint, als er davon sprach, was ich alles vom Collegium mitnahm und was dann irgendwann zu mir zurückkommen würde. In Ordnung, Motte. Du kannst aufhören, dir Sorgen um meine Seele zu machen. Es gibt jede Menge Dinge, die ich vom Collegium mitnehme. Genug, um eine lange Liste zu schreiben.

Dann fuhren wir weiter, und es war, als rauschten wir schnurstracks in meine Zukunft hinein. Von Geldern nach Nieukerk, von Nieukerk nach Aldekerk und weiter nach Kempen, ihr kennt die Route ja. Niederrheinische Dörfer, die sich Städte nennen und stolz darauf sind. Zweimal zündete ich meiner Mutter im Dunkeln eine Stuyvesant an. Wir hörten Radio, und manchmal mußte ich lauter drehen, weil meiner Mutter das Lied gefiel. Als sie »Come Up and See Me« spielten, drehte ich volle Pulle auf. Meine Mutter hatte ein Lächeln um den Mund, als erinnerte sie sich an etwas, und klopfte mit dem Daumen gegen das Steuerrad.

So flogen wir in Richards Kombi durch den Abend, erst über die Dörfer, dann ging es auf die Autobahn, wo die Schilder am rechten Rand so blau leuchteten wie Fische im tiefen Ozean, wie nichts, was ihr in der freien Natur zu sehen bekommt. Da war schon längst die Nacht angebrochen und hatte alles mit Tinte übergossen. Wir fuhren, und nur die Farben der alten Fische leuchteten am rechten Rand.

Pastrana – Silves – Madrid

Nachbemerkung

Dieses Buch ist ein Werk der Einbildungskraft. Jede Ähnlichkeit mit lebenden oder toten Personen wäre rein zufällig. Bei eventuellen Ähnlichkeiten mit wirklichen Orten handelt es sich um äußerliche Anleihen in einem fiktiven Zusammenhang. In keinem Fall beabsichtigt der Autor ein moralisches Porträt von Institutionen und ihren vergangenen oder gegenwärtigen Vertretern. Auch bei der Verwendung realer Ortsnamen sind nie reale Orte mit ihren realen Bewohnern gemeint. Topographische Merkmale wurden frei verändert. Bemerkungen von Romanfiguren zu den Firmen Lacroix und Unox zielen weder auf wirkliche Hersteller von Dosensuppen noch stellen sie eine Beurteilung ihrer Produkte dar.

Wörtliche Zitate aus Daniel Defoes *Robinson Crusoe* (nach einer anonymen Übersetzung von 1837, erschienen im Diogenes Verlag, Zürich 1985) wurden aus ersichtlichen Gründen nicht ausgewiesen. Andere Werke zitiere ich nach folgenden Ausgaben:

Alain-Fournier: *Jugendbildnis.* Briefe. Ausgewählt und übersetzt von Ernst Schoen. Suhrkamp Verlag, Berlin und Frankfurt am Main o.J.

Paul Ingendaay

Friedrich Hebbel: *Tagebücher I (1835–1847)*. Werke, Band 4. Herausgegeben von Gerhard Fricke, Werner Keller und Karl Pörnbacher. Hanser Verlag, München 1966.

Sören Kierkegaard: *Die Krankheit zum Tode*. Aus dem Dänischen von Emanuel Hirsch. Gütersloher Verlagshaus Gerd Mohn, Gütersloh 1982.

Charles Moore: *A Full Inquiry into the Subject of Suicide. To Which Are Added Two Treatises on Duelling and Gaming*. Zwei Bände. Photomechanischer Nachdruck der Erstausgabe von 1790. Thoemmes Press, Bristol 1998.

Seneca: *Dialoge I–VI*. Übersetzt, eingeleitet und mit Anmerkungen versehen von Manfred Rosenbach. Wissenschaftliche Buchgesellschaft, Darmstadt 1969.

Gotteslob. Katholisches Gebet- und Gesangbuch, Ausgabe Bistum Münster. Herausgegeben von den Bischöfen Deutschlands und Österreichs und der Bistümer Bozen-Brixen und Lüttich. Aschendorffsche Verlagsbuchhandlung, Münster 1975.

Joseph Haag: *Verkehr mit Gott. Ein Gebetbuch für katholische Christen*. Laumann'sche Verlagsbuchhandlung, Dülmen 1927.

Inhalt

Weitere Bücher aus dem
SchirmerGraf Verlag

Sybille Bedford
Ein Liebling der Götter

Roman. Aus dem Englischen von Sigrid Ruschmeier. 380 Seiten. Leinen mit Schutzumschlag und Lesebändchen. 2. Auflage

An einem strahlenden Herbsttag der späten zwanziger Jahre reist die junge Flavia zusammen mit ihrer schönen Mutter Constanza von Italien an die Côte. Eigentlich hatten die beiden vor, nach Brüssel weiterzufahren, wo Constanza sich neu vermählen wollte – aber da ihr im Zug ein wertvoller Ring geklaut wird, verzögert sich die Reise erst einmal ... Zeit genug für einen Rückblick, der bei Constanzas Mutter Anna Howland beginnt. Die mondäne, neugierige, unternehmungslustige Amerikanerin erobert das alte, adelige, dekadente Europa ... Und Flavia, ihre Enkeltochter, die nun in einem Fischerdorf an der Côte d'Azur festsitzt, hofft inständig, am Ende doch noch nach England gehen zu können, um dort die Schulbildung zu erlangen, von der sie immer geträumt hat, und sich aus dem Bannkreis ihrer weiß Gott extravaganten Familie zu befreien.

Einer der berühmtesten europäischen Gesellschaftsromane des 20. Jahrhunderts in neuer Übersetzung.

»Eine glänzend erzählte Geschichte, die stilistisch an Henry James erinnert.« *The New Yorker*

»Ein elegant-ironisches Familienporträt ..., in dessen Mittelpunkt drei wundervolle Frauen stehen.« *Brigitte*

Ein »grandioser Roman«. *Frankfurter Allgemeine Sonntagszeitung*

Stephen Vizinczey
Die zehn Gebote eines Schriftstellers

Essays zur Weltliteratur. Aus dem Englischen von Melanie Walz und Bernhard Robben. 282 Seiten. Leinen mit Schutzumschlag und Lesebändchen

Erstmals auf deutsch: die international gerühmten, ebenso gehaltvollen wie pointierten Essays zur Weltliteratur des großen ungarisch-kanadischen Autors und Literaturkritikers. Stendhal und Balzac, Tolstoi und Gogol, Herman Melville und Vladimir Nabokov, Kleist, Goethe und Thomas Mann – dies sind die Stars dieser Sammlung, aber unter dem gleichzeitig schwärmerischen wie unerbittlichen Blick Stephen Vizinczeys erscheinen einige von ihnen in einem ganz neuen Licht.

»Es gibt zwei grundlegende Arten von Literatur, die eine hilft zu verstehen, die andere hilft zu vergessen. Erstere hilft, ein freier Mensch und freier Bürger zu sein, die andere hilft, den Leser zu manipulieren; die eine ist wie Astronomie, die andere wie Astrologie.

Problematisch an dieser Analogie ist nur, daß für die meisten Menschen der Unterschied zwischen Astronomie und Astrologie, zwischen Wissenschaft und Humbug, klar und eindeutig ist, der Unterschied zwischen wahrer und falscher Literatur aber nicht. Schmeicheleien, Notlügen, Prahlereien, Illusionen und Selbsttäuschungen werden immer wieder für große Literatur gehalten, während große Literatur selbst oft genug beschimpft, ignoriert und unterdrückt wird.«

»Stephen Vizinczey ist herrlich, wunderbar klar, Literaturkritik alter Schule, so gut geschrieben, wie man es etwa von Richard Alewyn kennt.« *Joachim Güntner, NZZ-Redakteur*

Stephen Vizinczey
Wie ich lernte, die Frauen zu lieben

Die amourösen Erinnerungen des András Vajda. Roman. Aus dem Englischen von Carina von Enzenberg. 308 Seiten. Leinen mit Schutzumschlag und Lesebändchen. 2. Auflage

Der berühmte literarisch-erotische Klassiker aus dem Jahr 1965 – ein Weltbestseller, dessen Publikationsgeschichte fast so ereignisreich und spektakulär ist wie das Schicksal seines Protagonisten. András Vajda, Literaturprofessor an einer amerikanischen Universität, huldigt rückblickend den Frauen, die ihn im Budapest der Nachkriegszeit die Liebe lehrten.

Klári und Ilona, Zsuzsa und Boby, Paola und Ann – András ist der Mann, der die Frauen liebt, und dies nicht als zynischer Schürzenjäger oder Don Juan, sondern als aus seiner alten Welt Vertriebener, als Exileuropäer, für den die Frauen zur wahren Heimat geworden sind. Es ist Maya, die sanfte, geheimnisvolle Nachbarin András' zu Studentenzeiten, die ihm die Erkenntnis offenbaren wird, die sein lebenslanges Credo wird: Man sollte sich nur von erfahrenen Frauen zeigen lassen, wie die Liebe geht.

»Eines der lesbarsten, eines der vergnüglichsten, eines der weisesten Bücher der Weltliteratur.« *Arno Widmann*

»Und tatsächlich ist dieser Roman so erfrischend, so lässig, so unterhaltend und so fein, daß er es verdient hat, sich noch einmal ein großes Publikum zu erobern.« *Ijoma Mangold, Süddeutsche Zeitung*